Abraham B. Yehoshua
L'amante

Traduzione di Arno Baehr

Einaudi

Titolo originale **המאהב**

© 1977 A. B. Yehoshua

© 1978 Doubleday & Company, Inc., New York

Pubblicato d'intesa con Doubleday, a Division of
Bantam Doubleday Dell Publishing Group

© 1990 e 1995 Giulio Einaudi editore s. p. a., Torino

Prima edizione «Supercoralli» 1990

ISBN 88-06-13797-2

L'amante

Ai miei figli
Sivan, Gideon e Nahum

Parte prima

ADAM

... e noi nell'ultima guerra abbiamo perso un amante. Avevamo un amante, e da quando è cominciata la guerra non lo si trova piú, è sparito. Lui e la vecchia «Morris» di sua nonna. Da allora sono passati già piú di sei mesi, e di lui non abbiamo saputo piú nulla. Noi diciamo sempre: questo è un paese piccolo, una specie di grande famiglia, se uno ci·si mette può scoprire legami persino tra le persone piú lontane – e invece, come se si fosse spalancato un abisso, una persona è scomparsa senza lasciare traccia, e tutte le ricerche sono state inutili. Se fossi sicuro che è rimasto ucciso, rinuncerei. Che diritto abbiamo noi di ostinarci per un amante ucciso, quando c'è gente che ha perso tutto quello che aveva di piú caro – figli, padri e mariti? Ma – come dire? – io sono ancora convinto che non sia stato ucciso. Non lui! Sono sicuro che non è neppure arrivato fino al fronte. E anche se fosse morto, dov'è la macchina, dove è sparita, una macchina non la si può certo seppellire cosí, nella sabbia.

C'è stata la guerra, è vero. Ci è piombata addosso di sorpresa. Leggo e rileggo i confusi resoconti, cerco d'arrivare a capire fino in fondo il caos che si è creato qui da noi. In fin dei conti lui non è il solo ad essere scomparso. Tutti abbiamo ancora sotto gli occhi le liste di tanti dispersi, altrettanti misteri. E parenti e famigliari stanno ancora raccogliendo gli ultimi resti – vestiti strappati, brandelli di pagine di tessere carbonizzate, stilografiche contorte, portamonete sforacchiati, fedi nuziali fuse. Dànno la caccia a misteriosi testimoni oculari, all'ombra di qualcuno che ha sentito dire qualcosa, e da quella nebbia tentano di ricostruire un'ultima immagine dei loro cari. Ma anche loro si stanno calmando. Forse che noi abbiamo diritto di chiedere di piú? In fondo lui non è che un estraneo per noi. Sí e no israeliano, a dir la verità uno che è emigrato e che è venuto per una breve visita per questioni di eredità e poi si è trattenuto, forse anche per causa nostra. Non so, non posso esserne sicuro, ma torno a dire: lui non è stato ucciso. Di questo sono convinto. Ed è qui che comincia la smania che mi rode in questi ultimi mesi, che non mi dà pace, che mi spinge a correre per le strade a cercarlo. E c'è di piú: per causa sua mi vengono delle strane idee – che nella furia della battaglia, nella confusione dei reparti disciolti e riorganizzati, ci siano stati alcuni, isolati, diciamo due o tre, che hanno sfruttato quella confusione per tagliare i ponti e sparire. Voglio dire che hanno semplicemente deciso di non tornare a casa, di rinunciare ai vecchi legami e di andarsene altrove.

È un'idea che può sembrare pazzesca, ma non a me. Io, per cosí dire, sono diventato un esperto in materia di soldati dispersi.

Prendiamo per esempio Boaz. Ogni tanto torna a comparire sui giornali quell'annuncio bizzarro su Boaz che è scomparso. Qualcosa del tipo di: «Mamma e papà cercano Boaz», la foto di un ragazzo, quasi un bambino, un giovane carrista, capelli tagliati corti, e qualche vaga informazione. All'inizio della guerra, in data tale, in prima linea, in tale postazione, l'hanno visto che combatteva col suo carro armato. Ma dieci giorni dopo, verso la fine della guerra, un amico d'infanzia, un amico fidato, lo incontra a un crocevia, ben lontano dal fronte. Hanno una breve conversazione, si salutano – e da allora si perde ogni traccia di Boaz.

Un vero mistero...

Ma noi siamo diventati duri, leggiamo notizie del genere, ci soffermiamo un po', e continuiamo a sfogliare il giornale con occhi stanchi. Ottusi siamo diventati nell'ultima guerra.

Ma i genitori di Boaz insistono, e perché non dovrebbero insistere? Per anni hanno allevato un bambino, l'hanno accompagnato all'asilo, sono corsi con lui dai medici, gli hanno preparato i panini quando partiva per un campeggio, l'hanno aspettato alla stazione quando tornava da una gita, per lui hanno lavato e stirato e sospirato sempre. E lui d'un tratto scompare. E nessuno è in grado di spiegare dov'è, che cosa gli è successo. Tutto quell'ingranaggio nazionale, sociale, che l'ha assorbito cosí avidamente, comincia a balbettare. E se i genitori insistono (e perché non dovrebbero insistere?) si manda loro un giovane ufficiale, pieno certamente di buone intenzioni, ma privo d'esperienza. Quello arriva su una camionetta in una chiara giornata d'inverno, li fa salire e li porta nel deserto, lunghe ore di viaggio in silenzio, in mezzo ad un paesaggio desolato, per strade sconnesse, e li conduce attraverso il polverone, senza dire una parola, ad una collinetta di sabbia, una qualsiasi, senza un albero, senza alcun segno particolare – e intorno soltanto una distesa immensa e desolata. E quell'ufficiale-ragazzo arrossisce, balbetta: «Ecco... qui è stato visto per l'ultima volta». Persino le aride rocce si spaccano per il dolore. Ma com'è possibile...

Io dico: quei genitori che non dànno tregua, che non si accontentano di un finale insabbiato su quella collina desolata, che guardano con ostilità il giovane ufficiale, che per troppa rabbia e delusione sarebbero capaci di saltargli addosso – quei genitori esigono un'altra spiegazione. Perché chi garantisce loro che Boaz, il loro figlio Boaz, in quello stesso momento non se ne stia seduto, coi capelli lunghi, con vestiti leggeri, su una spiaggia lontana, nel porto di un paese lontano, a guardare il paesaggio che gli si apre davanti, sorseggiando una bibita? Forse aveva le sue ragioni per non tornare a casa, anche a prezzo della sofferenza di papà e mamma. Qualcosa gli era diventato insopportabile, d'un tratto, o qualcosa l'aveva spaventato. E se i suoi genitori avessero pensato ben bene a come stanno le cose, invece di girare per gli uffici delle forze armate, forse sarebbero riusciti a rintracciarlo.

Ma come potevano...

Una volta, per cercare lui, sono andato anch'io in uno di quegli uffici militari e ho visto com'erano smarriti – nonostante la gentilezza, i sorrisi e la dedizione. Ma questo è stato solo dopo due mesi e piú, dopo che ci siamo resi conto che l'amante era proprio scomparso, che non sarebbe tornato. Fino a quel momento ci dicevamo: certamente sta ancora girovagando, travolto da nuove emozioni, frastornato da incontri con cose che non ha mai conosciuto – che ne sa lui della vera Israele? E del resto eravamo talmente indaffarati che quasi non avevamo tempo di pensare a lui. Asya era sempre a scuola, a sostituire maestri che erano stati richiamati, e di sera correva avanti e indietro tra riunioni di Comitati d'Emergenza, andava a trovare genitori di ex allievi che erano caduti o che erano stati feriti. Tornava di notte, stanca morta, si buttava sul letto e s'addormentava di colpo. Anch'io ero carico di lavoro: già nei primi giorni della guerra il garage si era riempito di macchine. Diversi clienti, in partenza per il fronte, già in divisa, portavano le loro automobili per farle revisionare a fondo, illudendosi di andare incontro ad una guerra breve, una campagna avventurosa e violenta, un piccolo intervallo che conveniva sfruttare per far ripulire la testata del motore o per far cambiare i cuscinetti a sfere, o per una riverniciatura – e pensando che fra qualche giorno sarebbero tornati a casa, avrebbero ritirato la macchina e sarebbero tornati ai loro affari.

E invece non sono tornati cosí presto. Il mio posteggio continuava a riempirsi, e uno dei clienti non è piú tornato. M'è toccato andare io stesso a riportare la macchina a casa dei suoi genitori, stringere la mano ai parenti in lutto, mormorare frasi di condoglianza e rinunciare, ovviamente, al pagamento, che era di diverse centinaia di shekel. Le altre macchine le ritiravano le mogli, quelle che sapevano guidare. Non ho mai avuto a che fare con tante donne, come in quelle settimane dopo la guerra. S'impadronivano delle macchine e a poco a poco le rovinavano. Viaggiavano senz'acqua, senza olio, dimenticavano persino di guardare la spia del carburante. Nel cuore della notte squillava il telefono e una voce di donna mi chiamava in aiuto. E io, a notte fonda, mi trascinavo per la città in coprifuoco per trovare in un vicolo una giovane donna, quasi una bambina, in preda al terrore accanto a un macchinone lussuoso, dal quale era stata spremuta anche l'ultima goccia di benzina.

Ma anche quella mattana è finita, e la vita comincia a riprendere il suo corso normale. Gli uomini tornano dal fronte, vanno in giro di mattina in kaki, con gli scarponi, fanno acquisti in drogheria, hanno gli occhi annebbiati come se avessero ricevuto una botta in testa, balbettano un po', vengono a riprendersi le macchine e tardano a pagare. Intanto è venuto un inverno rigido. Giornate scure, rigate di pioggia. Dormiamo sempre meno. Ci svegliamo nel cuore della notte per ascoltare i lampi e i tuoni, per andare al gabinetto, per accendere un momento la radio. Cosí ho scoperto quanto è profonda l'insonnia di Dafi. Abbiamo cominciato a renderci conto che l'amante era proprio sparito. Quasi abbiamo nostalgia di lui, continuiamo a chiederci dove possa essere. Asya è irrequieta, corre ad ogni squillo del telefono. Non dice parola, ma io colgo il suo sguardo. Di mattina, andando al garage, ho cominciato a cambiare percorso, a passare per la Città Bassa, vicino alla casa della nonna, per scoprire un segno qualsiasi nelle imposte chiuse su cui si scrosta la vernice. Qualche volta fermo la macchina, entro un momento nell'atrio sudicio, vado a tastare la casella postale scassata, appesa per un filo, per vedere se c'è una lettera o un segno qualsiasi per lui, di lui.

Come potevamo abbandonarlo, dimenticarlo? E chi all'infuori di noi poteva accorgersi della sua scomparsa?

DAFI

Cara Dafi, sarà una notte in bianco, inutile insistere. E alla fine, ancora piangerai, ragazza mia. Ti conosco bene, ho già sentito che piagnucolavi sotto le coperte. Se uno proprio si ostina a voler dormire, tutto comincia a dargli sui nervi: il leggero russare di papà o di mamma, il fruscío di una macchina per strada, il vento che fa tremare gli scuri del bagno. È già passata mezzanotte. Credevi di farla franca, piccolina, ma questa sarà una notte insonne, niente da fare. Basta. Inutile stare a rivoltare il cuscino, girarsi di qua e di là, inutile provare a fare il morto. Niente trucchetti per dormire. Ma chi vuoi ingannare? Fammi il piacere di aprire gli occhi, alzati, tirati su, accendi la luce e comincia a farti un piano per ammazzare il tempo che ti resta fino a domattina.

Già oggi pomeriggio me lo sentivo che ci sarebbero stati dei guai, che non sarei riuscita a dormire. È strano, questo presentimento. Nel pomeriggio sono venute Tali e Osnat e sono rimaste fino a sera. È stato carino. Abbiamo chiacchierato e riso e spettegolato. Prima sui professori, ma soprattutto sui ragazzi. Osnat è tutta matta, è dall'inizio dell'anno che per lei non esiste altro argomento, solo i ragazzi. Ogni due o tre settimane s'innamora. Da perdere la testa. Di solito sono ragazzi della quarta o della quinta, e non lo sanno neppure che lei si è innamorata di loro. Il che non le impedisce di ricamare su ogni cottarella tutta una storia affascinante. A dir la verità, Osnat a me piace. È brutta, magra, occhialuta, con una lingua che taglia come un coltello. Ascoltando le sue storie, Tali ed io morivamo dal ridere, e facevamo un tale baccano che papà ha aperto la porta per vedere che cosa stava succedendo, ma l'ha richiusa subito, perché Tali s'era levate le scarpe e il pullover, aveva la camicetta sbottonata, i capelli scompigliati e se ne stava stravaccata sul mio letto. Dovunque vada, lei si leva qualcosa di dosso e si infila nel letto di qualcuno. Completamente svitata, ma una vera bellezza e una buona amica.

Ci divertivamo. Osnat in mezzo alla stanza si faceva scivolare gli occhiali sul naso per fare l'imitazione di Schwarzi – e d'un tratto, in mezzo a tutta quell'agitazione, tra le risate, al di sopra della testa di Osnat, al di là della grande vetrata, vedo una nuvoletta violacea, come notturna, che fluttua bassissima, quasi a sfiorare i tetti. E qualcosa mi lampeggia per un istante sin dentro il cervello, una sensazione quasi fisica: stanotte non riuscirò a dormire – come un presentimento profetico. Quando Tali e Osnat saranno già sprofondate nel sonno, io mi starò ancora rivoltando nel letto. Non ho detto niente, ho continuato a chiacchierare e a ridere, ma mi si era già accesa dentro una fiammella ostinata, come quella che resta sempre accesa nella nostra cucina a gas. Non si dorme stanotte, Dafi.

Poi ho dimenticato tutta la faccenda, mi sono illusa di dimenticarla. Verso sera loro se ne sono andate e io mi sono messa a fare i compiti. Ancora mi preparavo a una notte normale. Ho fatto in fretta l'analisi delle due profezie di Geremia e le ho confrontate, ho finito in un lampo con le immagini di morte e rovina nella poesia *La Città dell'Eccidio* di Bialik. Proprio domande cretine. Ma quando ho aperto la stramaledetta matematica, ho cominciato a sbadigliare terribilmente. Mi è piombata addosso una stanchezza tremenda. Forse avrei dovuto buttarmi sul letto, sfruttare il momento.

Ma stupidamente mi sforzavo di capire quei problemi, e papà m'ha chiamato per la cena. Quando prepara la cena e io mi faccio aspettare, va su tutte le furie, perché ha fame e perché fa tutto cosí in fretta: prepara e mangia. Non ha ancora finito di preparare, che già ha finito di mangiare.

Mamma ancora non è arrivata.

Mi sono seduta accanto a lui, non avevo fame, volevo soltanto fargli sentire che non era solo. Non abbiamo quasi parlato, perché alla radio c'era il notiziario della sera e lui era tutto appiccicato alla radio. Mi ha preparato un uovo strapazzato, ma io non ne avevo voglia. La roba che prepara non è mai buona, anche se lui è convinto di saper cucinare. Quando ha visto che non avevo mangiato l'ha mangiato lui. Appena è uscito dalla cucina ho buttato in pattumiera un po' di avanzi e il resto l'ho messo in frigorifero, ho promesso di lavare i piatti e sono andata a guardare la televisione. Stavano ancora trasmettendo un programma in arabo, ma sono rimasta a guardarlo solo per non tornare in camera mia e ritrovarci la matematica ad aspettarmi. Papà era lí che tentava di leggere il giornale e di guardare anche la televisione, ma alla fine si è alzato ed è andato a dormire. Un tipo strano. Bisognerebbe discuterne una volta in separata sede. Ma in fondo, chi è? Soltanto il taciturno proprietario di garage, che se ne va a dormire alle nove e mezza di sera?

E mamma ancora non arriva.

Ho spento il televisore e sono andata a farmi una doccia. Nuda sotto l'acqua che scorre, sono come drogata. Il tempo che passa diventa dolce, informe, e io sarei capace di stare lí per ore. Una volta papà ha forzato la porta perché mamma pensava che fossi svenuta o qualcosa di simile – ero lí forse da un'ora e non sentivo che mi stavano chiamando. A poco a poco l'acqua si raffredda. Ho vuotato tutto il serbatoio dello scaldabagno. Mamma griderà. Mi asciugo, metto il pigiama, spengo le luci, entro nella loro camera da letto, spengo la lampadina sul comodino di papà e gli tiro via il giornale. Nella barba lunga e incolta, i peli bianchi brillano per la luce che viene dal corridoio. Quando lo vedo addormentato mi fa pena, e non è naturale che i figli compatiscano i loro genitori. Vado in camera mia e di nuovo do un'occhiata al quaderno di matematica, chissà che non mi venga un'ispirazione dal cielo, ma il cielo è nero, senza stelle, e pioviggina. Da quando nell'ultima guerra ci hanno ucciso il professore di matematica e ci hanno fatto arrivare quel bamboccio dal Politecnico, io ho troncato i rapporti con quella materia. Non è roba per me: non arrivo nemmeno a capire il testo dei problemi, figuriamoci a risolverli.

Chiudo la persiana e accendo la radiolina, che adesso trasmette canzonette di quel piagnucolone, Sarussi. Pian piano preparo la cartella, e il quaderno di matematica non ce lo metto dentro, apposta. Dirò di nuovo che l'ho dimenticato, è già la quarta volta questo mese. La prossima volta dovrò trovare un'altra scusa. Per ora il bamboccio resta zitto, e arrossisce come se a mentire fosse lui, non io. Ha ancora un po' di paura, teme complicazioni, ma anche lui tra non molto, ci sono già avvisaglie preoccupanti, si riprenderà.

E mamma ancora non arriva.

Una riunione di professori cosí lunga – sicuramente tramano qualcosa di grave contro di noi.

La casa è silenziosa. Una quiete profonda, e poi il trillo del telefono. Corro all'apparecchio, ma papà risponde prima che arrivi io. Da quando è scomparso quello là, non riesco mai ad arrivare per prima. Papà e mamma sono sempre sul chi vive, c'è sempre un telefono accanto al loro letto.

Alzo la cornetta dell'altro apparecchio, nello studio, e sento papà che parla con Tali. Lei è tutta sorpresa quando sente la voce insonnolita di lui. M'intrometto subito nella conversazione. Che cosa è successo? Si è dimenticata su che cosa sarà l'interrogazione di storia, domani. A dir la verità, era per questo che era venuta con Osnat oggi pomeriggio, per studiare storia. E ci siamo dimenticate proprio della cosa piú importante. Anch'io. Ma a me la storia non fa paura, forse è l'unica materia in cui mi sento assolutamente sicura. Dev'essere un talento che mi viene da mamma, ogni dettaglio secondario e ogni inezia mi rimane in testa. Dico a Tali i numeri delle pagine da studiare, e lei comincia a prendersela con me come se il professore di storia fossi io. – Cosí tanto? Come mai? Ma non è possibile!

Poi si calma, comincia a raccontarmi qualcosa su Osnat, ma dalla cornetta viene uno strano fruscío, come un respiro pesante – è papà che si è addormentato con la cornetta in mano. Tali caccia un urlo. È proprio isterica questa ragazza.

Poso il telefono, corro da papà, prendo la cornetta dal cuscino e la rimetto a posto. Se avessi anche solo un millesimo della sua facilità ad addormentarsi...

– Vai a dormire... – tira fuori lui d'un tratto.

– Subito... Mamma non è arrivata.

– Verrà tra poco. Vai a dormire, non stare ad aspettarla, poi domattina sarai morta di sonno.

Sono di nuovo in camera mia. Comincio a mettere in ordine. Lo sconquasso di questa giornata e le sue tracce – sensazioni, chiacchiere, risate – adesso sono come una polvere impalpabile, che raccolgo e butto nella spazzatura. Comincio a fare il letto, a dargli aria, trovo il portamonete di Osnat e il sacchetto in cui Tali tiene i tampax, se li porta dappertutto. Infine la stanza ha ripreso forma, spengo la luce centrale, accendo la lampada sul comodino, prendo l'Era dell'Illuminismo e me la porto a letto. Comincio a leggere, a prepararmi per l'interrogazione, ma le lettere si annebbiano: un attimo di grazia. Bisogna afferrarlo, è fantastico! Mi sto addormentando.

E allora arriva mamma: i passetti veloci sulle scale, come se tornasse da una festa e non da una riunione di professori. Appena si apre la porta, chiamo: mamma? Lei entra nella mia camera, il soprabito bagnato, un fascio di carte sottobraccio, il viso grigio, stanchissima.

– Dormite già?

– Io non ancora.

– Che cosa è successo?

– Niente.

– Allora dormi...

– Mamma?

– Non adesso... Lo vedi che sono stanca morta.

Ultimamente questo è l'eterno ritornello. Una stanchezza tremenda. Non si può parlare con lei, è sempre tanto occupata, come se avesse da amministrare il mondo intero. Sento i suoi passetti rapidi in giro per la casa: si arrangia senza accendere la luce grande, tira fuori qualcosa dal frigorifero, mangia cosí, in piedi, si spoglia in bagno, tenta di fare la doccia, ma smette subito. Io mi affretto a spegnere la luce, che non venga a sgridarmi perché non le ho lasciato l'acqua calda. Entra in camera da letto al buio, papà brontola qualcosa, lei risponde, e subito è silenzio.

Una tranquilla vita coniugale...

In casa si spegne l'ultima luce. Chiudo gli occhi, spero ancora. Tutto è silenzio. I pensieri si calmano, la cartella è in ordine, la porta chiusa a chiave, le persiane abbassate. In strada c'è silenzio. Tutto sembra fatto per il sonno... Forse ho dormito un minuto o due, ma poi il tempo è passato, e ho capito che non dormo affatto, che la fiammella che mi arde in fondo all'anima non mi darà pace, e comincio a rivoltarmi nel letto. E questa strana irrequietezza continua ad aumentare. Rivolto il cuscino, cambio posizione ogni quarto d'ora, poi ogni pochi minuti. Un'ora se ne va. Le lancette fosforescenti toccano mezzanotte, passano oltre. Ci siamo, alzati, cara mia. Povera Dafi, questa è una notte bianca, non vale la pena di insistere, alzati e cammina.

La scia di luce delle mie notti bianche. Prima la luce piccola, quella accanto al letto, poi quella grande in camera, la luce in corridoio, la luce bianca di cucina e infine la luce interna del frigorifero.

Lo spuntino notturno. A che serve stare a dieta di giorno, se di notte uno si sgranocchia quattrocento calorie come niente fosse? Una fetta di torta, formaggio, un pezzo di cioccolata, e quel che rimane di una bottiglia di latte.

E poi, pesante e insonnolita, mi lascio cadere sul divano nella sala buia, davanti alla finestra grande, e ho di fronte una nave gigantesca, un palazzo illuminato ai piedi della montagna, sul mare invisibile. Un grandioso spettacolo di gente sveglia. Vado a prendere un cuscino e una coperta, e quando torno la nave è già sparita. Non ci si rende conto che sta navigando.

Una volta sono riuscita ad addormentarmi sul divano in soggiorno, ma non stanotte. L'imbottitura mi graffia la schiena. Rimango distesa per un quarto d'ora, per mezz'ora. La mano cerca la radio, a tastoni.

Che lingua è questa? Greco? Turco? Jugoslavo? Canzoncine allegre. E un presentatore dalla voce molto sexy che chiacchiera fitto fitto. Gli telefonano delle vecchie dalle voci trementi, lo divertono, e lui si fa delle gran risate, liberamente, perfettamente a suo agio. Riesce a far ridere anche me. Dunque non tutti dormono. Ma all'improvviso lui scompare, cominciano a trasmettere pubblicità di Coca-Cola, e di una macchina Fiat. Un'ultima canzone, e la voce di un'annunciatrice, mezza drogata, sembra che auguri la buona notte. Un fischio. Hanno chiuso le trasmissioni. È già l'una passata.

L'orologio avanza a passi di lumaca: ancora almeno cinque ore alle prime luci. Seduta in poltrona, non sono nemmeno piú capace di stare sdraiata, sto per piangere. E quell'uomo-che-ticchetta – quasi me n'ero dimenticata. L'uomo-che-ticchetta nelle notti, nella casa sull'altra sponda del *wadi*. Vado in bagno, e dal finestrino che sovrasta un paesaggio diverso, un *wadi* laterale, cerco la sua finestra illuminata. E lui è là, certo che è là. Evviva l'uomo-che-ticchetta, che scrive di notte! È seduto a tavolino e lavora di lena, il mio compagno notturno.

L'ho scoperto qualche settimana fa, per caso. Scapolo? Sposato? Non ne so niente. Di giorno è tutto chiuso, solo di notte, nella luce della notte lui si fa vedere illuminato da un lumicino; è solo, sta lavorando a qualcosa, scrive senza sosta. Ogni volta mi propongo di andare in quel quartiere sull'altra sponda del *wadi*, di cercare la casa, vedere come si chiama. Lo chiamerei per dirgli: «Caro signore-che-ticchetta, io la seguo di notte dall'altra sponda del *wadi*. Che cosa scrive? Una ricerca? Un romanzo? Su che cosa? Scriva sull'insonnia, è un argomento che non è stato trattato abbastanza – per esempio l'insonnia di una ragazza quindicenne, allieva della sesta classe, che ogni notte si rigira nel letto».

Ho le lacrime agli occhi.

Mi vesto in fretta, mi tolgo i pantaloni del pigiama, infilo dei calzoni di lana pesante. Sopra la camicia del pigiama metto uno scialle, prendo un cappotto, il berretto di pelo di papà. Spengo le luci in casa, apro la porta d'ingresso, e con la chiave nel pugno chiuso scendo le scale buie, esco in strada. Una passeggiatina notturna, nei pressi di casa. Cento metri in discesa, fino all'angolo dove è stato ucciso Yigal, e poi tornare. Se papà e mamma sapessero di queste passeggiate, mi ammazzerebbero.

Sono le due e mezza, e io in pantofole, coi piedi nudi e gelati, guardo le stelle, cammino per la strada morta e bagnata. D'un tratto, una macchina coi fari accesi arriva in volata sulla discesa e si blocca a cinque metri da me. Io sono paralizzata. La macchina fa marcia indietro, una luce bianca si accende, mi cerca. Forse mi hanno scambiata per una puttanella. Sono presa dal terrore, la chiave mi sfugge di mano, cade in una pozzanghera. Qualcuno sbuca dalla macchina, una figura alta, sorridente. Raccatto la chiave, torno indietro di corsa, salgo le scale di fretta e furia, entro in casa senza fiato, sprango la porta, mi spoglio in fretta, entro nel letto, mi tiro la coperta sulla testa.

Come andrà a finire con questa vita notturna? Cos'è che mi rode? In fondo, va tutto benissimo. Ho buone amiche, a casa mi viziano, i ragazzi cominciano a innamorarsi in segreto – lo so, non dicono niente, ma non riescono piú a nasconderlo, durante le lezioni ho i loro occhi addosso, gli sguardi che mi accarezzano le gambe. Uno della ottava classe ha persino tentato di agganciarmi, sul serio. Un ragazzo alto con una faccia scura, con i brufoli sulla fronte; una volta accanto al cancello della scuola mi ha trattenuto per un'ora intera, e mi parlava non so di che, non seguivo quel che diceva. Pazzo. Finché sono riuscita a tagliare la corda.

Allora perché non riesco a dormire neanche adesso, alle tre e mezza di notte, quando sono finiti tutti i programmi notturni e io sono proprio esausta? Domani ho sette ore di lezione, e abbiamo interrogazione scritta di storia e compito di matematica che non ho nemmeno preparato.

Getto via di nuovo la coperta, mi alzo, mi sento come un masso di piombo che si muove, accendo la luce, inciampo nei mobili. Apposta faccio rumore, vado in bagno a bere, guardo con occhi spenti l'uomo-che-ticchetta. Non ticchetta piú, ha appoggiato la testa sulla macchina da scrivere. Persino lui si è addormentato. Entro nella loro camera da letto, rimango sulla porta. Se la dormono, come bambini piccoli. Comincio a piagnucolare sottovoce: «Mamma, papà», e me ne vado.

In principio, nelle prime notti bianche, svegliavo mamma o papà, uno dei due, qualche volta tutti e due. Non so neanche perché, ero disperata, volevo che si svegliassero e pensassero a me. Mamma si svegliava subito, come se fosse stata sempre sveglia e mi avesse aspettata. Ma era un'illusione. Finiva appena la frase e si addormentava, come inghiottita in un baratro.

Per svegliare papà, ci vuole tempo. Dapprima bofonchia e dice cose sconclusionate, non capisce chi gli parla, come se ne avesse dieci, di figli. Finché non lo tocco, lui non si muove. Ma quando poi si sveglia, è lucidissimo. Si alza, va in gabinetto, viene in camera mia, si mette su una sedia e comincia a chiedermi: – Che cosa è successo? Che cosa ti preoccupa? Adesso rimango seduto qui con te finché non ti addormenti –. Mi copre, spegne la luce, si mette un cuscino piccolo dietro la testa, e pian piano comincia ad addormentarsi. Mi fa pena. Dopo un quarto d'ora si sveglia, sussurra «Dafi, Dafi». E io, sveglia come il diavolo, sto zitta. Allora lui aspetta ancora un po' e si alza, mezzo insonnolito e traballante, e torna nel suo letto.

Ma non li sveglio piú. A che serve? Una volta, quando sono entrata per svegliarlo, ha detto: – Vai, ti dico, vai via! – Con una voce chiarissima. Mi sono spaventata. – Come, – ho detto. – Te la sei presa? – Poi ho capito che parlava nel sonno. «Papà», ho sussurrato, ma lui non ha risposto.

Piango. Buon giorno! Sono arrivate le lacrime. Sotto le coperte piango, perché mi faccio tanta pena. Un pianto stanco, amaro. Sono già le quattro del mattino. Come andrà a finire?

Tiro su le persiane, apro un po' la finestra – la notte crudele infinita è stesa sul mondo. Il cielo si rischiara un po', nuvole pesanti si spostano lentamente, si accavallano l'una sull'altra all'orizzonte. La brezza del mattino. Ma io ho sempre piú caldo. Getto via tutte le coperte, mi sbottono la camicetta del pigiama, espongo il petto che mi fa male al venticello fresco. Butto il cuscino sul pavimento, mi sdraio come morta, le mani lungo i fianchi, le gambe divaricate, e a poco a poco, nell'odore della pioggia, di fronte al cielo che impallidisce, comincio a prender sonno. Ma non proprio. Divento sempre piú leggera. Le membra svaniscono. Un piede, una mano, la schiena, l'altra mano, i capelli, la testa. Mi riduco ad una monetina, all'essenza del mio essere. Quella che si rifiuta di sparire, è la fiammella crudele, diventata un soldino disseccato e leggero.

E al mattino mamma mi sveglia con la sua voce limpida e mi toglie le coperte dalla faccia (a quanto pare papà mi aveva coperto prima di uscire): – Dafi, Dafi, alzati, su, farai tardi!

Io mi cerco gli occhi. Dove sono? Non trovo piú i miei occhi, mi rigiro in un pozzo di piombo e cerco gli occhi per aprirli, sento mamma che si fa la doccia, il fischio del bricco.

Quando infine si spalancano, come feritoie di ferro arroventato, la finestra è aperta. Vedo la luce, la distesa del cielo d'inverno alto e grigio. E tra quello e la terra, come un'astronave arenata, quella nuvoletta ovale, la nuvola maledetta che mi ha tolto il sonno.

Mamma entra, già vestita, con la borsa in mano.

– Dafi, sei impazzita? Fino a che ora hai intenzione di dormire?

ASYA

Ma che gita è questa? Una gita scolastica, o piuttosto un campeggio vicino ad una città di montagna, un insieme di Safed e di Gerusalemme, in lontananza si vede un gran lago. E una folla di giovani, tende grigie piene di allievi, non solo della nostra, ma anche di altre scuole, ex allievi della mia scuola, delle classi superiori, vestiti di kaki, eternamente giovani. Si esercitano con bastoni, tutti in riga a picchiare. Perché, a quanto pare si era in guerra e c'erano truppe sulle colline intorno. È mezzogiorno e io cammino per questo campo immenso e cerco la sala professori, inciampo nei picchetti delle tende tra sterpi e rocce e roba da campeggio, pentole annerite, finché vedo facce di allievi nostri della classe di Dafi e anche Sarah e Yemina e Varda con gonne lunghe e larghe di stoffa kaki e il bidello e Yochy e le segretarie. Tutta la segreteria della scuola si è trasferita lí con le macchine da scrivere e lo schedario. E Schwarz, vestito di kaki in uniforme inglese pare giovane e abbronzato e fa la sua figura, col bastone in mano.

– Be', che c'è? Già il campanello.

Ed è davvero il campanello, come se suonasse in cielo, come campanacci di una mandria di mucche. E io non ho libri e non ci sono appunti, non so che cosa devo insegnare e in quale classe entrare. Gli dico: – È una vera rivoluzione... – e lui come sempre mi prende in parola.

– Rivoluzione... proprio una rivoluzione... – ride. – La gente questo non lo capisce... Venga a vedere...

E d'un tratto lui ha tempo, nonostante il campanello. Mi porta a una piccola caverna, una specie di crepaccio, e lí sotto le pietre c'è un fascio di carte, bozze di un libro. C'è scritto, La Vera Rivoluzione. Ma il contenuto, me ne accorgo subito, il contenuto è quello di un vecchio testo che lui consultava per gli esami di Bibbia. I suoi laconici commenti sui capitoli assegnati per gli esami di maturità.

E intanto intorno c'è silenzio. Il grande accampamento tace, gli allievi siedono in circoli, e al centro le insegnanti lavorano a maglia e qualcuno legge ad alta voce un libro. Io sono molto tesa ed emozionata. La parola rivoluzione non mi dà pace. Vorrei raggiungere la mia classe. Voglio insegnare, lo voglio disperatamente. Mi fa male lo stomaco dalla voglia di essere con gli allievi. E so che si trovano vicino alla piccola quercia. Vado a cercarli, ma già non ricordo piú quale quercia, tengo gli occhi in terra per cercare ghiande. Scendo sul fianco della collina verso il grande *wadi*. Pare che le linee nemiche non siano lontane. Già qui non ci sono piú ragazzi bensí uomini adulti, soldati, uomini dai capelli grigi con elmetti con armi. Postazioni avanzate tra le rocce. Il cielo comincia ad annuvolarsi verso sera.

Chiedo del querciolo, e mì mostrano per terra una piccola ghianda marrone chiaro. Noi siamo la tua classe, ridono. Non m'importa di parlare con degli adulti. Al contrario. Le facce sono note: padri di allievi della settima e dell'ottava classe liceo che vengono alle assemblee dei genitori. Loro si siedono per terra, ma non mi guardano. Mi voltano la schiena, guardano verso il *wadi*. Sono molto inquieti. Io voglio cominciare a dire qualcosa, cosí in generale, sull'importanza dello studio della storia. Uno si alza ed indica il *wadi*. Lí c'è un movimento sospetto. È un vecchio col cappello in testa che cammina nel *wadi* con molta determinazione, si allontana verso un luogo ostile. Mi si stringe il cuore. Come papà. Anche lui qui? Ma c'entra o non c'entra, lui? Cammina eretto ed irritato nel letto del *wadi* pieno di pietre. Ma che rivoluzione, penso. Di che stanno parlando? Questa è guerra, solo guerra.

VADUCCIA

Una pietra posata su un lenzuolo bianco. Una grossa pietra. Rivoltano la pietra, lavano la pietra, le dànno da mangiare e la pietra piscia adagio. Rivoltano la pietra, puliscono la pietra, le dànno da bere e la pietra piscia di nuovo. Sparito il sole. Buio. Silenzio. Pietra piange perché – sono solo una pietra – piange la pietra. Non ha pace comincia a muoversi si rivolta senza rumore vola sopra un terreno grigio sporco deserto immenso non c'è nulla gigantesca palude terra morta bruciata. Vaga finché inciampa in corde tese si trova nella tenda buia tocca la zappa. La pietra si ferma la pietra sprofonda. Radice brulica nella pietra la stringe la sgretola si dirama dentro. La pietra non è pietra la pietra agonizza e comincia a vegetare la pietra vegeta la pietra è pianta, pianta tra le piante, nel silenzio si fa strada nel terreno, sale, mette fuori un ramo forte, un altro ramo. Crescita forte, crescita turbinosa, foglie su foglie. Fuori un gran sole. È giorno. Una pianta grande e vecchia sul letto. Rivoltano la pian-

ta ripuliscono la pianta dànno da bere tè alla pianta e la pianta è
ancora viva.

ADAM

In fondo siamo noi che l'abbiamo mandato a fare il soldato.
Non era arrivata nessuna cartolina-precetto, che comunque
non gli sarebbe potuta arrivare. Dato che due ore dopo il famoso allarme lui era già da noi. A quanto pare non abbiamo sentito
bussare alla porta, e lui non ha aspettato tanto e si è aperto la
porta di casa con la chiave che gli aveva dato Asya. Dunque ha
già le chiavi di casa, ho pensato, ma non ho detto niente, l'ho solo guardato entrare, spaventato, emozionatissimo, parlando a
voce alta, come se la guerra che stava scoppiando fosse contro
di lui, personalmente. Chiede spiegazioni, e quando capisce
che non sappiamo che cosa dire, si butta sulla radio e comincia
a cercare febbrilmente un annuncio o una notizia che faccia
chiaro; passa da una stazione all'altra, francese, inglese, si sof-
ferma persino un po' su una trasmittente in greco o in turco,
cerca di mettere insieme i fatti.

Diventa sempre piú pallido, gli tremano le mani, vaga senza
sosta.

Per un momento ho pensato: adesso sviene, come quella
volta nel garage.

Ma anche questa libertà di aggirarsi per casa. Il suo modo di
toccare tutto: se ne va in cucina, apre il frigorifero, sa benissimo
dove trovare l'atlante grande per guardare le carte. E soprattutto il modo che ha di rivolgersi ad Asya, d'interromperla nel
mezzo del discorso, di toccarla.

In questi ultimi mesi tornano a sfilarmi davanti agli occhi alcune immagini di quella sera. Le ultime, prima che lui sparisse.
È il crepuscolo, lui è in piedi in mezzo al salone, la camicia bianca gli spunta fuori dai pantaloni neri, scopre solo un po' del suo
corpo magro, tra le mani tiene un grande atlante aperto e ci
spiega qualcosa. E lei col viso arrossato, spaventato, accompagna i suoi gesti tutta tesa, come temendo che lui rompa qualcosa. Ma questo è un vero amante, ho pensato, lei lo ama.

E in mezzo a tutto questo, la guerra che scoppia con violenza. La certezza di una realtà nuova, che ci piomba addosso, senza scampo. La notte scende rapida, e noi non accendiamo la luce per poter tenere le finestre aperte. Ogni volta che passa un aereo, lui si precipita in terrazza. Deve assolutamente sapere se è dei nostri o dei loro. Mi chiede persino di disegnargli su un pezzo di carta la sagoma di un «Mig», e come si riconosce un Mirage o un Phantom – e quando esce col naso per aria, si porta dietro quel misero schizzo.

– Ma come le viene in mente che siano dei loro... – ha borbottato Dafi che tutto il tempo rimane in un angolo, scura in viso, senza togliergli gli occhi di dosso.

– Ma stavolta non avete raso al suolo i loro aerei, – spiega lui con una specie di sorriso triste, – questa volta sarà una faccenda ben diversa.

Disfattista? Non è proprio un disfattista. Ma è cosí estraneo a tutto. S'interessa soltanto a questioni pratiche, dettagli. Qual è la portata dei loro razzi, e se possono bombardare il porto dal mare. Se ci sarà il razionamento dei viveri, e quando si potrà lasciare il paese. Per piú di dieci anni non è stato qui e non ha idea di quello che succede in tempo di guerra. Ha concetti europei, antiquati.

Ero paziente con lui. Rispondevo alle sue domande, cercando di calmarlo. Guardavo Asya seduta sull'angolo del divano, sotto la lampada a stelo incappucciata con un vecchio cappello di paglia per l'oscuramento, con un mucchio di quaderni di allievi sulle ginocchia e una matita rossa in mano; cercava di star calma, lo so bene, ma non ne era capace: una donna grigia, dai capelli brizzolati, con addosso una vecchia vestaglia, in pantofole senza tacco, i lineamenti tesi, che le conferivano luce e forza. Innamorata contro la sua volontà, è sbalordita di questo suo innamoramento, forse se ne vergogna persino. Quasi non dice parola, solo di tanto in tanto si alza e porta qualcosa da mangiare o da bere, caffè per me, succo di frutta per Dafi, un panino per Gabriel. E intanto si susseguono informazioni confuse: rapporti degli inviati speciali, discorsi alla televisione, le trasmittenti straniere, notizie che arrivano da tutte le parti, ma continuano ostinatamente a ripetere le stesse cose. Arriva una prima telefonata del capo-operaio dell'officina per avvertire che è stato richiamato. Io stesso telefono ad alcuni meccanici, e risulta che sono stati richiamati anche loro, certi già da ieri pomeriggio.

Di ritorno dallo studio, lo trovo seduto in cucina, le persiane chiuse. Sta bevendo una tazza di brodo, e lei è seduta vicino a lui e lo guarda.

Si sta proprio sistemando qui da noi.

Lui mi sorride come per scusarsi, confessa che la paura gli fa venir fame. Già da bambino, dice, e col cucchiaio si porta alla bocca il resto del brodo.

Sembra deciso a passare la notte qui, se non abbiamo nulla in contrario. È disposto a dormire per terra, o sul divano, dovunque. Solo perché dalla nonna non c'è rifugio antiaereo, e la casa è proprio di fronte al porto, un obiettivo perfetto per un primo attacco. Nella prima guerra mondiale avevano cominciato subito con i porti...

Si rivolge ad Asya, come per chiedere la sua approvazione. Ma lei non risponde, mi guarda con apprensione.

C'era in lui qualcosa di grottesco, ma anche di triste, sembrava un bambino abbandonato. Ho cominciato a pensare: andrà a finire che resterà qui da noi per tutta la guerra – ma non ero in collera, anzi, ero quasi commosso. Ormai poteva accadere di tutto. Ero andato troppo oltre.

È quasi mezzanotte. Telefona il vecchio contabile del garage, Erlich. È felice, comunica che l'hanno richiamato alle armi. Comincia a spiegarmi dove si trovano le fatture, qual è il saldo in banca, chi ci deve dei soldi, come fare con gli stipendi – come se partisse per una guerra mondiale. Un vecchio ebreo tedesco, un «jecke» pesante, che però ha il senso dell'umorismo. Non importa, non importa, ho tentato di calmarlo, ma lui non si calma. In questioni di soldi non si fida di me. Alla fine dice che la mattina farà lui stesso un salto in garage, pare che l'abbiano destinato non lontano da lí, vicino alle raffinerie di petrolio.

– Mobilitano proprio tutti... davvero, – ho comunicato a quelli che se ne stavano seduti al buio, – e di te che ne sarà?

Mi rivolgo a lui cosí, senza avere in mente niente di preciso.

Ma lui comincia a balbettare: non sa, non è stato assegnato a una particolare unità. Vero è che all'aeroporto gli hanno dato un modulo da presentare al comando militare entro due settimane. Ma lui non aveva intenzione di rimanere qui per due settimane. Allora non sapeva che la nonna non era morta, ma soltanto in coma. Spera che non gli faranno problemi quando vorrà andarsene da Israele...

– Certo che ne avrà... – sbotta Dafi, che era rimasta stranamente silenziosa da quando era entrato lui. – E perché non dovrebbe averne? La prenderanno per un disertore...

E lui scoppia a ridere. Al buio non gli vedo il viso. Ride e ride, ma quando si accorge del nostro silenzio smette di colpo, si alza, accende una sigaretta, comincia a camminare su e giú per la stanza.

– Aspetti ancora qualche giorno, – dice Asya. – Forse finirà tutto –. E io sto zitto. Nel suo tono di voce c'è qualcosa che mi dà una stretta al cuore.

Il notiziario di mezzanotte. Nessuna novità. Le stesse cose che abbiamo già sentito. All'una meno dieci cominciano a trasmettere musica, marce militari. Andiamo a dormire, dico, ma questa è una notte stregata, come si fa a dormire. Dafi va in camera sua e si chiude dentro. Asya tira le tende in studio, accende la luce, fa il letto. Io prendo una radiolina, mi spoglio, me la porto in camera. La finestra è aperta, e anche la porta della terrazza. Dalle case vicine, tutte oscurate, proviene un formicolio di radio accese. Asya si fa aspettare. Mi alzo, vado in corridoio. Vedo Gabriel in piedi, seminudo, accanto alla porta dello studio, e lei gli sta parlando sottovoce, febbrilmente. Quando si accorge della mia presenza, si ferma di colpo. Dopo qualche minuto viene in camera, si spoglia in fretta, si corica accanto a me.

– Che ne sarà? – non riesco a trattenermi. Mi riferisco alla guerra.

– Potrebbe rimanere qui, per ora... se non ti dà noia.

Io la guardo, lei chiude gli occhi. Anch'io. La radio accanto a me continua a mormorare, ogni tanto mi sveglio, alzo il volume, accosto l'orecchio, ascolto e mi riaddormento. In casa c'è un incessante trapestio di piedi nudi. Dapprima, Dafi che gironzola, poi il rumore dei passi di lui, Asya che si alza e comincia a girare. Bisbigli, un miscuglio di paura e di desiderio soffocato. Un languore misto di sangue e di fuoco lontani.

Di colpo sono sopraffatto dalla stanchezza.

Alle prime luci, mi alzo. Asya e Dafi dormono. Dallo studio si sentono canzonette allegre. Un'altra immagine di lui, che mi si è impressa profondamente nella memoria: mezzo seduto e mezzo coricato, coperto dal lenzuolo fin sopra la testa, con la radiolina che trasmette canzonette.

Che sia ammattito?

Appena lo tocco, tira giú il lenzuolo, si scopre il viso. Non è sorpreso, ma tiene ancora gli occhi chiusi.

– Stanno avanzando, è vero? Che succede laggiú?

Ha addosso un paio di pantaloni di un mio vecchio pigiama. Sono in piedi accanto a lui, in un silenzio pesante che conosco bene, che so controllare, un silenzio rassicurante per chi mi sta intorno.

– È meglio che vada, – gli dico sottovoce, quasi dolcemente.

– Dove?

– A chiarire la sua posizione... potrebbe avere delle noie ripartendo... E perché mai?

L'ansietà profonda nei suoi occhi. È carino, ho pensato, questo amante, questo amante terrorizzato.

– Ma pensa davvero che abbiano bisogno di me... che non abbiano niente di meglio da fare?

– Al fronte non la manderanno... non abbia paura. Ma è meglio che abbia le carte in regola, che si presenti.

– Magari fra qualche giorno, domani...

– No, ci vada subito. Da un momento all'altro questa guerra finirà, e se lei arriva in ritardo, la potrebbero accusare...

– La guerra potrebbe finire cosí, all'improvviso? – dice lui, sorpreso.

– Perché no?

Dietro di me Asya, scarmigliata, i piedi nudi, la camicia da notte sbottonata, ascoltava la nostra conversazione, completamente dimentica di sé.

Gli ho toccato la spalla nuda: – Venga a mangiare qualcosa, e poi vada presto, oggi ci sarà un mucchio di gente laggiú.

Sembrava abbattuto, ma si è alzato subito, si è vestito; sono andato a vestirmi anch'io. Gli ho dato il mio rasoio. Si è lavato e poi è venuto in cucina. Ho preparato la colazione per lui e per Asya che vagava inquièta. In silenzio, tutti e tre abbiamo mangiato pane e formaggio, abbiamo bevuto caffè e poi altro caffè. Erano le sei. La radio ha cominciato a trasmettere la preghiera cantata dal coro, e poi hanno letto il capitolo biblico giornaliero.

Lui era sorpresissimo, ascoltava tutto serio, quasi terrorizzato. Non sapeva che da noi le trasmissioni giornaliere cominciano cosí.

– È per la guerra?

– No, è cosí ogni giorno –. Ho sorriso.

Lui mi ha sorriso di rimando – qualche volta sprizza molta vitalità.

L'ho accompagnato da basso. La Morris blu era parcheggiata dietro la mia macchina, addossata come un cagnolino che si stringe alla madre. L'ho pregato di aprire il cofano, ho controllato l'olio, la cinghia del radiatore, ho gettato un'occhiata alla batteria. L'ho pregato di avviare il motore. Il rumore del piccolo e vecchio motore, modello '47, che con gli anni ha preso un lieve stridio, un po' ridicolo. Il battito di un neonato, ma di un neonato vitale.

– Va bene, – e ho richiuso il cofano con prudenza, sorridendogli. Improvvisamente, sembrava rinfrancato; per essere cosí presto, il traffico era già molto intenso.

– Ha denaro?

Ha esitato un momento, ma infine ha detto: – Sono a posto...

– Se torna oggi, ripassi di qui. Può stare da noi. Se la trattenessero per qualsiasi ragione, non ci dimentichi, si faccia vivo...

Lui ha annuito, distrattamente.

È l'ultima immagine che mi è rimasta impressa: la sua mano che mi fa cenno di saluto, allegramente, dal finestrino, e la macchina che scivola giú per la discesa.

Sono tornato in casa. Dafi, spettinata, era mezzo addormentata su una poltrona in salotto, Asya, già vestita, era seduta in studio. – Sono sicuro che tornerà stasera, che possono farsene di lui? – ho detto. Lei mi ha fatto un sorriso tranquillo, e poi si è rimessa al lavoro.

A sera non è tornato. Abbiamo aspettato una telefonata fino a tardi, ma invano. Per alcuni giorni le sue lenzuola sono rimaste ripiegate sul divano nello studio. Eravamo ancora convinti che sarebbe tornato. Sono passati altri giorni: neanche una cartolina. Dunque sembra che, nonostante tutto, l'abbiano arruolato. La guerra continua a inasprirsi e lui non c'è.

In casa della nonna, di lui non c'è traccia, a quanto pare è passato di lí prima di presentarsi alla base e ha chiuso le imposte. Lentamente passano i giorni della follia. La prima tregua, poi la seconda. È tornato il silenzio. Ma lui è scomparso. E tutto ha assunto una tale importanza, quelle ultime ore con lui. Passa un'altra settimana, e lui ancora non c'è, come se avesse deciso di prenderci in giro. Sono andato all'ufficio del Comando di Piazza, ma c'era una tale folla che me la sono svignata subito.

Passano altri giorni. Cominciano a smobilitare i primi militari della riserva. La prima pioggia. Sono andato di nuovo al Comando di Piazza, ho aspettato pazientemente il mio turno allo sportello. L'impiegata è stata ad ascoltarmi stupita, le sembrava che volessi prenderla in giro. Non ha nemmeno voluto registrare il nome. Senza numero di matricola, senza codice postale militare o nome dell'unità non era in grado di cominciare nessuna ricerca.

– Intanto, chi le ha detto che è stato arruolato?

In effetti, come faccio a saperlo?

– Chi è? Un suo cugino? Un parente?

– Un amico...

– Amico? Allora vada dai suoi. Noi parliamo solo coi familiari.

Sono passati altri giorni. Asya non dice parola, ma io divento profondamente inquieto, come se fossi in colpa, come se la sua scomparsa fosse rivolta a me. Tutto sommato, sappiamo di lui cosí poco, non abbiamo nessuno a cui potremmo rivolgerci. Erlich aveva un conoscente nelle guardie di frontiera, gli ho dato il

nome perché si informasse se aveva lasciato il paese – forse
semplicemente se n'era andato. Passano due giorni e ricevo una
comunicazione ufficiale: no, nessuno che risponde a quel nome
risulta aver lasciato il paese. Sono andato negli ospedali a con-
sultare le liste dei feriti. Erano lunghe e farraginose, non facevano distinzione tra feriti e malati. Una sera, sono andato in uno
dei grandi ospedali, ho cominciato a girare per i corridoi, a
guardare nelle corsie. Passavo fra i letti, osservavo in silenzio i
giovani che giocavano a scacchi o mangiavano cioccolata. Ogni
tanto mi ritrovavo in luoghi inaspettati, in una sala operatoria o
in un buio laboratorio di radiografia, passavo da un reparto
all'altro. In quei giorni negli ospedali c'era una tal confusione
che nessuno mi fermava: con i miei vestiti da lavoro passavo per
un tecnico del posto.

Per un'intera serata ho girato dappertutto, cercando meto-
dicamente. Qualche volta m'è sembrato di sentire la sua voce o
di vedere qualcuno che gli somigliava. In uno dei corridoi trasportavano una barella con un ferito bendato dalla testa ai piedi, anche il viso. Lo hanno messo in una stanza. Ho aspettato un
po' e sono entrato. Era una cameretta piena di apparecchi, c'era
solo un lettino. Il ferito, a quanto pare tutto ustionato, giaceva
privo di conoscenza, come un'antica mummia avvolta nelle
bende. Nella stanza era accesa solo una piccola lampada da tavolo. Forse è lui, ho pensato e mi sono addossato alla parete. È
entrata un'infermiera e ha collegato il ferito ad un apparecchio.

– Chi è? – ho chiesto sottovoce.

Ma anche lei non lo sapeva, l'avevano portato solo poche
ore prima dalle alture del Golan. A mezzogiorno da quelle parti
c'erano stati scontri a fuoco.

Le ho chiesto il permesso di rimanere, ho detto che già da
parecchio tempo cercavo un disperso, forse è lui. Lei m'ha
guardato con imbarazzo, si è stretta nelle spalle con un gesto
stanco, non aveva niente in contrario. In queste ultime settimane si sono abituate a tutte le stranezze possibili.

Ero seduto accanto alla porta, scrutavo la forma del corpo
che s'intravvedeva sotto le lenzuola, guardavo il viso fasciato.
Non c'era nessun segno, ma tutto era possibile.

Sono rimasto in quella stanza in penombra forse un'ora o due, l'ospedale andava quietandosi, ogni tanto qualcuno apriva la porta, mi guardava e tornava a chiudere.

D'un tratto il ferito ha cominciato a rantolare. Era rinvenuto? Ha cominciato a mormorare. Mi sono alzato, mi sono avvicinato: – Gabriel? – Lui ha voltato verso di me la testa fasciata, come se riconoscesse la voce, ma rantolava sempre piú forte. In quella solitudine pareva che stesse morendo: si dibatteva, tentava di strapparsi le bende dal petto. Sono uscito in corridoio e ho trovato un'infermiera. È venuta, è uscita di corsa per poi tornare con due medici e un'altra infermiera. Gli hanno messo sul viso una maschera d'ossigeno e gli hanno tolto le fasciature dal petto. Ancora non riuscivo a distinguere nulla. Ero lí in mezzo a loro, e guardavo. Il ferito stava morendo. Ho toccato lievemente la spalla di uno dei medici, l'ho pregato che gli togliessero le bende dal viso. Mi hanno obbedito, sicuri che fossi un parente. Lo spettacolo è stato orribile. I suoi occhi ammiccavano alla luce, o a me. Sapevo che non era lui.

Dopo qualche minuto ha smesso di respirare.

Qualcuno gli ha coperto il viso, mi ha stretto la mano e ha lasciato la stanza.

Una volta fuori ho guardato il giorno buio dalle grandi finestre. Ancora non avevo esplorato il piano superiore. Ho esitato un po', ma infine ho voltato le spalle, sono sceso per le scale e sono uscito.

DAFI

... e noi, della sesta C del Liceo Markaz ha - Carmel, nell'ultima guerra abbiamo perso il nostro professore di matematica. Chi mai avrebbe potuto immaginare che proprio lui sarebbe rimasto ucciso? Non ci sembrava davvero che fosse il tipo dell'eroe – anzi, pareva tutto l'opposto. Era un ometto magro e pacifico con un principio di calvizie, che d'inverno si trascinava appresso una sciarpa lunghissima. Aveva mani delicate e le dita sempre sporche di gesso. E proprio lui dovevano ammazzare. Noi a dire il vero eravamo in pensiero per l'insegnante di ginnastica; durante la guerra ogni tanto faceva un salto a scuola, in divisa e con i gradi di tenente – un vero divo del cinema. Aveva un cinturone con tanto di rivoltella infilata dentro, che faceva diventar matti tutti i ragazzi. Che cosa magnifica, dicevamo, che, nonostante la guerra, lui riesca a trovare il tempo di venire a scuola, a rassicurare noi e le professoresse che per lui impazzivano. Si piazzava in mezzo al cortile e raccontava delle storie. Eravamo proprio orgogliosi, e avevamo completamente dimenticato il professore di matematica; non ne avevamo saputo piú niente dal primo giorno di guerra. E a due giorni appena dall'armistizio, d'un tratto Schwarzi entra in classe, ci fa alzare tutti in piedi e dice in tono grave: «Ragazzi, ho da darvi una triste notizia. Il nostro amato collega, il vostro professore Haim Nedava, è rimasto ucciso sulle alture del Golan il secondo giorno della guerra, il sette ottobre. Onoriamo la sua memoria».

Abbiamo fatto delle facce molto tristi, e Schwarzi ci ha lasciato in piedi per forse tre minuti interi, in silenzio, perché pensassimo solo a lui. Poi ci ha fatto un cenno stanco, che potevamo sederci, ed era molto arrabbiato con noi, come se fosse colpa nostra, e poi se n'è andato per far alzare in piedi un'altra classe. Non posso dire che lí per lí fossimo proprio tristi, perché non è cosí facile essere tristi per la morte di un professore. Però eravamo sconvolti e spaventati, perché ci ricordavamo come stava vicino alla lavagna poco tempo prima, come scriveva con pazienza infinita gli esercizi e tornava a spiegare mille volte la stessa cosa. È proprio per merito suo che ho avuto piú-che-sufficiente sulla pagella dell'anno scorso, perché non perdeva mai la pazienza e tornava ostinatamente a spiegare e a rispiegare. Quando uno spiega qualcosa di matematica, a me basta che alzi un po' la voce o parli un po' in fretta per farmi subito perdere il filo, sarei capace di sbagliare due piú due. Lui mi calmava, anche se era terribilmente barboso, proprio da morire; qualche volta ci addormentavamo sul serio quando faceva lezione lui, ma anche nel dormiveglia, attraverso la nube di polvere di gesso che aleggiava intorno alla lavagna, le formule mi entravano in testa.

E ora, lui stesso è diventato una nube che aleggia.

Schwarzi, naturalmente, ha sfruttato la sua morte in maniera didattica, ci ha fatto scrivere dei componimenti su di lui e li ha fatti raccogliere in una cartella da consegnare alla vedova durante la serata di commemorazione che ha organizzato. I suoi allievi delle quinte e delle seste sedevano in fondo alla sala; in mezzo c'erano alcune file vuote, e nelle prime, sedevano tutti i professori, i famigliari e gli amici. Persino l'insegnante di ginnastica era venuto appositamente, sempre in divisa e con la rivoltella, anche se già da un pezzo c'era l'armistizio. Io ero seduta sul palco, perché dovevo recitare, con molta enfasi e a memoria, le due poesie sempre pronte per queste occasioni – *Vedi, o terra, come fummo prodighi* e *Qui giacciono i nostri cadaveri in lunghe file*. E tra le due poesie, Schwarzi ci ha deliziati con un discorsetto tutto leccato e pomposo e ha parlato di lui come se fosse un personaggio straordinario che lui adorava in segreto.

Poi sono andati tutti quanti all'ingresso del laboratorio di fisica, dove hanno messo una placca di bronzo, e anche lí qualcuno ha tenuto un discorso, ma noi non l'abbiamo sentito perché ce la siamo svignata per il cancelletto posteriore.

Schwarzi è proprio fulmineo. Non hanno ancora finito di contare i caduti, che lui ha già organizzato la cerimonia commemorativa.

E noi intanto non abbiamo dimenticato solo il professore di matematica, ma anche quasi tutta la matematica, perché per due mesi, abbiamo studiato Bibbia nelle ore di matematica. In tutto avevamo otto ore di Bibbia alla settimana, e di buon passo abbiamo finito dieci dei dodici profeti. In classe si diceva scherzando che non ci sarebbe rimasta Bibbia da studiare in settima e ottava, e ci sarebbe toccato studiare il Nuovo Testamento.

Poi alla fine è arrivato il supplente. Uno giovane, studente al Politecnico, grassottello, nervosissimo, un genio mancato che aveva deciso di sperimentare su di noi la nuova matematica. Ho capito subito che per colpa sua anche quel poco che sapevo si stava annebbiando.

In principio abbiamo provato a prenderlo un po' in giro, almeno finché non sapeva i nostri nomi. Io l'ho soprannominato

Bamboccio, ed è piaciuto a tutti, perché è proprio una specie di bamboccio, quasi neanche si fa la barba. Ben presto però lui si è preparato un quadernetto con tutti i nomi, e si è messo a darci dei voti. Noi non ce la siamo presa troppo per quel quadernetto, perché in genere i professori si stancano di quel sistema cretino prima di riuscire a domarci. Ma chissà perché, lui fin dal primo momento se l'è presa con me. Quasi ogni due lezioni mi chiamava alla lavagna, e se non sapevo rispondere, mi lasciava lí e continuava a torturarmi. Io non me la prendevo – tanto, non è che mi aspettassi granché dalla matematica, ma poi tutto d'un tratto ha cominciato anche a offendermi. Il mio nome l'ha afferrato subito, ma il cognome non l'aveva capito bene, e di certo non lo collegava al fatto che mamma insegna storia nelle classi superiori della stessa scuola. Non che io pretenda un trattamento di favore, ma volevo che lo sapesse, mi sarebbe bastato che lo sapesse. Lui però si ostinava a non capire, anche se sono ricorsa a svariate allusioni.

Solo verso la fine dell'anno, quando ormai eravamo in guerra aperta e davanti a tutta la classe gli ho detto: – Peccato che non sia morto lei, invece del professore che c'era prima, – e lui è corso dal direttore; solo allora ha capito come stavano le cose. Ma era già troppo tardi, sia per lui che per me.

ADAM

Dove non sono andato a ficcarmi nel corso della mia silenziosa e ostinata ricerca di lui. Un giorno sono arrivato persino al Dipartimento per le ricerche dei Militari Dispersi. Era una giornata primaverile, nel cuore dell'inverno. Ne avevo abbastanza del garage, degli operai arabi che se ne stanno seduti sotto la tettoia a far colazione con le loro focacce tonde, che scherzano, che accompagnano canticchiando la musichetta araba che sgorga dalle radio delle macchine. Sul giornale del mattino scopro un articolo sul Dipartimento per le Ricerche dei Militari Dispersi, su come funziona, sui mezzi di cui dispone, sui successi che ha avuto. E poco dopo ero già lí, seduto in sala d'aspetto accanto a una coppia anziana e silenziosa.

Pensavo: sarà questione di qualche minuto, darò il nome, si può sempre tentare.

Il peggio della confusione era già passato, lo scambio dei prigionieri, i famosi scandali. Avevano imparato la lezione e messo in piedi tutto un apparato: tre grandi baracche, sistemate in un boschetto nel quartiere degli uffici del governo. Gli addetti erano quasi tutti ufficiali, uomini e donne. C'era una saletta di pronto soccorso con medico e infermiere, e sullo spiazzo antistante sostava almeno una decina di automezzi militari. Non ho dovuto aspettare molto, un'ufficialessa mi ha fatto entrare in una delle stanze, che non era arredata come un ufficio militare, ma piuttosto come una stanza d'abitazione. Dietro la scrivania sedeva una donna molto avvenente con i gradi di Maggiore, davvero incantevole. Accanto aveva altre due donne. E tutto il gruppo ha ascoltato la mia storia con molta attenzione.

Una storia un po' strana.

Certo, potevo forse dire che cercavo l'amante di mia moglie? Cosí ho detto: un amico.

– Un amico? – erano un po' sorprese, ma parevano sollevate. – Solo un amico?

– Un amico. Un conoscente.

Non hanno detto: come mai vieni qui a cercare amici, con che diritto? Il Tenente ha tirato fuori una cartelletta nuova e l'ha passata al Maggiore; dentro c'erano già alcuni moduli prestampati. Efficienza, gentilezza e molta pazienza.

Cosí ho dato il nome e l'indirizzo, ho raccontato che era arrivato solo qualche mese fa, ho accennato alla faccenda dell'eredità e della nonna in coma all'ospedale. Loro hanno scritto parola per parola, ma sono venute solo dieci righe di calligrafia femminile, rotonda. Ho taciuto. Che altro potevo dire? Non avevo una foto, non sapevo il suo numero di matricola, né il numero del passaporto, né il nome del padre, e naturalmente non sapevo in quale unità l'avessero mandato. Ho detto di nuovo:

– Forse non è neanche arrivato al fronte, forse non l'hanno neanche arruolato. Siamo noi, in fondo, che l'abbiamo mandato al Comando. Ma dal secondo giorno della guerra non ne sappiamo piú nulla. Può essere un caso? Forse vi disturbo per niente...

– Eh, no, – hanno protestato. – Bisogna fare ricerche.

Non dovevano essere troppo oberate di lavoro.

La giovane Sottotenente è stata spedita subito con quel nome all'edificio dove si trovava il computer. Le altre due hanno tirato fuori un apposito questionario dove si registravano i dati riguardanti l'aspetto di una persona: colore dei capelli, altezza, peso, colore degli occhi, segni particolari. Ho cominciato a descriverlo – naturalmente non l'avevo mai visto nudo, in fondo sono soltanto un amico. Ho detto qualcosa del suo sorriso, di come muoveva le mani, del suo modo di parlare.

Loro ascoltavano. I capelli del Maggiore le scivolavano sul viso, continuava a scostarsene una ciocca dagli occhi con grazia. Irradiava una luce di grande bellezza. Parlava con voce sommessa, aveva in mano delle schede perforate e mi faceva delle domande strane: aveva forse una cicatrice sulla guancia destra, o aveva nella mascella inferiore dei denti d'oro? Si consultava sottovoce con il Tenente, che continuava a passarle altre schedine. D'un tratto ho capito: avevano le descrizioni di cadaveri non identificati: al posto suo, volevano darmi un cadavere.

Ma non c'era nulla che coincidesse.

Volevo andarmene. Mi sembrava pazzesco cercarlo lí, ma ormai non si poteva piú fermare la pratica. Intanto era tornata l'ufficialessa che avevano mandato al computer, con in mano un lungo foglio dove erano segnati tutti gli «Arditi» che erano passati per le forze armate negli ultimi anni. Ce n'era uno solo che si chiamava Arditi Gabriel: di anni cinquantuno, abitante a Dimona, dimesso dal servizio militare cinque anni fa per ragioni di salute.

D'accordo, non pensavano certo che fosse quello l'uomo che cercavo, ma se volevo vederlo avrebbero subito messo a mia disposizione un automezzo militare con autista, pronto a condurmi a Dimona.

Devo assolutamente sganciarmi.

E se provassimo a vedere all'ospedale, forse la nonna può dirci qualcosa.

Non mi dànno pace.

Fuori piove a dirotto. Il cielo, che stamattina era limpido, si

è fatto d'un grigio di piombo. Sono seduto in una comoda poltrona. Tre ufficialesse mi ascoltano attentamente. Ogni parola
che dico, ogni idea che mi passa nella testa viene captata e re-
gistrata. La cartelletta inaugurata poco fa, non è già piú tanto
vuota.

Dalla stanza accanto arrivano voci; una, maschile, fa tremare la tramezza di legno che ci separa. Lancia accuse, con tono
fermo, con logica implacabile. No, non può accettare le loro
spiegazioni – non è che lui si faccia illusioni, ma è assolutamente sicuro che suo figlio non si è mai trovato nel punto di riferimento (e qui dice un numero lunghissimo) e neanche nel carro
armato numero (e qui di nuovo un numero di alcune cifre).
Snocciola quei numeri e torna a ripeterli correntemente, sembra che siano settimane che se ne occupa. Dice che ha parlato
con i comandanti, che non si fa illusioni, vuole soltanto che gli
diano un altro punto di riferimento e un altro numero di carro
armato, gli basta. Le lacrime lo stanno soffocando, e pian piano,
nel silenzio, cominciano a circondarlo delle voci concitate che
cercano di calmarlo.

E noi, che siamo rimasti zitti ad ascoltare, solleviamo di nuovo lo sguardo. Io mi alzo, voglio andarmene, ma mi chiedono
ancora di riempire una mezza paginetta con i miei dati personali. Lascio il mio indirizzo e ricevo un foglio stampato con l'indirizzo del Dipartimento col numero di telefono e col nome del
Maggiore. Prometto di farmi vivo se vengo a sapere qualcosa di
nuovo.

Sembrerà strano, ma ci sono tornato ancora, al Dipartimento. Almeno due volte. Quando mi trovavo a Tel Aviv per ordi-
nare delle parti di ricambio, passavo di lí ed entravo. Il Dipartimento nel frattempo si era rimpicciolito, gli automezzi militari
erano spariti, due delle baracche erano state adibite ad altro
uso, ma le ufficialesse c'erano ancora. Il Sottotenente era diventata Tenente, il Tenente era avanzata a Capitano, e il Maggiore
era già in abiti civili, palesemente incinta. Era diventata ancora
piú bella: s'era accorciata i capelli, e il suo collo delicato, che
adesso era scoperto, attirava lo sguardo. Mi accoglievano sorridendo, tiravano fuori l'incartamento al quale nel frattempo s'e-

ra aggiunto solo il nome di un altro Arditi rinvenuto nel frattempo. Ne discutevamo un po', e concludevamo che non era quello l'uomo che cercavamo. Poi mi offrivano un altro cadavere o due, di quelli che non erano stati identificati, ed io decisamente rifiutavo.

All'inizio della primavera sono ripassato ancora. Il Dipartimento non c'era piú. Avevano lasciato solo una stanza nella Sezione che si occupa dell'arruolamento reclute. Il Maggiore aveva già partorito ed era stata dimessa, anche il Capitano era scomparsa, era rimasta soltanto il Tenente con gli scaffali degli incartamenti. Stava leggendo dei giornaletti illustrati. Si è subito ricordata di me.

– Lo sta ancora cercando?

– Qualche volta...

Mi sono seduto di fronte a lei, abbiamo chiacchierato un po' del suo lavoro. Tra qualche giorno anche lei sarebbe stata congedata dal Servizio Militare. Prima che me ne andassi, ha tirato fuori il solito incartamento, per pura formalità, e ci siamo stupiti tutti e due vedendo che c'era un nuovo documento, un modulo di un'armeria riguardante la consegna di un bazooka e di due portabombe, firmato Gabriel Arditi, in data sette ottobre.

No, lei non sapeva in che modo quel foglio fosse arrivato lí. Poteva darsi che un'impiegata l'avesse messo nell'incartamento in sua assenza. Ma io tutto d'un tratto ho cominciato a tremare. Dunque, in qualche posto era pure arrivato, aveva preso un bazooka e due portabombe. Se è cosí, possibile che sia rimasto ucciso?

Ma eravamo di nuovo in un vicolo cieco. Dove potevo andare con quella carta? Il Tenente era già stata congedata, il Dipartimento era stato sciolto, gli incartamenti erano andati in archivio, e io, che di nuovo lo cercavo per le strade, ad Asya, non ho detto nulla.

ASYA

Camminavo e chiudevo una porta dopo l'altra, chiudevo le persiane. Adam era in bagno, stava avvitando una grossa serratura alla porta della veranda. La casa era in penombra. Al nostro appartamento di prima si erano aggiunte due stanze; vecchi mobili, che avevamo venduti o buttati, erano di nuovo lí. Ho acceso le luci. Fuori era una bella giornata, il cielo era sereno, e tra le stecche delle persiane, scorgevo un doppio paesaggio, l'immagine dei due appartamenti, il mare aperto, il *wadi*, il porto con le sue gru e le case della Città Bassa. Ero inquieta, aspettavo con ansia Dafi che doveva tornare da scuola. C'era in città un'ondata di assassinii, qui sul tavolo c'è un giornale con un trafiletto sottolineato, stampato in caratteri un po' antiquati. Un'ondata di assassinii in città, una banda di assassini che regolano i conti fra di loro, si braccano a vicenda. Anche pacifici cittadini che non sono coinvolti e che non avrebbero nulla da temere, devono stare sul chi vive, sprangare le abitazioni. La gente si è imposta il coprifuoco, volontariamente. E io aspetto Dafi, mi tormento perché l'abbiamo mandata a scuola in una giornata come questa, quando gli assassini si danno la caccia nel nostro quartiere per regolare i conti fra di loro. Guardo la strada deserta, non c'è anima viva, neanche un bambino. Ma eccola che arriva, finalmente, tutta sola, cammina per la strada deserta, inondata di sole, la cartella sulle spalle, nella divisa arancione della scuola elementare, e davvero sembra piú piccola, come fosse diventata piú bassa. Adesso si ferma a chiacchierare con un uomo anziano, basso, dai capelli rossicci. Sta conversando amichevolmente, con calma, sorride, non ha nessuna fretta. E io sono presa di nuovo da un'ansia terribile, voglio urlare ma mi trattengo. Quell'uomo mi pare pericolosissimo, per quanto nel suo aspetto non ci sia nulla di speciale: è vestito di un abito estivo, largo. Corro alla finestra per vedere meglio, e loro sono spariti, tutti e due, ma io sento i passi di lei che entra in casa. Le corro incontro, mi curvo su di lei, davvero è diventata piú bassa, le tolgo la cartella che ha legata addosso con tante cinghie, le do da bere, la porto in camera sua, la svesto, le metto il pigiama, la tratto come una bambina piccola. Lei protesta: non riesce a dormire. Solo qualche minuto, supplico, la metto a letto, la copro e lei si addormenta. Io mi sono già calmata, chiudo la porta della stanza, vado in salotto e vedo Adam che sta lí e guarda la porta di casa che è rimasta aperta. Dafi ha dimenticato di chiuderla. D'un tratto capisco. Lui è entrato dietro a lei, si è intrufolato qui, quell'uomo è qui! Non lo vedo, ma so che è qui, lo sa anche Adam e comincia a cercarlo. Io corro di nuovo in camera di Dafi, lei dorme sodo, respira pesantemente. E di nuovo mi sembra piccola, come se avesse sette anni, il piumino largo ricopre il vuoto per piú di metà del letto; sta continuando a rimpicciolire. Sento i passi di Adam in salotto, vado lí, lo trovo raggiante.

– È finita, – sussurra sorridendo.

– Che cosa?

Gli vado dietro, le gambe non mi reggono, entriamo nelle altre stanze, in quelle che si sono aggiunte, le stanze del nostro vecchio appartamento. La vecchia stanza dei bambini, i giocattoli, le automobiline, il grande orsacchiotto sul comodino azzurro – e sotto il vecchio lettino pieghevole del bambino, con le figurine di uccelli incollate sopra e con le biglie tutte rotte, c'è qualcuno, un cadavere coperto da un telo. La testa spunta fuori, e io vedo dei capelli rossicci tagliati corti sulla nuca larga, qua e là qualche capello bianco. Adam l'ha ucciso, come si uccide uno scarafaggio. Perché quello era uno degli assassini che giravano per la città. Adam l'ha identificato subito. L'ha ucciso con un colpo solo, senza lasciare tracce esteriori. Per un istante ho avuto pietà per quell'uomo che giaceva lí, morto. Perché? Perché Adam doveva immischiarsi cosí? Senza domandare, senza consigliarsi con qualcuno. Perché l'ha ucciso cosí in fretta, ma come ha fatto? E adesso ci siamo dentro anche noi in questo giro di assassinii. Oddio, che cosa ha fatto? Sono terribilmente angosciata, quasi mi viene un colpo al cuore. Ma chi gliel'ha fatto fare? Che spaventoso errore, ormai tutta la nostra vita è rovinata. Come faremo a spiegare, a giustificarci, non riusciremo mai a disfarci di questo cadavere pesante. Che idiota che sei, vorrei gridargli. Lo guardo, il sorriso gli si è già cancellato dalla faccia: ora è serio, persino abbattuto, comincia a capire che cosa ha fatto. Tenta di nascondere tra i giocattoli il grosso cacciavite che ha in mano. Oh, che cosa ci hai fatto...

DAFI

Chissà se lei sogna qualche volta? Se si permette di sprecare del tempo prezioso, sacro al sonno e al riposo, per sognare roba inutile, che non ha senso?

Certe volte, di notte, entro pian piano nella loro camera da letto, per vederli dormire. I miei genitori! Quelli che mi hanno dato la vita! Papà è sdraiato sul dorso, la sua barba sparsa sul cuscino, un braccio gli penzola fuori dal letto come privo di forza, col pugno un po' chiuso. E mamma gli volta la schiena, in posizione fetale, la faccia dentro il cuscino, come se cercasse di nascondersi da qualcosa.

Chissà se almeno sogna? E di che cosa potrebbe sognare? Non certo di me – è sempre talmente occupata, ha tante responsabilità...

Perché mamma non c'è, questo l'ho capito in quest'ultimo anno: mamma è assente anche quando è in casa. E se proprio uno vuol fare una chiacchierata con lei, una conversazione intima, deve prenotarsi con una settimana d'anticipo. Fra le tre e le quattro-meno-un-quarto del pomeriggio o fra le otto-e-dieci e le otto-e-quarantadue della sera. Mamma è sempre in gara col tempo.

Lavora a tempo pieno nella mia scuola, insegna storia nelle classi superiori – ne sta preparando tre agli esami di maturità; sulla sua scrivania ci sono sempre pile di compiti e di esami, sta lí per giornate intere a correggere esami. Disgraziati i suoi allievi, perché a mamma piace sparare esami. E prova un piacere particolare a scrivere «insufficiente» con la matita rossa, alle undici di sera.

Ma non ha riguardo neanche per se stessa, anche lei continua a dare esami e a preparare tesine. Ancora non ha terminato gli studi, e non ha nessuna intenzione di terminarli. Corre sempre all'Università per delle giornate di studio, per delle conferenze, per corsi di aggiornamento. È immatricolata come laureanda, fa lavori di ricerca, si prepara agli esami.

Una donna di quarantacinque anni – un viso affilato, da uccello, ma dai tratti delicati. Ha dei begli occhi. Per principio lei non si trucca: i suoi capelli, sempre raccolti in un nodo, cominciano a diventare grigi, ma per principio lei non se li tinge. Le piacciono vestiti che sono passati di moda, gonne larghe di lunghezza imprecisata, vestiti di lana scura nello stile degli ortodossi, scarpe dai tacchi bassi. Con le sue gambe lunghe e ben fatte potrebbe fare una bellissima figura, ma lei non ha intenzione di distrarre la gente da cose importanti perché si godano un po' lo spettacolo delle sue gambe. Anche questo per principio.

La vita, in casa nostra, è regolata da principî.

Per esempio: non si prende una donna di servizio, perché non sarebbe giusto che degli estranei ci pulissero la casa e ci preparassero i pasti, anche se li paghiamo. Per cui mamma fa anche la casalinga. E lo fa con slancio, a ondate.

Esiste una casa dove lavano i pavimenti alle nove di sera? – Sí, la nostra. Papà e io ci stiamo riposando in poltrona davanti al televisore, a tirarci un po' su il morale con quello calvo, Kojack, dopo il notiziario che è sempre cosí deprimente. Ma all'improvviso compare lei col grembiule, il secchio e lo straccio, e ci ordina di tirare su i piedi per poter lavare sotto. Lavora in silenzio, ma con una specie di violenza trattenuta; non ci chiede di aiutarla, non vuole essere aiutata. Si mette a ginocchioni e sfrega il pavimento.

Una rivoluzionaria, ha detto papà una volta, ridendo. Ho riso anch'io, anche se non capivo che cosa volesse dire esattamente.

Quando fa da mangiare, non è mai per un giorno solo. Alle dieci di sera, quando torna dalla riunione dei professori, va in cucina, prende la pentola grande, taglia a pezzi due polli e li fa cuocere. Cibo per la famiglia per due settimane. Per fortuna ha una figlia sola, alla quale poi non piacciono neanche tanto i suoi manicaretti.

Di mattina, quando vado in cucina per far colazione, devo farmi strada fra gli esami degli allievi della quinta (e guai se li tocco o se ci do un'occhiata) e fra pesci decapitati, infarinati e ripieni di cipolla, pronti per essere fritti per la cena di venerdí sera.

Che efficienza.

Non c'è da meravigliarsi che poi, tutto d'un tratto, le si esaurisca la carica, che si addormenti di colpo alle otto di sera. Le piace soprattutto addormentarsi, tutta acciambellata, sulla poltrona davanti al televisore. Sullo schermo c'è uno scambio di fucilate, e lei dorme tranquillamente per un'ora o due. Finché papà cerca di convincerla ad andare a letto. Allora lei apre gli occhi, si sveglia a poco a poco, si alza e va a correggere compiti.

Qualche volta tentiamo di aiutarla nelle faccende di casa, persino io mi ci provo, ma prima che riesca a mettere a posto un bicchiere o a lavare un cucchiaino, il lavoro è già finito. Si vede che abbiamo un ritmo diverso, noi due.

E perciò, in linea di principio io sono dalla parte di lui, per quanto sembri un po' chiuso, primitivo, nei suoi silenzi. Gira sempre in abiti da lavoro e con le mani sporche. Sono contenta che almeno si faccia crescere quella barba cosí selvaggia, come un antico profeta o un artista. È qualcosa di speciale, non è come gli altri, perlomeno non sembra un semplice operaio. Quando ero alle elementari mi vergognavo del fatto che lui non fosse come tutti gli altri. Quando mi domandavano che lavoro fa tuo papà, rispondevo senza pensarci: papà lavora in garage – ma mi accorgevo subito che rimanevano un po' delusi. Cosí ho cominciato a dire: – Papà ha uno stabilimento –. Mi chiedevano: – Che genere di stabilimento? – Un'autofficina, – rispondevo, e quelli cercavano di spiegarmi che un'autofficina non è uno stabilimento. Allora dicevo che papà ha un'autofficina grandissima, perché davvero è un garage enorme; una volta, durante le vacanze, ci sono andata con Tali e Osnat, e loro sono rimaste impressionate vedendo tutte quelle macchine, con decine di operai che ci lavoravano intorno. Un vero alveare.

Ma poi ho pensato: al diavolo, perché dovrei avere l'aria di scusarmi, perché dovrei dire «grandissima», come se cercassi di proteggerlo? E dicevo semplicemente: – Papà ha un garage –. E se poi qualcuno mi faceva proprio venire i nervi, dicevo semplicemente: – Mio papà è garagista –. E lo guardavo diritto negli occhi con un bel sorriso. Mi accorgevo sempre che quello rimaneva un po' stupito, perché in classe nostra, la maggioranza dei genitori sono professori al Politecnico o all'Università, inge-gneri, scienziati, dirigenti in grandi imprese, ufficiali.

E che c'è di male in un'autofficina? Noi non siamo mai rima-sti un giorno senza la macchina. Anzi, siamo la sola famiglia che ne abbia due, mentre in classe ce ne sono di quelli che a casa non ne hanno nemmeno una. E papà ha anche parecchi soldi, anche se non sembra, a veder casa nostra. Questo l'ho capito so-lo in questi ultimi mesi, credo che persino mamma non abbia idea della quantità di soldi che girano da papà. Con tutto quello che ha studiato, a quanto pare ci sono delle cose che non le sono chiare.

Una strana coppia. Mi chiedo come mai si sono messi insie-me. Che cosa vogliono? Non mi ricordo di averli mai visti ab-bracciati, o che si baciassero. Quasi neanche si parlano.

Però neanche litigano.

Come due estranei.

Si chiama amore, questo?

Continuavo a interrogarli, insieme o separatamente, su co-me si erano conosciuti, e tutti e due raccontavano sempre la stessa storia. Hanno studiato per anni nella stessa classe. Ma questa non è una ragione per restare intrappolati insieme tutta la vita, per fare figli.

Quand'erano a scuola non erano neanche troppo amici. Pa-pà ha smesso di studiare quand'era in sesta liceo, questo lui me lo ricorda ogni volta che gli chiedo qualcosa che riguarda i com-piti. Mamma, naturalmente, ha continuato a studiare. Dopo qualche anno si sono incontrati di nuovo e si sono sposati.

Come se qualcuno li avesse obbligati.

Per esempio, quand'è che fanno l'amore, ammesso che lo facciano?

Io, attraverso la parete, non sento neanche il piú piccolo ru-more...

Eppure di notte ogni tanto giro per la casa.

Mi vengono dei pensieri strani, pensieri tristi.

Talvolta mi prende la paura che vogliano divorziare e la-sciarmi qui sola, come Tali, che suo padre è scomparso tanti an-ni fa e lei è rimasta con la mamma che non la può soffrire.

Sento i loro respiri. Papà si lamenta un po'. Alla finestra si cominciano a vedere i primi segni dell'alba. I miei occhi, abituati al buio, distinguono ogni particolare. Le gambe non mi reggono per la stanchezza. Qualche volta mi vien voglia di infilarmi sotto le coperte, fra loro due, come quand'ero piccola.

Ma non si può piú.

Il debole fischio di un uccello mattiniero nel *wadi*.

Parte seconda

ADAM

Come posso descriverla? Dove cominciare? Dovrebbe essere semplice: il colore dei suoi occhi, dei suoi capelli, il suo modo di vestire, il suo modo d'essere, la sua statura, il tono del suo parlare, i suoi piedi. Dove cominciare? Mia moglie, che io conosco così bene – non solo da venticinque anni di matrimonio, ma anche dagli anni di prima, da quando eravamo bambini, da quando eravamo adolescenti. Nel ricordo mi vedo in prima elementare, nella piccola scuola vicino al porto, vedo le baracche di legno verdi e calde che sprigionavano sempre un odore di latte e di banane marce, le altalene verniciate di rosso, il recinto dei giochi con la sabbia, le carcasse di macchine con il volante enorme, la rete di cinta rotta. Giorni di eterna estate, persino in inverno. Ancora non arrivo a capire la differenza tra me e il mondo esterno, come in una fotografia sfuocata. E lei è lí, in mezzo agli altri bambini, qualche volta mi tocca cercarla. Ci sono dei periodi in cui lei scompare, e poi ricompare di nuovo – una bimbetta magra con le trecce che siede davanti a me, o dietro, o di fianco, e si succhia il dito.

Anche adesso, quando la vedo immersa nella lettura o quando sta scrivendo, tiene il pugno chiuso vicino alla bocca, e soltanto il pollice si muove senza posa, lentamente: un residuo dei tempi in cui se lo succhiava voluttuosamente. Quando una volta le ho detto che mi ricordavo di quando lei si succhiava il dito, non mi ha creduto.

– Ma io non mi ricordo affatto di te in quel periodo.

– Eppure io ero sempre in classe.

Le storie ridicole e strampalate che raccontiamo, degli anni in cui eravamo insieme in classe, da bambini, soprattutto per soddisfare la curiosità di Dafi, che ogni tanto ci interroga su come ci siamo conosciuti, come mai ci siamo messi insieme, quali erano i nostri sentimenti. Le sembra strano che per anni siamo stati in classe insieme, senza sapere che alla fine ci saremmo sposati.

Non è stata la donna misteriosa che d'un tratto esce dall'ombra, che poi per tutto il resto della vita ti ricordi il momento che l'hai vista per la prima volta, le prime parole che avete scambiato. Asya è sempre stata accanto a me, come l'albero nel cortile, come il mare che si vede dalla finestra.

In seconda o in terza media, quando i ragazzi cominciavano a innamorarsi, mi sono innamorato anch'io, non di lei ma di due o tre ragazze di cui s'innamoravano tutti. Ci s'innamorava non perché si volesse amare, ma per liberarsi da un'oppressione, come per compiere un dovere che ci era imposto. Ci s'innamorava per essere liberi di dedicarsi alle cose che contavano davvero – gite, giochi e quello che accadeva intorno. Si era nel pieno della seconda guerra mondiale e c'erano tanti militari in giro, soldati, cannoni, navi da guerra, e tutto questo polarizzava la nostra attenzione. Lei non faceva parte delle prescelte per l'amore. Era una bambina quieta, non molto bella, una scolara seria e diligente, dalla quale ogni tanto eravamo costretti a copiare i compiti. L'aspettavamo di mattina per dare un'occhiata ai suoi quaderni, che lei ci consegnava senza far storie, ma sempre imbronciata. Stava a guardare come noi copiavamo le sue migliori idee e le sue risposte piú indovinate, qualche volta ci spiegava con impazienza, che cosa intendeva dire.

Io non copiavo da lei – copiavo da quelli che copiavano da lei. Già allora, alla fine delle medie, ho cominciato ad andar male negli studi, non perché non fossi capace di studiare, ma perché a casa mi avevano già detto che avrei dovuto lasciare la scuola, che dovevo andare a lavorare in garage con papà.

Cosí, nei pomeriggi dovevo già andare ad aiutarlo, a passargli le chiavi, a lavare le macchine, a cambiare copertoni. Non valeva la pena di fare grandi sforzi negli studi, che cominciavano a sembrarmi sempre piú lontani da quella che era la realtà.

Però la quinta classe l'ho finita lo stesso. È stato allora che in classe hanno cominciato a formarsi le prime coppiette, ma questo non m'impediva d'innamorarmi di qualcuna che aveva l'amico – anzi, questo mi dava pace, mi liberava dal dovere di farle la corte, di umiliarmi con tutte quelle smancerie durante gli intervalli. Potevo amare da lontano senza fatica. Soltanto quando quella coppietta si scioglieva e la ragazza rimaneva libera, pronta ad accettare nuove offerte, allora perdevo la calma, mi prendeva come una febbre, come se ora fossi in dovere di fare qualcosa, di tentare – ma temporeggiavo, rimandavo, forse sarebbe venuto qualcun altro...

In quel periodo è arrivato in classe un nuovo immigrato, uno dei ragazzi che erano venuti in Israele passando per Teheran, un orfano, si chiamava Izhak. I professori hanno chiesto ad Asya di aiutarlo a integrarsi, di dargli una mano nei compiti. E lui si è subito innamorato di lei in un modo cosí palese... le stava sempre dietro, l'adorava. Per noi c'era qualcosa d'imbarazzante in questo amore scoperto, di stile europeo, com'era di moda una volta. Lei era paziente con lui, diceva che era solo «per compassione», ma comunque gli dedicava molta attenzione. Negli intervalli stavano sempre insieme e intrecciavano lunghe conversazioni. Io non avevo contatti con lei, ma in classe c'era la sensazione che questo amore le desse potere, che rinforzasse la sua posizione. Mi ricordo delle lezioni di ginnastica per le ragazze. Noi maschi stiamo seduti sul muretto di cinta e guardiamo le ragazze che giocano a pallavolo. Avevamo già un modo diverso di guardare, le esaminavamo con attenzione. Allora mi sono accorto per la prima volta che lei aveva gambe sottili e diritte, ma ancora non portava il reggipetto. Invece a noi interessavano solo le tette, quella era la cosa piú importante; qualche volta mettevamo le sedie di traverso soltanto per poter intravvedere, attraverso l'orlo della manica, un pezzettino di quella sospirata carne.

Alla fine della quinta, siamo andati in campeggio sui monti della Galilea, con i professori e col direttore; un gran campeggio al quale prendevano parte tutte le quinte classi della città. Ufficialmente lo scopo era quello di conoscere la regione e di vivere un po' nella natura, ma già sfruttavano l'occasione per farci fare un po' d'esercitazioni premilitari. La parte piú emozionante era quando dovevamo montare la guardia di notte, e siccome anche le ragazze pretendevano di parteciparvi, è stato deciso che avremmo montato la guardia a coppie, il che naturalmente non ha mancato di provocare tensioni, specie quando si è trattato di stabilire chi andava con chi. La seconda notte ho visto che mi avevano assegnato a montare la guardia con lei, e allora è venuto quel ragazzo, quel nuovo immigrato, e mi ha chiesto di fare il cambio. Naturalmente ho accettato subito. Verso sera è venuta lei per farmi vedere dov'era il suo posto nella tenda e mi ha pregato di venire a svegliarla, dicendo che dormiva sodo e che non era sicura di svegliarsi per il nostro turno di guardia. Le ho detto subito che non sarei stato io a fare la guardia con lei, che Izhak mi aveva chiesto di fare il cambio.

Lei è diventata tutta rossa, si è arrabbiata.

– Ma perché? E tu hai accettato?

Ho cominciato a balbettare. – Credevo che tu volessi...

– Perché devi pensare tu al posto mio? Ma se non vuoi fare la guardia con me, allora è un'altra cosa...

C'era, nel suo modo di parlare, una violenza che non ci si sarebbe aspettata in quella ragazza mingherlina e taciturna. Credo che fino a quel momento non avevo mai parlato con lei da sola. Ero confuso, avevo paura d'impegolarmi in quella storia d'amore dell'immigrato orfano.

– Ma me l'ha chiesto lui... – ho aggiunto con esitazione.

– Digli che ancora non sono sua moglie.

Ho riso. In quella sua posa altera e decisa c'era qualcosa che mi attraeva.

Quando ho dato la notizia all'altro è rimasto abbattuto. Aveva le lacrime agli occhi. E io l'ho disprezzato per quel suo innamoramento cosí palese e tormentato.

All'una di notte mi hanno svegliato per il turno di guardia. Sono uscito dalla tenda e l'ho aspettata. Dopo dieci minuti non era ancora arrivata, e allora sono andato alla tenda delle ragazze per svegliarla. Forse è stato in quel momento che m'è venuto il pensiero che potevo anche innamorarmi: in quella tenda buia, tra tutte quelle ragazze che giacevano lí strette l'una vicino all'altra, tra i loro respiri misti ad un leggero sentore di profumo. Sono andato a svegliare lei, che dormiva lí tutta raggomitolata, le ho tirato via la coperta, alla luce della luna ho visto le sue gambe nei pantaloncini corti, i suoi capelli sciolti. Mi sono chinato per toccarle il viso, forse era la prima volta che la toccavo di proposito, deliberatamente; la scrollavo, la chiamavo sottovoce. Mi è venuto in mente che forse lei stava sognando, che la risvegliavo da un sogno. Infine ha aperto gli occhi e mi ha sorriso. Poi ha acceso una grossa pila di tipo militare che aveva accanto. Sono rimasto lí, vicino a lei, come ipnotizzato, la guardavo mentre si metteva pantaloni e pullover, e intanto mi chiedeva com'era il tempo, fuori. Le altre ragazze hanno cominciato ad agitarsi, a brontolare qualcosa, una s'è svegliata e m'ha visto: – Chi è questo? – ha strillato, ed io sono uscito di corsa. Dopo qualche momento è uscita anche Asya, con addosso un giaccone militare che mi ha fatto molta impressione. Del resto lei aveva un mucchio d'equipaggiamento militare, roba autentica che forse le aveva dato suo padre – mi pareva di ricordare che lui avesse legami con l'autorità, qualcosa a che vedere con la sicurezza. Abbiamo cominciato a girare tra le grandi tende, ogni tanto picchiavamo sugli sterpi e sui cespugli coi nostri bastoni duri e levigati. Infine siamo andati a sederci su una roccia ai confini del campo, da lí vedevamo l'imboccatura buia di un *wadi*, e lei ogni tanto l'illuminava con la torcia che aveva in mano, faceva vagare qua e là un potente fascio di luce.

In un batter d'occhio eravamo in piena conversazione, come se l'avessimo preparata da prima. Io continuavo a guardarla, la studiavo, cercavo di rendermi conto se mi conveniva innamorarmi di lei, e mentre ci pensavo, già cominciavo a innamorarmi. Lei parlava dei professori, degli studi, mi chiedeva la mia opinione. Aveva delle idee molto precise, criticava molto. Era contraria al sistema, ai programmi, soprattutto ce l'aveva coi professori. Io ero sorpreso, perché in classe lei era sempre silenziosa e disciplinata, era molto benvoluta dai professori. Non immaginavo che in segreto li disprezzasse. Le ho raccontato che stavo per lasciare la scuola, che avrei cominciato a lavorare in

garage con mio padre, e lei si è subito entusiasmata dell'idea,
m'invidiava perché per me cominciava la vera vita, un cambiamento enorme, e adesso che la guerra stava per finire ci sarebbe
stata una rivoluzione totale – se potesse, anche lei lascerebbe la
scuola.

C'era in lei qualcosa che non riuscivo a definire, delle idee
confuse ma audaci che non capivo, qualcosa di molto intellettuale. Dei gran discorsi, ma abbastanza interessanti. Abbiamo
continuato a parlare, e cosí è passata quasi metà del tempo del
turno seguente. Ma d'un tratto ci è saltato addosso l'insegnante
di ginnastica, che era incaricato di coordinare i turni di guardia,
le ha strappato la torcia di mano, l'ha buttata per terra e ci ha ordinato di sdraiarci, un po' lontani l'uno dall'altra, e di stare ad
aspettare il nemico, in silenzio.

Dopo che lui se n'è andato e noi ancora eravamo lí sdraiati
per terra, un po' divertiti e un po' arrabbiati, le ho chiesto: – È
vero che quando ti ho svegliata tu stavi sognando? – Lei si è meravigliata: – Come facevi a saperlo? – Non mi ha dato tregua,
doveva assolutamente sapere come avevo potuto, nell'oscurità
della tenda, accorgermi che lei sognava. E poi mi ha raccontato
che cosa aveva sognato, qualcosa di suo padre.

Il turno era finito e siamo tornati ognuno alla sua tenda, ed
io ho preso la sua torcia per cercare di aggiustarla. L'indomani
durante le esercitazioni e le passeggiate non abbiamo scambiato
neanche una parola. Pensavo: sono ancora in tempo per decidere se voglio innamorarmi di lei. Nel pomeriggio le ho dato la
torcia che avevo aggiustato. Lei mi ha ringraziato, mi ha toccato
leggermente la mano – lo faceva apposta, voleva attaccar discorso, ma io ho scantonato. Ero ancora in dubbio, inquieto, temevo di dovermi umiliare.

Verso sera Izhak, l'orfano, è scomparso. A quanto pare era
già sparito a mezzogiorno, ma se ne sono accorti soltanto la sera. Tutte le attività e le esercitazioni sono state sospese e tutti ci
mettiamo a cercarlo, anche quelli delle altre scuole. In lunghe
file andiamo per i monti, fughiamo ogni cespuglio, ogni anfrat-
to, e soprattutto lo chiamiamo, gridando continuamente. Il direttore, che guida le ricerche urlando, arrabbiato, cammina fra

di noi pallido e abbattuto. E improvvisamente lei è al centro dell'attenzione. Tutti la guardano con aria d'accusa, con curiosità, persino gli allievi delle altre scuole vengono a guardarla, e tutti sanno già il motivo di quella scomparsa. Il direttore continua a chiamarla per avere ulteriori particolari su di lui, le sta sopra e la sgrida, come se le facesse una colpa di non avere corrisposto all'amore di quel ragazzo.

Al mattino sono arrivati due poliziotti inglesi con un cane, hanno ispezionato il campo, sfruttando l'occasione per controllare se c'erano armi. Dopo qualche minuto l'hanno trovato. Si era semplicemente nascosto in una piccola grotta a cento metri dall'accampamento, e il cane l'ha stanato. È uscito piangendo a dirotto, gridando con la sua pronuncia straniera: – Non uccidetemi! – Si è messo in ginocchio davanti al direttore e davanti a lei. Non si poteva neanche sgridarlo. Era talmente disperato. A lei hanno ordinato di sederglisi accanto, di consolarlo. Non ho piú potuto avvicinarla fino alla fine del campeggio.

Ma sembrava che l'amore disperato di quel ragazzo mi avesse contagiato. Per tutte le vacanze non ho fatto che pensare a lei, la sera giravo intorno a casa sua, cercavo di agganciarla. Lavoravo già al garage a tempo pieno, non mi ero piú iscritto a scuola. Papà era sempre piú debole, e la maggior parte del lavoro toccava a me. C'erano già dei bulloni che lui non arrivava a smollare. Allora si metteva su una sedia accanto alla macchina e mi spiegava che cosa c'era da fare. Ogni tanto, quando avevo un'ora libera, andavo a scuola, cosí com'ero, con la tuta da lavoro macchiata, mi sedevo sul muretto del cortile e aspettavo l'intervallo per vedere i compagni, per mantenere i contatti con loro. E cercavo lei. Qualche volta la vedevo per un attimo, ma non riuscivo quasi mai a farci una chiacchierata, tanto piú che quel Izhak le stava ancora dietro, e lei si tratteneva per non farlo soffrire, pareva che stessero ancora insieme. A poco a poco ho smesso di andare a scuola, ho troncato i rapporti, il lavoro al garage mi occupava sempre di piú. D'un tratto i miei compagni mi sono parsi talmente infantili, con i loro libri, i quaderni, le loro piccole storie di professori.

A metà della sesta lei è sparita. La sua famiglia si è trasferita a

Tel Aviv. Il nome di suo padre compariva ogni tanto sui giornali come uno di quelli che tirano le fila dietro le quinte, uno dei capi del Mossad. Si era nei mesi precedenti alla creazione dello Stato d'Israele; nel paese c'erano disordini. Io cercavo di studiare di sera, volevo prepararmi agli esami di maturità come esterno, ma poi ho rinunciato.

All'inizio della Guerra d'Indipendenza è morto papà, e io sono stato arruolato per lavorare nelle officine, a preparare delle autoblinde per la guerra. Lei non l'avevo piú vista da diversi anni.

Ci siamo incontrati di nuovo solo alla fine della guerra, a una riunione di ex liceali. Non potevano invitare solo quelli che avevano frequentato fino alla fine – molti avevano smesso a metà strada, come me, erano andati a prepararsi a vivere in un *kibbuz*, o erano stati arruolati nell'esercito o nelle unità del Palmach. Alcuni erano caduti.

Doveva essere una manifestazione importante – una riunione, festeggiamenti, discorsi, banchetti fino all'alba. In principio non ho riconosciuto la ragazza che mi si è avvicinata. In quegli anni di separazione io ero cresciuto, e cosí d'improvviso lei mi è sembrata bassa.

– Come va la rivoluzione? – le ho chiesto subito, sorridendo.

Lei è rimasta sorpresa, poi ha sorriso.

– Arriverà, vedrai... arriverà...

E da quel momento non l'ho piú lasciata. Tutti e due ci sentivamo un po' spaesati, entrambi avevamo lasciato quella scuola in quinta. E c'era lí tanta gente che non conoscevamo. Parecchi che erano sposati e avevano portato le mogli o i mariti. Eravamo seduti in disparte, in una delle ultime file della sala e sentivamo quei lunghi discorsi. Intanto lei continuava a parlarmi all'orecchio, mi raccontava di sé, dei suoi studi alla Facoltà di Magistero. Quando ci siamo alzati in piedi in memoria dei caduti e abbiamo ascoltato a capo chino la lunga lista che comprendeva anche il nome di Izhak, l'ho guardata. Stava lí a testa bassa e non batteva ciglio. Non sapevo come comportarmi. Non mi ha lasciato un istante per tutta la sera, veniva con me da un posto all'altro, si sedeva accanto a me. Cercava di evitare lunghe conversazioni con altri compagni. In quell'epoca, il nome di suo padre faceva notizia, era coinvolto in una faccenda poco chiara; si parlava di un ordine crudele impartito affrettatamente, suo padre era stato sospeso dal suo incarico. C'era chi chiedeva di fargli un processo, ma poi, considerando i suoi meriti passati, hanno rinunciato.

Forse era questa la causa della sua reticenza a parlare con la gente, della sua decisione di andarsene nel bel mezzo della festa per tornare a Tel Aviv. Mi ha pregato di accompagnarla alla fermata dell'autobus. Ce l'ho portata con la mia macchina, la vecchia «Morris» di papà, che non aveva i sedili posteriori ed era piena di attrezzi di lavoro, di parti di ricambio, di taniche di benzina. Abbiamo aspettato l'autobus a quella fermata deserta nella Città Bassa. Lei mi si avvicinava sempre di piú, mi parlava di sé, mi chiedeva del mio lavoro, mi ricordava quella volta che avevamo fatto la guardia insieme e quello che le avevo detto allora. L'autobus si faceva aspettare. Ho deciso di accompagnarla a casa, a Tel Aviv, in macchina. Siamo arrivati lí dopo mezzanotte. Era una casetta modesta, nella parte sud della città, con davanti un giardinetto dall'aspetto trasandato. Lei ha insistito perché dormissi lí. Ho accettato, ero un po' curioso di vedere suo padre. L'interno della casa aveva un aspetto triste, c'erano enormi pile di giornali dappertutto. Suo padre ci è venuto incontro: un uomo peloso, dai lineamenti duri, piú vecchio e piú basso di quel che sembrava nelle fotografie sui giornali. Lei gli ha detto qualcosa di me, lui ha fatto un cenno distratto con la testa, e poi si è ritirato in una delle stanze. Credevo che saremmo rimasti ancora un po' a chiacchierare, ma lei mi ha preparato il letto sul divano nel salotto, mi ha dato un pigiama pulito di suo padre e mi ha mandato a dormire. Dapprima mi è stato difficile addormentarmi, ero ancora frastornato per il brusco passaggio dal tumulto della festa, dai discorsi, dagli incontri con i vecchi compagni, al silenzio di quella casa fra i resti degli aranceti, a Tel Aviv. Alla fine però mi sono addormentato. Alle tre di notte ho sentito che qualcuno camminava vicino al mio letto: era suo padre, in pantaloni kaki e con la giacca del pigiama sbrindellata; era chino sulla radio e vi stava armeggiando. Passava da una stazione all'altra – trasmissioni della B.B.C., trasmissioni in russo, in ungherese, in rumeno, in lingue che non riconoscevo neanche, le stazioni radio dell'oriente che si risvegliava. Ascoltava per un po' e passava a un'altra stazione, a occhi chiusi, come per concentrarsi meglio, forse un'abitudine che gli era rimasta da quando era a capo del Mossad. O forse cercava qualcosa che riguardasse lui, il commento di qualche fonte straniera e lontana su quella famosa faccenda. A me non faceva caso, come se non esistessi. Non gli importava affatto di avermi svegliato, stanco morto com'ero. Pareva che non si accorgesse neanche di me, che ero seduto vicino a lui in silenzio ad ascoltare.

Alla fine ha spento la radio. Io guardavo il suo viso serio, dai tratti un po' duri.

– Studia anche lei alla Facoltà di Magistero?

Gli ho raccontato che cosa facevo.

– Come si chiamava suo padre?

Gliel'ho detto.

Sapeva che era morto un anno e mezzo fa, anche se a causa della guerra non avevo fatto pubblicare un annuncio sui giornali. Mi ha subito fornito alcuni dettagli su di lui, molto precisi.

Mi sono meravigliato: – Lei lo conosceva?

No, non l'aveva mai visto, ma sapeva tutto di lui, come se avesse avuto davanti un incartamento che lo riguardava.

E poi se n'è andato e mi ha lasciato solo.

Non potevo continuare a dormire. Alle cinque di mattina mi sono alzato, ho ripiegato le lenzuola, dovevo tornare a Haifa per aprire il garage alle sette. Solo qualche mese prima avevo ripreso il lavoro al garage, che era rimasto chiuso per tutta la durata della guerra. C'era molta concorrenza in quel periodo, bisognava darsi molto da fare per non perdere clienti.

Sono uscito. Era una mattina d'estate, grigia, afosa. Ho girato un po' per il giardinetto trascurato. Ero affamato, intontito per il sonno interrotto, non rasato. Guardavo i ragazzi che portavano i giornali, che uno dopo l'altro entravano nel vialetto e gettavano sulla soglia tutti i giornali del mattino pubblicati nel paese, in tutte le lingue. Volevo partire, ma non senza salutarla,

e non sapevo dov'era la sua stanza. Alla fine ho bussato leggermente a una delle finestre.

Dopo un po' lei è uscita, già pettinata, in un leggero vestito
estivo, col viso fresco. Mi si è avvicinata e mi ha detto, tutta seria, quasi solenne: – Ti ho sognato –. E mi ha raccontato un sogno limpido, ordinato, logico, ma anche quasi assurdo. Un
sogno che si poteva interpretare come una dichiarazione: – Sono pronta a sposarti.

ASYA

La vecchia baracca di legno dove tenevamo le riunioni del
movimento giovanile, ma un po' piú grande. Era verso sera, un
crepuscolo invernale. Pareva che stessero preparando una recita. Alcuni giravano in costumi strappati, con cappelli di paglia,
tabarri fatti di coperte, cinture di corda. Qualcuno aveva la faccia truccata. Uno dei ragazzi stava scrivendo la musica per la recita, le ragazze gli stavano intorno e lui era seduto per terra, al-
l'orientale, curvo sul quaderno, e scriveva in fretta le parole.
Loro gli canticchiavano qualcosa e lui scriveva non soltanto le
parole: nelle parole c'era già anche la musica. Dal mio punto di
osservazione, sopra le teste delle ragazze, potevo vedere quelle
parole sonanti che venivano scritte rapidamente. Ma stavano
ancora aspettando qualcuno che doveva arrivare. Forse l'attore? Il regista? Certamente qualcuno d'importante, senza di lui
non si poteva andare in scena. Ed ecco che si sente arrivare il
treno, si ferma un momento e riparte. Siamo usciti in fretta sullo
spiazzo per andargli incontro. E lui è arrivato – il treno che si è
fermato un istante ed è già sparito (si vedono solo le rotaie, lucide). Ha scaricato sul marciapiede un gran letto d'ospedale, e sul
letto c'è una persona. Gli si affollano tutti intorno. Lui è malato – non proprio malato, ma piuttosto esausto, c'è qualcosa che
lo indebolisce terribilmente. Era nato stanco, ha avuto figli, ma
era anche felice, molto fiero di sé. Sul viso pallido aveva un sorriso di trionfo, un miscuglio di Zachi con qualcun altro – era
vestito di kaki, con sopra una coperta militare.

E tutto il gruppo ha cominciato a occuparsi di lui: spingono

il letto su per il marciapiede, sono contenti. È una gioia colletti-
va, perché ci sono anche i neonati, come un mucchio di sacchi.
Sono imballati a parte, quieti e sorridenti, già esseri umani, non
bebé, con capelli e dentini, vestiti di minuscoli abiti da viaggio
con bottoni e fibbie. Li hanno issati su una piattaforma di legno,
sotto la tettoia delle merci, e là c'è una confusione generale, c'è
allegria, e solo quel genitore solitario, autonomo, sembra sbalordito, triste persino. Io, in disparte, avevo la sensazione che
mi avessero abbandonata. Eppure una volta mi amava! E invece adesso se ne sta lí appoggiato al cuscino e guarda la folla che
si accalca intorno ai bambini nati senza madre, bambini che lui
ha fatto nascere per tutti noi, era questo l'essenziale. Mi avvicino a lui, esitante, senza guardarlo. Guardo i bambini che se
ne stanno lí immobili, impacchettati strettamente dalla vita in
giú. So che hanno qualche terribile difetto nascosto. Quelli che
stanno intorno li tirano su e poi li ripongono, li stanno sceglien-
do, insistono perché ne prenda uno anch'io. Vedo che in un angolo c'è un bebé adulto, un vecchio aborto, con un principio di
cataratta nell'occhio, che mi tende le manine.

– Fa' presto! Fa' presto! – sento che gridano intorno.

ADAM

Cosí almeno avevo capito. Appoggiato al parafango della
mia macchina, sulla soglia di quel giardinetto trascurato e sfiori-
to, in quella pungente mattina d'estate, ero spaventato e commosso. Guardavo la ragazza che mi stava davanti, al tempo stesso estranea e conosciuta. Guardavo il suo viso serio, dai tratti
un po' taglienti, da uccello, con la grossa treccia che le scendeva
sul petto, passavo rapidamente in rivista il suo corpo, i suoi piedi nei sandali, le cosce ben tornite, e intanto ascoltavo il racconto di un sogno cosí nitido e chiaro, che per un momento m'è venuto il dubbio che l'avesse inventato soltanto per confessarmi il
suo amore. Non sapevo, come invece ho saputo dopo averla
sposata, che lei fa dei sogni cosí, limpidi e luminosi, e che se li ricorda sempre in tutti i particolari. Talmente diversi dai sogni
che faccio io, cosí rari e sfocati.

Abbiamo deciso di tenerci in contatto.

E invece sono tornato già la sera stessa, stavolta con pigiama, rasoio, spazzolino da denti e camicia di ricambio. Ero già innamorato, come se dentro mi fosse scattata una molla segreta – non avevo nemmeno bisogno di fare uno sforzo per esserlo. Mi bastava ricordarmi della bambina che avevo svegliato nella tenda, al campeggio, che mi era parsa mille volte piú bella di questa. E non ero innamorato di questa, e neanche di quella bambina, ma di qualcosa che stava fra le due.

Lei si è meravigliata un po' vedendomi tornare il giorno stesso. Suo padre, che girava come un leone in gabbia, si è fermato un momento a guardarmi e poi ha ripreso a girare in tondo (ha poi continuato a girare cosí per molti anni, quasi non usciva di casa, non voleva vedere i suoi amici; chiuso nel suo orgoglio, sempre in collera con tutti, fermamente convinto di aver ragione, sicuro di aver subito un torto). Solo sua madre, una vecchietta mite e fragile, dalla vista indebolita, mi si è avvicinata e mi ha stretto debolmente la mano. La maggior parte della sera l'abbiamo passata in camera di Asya. Mi ha parlato dei suoi studi e dei suoi progetti e di quello che accadeva nel mondo. S'interessava di politica, faceva confronti, parlava di rivolgimenti sociali, di uomini di Stato, di eventi diversi; conosceva tanti particolari segreti, sconosciuti al pubblico, che a lei parevano della massima importanza. Solo allora mi sono reso conto che tutti quegli anni di lavoro duro e solitario nell'autofficina avevano spento la mia curiosità. Infine l'ho toccata, le ho baciato la bocca e il seno, aveva un sapore amarognolo, di sapone.

Per la notte mi ha di nuovo fatto il letto sul vecchio divano, nella stanza per gli ospiti. E verso le due o le tre di notte, di nuovo è entrato il leader spodestato nel suo pigiama sbrindellato; col viso in fiamme si è inginocchiato davanti al vetusto apparecchio radio e si è messo a girare le manopole, a passare da una stazione all'altra, cercando se in quelle lontananze ci fosse qualche menzione d'Israele o di lui. Mi sono raggomitolato in silenzio, coprendomi la testa col lenzuolo, chiedendomi se davvero l'amavo. Quando lui ha terminato e se n'è tornato in camera sua, non sono riuscito a riaddormentarmi. Allora mi sono alzato, mi sono vestito in silenzio, mi sono fatto la barba e sono andato in camera sua per svegliarla, ma lei stava dormendo profondamente, tutta acciambellata, forse stava sognando. Continuavo a chiedermi se davvero l'amavo, se non era meglio svignarmela finché ero ancora in tempo. Ho lasciato un biglietto che non diceva nulla e alla prima luce dell'alba sono ripartito per Haifa.

A mezzogiorno m'è arrivata in garage. Forse l'indirizzo glielo aveva dato suo padre. Io ero sdraiato sotto una macchina a cambiare il tubo di scappamento, e d'un tratto ho visto lei che si faceva sulla porta, esitava ad entrare. Mi sono alzato subito e le sono andato incontro, sporco di fuliggine e immusonito, ma lei, in silenzio, mi ha fatto segno di continuare il lavoro. Aveva uno sguardo impaurito che mi piaceva, mi rendeva calmo, mi pareva che fosse giusto cosí. Sono tornato a sdraiarmi sotto la macchina. Lavoravo rapidamente, concentrandomi, per liberarmi al piú presto del proprietario di quella macchina che stava guardando lei. Asya intanto girava tra i rottami, esaminava gli arnesi che erano sparsi intorno, contemplava la foto di una ragazza nuda che avevo ritagliato da una rivista e appesa a un muro. Osservava tutto con molta attenzione, mostrando un grande interesse. Ha persino cacciato la testa dentro un vecchio motore che era su un tavolo. Quando infine sono riuscito a montare quel tubo di scappamento e il cliente se n'è andato con la sua macchina, mi sono avvicinato a lei. Non mi ha spiegato perché era venuta cosí all'improvviso, e non mi ha neanche domandato perché ero scappato quella mattina senza salutarla. M'ha chiesto solo come funziona un motore. Gliel'ho spiegato. È stata ad ascoltarmi tutta seria, aveva lo sguardo triste, la voce le tremava un po', sembrava quasi che stesse per piangere. Ma faceva domande intelligenti, non mi lasciava cambiare argomento. E io le spiegavo. Ho persino smontato una vecchia pompa di benzina per mostrarle le parti interne; continuavo a parlare – non avrei mai creduto che si potessero dire tante parole sul funzionamento di un semplice motore a scoppio.

Dopo tre mesi ci siamo sposati.

Lei ha continuato gli studi a Haifa, e nei primi anni abbiamo abitato in casa di mia madre.

Non sapevo se sarebbe durato tanto, anzi qualche volta ero sicuro che tra poco mi avrebbe lasciato, che se ne sarebbe trovato un altro che l'avrebbe portata via. Non sarei stato affatto sorpreso se dopo un po' mi avesse tradito. Ma la nostra vita proseguiva tranquilla. Lei era immersa negli studi e facevamo una vita molto regolare. La mattina andava all'Università e poi si fermava in biblioteca, e quando io finivo il lavoro passavo a prenderla. Andava perfettamente d'accordo con mia madre che era vecchia e malata, ascoltava con attenzione le sue interminabili chiacchiere, l'accompagnava a fare la spesa, sopportava tutti i suoi capricci, accettava i suoi consigli. Siccome mamma e io ci eravamo accorti subito che lei era una pessima cuoca, le facevamo fare altri lavori in casa – lavare i piatti o pulire i pavimenti, cose che lei faceva con estrema efficienza, non c'era nessun lavoro che le facesse paura. Già allora mi sono accorto della strana inclinazione che aveva per le donne vecchie. A Haifa aveva alcune vecchie zie alle quali voleva un gran bene, e spesso andava a trovarle.

E studiava, studiava. Era sempre carica di libri e di quaderni e di cartelle. Mentre ancora stava studiando alla Facoltà di Magistero, si è iscritta anche a dei corsi serali all'Università e ogni due settimane doveva dare qualche esame, al quale si preparava con le compagne e i compagni. Mi lasciava un indirizzo dove potevo andare a prenderla la sera: la biblioteca, una casa privata, un bar, qualche volta persino un giardino pubblico. Arrivavo lí dopo il lavoro, e quando camminavo pesantemente per le sale di lettura, tra i tavoli, sporco di fuliggine, con gli abiti bisunti, attiravo gli sguardi degli studenti. Quando poi la trovavo e le toccavo leggermente la spalla, lei mi faceva un cenno di saluto con la testa e bisbigliava: – Lasciami solo finire la pagina –. Allora mi sedevo lí accanto, sfogliavo un libro che avevo trovato aperto su uno dei tavoli. Leggevo, ma non capivo nulla e non connettevo nulla. Una volta le ho detto sorridendo: – Magari anch'io mi metto a studiare qualcosa. Potrei cambiare mestiere, ancora non è troppo tardi –. Ma lei si è stupita: – Ma perché? – E davvero, perché avrei dovuto farlo? Non c'era nulla nel suo mondo che mi attirasse in maniera particolare.

Per quanto lei mi proponesse di rinunciare a questi incontri, dicendo che era dispostissima a tornare a casa da sola, io insistevo sempre per andarla a prendere. Volevo sapere dov'era, con chi s'incontrava, qual era la sua routine giornaliera. Talvolta mi prendeva una strana gelosia: m'affrettavo a chiudere il garage prima del tempo, a bella posta arrivavo in anticipo, un'ora o due prima di quando avevamo fissato, mi mettevo in agguato accanto alle scale o la spiavo dall'angolo della libreria. Ma era tutto inutile. Lei non pensava di lasciarmi, non aveva nessuna intenzione d'innamorarsi di un altro. Ora che aveva trovato un marito e una casa, poteva dedicarsi alle cose che l'interessavano davvero, poteva persino dedicarsi un po' ad attività sociali. Faceva parte del consiglio degli studenti e una volta organizzò uno sciopero che ebbe successo.

Al secondo anno dei suoi studi aveva già trovato un lavoro part-time, una supplenza in una scuola elementare. All'inizio furono tempi duri, gli scolari la facevano ammattire, anche se con me non ha mai voluto entrare in particolari. Alla sera tornava a casa esausta. Ma faceva del suo meglio, si preparava alle lezioni con impegno, una volta si è rinchiusa in bagno e ha ripetuto la lezione ad alta voce, faceva le domande e dava le risposte. Preparava disegni e tavole, colorava dei gran fogli di cartoncino, c'incollava su delle piante disseccate e le ornava con disegnini allegri. Siccome era negata per qualsiasi forma di lavoro manuale, io l'aiutavo un po' in quei preparativi.

Tutto sommato, ho visto subito che era una donna accomodante, pronta a sottomettersi. Cercava di non litigare con me, mi portava rispetto, mostrava persino un po' di soggezione. Forse chiacchierava un po' troppo, ma poiché io ero capace di sprofondare in lunghi silenzi, era solo naturale che talvolta lei parlasse anche in vece mia. Quasi tutti i giorni facevamo l'amore, ma il piú delle volte soltanto io arrivavo al godimento. Mamma era sempre con noi, e siccome eravamo fuori casa tutto il giorno, aspettava con ansia il momento di parlare con noi di sera. Non ci dava mai pace, entrava in camera nostra senza bussa-

re, mentre ci spogliavamo. Se chiudevo la porta a chiave cominciava a chiamarci da fuori, terrorizzata. Di notte lasciava le luci
accese, e poiché aveva il sonno leggero, potevamo aspettarci di
tanto in tanto anche una visita notturna. Qualche volta mi toccava aspettare fino alle ore piccole o anche fino al mattino, prima di poter svegliare Asya.

E lei si sottometteva. Qualche volta mormorava nel sonno,
con gli occhi ancora chiusi: – Un momento, lasciami solo finire
questo sogno –. E allora io aspettavo, seduto sulla sponda del
letto, che lei si svegliasse da sola, che sorridesse ancora una volta, che aprisse gli occhi. Poi mi aiutava a togliermi la giacca del
pigiama e i pantaloni. Nel secondo anno, quando aveva già cominciato a lavorare, mi era diventato sempre piú difficile svegliarla all'alba, prima di andare al lavoro. Facevo l'amore con lei
mentre era ancora addormentata, mi mescolavo ai suoi sogni. È
stato allora che ho assunto il mio primo operaio arabo, Hamid,
e gli ho dato la chiave del garage perché aprisse lui la mattina e
fosse pronto a ricevere i clienti. Quello è stato il primo operaio
che ho assunto, e lo pagavo alla giornata, sempre pronto a licen-
ziarlo se non avessi piú potuto permettermelo, ma gli affari co-
minciarono ad andare a gonfie vele, e dopo poco ne ho assunto
un altro.

Cosí potevo fermarmi un po' in casa la mattina, ad ascoltare
i suoi sogni che mi parevano sempre piú strambi. Qualche volta
parlavamo di noi, di come e di perché ci eravamo sposati. Ce ne
pentivamo? Lei si spaventava: – Ti sei pentito, tu?

Certo che no – e perché avrei dovuto pentirmi? Anche se
qualche volta, quando mi sembrava di non amarla piú, mi veniva il magone. Ma, come dire, era una donna accomodante,
pronta a fare tutto quel che volevo, anche se non avevo delle voglie speciali. È questo il punto: lei non suscitava in me nessuna
voglia speciale. In quegli anni lavoravo duro, facevo un lavoro
manuale, pesante, ma non era solo per quello che alla sera ero
tanto stanco.

C'era in lei qualcosa che mi affaticava, qualcosa che non riuscivo a definire. Non parlo dei discorsetti che mi faceva ogni
tanto, non era questo. Ero prontissimo ad ascoltarla, ma c'era

qualcosa che me li faceva sembrare irreali, non perché lei vives-
se in un mondo diverso dal mio, non era questo... era qualcos'altro... qualcosa che non sapevo spiegare, e allora stavo zitto. Mi pareva che lei si allontanasse sempre di piú dalla realtà
vera – ma naturalmente io non avrei saputo dare una definizione della realtà vera. Del resto non si poteva neanche chiamarla
sognatrice. Era attiva, lavorava, studiava, andava in giro, aveva
contatti con tanta gente. Aveva preso l'abitudine di camminare
svelta, tesa verso la meta, e per questo sembrava un po' ingobbi-
ta, quasi vecchia. No, non vecchia, ma grigia – e neanche grigia, qualcos'altro. Non riesco a trovare l'espressione giusta. Ma
come descriverla? Io la vorrei proprio descrivere – ma da dove
cominciare? Mi sembra di non aver neanche cominciato...

DAFI

Ma io forse mi lamento? Ultimamente mi lasciano in pace,
loro nella loro camera e io nella mia. Osnat mi dice sempre: – I
tuoi genitori stanno invecchiando, ti lasciano in pace.

Stanno invecchiando, i miei genitori?

Ero un po' sorpresa, ma ho taciuto. È possibile? Povera
Osnat, lei proprio non ha mai pace. In camera con lei dorme sua
sorella che ha dieci anni e le somiglia moltissimo, soltanto che è
piú brutta e forse anche piú furba. Le dà sui nervi, fruga nei suoi
cassetti, si prova i suoi vestiti, s'intromette in ogni conversazione. Con lei in giro non c'è mai un momento di tregua. E per di
piú c'è il fratellino che è nato un anno e mezzo fa, con grande
gaudio di tutta la classe. Siamo andati tutti alla cerimonia della
circoncisione per vedere che cosa gli facevano. Un bambino cosí carino, che comincia già a camminare con quelle sue gambet-
te storte, s'intrufola dappertutto, Osnat lo chiama un catacli-
sma semovente. È eternamente raffreddato, il naso gli cola in
permanenza, e lui se lo pulisce sulle coperte, sulle lenzuola, sui
vestiti degli ospiti. Ha sempre in mano un pennarello nero, e se
si tenta di portarglielo via, caccia certi strilli come se lo stessero
scannando. Scarabocchia sulle pareti, sui quaderni, sui libri, e
ci sono sempre urla e pianti e una gran confusione. Una casa di

matti. E per di piú sbarcano da loro ospiti da tutto il mondo, fanno sloggiare Osnaṭ dal suo letto, e le tocca dormire su un materasso in salotto.

– Che silenzio che c'è da voi... Facciamo il cambio, Dafi...

È vero, da noi c'è silenzio. Nel pomeriggio, quando mamma non c'è e papà non è ancora tornato dal lavoro, nella casa in penombra, dove ogni cosa è al suo posto, sento persino il ticchettio del contatore della luce. Un silenzio quasi sovrumano. Per fortuna ho la mia stanza, il mio regno – col mio disordine, il letto disfatto, i vestiti buttati qua e là, i libri e i quaderni alla rinfusa, i poster alle pareti. C'è stato un periodo che volevano costringermi a mettere ordine, ma alla fine ci hanno rinunciato. Questo è il mio ordine, ho detto, questo è il mio ritmo, e ho cominciato a chiudere la porta, che non gli venga in mente di entrare e di farsi venire delle idee.

L'abitudine di chiudere la porta quando sono in casa, che ho preso solo quest'anno, è stata proprio un'idea brillante. Cosí, quando vengono ospiti, posso dimenticarmi del mondo intero. Però non è che vengano tanti ospiti. Qualche volta passa qui a Haifa lo zio scapolo di Tel Aviv, rimane a cena e riparte. Diverse volte all'anno, il venerdí sera, vengono quattro o cinque coppie noiose, sempre le stesse facce – loro compagni di gioventú, o professori e professoresse della scuola, a volte anche insegnanti miei. Una volta, il venerdí sera, hanno persino invitato Schwarzi. Sono andata a vedere come si comportava nel suo ambiente naturale, ma ho visto che non c'era differenza – era tronfio e autoritario come al solito. Quelle serate sono abbastanza noiose, mai che parlino veramente di se stessi, non raccontano segreti, se ne stanno lí a discutere di politica, dei prezzi delle case e delle macchine e dei grattacapi che danno loro i figli. Ce n'è sempre uno che vuol dominare la discussione, e rompe i timpani a tutti. Papà sta sempre zitto, fa circolare fra gli ospiti le coppette con le noccioline e le mandorle salate, e poi si siede e tace. Il lavoro in garage lo intontisce un po'. Certe volte io entro in silenzio, mi siedo tra di loro per arrivare a mangiare una torta che avevo già adocchiato nel pomeriggio, prima che ne facciano piazza pulita. Ma ultimamente ho deciso che mi bastava vedere i professori di mattina, e non avevo bisogno d'incontrarli anche la sera a casa mia, e allora mi chiudo in camera mia e non do segno di vita. Talvolta uno degli ospiti apre la porta, pian pianino, pensa di trovare il gabinetto, si sorprende di vedermi seduta in silenzio al tavolino, immersa in profondi pensieri. Allora mi fa un sorrisino melenso e comincia ad attaccar bottone, a far domande. Fanno sempre mostra di meravigliarsi di come sono cresciuta, a sentirli mi pare di star crescendo a vista d'occhio.

Cosí ho cominciato a chiudere la porta a chiave, qualche volta anche in pieno giorno. Ma capita che nel pomeriggio mamma si metta a bussare con forza: la vecchia zia Stella, la sorella del nonno, è venuta in visita con una sua amica e vuole vedermi. Allora esco dalla stanza, le do un bacio, qualche volta ne do uno anche a quell'altra vecchia che non sempre conosco. Mi siedo accanto a loro e rispondo alle domande. La zia Stella è alta e diritta, con lunghi capelli bianchi, un viso aperto, e accanto a lei quell'altra vecchia, piccolina e tutta grinzosa, con occhiali scuri e un bastone corto e grosso – e qui comincia l'interrogatorio. La zia mi conosce bene, quand'ero piccola si è persino occupata di me mentre mamma studiava. Mi chiede dei voti a scuola, sa che ho difficoltà con la matematica, si ricorda i nomi di Osnat e di Tali, sa persino qualcosa sul papà di Tali che se n'è andato. Io le rispondo con calma, sorridendo, sento che interroga anche mamma, le chiede che cos'ha fatto in questo mese, la sgrida perché lavora troppo; chiede dei dolori di schiena che papà aveva qualche anno fa, ci porta saluti da conoscenti suoi che hanno fatto riparare le loro macchine nel suo garage. Non racconta quasi niente di sé, s'interessa solo di noi, o di altri. E mamma sta seduta, tesa come una molla, sull'angolo della poltrona, arrossisce come una scolaretta, ride in modo innaturale, corre a far vedere loro un vestito che ha comprato, porta dalla cucina ogni specie di biscotti, tramezzini, formaggio, salatini. Ma Stella non assaggia niente, mentre l'altra vecchia continua a sgranocchiare. Mamma le adora, quelle vecchie, si fa in quattro per servirle, e quando infine loro si alzano per andarsene le supplica che le permettano di accompagnarle in macchina.

Quando poi se ne vanno, mamma le accompagna fino in centro. Io intanto apro la tavoletta di cioccolata che Stella mi ha portato, è sempre cioccolata buonissima. Mamma torna dopo mezz'ora tutta esaltata, si siede sulla poltrona dove si era seduta zia Stella, ancora sbalordita per l'emozione, incapace di fare qualcosa. Io la osservo attentamente, i suoi capelli che stanno diventando grigi, le rughe nel suo volto, la schiena un po' incurvata: sta invecchiando allegramente, tra poco si comprerà un bastone.

ADAM

Ma come posso descriverla? Da dove cominciare? Dai suoi piedi: piedi delicati, da ragazzina, calzati di scarpe solide, dal tacco basso, magari comode ma senza forma, scarpe un po' scalcagnate. Per i vestiti aveva gusti strani, preferenze che col tempo diventavano sempre piú deprimenti. Trovò al Markaz ha-Carmel un negozio di due vecchiette, ebree tedesche, che la vestivano di abiti di lana grigia con colletti bianchi chiusi e mezze maniche o di tailleur di taglio maschile con i cuscinetti sulle spalle. Le facevano lo sconto e lei ne era felicissima, anche se talvolta le toccava prendere vestiti un po' difettosi. Quando Dafi era piccola, le due signorine portavano anche per lei vestitini del medesimo taglio e della stessa stoffa, e Dafi sembrava una vecchietta.

Non è che io me ne intenda molto, ma mi pare che ci sia qualcosa di bizzarro nell'accostamento dei colori dei suoi vestiti, a parte il fatto che s'è innamorata di alcuni capi vecchi e li allunga o li accorcia continuamente secondo quelli che lei giudica essere i dettami della moda. E anche i vestiti nuovi li modifica un po', li taglia, ci fa dei cambiamenti – il tutto con le sue mani, che non sono particolarmente abili.

Non so perché, ma per lei è importante non spendere tanto, ha un sacro rispetto per il denaro, un bisogno ridicolo di risparmiare. È quasi tirchia, soprattutto per quel che riguarda se stessa.

Me ne sono accorto già anni fa, a casa sua, da come durante i pasti dividevano il cibo in parti uguali, da come mangiavano tutti gli avanzi del giorno prima, che tornavano in tavola riscaldati. E anche da come riciclavano le buste usate, da come suo padre riempiva i notes con le sue memorie: scriveva dalle due parti del foglio, sui margini, scriveva anche sulla copertina. Ma forse loro avevano ragione di preoccuparsi, perché dal tempo della fondazione dello Stato suo padre non lavorava, e vivevano di una pensioncina dei Servizi di Sicurezza di prima dell'Indipendenza. Lui infatti era molto orgoglioso, e dopo che l'avevano destituito aveva rifiutato qualsiasi altro lavoro.

Ma da noi in questi ultimi tempi ce n'erano soldi, e ogni anno di piú. È vero che all'inizio eravamo in ristrettezze: il lavoro nel piccolo garage andava a rilento, anche Erlich, il socio di papà, aveva deciso di lasciare l'officina e ho dovuto rilevare la sua parte, coprendomi di debiti. E quando sono arrivati i primi guadagni ho investito ogni centesimo in nuove attrezzature e nell'acquisto di altro terreno, per avere piú spazio. Lei, naturalmente, non poteva seguire l'andamento degli affari. Si accontentava dei soldi che le davo, non mi ha mai chiesto che gliene dessi di piú. Da quando ha cominciato a lavorare, il suo stipendio viene versato direttamente sul nostro conto in banca e si confonde con i soldi del garage. Chissà se ha idea di quel che guadagna. Stranamente non mostra alcun interesse per l'andamento delle nostre finanze, ma continua a risparmiare, con ostinata taccagneria, come se adempisse ad un dovere. Dopo qualche anno ha cominciato a sovvenzionare un po' i suoi genitori – io naturalmente non ho detto parola, e lei mi è stata talmente grata che è diventata ancora piú tirchia, piú parca e frugale verso se stessa.

Non abbiamo mai avuto un aiuto in casa. Nei primi anni dopo la nascita del bambino e finché lui è andato all'asilo ci ha aiutato sua madre. Veniva apposta da Tel Aviv a stare con noi in principio di settimana, e una vecchia zia che abitava a Haifa ci aiutava a fine settimana, qualche volta prendeva il bambino con sé. Asya correva avanti e indietro tra la scuola e le lezioni all'Università, studiava e insegnava. Quando si guastava qualcosa in casa, il frigorifero o lo scaldabagno, io me l'aggiustavo da solo. Ma poi mi sono stancato, e senza dir niente li facevo sostituire, e lei era sbalordita, spaventata per la grossa spesa. Ma li hai i soldi? Sei sicuro? Quando abbiamo cambiato casa e ci siamo indebitati, ha deciso da sola di prendere ancora un mezzo impiego in una scuola serale, per quanto potessimo far fronte ai debiti senza difficoltà. Ma io non ho detto niente, mi sono abituato a lasciarle fare quel che vuole. In quel periodo gli affari del garage hanno cominciato ad andare a gonfie vele, i soldi cominciavano a entrare in quantità sempre maggiori. Il mio ex socio Erlich è tornato da me come impiegato, a fare il contabile; lui, che era un pessimo meccanico, si è rivelato un genio finanziario. Aveva un suo sistema particolare per effettuare i pagamenti, per maneggiare le fatture. Se arrivava un cliente nuovo con qualche guasto non complicato gli facevamo un buon prezzo, qualche volta gli facevamo persino la riparazione gratis, e quello naturalmente tornava. E poi, dopo alcune volte, gli tiravamo la stangata, non proprio esagerata, ma almeno venti per cento al di sopra del prezzo normale. E quello pagava, senza stare a pensarci troppo. Erlich ha escogitato un sistema di mandare le fatture per posta. Non chiedevamo che i clienti pagassero subito, ma appena finita la riparazione consegnavamo loro la macchina, davamo loro la sensazione che il conto fosse una cosa secondaria, l'importante era che la macchina fosse riparata, prima di tutto servire il cliente. Non facevamo neppure menzione del pagamento. E poi, dopo una settimana o due, quando il cliente si era bell'e dimenticato che era stato da noi, gli arrivava la fattura per posta. E la gente pagava senza rimostranze, come se pagasse la bolletta della luce o del telefono. Del resto c'erano molte società e imprese che pagavano le fatture senza discutere, volevano soltanto una ricevuta. Ma anche in questo Erlich ha saputo destreggiarsi – per quanto non sia piú socio, lui continua a sentire il garage come se fosse suo, si batte per ogni centesimo, ha imparato a fare complicate operazioni contabili, ha letto minuziosamente gli articoli della legge sulle tasse, ha consultato avvocati. Abbiamo cominciato a espanderci, ad assumere altri operai, ad aprire altri reparti, a vendere pezzi di ricambio. Cominciava ad esserci ogni mese un guadagno netto di diecimila, quindicimila shekel. Nel portafogli tenevo sempre cinquemila shekel cosí, senza che ci fosse una ragione particolare.

Ma lei non capiva quel che succedeva, o meglio non voleva capire, e anch'io non mi sono sforzato di spiegarglielo. Continuava a pensare al garage come a una specie di cooperativa, non le entrava in testa che i guadagni arrivavano a me soltanto. Raramente veniva a vedere il garage, come se avesse paura di girare da quelle parti. Non credo che avesse idea di dove cominciava e di dove finiva. Ma aveva molto rispetto per il mio lavoro, vedeva che mi alzavo all'alba e tornavo soltanto la sera. Tuttavia non venivo piú a casa nero di sporcizia e con le mani tagliate come nei primi anni.

– Ti serve altro denaro? – le chiedevo di tanto in tanto.

– No! – rispondeva subito, senza riflettere, e mi consigliava di tenere da parte il denaro per il garage, casomai succedesse qualcosa. Non so che cosa sarebbe potuto succedere – forse che dalle macchine si tornasse ai cavalli?

Non voleva assolutamente una macchina per sé – che bisogno ce n'era? Poteva benissimo andare in autobus. Ma quando qualche volta dovevo andare a prenderla a scuola o all'università e vedevo come mi guardavano i professori o gli studenti mentre le camminavo accanto nella mia tuta sporca, toccandole leggermente il braccio, a lei non importava, ma a me sí. Ho comprato una macchina di seconda mano e l'ho posteggiata sotto casa e l'ho costretta a prendere la patente. È stata bocciata al primo esame, ma poi ha imparato e le è persino piaciuto. Ora poteva girare ancora di piú, prendersi altri impegni. Del motore non capiva niente, ma non ce n'era bisogno, io badavo sempre che fosse tutto a posto. Una volta è arrivata in garage in piena giornata. Le si era strappata la cinghia del radiatore e aveva quasi fuso il motore, era spaventatissima. Io non c'ero e gli operai, che non la conoscevano, non le badavano. Lei è rimasta seduta al volante, ad aspettare come l'ultimo dei clienti, e intanto correggeva i compiti dei suoi scolari. Alla fine Erlich l'ha vista, è corso da lei, l'ha fatta scendere dalla macchina, l'ha accompagnata nel suo ufficio e ha dato ordine agli operai di riparare subito la macchina. Quando sono tornato, lei era già accanto alla macchina riparata. Mi ricordo ancora le occhiate curiose degli operai: adesso che sapevano che era mia moglie, la esaminavano minuziosamente, parevano un po' delusi. Ho sentito uno che domandava ad un compagno, sottovoce: – *Hadi el hatiara?* – è questa la Signora?

Girare per i negozi, cercare qualcosa da comperare, lei l'ha sempre considerato una perdita di tempo, una fatica inutile. Qualche volta rimandava persino acquisti necessari, continuava a usare oggetti già tutti rovinati – una borsetta, dei guanti o un ombrello. Per moltissimo tempo è andata in giro con un cappello di paglia completamente sformato, al quale era affezionatissima. Quando le facevo osservazione, mi prometteva di comprarsene uno nuovo, ma rimandava di giorno in giorno. Alla fine semplicemente prendevo e buttavo nella pattumiera, senza neanche dirglielo. E lei cercava per un giorno o due, finché glielo dicevo.

– Ma perché? – si meravigliava. – Perché vuoi buttare cosí del denaro?

E allora decidevo di accompagnarla a fare le compere. Ci davamo appuntamento in città dopo il lavoro e giravamo per negozi a cercare quello che occorreva. Lei non è una difficile, le va bene tutto, le pare tutto utile e pratico. Guarda sempre soltanto i cartellini dei prezzi, esita tra una borsetta che costa cento shekel e una che ne costa centoquaranta. E io le sto vicino e ho in tasca tremila shekel, cosí, senza uno scopo preciso.

– Non ti pare che sia cara? – si consiglia con me.

– No, non è cara per niente. Va benissimo.

Alla fine lei compera quella che costa meno.

E io taccio, ma dentro mi sento ribollire.

A bella posta la porto da lí in un bar elegante e costoso, ordino uno spuntino: caffè, dolci e panini. Lei si ostina a non mangiare nulla, vuole solo un caffè. Non ho fame, non ho fame, dice, ma mi guarda con occhi affamati mentre io divoro un panino dopo l'altro.

– Davvero non hai fame?

– Davvero! – sorride, e intanto esamina la borsetta a buon mercato che ha comperato e si convince che è stato un buon acquisto. – È piú grande di quell'altra che costava di piú, – mi spiega, e io taccio, pago la cameriera con un biglietto da cento, lascio una buona mancia. Ma lei non fa caso al portafogli gonfio posato sul tavolo, tutti quei soldi che mi porto dietro non le dicono niente.

– *Hadi el hatiara?* – mi torna in mente la frase di quell'operaio arabo. E mi si stringe il cuore.

Ma lei mi fa un sorriso accattivante, raccoglie le briciole dal mio piattino e se le mette in bocca, finisce di bere il suo caffè, guarda l'orologio, ha sempre fretta, è già con la mente altrove, alla Storia, agli esami, alle riunioni dei professori. Ma la sto poi descrivendo?

ASYA

Sto guidando la macchina di Adam. Ci riesco, per quanto non l'abbia mai guidata. Sento tutto il peso di questa macchina, una pesantezza che non sospettavo, il motore ruggisce come fosse un trattore, ma nonostante tutto vado avanti, innesto le marce senza grattare. Faccio fatica a vedere la strada, sono sprofondata nel sedile, dal finestrino davanti vedo soltanto i tetti delle case e il cielo. Vado avanti a tentoni, ho la sensazione che parti della macchina siano fuori del mio controllo, sbando un po' nelle curve, sento i colpi soffocati della macchina contro gli angoli delle case, ma l'auto procede come fosse un carro armato, non c'è ostacolo che possa fermarla. Arrivo a casa ed è già sera. Metto la macchina sotto un lampione, scendo per esaminare i guasti. Non c'è nulla di grave: un'ammaccatura qua e là, non si è neanche scrostata la vernice, soltanto la carrozzeria si è infossata un po', sulla macchina ci sono come delle pozzanghere. Questo se lo può aggiustare lui da solo – penso mentre salgo le scale, di corsa. La porta è aperta, c'è gente in casa, sono seduti sulle poltrone, sul divano, alcuni anche sul pavimento. Vassoi con dolci e noccioline, piatti con olive e sottaceti. Ma chi ha preparato tutto questo, forse l'hanno fatto loro. Stanno lí e parlottano, non hanno ancora toccato il cibo, aspettavano me. Ma io vado a cercare Adam. Dov'è? Entro in camera da letto, lui è seduto sul letto in abiti da lavoro; è solo come se si nascondesse. Mi sembra strano, pallido, piú giovane. C'è qualcosa che lo tormenta.

– Cosa hai fatto alla macchina?

– Io? Ma niente...

Ma lui scosta le tende e me la mostra. È ribaltata sotto il lampione, con le ruote per aria che girano lentamente, come uno scarafaggio rovesciato sul dorso, che annaspa con le zampe e stride in sordina.

Sono proprio sorpresa, ma anche un po' divertita. Dalla stanza accanto si sente il brusio degli ospiti divenire piú forte, stanno perdendo la pazienza.

– Presto, vestiti e vai da loro – della macchina ti occuperai dopo... Non sarà un problema.

E lui si avvicina al letto, si toglie la camicia, sul suo viso c'è un'espressione di dolore profondo, e io continuo a domandarmi che cosa ci sia di cambiato in lui. Cosa è cambiato? E d'un tratto capisco – è senza barba, si è sradicato la barba, forse con uno strappo solo, si è scotennato. Eccola lí sul letto, tutta intera. Non ce la faccio a guardare...

ADAM

E allora, come posso descriverla? Da dove cominciare? Da quei suoi piedi piccoli e levigati, davanti ai quali mi sono inginocchiato una notte, dopo la disgrazia, stringendoli con forza, le facevo persino male, li coprivo di baci, la supplicavo che facessimo un altro figlio, che non perdessimo la speranza, in un miscuglio di desiderio e di violenza, forse l'unica volta che ho perso la testa, ero fuori di me.

È stato tre mesi dopo la disgrazia, dalla quale lei pareva essersi rimessa prestissimo. Già dopo una settimana era tornata al lavoro, a tutte le sue occupazioni. Ma la notte non dormiva, non si toglieva neanche i vestiti, stava lí ad aggiustare i compiti degli allievi, leggeva, sonnecchiava un po' sulla poltrona, si alzava a pulire il pavimento, a lavare i piatti, qualche volta a mezzanotte si metteva a cucinare. Soprattutto non spegneva la luce, fino al mattino. Quieta, affaccendata, si comportava ragionevolmente, ma mi teneva d'occhio, se vedeva che mi avvicinavo, si allontanava un po', come se fossi colpevole, o come se fosse colpevole lei. Come se fosse questione di colpa.

Perché io mi rifiuto di dare un significato a quella disgrazia, che è stata soltanto un incidente. Non posso sentire quelle interpretazioni arzigogolate – incidente volontario, desiderio di morte, pulsioni del subconscio. Io me ne intendo un po' d'incidenti stradali. Ogni settimana mi arrivano in garage delle macchine che hanno subíto un incidente, e anche se non faccio domande mi tocca ascoltare i racconti. Com'è successo? Cos'è successo? Di chi è la colpa? Io non devo giudicare le persone, devo soltanto stabilire quali sono i danni e ripararli. Ma quegli automobilisti eccitati non riescono a trattenersi, a ogni costo devono raccontarmi che cosa è successo, credono che quando giro intorno alla macchina ammaccata con carta e matita in mano io li stia accusando. Come se me ne importasse. Cominciano a descrivermi l'incidente nei minimi particolari, con frasi sconnesse, qualche volta mi fanno persino uno schizzo, sono disposti a dirsi colpevoli ma solo in parte, una responsabilità minima. È stato quell'altro che andava a velocità eccessiva, i semafori che non funzionavano bene, cominciano a tirar fuori delle teorie sul punto morto nel campo visivo di quel tipo di macchina. La strada, il sole, il governo: spiegazioni su spiegazioni. L'unica cosa che non sono disposti a dire è: «Guidavo come un matto, come uno stupido, ero distratto – è colpa mia». Anche di fronte a macchie di sangue sulla macchina continuano a descrivere la loro presenza di spirito – all'ultimo momento hanno sterzato a destra, a sinistra, hanno ingranato la retromarcia, poteva andare peggio, ne potevano ammazzare un altro. Solo raramente uno è disposto a dire: «È stato un caso maledetto, inutile cercare spiegazioni».

Invece è stato proprio cosí.

Perché dopo cinque anni ci è nato un bambino sordo, l'abbiamo chiamato Yigal. E la sordità la si scopre molto presto, già alla clinica ci hanno dato una lettera da portare al pediatra della mutua. Ci hanno spiegato che c'era qualcosa di difettoso nel suo udito – fate attenzione, il bambino non sente. Non comincerò a entrare in particolari perché non finirei piú – uno diventa specialista della sua disgrazia, impara la terminologia, conosce gli apparecchi, fa paragoni con altri casi simili, fa persino amicizia con altri genitori che hanno bambini sordi. E in fin dei conti non è una disgrazia terribile, ce ne sono di molto peggiori – la cecità, certe gravi malattie del sangue, bambini deficienti. Tutto sommato era un bambino sano, con un difetto superabile. Ci hanno sempre dato speranza. Nel primo anno ci sono persino certi vantaggi. Il bambino dorme molto, i rumori non lo disturbano, si può accendere la radio accanto al suo letto, cammina tutto felice a quattro zampe vicino all'aspirapolvere in funzione; per strada, in mezzo ai rumori del traffico, lui dorme beato.

Dava parecchio da fare. Asya passava molto tempo con lui e io, che in quel periodo lavoravo dalla mattina alla sera, cercavo perlomeno di non perdermi il momento che lo si metteva a dormire. Mi mettevo di fronte a lui e gli parlavo a voce alta, aprendo bene la bocca, muovendo lentamente la lingua e cercando d'insegnargli a dire «papà», o «sole». E lui mi guardava con attenzione, mi imitava, ma con un registro strano, molto alto o molto basso, pronunciava qualche parola – baba, tole. Uno comincia a parlare in modo diverso, a pronunciare sillabe staccate, a emettere strani suoni, anche l'udito ti si acuisce, cominci a distinguere sottili differenze di toni. Quando parlava, si aiutava con grandi gesti delle mani. Un bambino, quando fa cosí, è graziosissimo. Stranamente, lo capivo meglio io di Asya. Riuscivo ad afferrare le parole che diceva, diverse dal normale, ma con una loro logica.

Quando compí due anni gli abbiamo già messo il primo apparecchio. Vengono ospiti, lo vedono, e tu subito cominci a spiegare, anche se non hanno chiesto niente. È questo il primo argomento della conversazione, e qualche volta anche l'ultimo. Purché non pensino che sia un ritardato o un anormale, per quel modo strano che ha di esprimersi. Cominci ad abituarti a quel difetto, ti sembra quasi naturale. Il bambino ha anche un amico o due. C'è qualche problema educativo e sociale, ma si

possono risolvere con un po' di buona volontà. L'importante è
fargli fare una vita normale, magari anche dargli qualche volta
uno scappellotto, ed è quello che ho fatto, anche se non sempre
c'era una vera ragione.

Infatti lui era un bambino intelligente, e all'età di due anni
ha cominciato a parlare spedito – ti teneva gli occhi puntati sul
viso, sul movimento delle labbra; se ti dimenticavi e dicevi qualcosa mentre avevi la testa voltata dall'altra parte, ti dava una
toccatina per ricordarti di voltarti verso di lui, oppure t'infilava
la testa sotto il braccio con un gesto che ti struggeva l'anima.
Tutto sommato era un bambino felice. C'erano piccoli problemi – per chiamarlo quando giocava nel giardinetto dabbasso
non si poteva semplicemente dare una voce, ma bisognava
scendere e toccarlo. Chissà che cosa sentiva? Anche questo abbiamo potuto saperlo grazie agli apparecchi moderni che hanno nelle cliniche, perché lí pensano anche all'educazione dei genitori. Ci hanno fatto mettere degli auricolari e con quelli ci
hanno fatto ascoltare i suoni che secondo le loro teorie erano
quelli che sentiva lui, in modo che potessimo capire meglio,
identificarci con lui.

A tre anni l'abbiamo mandato all'asilo sotto casa, che era di-
retto da una vecchia maestra giardiniera molto simpatica. C'e-
rano forse cinque bambini in tutto, e lui si è inserito perfettamente. Certo che lei non lo capiva, era un po' sorda pure lei, ma
gli dava affetto e calore. Se lo tirava sulle ginocchia e lo baciava,
se lo portava in braccio da un posto all'altro come se lui non fosse sordo, bensí invalido. Lui le voleva molto bene, e ne parlava
sempre sorridendo, con entusiasmo. Ogni tanto trovavo modo
di scappare dal garage durante il lavoro, di fare un salto all'asilo
per cercare di spiegare a lei ed agli altri bambini quello che lui
diceva. Cercavo di abituarli a mettersi davanti a lui, ad aprire
bene la bocca e a parlare adagio e chiaramente. I bambini s'im-
paurivano un po', ma erano gentili e cercavano di collaborare.

Forse esageravo. Asya mi diceva di smetterla con quelle visite; lei stessa era tornata a lavorare a tempo pieno, forse un po'
troppo presto, ma è difficile giudicare.

In principio ci siamo interessati per trovare una scuola specializzata. Asya ha persino pensato di trovarsi un impiego in una scuola di quel tipo, ma poi abbiamo visto che non ce n'era bisogno, perché lui sapeva arrangiarsi e si era abituato alla compagnia di bambini normali. La sua capacità di esprimersi continuava a perfezionarsi. La sera gli toglievo l'apparecchio e gli parlavo faccia a faccia, servendomi soltanto del movimento delle labbra. C'è stato un periodo in cui l'apparecchio gli dava fastidio, gli abbiamo lasciato crescere i capelli per nasconderlo. Col tornio del garage gli ho fabbricato un auricolare piú piccolo. In quel periodo, quando trafficavo intorno all'apparecchio, gli ero particolarmente vicino. Lo abbiamo smontato insieme, gli ho spiegato come funziona, e lui toccava il piccolo microfono, la minuscola pila, credo che avesse un talento tecnico ereditato da me.

L'importante era non prenderlo troppo sul serio, scherzare con lui anche sulla faccenda della sua sordità, dargli dei piccoli incarichi, per esempio di vuotare la spazzatura, asciugare i piatti. Pensavamo già di farne un altro.

Quando aveva cinque anni abbiamo cambiato casa. Purtroppo bisognava lasciare la vecchia maestra giardiniera, lui era il suo pupillo piú anziano. Gli è stato difficile l'inserimento nella scuola materna. La mattina erano pianti. Ma pareva che le cose andassero aggiustandosi. Il *Seder*, l'ultimo prima che lui morisse, l'abbiamo già celebrato nella nostra nuova casa. Sono venuti i genitori di Asya e alcune sue vecchie zie, e davanti a tutti lui ha cantato *Ma Nishtanàh*, senza sbagliarsi, modulando la melodia con la sua voce profonda, che ogni tanto saltava di registro. Abbiamo applaudito, gli abbiamo fatto grandi complimenti. Il nonno, sempre cosí serio e imbronciato, lo ha guardato con molto interesse, con stupore, e poi si è asciugato una lacrima e ha sorriso.

Talvolta, quando voleva guardare un libro o costruire qualcosa col meccano, un trattore o una gru, si toglieva l'apparecchio, e noi lo chiamavamo, ma lui non sentiva, sprofondato com'era nel suo silenzio. A me questo piaceva, quella sua facoltà di troncare i contatti col mondo, di godersi un silenzio assoluto.

Certamente quel suo difetto accelerava il suo sviluppo. E sapeva anche sfruttare i vantaggi della situazione. Qualche volta si lamentava di dolori alle orecchie perché l'apparecchio faceva troppo rumore. Ho consultato medici specialisti, e loro l'hanno giudicato buon segno, poteva darsi che con la crescita una parte dei nervi cominciasse a dar segni di vita, ma soltanto fra qualche anno avrebbero potuto fare una prognosi. Non c'era modo di sapere se veramente il rumore lo disturbasse, o se voleva solo godersi un po' di silenzio. Ho accettato di mettergli un interruttore, da tenere sotto la camicia, sul cuore, perché potesse ogni tanto spegnere l'apparecchio senza toglierselo. Naturalmente era una cosa da farsi solamente in casa.

Intanto gli abbiamo comperato una biciclettina, per andare sul marciapiede intorno a casa. Gli abbiamo trovato dei nuovi compagni nel vicinato, e lui ci andava d'accordo, ma quando lo facevano innervosire semplicemente spegneva l'apparecchio. Una volta è venuto da me uno dei bambini a lamentarsi che «Yigal fa apposta a fare il sordo ogni volta che non vuole darci qualcosa o quando non vuole giocare con noi».

Gli ho spiegato come stavano le cose, per quanto mi fosse piaciuta quella dimostrazione d'indipendenza.

E perché no, poi?

Quel sabato pomeriggio, un giorno prima che si riaprissero le scuole, è andato da un suo compagno che abitava quattro case piú in là, nello stesso isolato. Il bambino non era in casa, e allora lui ha deciso di tornare, e a quanto pare – non ne sono sicuro – sulla strada del ritorno ha spento l'apparecchio. D'un tratto ha visto dall'altra parte della strada il suo amico che giocava con gli altri bambini. Loro gli hanno fatto segno che venisse di là, e lui ha attraversato la strada, sempre immerso nel silenzio assoluto. Una macchina che veniva in discesa, non troppo veloce (hanno poi esaminato le tracce della frenata), ha suonato il clacson per avvertirlo. Erano sicuri che si sarebbe fermato, ma lui nel suo silenzio ha continuato ad attraversare, non di corsa, ma camminando piano, diritto sotto la macchina.

Per lui tutto si è svolto lentamente, nel silenzio assoluto.

Un gruppo di ragazzini mi ha strappato dal sonno, dieci piccoli pugni battevano alla porta. Sono corso in strada in canottiera, scalzo. Ho fatto in tempo a vedere l'autoambulanza che lo stava caricando, i bambini che stavano lí hanno urlato istericamente: «Aspetta, aspetta, è suo padre!» Lui respirava ancora, aveva gli occhi pieni di sangue, l'apparecchio strappato. Non poteva piú sentirmi.

Siamo tutti e due persone ragionevoli. Abbiamo cercato di comportarci razionalmente, di non lanciare accuse, di non infierire l'uno sull'altro. Credevo che lei avrebbe detto qualcosa su quell'interruttore che gli avevo applicato sul cuore, ma non ci ha nemmeno pensato. Io vi ho accennato, e lei non ha capito di che cosa parlassi.

Lo strano è che per molto tempo, per due o tre mesi dopo la disgrazia, non siamo quasi mai rimasti soli. I suoi genitori sono venuti subito da Tel Aviv e sono rimasti ad abitare da noi, dietro nostra richiesta, e siccome suo padre era già molto malato bisognava curarlo. Vecchie zie sono venute ad aiutare, a cucinare, a far pulizia. Siamo stati sollevati di tutto, come se noi due fossimo tornati bambini. Io mi ero sistemato nello studio, Asya fingeva di dormire sul divano in sala, in casa c'era sempre gente. Le piccole cose di ogni giorno assumevano un'importanza enorme, assorbivano il dolore, lo sterilizzavano, gli facevano cambiare direzione. La necessità di occuparci delle medicine per suo padre, i cibi speciali, e soprattutto il flusso continuo che inondava la casa, visitatori che non venivano a trovare noi, ma suo padre.

Mi ricordo bene gli ultimi giorni d'estate, caldi e luminosi, la casa piena di gente silenziosa, quasi tutti vecchi. La porta continua ad aprirsi e qualcuno viene a fare le condoglianze al nonno, tutta la numerosa comunità dei suoi amici, dei suoi ex subordinati nel Mossad, dei Capi del Movimento Operaio – tutti quelli che si erano allontanati da lui dopo lo scandalo, soprattutto quelli con i quali aveva troncato i rapporti. Tutti avevano deciso di rappacificarsi col vecchio capo spodestato, il cui nipote era morto in un incidente, e lui stesso era in fin di vita. Venivano un po' confusi, timorosi, e lui li riceveva in piccoli gruppi, a due o tre, sedeva sulla poltrona grande in veranda nella luce del tra-

monto imminente tutto bianco, una coperta di lana sulle ginocchia, con un'espressione calma, lo sguardo fisso all'orizzonte. Ascoltava giustificazioni, dichiarazioni di fedeltà, parole di
conforto, gli passavano anche informazioni segrete. E da un lato, non troppo vicino, sedevano le vecchie, bevevano il tè e par-
lottavano in russo. Per lui, quei giorni di lutto sono stati giorni
di rappacificazione con tutti i suoi nemici.

Io mi aggiravo in casa come un estraneo. Avevo timore perfino di entrare in cucina. Tornavo dal lavoro, e dopo un po' mi
chiamavano a consumare una cena che aveva preparato per me
una di quelle vecchie. Erlich, l'ex socio di papà, è venuto a far
visita di condoglianza, mi ha offerto aiuto al garage. Ha cominciato a passare in rivista con me i conti, mi ha dato qualche buon
suggerimento. Dopo qualche tempo gli ho proposto di tornare
a lavorare come impiegato, di occuparsi della contabilità, e con
mia grande sorpresa lui ha accettato. Dopo il lavoro rimanevo
con lui fino a buio, tornavo a casa tardi e la trovavo piena di gente. Asya era seduta in un angolo, le davano la cena, qualcuno la
rimproverava per non so che motivo.

Dopo qualche mese i suoi genitori se ne sono andati, per quanto li supplicassimo di rimanere. Suo padre stava già molto male.

Soltanto allora ci siamo resi conto del vuoto in casa. La stanza del bambino deserta. Siamo tornati a dormire in camera nostra, cioè ci sono tornato io. Perché lei intendeva continuare in
quel suo non-dormire, in quell'aggirarsi di notte. Non pensavo
a toccarla, ma mi pareva un po' strano che non volesse dormire
nel suo letto. È passata un'altra settimana o due. Lei era molto
dimagrita, era pallida, ma andava a lavorare, faceva tutto come
di solito, soltanto continuava a dormicchiare sulle poltrone, vestita. Forse è il momento di separarci, ho pensato, forse è venuto il momento di liberarmene, ma il desiderio del figlio mi bruciava dentro. Volevo un altro figlio, non m'importava nemmeno che fosse sordo come lui, volevo ricominciare, farlo tornare.
Ma non era assolutamente possibile toccarla. – Non ho la forza
di ricominciare –, diceva.

Io già avevo una barba che mi cresceva incolta e lei era molto
trascurata, non eravamo proprio adatti a fare l'amore. L'ho af-

ferrata con forza, senza passione. – Che cosa vuoi? – si è ribellata. Allora sono caduto in ginocchio, le ho baciato i piedi, ho risvegliato la mia voglia, perché di voglia non ne avevo.

DAFI

È venerdí sera. Non c'è un filo di vento. Loro sono andati da amici. Quando sono a casa, quasi non ci si accorge della loro presenza, ma quando escono se ne sente la mancanza. Giro per la casa tutta sola, non mi capita quasi mai di rimanere in casa da sola il venerdí sera. Ma con Osnat non posso trovarmi stasera perché da lei c'è festa grande, suo fratello che è militare è venuto in licenza, di sorpresa. Le ho telefonato alle nove per vedere se si poteva combinare qualcosa insieme, ma mi ha detto che stavano giusto cenando, che era arrivato suo fratello e che raccontava un mucchio di storie, che mi avrebbe chiamata lei piú tardi, e ha riattaccato, e finora non mi ha telefonato. E Tali è andata con la mamma a Tel Aviv, a trovare la nonna. Ogni due mesi sua mamma la porta là per far vedere alla nonna come Tali si sviluppa bene e che lei la cura come si deve, nella speranza che quella aumenti un po' gli alimenti che le passa al posto del figlio, il padre di Tali che è scappato. Mi sono troppo abituata a passare tutto il tempo con quelle due e quando non ci sono loro io mi sento sperduta. Non avrei dovuto lasciare cosí presto gli scouts, per una serata cosí sarebbero serviti.

Le dieci. Telefono a Osnat. Sono al dessert. Pare proprio che facciano un gran festino. Ha fretta di terminare la conversazione: no, non crede di poter venire da me questa sera. Ho detto che forse potevo andare io da lei, ma lei ha fatto finta di non capire, custodisce il fratello maggiore tanto gelosamente, che non è disposta a dividerlo con nessuno.

Che afa. Dalle terrazze intorno si sentono voci e risate. Studenti che hanno preso in affitto un appartamento nella casa di fronte hanno abbassato tutte le luci e stanno ballando, si sente della musica molto sensuale. Sul terrazzo c'è una coppia: sono abbracciati e si stanno sbaciucchiando. E io giro per la casa che sembra un forno, vado da una stanza all'altra, spengo le luci, chissà che non si rinfreschi un po'. Sulla soglia della cucina mi fermo per non vedere la pila di piatti nell'acquaio. Dopo cena è scoppiato un piccolo scandalo per la faccenda dei piatti. Papà si è intromesso, ha deciso che li dovevo lavare io, ha strappato la spugna di mano a mamma, anche se per lei lavare i piatti è affare di minuti. Per farla breve, ho promesso che li avrei lavati io, e li laverò anche, ma piú tardi, perché la notte è lunga, e per quella roba ci vuole un po' d'ispirazione. Il peggio è che devo lavorare tutta sola, almeno avessi vicino un fratellino o una sorellina da poterci parlare insieme durante il lavoro, magari potrebbero anche aiutare un po', asciugare qualcosa. È cosí deprimente questo vuoto qui intorno, questo silenzio. Pensare che adesso potrei avere un fratello di diciannove anni. Anche lui sarebbe militare adesso. E loro l'hanno lasciato ammazzare cosí, per strada. Un bambino di cinque anni, cosí dolce, si vede dalle vecchie foto. Sempre serio, non riuscivano a fargli fare un sorriso, come se capisse già che non sarebbe vissuto molto.

Le dieci e mezza. Non c'è un filo d'aria, accidenti. Come una cappa di piombo. In cielo, le stelle e la luna sono nascoste da un velo lattiginoso. Io mi trascino pesantemente da una poltrona all'altra. Adesso vorrei farmi una doccia, mettere la sveglia alle sette di mattina e allora mi alzerei a lavare i piatti, ma papà sarebbe furibondo se vedesse l'acquaio ancora pieno. Ma che gliene importa chi è che lava i piatti? Do un'occhiata al giornale. Dappertutto la vita è cosí intensa, e intorno ci sono musica e voci e risate. E io sono qui sola, come se non ne facessi parte.

Quando avevo dieci anni me ne hanno parlato per la prima volta, m'hanno detto che era morto di malattia. Solo l'anno scorso papà mi ha detto la verità, che era morto in un incidente stradale, e mi ha anche fatto vedere il posto. Come hanno fatto a non lasciare nessuna traccia in casa, a nascondere tutto per tanti anni? Ultimamente penso spesso a lui, tutta la vita poteva essere diversa. Ho un tale struggimento per questo fratello. M'immagino di parlare con lui, a volte è un giovanotto di diciannove anni, a volte un bambino di cinque. Qualche volta l'aiuto a spogliarsi, gli preparo la cena, lo lavo, e qualche volta è lui a entrare in camera mia a sera tarda: un giovanotto alto e sorridente, che viene a chiacchierare con me.

Mi alzo e vado in cucina, di corsa. Ma come fa una famiglia cosí piccola a sporcare tante stoviglie? Comincio a mettere da parte le due pentole e la padella bruciacchiata. Quelle non fanno parte del mio contratto. Sul resto delle stoviglie ci verso dall'alto, senza toccarle, un bel po' di detersivo liquido, poi apro il rubinetto con un getto moderato. Prima di tutto bisogna ammorbidire lo sporco. Che bel divertimento per un venerdí sera! Esco dalla cucina, spengo la luce, mi siedo al tavolo grande, ascolto l'acqua che scorre in cucina, chissà che i piatti non si lavino da soli. Guardo le due fiammelle delle candele del sabato. Sono io che li ho costretti in quest'ultimo anno ad accendere le candele il venerdí sera. Da soli non ci avrebbero pensato, perché tutti e due non credono in Dio, ognuno in un modo diverso.

Fa sempre piú caldo. Mi spoglio, al buio rimango in mutandine, mi siedo a guardare le fiammelle, come ipnotizzata. Potrei restare delle ore a guardare le candele che si consumano, a scommettere quale si spegnerà per prima. Da lontano si sente la sirena di un'autoambulanza. Degli insetti lunghi e sottili, dalle ali delicate, zampettano sulle pareti, sul tavolo. Comincio a sonnecchiare, le fiammelle mi danzano sotto le palpebre chiuse. Ma qualcosa di bagnato che mi lecca i piedi mi fa sobbalzare. Acqua? Da dove viene quest'acqua? Dio mio, tutto il pavimento è allagato. Il rubinetto!

Non volevo lavare i piatti, adesso mi tocca lavare anche il pavimento. È quasi mezzanotte. Loro ancora non sono tornati. Corro a prendere strofinacci, comincio ad asciugare, a strofinare, a strizzare, inseguo l'acqua che è arrivata fin sotto l'armadio a bagnare una vecchia valigetta ritirata lí dietro. Pulisco, asciugo, strizzo, sto grondando sudore. Vado in cucina, lavo quelle maledette stoviglie, gratto via lo sporco anche dalle pentole e dalla padella, le tiro a lucido. Lavoro come un'indemoniata, lavo, asciugo, metto a posto nell'armadio. Infine vado a farmi la doccia e poi, in vestaglia, mi siedo a frugare in quella vecchia valigetta che non avevo mai visto prima. Ci sono dei vestiti da bambino, tutti ammuffiti – miei o suoi? Chi lo sa? Non sono stati capaci di buttarli via. Ripongo tutto nella valigia, la rimetto al suo posto. Sono morta di sonno, ma voglio aspettarli. Perché non vengono? Fuori, le voci si stanno affievolendo, la musica tace, in casa entra un venticello fresco, l'aria comincia a muoversi.

Mi ricordo solo che d'un tratto li ho visti vicini a me. Non ho sentito che aprivano la porta, che entravano. Papà mi fa alzare, mi sostiene, mi accompagna a letto. Nel dormiveglia sento mamma: – È diventata matta. Ha strofinato tutta la casa! – E papà si mette a ridere: – Povera Dafi, mi ha preso in parola.

ADAM

Ma sul serio, come faccio a descriverla? A cominciare dalle piante dei suoi piedi, piccole e lisce, che si sono conservate a meraviglia, che hanno una curvatura cosí piena, dolce, bianchissima, piedi da bambina viziata, che non hanno niente a che fare con questa donna seria, col viso già pieno di rughe, che pare si ostini a invecchiare anzitempo.

Se una volta qualcuno mi mettesse una mano sulla spalla, in silenzio, con un gesto di vera amicizia, di buona volontà, d'interessamento sincero, diciamo un venerdí sera, quando ci riuniamo in casa di vecchi amici – un professore della scuola di Asya o nostri compagni di classe, o ex vicini di casa ai quali ci siamo affezionati – uno del nostro circolo che si riunisce ogni due o tre settimane, dove quasi tutte le facce sono conosciute, quando dopo qualche tempo la conversazione generale languisce, e quel tale che parlava piú di tutti tace un momento e comincia a sbocconcellare la sua fetta di torta, oppure va al gabinetto, e il dibattito generale su questioni di politica o sui grattacapi che ci dànno gli imprenditori o sul viaggio in Europa si frammenta e cominciano le conversazioni separate, sottovoce, le donne si raccontano delle loro malattie segrete e gli uomini vanno a sgranchirsi le gambe, escono in terrazza, qualcuno accende persino il televisore a basso volume, e io rimango ancora prigioniero della mia poltrona, a frugare nel vassoio vuoto delle noccioline, tra le bucce, silenzioso come sempre, pensando già a tornare a casa – se in quel momento qualcuno, un buon amico, un amico d'infanzia, si rivolgesse a me, mi mettesse una mano sulla spalla, toccandomi leggermente, con un caldo sorriso, cercando di essermi veramente vicino, e mi bisbigliasse all'orecchio, per esempio: – Adam, tu che sei sempre cosí taciturno, a che cosa pensi tutto il tempo? – Gli direi subito la verità, perché no.

– Ti sembrerà strano, ma penso a lei, non sono capace di pensare ad altro.

– A chi?

– A mia moglie...

– A tua moglie? Ma bravo... e perché no, in fondo? Certe volte ci sembra che tu sia assorto in cose lontanissime, e invece non stai pensando che a lei...

– Penso a lei continuamente...

– Ma, è successo qualcosa?

– No, proprio niente.

– Perché voi sembrate una coppia cosí affiatata, mai una lite, una scenata. Certo che allora, quando ti ha sposato, ci siamo un po' meravigliati... Perché lei è una vera intellettuale, sempre col naso nei libri, e ci è sembrato strano che fra tutti i compagni avesse scelto proprio te. Capisci cosa voglio dire? Scusami... ma mi capisci?

– Capisco, capisco, ma continua...

Se uno degli amici, e non è che ne abbiamo tanti, uno di quei due o tre o quattro con i quali c'incontriamo regolarmente, che ci hanno accompagnati per tanti anni, se una volta uno di loro mi mettesse una mano sulla spalla, amichevolmente, spontaneamente, anche in mezzo alla baraonda... se proprio si vuole, anche in una stanza non tanto grande c'è la possibilità di una conversazione privata, intima.

– Sei sparito a metà liceo, sei andato a lavorare; ne sono passati di anni, e improvvisamente: voi due insieme. Una vera sorpresa.

– Anche per me...

– Ah, ah, e sí che noi eravamo convinti che vi amaste da sempre, di nascosto.

– Io...

– Già, tu. Ce la ricordiamo bene, quella storia con lei. Ma credimi, adesso ci sembra naturale che siate insieme: quando parliamo di voi è sempre in bene, ci fa piacere di avervi qui con noi, anche se tu te ne stai seduto in silenzio. No, non pensare che questo ci disturbi, al contrario, davvero, non so come spiegartelo, Adam...

– Grazie, grazie mille. Capisco.

– E a che cosa pensi tutto il tempo?

– A lei, te l'ho già detto.

– Va bene, ma che cosa pensi di lei, se non sono indiscreto...

– No, no, per niente. Ai suoi piedi...

– Scusa, non ho sentito bene. Questa confusione... che cosa?

– Ai suoi piedi, cosí piccoli.

– Le è successo qualcosa?

– No, niente di particolare, solo che non so se per caso li hai mai visti, tu. Quella curvatura dolce, infantile, piedi da bambina viziata. L'apparenza inganna, qualche volta...

Se uno mi mettesse la mano sulla spalla, mi portasse in un angolo, con affetto, con amicizia, parlandomi a bassa voce, persino con aria un po' scherzosa (ma con la curiosità che lo punge), continuando però a parlarmi con sincera amicizia, guardandomi diritto negli occhi.

– Sí, certamente... ma come si fa a sapere... scusami, hai detto piedi? Come si fa a sapere... cioè, salvo te naturalmente... scusami... ma lei porta scarpe... se posso permettermi... un po' pesanti, coi tacchi bassi, non vorrei offenderti, ma anche se io non ci capisco molto mi fa meraviglia... è mia moglie che mi ha fatto osservare... e poi quel vestito... sembra un tantino sciatto... e mi pare che lei neanche si trucchi... e sí che da giovane era cosí carina, non bellissima ma piacente, e invece è invecchiata cosí presto – cioè, non voglio dire proprio invecchiata, ma un po' giú di tono, forse per quella disgrazia che vi è capitata, è comprensibile; ma non bisogna lasciare invecchiare le mogli, è nell'interesse di tutti fare attenzione, metterci in guardia a vicenda, la vita è ancora lunga...

– Sí, capisco... mi dispiace...

– Guarda, Adam, devi perdonarmi, ma ti ho parlato da amico, ci conosciamo da tanto tempo ormai, non è vero? Mi capisci?

– Va benissimo, continua pure...

Se soltanto uno di quelli mi si avvicinasse cosí, senza parere, quando è già quasi mezzanotte, e magari lui è anche un po' brillo, mentre tutti si stanno alzando e girano per casa perché una giovane coppia deve tornare a casa a liberare la *baby-sitter*, e gli altri sono incerti se rimanere ancora un po' o andarsene, e cominciano a passeggiare per l'appartamento, entrano nelle altre stanze, vanno in bagno a pesarsi, escono in terrazza, e i padroni di casa rincorrono gli ospiti, cercando di convincerli a restare, corrono in cucina e tornano con una specie di budino appiccicoso e caldo, con dentro delle fette di pane, che è avanzato dalla cena del venerdí o che magari intendevano mangiare il sabato a pranzo e si sforzano di riunire gli ospiti, mettono loro in mano dei piatti, vi servono quella poltiglia rossastra e piccante, mettono su un disco di canzonette greche, e allora cominciano certe conversazioni sonnolente – e se qualcuno si avvicina a me lo fa soltanto per informarsi dei prezzi delle macchine o per sentire che cosa penso di quel nuovo modello che è venuto fuori adesso, o per chiedere come si deve fare il cambio dei pneumatici, e tutti mi stanno intorno con i piatti e i bicchieri in mano e mi ascoltano con deferenza. In quella materia sono io l'autorità indiscussa.

Alcuni degli amici sono anche miei clienti, anche se non li ho mai incoraggiati a venire da me – anche quando il garage era ancora agli inizi e mi battevo per ogni cliente, loro non mi interessavano, ma io interessavo loro.

All'inizio non ce n'erano molti che potevano permettersi di comprare la macchina. Maestri delle elementari, impiegati di basso grado, studenti, ex membri di *kibbuz*, non potevano permettersi la macchina. Ma dopo qualche anno la maggior parte dei nostri amici ha cominciato a comprarne, magari usatissime, e me le portavano a vedere prima di fare l'acquisto, per sentire il mio parere. Dovevo stare attento, non permettere loro di farsi illusioni e soprattutto non prendermi responsabilità. Altrimenti sarebbero venuti da me ogni due giorni, avrebbero sentito di dipendere da me. Dovevo prendere le distanze dalle loro macchine.

Naturalmente qualche riparazione l'ho fatta lo stesso.

Al direttore della scuola, il signor Schwarz, ho fatto la pulizia della testata. A vecchi compagni di classe ho cambiato gli ammortizzatori e ho regolato il motore. A una coppia che avevamo conosciuto a una festa, lui un po' anziano, professore all'università, lei più giovane, una pittrice simpatica, ho fatto la pulizia del circuito di raffreddamento e di riscaldamento e ho cambiato la frizione. Alla segretaria della scuola e a suo marito ho rimesso a posto la macchina dopo un incidente e ho cambiato il tubo di scappamento. All'istruttore di ginnastica, uno scapolo di trentacinque anni, ho sostituito le spazzole della dinamo e ho ricaricato la batteria.

Magari tutti pensavano che venendo da me avrebbero risparmiato, mentre in verità non hanno risparmiato niente, solo che io non cambiavo dei pezzi inutilmente e non trattenevo le macchine più del necessario.

C'erano di quelli che ogni tanto tornavano, specialmente quando c'era da fare qualche riparazione urgente, ma il garage continuava a ingrandirsi, io spesso mi assentavo per parecchie ore, e il capofficina non era disposto a far loro trattamenti di favore. Erlich insisteva a non fare sconti a nessuno, e col tempo anche loro si abituavano ad avere la macchina, la cambiavano con una nuova, si davano arie da esperti, magari trovavano delle autofficine meno care e più comode.

Una delle nostre amiche era stata abbandonata dal marito, che però le aveva lasciato una grossa macchina, e per qualche tempo veniva spesso da me. Era completamente sfasata, le pareva sempre di sentire strani rumori nel motore, temeva che dovesse scoppiare. Si metteva lí e aspettava che fossi libero per fare un giro con la macchina, per farsi dare un parere, per farmi sentire i rumori, le vibrazioni, quel tintinnare misterioso. Andavo con lei sulla strada lungo il mare, respiravo quel suo profumo a buon mercato, davo un'occhiata furtiva alle sue gambe corte e tozze che avevo accanto, lei mi guardava avidamente e mi parlava di suo marito, e piangeva – il tutto mentre io le parlavo di meccanica. Mi si era proprio appiccicata addosso. Alla fine ho deciso di levarmela di torno, le ho aizzato contro Hamid, e andava lui con lei a provare la macchina, faceva un giretto e poi le diceva, calmo e sprezzante: «Non c'è proprio niente, signora, è tutto a posto». Dopo un po' mi ha lasciato in pace.

E cosí per gli amici ero veramente soltanto un amico. Quando ci invitavano non c'erano secondi fini. Io andavo, mi sedevo – e tacevo. In qualche casa avevano già capito che ero ghiotto di noccioline e di pistacchi, mi mettevano davanti una grossa ciotola, come a un cane, ed io me ne stavo in silenzio per tutta la sera, frugavo nella ciotola e mangiavo – avevo un mio sistema di schiacciare i pistacchi con le mani, senza fare rumore. Dopo la morte del bambino ci hanno trattati con tatto. Per molto tempo non hanno osato invitarci, ma poi hanno provato, con molta cautela, e noi abbiamo accettato. Ma mi è stato concesso il silenzio. Asya invece parlava sempre di piú, era attivissima soprattutto quando si trattava di politica, cominciava a discutere, parlava di retroscena poco noti, ne precisava i particolari. Io mi meravigliavo sempre della vastità delle sue informazioni. Chissà se quella era una prerogativa degli insegnanti di storia e di geografia, o qualcosa che aveva preso dal padre? Per esempio: lei sapeva quanti abitanti ha il Vietnam, e dove si trova esattamente il fiume Mekong, e chi era a capo del governo francese prima degli accordi di Ginevra, e quali erano gli articoli principali di quell'accordo, e quando sono cominciati i subbugli in Irlanda, e come sono arrivati lí i Protestanti, e quando c'è stata la persecuzione degli Ugonotti in Francia, e chi erano gli Ugonotti – e anche che c'erano dei reparti olandesi nell'esercito nazista. Non sempre si capiva dove volesse arrivare, ma correggeva sempre quello che gli altri dicevano, o precisava qualcosa. Certo, non che tutta quella valanga d'informazioni che rovesciava addosso alla gente li facesse cambiare d'opinione, però mi accorgevo che gli uomini avevano una certa soggezione di lei, che troneggiava in mezzo a loro su uno sgabello alto, una sigaretta fra le dita, non toccava cibo e soltanto continuava a bere caffè quando gli altri già non ne bevevano piú per paura di non riuscire a dormire.

E io stavo ad ascoltarla, ma intanto ascoltavo anche le altre, che si stancavano di quelle discussioni e si mettevano a parlottare dei loro affari. Ce n'era una che aveva un amante, lo sapevano tutte ed erano eccitatissime, per quanto non conoscessero bene i particolari. Solo il marito non sapeva nulla, se ne stava seduto in un angolo con aria soddisfatta e faceva il polemico – ogni cosa che dicevano lui subito diceva l'opposto.

Ma Asya – come posso descriverla? Ancora sto tentando di farlo, anche se ormai sono già le ore piccole della notte e noi siamo rimasti incastrati fra i nostri amici; sarebbe ora d'andar via, ma ancora non troviamo il momento buono. E io la guardo, penso soltanto a lei. Mi accorgo di una nota amara, litigiosa, nella sua voce. È cosí stranamente sicura di sé. Solo in rari casi, quando qualcuno la contraddice violentemente, lei si confonde un attimo, avvicina il pugno chiuso alla bocca, nel suo vecchio gesto infantile di succhiarsi il dito, per un momento il pollice le sfiora le labbra, e d'un tratto lei si ricompone e torna a posare la mano in grembo.

Quei venerdí sera in casa di amici, di vecchi compagni, quelle conversazioni superficiali, senza importanza – ma i legami tra noi sono solidi, veri e profondi. Io continuo a guardare mia moglie, la osservo di lato con occhi da estraneo, penso a lei, a parti di lei. È ancora possibile innamorarsi di lei? Un estraneo che la vedesse cosí com'è, con quel vestito grigio dal ricamo sbiadito – qualcuno che s'innamorasse di lei al posto mio.

DAFI

Una volta, a cena, ha detto cosí, come niente fosse: – Domani mi taglio la barba, ne ho abbastanza –. Guarda mamma, e lei si stringe nelle spalle: – Fai come ti pare.

Ma io sono saltata su.

– Non pensarci nemmeno! Ti sta cosí bene!

Lui ha sorriso: – Perché gridi?

– Non tagliartela! – l'ho supplicato.

– Perché te la prendi tanto? Che t'importa?

Ma come posso spiegargli per quale motivo la sua barba è

cosí importante per me, che senza quella lui non sarebbe piú nessuno, tutta la sua forza se ne andrebbe – che sarebbe solo un semplice meccanico, un grosso proprietario di garage dall'orizzonte limitato?

Mi sono messa a balbettare, a dire che gli si sarebbe allungato il naso, che gli sarebbero venute le orecchie a sventola, che avrebbero visto che aveva il collo corto – sono andata persino a prendere un pezzo di carta e gli ho fatto un disegnino per mostrargli come sarebbe stato brutto senza la barba.

Loro due si divertivano, mi guardavano sorridendo, senza capire perché ero tanto eccitata. Ma non potevo certo dire che la sua barba era per me una bandiera, un simbolo...

– Dai, finisci di mangiare.

– Allora prometti.

– Me la taglierò e poi me la farò ricrescere...

– Non la farai ricrescere, ti conosco...

Non sono stata capace di continuare a mangiare. Raccogliamo piatti e posate e poi torna il silenzio – ma perché mamma non dice qualcosa? Papà prende il giornale e si siede davanti al televisore. In fondo, che importa? Mamma lava i piatti, ma io continuo a girare, non riesco a darmi pace, alla fine torno da lui:

– E allora?

– Allora cosa?

– La barba...

– La barba? Che cos'ha la mia barba?

Se n'era già dimenticato, oppure mi prendeva in giro – e non aveva nessuna intenzione di tagliarsela.

– Ma tu sei completamente matta. Non hai altre preoccupazioni?

– Dimmelo, ti prego...

– Ma se non mi hai mai visto senza barba...

– E neanche voglio vederti.

Lui si mette a ridere.

– Allora, cos'hai deciso?

– E va bene, per il momento lasciamo stare...

ADAM

Che cos'era la mia barba? Una bandiera o un simbolo, come per dire: non potete incolonnarmi cosí facilmente, dare di me una semplice definizione – ho anch'io i miei sogni, ho degli altri orizzonti, ho le mie stramberie, magari anche misteri. Comunque sono una persona complicata.

E la barba, in questi ultimi anni, è cresciuta lunga e selvatica.

E aveva diversi evidenti vantaggi. In officina mi aiutava a mantenere le distanze. Prima di avvicinarmisi, la gente esitava un po'. E mi sono accorto che anche agli arabi la barba fa impressione, incute rispetto.

A prima vista la gente si sbaglia e mi prende per un ortodosso.

E in un certo senso è cominciata proprio cosí. Dopo che è morto il bambino ci è capitato in casa un mio lontano parente che non conoscevo, un uomo non piú giovane, che era venuto per occuparsi delle funzioni religiose. Badava che durante la settimana di lutto non uscissimo di casa, che io non mi radessi per trenta giorni, e per un anno intero è venuto ogni mattina ad accompagnarmi in sinagoga a pregare. Ad Asya pareva d'impazzire, non poteva assolutamente capire perché io gli obbedissi cosí docilmente. Ma la morte di un figlio mette in uno stato di oscura inquietudine, di terrore e di confusione – e se si trova qualcuno che sa esattamente che cosa bisogna fare, in certo senso è un conforto. In quel mese la barba mi è cresciuta rapidamente, faceva già figura, e siccome dovevo alzarmi presto per andare alla sinagoga mi era comodo non dovermi radere.

Intanto era nata Dafi, e lei era affascinata da quella barba, continuava a nasconderci dentro la manina. Una delle prime parole che ha imparato a dire da piccola è stata «barba».

Al lavoro stavo attento a non mettere la testa nei motori in funzione, temevo che la barba mi rimanesse presa nella cinghia. Gli operai dovevano smontare le parti e tirarle fuori per mostrarmele.

Ogni tanto decidevo: basta, adesso me la taglio – ma all'ultimo momento ci ripensavo e poi c'era Dafi che supplicava che non me la tagliassi. Andavo dal barbiere, la facevo accorciare, regolare, ma dopo poco quella tornava a inselvatichire. C'erano già parecchi peli bianchi, da biondo dorato era diventata bruna, aveva riflessi di colori diversi. Il barbiere mi consigliava di tingerla, ma io naturalmente rifiutavo. Non la toccavo spesso, non ho preso quell'abitudine di lisciarmela senza che ce ne fosse bisogno, come fanno tanti che hanno la barba, ma spesso me la ritrovavo tra i denti, masticata per benino.

Qualche volta me ne dimenticavo, e di notte, quando a letto mettevo via il giornale e volevo addormentarmi, scoprivo nello specchio grande la faccia di un estraneo che mi guardava.

DAFI

Nel silenzio che si è fatto nella stanza, di pomeriggio, noi tre leggiamo ognuna un capitolo diverso nel libro di storia, da raccontare poi alle altre due per prepararci al compito in classe, domani. Il fratellino di Osnat, in mutandine e canottiera, spalma coscienziosamente una fetta di torta sul pavimento. Oltre la parete sento un sospiro, dei bisbigli, e il cigolio delle molle di un letto. Amore, amore mio, *oh my darling*. È tutto cosí chiaro. Il cuore mi si ferma, mi sembra quasi di svenire. Osnat alza la testa dal libro, tutta rossa, e comincia a far frusciare le carte, cerca di mascherare quei bisbigli, balbetta qualcosa, è nervosissima, dà una spinta al piccolo, brutalmente, e quello in un primo momento è sorpreso e poi si mette a urlare. Osnat si alza, ma evita di guardare me o Tali, che non ha neanche alzato gli occhi dal libro, chissà se legge o se sta sognando, e non si riesce a capire se anche lei ha sentito come i genitori di Osnat fanno l'amore nel pomeriggio, nella stanza accanto. Pare che questa sia l'ora che preferiscono, non è la prima volta, magari in un pomeriggio come questo hanno fatto anche Osnat.

Adesso non riesco proprio a trattenermi dal sorridere. Osnat mi guarda terrorizzata, ma pian piano comincia anche lei a sorridere. In fin dei conti, che c'è da vergognarsi?

Perché davvero ha dei genitori talmente simpatici. Sua mamma è sempre allegra, rumorosa, parla a voce alta, sembra una copia ingrandita di Osnat: alta, magra e occhialuta, si siede sempre con noi a chiacchierare col suo accento americano, ci aiuta a fare i compiti d'inglese, sa sempre tutto quello che succede a scuola, conosce i nomi di tutti i nostri compagni di classe. Hanno una casa carina con un giardinetto davanti, dentro c'è sempre confusione, ma è piacevole starci – invitano sempre a cena Talî e me. Sono abituati ai bambini. Oltre a Osnat c'è un fratello grande che è militare, una sorella piú piccola e un bebé che è nato un anno e mezzo fa, quando noi già finivamo le medie, e c'è stata festa grande in classe perché ci hanno invitati tutti alla cerimonia della circoncisione. Osnat è forse l'unica che non ne sia entusiasta, per quanto lui sia un bambino dolcissimo, cosí grasso, con un pancino tondo, ancora senza capelli; somiglia al papà, che sembra molto piú vecchio di sua mamma ed è professore al Politecnico, grassottello, calvo, ma vivacissimo, innamorato cotto della brutta mamma di Osnat. Il pomeriggio, quando torna dal Politecnico, va diritto in cucina a sbaciucchiarsi la moglie, senza vergognarsi, davanti a noi. Se ne stanno lí abbracciati a lungo, come se non si fossero visti per decenni, e poi lui irrompe in camera di Osnat, comincia a raccontare barzellette, s'interessa dei compiti, proprio un tipo in gamba.

E dopo un po' viene anche sua mamma e ci porta il piccolo e un piatto di biscotti, come compenso perché stiamo a badare a lui mentre loro vanno «a riposare». Osnat comincia a protestare, a dire che dobbiamo prepararci per un compito e allora sua mamma ci strizza l'occhio e dice: – Va bene, vuol dire che gli baderanno Dafi e Tali – non è vero?

E poi se ne scappa in fretta nella loro camera da letto che è dall'altra parte della parete. Ma non dormono mica, li sentiamo che parlottano, ridono, la voce da basso di suo papà – oh oh oh, e poi, alla fine, c'è silenzio. E d'un tratto, come se mi trafiggesse una freccia, sento la voce di lei, che sospira teneramente: «Amore mio, *my darling...*»

E Osnat dà una spinta al piccolo, e sua mamma chiama: – Osnat, cos'è successo a Gadi? Perché non ci lasciate riposare un po'? – Io me lo prendo in braccio, cerco di calmarlo, e lui mi mette in faccia le sue manine sporche, mi tira i capelli, è tutto felice, mi chiama: «Tafi, Tafi».

Dopo un po' loro hanno finito di riposare, vanno a farsi la doccia, e poi la mamma di Osnat, in vestaglia a fiori, tutta profumata, coi capelli ancora bagnati, viene da noi a riprendersi il piccolo, e il papà, in pantaloni corti e canottiera, viene anche lui con un gran vassoio di gelati di tutti i colori. E sono tutti e due calmi e soddisfatti, come illuminati da una luce nuova, si siedono con noi a leccare il gelato, vogliono farci partecipare alla loro felicità, giocano col piccino, lo sbaciucchiano con forza, con quella passione che ancora non s'è spenta. E Osnat mostra a papà i compiti di matematica, e lui le risolve un problema o due e ci fa ridere con degli esempi strampalati.

Hanno già fatto l'amore, mi vien da pensare mentre li osservo di lato tutti e due. Non arrivo a levarmi di mente quel lungo sospiro, cosí dal fondo dell'anima, mi fa venire un brivido, come un dolore dolcissimo, non so perché. Come l'ha chiamato lei, quell'uomo piccoletto e grassottello – amore, amore mio, *my darling*...

Ma che me ne importa?

– Voialtre rimanete a cena, va bene? – dice la mamma di Osnat. Tali è sempre disposta, ma io salto su: non posso, devo tornare a casa, mi aspettano. È una bugia, ma io prendo su i libri e corro a casa. Beninteso, nessuno mi aspetta. Mamma, come al solito, non c'è. Papà è seduto in poltrona in abiti da lavoro e legge il giornale. Quand'è che fanno l'amore, loro? Chi gli dice «*my darling*»?

Vado in salotto, lo guardo. Un uomo pesante, serio, stanco, che sfoglia distrattamente il giornale. Mi avvicino, gli do un bacetto sulla guancia, sento lo spessore della gran barba. Lui è sorpreso, sorride, mi fa una carezzina sulla testa.

– È successo qualcosa?

ADAM

E perché non descriverla dettagliatamente, chiaramente, con precisione? Forse non mi sento in grado di pensare proprio a tutto? In fin dei conti anch'io sto cambiando, non si può rimanere eternamente giovani, e non è neanche questo che cerco. In garage, gli operai attaccano sui muri le foto di ragazze nude che hanno ritagliato da rotocalchi, io non dico niente, non è affar mio, e se questo dà loro voglia di lavorare, tanto meglio. Ma Erlich si arrabbia, s'immischia, vuole fare il censore, decidere cosa è permesso e cosa è vietato, va a togliere foto che gli paiono troppo spinte, protesta col suo pesante accento tedesco: – Per favore, non voglio sconcezze, non voglio vedere pornografia. Solo roba artistica... – E gli operai ridono, lo prendono in giro, cominciano a discutere con lui, cercano di portargli via le foto che lui ha tolto. Tutti si divertono, smettono di lavorare, e i ragazzini, gli apprendisti, sono lí che guardano a bocca aperta. Io mi avvicino, ma naturalmente non m'intrometto. Gli operai mi sorridono, e pian piano tornano al lavoro. Io guardo le foto, quei corpi giovani e levigati, infinite variazioni sullo stesso tema. Ce ne sono alcune che sono appese lí da dieci o quindici anni, intanto quelle ragazze saranno diventate donne obese, magari saranno anche morte, ormai polvere o cenere – ma qui, sui muri anneriti dell'officina, godono di un'eterna giovinezza. Accanto a me Erlich, tutto rosso, non si sa se in collera o divertito, guarda le foto strappate che tiene in mano. Vecchio satiro, gli vengono ancora delle voglie... mi strizza l'occhio: – Quei bastardi, vorrebbero trasformare il garage in un bordello.

Ma a me non importa, io di voglia non ne ho piú. Già dopo che è nata Dafi mi sono accorto che cominciava. Ero molto deluso, mi sono pentito di avere insistito tanto comunque non potevamo far rinascere il bambino, forse sarebbe stato meglio separarci.

Ho visto che Asya era tornata a fare la solita vita, come se avesse dimenticato tutto, ma si era risvegliata in lei una nuova passione, che non le conoscevo. Voleva fare l'amore con me, in ogni occasione. Certe volte si sedeva sul letto, nuda, leggeva il giornale e mi aspettava, e quando la toccavo si eccitava subito, arrivava prestissimo all'orgasmo, come se facesse da sola, e non badava a me.

Ho cominciato a trattarla con durezza, ma sembrava che non le importasse. La facevo aspettare apposta, qualche volta la lasciavo lí nel bel mezzo, scoprivo in me una violenza che non conoscevo. Temevo di aver esagerato, macché: lei continuava a sentirsi attratta da me, la mia violenza non la faceva allontanare, piuttosto il contrario.

Allora mi sono allontanato io, ho cambiato abitudini. La sera mi coricavo di buon'ora, spegnevo la luce, mi tiravo addosso la coperta e facevo il morto, mi alzavo all'alba e me ne andavo. Lei cercava di starmi dietro, ma non osava dire le cose apertamente, e alla fine ha rinunciato. In quel periodo è dimagrita ancora, si è come rattrappita, camminava un po' curva, piegata in avanti, con quei suoi passettini rapidi.

Ha cominciato ad averne abbastanza di me. La sera entrava in camera da letto senza accendere la luce, per non svegliarmi. Ma qualche volta io mi tiravo su di colpo, la prendevo tra le braccia, tentavo di penetrarla. E lei mi diceva sottovoce: – Non c'è bisogno che ti sforzi. – Non mi sforzo, – rispondevo, e cercavo di guardare lo specchio, per vedere che cosa mi sentivo dentro.

VADUCCIA

Filare di piante frutteto aranceto campo di grano e dentro una grossa pianta vecchia. Banano? Anguria? Melanzana? Arbusto basso secco aggrovigliato, piantato in un letto, gli hanno buttato sopra pigiama e vestaglia. Sotto il lenzuolo ha radici piccole e contorte come alluci induriti. Un tronco grosso tondo molle umido, e da questo sbucano due rami nerboruti resina sottile incrostata sopra. Del muschio fine ricopre cima di foglie bianche.

Pensieri di pianta antica – crescerà ancora verso il soffitto alto o forse sfonderà la finestra uscirà al sole farà fiori e frutti?

Vengono versano pappa sulla pianta ostinata dànno da bere tè giallo. La pianta assorbe in silenzio sente il sole girare da finestra a finestra poi sparisce. Notte. Pianta al buio. Ma porta si apre un vento soffia su pianta si sveglia, il vento passa fra i rami entra nelle radici. Porta si chiude vento rimane prigioniero di pianta, si muove da sola. La corteccia si sbriciola s'ingentilisce il muschio diventa capelli la resina sangue il tronco s'ammorbidisce si svuota, dentro comincia un fischio, un vento entra un

vento esce vento rientra ancora. Pianta si bagna da sola, cola saliva fine, pianta risuona il vento la soffoca. Due ghiande sbucano vicino cima, diventano trasparenti, vetro raffermo coglie luce, foglie tenere e pelose sentono suoni. Pianta sente odore di sé
sente in bocca gusto amaro di foglia tagliata. Fame, sete, sensazioni. Comincia a mugolare ah... aaah... ohh... un mugolio di
animale che è stato pianta.

DAFI

Da loro c'è sempre buio, perché l'appartamento è a pianter-
reno, infossato nel fianco della montagna, ma anche per quelle
tende che non lasciano entrare la luce e per le lampadine deboli,
perché sua mamma cerca di risparmiare, ma non fa neanche entrare l'aria, e sí che l'aria non costa. C'è un pesante odore di profumo, ma di un profumo cosí schifoso, che quando Osnat e io
andiamo lí, già nell'atrio cominciamo a sentirci male. Per questo non andiamo quasi mai da Tali se non quando lei è malata.
Ha sempre addosso quella vestaglia nera dove manca un
bottone giusto in mezzo, che si vedono le sue mammelle gigan-
tesche. È una donna alta e trascurata, i capelli biondi slavati
sciolti sulle spalle. Forse una volta era bella, ma adesso è come
disseccata, dà ai nervi: apre la porta e ci guarda ostilmente.
– Finalmente vi siete ricordate che avete una compagna!
– anche se è solo da stamattina che Tali è malata.
Entriamo in camera di Tali e la troviamo bellissima, fiorente, con la febbre alta. Ci sediamo accanto al letto e aspettiamo
che sua mamma se ne vada, e allora cominciamo a chiacchierare
con lei su quello che c'è di nuovo a scuola, le portiamo un compito in classe che hanno reso oggi e le diciamo di non prendersela, tanto, piú di metà della classe ha avuto l'insufficienza. Tali
non parla molto, fa soltanto quel suo sorriso un po' assente,
prende il foglio e lo mette sotto il cuscino. Dopo un po' entra
sua mamma, trascina una poltrona nel vano della porta, mezza
fuori e mezza dentro, si siede lí con un libro ungherese in mano
e una sigaretta in bocca e ci guarda malamente. Insomma si uni-
sce a noi, come se fossimo venute a trovare anche lei.

Osnat mi ha raccontato che la mamma di Tali è ebrea soltanto a metà e che non aveva nessuna voglia di venire in Israele, soltanto che il papà di Tali ce l'ha costretta, e poi lui se n'è scappato via da solo. Non abbiamo mai parlato di questo con Tali, forse lei non sa neanche che per un quarto non è ebrea, ma a me questo spiega molte cose, e prima di tutto la terribile amarezza di quella mamma.

Lei se ne sta seduta vicino a noi, avvolta in una nuvola di fumo, tutta seria, fa finta di leggere, ma intanto ci esamina come se fossimo mercanzia, non ride neppure quando raccontiamo barzellette. È capace d'interrompere Osnat in mezzo alla frase per farle delle domande strane.

– Osnat, dimmi, quanto guadagna tuo padre?

Osnat è sbalordita.

– Non lo so.

– Ma pressappoco, quanto?

– Non ho idea.

– Tremila al mese?

– Non lo so.

– Quattromila?

– Non lo so! non lo so! – Osnat quasi grida. Ma la mamma rimane calma.

– Allora chiediglielo, va bene?

– Ma perché?

– Cosí, per saperlo.

– Va bene.

E allora cala un silenzio pesante. Noi cerchiamo di riprendere la conversazione interrotta, e d'un tratto di nuovo la mamma.

– Allora te lo dico io. Là al Politecnico, ogni mese c'è un aumento. Lui ne porta a casa perlomeno quattromila pulite.

– Cosa vuol dire pulite? – domanda Osnat, furiosa.

– Dopo che hanno detratto le tasse.

– Ah…

E di nuovo cala un silenzio imbarazzato. Al diavolo, che gliene importa di quello che guadagna il papà di Osnat?

– Del papà di Dafi, – d'un tratto si rivolge a me con un sorrisetto sornione, a darmi una botta nel fianco, – non domando niente, perché lei veramente non può saperlo, magari non lo sa neanche lui. Tra poco lui sarà milionario con quel suo garage, anche se tua mamma cerca di nasconderlo.

Ora io sono completamente sbalordita, non riesco a spicci-care parola. Che razza di strega – se ne sta lí in poltrona con le gambe scoperte, tutte lisce come panini di burro. Ha le unghie affilate dipinte di smalto rosso, lucido. Quando la vedo sedu-ta cosí, riconosco subito la metà non ebraica di lei, la parte di sotto.

Mi fa strano che Tali non interrompa mai sua mamma quan-do quella comincia a cianciare. Non le bada neppure, se ne sta lí, seduta nel letto, in silenzio, guarda la finestra, non le importa che sua mamma ci faccia arrabbiare cosí.

Noi cominciamo a cercare un altro argomento di conversa-zione, ci mettiamo a raccontare qualcosa a Tali, e d'un tratto da quell'angolo arriva un'altra stoccatina.

– Dite un po', ragazze, anche voi ogni settimana avete biso-gno di un vestito nuovo, come Tali?

Diamo un'occhiata a Tali, ma lei se ne sta lí calma calma, co-me se non avesse sentito di che cosa si parla.

– Dite, dite pure... Io non prendo che milleduecento shekel al mese, e per la casa ne tiro fuori trecento. Ditele, per favore, che non mi domandi un vestito nuovo ogni settimana. Mi pare che possa bastare anche solo ogni quindici giorni. Non avete un po' d'influenza su di lei, voialtre?

Noi vorremmo scappare via subito, adesso, come ha fatto il papà di Tali, ma Tali ci fa pena. Osnat comincia a pulirsi gli oc-chiali, le mani le tremano, vedo che comincia a venirle il suo fa-moso tremito ma non dice niente, e neanch'io. Qualsiasi cosa diciamo, ci arriva subito un'osservazione maligna. Facciamo come se lei non ci fosse, riprendiamo la nostra conversazione, ma a fatica, a frasi mozze. Parliamo piano, gettando ogni tanto un'occhiata alla mamma che sta seduta sulla porta, con la faccia dura, i capelli biondi che le scendono sulle spalle. Forse dopo-tutto la sua metà non ebraica è quella di sopra, penso. Passa un quarto d'ora, quasi ci siamo dimenticate di lei, e poi di nuovo:

– Voi che ne pensate, è il caso di continuare a mandare Tali a scuola? Credete che valga la pena?

– E perché no? – saltiamo su noi due.

– Ma è una pessima allieva.

– Non è vero! – protestiamo noi, e le citiamo nomi di compagni di classe che vanno ben peggio di Tali.

Ma a sua mamma non fa effetto.

– Ma credete veramente che con tutto questo avrà un mestiere in mano? Forse sarebbe meglio mandarla a lavorare...

Ma noi temiamo di perdere Tali, cominciamo a spiegare che la scuola è molto importante, per farsi una cultura, per un avvenire... E la mamma ci guarda infuriata, ci fa l'esame, ma ci ascolta con interesse, continua a insistere.

– Fra due o tre anni Tali potrebbe sposarsi. Tali è molto bella, lo vedono tutti, molto piú bella di tutte voi... se la porteranno via di volata... e allora che ragione c'è che rimanga a scuola...

Adesso comincio a divertirmi. Soltanto Osnat impallidisce, si alza, vuole andarsene – ogni volta che cominciano a parlare di bellezza lei s'innervosisce tremendamente.

– Ma forse hai ragione tu, Osnat, – continua la mamma con quel suo tono pacato che fa venire i nervi, – è bene che lei abbia un diploma qualsiasi; io non ho nessun diploma e l'ho pagata cara, credevo che l'amore bastasse...

E la faccia le si torce, come se volesse bestemmiare o piangere, si alza ed esce dalla stanza. Guardiamo Tali. Noi siamo completamente sfinite da questa discussione, ma su lei nulla fa presa. Non è normale: se ne sta lí come se sognasse, un sorrisetto sulle labbra, giocherella con le frange della coperta, non le importa niente.

Osnat già vuole andarsene, ma Tali, con una vocina tenera, la prega: «Un minuto ancora. Che cosa c'era da fare di compito?» E noi torniamo a sederci, in fondo è per questo che siamo venute. Improvvisamente ricompare sua mamma, ma questa volta con il caffè e una torta alla panna, si siede di nuovo in poltrona, fuma una sigaretta dopo l'altra. Noi aspettiamo il prossimo attacco, ma lei sta zitta. La camera è in penombra. Infine salutiamo Tali, sua mamma ci accompagna in silenzio fino alla porta, ma lí ci trattiene con forza, ci parla sottovoce, col viso in fiamme:

– Ma lei che dice? Con me non parla mai... che cosa dice...?
E mentre noi ancora cerchiamo le parole, ci abbraccia forte.
– Non abbandonatela, ragazze, non abbandonatela!
E ci spinge fuori della porta.

Noi siamo sbalordite, non riusciamo a parlare, camminiamo in silenzio, ci fermiamo davanti alla casa di Osnat. Non siamo capaci di dire qualcosa, ma neanche possiamo separarci cosí, come se il silenzio di Tali ci avesse contagiato. Alla fine Osnat sbotta:

– Se i miei genitori si separassero, io m'ammazzerei...
– Anch'io! – dico subito, ma sento una fitta al cuore. Lei può permettersi di dire una cosa del genere, perché a casa sua ogni pomeriggio ci sono baci e abbracci e *my darling*. Ma a casa mia c'è silenzio. Alzo la testa e vedo che lei mi tiene gli occhi addosso, mi osserva con attenzione.

– Ciao, – butto lí, e me ne vado di corsa.

ADAM

Non sarebbe meglio separarci? È l'inizio dell'estate, c'è un'afa pesante. Mi sveglio in un bagno di sudore, è quasi mezzanotte. Dov'è Asya? Mi alzo. In camera di Dafi c'è luce, ma lei dorme. Ha un libro sulla faccia. Tolgo il libro, spengo la luce, ma mi accorgo che in casa c'è un'altra luce. Entro nello studio. lei è lí seduta, piccola e magra, al tavolo grande, i capelli ancora bagnati dopo la doccia, avvolta in un vecchio accappatoio liso, i piedini nudi penzoloni a mezz'aria. La stanza è piena d'ombre, la luce della lampada illumina a malapena le carte e il libro che ha davanti. Lei si stupisce della mia improvvisa comparsa. Ha ancora paura di me?

Ha deciso di provare a scrivere durante le vacanze un opuscolo sull'insegnamento della Rivoluzione Francese. Vuole raccogliere nuove documentazioni e corredarle di commenti per gli insegnanti, osservazioni sul metodo da seguire. Da diverse biblioteche ha preso in prestito libri e dizionari vecchi e volumi-nosi, per cercare definizioni di antichi termini francesi.

Io mi lascio cadere sul divano accanto a lei e le sorrido, an-che lei mi sorride, mi guarda un momento e poi torna ai suoi li-bri. Non la disturba affatto che io sia lí vicino e la osservi, è tal-mente sicura del legame che c'è tra noi due, che non sente nean-che il bisogno di fermarsi un attimo e posare la penna per dirmi qualcosa. Possibile che venga qualcuno a portarmela via?

È tanto che non la tocco. Lei non dice niente. La scruto di sottecchi. Sotto l'accappatoio slacciato s'intravvedono i suoi se-ni pallidi. Se adesso l'abbracciassi non farebbe resistenza, forse sarebbe anche contenta, non è possibile che anche lei non abbia piú nessun desiderio.

– Tu sogni ancora?

– Qualche volta.

Silenzio. Se mi raccontasse un sogno, come nei primi tempi, ormai sono anni che non mi racconta un sogno. Adesso pare in-fastidita, mi guarda con aria assorta, poi riprende la penna, ri-legge quello che ha appena scritto, lo cancella.

– Non sei stanca?

– Sí, ma voglio finire questa pagina.

– Fai progressi?

– È difficile. Questo francese antico è molto astruso.

– Tu non smetti mai di studiare...

Lei arrossisce un po', negli occhi le si accende una luce.

– Vuoi che smetta?

– No, perché? Se per te è importante...

– Dicevo... se vuoi che smetta adesso.

– No, che bisogno c'è? Se non sei stanca...

Mi stendo sul divano, mi metto un cuscino sotto la testa, so-no già mezzo addormentato. Non le ho detto che non l'amo, an-cora non gliel'ho detto, ma sono sicuro che cosí non potrà con-tinuare a lungo.

Mi addormento accompagnato dallo stridio della penna e dal fruscio delle carte, finché la sento che mi bisbiglia all'orec-chio: Adam, Adam. La stanza è buia e lei mi sta sopra, cerca di svegliarmi. Io non mi muovo, voglio vedere se mi tocca, ma lei non mi tocca; si ferma un momento e poi lascia la stanza.

ASYA

Mi trovo in una delle aule, dove ci sono dei resti di mattoni, in un angolo c'è un mucchio di sabbia. La maggior parte degli studenti non sono ancora in aula, per quanto sia già suonato il campanello, si sente ancora una specie di eco che continua a rintronare nelle orecchie. Chiedo a uno degli allievi dov'è il resto della classe, e lui dice: – Sono a lezione di ginnastica; ora vengono –. Ma quelli non arrivano, e io m'innervosisco perché voglio cominciare la lezione, ho davanti il libro aperto e gli appunti. La lezione è sulla seconda guerra mondiale, un argomento che mi è poco congeniale, ogni volta mi è difficile spiegarlo agli allievi.

L'allievo che parla con me è seduto al primo banco, è un nuovo immigrato dall'Europa orientale, un tipo malaticcio, dall'accento straniero, se ne sta lí imbacuccato in un grosso cappotto, con un ridicolo berretto siberiano e con una sciarpa. Mi guarda con occhi furbi, mi sta esaminando. Veramente è lui l'unico allievo in classe, gli altri che mi pareva di vedere erano soltanto le ombre delle sedie.

Io sono arrabbiata, gli chiedo: – Ma hai cosí freddo?

Lui risponde: – Un po'.

– Allora per piacere togliti quella roba. Non si può stare in classe cosí.

Lui si alza, comincia a togliersi il berretto, il cappotto, arrotola la sciarpa, si toglie i guanti, il pullover, comincia a sbottonarsi la camicia, se la toglie, si siede e si toglie le scarpe, le calze, va a mettersi in un angolo, vicino a quel mucchietto di sabbia e si tira giú i pantaloni, si toglie la maglietta e poi anche le mutande – tutto cosí freddamente, senza neanche arrossire. Adesso se ne sta là nell'angolo, tutto nudo, grassoccio, il suo corpo ha un biancore marmoreo, non nasconde neppure il sesso che è lí penzolante, un sesso da adolescente. E a me manca il fiato, ho la nausea ma anche un immenso desiderio; ma non dico nulla, continuo a sfogliare gli appunti. E lui mi passa davanti, esce dalla stanza, cammina piano, un po' ingobbito, ancheggiando. Io voglio dirgli: «Vieni qui!» ma rimango nell'aula che adesso è vuota del tutto, in quella strana luce del crepuscolo.

Parte terza

VADUCCIA

Ma non so che bestia sia – coniglio rospo vecchio uccello? Forse qualcosa di grosso mucca o gorilla. Non hanno ancora deciso. Una bestia qualsiasi mostro triste giace sotto le coperte si scalda nel letto sfrega il corpo nel lenzuolo stropicciato la lingua si muove continua a leccarsi il naso il cuscino gira gli occhi intorno. Pensa pensieri da bestia al cibo e all'acqua che mangerà e berrà al cibo e all'acqua che ha mangiato e bevuto, guaisce debole debole. Vengono tolgono la coperta cercano di convincere bestia ad alzarsi la fanno sedere su una sedia la lavano con un panno le mettono sotto un vaso portano un piatto con pappa prendono cucchiaio imboccano.

Notte. Buio. Bestia annusa il mondo odore di carne marcio e dolciastro. Luna grande si affaccia alla finestra ulula a bestia. Bestia ulula a lei – uh... uh... ahi... cerca di ricordarsi di qualcosa che non sa che solo le sembrava di sapere graffia la parete lecca calce screpolata. Vengono a calmare bestia, le carezzano la testa, fanno sss... sst... ssst... bestia si cheta. Vuole piangere e non sa come.

Luce forte intorno, voci. Sole. La stalla delle mucche, la rimessa dei cavalli, il pollaio fanno chiasso. La faccia di una creatura – creatura non bestia, creatura parla a bestia. Vuole – che vuole? Perché? Creatura che c'era una volta. Dentro nasce un dolorino. Dal fondo della bestia qualcosa affiora, un venticello sottile, un respiro senz'aria, immobile, anela verso la creatura, la sua anima, la sua anima. Esiste, non è scomparsa, è sempre esistita. L'uomo parla, è vagamente familiare. Ma che dice? Un parlare oscuro. Rinuncia, se ne va, si allontana. Bestia comincia a capire con stupore che anche lei è un essere umano.

ADAM

In fondo sono io che l'ho trovato, che l'ho portato a casa nostra, da Asya. Qualche volta la gente si mette nelle mie mani, me ne sono già accorto, si rimettono a me come se mi dicessero: «Prendimi!» E qualche volta io li prendo.

È stato al principio dell'estate scorsa, in quei mesi calmi di prima della guerra. Io m'allontano sempre di piú dal lavoro quotidiano nel garage – vado la mattina, guardo che tutto cominci a marciare come si deve, e dopo due o tre ore prendo la mia macchina e vado in giro per i negozi a cercare pezzi di ricambio, vado a Tel Aviv a vedere gli agenti delle diverse case automobilistiche, sfoglio i cataloghi, do un'occhiata ad altre autofficine per trovare nuove idee. Torno a Haifa per strade secondarie che salgono su per il Carmel, giro un po' per i boschi, lascio che passi il tempo – e arrivo in officina un'ora prima che finisca la giornata. Rispedisco al lavoro quelli che credevano di prendersela calma prima del tempo, ordino a uno dei garzoni di scaricare la merce che ho comprato, mi faccio dare il resoconto del capofficina, do un'occhiata a un motore o due, decido del destino di una macchina che si è schiantata in un incidente. Poi entro in ufficio a rivedere i conti con Erlich, a firmare assegni, a farmi dare le chiavi della cassaforte e a sentire da lui qualche ultimo chiarimento prima che se ne vada.

La mia vecchia passione, quella di contare i biglietti di banca che si erano accumulati durante la giornata, in quest'ultimo anno si è trasformata in un trastullarsi con carta e matita a fare calcoli finanziari, esaminare i bilanci delle banche, le quotazioni delle azioni, le prospettive di futuri guadagni. Con calma, mentre intorno tutto è silenzio, l'officina è vuota, i banchi da lavoro sono puliti, il pavimento spazzato, le catene delle gru sono allentate, gli accumulatori tacciono, passo in rivista la potenza economica che mi sta crescendo fra le mani. Il mio impero non cosí piccolo, dove ora sta entrando il vecchio guardiano nottur-

no, col suo buffo cane bassotto, dalle gambe storte. Fa dondolare il grosso mazzo di chiavi, chiude tutti i cancelli, lasciando
aperto soltanto quello principale, per me. Poi prende un pentolino e lo riempie d'acqua per farsi un caffè, continuando a guardare dalla parte dell'ufficio per cogliere il mio sguardo, per salutarmi con deferenza – e d'un tratto, attraverso il cancello
principale, entra lentamente una piccola Morris vecchissima, di
color celeste chiaro, scivola lentamente nel garage senza guidatore, senza far rumore, come un'apparizione soprannaturale.

Mi sono irrigidito.

È stato allora, dalla finestra dell'ufficio, che l'ho visto per la
prima volta, in camicia bianca e con occhiali da sole, con in testa
un berrettino – stava entrando nel garage al seguito della macchina, che spingeva come fosse una carrozzella da bambini.

Il guardiano, che era accanto al rubinetto dell'acqua nell'angolo, non si è accorto dell'arrivo della macchina, solo il cane si è
messo ad abbaiare con la sua voce rauca, si è avvicinato lentamente all'uomo, come per saltargli addosso. Quello ha lasciato
andare la macchina, che ha continuato a scendere ancora per
qualche metro e poi si è fermata. Il guardiano ha posato il pentolino ed è corso dietro al suo cane, cominciando subito a gridare: – Il garage è chiuso! Porti via quella macchina!

Io guardavo la macchina, ero come affascinato: un modello
vecchissimo, degli anni cinquanta, forse anche prima. Da molti
anni non avevo piú visto per le strade la piccola sagoma rettan-
golare, con quei finestrini che sembrano feritoie. Dunque ce ne
sono ancora in giro, mi son detto, ma non sono uscito dall'ufficio.

Là fuori intanto il cane si era calmato. Aveva scoperto quello
strano predellino grigio sul fianco della macchina e si divertiva a
salirci su e a riscendere. Soltanto il guardiano continuava a in-
veire contro quell'uomo, per quanto lui non ribattesse, anzi cercava di rispingere fuori la macchina, ma non ci riusciva perché
quella era scivolata in una cunetta nel cortile.

Il guardiano continuava a gridare, come se fosse lui il padrone
del garage. Mi sono alzato e sono uscito in cortile. Il cane mi sa-

luta scodinzolando, il guardiano comincia a darmi spiegazioni.

– Cos'è successo? – mi rivolgo direttamente a quell'uomo.

Lui spiega: – Niente di grave, ma il motore non si avvia, deve mancare qualche vite –. E comincia ad aprire il cofano.

Era molto pallido, come se per molto tempo non fosse stato all'aperto, e c'era qualcosa di strano anche nella sua parlata, nei suoi modi. Per un momento ho pensato che fosse uno studente ortodosso di una *yeshivah*. Ma era a capo scoperto, teneva in mano quel suo berrettuccio sgualcito.

Quel macinino mi divertiva: era in ottimo stato, quasi incredibile che avesse ancora la verniciatura originale, e il telaio era pulito, senza ruggine, i raggi delle ruote originali, scoperte, brillavano, vi scivolava qualche gocciolina d'acqua. Senza pensarci, con la mano gli ho fatto una carezzina.

– Ma che cosa manca?

– Soltanto una vite... credo...

– Una vite? – mi fa sempre ridere quella sicurezza. – Quale vite?

Non sapeva dirmi come si chiamasse... dev'essere qui, da questa parte. Mette la testa nel motore per cercare il posto esatto: – Qui c'era sempre una vite che cascava...

Guardo il motore – contrariamente al telaio, quello stava andando a pezzi, era secco e arrugginito, stranamente c'erano persino delle ragnatele.

– Io non capisco. Mi dica, quando l'ha usata per l'ultima volta, questa macchina?

– Dodici anni fa, pressappoco.

– Cosa??? E da allora non l'ha piú toccata?

Lui sorride, un sorrisetto delicato, tenero. No, l'hanno usata, almeno lui crede che l'abbiano usata, magari non tanto... ma non lui... perché lui non era qui... cioè non era in Israele... è tornato soltanto qualche giorno fa... e la macchina era in deposito in un garage nelle vicinanze, ben coperta... da lí lui l'ha spinta fin qui, dopo averle dato una lavatina.

– E perché non ha cercato la vite in quel deposito?

– Lí non vogliono occuparsi di questa macchina... non se ne intendono... non hanno pezzi di ricambio... mi hanno mandato

qui... mi hanno detto che questa è un'officina grande, che qui
fate scorta di pezzi di ricambio...

– Per una Morris degli anni cinquanta?

– Del quarantasette... mi sembra... – mi corregge pruden-
temente.

– Quarantasette? Meglio ancora! Ma lei crede che io tenga
un museo?

Per un momento è rimasto imbarazzato, poi ha fatto una risatina, si è tolto gli occhiali da sole per vedermi meglio. Aveva
gli occhi chiari, un viso delicato, un corpo magro, un poco curvo, e quell'accento nel parlare, del quale non arrivavo a capire
l'origine.

– Allora non si può trovare una piccola vite per poterlo avviare?

Non so se sia un ingenuo, o se mi prenda in giro.

Comincio a irritarmi: – Qui non si tratta di una vite! Ma non
vede che questo motore è completamente rovinato. Vuole vendere la macchina?

– Lei la comprerebbe?

– Io? – mi sorprende questa sua domanda diretta. – Che
me ne farei?... Venticinque anni fa avevo una macchina uguale
a questa, e non era neanche male, ma non ne ho una grande nostalgia. Forse può trovare qualche matto che fa collezione di an-
ticaglie, che le dia qualche soldo per questa...

Fin dal primo momento mi sono accorto che parlavo a lui in
un modo diverso da come parlo con i clienti, come se volessi le-
garlo a me, non lasciarlo andare. Quella vecchia carrozzeria celeste mi risvegliava qualcosa dentro, come un oggetto uscito da
un sogno lontano.

– Comunque non potrei venderla adesso... non è ancora
mia...

– E vorrebbe che io gliela facessi risuscitare? – come se mi
mancasse lavoro in officina...

Lui ci pensa su, esita.

– Va bene, ma...

Sono io che l'ho interrotto, temevo che si pentisse. In quel
momento m'era venuta l'idea di aprire un nuovo reparto per re-

staurare macchine vecchie. Col boom economico che c'è, si troveranno senz'altro degli amatori per un hobby come questo.

– Torni a ritirarla fra tre giorni, vedrà come correrà per le strade. Lasci qui le chiavi, e spinga la macchina là nell'angolo, che non intralci in mezzo al cortile. Tu aiutalo, – ho ordinato al guardiano stupefatto, e me ne sono tornato in ufficio. Ho riflettuto un momento se non era il caso di dargli un'idea di quanto poteva costare la riparazione, ma ho rinunciato per paura che si pentisse.

Sono tornato a sedermi al tavolino, a riguardare gli ultimi conti. Dalla finestra ho visto lui e il guardiano che spingevano la macchina in un angolo. Lui è rimasto un momento a girellare intorno alla macchina, pareva indeciso, guardava dalla parte dell'ufficio. Poi se n'è andato.

Dopo cinque minuti avevo finito le mie faccende, ho cacciato qualche migliaio di shekel nel portafogli, il resto l'ho chiuso nella cassaforte, e mi preparavo ad andare a casa. Prima di salire in macchina sono tornato a dare un'occhiata alla Morris, ho aperto il cofano per guardare il motore. Di nuovo mi sono stupito a vedere quel groviglio di ragnatele che l'avviluppava tutto. Ho aperto il tappo dell'olio, e da quel motore secco e arrugginito è uscito lentamente un grosso ragno nero. Qui manca soltanto una vite... ho ridacchiato fra me e me. Ho schiacciato il ragno contro la parete del motore... ho sbattuto il coperchio del cofano, sono salito sulla macchina. Mi sono seduto al volante che girava liberamente, ci ho giocherellato un po' come fanno i bambini, mentre guardavo quel cruscotto primitivo. L'interno della macchina era pulitissimo, i sedili ricoperti di teli a fiorami, cuciti a mano, sul sedile posteriore c'era un cappello da viaggio con attaccata una lunga sciarpa, un vecchio cappello da donna. Nello specchietto retrovisore vedevo il guardiano che stava dietro la macchina e mi spiava sbalordito.

Sono sceso subito, gli ho fatto un sorrisino, sono salito sulla mia macchina e sono partito di volata. Dopo cento metri ho visto lui alla fermata dell'autobus, che però a quell'ora non faceva piú servizio. Tutto il quartiere industriale è deserto a quell'ora.

Mi sono fermato; in un primo momento lui non mi ha riconosciuto.

– Qui le toccherà aspettare l'autobus fino a domattina, – gli dico.

Lui non capisce, china la testa con quel suo berrettino invernale.

– Salga su, le do un passaggio fino in città.

Si toglie il berretto, sale in macchina, mi ringrazia tutto compito, chiede il permesso di tirare giú lo schermo parasole.

– Questo sole tremendo, non so come fate a resistere... io l'avevo dimenticato.

– Quanto tempo è stato via?

– Dodici anni, forse di piú... ormai ho smesso di contarli...

– Dov'è stato?

– A Parigi.

– E improvvisamente ha deciso di tornare?

– No, no... non sono tornato... sono venuto solo per l'eredità della nonna...

– Quella Morris... è questa la sua eredità?

Lui arrossisce, è imbarazzato.

– No, non sarei tornato per quel rottame, ma c'è anche una casa... cioè un appartamento... un appartamento in una casa araba nella Città Bassa... e un po' di roba... vecchi mobili...

Mi parla senza reticenze. Mi piace quella franchezza: non cerca scuse, non si sente in colpa per aver lasciato il paese, in dovere di dare spiegazioni. Confessa che vuole solo prendersi l'eredità e poi andarsene.

– Lei non ci crederà, ma quella Morris non è affatto un rottame... è una macchina robusta, in fondo...

Lui lo sa bene... con la nonna ci hanno fatto delle belle gite negli anni cinquanta, hanno girato molto.

Andavamo piano, eravamo imbottigliati nella fila di macchine che entravano in città. Lui era seduto accanto a me, con grossi occhiali da sole, occupato continuamente ad aggiustare lo schermo per farsi ombra, come se la luce del sole potesse ferirlo. Non riuscivo a rendermi conto di chi fosse, veramente: parlava un buon ebraico, ma usava certe espressioni passate di mo-

da. Ho deciso di continuare quella conversazione un po' superficiale.

– E sua nonna... sa se ha continuato a usare la Morris... e chi
faceva la manutenzione?

Lui non sapeva, a dir la verità non ha mantenuto tanto i contatti... è stato malato anche lui... era isolato... per diversi anni è
stato in un istituto, a Parigi.

– Un istituto?

– Per malati di mente... diversi anni fa... Ma adesso è tutto a
posto...

Mi vuole rassicurare, mi guarda sorridendo. D'un tratto capisco tutto: il modo com'è entrato nel garage spingendo la macchina, la ricerca della vite, quel modo strano di parlare, quella
subitanea franchezza – un matto che si è ricordato improvvisamente di una vecchia eredità.

– E quando si è spenta la vecchia signora... la sua nonna?

Chiacchieravo cosí, tanto per parlare, nel traffico intenso,
lento, faceva caldo.

– Ma non è morta...

– Come?

E lui cominciava a spiegarmi il pasticcio che gli è successo,
sempre con quella stessa franchezza cosí inaspettata. Due settimane fa ha avuto notizia che la nonna era morta. In qualche modo è riuscito a mettere insieme i soldi per il biglietto ed è arrivato qui qualche giorno fa per reclamare l'eredità, poiché lui è l'u-
nico erede, l'unico nipote. Però è venuto fuori che la vecchia era
in coma, aveva perso conoscenza, si trovava in ospedale, ma era
ancora viva... e lui si è trovato incastrato qui... ad aspettare che
lei muoia. Cosí ha cercato anche di mettere in moto la macchina, altrimenti non avrebbe neanche pensato a metterci le mani... lo sa anche lui quanto può valere – ma già che gli tocca
aspettare qualche giorno, ha pensato di farsi un giretto nel paese... a vedere i nuovi territori... Gerusalemme... prima di tornarsene in Francia...

Mi sono chiesto se era un cinico, o solo un tipo un po' svitato. Ma nel suo modo di parlare c'era qualche cosa di simpatico,
di aperto. Intanto stiamo già entrando in città, saliamo su per il

monte Carmel, e lui ancora non chiede di scendere. Quando arriviamo in cima, il sole batte diritto sul parabrezza, abbaglia anche me. Lui si contorce tutto, si raggomitola sul sedile, come se gli sparassero.

– Questo sole israeliano... non è possibile, – si lamenta, – ma voi come fate a resistere?

– Ci si abitua, – rispondo io tutto serio, – ora dovrà abituarsi anche lei...

– Non per molto... – spera lui, e sorride.

Parliamo del sole.

Ci stavamo avvicinando rapidamente al Markaz ha-Carmel. Lui ancora non pensava a scendere.

– Da che parte deve andare?

– A Haifa... cioè alla Città Bassa.

– Allora avrebbe dovuto scendere da un pezzo...

Non sapeva assolutamente dove fossimo.

Mi sono fermato all'angolo. Lui mi ha ringraziato moltissimo, si è calcato il berretto in testa, si è guardato in giro, non riconosceva il posto. – È tutto cambiato, qui, – ha detto. Era proprio carino.

L'indomani ho pregato Hamid di smontare il motore per vedere cosa si poteva fare. Soltanto per aprire quei bulloni arrugginiti, che gli si sbriciolavano tra le mani, gli ci sono volute cinque ore.

– Ma vale la pena d'impicciarsi di questa carcassa? – ha domandato Erlich, che fin dal primo momento si è mostrato stranamente ostile verso quella vetturetta. Forse perché gli richiamava alla memoria quel periodo infelice, quando lui era socio dell'autofficina. E per di piú non poteva neanche aprire una scheda di lavoro, perché io avevo dimenticato di chiedere a quell'uomo il nome e l'indirizzo, e nella macchina non c'erano documenti.

– Che te ne importa?... – gli ho detto, per quanto sapessi che aveva ragione. Chissà se valeva la pena di tirare fuori quel motore, di smontarlo completamente, di spulciare vecchi cataloghi per cercare le parti che erano inservibili, di misurare il volume dei cilindri, di trapanare, di tornire dei pezzi nuovi, di fare saldature, d'improvvisare soluzioni con parti di ricambio che non erano adatte? Solo una vecchia è capace di ridurre una macchina in uno stato simile. Se invece di cucire coprisedili a fiorami avesse cambiato l'olio, ogni tanto...

Per farla breve, per tre giorni abbiamo lavorato senza sosta su quella macchina, praticamente l'abbiamo ricostruita, Hamid e io. Perché Hamid, con tutta la sua perizia, non ce l'avrebbe fatta da solo, l'immaginazione non gli bastava. Certe volte lo trovavo per delle mezz'ore immobile, con due piccole viti in mano, che cercava di capire dove dovessero andare. Erlich ci girava intorno come un cane da guardia arrabbiato, e segnava le ore lavorative e i pezzi di ricambio. Temeva che il padrone della macchina non tornasse piú. – Vedrete che la riparazione verrà a costare piú di quello che vale la macchina, – continuava a brontolare. Ma forse è proprio questo che io volevo, in segreto. Volevo che quella macchina fosse mia.

Il terzo giorno abbiamo rimontato il motore rimesso a nuovo; funzionava. Però abbiamo scoperto che i freni erano completamente logorati, e Hamid ha dovuto smontarli. A mezzogiorno è arrivato lui – ho visto il suo ridicolo berrettino affiorare tra tutto quel viavai di macchine e di meccanici. Io ho fatto finta di non averlo visto. Era lí vicino alla Morris, ma certo non poteva immaginarsi la mole di lavoro che abbiamo investito in quella macchina. Erlich l'ha acchiappato subito, si è fatto dare nome e indirizzo, ma come al solito non ha parlato di fattura. Gli abbiamo detto di tornare verso sera, perché volevamo ancora provare la macchina su strada e mettere a posto qualche rifinitura.

Dopo qualche ora è tornato; io stesso l'ho accompagnato a fare un giro di prova. Ascoltavo il motore che aveva un ronzio delicato, ma stabile, provavo i freni, il cambio, e intanto gli spiegavo che cosa volevano dire tutti quei rumorini. Lui era seduto accanto a me, in silenzio, un po' preoccupato, pallido, non rasato – quella sua fragilità mi faceva intenerire. Ogni tanto chiudeva gli occhi, non arrivava a capire il miracolo di quella vecchia macchina che risuscitava. Per un momento ho pensato che fosse già in lutto.

– Allora, la nonna è morta? – gli ho chiesto, piano.

Ha voltato la testa di scatto: – No, non c'è nessun cambiamento, per ora... è ancora in coma...

– Allora quando si riprenderà, sarà contenta se potrà tornare a portarla a spasso in macchina...

Mi ha guardato terrorizzato.

Siamo tornati in garage, gli ho dato le chiavi, sono sceso dalla macchina e sono andato a parlare con uno dei meccanici. Erlich, che stava in agguato, arriva con la fattura, chiede il pagamento subito, e in contanti. Quel tipo gli pare sospetto, non si fida di mandargli la fattura per posta. Il conto della riparazione era di quarantamila shekel; un po' esagerato, ma attendibile, se si pensa a tutto il lavoro che avevamo fatto. Del resto Erlich aveva calcolato a prezzo maggiorato le ore di lavoro che avevo impiegato io.

E lui prende la fattura, le dà un'occhiata, non capisce. Erlich gli spiega tutto per filo e per segno, e lui annuisce. Allora Erlich molla la presa. Io me ne sto da un lato e parlo col meccanico, ma con la coda dell'occhio continuo a osservarlo, vedo che si avvicina alla macchina, le gira intorno, guarda la fattura, si fa scuro in viso, comincia a cercarmi, ma vede che sto parlando con qualcuno e si ferma. Erlich torna alla carica, lui indietreggia, comincia a balbettare, si avvicina a me. Io taglio corto e mi avvio verso l'ufficio. Lui mi segue esitante, mi si accoda in silenzio, è molto pallido, sulle tempie gli vedo un principio di capelli grigi, per quanto non abbia piú di trent'anni. Finalmente, sulla porta dell'ufficio, apre bocca: non capisce, gli dispiace, ma in questo momento non può pagare – certo, capisce bene che abbiamo investito un mucchio di lavoro, non discute su quello, ma una somma tale? Io sto a guardarlo, lo ascolto in silenzio, in atteggiamento amichevole, sorridendo internamente, perché sapevo bene che sarebbe andata cosí: che non avrebbe potuto pagare, che l'avevo incastrato con quella riparazione al di sopra dei suoi mezzi. Ero calmissimo. Ma Erlich, che è arrivato subito anche lui, comincia a infuriarsi.

– E allora, perché l'ha portata a far riparare?

– Credevo che fosse cosa da poco... solo una vite...

E dagliela con la vite.

È pallidissimo, scosso, ma conserva un'aria dignitosa, risponde compitamente.

– Allora si faccia prestare dei soldi, – lo interrompe Erlich.

– E da chi?

– Da parenti, da qualcuno della famiglia, da chiunque. Non ha parenti?

– Forse ne ho, ma non ne so niente... non ho rapporti con loro...

– Amici? – suggerisco io.

Niente amici. Sono piú di dieci anni che manca dal paese. Ma è disposto a firmare una cambiale... e appena potrà...

Io comincio a pensare di lasciar perdere, ma Erlich continua a infervorarsi: – Naturalmente non possiamo consegnarle la macchina, cosí. Mi dia le chiavi, per favore.

E quasi gli strappa le chiavi di mano, entra nell'ufficio, le getta sul mio tavolo. Io penso subito: la Morris rimane a me.

Noi due entriamo in ufficio.

– Se non pagherà entro un mese, dovremo venderla... – aggiunge Erlich con aria di trionfo.

– Non possiamo, Erlich, – gli spiego io con calma, – la macchina non è sua.

– Non è sua? Che vuol dire?

E quello torna a spiegare che lui aspetta che muoia la nonna...

Ad Erlich pare che questo sia il colmo, questa storia della vecchia che agonizza. Se ne sta lí impalato accanto al suo tavolo; in pantaloncini kaki e con i capelli tagliati alla militare, e lo guarda con disprezzo.

– Ma insomma, che cosa le è successo? – voglio mostrare il mio interessamento, ma resto calmo. D'un tratto mi trovo anch'io a dipendere dalla morte della nonna.

– Ha perso conoscenza... non c'è nessun cambiamento... io non capisco... i medici non sanno dirmi quanto tempo potrà durare... – Era disperato, avvilito.

– Ma dove diavolo lavora, lei? – gli grida Erlich, che ha perso il controllo di sé. – Non ha un lavoro?

– Perché? – domanda lui, che adesso è bianco in viso, barcolla, gli tremano le mani, Erlich gli fa paura. E d'un tratto crolla per terra ai nostri piedi, con gli occhi che si rovesciano. Per poco non mi viene un colpo.

– Fa la commedia... – sibila Erlich.

Ma io mi chino subito su di lui, lo prendo in braccio, ha un corpo leggero e tiepido. Lo metto su una sedia, gli faccio posto, gli sbottono la camicia. Si riprende subito.

– È soltanto la fame, – dice, coprendosi il viso. – Sono forse due giorni che non mangio... non ho piú un soldo... sí, lo so, mi sono messo in un bel pasticcio...

DAFI

Ancora non abbiamo finito di cenare. Mentre papà finisce di bere il caffè, mamma lava già i piatti, ha fretta di tornare al suo lavoro, e io sto davanti allo specchio grande, con uno specchietto in mano, per vedere se ho preso la tintarella sulla schiena e dietro le cosce, mi tocco delicatamente nei posti dove mi brucia, sento sapore di sale. Una settimana fa sono cominciate le vacanze e, visto che non hanno fatto il campeggio degli scouts, abbiamo cominciato, Tali, Osnat ed io, ad andare al mare ogni giorno. Andiamo là la mattina e rimaniamo fino a sera, vogliamo tornare a scuola proprio come tre negre. E d'un tratto sento papà che dice a mamma:

– Devo telefonare a Schwarz...

– Perché?

– Voglio domandargli se gli occorre un insegnante di francese, a scuola.

– Come mai ti viene in mente una cosa simile?

E lui comincia a raccontarci una storia stranissima, che io sento solo a metà, di un cliente che gli è svenuto in mezzo al garage, che non può pagare la riparazione, uno che è arrivato qui senza un soldo, un tipo bizzarro, che è emigrato anni fa ed è andato a Parigi e che è tornato per reclamare un'eredità...

– E vorresti che mettessero uno cosí a insegnare a scuola da noi? – m'intrometto io. – Non ce n'abbiamo già abbastanza di scimuniti?

– Dafi, smettila!

Mamma.

Non capita spesso che papà racconti qualcosa del garage: qualche volta uno si dimentica che là ci sono anche persone, e non soltanto macchine.

Però anche a mamma pare assurda l'idea di proporre a Schwarzi di assumere come insegnante un tipo cosí, uno che se n'è andato.

– Va bene, se non proprio come insegnante... magari come supplente... potrebbe dare delle ripetizioni... bisogna aiutarlo... non ha lavoro... in garage è svenuto per la fame.

– Per fame? C'è ancora della gente affamata in questo paese?...

– Ti meraviglia, nevvero, Dafi? Ma tu che ne sai di questo paese?

Mamma.

Lei viene dalla cucina con le mani ancora bagnate, si leva il grembiule.

– Ma quanti soldi ti deve?

– Piú di quarantamila shekel...

– Quarantamila? – tutte e due rimaniamo stupite. – Ma che razza di riparazione gli hai fatto per quarantamila shekel?

Papà si mette a ridere, non capisce perché ci eccitiamo tanto: certe riparazioni costano anche molto di piú...

– E che farai, allora?

– Non so che cosa si possa fare... va bene che Erlich gli ha preso le chiavi della macchina, ma non servirà a niente, perché la macchina non è neppure sua... non la possiamo vendere...

– E che farai, allora?

– Mi toccherà rinunciare al pagamento...

Dice proprio cosí: papà si crede un istituto di beneficenza.

– A quarantamila shekel? – mi lamento. – Se penso a tutto quello che si può comprare con quarantamila shekel...

– Dafi, questo non è affare tuo.

Mamma.

Ma anche lei è rimasta lí, in piedi sulla porta dello studio, senza entrare, stupita del fatto che papà sia disposto a farci perdere del denaro con tanta facilità.

– Forse puoi trovargli del lavoro in officina...

– Che cosa potrebbe fare là? Non è lavoro per lui... va bene, non importa... – e papà fa per andarsene.

– Portalo qui, – dico io.

– Qui?

– Sí, perché no? Può lavare i piatti e pulire il pavimento, e cosí pian piano pagherà il suo debito.

Papà scoppia a ridere.

– Che idea.

– Perché no? Può stirare, lavare, mettere in ordine... – Al solito, mi lascio trascinare da ogni idea balorda. – Potrebbe portare giú l'immondizia...

– Basta cosí, Dafi...

Mamma.

Ma anche lei sta sorridendo. Uno strano consiglio di famiglia: io davanti allo specchio, seminuda, mamma con le mani bagnate sulla porta dello studio, papà sulla porta della cucina con la tazza del caffè in mano.

– Uno che rimane incastrato in una situazione come questa, – papà cerca di spiegare, – a me fa pena. E proprio un tipo cosí, simpatico, delicato, istruito: ha studiato anche un po' all'università, a Parigi... per caso, non ti servirebbe qualcuno che ti facesse lavori di ricopiatura, di traduzione... che so io...?

– Ma che ti salta in mente?

– Cosí... pensavo... non importa...

– Però a me servirebbe un segretario... – m'infiammo di nuovo, cerco di farli ridere. – Uno che scriva in bella copia, che faccia le traduzioni... che mi faccia i compiti... ci penserei io a dargli lavoro...

Mamma ride, finalmente, e forse per quello l'idea non le sembra piú tanto strampalata, o forse le rincresce per quei soldi persi. Fatto sta che quando l'indomani sono tornata dal mare, la sera, con i capelli scarduffati, tutta bruciata e sporca di catrame, trovo un tale seduto in salotto di fronte a papà e mamma. Forse è stata quella la prima volta che sono riusciti veramente a sorprendermi. In principio non ho capito che era quel tale di cui avevamo parlato, credevo che fosse un visitatore qualsiasi, e anche loro erano un po' confusi e incerti: era l'imbrunire, e se ne stavano lí in quella stanza semibuia, e guardavano quell'uomo magro, pallido, con grandi occhi chiari, che sembrava fosse stato gravemente malato, non c'era proprio da stupirsi che fosse svenuto quando ha sentito quella cifra. Quando mi ha vista entrare è arrossito, si è alzato, mi ha dato la mano, ha detto Gabriel Arditi e mi ha stretto la mano. Cos'è questa faccenda di stringere la mano, tutte queste formalità – fin dal primo momento non mi è piaciuto. Non gli ho neanche detto come mi chiamo e sono scappata subito in camera mia e mi sono spogliata, e da lí sentivo mamma che lo interrogava sui suoi studi, e papà che brontolava qualcosa, e lui che raccontava di sé con voce sommessa. Parlava di Parigi.

Sono andata a farmi la doccia, mi sono tolta le macchie di catrame, e quando sono uscita lui non era già piú in salotto, e anche mamma era sparita. C'era lí solo papà, che sembrava assorto in pensieri.

– È ancora qui?

Papà fa cenno di sí con la testa, addita la porta dello studio.

– Quando si mangia?

Non risponde.

Vado in camera mia, mi metto una camicia e pantaloncini corti, torno in salotto e trovo papà seduto lí come prima, non si era neanche mosso, sembrava impietrito.

– Che succede?

– Che cosa vuoi?

– Se n'è andato?

– Non ancora...

– Ma cosa sta succedendo?

– Niente...

– Davvero pensate di farlo lavorare qui?

– Forse...

Vado in cucina. Tutto è pulito e in ordine, e non c'è traccia di cena. Prendo una fetta di pane e torno da papà. Comincio a sfogliare un giornale che è lí, poi mi avvicino alla porta dello studio e tendo l'orecchio, ma papà mi vede e in silenzio mi fa segno di allontanarmi.

– Ma che cosa sta facendo? Fin quando pensa di rimanere?...

– Che te n'importa?

– Sto morendo di fame...

– Allora mangia...

– No, voglio aspettare...

Lui mi sembra un po' strano, seduto lí al buio, senza il giornale, senza niente, con le spalle rivolte al mare.

– Vuoi che accenda la luce?

– Non c'è bisogno...

Prendo un'altra fetta di pane, che mi fa venire ancora piú appetito. Quando siamo al mare non mangiamo quasi niente. Sono già le otto. Ho una fame da morire.

– Ma che succede?

– Perché t'innervosisci?... Se vuoi mangiare, mangia, – scoppia lui d'un tratto. – Chi te lo impedisce?... Come se mamma dovesse imboccarti...

– Lo sai che non mi piace mangiare da sola... Vieni a sederti qui con me...

Mi guarda ostilmente, sospira, poi si alza, imbronciato, viene in cucina, si siede accanto a me. Mi aiuta ad affettare il pane, tira fuori formaggio, olive, insalata e uova, pian piano comincia anche lui a masticare, con la forchetta fruga nell'insalatiera. La porta dello studio è ancora chiusa – lei dev'essere completamente ammattita, ha preso la cosa sul serio, lo fa lavorare davvero.

D'un tratto si apre la porta, arriva mamma. Ha la faccia tesa, pare molto su di giri.

Io salto su: – E allora?

– Va bene... – dice a papà, sorridendo. – Può cominciare ad aiutarmi, almeno per le traduzioni... sta già traducendo qualcosa...

– A quest'ora?

– Lui di tempo ne ha... perché no?

Io propongo: – Vieni a mangiare con noi!

– Non si può lasciarlo lí solo. Preparerò qualche sandwich e un caffè. Voi mangiate...

In fretta prepara sandwich, fa il caffè, mette delle olive in un piattino, mette tutto su un vassoio e torna a sparire nello studio. Noi finiamo di mangiare, papà mi chiede di lavare i piatti e di pulire il tavolo, e va a sedersi davanti alla televisione.

Arrivano le nove, le dieci. Loro non escono dallo studio – ogni tanto si sentono le loro voci. Papà va in camera sua, ma io non riesco a mettermi tranquilla, non so perché. Questa invasione straniera mi toglie l'equilibrio, mi fa innervosire. Mi svesto adagio, mi metto il pigiama, ho male dappertutto per le scottature, mi siedo in salotto e resto a spiare quella porta chiusa. Alle undici meno un quarto lui se ne va, e io subito corro in studio. Mamma, tutta accesa in viso, è seduta al solito posto nella stanza piena di fumo di sigarette. Ci sono carte sparpagliate dappertutto, in disordine, quasi come in camera mia. C'è un leggero odore di sudore. Lei ha in mano un fascio di fogli riempiti di una calligrafia strana, tutta svolazzi.

ADAM

Erlich, naturalmente, non si commuove. Da tedescaccio duro, se ne sta lí impalato, getta indietro la sua testa a forma di cetriolo e guarda malamente quell'uomo pallido che si sta impappinando. Secondo lui questo malore è una commedia, per non pagare il conto.

– Basta cosí, Erlich, – gli dico gentilmente, – va bene... puoi andare a casa. Ci vediamo domani...

Erlich si confonde, diventa tutto rosso, è offesissimo – non ha mai sentito da me un ordine cosí reciso. Prende la sua vecchia borsa, se la mette sotto il braccio, esce sbattendo la porta.

Intanto il garage si è vuotato. Io rimango sempre impressionato da quel silenzio improvviso che si fa nel giro di pochi minuti, quando gli operai se ne vanno. Il vecchio guardiano entra dal cancello, Erlich si sfoga contro di lui. Il cane si mette ad abbaiargli contro, lui gli allunga un calcio e se ne va.

So di averlo offeso, ma volevo rimanere solo con quell'uomo pallido, che si tiene la testa fra le mani. Chissà se già allora mi rendevo veramente conto di quello che volevo? È mai possibile? Di lui sapevo cosí poco, ma tuttavia mi bastava per capire che avevo gettato una rete e che un uomo ci era rimasto impigliato, e ora mi palpitava tra le mani. Quando l'ho aiutato ad alzarsi mi sono sentito dentro una vampata di calore, ma non certo perché mi pentissi di averlo incastrato con quella costosa riparazione – ai soldi ero disposto a rinunciare, ma...

Io gli sorrido. Mi guarda accigliato, ma poi accenna un sorriso anche lui. I miei gesti lenti e pacati calmano la gente, questo lo so bene. Mi chino, raccatto la fattura che era rimasta per terra, le do un'occhiata, la ripiego e me la caccio nel taschino della camicia. Esco, chiamo il guardiano e lo prego di portarci dei sandwich e dei dolci dal chiosco vicino, accendo il bollitore elettrico e preparo un caffè per me e uno per lui. Il guardiano torna con dei grossi panini imbottiti.

Lui comincia a mangiare. Con imbarazzo, come se si vergognasse, mi racconta un po' di sé.

Di nuovo la storia della nonna, che mi pare sempre piú inverosimile. Una donna vecchissima, che lo aveva allevato dopo la morte di sua madre. Qualche mese fa ha perso conoscenza ed è stata ricoverata in ospedale, ma solo due settimane fa gli hanno mandato una lettera a Parigi: una vicina era venuta a sapere il suo nome e l'indirizzo, e gli aveva scritto che la nonna era in agonia. Lui aveva esitato un po', ma siccome sapeva di essere l'unico erede ha deciso di venire a prendere quel che c'era. Non era molto, non si faceva illusioni, ma c'era sempre un appartamento in una vecchia casa araba, la macchina, un po' di roba, magari dei gioielli dei quali non conosceva l'esistenza. Perché avrebbe dovuto rinunciare? Aveva speso quasi tutti i suoi risparmi per questo viaggio... non pensava di fermarsi tanto... credeva di poter avere il denaro dopo aver firmato qualche documento e di potersene andare... ma intanto... dal punto di vista legale non si può far nulla... e quel poco denaro che ha portato con sé sta per finire... sembra che i prezzi qui siano molto aumentati... e la nonna ancora non... ma quasi... anche oggi è stato in ospedale... lei è quasi come un vegetale... e anche peggio... una pietra muta... ma viva...

Che faceva a Parigi?

Un po' di tutto... in questi ultimi anni insegnava anche
l'ebraico... dava lezioni private... l'Agenzia Ebraica gli ha mandato tre preti che volevano imparare la lingua, e loro studiavano
con impegno, non perdevano una lezione... non come quei fac-
cendoni ebrei... e poi insegnava anche il francese a stranieri,
israeliani emigrati, ad arabi, negri, soprattutto a studenti; faceva correzioni stilistiche alle loro tesine... ultimamente faceva
anche traduzioni di materiale di propaganda sionistica per l'A-
genzia Ebraica... insomma, il lavoro non gli mancava, tanto più
che lui non aveva molte esigenze.

– Ha studiato, laggiú?

Sí... no... un po', ma non in maniera regolare... anni fa andava a lezioni di storia e di filosofia, ma a causa della malattia ha
dovuto smettere... in quelle sale affollate gli veniva il capogiro... manca l'aria... ma in quest'ultimo anno è tornato a frequentare... non per avere la laurea... ma cosí, per diletto... se
adesso avrà un po' di soldi potrà dedicarsi di piú agli studi...

Intanto finisce di mangiare i panini imbottiti. Mangia con
delicatezza, raccoglie le briciole intorno al piatto – un uomo affamato nella Israele del '73.

– E pensa di cercare lavoro, adesso?

Se non ci sarà altra scelta... se dovrà aspettare ancora per
molto che la nonna muoia... ma non un lavoro all'aperto, al sole... proverà ad andare all'Agenzia Ebraica... per caso conosco
qualcuno, lí...

Aveva un atteggiamento passivo, indifferente, in mezzo a
tutto quel tumulto di vita, intorno, ma non sembrava troppo
preoccupato.

Entra il guardiano, porta via le tazze vuote, l'uomo allunga
la mano verso le chiavi che sono sul tavolo, comincia a giocherellarci.

– Mi scusi, ma non so il suo nome.

– Gabriel Arditi.

– La macchina non la può prendere.

– Neanche per qualche giorno?

– Mi dispiace...

Rimette le chiavi sul tavolo, io le prendo e me le metto in tasca. – Non abbia paura, – gli dico, – qui è in buone mani, non gliela toccherà nessuno fin quando potrà pagare il conto...

È deluso, ma china la testa con un gesto commovente. Ringrazia per il pasto, si mette in testa il berretto, esce. Dopo qualche istante torna, mi chiede se gli posso prestare cinque shekel. Gliene do dieci.

Esce dal garage – il cane non gli abbaia già piú, ma lo segue per un tratto. Io finisco in fretta di guardare i conti, esco, salgo sulla Morris che sta in mezzo al cortile: voglio metterla in un angolo, ma poi ci ripenso e decido di portarmela a casa, voglio vedere come si comporta sulla salita ripida del monte. Andava piano, ma ce l'ha fatta, il motore funzionava perfettamente. Tutti quelli che mi sorpassavano voltavano la testa, chi con stupore e chi con un sorrisino.

L'indomani, verso mezzogiorno, qualcuno mi tocca la spalla, leggermente. È lui, con un sorriso delicato sulle labbra, e mi porge un biglietto da dieci shekel.

– La nonna è morta... – ho detto.

No, ancora no, ma la compagnia di viaggi ha accettato di riprendersi il suo biglietto di ritorno, a metà prezzo. Adesso possiede mille shekel, potrebbe avere la macchina? Comincio a riflettere: per un momento penso di farmi dare quei soldi e di rinunciare al resto del pagamento, di rinunciare anche alla macchina, ma improvvisamente non me la sento di rinunciare a lui.

– No, mi dispiace... bisogna che lei paghi il resto... intanto è meglio che si tenga quei soldi... ha cominciato a cercare lavoro?

È deluso, ma non insiste. Mormora qualcosa su Gerusalemme... andrà lí a cercare lavoro. Qui a Haifa non ci sono possibilità...

Mi viene da pensare: qualcuno s'impadronirà di lui.

Durante la cena penso ancora a lui, mi pare di vederlo girare per il garage con quella sua andatura lenta, un po' curvo, passa con prudenza fra le macchine, cerca di non avvicinarsi agli operai arabi. E poi quel suo berrettuccio francese – è proprio il tipo del solitario. Lo rivedo che sviene nell'ufficio del garage, la camicia aperta, il petto magro e bianco: c'è nel suo passato una malattia mentale, s'immagina d'avere una nonna morente. Andrà a finire che lo distruggeranno, qui in Israele. Bisogna proprio trovargli una sistemazione. Chiedo ad Asya, credevo che magari si potesse trovare qualcosa nella sua scuola. Lei, naturalmente, non capisce che cosa voglio, sta lavando i piatti, ha fretta di tornare in studio, si meraviglia che io mi preoccupi per un cliente, che voglia aiutarlo, non capisce perché me n'interessi tanto. Solo quando le dico dei soldi persi, si ferma sulla porta dello studio. E Dafi naturalmente s'immischia subito – mi fa strano che si preoccupino tanto per la perdita del denaro. Dafi, al solito, comincia a dare i numeri, ci dà consigli su come impiegarlo qui da noi, ha una fantasia sfrenata – che lavi i piatti, che pulisca il pavimento, che l'aiuti a fare i compiti. Io guardo Asya, e lei sorride.

Naturalmente non abbiamo deciso nulla. Ma il giorno dopo ho trovato il suo numero di telefono; Erlich l'aveva scritto sulla fattura che mi era rimasta nel taschino. Gli ho telefonato. Stava dormendo, era un po' intontito. Gli ho detto di venire qui dopopranzo. Chiede: – Mi rende la macchina? – Vedremo... – gli dico, – ma intanto forse le ho trovato un lavoro.

L'ho detto ad Asya solo cinque minuti prima dell'ora fissata. In principio è rimasta di stucco, poi si è messa a ridere. Lui arriva col suo eterno berrettuccio, ma con una camicia pulita, si siede in salotto e comincia a parlare. Le piace, lo sapevo che le sarebbe piaciuto. Pian piano la conversazione si fa fitta – lei gli chiede di Parigi, degli studi che ha fatto laggiú. E lui, innamoratissimo di quella città, comincia a parlare di posti che lei conosce solo attraverso i libri o gli atlanti, descrive usi e costumi, accenna ad avvenimenti storici, ha un modo di parlare molto pittoresco, scorrevole, ogni tanto s'infervora tutto.

Dafi torna dal mare, e cosí com'è, spettinata, sporca di catrame, viene in salotto. Lui si alza subito, le stringe la mano, si presenta, sono modi che qui non si usano, che fanno ridere – quasi le fa un piccolo inchino. La bambina arrossisce e scappa di corsa. Io dico ad Asya, sottovoce: «Prova un po' a vedere se può essere utile. Ha fatto lavori di traduzione, di redazione...»

Lei lo porta in studio, a fargli vedere le sue carte.

La bambina comincia a girare, irrequieta, si mette a origliare alla porta chiusa dello studio. Invece io improvvisamente mi sento esausto, non sono capace di muovermi, non riesco neanche ad accendere la luce. Sto pensando se avrei dovuto avvertirla che lui era stato ricoverato per qualche tempo, a Parigi, o se lasciare che se n'accorgesse da sola.

DAFI

È cominciato cosí, che al principio delle vacanze andavamo al mare, perché Osnat e Tali non avevano altro da fare dopo che gli scouts avevano deciso di non fare il campeggio – e ha finito per diventare tutto un rito. Io da quando sono nata vedo il mare dalla finestra di camera mia, ma solo in queste vacanze ho imparato a conoscerlo, a scoprirlo veramente. E il mare mi ha stregato, m'è entrato nell'anima e nelle ossa, non sapevo che potesse essere cosí meraviglioso. La prima settimana ci portavamo ancora dietro libri, giornali, i quadernetti dei compiti per le vacanze, le racchette, la radiolina, temevamo di annoiarci. Ma a poco a poco ci siamo rese conto che quella era una realtà diversa, e abbiamo cominciato a lasciar perdere tutto quanto. Ci diamo appuntamento alle nove di mattina alla fermata dell'autobus, in costume da bagno, senza asciugamano, senza camicia, a piedi nudi, come selvagge, solo con i soldi in mano. Scendiamo alla spiaggia, andiamo a cercarci un angolo, lontano dalla torretta del bagnino, ci lasciamo cadere sulla sabbia calda, col sole che ci batte sulla schiena, pigramente ci mettiamo a chiacchierare, ci raccontiamo i nostri sogni, cominciamo a entrare nel ritmo lento del mare del sole del cielo. Perdiamo la nozione del tempo, cominciamo ad arrostirci, entriamo nell'acqua fredda, nuotiamo fino al largo, ci mettiamo di schiena, aggrappate ad un'isoletta rocciosa, andiamo su e giú con le onde. Quando usciamo, ci mettiamo proprio sul bagnasciuga, ci copriamo di fango, c'imbrattiamo, scaviamo buche, e poi andiamo a comprarci un *falafel*, oppure delle pannocchie di granturco, a bere acqua dal rubinetto dell'idrante. Da lí andiamo a cercarci un posticino appartato, lontano dalla folla, e sprofondiamo in un dormiveglia da nirvana, come uno svenimento, tutto tace – siamo come cadaveri sulla sabbia, nel gorgoglio delle onde, non c'importa neanche di avere il sole negli occhi. Pian piano ci svegliamo e cominciamo a correre, una bella corsa sulla spiaggia deserta, lontano da ogni traccia di presenza umana, e lí ci spogliamo nude e torniamo in acqua. Non andiamo dov'è profondo, stiamo tra le rocce, ci guardiamo l'un l'altra ma ormai senza curiosità e senza vergogna, cerchiamo i posti dove il sole non è ancora arrivato: vogliamo abbronzarci dappertutto, sui capezzoli, tra i peli del pube. Ci rimettiamo i costumi da bagno e lentamente prendiamo la strada del ritorno, e intanto raccogliamo conchiglie, osserviamo un granchio giallastro, immobile nel suo buco. Ogni tanto una di noi si butta nelle onde, si lascia cullare, e le altre aspettano che si calmi. Abbiamo gli occhi fissi sull'orizzonte azzurrino, che scivola sotto il sole, sotto i piedi nudi sentiamo la sabbia che si muove. Quando arriviamo alla torretta del bagnino, gli ultimi bagnanti stanno per andarsene con le loro ceste, le sedie e i bambini. E noi siamo lí, piantate di fronte al sole che tramonta, non vogliamo andarcene, finché il bagnino non ci tocca, ci manda via.

Cosí un giorno dopo l'altro, e lo strano è che non ci stufiamo, che non ci viene a noia. Sentiamo sempre meno il bisogno di parlare, siamo capaci di stare per ore sdraiate l'una accanto all'altra, o di camminare insieme, in silenzio. Persino Osnat si è calmata, comincia a capire che non è obbligata a dire sempre qualcosa su tutto, è persino diventata piú bellina, qualche volta si toglie gli occhiali, se li mette fra le tette e comincia a camminare come una sonnambula, come Tali.

Sull'autobus, al ritorno verso sera ci sentiamo come estranee fra tutta quella gente maleodorante, bianchiccia, che suda, che fa chiasso, stiamo attente a non farci toccare. Ci sediamo in fondo, ignoriamo le occhiate fameliche che ci lanciano, come se davvero fossimo nude, ci voltiamo indietro, a cercare il mare che si allontana.

Quando arrivo sulle scale di casa è già l'imbrunire. Scalza, traboccante di sole e di salsedine, i capelli bagnati e scarmigliati, entro nella casa che ha odore di chiuso, di cibo, di gente. Trovo mamma in studio, alla luce pallida della lampadina, intorno sono sparse carte e libri, tazze da caffè sporche, piatti con resti di cibo, il letto disfatto, i cuscini schiacciati, il portacenere stracolmo: le tracce di quell'uomo – l'aiutante, il segretario, il traduttore, lo sa il diavolo cos'è, che le sta intorno.

ADAM

Arriva la mattina e se ne va nel pomeriggio. Io non lo vedo, ma so che viene quasi ogni giorno a fare traduzioni, a ricopiare, a cercare nei libri. Asya lo faceva lavorare sul serio, perché di tempo lui ne aveva, e gli premeva di riscattare la macchina che era ancora in garage, si stava coprendo di polvere. Ogni tanto mi toccava spostarla perché non intralciasse il lavoro, alla fine Erlich ha dato ordine di sollevarla e di ficcarla nel deposito dei pezzi di ricambio, tra due scaffali, là le hanno trovato un posto, è tanto minuscola che ci sta.

– Ti sei cacciato in un bel guaio con quella macchina... – Erlich non poteva trattenersi dal dire. – Da quel matto non vedrai un centesimo...

Ma io sorridevo.

Siamo in estate, nel pieno delle vacanze, Dafi ogni giorno va al mare per abbronzarsi fin dove è possibile, per diventare una negra, come dice lei. E io rimango nell'officina, che adesso lavora a ritmo ridotto perché gli operai si prendono le ferie, a turno. Anche Erlich è andato a farsi un viaggio all'estero e mi tocca occuparmi dei conti da solo, rimango fino a tardi. Quando torno a casa, la sera, trovo Asya nel suo studio, in mezzo a un disordine che non conoscevo, che per me è nuovo. Carte e libri per terra, tazze di caffè sporche, noccioli di olive sui piatti, bucce di nocdoline, portacenere stracolmi, e lei seduta lí in mezzo, in silenzio, sembra addolcita, immersa in pensieri, taciturna, come distaccata da tutto, evita di guardarmi in faccia.

– Cosí, avete lavorato... – faccio una costatazione, non una domanda, tranquillamente.

– Sí... non sono neanche uscita di casa...

– E lui, com'è?

Le nasce un sorriso, sul volto.

– È strano... un tipo curioso... ma ci si può arrangiare...

Non faccio altre domande: temo di spaventarla, di minare il suo senso di sicurezza; non mi mostro sorpreso nemmeno quando scopro nel frigorifero una pentola con dentro della roba che non conosco, rossastra-verdolina, della roba che lei non ha mai cucinato.

– Cos'è questa roba?

Lei arrossisce, si mette a balbettare.

– Ho provato una ricetta nuova... l'idea me l'ha data lui...

– Lui?

– Gabriel...

Dunque fanno già cucina insieme...

Le faccio un gran sorriso e non dico parola. Assaggio quella roba dolciastra, ha uno strano sapore, dico che è buona – l'importante è non farla sentire in colpa, non soffocare la speranza, non dar segno di gelosia, che del resto non c'è. Bisogna darle coraggio, darle tempo, non siamo piú giovani, abbiamo già quarantacinque anni – e quell'uomo strano, non troppo equilibrato, può sparire da un momento all'altro, le vacanze possono terminare.

Mi ricordo che l'estate è stata eccezionalmente calda, rendeva le membra pesanti, e io ero oberato di lavoro nell'officina semideserta, con i pochi operai rimasti, quasi non ne venivo a capo. Passavo tra le macchine e pensavo a loro due, mi chiedevo in che modo potevo trattenerlo, forse bisognava dare anche a lui qualche segno. Un giorno anticipo il mio ritorno dal lavoro e rimango ad aspettare, seduto in macchina, all'angolo della strada. Vedo che escono di casa tutti e due, salgono sulla Fiat di lei. Asya guida, e io li seguo, col cuore che mi batte per l'emozione. Lei lo accompagna fino a casa sua, nella Città Bassa, in mezzo al mercato. Lui scende, lei gli dice qualcosa, sporge la testa dal finestrino, gli parla tutta seria, lui ascolta con un sorrisetto, si guarda intorno, si salutano. Io posteggio la macchina e gli corro dietro, voglio raggiungerlo prima che mi sparisca tra la folla. Lo raggiungo sulla porta di un verduriere, mentre compra dei pomodori. Gli tocco la spalla. Riconoscendomi, arrossisce.

– Come va?

– Va bene...

– E la nonna?

– Nulla di cambiato... non so che cosa pensare...

Dunque è ancora intrappolato qui...

– Dove abita?

Mi indica la casa all'angolo della strada, la casa della nonna.

– Che ne dice del lavoro che le ho trovato?

Sorride, si toglie gli occhiali da sole, come per vedermi meglio.

– Per me... va bene... forse posso davvero esserle d'aiuto... lei sta facendo qualcosa di molto complicato... però...

– La macchina? – l'interrompo. Non voglio lasciarlo parlare troppo.

– La macchina... – fa lui, tutto confuso. – Che ne è della macchina?

Possibile che l'abbia dimenticata?

Io l'osservo: ha la camicia sporca, i vestiti trasandati, il sacchetto di carta con i pomodori gli si sta sciogliendo fra le mani.

– Purtroppo non posso ancora lasciargliela, il mio socio è talmente testardo... non ne vuol sapere... ma se ha bisogno di un po' di denaro posso sempre farle un piccolo prestito...

E prima che lui riesca a dire qualcosa, tiro fuori di tasca un mazzetto di banconote, mille shekel, e lo poso delicatamente sui pomodori.

Lui rimane sconcertato, prende i soldi, vuole contarli, chiede se deve firmare qualcosa.

– Non c'è bisogno... tanto lei continuerà a venire da noi...

– Sí, sí, certo...

– A proposito: ho assaggiato quel mangiarino che lei ha preparato... è ottimo...

Lui ride.

– Davvero?

L'importante è non spaventarlo...

Gli metto una mano sulla spalla.

– Allora, si è abituato al sole? Non vuole piú scappare...?

– Non ancora...

Gli stringo la mano con effusione e sparisco rapidamente tra la folla del mercato.

ASYA

Scalini di legno, le pareti sono coperte di carta a fiorami, è l'atrio del gabinetto di un dentista di campagna. Una vecchia esce dallo studio del dottore, mentre esce si mette il paltò. È raggiante: «È un dottore meraviglioso, non sentirà nessun dolore...»

E attraverso la porta aperta vedo una grande poltrona da dentista rivolta verso l'ingresso, e lí sta seduto il dottore, grassottello con la faccia arrossata, ben rasato, con un cravattino a farfalla che gli pende sul camice bianco. Ha la testa appoggiata indietro, le braccia conserte sulla pancia – e la luce smorzata, rossastra, una luce di campagna, di altri paesi, oh, questa luce cosí chiara gli illumina il viso insonnolito, raggiante per la soddisfazione di aver fatto un intervento indolore.

Entro. Nell'angolo, accanto al lavandino oblungo di quel laboratorio primitivo, sta Gabriel in camice bianco corto; si è travestito da assistente, mi mostra un bicchiere pieno a metà di un liquido biancastro, come latte annacquato. È un anestetico. Pare che questa sia la rivoluzionaria innovazione di quell'ambulatorio di campagna abbastanza rudimentale. Non fanno piú l'iniezione calmante, si beve semplicemente quella roba che addormenta il dolore.

Ho preso il bicchiere e ho bevuto subito. Il liquido non ha sapore, ma è pesante, mi scivola in gola come se bevessi del mercurio, mi scende dentro come una massa ben definita. Ho una sensazione d'euforia, ho bevuto qualcosa d'importante, ed eccomi già seduta su un'altra poltrona, piú semplice, come la poltrona che ho nello studio, solo che un bracciolo è stato tolto per facilitare al dentista il trattamento del paziente.

Un piacevole silenzio, dalla finestra entra quella luce meravigliosa. Aspetto che la pozione faccia effetto, mi aspetto di sentire una leggera paralisi alla faccia. Gabriel mette degli strumenti sul vassoio, dei righelli sottili, di legno: non fanno paura, non sono pericolosi. E il dottore ancora non si è mosso, sembra addormentato.

– Comincia già a farmi effetto, – dico, anche se ancora non sento nulla, ma so che fa effetto, voglio che faccia effetto, non è possibile che non mi faccia effetto. E lui prende un righello sottile, e con mano leggera mi apre la bocca, ha la faccia tesa per lo sforzo di concentrazione, lo fa passare nella mia cavità orale, come se volesse provarne l'esistenza, assicurarsi che ho una bocca, e quel contatto lieve mi riempie di piacere.

Dov'è rimasto il dolore? E davvero, dov'era il dolore, perché sono venuta in questa clinica? Devo concentrarmi, trovare dov'è questo dolore questo piacere, per non dargli una delusione, perché non mi abbandoni, devo dirgli qualcosa.

ADAM

La sua voce all'improvviso, nel silenzio del mattino, mentre io stavo già svegliandomi. Sta borbottando qualcosa, un rigurgito di sogno. È molto emozionata, comincia a tastare intorno con la mano, mi stringe la spalla. Io m'irrigidisco, e lei dice ancora qualcosa, una frase mozza, la sua mano mi carezza debolmente. Io sorrido, e d'un tratto lei si accorge che sta toccando me, la mano le ricade. È fra il sogno e la veglia, apre gli occhi.

– Che ore sono?

– Le sei meno un quarto.

– C'è già tanta luce fuori –. Si rivolta dall'altra parte, cerca di continuare a dormire, si raggomitola tutta.

– Parlavi nel sonno, – le dico piano.

Lei torna a voltarsi di colpo, alza la testa.

– Che cosa dicevo?

– Cose senza senso... non si capiva bene... una frase mozza... di che sognavi?

– Oh, era tutto un pasticcio... niente di preciso...

Mi alzo, vado in bagno, mi lavo la faccia, torno in camera. La trovo sveglia, appoggiata ai cuscini, che ridacchia fra sé e sé.

– Un sogno strano, ridicolo, qualcosa con un dentista...

Io taccio, lentamente mi tolgo la camicia del pigiama, mi siedo sul letto. È da tanto che non mi racconta un suo sogno.

– Uno strano dentista... uno di campagna in una casa di legno, un ambulatorio di paese rudimentale. La poltrona per i pazienti era come quella dello studio, ma senza uno dei braccioli, l'avevano tolto apposta... mi ricordo della luce pomeridiana, una luce rossastra...

Si ferma, sorride. Tutto qua? Non capisco perché me l'abbia raccontato. Si ravvoltola nella coperta leggera, chiude gli occhi e mi prega di chiudere le persiane. Vuol cercare di dormire ancora un po', di continuare il sogno? Io mi vesto, mi metto camicia e pantaloni, ripiego il pigiama e lo metto sotto il cuscino, chiudo le persiane, faccio buio nella stanza, sto per uscire, ma d'improvviso lei butta via la coperta, c'è qualcosa che non le dà pace.

– Che cos'ho detto? Non ti ricordi...?

– Solo parole isolate, non era una frase completa... non ricordo... ma eri molto emozionata... era un incubo?

– No, al contrario doveva essere una cura indolore, invece dell'iniezione mi hanno fatto bere un liquido trasparente, che doveva fare effetto anestetico, un liquido insapore... mi pare ancora di averlo in bocca... era quella la specialità dell'ambulatorio. Prima che entrassi io, è uscita una donna che era tutta raggiante per la cura meravigliosa, indolore... che sogno strano...

E si mette a ridere. Mi nasconde qualcosa, è agitata: in questi ultimi tempi le si è guastato dentro qualcosa – non trova riposo, continua a osservarmi. Io mi fermo sulla porta, la faccia rivolta verso di lei.

– Che cosa ho detto? Che cosa hai sentito?

– Ma te l'ho detto, erano parole confuse, anch'io non ero ancora sveglio del tutto...

– Fammi un esempio.

– Non mi ricordo. Che c'era di tanto importante?

Lei non risponde, torna a sdraiarsi, pare che si sia calmata. Mi volto, esco dalla stanza, passo a dare un'occhiata alla bambina che sta dormendo, il costume da bagno, ancora umido, è buttato accanto al letto. Passo in studio e vedo il caos che vi regna, il caos tipico di Dafi. Vado in cucina, metto l'acqua a bollire, affetto del pane, tiro fuori burro, formaggio e olive, comincio a mangiare in piedi. L'acqua bolle, mi faccio un caffè, esco in terrazza con in mano la tazza e una fetta di pane, mi siedo, la sedia è intrisa di rugiada, sorseggio lentamente il caffè e intanto guardo il mare torbido, coperto di una bruma giallastra. Che diavolo ci fa Dafi, tutto il giorno? Dalla baia si cominciano già a sentire gli scoppi che fanno alla fabbrica di munizioni. Sparano delle bombe in mare per provarne la qualità. Tengo in mano la tazza del caffè, un caffè aspro e amaro, che mi sveglia bruscamente, ho la testa vuota, aspetto solo che passi il tempo, che venga l'ora di andare al lavoro. E d'un tratto compare Asya, avvolta in una vecchia vestaglia, ancora braccata dai sogni, la faccia non lavata. Non riesce a riaddormentarsi, dice, s'appoggia alla balaustra, con le dita sgrana le grosse gocce di rugiada.

– Hai ancora in testa quel sogno?

Lei arrossisce: – Sí... come hai fatto ad accorgertene? – Tira fuori dalla tasca della vestaglia un pacchetto di sigarette tutto schiacciato, una scatola di fiammiferi, si accende una sigaretta, aspira a fondo il fumo.

– Che strano, continuano a venirmi in mente altri dettagli, era un sogno cosí chiaro. C'era qualcuno con un camice bianco, come fosse travestito, era l'assistente del dottore, perché il dottore dormiva. Mi ha dato da bere quel liquido, ha cominciato a curarmi con uno strumento di legno, una specie di righello sottile. Non mi ha fatto male, faceva con delicatezza... era piacevole... una sensazione incredibile...

– Ma chi era?

– Uno sconosciuto... non saprei... un giovane qualunque...

Io guardo l'orologio. Lei torna in casa, mette l'acqua a bollire, va a lavarsi. L'aria comincia a scaldarsi. Dal basso cominciano a venire voci, la città si sveglia. Sembra che si prepari una giornata pesante, afosa. Lei viene a sedersi vicino a me col caffè e dei biscotti. Da tanto tempo non eravamo insieme a quest'ora del mattino. Con la sigaretta fra le dita, si siede nell'angolo del terrazzo, su quella sgangherata poltrona di vimini che avevamo preso a suo tempo per suo padre, durante l'anno del lutto. Il suo viso mi ricorda quello del vecchio che se ne stava seduto lí negli ultimi mesi prima di morire, con la coperta sulle ginocchia, e con aria tetra riceveva chi veniva a fargli le condoglianze, a chiedergli scusa.

Eravamo seduti in silenzio, ognuno con la sua tazza di caffè, guardavamo il mare.

– Verrà oggi, lui?

– Sí.

– State facendo progressi?

– Piano piano.

– Bisognerà cominciare a segnare le sue ore di lavoro, – dico, un po' per scherzo, ma lei mi prende sul serio.

– Quanto ti deve ancora?

– Non ricordo, bisogna che guardi il conto... andrà a finire che tra poco saremo noi in debito con lui... – Lei non risponde, tiene gli occhi bassi, chissà se è ancora capace d'innamorarsi.

– Bisognerà che veda... forse devo già restituirgli la macchina.

– Di già? – si lascia sfuggire, piano.

– Ma naturalmente, se ti serve, si può continuare... ti aiuta?

– Sí, certo... mi aiuta... ma possiamo permettercelo?

La paura che ha di me, quello sguardo remissivo. Mi fa compassione questa piccola donna in preda alla passione. Le sorrido, ma lei è ancora tutta seria.

– Che altro c'era nel sogno?

– Nel sogno? – se n'era già dimenticata. – Non c'era nient'altro...

Ho finito di bere il caffè, mi sono portato le scarpe, per mettermele in terrazza, come faccio sempre. Lei mi segue, tesa. Mi alzo, mi pettino, mi do una lisciatina alla barba, mi metto in tasca le chiavi e il portafogli. Lei si alza, mi segue, mi accompagna alla porta come un cane fedele, non sa che fare, è smarrita, come se improvvisamente non potesse lasciarmi andare.

Sulla porta d'entrata le dico: – Adesso ricordo... dicevi qualcosa come... amor mio... amor mio...

– Cosa? Amor mio? – scoppia a ridere, ma è turbata. – Ho detto amor mio? Ma figurati...

DAFI

Non riuscivo a capire, in principio non mi ero accorta che la porta era chiusa a chiave dall'interno, perché qui in casa, fatta eccezione per me, nessuno chiude le porte a chiave. Ho cominciato a far forza sulla maniglia, a scuotere la porta, credevo che qualcosa si fosse incastrato sotto, cercavo di spingerla. Non so neanche perché mi accanivo tanto, forse ero un po' svanita, il brusco passaggio dalla luce del sole alla penombra della casa mi aveva stordita. Perché oggi a mezzogiorno ho piantato lí il mare e me ne sono tornata a casa, anch'io ne avevo avuto abbastanza di quel nirvana sulla spiaggia. Osnat non viene già piú con noi da una settimana, e solo Tali e io continuiamo ad andarci. Sono gli ultimi giorni delle vacanze, l'aria è cambiata, un misto di afa e d'autunno, il cielo è coperto. Vedo che Tali non ha voglia d'entrare in acqua, e neanche di correre. Se ne sta lí, sdraiata sulla sabbia e sbandiera quel suo fantastico corpo, che sempre piú attira occhiate fameliche da ogni parte. Quasi non parla, fa soltanto quel suo sorrisino stanco, un po' da demente. La spiaggia si sta vuotando, e io guardo la città, guardo le macchine che passano sullo stradone e mi sento sola. Se continuo a stare con lei, va a finire che divento un impiastro pure io. Cosí oggi sono saltata su e ho detto che me ne vado, che ne ho abbastanza di stare qui, è una barba. Ma lei non ha voluto venir via con me. Allora l'ho lasciata lí, ho preso l'autobus e son tornata a casa, ho bisogno di parlare con qualcuno. Sono andata subito allo studio, perché mamma è sempre lí, e ho trovato la porta chiusa.

Sono andata a prendere la chiave dalla porta di camera mia e ho cercato d'infilarla nella serratura, ma mi sono accorta che c'era una chiave infilata dall'altra parte.

– Mamma! – ho chiamato. – Mamma?

Ma nessuno risponde, non si sente nessun rumore. E d'un tratto – sono proprio scema – sono sicura che le è successo qualcosa, che l'hanno ammazzata. Non so perché mi è venuta

l'idea, forse per tutti quei film che ho visto durante le vacanze, ma non riuscivo a pensare a qualcosa di meno grave, e ho cominciato a piagnucolare, a graffiare la porta ed a picchiare:
– Mamma! Mamma!

E improvvisamente sento la sua voce, chiara e tranquilla – non come una che si svegli in quel momento:
– Sí, Dafi, che cosa c'è?
– Mamma? Sei tu? Cosa ti è successo?
– Niente, sto lavorando.
– Apri un momento...
– Tra poco, devo finire qualcosa qui, non disturbarmi ora...

Ancora non sospettavo di nulla, ero tutta frastornata, arsa dal sole. Vado in cucina a bere un bicchiere d'acqua fresca, torno in salotto e mi metto ad aspettare, non so bene che cosa. E dopo qualche minuto la porta si apre, mamma esce e richiude la porta dietro di sé. Scalza, con addosso una vestaglia leggera, i capelli un po' spettinati, viene a sedersi accanto a me. C'è in lei qualcosa di strano, ma non riesco a rendermi conto che cosa sia, è piena d'attenzioni per me.
– Che cosa c'è?
– Niente, non sapevo se eri in casa...
– Sei stata al mare?
– Sí...
– Come mai sei tornata cosí presto?
– Niente... ne avevo abbastanza... il mare ha cominciato ad annoiarmi terribilmente.
– Perché non vai a riposare un po'? Tra poco finiscono le vacanze, e tu non hai riposato per niente, sei stata sempre in giro. Vai ancora al cinema oggi?
– Forse...
– Allora vieni, – dice tirandomi su, – vai a riposare, sembri esausta...

È molto dolce, non riesco a spiegarmi come mai, ha uno sguardo sfuggente, è inquieta. Io ancora non capisco, mi lascio condurre da lei in camera mia, vedo che mi rifà il letto ancora scomposto dalla notte, sprimaccia il cuscino, mi aiuta a slacciare la fibbia del costume da bagno, mi spoglia, mi spazza via la sabbia dalla spalla con un tocco leggero.

– Devo farmi la doccia?

– Fattela piú tardi... non importa... sei tutta accaldata...

E io, accidenti, non ho capito nulla. Me ne vado a dormire, e lei mi copre, chiude la persiane, fa buio, con rapide mosse elastiche.

Mi sorride e richiude la porta dietro di sé. E io me ne sto sdraiata sul letto, nuda sotto la coperta, a mezzogiorno, chiudo gli occhi, mi preparo a dormire, come se mi avessero ipnotizzata. E d'un tratto salto su, mi vesto in fretta, e scalza, senza fare rumore, vado verso lo studio, mi fermo dietro alla porta chiusa. C'è silenzio là dentro, si sente solo fruscio di carte. Sento lei che dice sottovoce: – L'ho messa a letto –. E dà in una risatina, senza accorgersi di niente. Io comincio a tremare, quasi cado per terra, e cosí come sono scappo fuori, sotto il sole che scotta. Corro da Osnat, ho bisogno di parlare con qualcuno, ma da Osnat non c'è nessuno. Corro da Tali, sperando che sia tornata. Sua mamma apre la porta, con la sigaretta nell'angolo della bocca, la vestaglia sporca, un coltellaccio in mano. – Tali non c'è, – e fa per richiudere la porta, ma io mi aggrappo alla maniglia, la supplico.

– Posso aspettarla qui.

Lei mi guarda stupita, ma mi lascia entrare. Vado in camera di Tali, ad aspettarla, ma sono terribilmente nervosa, continuo a girare per la stanza, urto nei muri, alla fine vado in cucina. Sua mamma è occupata a cucinare, tutti i fornelli del gas sono accesi, sta tagliuzzando cipolle, carne, verdure, c'è una gran confusione.

– Posso stare un po' qui... guardare soltanto...? – domando con la voce che mi trema.

È rimasta sorpresa, ma tira fuori uno sgabello, lo mette in un angolo, io mi siedo, cerco di farmi piccina. La guardo: un donnone, ha gesti decisi, sposta le pentole con furore, con rabbia, con violenza, gira per la cucina con una sigaretta bagnata in bocca, tra mucchi di verdura, pesci sanguinolenti, decapitati. La testa mi gira per l'odore e per il fumo. Mi vengono le lacrime agli occhi, comincio a piangere un po'. Adesso mi chiederà di papà o di mamma, ed io le racconterò tutto – ma lei tace, sta lavorando febbrilmente, ha fretta. Ogni tanto mi getta un'occhiata curiosa. Infine esce, invece della vestaglia si mette un vestito largo, ricamato, con un piccolo grembiulino bianco, si affretta a preparare la tavola, torna e mi guarda, enorme, con i capelli pettinati, una *goyah* bella e straniera. Mi fa una carezzina, mi solleva la testa.

– Che c'è, Dafi...?

E io, con gli occhi pieni di lacrime, comincio a raccontare, ma suonano alla porta, viene tanta gente, i negozianti del vicinato: un sarto, un droghiere. Non sapevo che lei tiene un piccolo ristorante, che serve colazioni. Cominciano a chiacchierare in ungherese, in polacco, a ridere. Lei li fa sedere intorno al tavolo, li fa chetare, porta i primi. Alcuni la seguono in cucina, sono tutti allegri, vanno ad annusare le pentole, mi fanno l'occiolino. Ce ne sono alcuni che conoscevo, ma non sapevo che potessero essere cosí simpatici e allegri. La mamma di Tali dà un piatto anche a me, con carne e patate, e io sto lí su quello sgabello nell'angolino, il piatto sulle ginocchia. Gli occhi mi si sono già asciugati. Mangio in mezzo a quella baraonda, nel tramestio di coltelli e forchette, metto il piatto vuoto nell'acquaio e me la squaglio, senza dire niente.

Per strada vedo Tali che se ne viene lemme lemme, mi passa accanto senza vedermi, e vado a casa. Non c'è nessuno. Lo studio è vuoto. Sono spariti. Nel pomeriggio vado al cinema, torno alla sera. Papà e mamma sono lí, ma non mi rivolgono lo sguardo, anch'io non li guardo, parlano di cose tecniche come se fossimo in officina. Mi faccio la doccia, guardo la televisione, vado a letto con un libro, le lettere cominciano ad annebbiarsi, comincio a sonnecchiare – e d'un tratto mi sento come un colpo, come se qualcosa mi scuotesse di dentro. Mi sveglio, riprendendo a leggere, ma non capisco niente. Babbo dorme già, mamma gira per la casa, viene alla porta della camera, non mi guarda. Mi chiede: – Posso spegnere la luce? – Io faccio di sí con la testa, e lei spegne. Chiudo gli occhi, sono sicura di addormentarmi, ma non dormo. Mi alzo e comincio a girare per la casa, da una stanza all'altra, vado a bere. L'incanto dell'estate morente. Il mare buio laggiú. Tra due giorni ricomincia la scuola, e per la prima volta non ho voglia di studiare, ma non ho neanche voglia che continuino le vacanze, non ho voglia di niente. Torno a letto, cerco di addormentarmi, mi alzo di nuovo, mi sento tesa come se avessi della corrente elettrica nelle vene, non mi è mai successa una cosa del genere. Sottovoce chiamo papà e mamma, ma loro non si svegliano. Vado in bagno, magari mi faccio un'altra doccia. Esausta, mi siedo sull'orlo della vasca, mi sento sola come non mi sono mai sentita. Dalla finestra scopro da lontano, dall'altra parte del *wadi*, una finestra aperta, illuminata. Per anni hanno lavorato a costruire una casa, e finalmente qualcuno è venuto ad abitarci. Vedo un uomo in canottiera, spettinato, con la pipa in bocca, seduto in una stanza quasi vuota. Scrive a macchina, febbrilmente, ogni tanto si alza, gira per la stanza, e poi torna a sedersi, a buttarsi sulla macchina da scrivere con estrema concentrazione. Sono rimasta a guardarlo per molto tempo. Guardandolo, mi sono calmata. Non sono poi cosí sola come pensavo.

ADAM

E tutto ha preso un ritmo piú febbrile. Le vacanze sono terminate, la casa ha cominciato a riempirsi di libri e quaderni di Dafi: carta per ricoprire i libri, penne, matite, righelli nuovi. E Dafi stessa: una negra triste, che va impallidendo, che gira senza riuscire a concentrarsi, che vaga da una stanza all'altra, frastornata dalla valanga di compiti che le è piombata addosso. In camera sua la luce rimane accesa anche dopo che noi ci siamo addormentati. Asya è tornata al lavoro, e il primo giorno di scuola, senza chiedermi niente, si è fatta tagliare i capelli: una bambina invecchiata, si guarda allo specchio desolata. E Gabriel? Sembra scomparso. Ma non è scomparso: ogni tanto ne trovo le tracce per casa – il berrettuccio, gli occhiali da sole, mozziconi di sigarette in bagno, l'impronta della sua testa sul cuscino, una rivista francese. Una volta telefono a casa a metà giornata e mi risponde lui. Non ho detto chi sono, ho soltanto chiesto di lei.

Lui mi ha detto che non c'era, che era a scuola, che sarebbe tornata di lí a poco.

– E scusi... lei chi è...?

– Sono un amico...

Chissà se è già l'amante, come si fa a saperlo? È tutto cosí avvolto nel mistero, mai che si parli chiaro. Ma non vorrei neanche che si parlasse chiaro. Sapevo che mi conveniva non farmi notare, non mostrarmi troppo curioso. Ho dato ordine di tirare fuori la Morris dal ripostiglio dei pezzi di ricambio, di pulirla, di metterci una batteria nuova, di fare il pieno di benzina. Erlich ha cominciato a protestare, a dire della fattura. – Stracciala! – gli ho detto. Ma lui non l'ha stracciata. L'ho ritrovata in una cartellina nuova, con su scritto in inchiostro rosso: – Non pagata. Da discutere coll'Ufficio delle Tasse.

Ho portato la macchina a casa, ho dato le chiavi ad Asya e le ho detto: – Rendigliela –. E ho aggiunto mille shekel come compenso per il suo lavoro. Lei ha preso le chiavi e il denaro, senza dire una parola. Per qualche giorno la macchina è rimasta sotto casa, e poi è sparita.

Chissà se continuano a incontrarsi in segreto? Ancora non potevo saperlo, ma bastava quel pensiero per suscitarmi dentro una specie di dolore dolce. Ma quei giorni erano molto confusi e sono passati presto. Siamo già quasi alle feste di capodanno – no, non ancora alle feste, ma è già la vigilia. Millenovecentosettantatre.

VADUCCIA

Ma se è un essere umano quello che giace nel letto e se sono esseri umani quelli che passano e guardano, allora perché dovrebbe tacere. Che dica qualcosa. Bisogna parlare, e davvero comincia a parlare continuamente sente la propria voce, voce dolce voce incrinata, mormorio di una vecchia che parla e parla forse le viene una qualche idea. Perché ha un gran dolore ha perso molto ma forse ritrova un poco. Intorno sorridono, ma non capiscono. Spostano il cuscino mettono a posto la coperta voltano e rivoltano dicono andrà tutto bene. Ancora un po' di pazienza. Dormi un po'. Ma se bisogna dormire tanto vale morire e quello continua a girare. Uno caro, conosciuto, importante. Va e viene, si ferma e sparisce. Dov'è quello. Portatemi quello. Fatemelo vedere, ho tanta voglia. Quello, quello, grido nel cuscino la bocca duole tanto grido.

E d'un tratto quello viene, d'un tratto va via, d'un tratto c'è, d'un tratto sparisce. Guarda imbronciato, ha sempre fretta, le mani in tasca è notte.

Lui aveva una parola per rovesciare il mondo, ma il mondo sta con le mani in tasca, passano indifferenti, dimenticano tutto, non vogliono far niente.

Stelle alla finestra. Quello, bisbiglia. Sputa parola, getta la coperta, scalcia via il cuscino, rotola in terra si alza cade striscia si alza cammina rotola, apre porta, altra porta, incontro a cielo campo aranceto. Sterpi sotto i piedi freddo alla testa, scansa rami cade in terra scava per cercare parola che schiuda tutto.

Parte quarta

NA'IM

Adesso ne ammazzano di nuovo. E quando li ammazzano, noialtri dobbiamo farci piccoli, abbassare la voce, dobbiamo stare attenti a non ridere neanche di una barzelletta che non c'entra per niente con loro. Stamattina in autobus, quando c'era il notiziario, Issam stava parlando ad alta voce e rideva, e gli ebrei che erano seduti davanti hanno voltato la testa e ci hanno dato un'occhiata secca secca. E Hamid che è sempre serio e ha la responsabilità di tutti noi, anche se nessuno l'ha nominato ufficialmente, ha toccato Issam con la punta delle dita, e Issam è stato subito zitto.

L'importante è sapere sempre dov'è il limite, e chi non lo sa è meglio che resti nel villaggio, là può ridere da solo nei campi e maledire gli ebrei finché gli pare, nella vigna. Ma noi, che quasi sempre siamo tra loro, bisogna che stiamo attenti. Non è che loro ci odiano – chi pensa che loro ci odiano, si sbaglia di grosso. Noi siamo all'infuori dall'odio, siamo come ombre per loro. Su, prendi, porta qui, tieni, pulisci, tira su, spazza, smonta, sposta. È questo che pensano di noi. Ma quando cominciano ad ammazzarli, allora si stancano, diventano lenti, non stanno attenti, sono capaci di pigliarsi un'arrabbiatura per nulla, prima del notiziario o dopo. Noialtri, il notiziario non lo stiamo tanto a sentire, è come un ronzio, nulla di preciso, sentiamo le parole, ma non le vogliamo capire. Non è che dicano solo bugie, ma non è neanche la verità, come le stazioni di Damasco, di Amman o del Cairo. Mezze bugie e mezze verità e molta confusione. Meglio quella bella musica che trasmettono da Beirut, musica araba moderna, che ti fa ballare il cuore, come se il sangue scorresse meglio. Quando lavoriamo alle macchine che ci portano per prima cosa spostiamo le stazioni delle radio, niente «Voce d'Israele» o «Trasmittente Militare», e cerchiamo una buona stazione, dove danno solo buona musica, senza troppe chiacchiere, solo belle canzoni d'amore, di quelle nuove. Quelle non ci stancano mai. E soprattutto basta con le chiacchiere interminabili su questo conflitto schifoso, che non finirà mai. Quando sono sdraiato per terra sotto una delle macchine, a registrare i freni, quella musica è come se mi passeggiasse sulla testa. Delle volte mi vengono le lacrime.

Non mi dà noia il lavoro, anzi, sono anche capitato piuttosto bene. Questo garage è grande abbastanza perché non ti stiano sempre addosso e ti rompano le scatole. Mio cugino, Hamid, mi sta sempre vicino, anche se fa finta di non badare a me, però sta attento che non mi diano troppe noie. Io veramente volevo continuare a studiare, non volevo andare a lavorare in garage. Ho finito le elementari con dei bellissimi voti. Il maestro, un giovane studente, era molto contento di me. Nelle lezioni d'ebraico pensavo persino in ebraico. E sapevo a memoria dieci poesie di Bialik, anche se non ce l'avevano neanche chiesto, ma c'era qualcosa nel ritmo delle parole che mi entrava in testa facilmente. Una volta è venuto a scuola da noi un gruppo di maestri ebrei per vedere che cosa facevamo, e il maestro ha chiamato me, e io mi sono messo davanti a loro e gli ho snocciolato lí per lí due strofe della *Città dello Sterminio.* Per la sorpresa per poco non gli è venuto un colpo – e forse è proprio questo che voleva il mio maestro, che non si può dire che amasse tanto gli ebrei. Avrei anche potuto continuare a studiare, il maestro è persino andato a parlare con papà, per convincerlo. – Peccato per il ragazzo, – ha detto, – ha del sale in zucca! – Ma papà s'è intestato, ha detto che due figli che studiano gli bastano, come se fossimo legati a una corda, e quando studia uno anche l'altro diventa istruito. Fais tra poco finisce gli studi di medicina in Inghilterra, è lí da dieci anni ormai, e Adnan l'anno prossimo andrà all'università, studierà anche lui Medicina o Elettronica. E io, che sono il minore, devo lavorare, bisogna pure che qualcuno porti a casa un po' di soldi. Cosí papà ha deciso di farmi diventare meccanico, come Hamid che guadagna parecchio.

Certo che ho pianto e gridato e supplicato, ma non è servito a niente. Mamma è stata zitta, non vuole litigare per causa mia. Non può neanche dire: perché Adnan e Fais, e non Na'im? – perché quelli sono di un'altra moglie, quella vecchia, che è morta qualche anno fa e papà glielo aveva promesso.

In principio m'era tanto difficile alzarmi la mattina presto. Per paura che non mi svegliassi, papà veniva a svegliarmi lui alle quattro e mezza, e non avevo proprio voglia di tirarmi su. Era ancora buio, e papà delicatamente mi tirava fuori dal letto, e poi rimaneva lí seduto a guardare come mi vestivo, mangiavo e bevevo. Dopo mi accompagnava all'autobus, attraverso il villaggio che si risvegliava, tra luci elettriche e lumi a petrolio, per vicoli pieni di fango e di pozzanghere, tra asini e sacchi. Mi dava in consegna a Hamid, come se fossi un prigioniero. Mi fanno salire sull'autobus freddo, insieme a tutti gli altri operai. Tengo in mano un sacchetto di plastica con le *pitot* che fa la mamma. Pian piano l'autobus si riempie, e Muhammed l'autista si siede al suo posto e comincia a far scaldare il motore, e intanto suona il clackson per chiamare i ritardatari. Dal vetro appannato vedo papà, seduto sotto la tettoia, tutto curvo – un uomo vecchio, imbacuccato nel suo mantello nero. Fa cenni di saluto a tutti quelli che passano, comincia a parlare con un tale, ma intanto continua a guardare dalla mia parte. Ma io sono arrabbiato con lui, appoggio la testa sullo schienale davanti, chiudo gli occhi e faccio finta di dormire, e quando l'autobus comincia a muoversi e papà picchia sul vetro per salutarmi, io faccio come se non me ne accorgessi.

In principio, anche se dormivo davvero durante tutto il viaggio, arrivavo dagli ebrei che ero stanco morto. Non smettevo di sbadigliare, le chiavi mi cadevano di mano. Continuavo a chiedere l'ora. Ma poi mi sono abituato. Di mattina già mi svegliavo da solo, arrivavo tra i primi, mi sedevo vicino all'autista e non dormivo piú. I primi tempi mi portavo dietro un libro da leggere per strada, ma ho visto che tutti ridevano di me, gli faceva strano che uno andasse a lavorare in garage e si portasse un libro, e per di piú in ebraico. Credevano che fossi matto. Allora ho rinunciato, perché ho visto che non riuscivo neanche a concentrarmi; continuavo a rileggere sempre la stessa pagina, ma nulla mi entrava in testa. È diventata dura, la mia testa. E cosí guardo la strada, vedo che comincia a schiarirsi, vedo le montagne che cominciano a spuntare. Non mi annoio mai per la strada, un'ora e mezza d'andata e un'ora e mezza di ritorno. Usciamo dalla Palestina araba, e poi ci torniamo, e la strada del ritorno è quella che mi piace di piú.

Alle quattro del pomeriggio siamo già alla fermata e aspettiamo che arrivi l'autobus di Muhammed. Da tutto il quartiere vengono gli abitanti del villaggio e dei dintorni – muratori, giardinieri, spazzini, lavapiatti, scavabuche, domestiche e operai di garage. Tutti con sacchetti di plastica vuoti e la carta d'identità nel taschino sinistro, pronta da esibire. Con noi salgono anche ebrei di ogni specie, con delle ceste pesanti, che scendono quasi tutti prima di Acri. Ad Acri salgono altri arabi e anche altri ebrei, soprattutto nuovi immigrati, russi con cappotti pesanti, e qualche marocchino. Non si sente quasi parlare ebraico. Per strada scendono ebrei, e anche qualche arabo, e a Carmel l'autobus si vuota degli ultimi ebrei, rimangono soltanto gli arabi. Il sole dietro la schiena scalda piacevolmente, la strada corre via. Haifa scompare all'orizzonte, Carmel l'hanno inghiottita le montagne, i pali della luce cominciano a diradarsi. L'odore degli ebrei se ne va. Muhammed, per farci divertire, mette la radio su Bagdad, dove trasmettono versetti del Corano. Ci addentriamo fra i monti, passiamo tra frutteti. La strada è stretta, tutta a curve tra i campi, e non c'è traccia di ebrei, neanche una jeep militare. Nei campi si vedono soltanto arabi – pastori scalzi, con le loro greggi. Come se non ci fosse stata la Dichiarazione di Balfour, e neanche Herzl, e non ci fossero state guerre. Villaggi piccoli e tranquilli, tutto come ce lo raccontavano tanti anni fa, magari ancora piú bello. L'autobus risuona dei gorgheggi dell'*Imam* di Bagdad, la sua voce dolce scivola sui versetti. Al diavolo! Siamo come ipnotizzati, smettiamo di parlottare e pian piano cominciamo a cantilenare insieme a lui.

ADAM

In quelle serate del venerdí, quando si parlava a vuoto, davanti alle ciotole di noccioline e *tehina*, e si cominciava a discutere di politica, di arabi, del loro carattere, della loro mentalità e cosí via, io m'innervosivo, cominciavo a brontolare. Ultimamente non ho piú pazienza per quelle discussioni. Che cosa ne sapete di loro, voialtri? Da me ne lavorano trenta, di arabi, e credetemi, ogni giorno li capisco di meno.

– Ma quelli sono arabi diversi.

Diversi da chi? Io comincio ad arrabbiarmi, mi alzo in piedi, non so neppure perché mi arrabbio. Asya arrossisce, mi guarda inquieta.

– Perché dipendono da te... di te hanno paura...

– Macché paura? Cosa ne sapete voialtri...?

Non so come spiegarmi, mi s'imbrogliano le idee. Torno a sedermi.

Per esempio, Hamid.

Ha forse la mia età, ma ha un corpo da ragazzo, magrissimo. Solo il viso è pieno di rughe. È il primo operaio che ho assunto, è con me da quasi vent'anni. Taciturno, orgoglioso, un lupo solitario. Non guarda mai nessuno in faccia, ma se riesci a cogliere il suo sguardo scopri pupille nerissime, come fondi di caffè in una vecchia tazza.

Che cosa gli passa nella testa? Per esempio, che cosa pensa di me? Non si riesce a cavargli una parola di bocca, e se parla, è sempre di lavoro, di motori, di macchine. Quando ho cercato di farlo parlare di altri argomenti, si è sempre tirato indietro. Ma è fedelissimo – o forse non si tratta di fedeltà. Da moltissimi anni non ha perso una giornata di lavoro, e non per paura che lo licenzi. Ha un posto fisso, con tutti i diritti. Al primo del mese Erlich gli allunga quattromila shekel e lui se li caccia subito nel taschino della camicia, senza contarli, in silenzio. Che cosa se ne faccia di quei soldi nessuno lo sa, al lavoro viene sempre con vestiti malandati, con scarpe scalcagnate.

È un meccanico di prim'ordine. In questi ultimi anni lavora in uno sgabuzzino che si è costruito in un angolo del garage, e quello è il suo regno. Rimette a nuovo vecchi motori. È un lavoro di concetto, che richiede precisione, immaginazione, mani d'oro e pazienza infinita. Smonta vecchi motori completamente andati, trapana, tornisce dei pezzi nuovi e li fa tornare in vita. Lavora in continuazione, non ha la radio, non prende parte alle chiacchiere e alle barzellette degli altri operai, non scherza coi clienti. Nell'intervallo della colazione lui finisce per primo, ma quando è l'ora di terminare il lavoro smette subito, non ha mai fatto un'ora di straordinario. Si lava le mani, prende il sacchetto di plastica vuoto e se ne va.

Improvvisamente, due o tre anni fa, è diventato osservante. Si è portato da casa un tappetino sporco, e a volte interrompe il lavoro per qualche minuto, si toglie le scarpe, spiega il tappeto per terra, s'inginocchia e si prosterna verso sud, di fronte al tornio e alla parete dove sono appesi gli attrezzi. E lancia infuocati appelli a se stesso, al profeta, lo sa il diavolo a chi. Poi si rimette le scarpe e torna al lavoro. È una religiosità tenebrosa, persino gli altri arabi che lavorano nell'officina lo guardano con timore e rispetto.

Per quanto sia cosí solitario, per loro è una specie di capo, anche se non dà tanta confidenza. Passa fra di loro in silenzio, è diverso. Ma quando mi occorre qualche operaio nuovo, dopo due o tre giorni lui mi porta un giovanotto o un ragazzo, come se avesse ai suoi ordini un reggimento intero. Poi è venuto fuori che la maggior parte degli arabi che lavorano nel garage sono parenti suoi, cugini di primo o di secondo grado.

Una volta gli ho chiesto: – Ma quanti cugini hai?

Molti, dice lui, ma non li ha mai contati.

– E quanti ne lavorano qui?

– Quanti? – ha cercato di evadere. – Ce n'è qualcuno...

Ma finisce per indicarmene almeno una diecina, senza contare i suoi due figli. Mi sono meravigliato di non aver mai pensato che quelli fossero figli suoi, non pareva che avesse con loro rapporti particolari.

– Quanti figli hai?

– Perché?

– Cosí... mi piacerebbe saperlo...

– Quattordici...

– E quante mogli?

– Due...

Quell'interrogatorio lo faceva soffrire, lo innervosiva. Continuava a giocherellare con un cacciavite, cercava di voltarmi la schiena, di liberarsi di me e di tornare al lavoro.

Devo dire, a suo onore, che dopo che mi aveva portato i nuovi operai, non s'immischiava di quello che succedeva, e se mi trovavo costretto a licenziarne qualcuno, lui non diceva parola, ma dopo qualche giorno mi procurava un altro cugino o parente dalla sua inesauribile scorta.

Anche il primo giorno della guerra, naturalmente, lui è venuto a lavorare, ma con lui ce n'erano pochi. Avevano paura di uscire dai villaggi, non sapevano che cosa stava succedendo. Io l'ho subito acchiappato:

– Dove sono gli altri?

Non ha risposto, non mi ha neanche guardato. Che volevo da lui? Ma non l'ho lasciato andare: – Tu, Hamid, devi dire a tutti che vengano a lavorare. La nostra guerra non è mica vacanza per voi. Qui ci sono delle macchine da riparare. La gente tornerà dal fronte e vorranno trovare le macchine riparate. Mi senti?

Ma lui non rispondeva, mi guardava ostilmente, teneva le mani in tasca, come se tutto questo non lo riguardasse.

– Voialtri dovreste combattere al nostro fianco, avremmo dovuto richiamarvi alle armi. Chi non viene domani, non troverà piú lavoro qui da me. Dillo pure a tutti i tuoi parenti.

Si è stretto nelle spalle, come se non gliene importasse.

Ma per tutto quel giorno non l'ho lasciato lavorare sui motori, gli ho fatto fare dei lavori da garzone – registrare freni, riparare gomme, smontare batterie. Non ha detto niente, ma si vedeva che la cosa lo seccava molto. L'indomani c'erano tutti gli arabi, e lui è tornato al suo sgabuzzino. Per tutta la durata della guerra, da me non è mancato un solo operaio, e Hamid mi ha persino portato degli uomini per rimpiazzare gli ebrei che erano stati richiamati.

Ma piú di cosí non intendo immischiarmi, né con lui, né con altri. Ho sempre evitato di visitare i loro villaggi, di farmi ospitare da loro, come fanno invece gli altri proprietari di garage della zona. Va sempre a finire male, che ti mettono sotto i piedi. Del resto non sono piú tanto in contatto con loro, negli ultimi anni. Ho visto che l'azienda marcia benissimo anche senza di me. Ci sono già degli operai che non conosco per nome, tanto piú che cambiano continuamente. In questi ultimi anni il garage si è riempito di ragazzi, ce ne sono di quelli che sono ancora bambini. Gli arabi si portano appresso bambini piccoli, fratelli, cugini, o magari anche dei monelli che vagabondano nel villaggio. Sono silenziosi e obbedienti: portano le cassette degli attrezzi, porgono le chiavi, aprono il cofano, schiacciano il pedale del freno, ripuliscono le macchie lasciate dalle mani sporche sulle porte, cambiano stazioni alla radio. Agli arabi piace avere dei servetti personali, che possono sgridare, ai quali possono dare ordini. Li fanno sentire importanti. Man mano che l'officina s'ingrandisce ci girano sempre piú ragazzini.

Una volta ho chiesto ad Erlich: – Di' un po', tutto quest'asilo infantile è a spese mie?...

Ma lui ha sorriso e m'ha fatto un cenno come per spazzare via i miei dubbi: – Non temere, li mettiamo in conto tasse. Finisce ancora che tu ci guadagni...

Alcuni di quei ragazzi hanno il compito di tenere pulito, di scopare, di lavare il pavimento. Il garage comincia ad avere un aspetto pulito e rispettabile. Un giorno io me ne sto nel cortile, soprappensiero, e d'un tratto uno mi caccia una scopa tra le gambe, e mi dice con tono deciso: – Si sposti! – Guardo chi è, e mi vedo davanti un piccolo arabo con una scopa enorme, che mi guarda con occhietti furbi, con impertinenza.

Qualcosa mi ha dato una stretta al cuore. Mi si è riacceso dentro il ricordo di Yigal, non so perché – qualcosa nello sguardo di quegli occhi neri.

– Chi t'ha portato qui? – gli chiedo. Non credo che sappia che sono io il padrone, qui.

– Mio cugino, Hamid...

Hamid, naturalmente. Qui, la metà della gente, sono cugini suoi. Tra poco verrà fuori che sono anch'io un suo parente. Questi arabi non hanno nessun riguardo per i bambini. Non sarebbe meglio che studiassero ancora un po', invece di spazzare il pavimento e raccattare le viti cadute?

– Quanti anni hai, ragazzo?

– Quattordici anni e tre mesi...

– E come mai sei qui? Non volevi continuare ad andare a scuola?

Il ragazzo arrossisce, si spaventa, ha paura che lo butti fuori, comincia a raccontare qualcosa di suo padre che non voleva... Un piccolo bugiardo...

Ha continuato a spazzare. E all'improvviso m'è venuto uno slancio di tenerezza, ho allungato la mano e ho fatto una carezza a quella testa riccioluta, tutta piena di polvere. Questo piccolo arabo, questo mio operaio – a cosa sta pensando? Di che s'interessa? Da dove viene? Che cosa gli succede qui? Non lo saprò mai – mi sono già dimenticato persino il suo nome, che lui mi ha detto poco fa.

NA'IM

I primi giorni è stato interessante, in quell'enorme garage. facce nuove che vanno e vengono da tutte le parti, ebrei di tutti i tipi che portano qui le loro macchine, ridono e gridano. C'è qualche meccanico ebreo che la sa lunga, ci sono arabi del posto, completamente imbastarditi, che raccontano barzellette complicate. Un viavai dappertutto, un fracasso. In ogni angolo, sui muri, sono attaccate foto di ragazze nude quasi del tutto, belle da morire, da togliere il fiato, ebree e non ebree, bionde, more, negre, rosse. Magnifiche, da non crederci. Stanno là sdraiate con gli occhi chiusi su dei copertoni nuovi, aprono gli sportelli di macchine lussuose, mettono le tette, il sedere, le lunghe gambe su motori, su cacciaviti o su una serie di candele nuove. Sul sedere di una, molto bellina, ci hanno stampato tutto il calendario, ce n'era di posto. Quelle foto mi facevano girare la testa. Avevo paura di guardarle, però continuavo a guardarle tutto il tempo. Ero sempre eccitato, l'uccello mi faceva male per la tensione. Durante le prime settimane giravo in mezzo al fracasso, agli operai e alle macchine, e sognavo a occhi aperti. Ogni tanto mi si bagnavano un po' le mutande. A letto, di notte, ero tormentato dalla fregola. Mi ricordavo di quelle foto e non riuscivo a staccarmene. Mi veniva fuori un torrente di seme. Saltavo dall'una all'altra perché non volevo rinunciare a nessuna, le baciavo e mi sentivo bruciare, mi calmavo e poi mi eccitavo di nuovo. La mattina mi svegliavo esausto e pallido, e mamma e papà già si preoccupavano. Ma col tempo mi sono abituato anche a quelle foto, e dopo un mese le guardavo con indifferenza, come guardavo le foto dei due presidenti, quello morto e quello vivo, e quella della vecchia capo del governo, che erano appese anche loro in mezzo alle ragazze nude. Non mi eccitavo piú.

Nei primi giorni non facevo quasi nulla. Giravo tra i piedi dei meccanici, porgevo loro gli attrezzi e poi li rimettevo a posto nella cassetta, toglievo dalle macchine le macchie delle manate. Cercavo di stare vicino a Hamid, ma lui proprio non aveva bisogno d'aiuto perché non si occupa delle macchine, ma lavora su un banco a dei motori smontati.

Dopo una settimana mi hanno dato una scopa, uno straccio e un secchio, e ho cominciato a pulire il pavimento, a raccogliere vecchie viti, a spargere la segatura sulle macchie d'olio, ero responsabile della pulizia del garage. Un lavoro che non finiva mai, noioso da morire. Tutti mi davano ordini, arabi ed ebrei, chiunque ne avesse voglia. Persino degli estranei che entravano nel garage. Porta qui, ragazzo, tira su, ragazzo, tieni qua, ragazzo, pulisci qui, ragazzo. Chi aveva voglia di dare ordini se la pigliava con me. E apposta tutti mi chiamano ragazzo, per farmi arrabbiare. Ma io stavo zitto, non volevo cominciare a discutere. Ero molto giú, tutto quel lavoro mi sembrava orribile. Non m'interessava niente, nemmeno le macchine. Perché chissà il tempo che ci vorrà finché imparo qualcosa, finché divento meccanico – e perché poi? Per fortuna l'officina è cosí grande che qualche volta potevo sparire senza che nessuno se n'accorgesse. Prendevo la scopa e mi mettevo a spazzare, con gli occhi sul pavimento. Spazzo e spazzo in direzione del cancelletto posteriore, finché esco dal garage. Allora entravo nel cortile di una casa abbandonata, mi mettevo a sedere su una cassa e guardavo la strada, vedevo i bambini in divisa scolastica che passavano con le cartelle tornando a casa. Che tristezza. Pensavo alle poesie e ai racconti che leggono loro, e invece io diventerò scemo del tutto con questa scopa e con le viti arrugginite. Per darmi coraggio, recitavo sottovoce qualche verso dei «Morti del Deserto» di Bialik. Una volta ne sapevo a memoria tanti, e adesso ogni giorno ne so di meno. Alla fine mi alzavo, riprendevo la scopa e cominciavo a spazzare intorno a me, e pian piano, sempre spazzando, rientravo nel garage e mi confondevo tra la gente, cosí che nessuno si accorgeva di nulla, né che ero sparito né che ero tornato.

E chi è il nostro padrone?

Mi c'è voluto parecchio tempo per capire chi era il padrone dell'officina. In principio ho creduto che fosse quel vecchio impiegato che se ne sta seduto tutto il giorno nel suo bugigattolo, l'unico posto dove non ci sono foto di ragazze nude. Ma poi m'hanno detto che lui è soltanto il contabile – un semplice impiegato.

Poi ho pensato a un meccanico ebreo che controlla il lavoro, dà gli ordini e si occupa dei clienti, guarda le loro macchine. Ma mi hanno detto che quello è il capoturno. Infine mi hanno indicato il vero padrone del garage, quello che gli appartiene tutto. Si chiama Adam, ha quarantacinque anni, forse anche di piú, non è alto e ha una gran barba. Forse per quella barba non ho capito subito che era lui il proprietario. Credevo che neanche avesse a che fare col garage, che fosse un pittore o un professore. Perché ha la barba? Chi lo sa? Non m'immaginavo che fosse il proprietario di tutta questa roba.

Si veste un po' da lavoro e un po' non da lavoro. Una camicia bianca o un golf elegante e pulito, e calzoni da lavoro blu. La maggior parte del tempo non sta in garage, ma va in giro con una grossa macchina americana, vecchia ma molto silenziosa. Con quella ci porta un motore nuovo o qualche arnese complicato per l'officina. Ogni volta che viene, subito gli sono intorno alcuni dei meccanici, gli vanno dietro per parlargli, per fargli domande, per chiedergli consiglio. E invece lui sembra che li voglia sfuggire, ha sempre l'aria stanca, pare che pensi ad altro, a qualcosa che non c'entra col garage. Ma alla fine loro lo cir-

condano, e lui rimane lí in mezzo, un po' li ascolta e un po' no.
Se ne sta lí paziente, solo bada a non toccare la gente e a non farsi toccare da loro. Quando poi apre bocca, parla lentamente,
tiene la testa chinata, si mastica un ciuffo della barba, come se si
vergognasse di qualcosa. Non s'interessa neanche alle donne, e
sí che delle volte ne arrivano di bellissime, con delle macchinet-
te carine, e girano fra i piedi per delle mezze giornate. Ai ragazzi
cadono le chiavi dalle mani tanto le guardano. Persino quelli
che stanno lavorando sotto le macchine tirano fuori la testa. E
anche quelle corrono dietro ad Adam, cercano di parlargli e
tentano persino di farlo ridere, ma lui non ride cosí facilmente,
quasi non gli dà retta. A noi, semplici operai, ci guarda come se
fossimo aria. Non s'interessa poi tanto del lavoro nel garage.
Però quando c'è in giro lui, tutti quanti si muovono piú in fretta
e abbassano persino il volume delle radio, anche se lui non ha
mai detto niente contro la mùsica araba. Lui non ci mette quasi
mai le mani, alle macchine. Delle volte, quando c'è qualcosa di
complicato, gli chiedono di dare un'occhiata a un motore o di
venire ad ascoltare il rumore che fa, o gli portano un pezzo che
hanno smontato, per sapere se si può ancora adoperare o se bisogna cambiarlo. E lui sta a sentire, con le mani in tasca, non
tocca la roba neanche col cacciavite piccolo. E poi, senza esitare, calmo calmo, dice che cosa bisogna fare.

Però delle volte è capace di starsene tutta una mattinata al
tornio, a tornire un pezzo che manca. Si consiglia con Hamid,
che a quanto pare è l'unico che lui apprezza davvero.

Non si occupa dei conti. Entra nell'ufficio solo quando c'è
una discussione, quando un cliente esce dai gangheri perché il
prezzo è troppo alto. Allora controlla la fattura, però è ostinato
come un mulo, non cala mai un centesimo. Delle volte, verso la
fine della giornata, io pulisco lí vicino all'ufficio e sento le discussioni. Gli dicono che lui è il piú caro di tutta la zona. E lui risponde: – Perché non andate da qualcun altro? Nessuno vi ob-
bliga a tornare sempre qui –. Oppure: – Volete che vi tiri fuori
il listino dei prezzi? – E sorride, un po' a loro ma soprattutto a
se stesso.

Una volta che stavo spazzando il cortile alla fine della giornata, gli sono arrivato vicino mentre stava parlando con uno, e aspettavo che si spostasse. Gli operai si stavano già cambiando i vestiti e si lavavano le mani, il garage si stava vuotando. E lui stava là con quell'altro e non si accorgeva nemmeno che io con la scopa in mano aspettavo che si spostasse. Sono sicuro che non sapeva nemmeno chi fossi anche se lavoravo nel suo garage già da piú d'un mese.

Aspettavo, appoggiato alla scopa, e lui era in piedi su un mucchietto di sporcizia e stava ascoltando un signore che non la finiva piú di chiacchierare. Era una giornata orrenda, aveva piovuto, e io avevo già spazzato il cortile almeno cinque volte. Avevano continuato a portare macchine che non gli si accendeva il motore o macchine ammaccate che avevano slittato per la pioggia. Il mio lavoro non finiva mai. Alla fine quel signore ben vestito, che poi parlava solo di politica, se n'è andato, ma lui è rimasto piantato lí, a pensare. Avevo paura di dirgli qualcosa. Ma improvvisamente si è accorto di me, che stavo a un metro da lui colla scopa. – Che cosa vuoi? – Quando si è rivolto a me cosí direttamente, mi sono confuso, e anche un pochino spaventato.

– Si sposti un po'. Devo scopare là dove sta lei...

Ha sorriso e si è spostato un po', e io ho cominciato a spazzare in fretta cosí che potesse tornare lí se aveva tanta voglia di starci. Ma lui mi guardava, mi osservava proprio, come se fossi qualcosa di speciale. E d'un tratto mi chiede: – Chi è che ti ha portato qui?

– Mio cugino, Hamid... – gli ho detto subito. Tremavo, ero tutto rosso, non so perché. Che cosa mi può fare, in fin dei conti? Tanto, mi paga solo pochi soldi, che do subito a papà. E poi non è che lui faccia paura, soltanto quella gran barba da selvaggio.

– Quanti anni hai, ragazzo?

Anche lui dice ragazzo, che il diavolo se lo porti.

– Quattordici anni e tre mesi, quasi.

– Come mai sei qui? Non volevi continuare ad andare a scuola?

Mi sono spaventato. Come aveva fatto a capire subito quella faccenda della scuola? Ho cominciato a impappinarmi.

– Sí, io volevo... ma papà no...

Lui voleva dire qualcosa, ma è stato zitto, però continuava a guardarmi. E io ho cominciato pian piano a far andare la scopa e a pulire intorno, mi affrettavo a raccogliere la spazzatura. E d'un tratto mi accorgo che lui mi tocca, mi mette la mano sulla testa, leggermente.

– Come ti chiami?

Gliel'ho detto, mi tremava la voce. Non mi era mai successo che un ebreo mi mettesse la mano sulla testa. Avrei potuto recitargli una poesia. Per esempio «È caduto un ramoscello». Cosí, se solo me l'avesse chiesto. Mi aveva proprio stregato. Ma lui non sapeva che questo era possibile.

Da allora, ogni volta che mi vede, mi fa un sorriso. Come se si ricordasse di me. E dopo una settimana mi hanno liberato dalla scopa e mi hanno insegnato un altro lavoro, registrare freni. Non è difficile. Cosí ho cominciato a registrare i freni.

DAFI

Che stanchezza. Per forza, di notte non dormo. Magari mi addormento per un'oretta verso mattina, e già viene mamma a strapparmi dal letto, e non se ne va fin quando non mi vede seduta a bere il caffè. In principio, stranamente, la stanchezza non pesa neanche tanto, e non faccio neppure tardi a scuola. Durante la prima lezione sono ancora abbastanza lucida, tanto piú che tutti quanti sono ancora mezzo addormentati, anche il professore. La crisi comincia sempre alla terza ora, verso le dieci e un quarto. Per la stanchezza mi sento tutta vuota dentro, mi manca il respiro, mi par di morire.

Le prime volte uscivo di classe, andavo a lavarmi la faccia, cercavo di sonnecchiare un po' su una panca. Mi ero trovata un angolino adatto, vicino ai gabinetti, e cercavo di dormire là, ma non era tanto sicuro, perché Schwarzi continuava a pattugliare (che diavolo cerca vicino ai gabinetti delle ragazze?), e una volta mi ha trovato là e ha cominciato con la solita solfa, e mi ha subito rispedito in classe. Ho cercato un altro posto, ma non sono riuscita a trovare niente, perché la scuola non è attrezzata per lasciar dormire gli allievi. Ero disperata, mi sarebbe bastato dormire un quarto d'ora per rimettermi in sesto. Alla fine mi è venuta un'idea geniale, di dormire in classe durante la lezione. Ho anche trovato un posticino adatto: nella quarta fila dal fondo c'è una sporgenza del muro, un pilastro che regge il soffitto, dove ci si può nascondere, soprattutto se si accosta bene il banco al muro. Cosí uno si trova fuori portata del professore, è presente e assente allo stesso tempo.

Una volta, durante l'intervallo, quando la classe era vuota, mi sono seduta lí, e Tali e Osnat che erano venute a cercarmi, sono uscite subito perché non mi hanno vista.

Allora ho dovuto attaccare con Yigal Rabinovitz per convincerlo a scambiarci i posti, senza però dirgli la vera ragione. Ma lui non voleva, si vede che anche lui aveva scoperto i vantaggi di quel posto. Cosí ho cominciato a essere gentile con lui, a sorridergli, a parlarci insieme durante l'intervallo, a farmi accompagnare da lui dopo scuola, ogni tanto lo toccavo come per sbaglio. E lui, che è un gran bestione, ha perduto la bussola, ho visto che quasi stava per innamorarsi. Ha cominciato ad aspettarmi sotto casa la mattina, ad accompagnarmi a scuola, rinunciava perfino all'allenamento di pallacanestro che facevano prima delle lezioni. Io non volevo che esagerasse, solo convincerlo a darmi il suo posto. Lui ha tenuto duro per un bel po', ma poi ha ceduto. Disgraziato – ha già tre cinque assicurati sulla pagella, e certo ha tutto l'interesse di non farsi troppo notare. Ma infine mi ha detto che era d'accordo. Gli avrei dato un bacio, ma mi sono trattenuta perché non volevo che gli venissero certe idee. Siamo andati dalla professoressa responsabile della classe e le abbiamo detto che cambiavamo posti. Io mi sono portata da casa un cuscinettino che avevo preparato apposta, mi sono seduta nell'angolino adatto per trovarmi fuori tiro, ho appoggiato il cuscino al muro, ci ho posato la testa e mi sono addormentata, proprio davvero. Adesso è inverno, il cielo è grigio, e in classe non accendono la luce per risparmiare corrente, e teniamo addosso i cappotti perché Schwarzi ha tolto le stufette. Ha preso sul serio la storia della crisi energetica e ha deciso che bisogna risparmiare carburante per rafforzare l'economia del paese.

E cosí io mi faccio i pisolini. Durante le lezioni di Bibbia o di Talmud o di educazione civica. Durante le lezioni di matematica no, sono troppo nervosa a causa di quel bamboccio che gira come un grosso gatto e continua a prendersela con me. Ma nelle materie dove mi sento ferrata non m'importa.

Il piú bello è con Arzi, che insegna Talmud. Prima di tutto lui ci vede poco, e poi quasi non si muove dalla sedia – entra, si siede e non si muove piú fino a che suona il campanello, andrà a finire che gli si brucerà la sedia sotto il sedere. E poi parla con una specie di cantilena sommessa che concilia il sonno. Ma la cosa piú importante è che con lui, anche quando dormo, non perdo mai tanto, perché anche se mi sveglio solo quando suona il campanello, non hanno mai studiato piú di due versetti.

In classe si sono già abituati ai miei sonnellini e Tali, che è seduta davanti a me, è incaricata di svegliarmi se si avvicina qualcuno. Ma oggi era una giornata chiara, con un bel sole, e io ero stanca morta; mi sono messa in posizione giusta, ho messo a posto il cuscino, mi sono appoggiata al muro (che è già tutto screpolato) e mi sono addormentata di colpo. E proprio allora Arzi si alza, forse qualcosa lo aveva punto, o sarà stato il sole, ha cominciato a girare tra i banchi, e mi ha subito individuata. E quando ha visto che Tali stava per avvertirmi, lui le ha fatto: sst... ssst. Tutti in classe stavano zitti, se la ridevano a vedere come lui si avvicinava a me con quei suoi passettini da vecchio. Si è fermato accanto a me per qualche secondo (questo me l'hanno raccontato dopo) e ha cominciato a canticchiare: dormi, dormi, mia bambina... – e tutti si torcevano dalle risate. Ma io ancora non mi sono svegliata, credo che stessi persino sognando, tanto ero stanca. Alla fine mi ha toccato, magari credeva che fossi svenuta. Ho aperto gli occhi e mi sono vista davanti quella sua faccia simpatica, sorridente. Per fortuna era lui. Ma poi ha cominciato a cantilenare: – Che cosa c'insegna questo? Che a casa vostra i letti sono in riparazione –. Fa dello spirito, il vecchietto, e tutta la classe si fa le matte risate. Che potevo dire? Ho fatto solo un sorrisino, e lui mi ha detto: – Forse è meglio che tu vada a dormire a casa, Dafna –. So che avrei dovuto rifiutare, dire che volevo restare a studiare il Talmud, ma avevo una tale voglia di continuare a dormire, che mi sono alzata, ho infilato i miei libri e quaderni nella cartella e sono uscita, sgusciando per i corridoi vuoti per paura che mi vedesse Schwarzi. Sono andata a casa difilato.

In un primo momento ho creduto d'aver sbagliato casa, tanto ero imbambolata, perché quando ho aperto la porta ho visto in cucina un ragazzo sconosciuto che stava bevendo qualcosa. Ma era proprio casa nostra, e quel ragazzo era solo uno degli operai di papà, che era venuto a prendere una borsa che papà aveva dimenticato. Quello, al vedermi, si è spaventato, ha preso la borsa e ha tagliato la corda. Io mi sono spogliata, cosí in pieno giorno, mi sono messa il pigiama, ho chiuso le persiane e sono andata a letto. Dio benedica Arzi, un vero pedagogo che si preoccupa del bene degli allievi. Ma questo dannato letto – appena mi ci corico e chiudo gli occhi, il sonno se ne vola via.

NA'IM

Un giorno mi tirano fuori da sotto una macchina e mi dicono: va' da lui, ti vuole. Sono andato da quell'Adam. Lui mi guarda e dice: – Come ti chiami? – Na'im, – gli ho detto di nuovo. – Allora prendi questa chiave e va a casa mia. Sull'armadietto che c'è nell'ingresso, a destra, troverai una borsa nera. Portamela qua. Tu conosci il Carmel? – Sí, – gli ho detto, anche se non lo conoscevo, ma avevo voglia di uscire un po' e di girare per la città. Lui mi ha scritto l'indirizzo su un pezzo di carta, mi ha spiegato che autobus dovevo prendere, ha tirato fuori un portafogli gonfio, pieno di soldi, m'ha dato dieci shekel e mi ha spedito via.

Sono riuscito a trovare la casa senza domandare a nessuno. Una casa di tre piani in un quartiere elegante e tranquillo pieno di giardini e di alberi, e da tutte le parti si vede il mare, come un pezzetto d'azzurro che spunta tra gli alberi. Ogni momento mi fermavo per guardare ancora il mare, non l'avevo mai visto da

cosí in alto. Nelle strade c'era poca gente, soltanto vecchie signore con carrozzine da bambini che imboccavano dei grassi
bebé. Questi ebrei, prima viziano tanto i loro bambini, e poi li
mandano a fare la guerra.

Sono entrato in casa. L'atrio era tutto lucido. Sono salito al
secondo piano come mi aveva spiegato, e ho visto il nome sulla
porta. Ho suonato il campanello, cosí se per caso c'era qualcuno non avrebbero pensato che sono un ladro.

Ho aspettato un po' e poi ho aperto. La casa è un po' buia,
ma molto in ordine. In officina c'è una confusione terribile, e
invece qui è tutto ordinato, ogni cosa al suo posto, meno che la
borsa di lui, che non era sull'armadietto a destra dell'ingresso e
neanche sull'armadietto a sinistra dell'ingresso, che poi non c'e-
ra per niente, ma era sul tavolo in sala da pranzo. L'ho presa e
volevo uscire, perché non mi aveva chiesto altro, ma non volevo
andarmene cosí presto, quella casa buia mi piaceva. Sono entrato in salotto, camminavo sui tappeti morbidi, ho guardato dalla
vetrata enorme che dava sul mare. Mi sono persino seduto un
momento sulla poltrona vicino ai vasi con le piante, ma mi sono
alzato subito. Ho guardato un po' i quadri che c'erano sui muri.
Vicino alla radio, in una cornice nera, c'era la foto di un bambino di cinque anni forse, ho visto subito che era suo figlio. Avrei
dovuto andarmene, perché non è bello girare dappertutto e toccare la roba, ma m'è venuta voglia di vedere che cosa c'è nella
loro cucina, che cosa mangiano gli ebrei. Non avevo mai guardato in un frigorifero di ebrei. La cucina era molto pulita, il tavolo era lucido. Nel lavandino c'era solo una tazza da caffè non
lavata. Ho aperto il frigorifero. Non c'era tanta roba – un po' di
formaggio, delle uova, qualche yoghurt, una bottiglia di succo
di frutta, un pezzo di pollo freddo su un piatto, delle medicine e
una decina di tavolette di cioccolata di ogni tipo. A quanto pare, a pranzo mangiano cioccolata.

Adesso basta, ho pensato, adesso me ne vado. Ma una grossa caraffa con dentro del liquido rosso e denso mi attirava. Non
avevo mai visto una bevanda cosí. Ho voluto assaggiarne un
po', anche se non avevo sete. Ho preso un bicchiere e mi sono
versato un po' di quella roba. Stavo giusto bevendo, mi pareva

che avesse un gusto di barbabietola, quando ho sentito il rumore di una chiave nella toppa. Svelto svelto ho versato nel lavandino quello che era rimasto nel bicchiere, ho aperto il rubinetto ed in fretta ho lavato il bicchiere. È entrata una ragazza in uniforme scolastica, pressappoco della mia età, e per prima cosa ha buttato la cartella nell'ingresso. Poi si è accorta di me e si è tirata indietro, come se avesse sbagliato casa. Mi sono avvicinato di qualche passo, ero tutto rosso, sventolavo la borsa nera e prima che lei cominciasse a gridare o qualcosa di simile le ho detto in fretta: – Tuo padre mi ha mandato a prendere la borsa che aveva dimenticato, e mi ha anche dato la chiave –. Lei non ha risposto, ha solo fatto un sorrisino grazioso. Ho visto subito che era figlia di lui, però molto bella, con gli occhi neri e grandi e coi capelli chiari. Un po' bassa, ma molto bella. Mi dispiace d'averla vista, perché non la dimenticherò. Una cosí è di quelle che le vedi e sai di essere innamorato, anche prima di vederle. Lei mi dice: – Vuoi bere? – Io dico: – No –. E le passo accanto in fretta, stando attento a non toccarla, con la borsa ben serrata sottobraccio, e scappo.

Dopo mezz'ora ero già di ritorno nella Città Bassa, sulla via del garage. Ma d'improvviso m'è venuta un'idea. Sono entrato in un negozio di ferramenta e gli ho dato la chiave per farmene fare una copia. Sono tornato al garage e gli ho dato subito la borsa e la chiave e il resto dei dieci shekel. E dentro la scarpa, con le dita del piede, mi sento la copia della chiave.

Ma lui, naturalmente, non si è accorto di niente, mi ha fatto un bel sorriso, come sua figlia.

– Grazie. Benissimo. Hai fatto molto presto...

E mi ha lasciato anche il resto.

Questo è tutto.

ADAM

Siamo già alla fine di dicembre, sono piú di due mesi che la guerra è finita. Spero ancora che lui si faccia vivo da un giorno all'altro, ma nulla. Che si sia stufato di noi? E dove può essere? Asya non lo nomina quasi mai, ma ho l'impressione che si aspetti che io lo ritrovi. Io giro molto per le strade, cerco di rintracciare almeno la piccola Morris. Come può una macchina sparire senza lasciar traccia? Una volta ho scoperta una Morris celeste e l'ho inseguita per le strade, finché si è fermata vicino al Politecnico e ne è sceso un vecchio alto, con un abito elegante, e mi ha guardato male. Quasi tutti i giorni vado in quella casa alla Città Bassa, per vedere se trovo un'imposta aperta o una finestra socchiusa. Ma l'appartamento al secondo piano è rimasto cosí come l'ha lasciato lui il primo giorno della guerra. Qualche volta non mi accontento di guardare da fuori, ma salgo le scale per bussare alla porta. Al primo piano c'è il magazzino di un negozio di abbigliamento, che è sempre chiuso, e al secondo piano, oltre a quello della nonna, c'è l'appartamento di una vedova che abita sola, e che spiava attentamente le mie manovre. Appena salivo le scale socchiudeva la porta. Stava a guardare come bussavo alla porta di quell'appartamento, aspettavo un momento e poi riscendevo. Le prime volte facevo finta di non accorgermi di lei, ma dopo un po' ho deciso di cercare d'avere da lei qualche informazione.

Era molto sospettosa nei miei confronti.

Aveva visto Gabriel Arditi? No. Sapeva se c'era qualche cambiamento nelle condizioni della nonna? Non lo sapeva. Dove si trovava? Che bisogno avevo di saperlo? Le ho spiegato che ero un amico di Gabriel, e che dall'inizio della guerra non avevo piú sue notizie.

Lei ci pensa un po', e poi mi dà l'indirizzo della clinica dove hanno ricoverato la vecchia, una casa di cura dalle parti di Hadera.

È una donna grossa, dagli occhi chiari, sul labbro le spuntano dei baffetti. Mi guarda ancora con diffidenza.

– Non avrebbe, per caso, la chiave dell'appartamento?

No, non ce l'ha – l'ha data a Gabriel.

– Allora credo che mi toccherà forzare la porta, – dico fra me e me.

– Allora credo che chiamerò subito la polizia, – ribatte lei, senza pensarci sopra un momento.

– Chi vuole chiamare? – le chiedo sorridendo.

– La polizia.

– E perché?

– E perché lei vorrebbe forzare la porta di quell'appartamento? Non è neanche di proprietà del suo amico...

Stava lí, accanto alla porta, dura come una roccia. Non c'era dubbio che avrebbe chiamato la polizia.

Me ne sono andato.

Qualche giorno dopo sono tornato lí a notte fonda. Ho salito le scale in silenzio, senza accendere la luce. Al buio ho cercato di aprire quella porta con un mazzo di chiavi che avevo preso dall'officina. Ma dopo pochi minuti si è aperta la porta dell'altro appartamento e la vicina, in camicia da notte e con un berretto in testa, mi ha guardato arrabbiatissima.

– Ancora lei...

Non le ho risposto, facevo finta di non vederla e continuavo a provare ad aprire la porta con le chiavi che avevo in mano.

– Ora chiamo la polizia...

Non ho risposto. Lei seguiva i miei tentativi, peraltro fallimentari.

– Perché non va a trovare la vecchia? Forse le darà la chiave.

Non le ho risposto, ma l'idea mi è entrata in testa. Perché no, in fondo? Tuttavia ho voluto provare le altre chiavi. Poi, lentamente, al buio, sono sceso.

Due giorni dopo ero già alla casa di cura. Un edificio vecchio, ma immerso nel verde, tra aranceti, alla periferia di uno dei paesini che sono stati fondati dai primi coloni. Sono andato all'ufficio e ho spiegato che ero un parente della signora Hermoso e che ero venuto a trovarla. Hanno subito chiamato la direttrice, una donna fiorente, energica, pressappoco della mia età, che mi ha ricevuto con molto entusiasmo.

– Finalmente viene qualcuno – credevamo già che l'avessero dimenticata completamente. Anche lei è un suo nipote?

Strano che potessero prendermi per un suo nipote.

– No... sono un lontano parente... Gabriel Arditi veniva a trovarla?

– Sí, ma sono mesi che non si fa vedere. Venga, venga a vederla.

– Come sta? Ha ripreso conoscenza?

– È sempre incosciente, ma secondo me c'è qualche miglioramento. Venga con me, vedrà come le dànno da mangiare...

Mi ha preso per il braccio e mi ha portato in una delle stanze, davanti al suo letto.

Dunque esisteva questa nonna. Era avvolta in una tunica bianca, sembrava una grossa palla. Era seduta sul letto e si guardava intorno con uno sguardo stranito. I lunghi capelli, ancora scuri, le cadevano sulle spalle. Aveva un bavaglino legato al collo, e un'infermierina, molto scura di pelle, forse una degli immigranti dalla Cocincina che si erano insediati nel villaggio vicino, la stava imboccando con un cucchiaio di legno, con infinita pazienza, le dava della pappa di colore grigio, che pareva fango molliccio.

Alcune vecchie che erano nella stanza, si sono alzate dai loro letti e si sono avvicinate con grande curiosità. Ci stavano intorno in cerchio.

– Per ogni pasto ci mette quasi un'ora, – ha detto la direttrice, sorridendo. Io la stavo a guardare affascinato.

– Quanti anni ha? – ho chiesto d'un tratto, dimenticando che mi ero presentato come parente.

– Sono sicura che lei non lo sa... anche se è della famiglia... Provi a indovinare...

Ho balbettato qualcosa.

– Lei non ci crederà... ma noi abbiamo visto il suo certificato di nascita, rilasciato dalle autorità turche. È nata nel milleottocentottantuno. Faccia lei il conto: ha novantatre anni. Non è straordinario? Milleottocentottantuno... lei sa un po' di storia? È l'anno in cui sono arrivati qui i *Biluim*, l'inizio del sionismo... e non parlo neanche di quello che è successo nel mondo. Incredibile, no? Lei c'era già a quei tempi. Una vecchia storica... un vero pezzo da museo... forse a voi ha tenuta nascosta la sua età? E ha ancora i capelli neri... la pelle liscia... pochissime rughe... un miracolo, a dir la verità. Noi qui teniamo un ospizio per vecchi, ma non abbiamo mai avuto una vecchia cosí...

E la direttrice le si avvicina, le tira fuori dai capelli un pettinino che c'era conficcato e comincia a pettinarla, le fa una carezza, le pizzica un po' le guance. La vecchia non la guarda neanche, non si accorge di niente, tiene gli occhi fissi alla finestra.

– Io dico che se non avesse perso conoscenza, avrebbe potuto continuare ancora per molti anni... o forse al contrario, magari proprio perché ha perso conoscenza continuerà a vivere per molti anni ancora. Venga a vedere... si avvicini... non abbia paura... forse la riconosce... forse c'è qualcosa che le farà ricordare...

– Avete ancora speranza?

– Perché no? Continua a migliorare. Non si sa mai; io che la seguo, vedo che comincia ad aprirsi. Quando l'hanno portata qui l'anno scorso, era come un vegetale. Che dico vegetale – era peggio... una pietra, una grossa pietra immobile. Ma pian piano ha cominciato a cambiare. Ha cominciato a muoversi, come una pianta, poi come un animale primitivo, che ne so. Negli ultimi mesi poi c'è stato un cambiamento radicale. Vedo che lei sorride. Naturalmente non può sapere. Ma adesso è di nuovo un essere umano, i suoi occhi rispondono, compie dei movimenti da persona. Ancora non parla, ma già pensa, comincia a tirare fuori qualche sillaba. Una notte ha persino tentato di scappare, l'abbiamo trovata in un aranceto, qui vicino. Certo che c'è speranza. E proprio voi della famiglia vi siete persi d'animo? Quel signor Arditi, il nipote, che è sparito...

Mi sono avvicinato al letto con esitazione, e d'un tratto la vecchia ha voltato la testa e mi ha guardato, stringeva gli occhi come se cercasse di ricordare qualcosa. Dagli angoli della bocca, che era ancora piena di pappa, hanno cominciato a colare due rivoletti sottili.

– No, non può ricordarsi di me... sono un lontano parente... non mi vede da anni...

– Ma nonostante ciò è venuto a trovarla... è stato molto gentile...

La vecchia mi stava proprio fissando, mi puntava gli occhi addosso, non mi lasciava con lo sguardo, cominciava persino a biascicare delle sillabe sconnesse.

– La barba... la barba... – hanno cominciato a dire le vecchie intorno, emozionate. – La barba le ricorda qualche cosa.

Le mani della vecchia tremavano, qualcosa la scuoteva, era affascinata dalla mia barba; come se la volesse afferrare.

Io mi sono impaurito, ho cominciato a retrocedere, temevo che adesso si riprendesse, mi sarei trovato nei pasticci.

L'infermierina le asciugò la pappa che colava giú lentamente.

– Fate proprio un lavoro magnifico, qui...

– Sono contenta che lei se ne sia accorto. – Il viso della direttrice s'illuminava. – Se vuole vedere un po' in giro... gli altri reparti... se ha tempo...

Lei certo di tempo ne aveva. Conscia della necessità di curare le relazioni pubbliche, mi ha portato in giro per le camere, a vedere le vecchie e i vecchi ricoverati, che giocavano a carte o facevano colazione. Parlava con loro, li toccava come se fossero oggetti, aggiustava loro gli abiti, alcuni persino li pettinava. Loro le sorridevano, ma con un po' di timore. E intanto mi spiegava i problemi che aveva il ricovero, le tariffe della lavanderia che continuavano ad aumentare, il contributo statale che diminuiva, i tentativi inutili per trovare qualche benefattore. Nessuno era disposto a investire denaro in una casa di cura.

– Io sono disposto... – ho detto improvvisamente, quando ero già sulla porta per uscire.

– In che senso?

– Sono disposto a dare un piccolo contributo all'ospizio...

Lei è rimasta stupita, è arrossita, mi ha preso la mano.

– Venga un momento nel mio ufficio...

– Non occorre... devo andare... ma... – E lí per lí, in piedi, nell'ingresso, ho tirato fuori il portafogli e le ho dato cinquemila shekel.

Lei ha esitato a prendere il denaro, non poteva nascondere la sua felicità, era sorpresa per quella grossa somma.

– Signore... signore... – ha balbettato. – Che cosa dobbiamo fare con questi soldi? Voglio dire, forse ha qualche desiderio particolare.

– Disponga pure liberamente... può comperare qualcosa

per i vecchi... o qualche attrezzo... l'importante, la prego, è che
curiate quella vecchia, che non muoia...

– Ma certo... è naturale... ha visto lei stesso...

– Mi terrò in contatto con lei per avere notizie... e se venisse
qualcun'altro, il signor Arditi...

– Lei sarà sempre il benvenuto, faremo del nostro meglio...
e l'avremmo fatto anche senza quel denaro...

Teneva le banconote tra le mani, era confusa, traboccava
gratitudine.

– Non vorrebbe una ricevuta?... Non mi ha detto neanche
come si chiama...

Ma io non volevo dare il mio nome, non volevo che Gabriel
venisse a sapere che ero stato qui, che ero venuto a cercarlo. Ho
stretto la mano alla direttrice e le ho detto, sorridendo:

– Scriva pure nei suoi libri: offerta di un ignoto benefattore.

VADUCCIA

La mano nera vuole dar da mangiare agli occhi, muovere la
testa e porgere l'orecchio. Carezza. Lí colano piccoli vermi
bianchi molli. Latte acido diventato dolce. Voci di aranceti e
odore di gente. Sotto è bagnato, una pozzanghera segreta, una
sorgente. E il sole a tutte le finestre. Contare gente. Quattro sei
uno tre. Ma perché entra scopa cammina uomo tutto confuso,
scopa rovesciata si muove in stanza cammina sola sta attenta
adesso si avvicina a ridente fiorita vuole scopare la sua faccia. Si
avvicina. Ah ah ah, vieni grossa scopa, barba in faccia, conosco
scopa. C'erano scope cosí passeggiavano sempre in vicoletti
scope nere là là in vecchio posto in quella rovina. Adesso non
aranceti ma sterpi, piccoli arbusti rocce e sole forte case su case
e pendii. Come si chiama questo? Come si chiama? Ah, ah,
donna sconosciuta, donna senza nome, ah, ah, come si chiama il
posto? Presto, bisogna presto sapere un nome pensare un nome. Qui crollato muro, pietre grige con muschio piccolo. Come
si chiamava? Come si chiamava? Come si chiamava? – Usalem.
Ah, ecco – Usalemm. È Usalemm. No, no, U con altra co-

sa – Rusalemm. Sí, Rusalemm. Posto importante, posto difficile – Rusalemm.

Ma non è questo il nome, è molto vicino, simile. Trovarlo.
Ah, ah, tutta la faccia trema, ma trovare, è importantissimo,
pensare , ah, ah, trovare dentro. C'è una piccola luce dentro, luce lontana, ahi, ahi, luce piccola.

Usalem? Usalemm? Ma non cosí pesante, non lemm, piú
leggero, piú facile – Usalemme. Ecco, Usalemme. Ho capito.
Non U. Perché U? Rusalemme. Rusalemme. È quello il posto.
Là ci sono le rocce, gli sterpi. Adesso silenzio.

Scopa sparita, eh? Sole all'altra finestra, eh? Sí, Usalemm.
Di nuovo Usalemm. Che vuole Usalemm? Errore, scusare. Rusalemme. Rusalemme. Adesso è chiaro. Dov'è nata? Rusalemme. Da dove veniamo? Da Rusalemme. E l'anno prossimo dove? A Rusalemme. Però dicevano Rusalemme? Non cosí. Molto
simile, ma non cosí. Ho dimenticato. Riposare.

Mani nere mi voltano. Tirano via lenzuolo rimettono lenzuolo. Via luce, niente sole. Buio in finestre. Quel posto con
muro e torri, con vicoli, quel posto con deserto vicino, con subito il deserto, come si chiama? Non Usalemme – Rusalemme.
Ma prima c'era qualcosa. Drusalemme, Trusalemme, Brusa-
lemme, Grusalemme. Ah, ah, ah Grusalemme. Grusalemme,
Grusalemme, proprio cosí, ma no, io piango. Un gran dolore.
Gerusalemme. Semplice, ecco: Gerusalemme.

NA'IM

Da quella volta continuavo a cercarlo con gli occhi. Anche
senza guardare mi accorgevo se c'era o se non c'era, nel garage.
Sentivo il suo odore, come un cane. Sapevo distinguere il rumore della sua macchina americana dal rumore delle altre macchine. Anche se adesso stavo quasi sempre per terra, sotto le macchine, a regolare i cavi dei freni, e vedevo il mondo tra le gambe
di quelli che mi camminavano vicino alla testa. Tenevo sempre
con me la chiave del suo appartamento, la passavo da una tasca
all'altra, e di notte la mettevo sotto il cuscino. Continuavo a
pensare a quella chiave, come se mi portassi dietro una pistola

senza avere il permesso. Da lontano vedevo lui, sempre circondato da tanta gente, e intanto io, sdraiato sotto una macchina, pensavo alla sua casa, a quelle stanze un po' buie e al mare azzurro che si vede dalla vetrata grande. Pensavo alla cucina pulita e ordinata alle tavolette di cioccolata nel frigorifero e d'un tratto si apre la porta e quella bella ragazza entra nella luce getta la cartella e mi sorride.

Sorrido anch'io, a me stesso, e intanto vado a tastare la chiave nel taschino della camicia. Posso andare lí quando mi pare, potrei andarci di mattina per conto mio, aprire la porta senza fare rumore e girare per casa, mangiare del cioccolato o prendere qualcosa, un ricordino, o magari anche soldi. E se di nuovo lei tornasse da scuola, aprisse la porta e si spaventasse a vedermi, le direi con calma: – Mi ha mandato tuo padre. Vuole che ti porti al garage, ha bisogno di te –. Al primo momento lei rimarrà stupita. Al garage? Come mai? Forse prima conviene telefonare. – No, – dirò io, – il telefono è guasto, perciò mi ha mandato qui –. E allora lei si convincerà e mi seguirà, scenderà le scale con me. Io la porterò alla fermata dell'autobus, pagherò il biglietto anche per lei, la farò sedere accanto a me, e tutto serio e compunto farò conversazione con lei, le chiederò che cosa sta studiando a scuola, e lei si meraviglierà che non sono solo un semplice operaio, ma che sono anche un po' istruito, potrei persino recitarle tutta una poesia a memoria.

Io le piaccio proprio. E poi scendiamo e prendiamo la strada per il garage, come fossimo una coppietta, entriamo dal cancello e andiamo dritto da suo padre, che se ne sta lí in mezzo alla gente e si meraviglia di vedere me, che gli porto sua figlia a quest'ora. Ma prima che lui capisca che cosa è successo, io tiro fuori la chiave, gliela do e gli dico con calma: – Vede? Potevo violentarla, ma ho avuto pietà di voi –. E prima che lui riesca ad acchiapparmi, scappo dal garage per sempre, scappo dalla città, torno al villaggio, vado a fare il pastore, che chiamino pure la polizia, vedremo se ne sono capaci.

E a papà dirò piangendo: – Ne ho abbastanza. Se non mi lasci tornare a scuola, te ne farò anche di peggio.

Ero tanto preso da quel sogno, che invece di tirare il cavo del freno l'ho svitato del tutto, e quello mi è scappato di mano, è saltato via e mi ha fatto un taglio sulla faccia e sulla mano, sembrava impazzito. Mi faceva male. Il sangue ha cominciato a colare. Pian piano mi son tirato fuori, e un ebreo grasso, che stava lí ad aspettare che finissi, si è spaventato a vedermi strisciare fuori tutto nero di olio e di fuliggine e con la faccia piena di sangue.

A quanto pare m'ero fatto un bel taglio, e il sangue continuava a colare, sporcava tutto in giro. Quell'Adam ha smesso di parlare ed è corso subito, era spaventato come se non avesse mai visto un uomo ferito. Mi ha portato in ufficio, mi ha fatto sedere e ha chiamato il vecchio per farmi fasciare. Non sapevo che quel vecchio fosse anche l'infermiere del garage. Ha aperto l'armadietto del pronto soccorso e ha tirato fuori delle bottigliette sporche e vecchie con dentro della roba che bruciava e ha cominciato a versarmela addosso. Ha tirato fuori anche della garza e con le sue mani asciutte e forti ha cominciato a fasciarmi. Mi faceva un male terribile. E Adam stava lí, non si muoveva, era pallido. Si sono dati da fare per un po', e poi mi hanno lasciato a riposare in quell'ufficio, ma la fasciatura diventava rossa e il sangue colava sulle fatture che erano sul tavolo. Allora hanno capito che forse bisognava portarmi alla guardia medica, e hanno fatto venire una macchina che stava per uscire per un giro di prova. Adam stesso mi ha accompagnato alla macchina. Ha tirato fuori di nuovo il famoso portafogli pieno di soldi, e mi ha dato venti shekel, perché al ritorno potessi prendere un tassí. Si vede proprio che quell'uomo ha troppi soldi. Mi hanno portato alla guardia medica e mi hanno accompagnato dall'infermiera. Quella ha tolto la fasciatura con mano leggera e si è messa a ridere: – Chi è che ti ha fasciato in quella maniera...? – E poi ha cominciato a pulire e anche a dare dei punti, e mi ha messo della pomata e anche dei liquidi che però non bruciavano per niente. E mi hanno anche fatto un'iniezione, e mi hanno legato la mano con una grande sciarpa. Alla grande. Poi mi hanno spedito via.

Erano le undici del mattino. E io ero di nuovo in città, da solo e con venti shekel in tasca. Non avevo voglia di tornare subito in officina, tanto non potevo mica lavorare. Cosí ho guardato un po' le vetrine, mi sono comprato della cioccolata, e poi sono salito sull'autobus che andava al Carmel, non so perché, forse volevo passeggiare un po' e guardare il mare. Ma naturalmente sono andato a casa sua, forse volevo solo vedere se non aveva cambiato casa. Sono entrato in silenzio nell'atrio e sono salito in fretta per le scale a dare un'occhiata alla porta e andarmene. Ma ho finito per bussare, e ho anche suonato il campanello, per quanto sapessi che a quell'ora non c'era nessuno. Silenzio. Ho tirato fuori la chiave dalla scarpa e l'ho infilata nella serratura. Scricchiolava un po', ma la porta si è aperta come se fosse oliata. Ed eccomi di nuovo nell'appartamento, come in quel sogno. Tremavo un po', nello specchio che c'era nell'ingresso mi vedevo tutto bendato, con tracce di sangue in faccia, come un eroe di guerra nei film.

Questa volta poteva esser pericoloso, ma non ero capace di trattenermi. L'appartamento era buio e tutto in ordine, come se in quelle settimane da quando c'ero stato l'altra volta non ci avesse abitato nessuno. Non sono andato in salotto, ma direttamente nelle camere da letto, per vedere anche quelle parti che non conoscevo. Dapprima la camera da letto di lui e di sua moglie, molto ordinata. Di nuovo vedo la foto di quel bambino. Chissà se è figlio loro? Non c'è traccia di lui, non un vestito né un giocattolo, come se fosse morto oppure scomparso. Mi affretto a uscire di lí, decido di andarmene, ma non resisto ed entro nell'altra stanza, capisco subito che quella è la stanza della ragazza. Si vedeva. Fremevo di curiosità. Perché quella è l'unica stanza che non sia in ordine, come se non facesse parte del resto. Una stanza piena di luce, le persiane aperte, e tanti poster sui muri, tanti colori. E libri e quaderni gettati sul tavolo. E il letto – il letto tutto disfatto, un cuscino di qua, un cuscino di là, e in mezzo un pigiama leggero. Mi viene un capogiro, mi siedo un momento sul letto, mi chino e appoggio la testa sull'incavo che c'è lí in mezzo, bacio il lenzuolo.

Sono proprio matto.

Come se mi fossi davvero innamorato di lei.

Basta, adesso bisogna scappare in fretta, prima che chiamino la polizia sul serio. Ma prima devo prendere qualcosa. Magari un libro. Se manca un libro non penseranno mai che l'abbiano rubato. Comincio a cercare fra i libri. Ne apro uno – Bialik. Ancora Bialik. Un altro – matematica. Un terzo è di poesie di un tale Nathan Alterman. Non so chi sia, ma proviamolo. Infilo il libro nella sciarpa dove mi hanno legato la mano e mi affretto a uscire dall'appartamento. Per poco non sono svenuto, vedendo che la chiave era ancora infilata nella toppa, dal di fuori. Un bel ladro sono. In silenzio comincio a scendere per le scale, ma al primo piano c'è una porta aperta e davanti c'è una vecchia con una faccia da strega, come se mi aspettasse.

– Chi cerchi, ragazzo?

– Cerco... la famiglia Alterman...

– Alterman? Qui non abita nessun Alterman... Chi ti ha mandato?

Io taccio. Lei mi sbarra la strada. Se le do uno spintone si metterà a gridare, le conosco io, queste streghe. Nel nostro paese ce ne saranno una decina.

– Chi ti ha mandato ragazzo?

Io continuo a tacere. Non mi viene nessun'idea.

– Sei del supermercato?

– Sí... – rispondo sottovoce.

– Allora vieni a prendere un po' di bottiglie vuote.

Sono entrato da lei in cucina e ho preso una decina di bottiglie vuote e cinque vasetti, e le ho dato dieci shekel. Lei è rimasta contentissima. Non le importava che io fossi tutto fasciato.

– Vieni anche la settimana prossima...

– Va bene...

E me ne sono andato in fretta. Come sono svelti a riprendersi il denaro, questi ebrei.

Alla terza traversa ho buttato tutto nella pattumiera. Sono tornato al garage. Le ferite cominciavano di nuovo a farmi male, la fasciatura si era sporcata. In garage erano preoccupati, avevano persino pensato di mandare qualcuno alla guardia medica per vedere che cosa mi era successo.

– Dove sei stato? Dove ti sei cacciato? E la ferita, come va?

– Va bene... tutto a posto...

Cerco di non guardarlo negli occhi. Se sapesse dove sono stato non mi farebbe piú carezzine. Avrei potuto portargli i saluti della sua vicina di casa.

Nell'autobus, dopo Carmel, quando sono rimasti soltanto arabi, ho tirato fuori il libro dalla camicia. Ho aperto la prima pagina. *Le stelle fuori*. E c'era scritto Dafna, con una bella calligrafia rotonda. Ho avvicinato quel nome alle mie labbra. Ho già detto che sto diventando un po' pazzo. Ho voltato un'altra pagina.

«Mi sovvien di quel suono a lungo obliato
E le strade aperte son tante
E la nube nel cielo e l'arbusto bagnato
Non attendon che te, viandante...»
Non è poi cosí difficile. Si capisce.

Tre giorni di vacanza, al villaggio, finché le ferite si sono rimarginate. Giorni tranquilli, pieni di sole. Per tutto quel tempo sono rimasto a letto, e papà e mamma mi viziavano. Ho letto tutto il libro, forse dieci volte, anche se non ci capivo molto avrei potuto imparare qualcosa a memoria, ma mi sono detto: a che scopo? e per chi?

ADAM

Sei già convinto che l'officina vada avanti anche senza di te, e che tu debba solo venire nel pomeriggio a prendere i soldi che si sono accumulati. In tutti questi anni hai messo in piedi un'azienda che funziona perfettamente, hai tirato su dei meccanici abili, dei veri esperti. Ce ne sono di quelli che non toccano piú neanche un cacciavite, però badano che gli altri lavorino come si deve, dànno consigli e ripassano minuziosamente ogni macchina che esce di riparazione. Per non parlare poi di Erlich, che fa miracoli con la contabilità. E tu la mattina giri per il garage e vedi come il capoturno prende in consegna le macchine che entrano e le indirizza ai vari reparti a seconda dei guasti – radiatore, frizione, freni, messa a punto del motore, parti elettriche, carrozzeria e verniciatura. E c'è già persino uno che ci sa fare con l'ufficio patenti, e si occupa del rinnovo, e c'è anche Ha-

mid, che nel fondo del suo sgabuzzino rimette a nuovo i suoi
motori. E tu giri in mezzo a tutto questo viavai e cominci a sen-
tirti inutile. Anche se continuano a venire a domandarti qualcosa, a chiederti di ascoltare un motore, di guardare un pezzo
smontato – non hanno veramente bisogno dei tuoi consigli,
t'informano soltanto di quello che è già stato deciso.

Finché capita qualcosa, e tu vedi che perdono la bussola.
Ecco – uno degli operai si ferisce, uno dei ragazzi. Ti vedi davanti un ragazzo che viene fuori da sotto una macchina, tutto
coperto di sangue. La faccia e le mani sporche di fuliggine e di
grasso, e tanto sangue. Se ne sta lí in silenzio, e nessuno ci fa caso, gli passano vicino senza dir niente, ci scherzano persino su, e
se tu non ti affrettassi a tirarlo su, loro non muoverebbero un dito. Erlich pare sorpreso quando lo porti in ufficio. – Che aspetti fuori, – dice, – vengo subito –. E vuole prima discutere con
me di una fattura.

Finché tu non ti metti a urlare, quell'Erlich non si muove.

Forse ho esagerato. Non erano poi tagli cosí profondi. Ma
quel sangue che scorreva mi ha sconvolto. E non è che un ragazzo, la settimana scorsa ancora spazzava il cortile, e già lo fanno
sdraiare sotto le macchine a registrare freni. Che ne sa lui? Anche se s'ammazza, a loro che gliene importa, domani me ne porteranno un altro. La gente si meraviglia che tu te la prenda tanto, ma tu l'hai già visto un bambino coperto di sangue.

Adesso guardo come Erlich lo fascia, tira fuori delle vecchie
bottigliette di iodio e ne versa sulle ferite. Il ragazzo è tutto pallido, ha gli occhi fuori dalle orbite, si torce per il dolore, ma non
dice una parola. Ed Erlich tira fuori delle bende sottili e comincia ad avvolgerle in modo strano.

Io intanto do un'occhiata all'armadietto del pronto soccorso: è un vero disastro. Dev'essere lí da quando papà e io lavora-
vamo nel garage, noi due soli. Tiro fuori cinquecento shekel e
ordino ad Erlich di comprare domani stesso un armadietto
nuovo con tutto quello che occorre. Lui però non vuole i soldi,
dice che può avere quella roba quasi gratis da uno dei nostri
clienti, che è direttore di una fabbrica di forniture per ospedali,
e il resto lo detrarrà dalle tasse.

Intanto il ragazzo è seduto accanto alla calcolatrice e mi guarda con quegli occhi neri, senza accorgersi che dalla fasciatura di fortuna, il sangue continua a gocciolare sulle carte.

Erlich, naturalmente, lo rimprovera.

Io lo mando alla guardia medica, gli do dei soldi perché possa tornare in tassí.

Ormai rimango là, sono nervoso, mi metto a girare per i reparti, m'intrometto in varie faccende. Improvvisamente mi accorgo di tante cosettine che non vanno. Uno degli operai, che non ha la patente, sposta una macchina e ne urta un'altra che stava lí. Un altro cerca di avviare un motore che ha una cinghia rotta, e rovina i pistoni. Un altro ancora versa nel motore dell'olio non adatto, e per poco non lo fa fondere. E tutti sono spaventati e anche irritati. Erano già abituati a fare a meno di me, si chiedono come mai sono venuto a rompere le scatole.

Ma io voglio aspettare che torni quel ragazzo, e lui non torna. Mando una macchina alla guardia medica, e non torna neanche quella. Mi metto a litigare col capoturno, che ha risposto male a un cliente. Me la prendo persino con Hamid, quando scopro che ha smontato un pezzo dal motore di una vecchia macchina che era in un angolo, solo perché gli serviva per un motore che stava accomodando.

Era già verso sera, quando il ragazzo è tornato in garage, calmo calmo e tutto bendato. Quel furbacchione se n'era andato a spasso per la città, e io che stavo in pensiero. Subito l'acchiappo:

– Dove sei stato? Come va la ferita?

– Va bene... tutto a posto...

Al diavolo, perché me la prendo tanto? Salgo sulla mia macchina e parto in quarta.

NA'IM

Si è iscritto a Medicina a Tel Aviv e non l'hanno accettato, s'è iscritto a Medicina a Haifa e non l'hanno voluto, ha tentato a Gerusalemme, ma l'hanno respinto, è andato al Politecnico, ma aveva la media dei voti troppo bassa, ha fatto domanda alla Bar-

Ilan, ma ha avuto risposta negativa. Voleva andare fino a Beer-Sheva, ma era già scaduto il termine per l'iscrizione. Non facevamo che occuparci di lui e dei suoi studi. Tutta la famiglia ruotava attorno a lui. Papà era tanto preoccupato da non riuscire a dormire. Tutti cercavano di dare consigli, d'iscriversi qua, di rivolgersi là. C'era un tizio che conosceva qualcuno che conosceva qualcun altro, hanno cominciato a mettere in moto le aderenze. Hanno scritto persino al Consiglio. Hanno mandato un vecchio sceicco all'ufficio d'immatricolazione. Papà è andato persino ai Servizi Segreti e ha detto: da venticinque anni faccio la spia per voi, dove e quando occorre, e adesso che mio figlio vuole studiare medicina gli chiudono tutte le porte in faccia. Loro veramente hanno cercato d'aiutare. Gli hanno trovato un posto alla Facoltà di Lingua e Letteratura Araba, ma Adnan s'è intestardito, non vuol fare l'insegnante. Gli hanno trovato un posto in Studi Biblici, e lui ha detto: non sono mica matto. Gli hanno trovato Letteratura Ebraica, e lui ha detto: volete farmi morire di noia. È cocciuto, lui, e anche pieno d'orgoglio. Vuole solo Medicina o Elettronica, o qualcosa del genere. Ci ha fatto ammattire tutti. Di mattina si alza tardi e non fa niente. Papà non vuole che si stanchi col lavoro, vuole soltanto che studi e si prepari agli esami d'ammissione. Gli hanno dato la stanza migliore della casa, che sia lontano dai rumori. Gli hanno comprato libri e quaderni, senza risparmiare. Ma lui è sempre nervoso, si chiude in camera per giorni interi, non mangia quasi niente. Si perde d'animo ancora prima di tentare. La notte prima di un esame, papà restava seduto davanti alla porta della sua stanza e pregava. Il mattino, Adnan usciva dalla camera, giallo come un limone, tutto tremante, con addosso un abito nuovo che gli avevano fatto fare, con un cravattino rosso, una cravatta che papà portava quando c'erano ancora i turchi, ma le scarpe erano vecchie e sporche. Non mangiava nulla, beveva soltanto un po' di valeriana. Andava in una delle università, solo per farsi bocciare di nuovo, tornava a sera che pareva uno straccio, non si capiva niente di quello che raccontava perché quasi non parlava. Dormiva due o tre giorni, e poi cominciava ad andare in giro per il paese con lo stesso abito, ma senza il cravattino. Andava a sedersi al caffè con gli sfaccendati e aspettava che l'auto della posta gli portasse i risultati dell'esame. E intanto gli cresceva dentro l'odio. Odiava tutti, e soprattutto gli ebrei. Era sicuro che facevano apposta a bocciarlo. Una sera a cena, dopo che a mezzogiorno aveva ricevuto un'altra risposta negativa, ha cominciato con le solite ingiurie, non la smetteva, stavamo tutti mangiando e ascoltavamo lui che li malediceva. Non ne potevo piú, e allora gli ho detto piano: – Forse sei tu che non ce la fai, e non è colpa del sionismo –. Non avevo finito la frase, che mi è arrivato un ceffone da papà, con tutta forza, mi ha quasi ammazzato, il vecchio. E Adnan si è alzato ed ha rovesciato tutti i piatti. Sono scappato, ed è scappato anche lui, e papà gridava e si lamentava. Per una settimana intera sono rimasto a dormire da Hamid, avevo paura che mi uccidesse. Già allora sentivo che lui era pericoloso.

Alla fine, dopo che non ci parlavamo da un mese, papà mi ha costretto a far la pace con lui. Sono andato a chiedergli perdono, perché io sono il minore, gli ho baciato la mano, e lui mi ha messo la mano sulla spalla come si tocca un cane, e ha detto soltanto: – Tu sei Bialik, – e ha sorriso un po'.

Matto.

Ma quando è cominciato l'anno universitario e lui non era iscritto da nessuna parte, anche a me faceva male il cuore. Fais ha mandato dei moduli dall'Inghilterra per vedere di farlo iscrivere in qualche università di laggiú, ma Adnan non aveva piú forza. Ha cominciato a pensare che forse non era fatto per studiare. Forse pensava che era fatto per qualcos'altro.

Adesso, quando uscivo di casa la mattina per andare all'officina, lo incontravo qualche volta nel vicolo vicino a casa. Aveva gli abiti spiegazzati, era molto dimagrito, tornava da vagabondaggi notturni ad Acri e nei villaggi vicini. Che ne sapevo? Aveva trovato nuovi amici. Ci fermavamo a chiacchierare un po', io in vestiti da lavoro, e lui sempre con quel suo abito, con la camicia bianca che ormai aveva il colletto nero. Ero già piú tenero con lui. Non sapevo che pensava di andarsene via, che di notte andava a ispezionare le strade e i sentieri e i buchi nella rete, alla frontiera. Dopo qualche tempo è sparito. Qualcuno ha raccontato che è stato visto in giro a Beirut. Anche se ci dispiaceva molto e papà si preoccupava, pensavamo che forse gli faceva bene riposarsi un po', lontano dagli ebrei che gli davano tanto sui nervi.

Non potevamo immaginarci che avrebbe voluto tornare.

ADAM

Questa è arte, voialtri non lo capite. Immaginate che cosa vuole dire vivere in mezzo a noi come se si avesse un doppio fondo, vivere contemporaneamente in due realtà diverse ed opposte? E quando voi, seduti in poltrona il venerdí sera, tornate a parlare di queste cose, non potete fare a meno di parlarne, e cianciate di gruppi d'élite, di votati al suicidio, di fanatici frustrati, a me viene da ridere o da gridare (ma finisco per non dire nulla, mi caccio soltanto in bocca, furiosamente, un'altra manciata di noccioline). Ma di chi credete di parlare? Oggi lui è operaio nel mio garage, sottomesso e paziente, sorridente e fedele. E domani – una belva feroce. Ed è la stessa persona, o suo fratello, o cugino. La stessa educazione, lo stesso villaggio, gli stessi genitori.

Prendi per esempio quella terribile incursione dei terroristi all'Università. Io osservo attentamente i miei operai. Ho da me una trentina di arabi, e ho tutto il tempo per osservarli perché ormai non mi occupo piú di macchine, ma di gente. Uno si domanda: che cosa staranno pensando? Si sentono coinvolti? Sanno che cosa sta succedendo?

Lo sanno. Molto presto. C'è da me quel tedescone, il contabile, Erlich, che non può soffrire musica nelle ore di lavoro. Per lui è roba barbara. E la musica araba lo fa arrabbiare ancora di piú. Ha già cominciato a venire al lavoro con le orecchie tappate con l'ovatta, perché delle volte ci sono in ogni angolo dell'officina venti apparecchi radio che trasmettono musica araba a tutto volume. Ma quando è cominciata quella faccenda ha tirato fuori dalla borsa la sua radiolina, tremava per l'emozione. Si è messo a gridare: – Spegnete quelle radio, assassini che non siete altro! – Non passa che qualche minuto, e la musica araba tace in tutta l'officina. Sanno bene dov'è il limite, rimettono le radio sulla «Voce d'Israele» o sulla «Trasmittente Militare». E tu pensi: dunque sono dalla nostra parte. Ma dopo un po' ti accorgi che qualcosa nel tono degli annunciatori o dei commentatori li innervosisce. Spengono le radio, fanno a meno del notiziario, lavorano in silenzio, magari si stringono un po' l'uno all'altro, non si affrettano a portare le macchine al giro di prova su strada. Anche i ragazzi sono tesi, hanno smesso di ridere. E uno, che lavora in un angolino buio, tira fuori di nascosto una radiolina per ascoltare una stazione araba, estera, ed alcuni gli si avvicinano per sentire la loro versione dei fatti, e c'è un'ombra di sorriso sui visi.

Allora stanno dall'altra parte.

Però durante l'intervallo di mezzogiorno si siedono tutti in un angolo a mangiare la loro *pita* e cominciano a scherzare fra di loro. Proprio quando noi siamo al colmo della tensione, loro parlano di cose banali, come se quello che succede non li riguardasse. E nel momento che alla radio si sentono le fucilate dei soldati che vanno all'assalto, loro vengono a domandare se i copertoni della Volvo bisogna cambiarli, o se si possono riparare.

Vivono in un mondo diverso, non chiedono neanche com'è andata a finire, lassú.

Ma al termine della giornata, dopo che hanno messo via gli attrezzi e si sono cambiati i vestiti, si aspettano l'un l'altro per andare via tutti insieme, non come fanno di solito. E tutti in gruppo escono dall'officina e vanno alla fermata dell'autobus.

L'indomani viene fuori che un primo cugino di Hamid, fratello di uno degli operai e parente di molti altri, era stato a capo dei terroristi in quell'attacco. E loro probabilmente lo sapevano fin dal primo momento, lo sentivano, e tuttavia non l'hanno fatto capire, non hanno battuto ciglio. Forse a casa loro, quando sono soli, piangono.

NA'IM

Di colpo, in mezzo alla musica e alle canzonette, la voce eccitata dell'annunciatore. È successo qualcosa. Gli ebrei si stringono intorno alla radio. Hamid ci dà un'occhiata, e tutti fanno tacere la musica araba. Cominciamo anche noi ad ascoltare: sta succedendo qualcosa all'Università. Hanno attaccato l'Università. Hanno preso degli ostaggi.

Mi si ferma il cuore. È lui. Adnan è tornato.

Le imprecazioni degli ebrei, sottovoce. I consigli. Ognuno dà consigli su cosa bisogna fare. Noi ci facciamo piccoli piccoli. Camminiamo in punta di piedi. Noi non c'entriamo con tutto questo. Cerchiamo di comportarci in modo naturale, solo lavoriamo piú in fretta.

A mezzogiorno e dieci buttano dalla finestra il cadavere di uno degli impiegati dell'ufficio d'immatricolazione. Come sono crudeli. Uno degli arabi si fa un piccolo sorriso, e allora mi sono cacciato in fretta sotto una delle macchine, a stringere un bullone che continuava a scapparmi di mano. Io qui non ci sono.

Intorno si sentono i soliti discorsi, di pena di morte e di vendetta. Nostro fratello. Che cosa fa? Dove ha trovato il coraggio? Per l'onore, per quel dannato onore. E perché questi ebrei maledetti non sono capaci di stare in guardia?

Seduta straordinaria del governo. L'esercito. Il ministro della difesa. La solita storia. Per noi è l'ora di colazione. Ci asciughiamo le mani, prendiamo i nostri sacchettini e ci sediamo per terra, in un angolo. Io mi siedo accanto a Hamid, non voglio allontanarmi da lui. E lui non dice niente. È sempre taciturno. Gli altri, a bassa voce, parlano d'altro, discutono di un nuovo modello della Volvo, di cambi automatici. Io non ho fame, vorrei piangere, ma ho gli occhi asciutti.

Cominciano le trattative. I proclami. I battibecchi con i megafoni. La solita prassi. L'unica variante: uno dei fedayn è vestito in giacca e cravatta, come se si trovasse a un ricevimento.

Getto la mia *pita* a un cane randagio, che ci gira sempre tra i piedi. Torno al lavoro insieme agli altri. Tutto come al solito. Gli ebrei vengono a ritirare le macchine riparate, discutono sui prezzi, ma hanno sguardi preoccupati, si innervosiscono a sentire le canzonette alla radio. Uno degli arabi, di nascosto, si mette ad ascoltare Damasco. Da lí la faccenda appare diversa: parlano di battaglia grossa, l'Università in fiamme. Le menzogne. La fantasia.

E io penso soltanto: Adnan.

Cominciamo a riporre gli attrezzi nelle cassette, a toglierci le tute. E d'un tratto grande eccitazione. L'annunciatore comincia a gridare, come se quella fosse una partita di calcio. C'è stata l'irruzione. Alla radio si sentono colpi di fuoco, suonano come il ticchettio di un trapano guasto. Non si capisce nulla. L'ammazzano. In questo momento stanno ammazzando mio fratello. I suoi occhi vedono la luce per l'ultima volta. Addio. Pazzo. Maledetto. Che cosa ci ha fatto? La vergogna. Quel maledetto onore. Povero fratello mio.

Gli ebrei si sentono sollevati, anche se ci sono stati dei morti pure da loro. Adesso non ci parlano piú, si ricordano di essere in collera con noi. E noi andiamo alla fermata dell'autobus tutti insieme, piú stretti del solito, passiamo per il marciapiede dove ci sono dei vigili, casomai qualcuno volesse prendersela con noi. Ma nessuno pensa a toccarci, non ci guardano nemmeno. A Radio Damasco la battaglia continua ancora. Hanno fatto intervenire carri armati e aeroplani. Saliamo sull'autobus, io mi siedo accanto a Hamid sul sedile in fondo. Sono tutti silenziosi, nessuno parla. Hamid prende la radiolina e se l'accosta all'orecchio. E io guardo la montagna, guardo l'Università che è adagiata lí sopra come una roccia bianca, piatta, come una lapide. Quando finirà? Oh Allah, fin quando durerà tutto questo? D'un tratto Hamid china la testa. A Damasco annunciano i nomi. Hamid mi fa segno, in silenzio. È lui. Ma io lo sapevo già, fin dal primo momento. Dare l'assalto all'Università in abito elegante e cravatta e col Kalachnikov. Poteva essere soltanto un'idea sua. Soltanto sua.

Al villaggio già sapevano tutto. Con che rapidità arrivano le notizie qui da noi. Nessuna radio ci può battere in velocità. La gente si raduna davanti a casa nostra. Donne che piangono. Dentro è tutto pieno di sedie, hanno preso sedie da tutti i vicini e le hanno portate in casa, per il lutto. Papà si è chiuso in camera e non vuole parlare con nessuno. Dai villaggi vicini continuano ad arrivare parenti. Le donne sono tutte riunite in una stanza. Hanno gli occhi rossi. Perché piangono? Al diavolo tutto.

La casa si riempie di gente. Sono tutti seduti in silenzio e aspettano. Che cosa? A sera qualcuno accende il televisore. Senza alzare il volume: chissà se faranno vedere il cadavere. Ma fanno vedere solo la stanza dove avevano tenuto gli ostaggi, le cartelle sparpagliate per terra, è tutto fracassato. Rimaniamo in silenzio, tutti tacciono. Solo di tanto in tanto uno sospira: «*Ya rabbi*, Dio mio.» A mezzanotte arrivano quelli dei Servizi Segreti, con le loro Ford Escort dall'aria innocente. «Benvenuto sia il tuo ritorno, uccellino mio vago», ha scritto Bialik. Ma sono piú cani che uccelli: uomini grossi con baffi neri. Stanchi e tristi anche loro. Non fanno accuse, non minacciano. Salutano tutti. Accidenti, sanno i nomi di tutti. Dànno la mano. Parlano uno strano arabo, con un accento iracheno. Li invitano a sedersi al centro della stanza, ma loro non accettano, vanno a sedersi in un angolo. Bevono caffè. Alla fine gli portiamo papà, che sembra invecchiato di cent'anni. A poco a poco cominciano a raccontare com'è andata veramente. Nella stanza si fa un silenzio assoluto, tutti trattengono il respiro. C'è silenzio anche fuori, come se tutto il villaggio fosse in ascolto, nel buio. Ci raccontano i particolari che non vogliamo sapere, ma siamo costretti a sentirli. Il cuore batte forte, gli occhi sono chiusi. Ci raccontano della brutalità, dell'eroismo, della follia. E in cielo sentiamo già il ronzio degli aeroplani.

E papà sta a sentire. Ha gli occhi chiusi, come se dormisse. E quando loro hanno finito, lui comincia a parlare, a bassa voce. Comincia da lontano. Prima parla dei campi, della pioggia, della famiglia, e di quello che dice il Corano della fratellanza e della pace. E poi comincia con le maledizioni, piange e maledice. Che non fosse mai nato quel figlio. E neppure lui. Né lui né Adnan.

E loro ascoltano le maledizioni, le dichiarazioni di fedeltà e di condanna. Annuiscono, ma non ci credono. Non credono che noi crediamo a quel che diciamo, ma da noi non vogliono sentire altro.

Nessuno va a dormire. Per tutta la notte rimaniamo seduti

nella stanza grande, la gente va e viene, e al mattino arrivano i giornalisti. Con microfoni e macchine fotografiche. Non possiamo cacciarli via. Ci abbracciano e cominciano ad interrogarci, vogliono delle fotografie di lui. Dove ha studiato? Chi erano i suoi insegnanti? Che abitudini aveva? Che amici frequentava? E papà, col suo ebraico zoppicante, è seduto lí come un bambino piccolo, col microfono legato al collo; gli puntano addosso i riflettori, e lui tenta di sorridere un po'. Tornano a fargli sempre le stesse domande. E lui dice: «Era pazzo, semplicemente pazzo. Guardate qui suo fratello minore, è un bravo ragazzo». E mi accarezza la testa, ma forte, quasi mi fa male. Tutto davanti alle telecamere. Che vergogna. Non è piú nostro figlio, Adnan. L'abbiamo dimenticato. Tutti diciamo cosí – i parenti, i cugini, tutti sorridono alle telecamere. Era solo pazzo e demente. Ma sappiamo che non è vero...

ADAM

Giorni di pioggia. Un inverno duro. Io, come al solito, mi sveglio alle cinque, è un'abitudine che ormai non posso cambiare. Siccome ultimamente sono io il primo ad andare a letto, la mattina trovo la casa tutta cambiata. I resti di uno spuntino notturno in salotto, coperte e cuscini sulle poltrone. Le battaglie notturne di Dafi. Asya è tutta raggomitolata nel letto, accanto a me. I suoi capelli grigi sul cuscino. Le rughe attorno agli occhi sono diventate piú profonde. Sotto le palpebre vedo le pupille che si muovono. Sta di nuovo sognando. Sogna sempre.

– Asya, – le dico sottovoce, come se volessi penetrare nel sogno.

Lei sospira, si volta dall'altra parte, rapidamente.

Prendo il caffè, mangio una fetta di pane, poi prendo la macchina e passo per le strade deserte. Talvolta scendo fino al mare, metto la macchina al posteggio e vado a camminare lungo la spiaggia bagnata. Fa molto freddo. Il cielo è nuvoloso. Dal mare soffia un forte vento. Però c'è sempre qualcuno. Una coppia di vecchi eccentrici, in costume da bagno, che si tengono per mano e corrono lentamente lungo il bagnasciuga, chiacchierando allegramente. E proprio di fronte a me, dalle onde spumeggianti emerge una donna non giovane, esce lentamente dall'acqua, mi viene vicino, prende un asciugamano che era quasi ai miei piedi e ci si avvolge dentro. Si toglie la cuffia, scuote la testa e mi spruzza di goccioline fredde. Mi sorride, forse vuole attaccare discorso. Il viso non è bello, ma ha un corpo formoso, sensuale. Io le sto vicino, imbacuccato nel mio mantello di pelliccia, e vedo che si toglie il costume da bagno, si mette un vestito, i suoi seni bianchi nel vento tagliente. Ma io rimango freddo, immerso nei miei pensieri. Qualcuno mi batte sulla spalla.

Mi batte il cuore: Gabriel!

Ma non è che Erlich, quel diavolo di tedescaccio, in costume da bagno, allegro, magro e robusto, i suoi peli grigi hanno odore di sale e di sabbia.

– Erlich! Ancora fai il bagno in mare, con questo tempo?

– Lo faccio ormai da trent'anni, da quando ci venivo con tuo padre. Ogni giorno, prima d'andare al lavoro. Su, spogliati, vieni in acqua anche tu.

– Sono vecchio... – rispondo sorridendo. Ci fermiamo un po' a chiacchierare, e lui continua a saltellare per scaldarsi. Poi mi saluta e va ad arrampicarsi sugli attrezzi. Pioviggina. Arrivano tipi strani, devono essere pescatori dilettanti. Sono quasi le sette. Me ne vado. Mentre esco dal posteggio e imbocco la strada, vedo quella donna che era emersa dalle onde, quella di cui avevo intravisto i seni; cammina sulla mia sinistra, con addosso un impermeabile corto, si ferma e mi guarda, fa segno con la mano. Per un istante penso di fermarmi e di prenderla in macchina. Esito, rallento, ma finisce che non mi fermo. Sono spento, ho un po' di nausea.

Andando al garage torno a passare vicino alla vecchia casa. So già che non troverò nulla di nuovo, ma non resisto all'impulso di fermarmi, di scendere dalla macchina e di guardare gli scuri chiusi. Sono già passati quattro mesi da quando lui è sparito.

Voglio, devo entrare in quella casa.

Guardo i tubi che corrono lungo i muri. C'è un tubo di scarico che arriva fino al secondo piano, e sul muro esterno ci sono delle sporgenze. Le imposte non sono chiuse molto bene.

Sento dietro di me un suono di clackson. Una vigilessa si avvicina per vedere cosa succede. Riparto, arrivo al garage. Erlich, fresco come una rosa, è già col naso nei conti. Se lui fosse stato al mio posto, già da un pezzo si sarebbe arrampicato lassú. Di notte quella stradina è buia. Forse potrei chiedere a Hamid che mi trovi qualcuno. Se aveva un terrorista in famiglia, magari avrà anche qualche parente che di professione faccia lo scassinatore. Ma finirei per impegolarmi.

No, devo trovare un ragazzo, un giovanotto che sia capace di arrampicarsi in fretta. Qualcuno che non capisca bene la faccenda, un estraneo, ma non del tutto, qualcuno che abbia un po' di fiducia in me, magari uno che lavora qui, ma non in pianta stabile.

Passo in rivista gli operai, mi metto a girellare fra loro. Fanno finta di non notarmi, ma quando mi avvicino smettono di chiacchierare, e il volume delle radio si abbassa un po'. Sono pochi quelli che conosco per nome, ma uno alza la testa, mi guarda anche lui. È quel ragazzo che s'era fatto male e che adesso è guarito del tutto. Mi fa un sorrisino furbo, aperto, prende un grosso cacciavite e si avvicina a un donnone che aspetta accanto a una piccola Fiat col cofano aperto. Le ordina:

– Signora, salga in macchina e accenda il motore. Tenga il piede sull'acceleratore, e faccia esattamente quello che le dico.

Quella sorride un po' imbarazzata, ma sale in macchina e avvia il motore. E il ragazzo si arrampica sul parafango e comincia a regolare il carburatore. Uno scandalo. Due mesi fa ancora spazzava il cortile, e adesso pretende di saper regolare carburatori. Ma non dico niente, resto là ad osservarlo. Lui sa che lo guardo, ma continua a regolare il motore, lo fa aumentare di giri, torna a farlo diminuire, non sa bene cosa fare. Alla fine arriva uno dei meccanici ebrei, gli dà una sgridata, lo manda via. Ma il ragazzo non se la prende, mi guarda con un sorriso, come per provocarmi.

È lui, mi balena un'idea: lui sí che sarebbe capace di ar-

rampicarsi su quel muro come niente, e magari anche di tenere
la bocca chiusa.

NA'IM

È stato un venerdí di sogno – un sogno dolcissimo. Perché
ho dormito da lei in casa sua, ho mangiato insieme a lei la cena e
la colazione del mattino dopo, e anche se ho commesso qualcosa di criminale, sono felice lo stesso.

La mattina, appena sono arrivato in garage, lui mi ha subito
acchiappato, come se fosse stato lí ad aspettarmi. Mi ha portato
in un angolino buio, m'ha detto che avrebbe bisogno di me per
fare un lavoretto di notte e mi ha chiesto se potevo non tornare
al paese, quella sera. Gli ho detto che andava bene, che potevo
benissimo dormire nel garage. Ma lui m'ha detto: non c'è bisogno che tu dorma in garage. Puoi dormire a casa mia, ci penso
io. Per poco non cadevo per terra, talmente ero felice. Mi girava
la testa. Ma ho fatto solo un sorrisino. E lui mi dice: però non
cominciare a chiacchierare in giro, di questa cosa. Sei capace di
tenere la bocca chiusa? Certo che starò zitto, ho detto, starò zitto finché vuole lei. Allora si è messo a guardarmi come se stesse
esaminando una qualche macchina. Sei capace di arrampicarti?
Su che cosa? – chiedo. Non importa, – lui si è quasi confuso,
un momento, – vedrai. Che cos'hai in quel sacchetto? Neanche
mi lascia rispondere, mi strappa il sacchetto di mano per vedere
che cosa c'è dentro, e vede le *pitot* e il libro con le poesie di Alterman. Ho pensato: adesso muoio. Lui tira fuori il libro e mi
chiede: e questo cos'è? Un libro, – rispondo io. Ma di chi? È
mio, ogni tanto lo leggo. Tu leggi questa roba? Rimane di stucco, ma si mette a ridere, e poi mi mette ancora la mano sulla testa, come quella prima volta. Vedo che gli altri operai ci guardano curiosi. Lui si è messo a sfogliare un po' il libro, ma per fortuna non ha guardato la prima pagina. Ha detto solo: ma lo capisci, tu, quello che c'è scritto qui? Un po', ho risposto, e svelto
svelto gli ho tolto il libro di mano. Ma lui pareva proprio entusiasta di me e mi ha toccato di nuovo, come se con me fosse diverso. Perché con gli altri lui sta attento a non toccarli e a non

farsi toccare. Poi ha tirato fuori di nuovo il portafogli, che è sempre pieno di soldi e sembra che gli pesi e che lui voglia disfarsene. Mi ha dato un biglietto da cento e mi ha detto: va' a comprarti un pigiama e uno spazzolino da denti e torna qui alle quattro, dopo che tutti se ne saranno andati. Io verrò a prenderti. Ci penserò io a dire a Hamid che tu non torni al villaggio stasera. Ma potrei venire direttamente a casa sua, gli ho detto. Lui si è meravigliato che io sapessi dov'era casa sua, aveva già dimenticato tutto. Gli ho ricordato che mi ci aveva mandato lui, una volta, a prendergli una borsa. Non se n'è ricordato lo stesso, ma mi ha detto: va bene, allora vieni direttamente a casa mia alle quattro. Senz'altro, gli ho detto, ma che pigiama devo comprare? Si è messo a ridere: il pigiama non è per me. È per te! Io questo lo sapevo già, ma gliel'ho chiesto perché anch'io ero tutto imbambolato per la felicità. Ero cosí felice all'improvviso...

Da lí sono andato direttamente in città con quel centone in tasca. Giravo per le vie, camminavo in mezzo alla strada, per poco non mi facevo investire. Continuavo a toccare quel centone che avevo in tasca, mi fermavo in mezzo alla strada e mi mettevo a palparlo. Non mi era mai capitato di avere tanti soldi tutti insieme. E anche se faceva freddo e piovigginava, mi sentivo libero, come durante le vacanze di scuola. Camminavo in mezzo alla gente cosí, senza una meta, guardavo le facce scure degli ebrei, che sono sempre tanto preoccupati per il destino del popolo ebraico. E anche se il cielo era tutto nuvoloso, io già sentivo odore di primavera. Mi veniva da urlare per la felicità. Continuavo a pensare che avrei visto ancora quella ragazza e che avrei potuto innamorarmi davvero, non soltanto nella fantasia. Camminavo e camminavo, sono quasi arrivato all'altro capo della città. Allora sono tornato indietro e ho cominciato a guardare i negozi. Ogni tanto entravo e guardavo la merce, perché volevo comprare tanta roba, e non solo il pigiama. Stavolta non gli porterò il resto, mi sono detto. Hanno visto subito che sono arabo e hanno voluto vedere che cosa c'era nel sacchetto, guardavano dentro le *pitot* per vedere se non c'era qualche bomba, allora ne ho mangiato un pezzo, e il resto l'ho buttato via insieme al sacchetto, perché mi lasciassero in pace. Il libro me lo sono messo sottobraccio, e cosí mi sono sentito piú leggero.

Dopo aver guardato molte vetrine di giocattoli, di libri, di radio e di televisori, ho cominciato a cercare un negozio di pigiama, ma nelle vetrine non c'erano pigiama, e non sapevo in che negozio andare. E poi chissà perché a lui importava il pigiama – potevo dormire in mutande, e con quei soldi comprare qualcosa di piú importante. D'un tratto ho visto un negozio di vestiti, molto elegante, e c'erano in vetrina anche dei pigiama, però non c'era scritto il prezzo. Sono entrato, ma volevo tornarmene via subito, perché lí dentro era tutto buio e non c'era nessuno. Ma appena mi sono voltato, da un angolo buio è venuto fuori un uomo vecchio e magro. Che cosa vuoi, ragazzo? Ho detto: un pigiama. Lui mi ha chiesto: ma ce li hai i soldi? Ho tirato fuori quella banconota azzurra e gliel'ho fatta vedere.

Allora lui mi ha preso per mano, non gli importava che avevo addosso vestiti da lavoro, e sporchi per giunta. Non si è accorto neanche che sono un arabo. Voleva soltanto portarmi via quella banconota azzurra che stupidamente gli avevo fatto vedere, e alla fine me l'ha portata via davvero. Ha cominciato a tirar fuori da certe scatole dei pigiama fini, tutti ricamati, me li metteva davanti uno dopo l'altro. Io non sapevo cosa dire, perché quei pigiama erano proprio belli. Alla fine ha preso un metro, mi ha misurato e mi ha detto di togliermi i vestiti. Mi sono tolto la camicia e il pullover, e lui mi ha messo addosso una giacca di pigiama e mi ha fatto guardare nello specchio se andava bene. Poi mi ha tolto quella e me ne ha messo un'altra. Ogni pigiama era piú pazzo dell'altro, con bottoni d'oro e frange di tanti colori. Quando ha visto che io ero completamente intontito, ha scelto per me un pigiama rosso e ha detto: ecco, questo è quello che ti sta meglio. E l'ha ripiegato e infilato in una scatola, e quella l'ha avvolta in carta sottile, l'ha messa in un sacchettino di plastica nuovo nuovo, e poi, delicatamente ma con decisione, mi ha tolto di mano quella banconota azzurra che tenevo ancora tra le dita, e m'ha detto: ecco fatto. E si è messo la banconota in tasca. Ho visto che non intendeva darmi il resto, allora gli ho chiesto sottovoce: ma costa cento shekel? Lui mi ha detto che costava anche di piú, ma che mi aveva fatto uno sconto. Io ero molto abbattuto e non mi muovevo. Mi ha sorriso e mi ha chiesto: – Da dove vieni, ragazzo?

Mi ha preso paura: se si accorgeva di essersi occupato tanto di un arabo, magari si arrabbiava.

– Da qui... – ho detto, – sto qui vicino...

– E i tuoi genitori? Da dove vengono?

– Dalla Polonia... – ho risposto senza pensarci, perché a scuola avevamo imparato che tutti i sionisti sono venuti dalla Polonia.

Ancora non mi muovevo. Il cuore mi piangeva per quei cento shekel che se n'erano andati per un pigiama, esitavo a prendere il pacchetto che era lí, davanti a me. Alla fine ho detto: mi occorre anche uno spazzolino da denti, devo comprare anche uno spazzolino da denti, non posso comprare un pigiama cosí caro.

Allora quello là è andato in una stanza dietro il negozio, e dopo pochi secondi è tornato con uno spazzolino da denti rosso, che però non era proprio nuovo, l'ha messo nel sacchetto e ha detto: ecco, ragazzo, t'ho dato anche lo spazzolino, hai fatto un vero affare. E siccome vedeva che io ancora non me ne andavo perché mi dispiaceva per tutti quei soldi, mi ha ficcato il sacchetto in mano, m'ha preso per un braccio, m'ha accompagnato fuori e poi ha chiuso la porta.

Cosí sono rimasto senza un soldo, avevo soltanto quel pigiama pazzo nel sacchettino nuovo. Fuori cominciava a piovere forte. Prima che venissero le quattro, dovevano passare ancora cinque ore, e non mi erano rimasti neanche i soldi per l'autobus. Sono salito al Carmel a piedi, e quando sono arrivato alla casa mancavano ancora tre ore alle quattro. Non volevo aspettare nell'atrio di quella casa. Ho trovato un posticino riparato davanti alla casa di fronte e mi sono seduto lí ad aspettare, ma è venuto un tale, che non abitava neanche in quella casa, e mi ha detto: – Fila!

Allora sono filato. Ho fatto un giro per le strade di quel quartiere, che era cosí bello persino sotto la pioggia, e poi sono tornato e mi sono seduto al riparo della casa di fronte, ad aspettare che passasse il tempo. Sono arrivati due tipi e mi hanno chiesto: Che cosa fai qua? Che cosa stai aspettando? Non gli ho risposto, mi sono alzato e sono andato a fare un altro giro. Già mi ero accorto che quando noialtri siamo in moto – lavoriamo o camminiamo – non ci fanno caso, ma quando ci fermiamo in qualche posto cominciano subito a sospettare qualcosa. Cosí ho continuato a girare. Ero stanchissimo e tutto bagnato, e anche se il sole veniva fuori ogni tanto, non mi asciugava per niente, perché ero pieno d'acqua come una nuvola. Poi sono tornato di nuovo a quel riparo. Erano già le due e mezza, e i bambini stavano tornando da scuola, prima i piú piccoli e dopo anche i grandi. Lei è arrivata per ultima: correva senza impermeabile, senza galosce, con un giacchettino corto, tutta bagnata. Ho visto come spariva nella porta di casa. È tornato fuori il sole.

Ho buttato nella spazzatura il libro di Alterman, *Le Stelle Fuori*, che era diventato tutto molle per la pioggia. Dopo un po' è arrivata la moglie di lui. L'ho riconosciuta subito dalla Fiat 600 verde, alla quale una volta ho registrato i freni e cambiato l'olio. Lei ha tirato fuori molte ceste, e poi s'è fermata un bel po' a frugare dentro la cassetta delle lettere, anche se ci avevo già guardato io e avevo visto che non c'erano lettere per loro. Dopo dieci minuti è scesa di nuovo, è ripartita, e poi è tornata con del latte, e dopo un'altra mezz'ora è scesa ancora, in fretta, è partita ed è tornata col pane.

Pian piano la strada cominciava a vuotarsi, e si è fatto uno strano silenzio. La gente veniva in macchina, scaricava la roba, e poi spariva nelle case e chiudeva le imposte. E io continuavo a starmene seduto di fronte alla casa ad aspettare che venisse lui, ma cominciavo ad averne abbastanza di tutta la faccenda. D'un tratto si apre la porta della veranda, viene fuori la ragazza e si mette a guardare il cielo azzurro – e io mi sono fatto piccolo perché non mi vedesse, ma lei si è messa a guardarmi, forse cercava di ricordarsi. Poi ha ricominciato a piovere, sua mamma ha gridato qualcosa, e lei è rientrata in casa. Pioveva tanto forte, ho avuto paura che la pioggia mi portasse giú per la montagna fino al mare, che era nascosto dalla nebbia.

Ero proprio disperato. Quella pioggia tremenda mi faceva

ammattire, mi entrava nel cervello. Mi pentivo già di tutta la faccenda, persino dell'amore. Ero lí solo per la strada, di fronte alle persiane chiuse, erano già le quattro passate e lui non si vedeva, avevo paura di dover rimanere lí tutta la notte, con quel pigiama. Forse si era dimenticato di me e del lavoro notturno. Ma infine ho sentito la sua macchina che scendeva per la strada. Non ha fatto neanche in tempo a spegnere il motore, che già gli aprivo la porta. Mi ha fatto un sorriso, come se ci fossimo appena lasciati, e mi ha chiesto: sei arrivato adesso? In questo momento – gli ho detto una bugia. E lui ha detto: benone, allora dammi una mano. E ha cominciato a tirar fuori dalla macchina fiori, dolci, pane e noccioline. Chissà, forse da loro ognuno cucina e mangia per sé.

Siamo saliti, lui ha suonato alla porta. Ci ha aperto la ragazza. Lui ha detto:

– Questo è...

– Na'im... – ho detto. Non avevo piú voce. La ragazza mi ha guardato stupefatta. E io di nuovo mi sono spaventato, tanto era bella. Poi è venuta la donna, e appena mi ha visto mi ha tolto di mano i fiori e il pane e mi ha detto: perché non sei entrato prima? Perché hai aspettato fuori? Adam si è meravigliato: aspettavi fuori? Con questa pioggia? Ma tu sei matto. E io non rispondevo, soltanto continuavo a sfregarmi le scarpe sul tappetino marrone che c'era vicino alla porta. Loro dicevano non importa, entra pure, ma io, a testa bassa, continuavo a sfregare. Alla fine Adam mi ha preso per un braccio e mi ha tirato in casa, come se solo in quel momento si fosse accorto di quanto ero bagnato. Sono entrato, ma forse loro già si pentivano d'avermi detto non importa, perché io gli ho subito sporcato di fango tutto il pavimento. Allora mi sono tolte le scarpe, ma ho fatto male, perché le calze erano bagnate e rotte e avevo i piedi sporchi, e dovunque andavo c'era una pozzanghera nera che mi veniva dietro. Soltanto allora si sono accorti di quant'acqua avevo preso durante quel giorno. Ed io, gelato e tremante, davanti agli sguardi spaventati della ragazza, gli stavo sporcando la loro casa pulita.

Per forza hanno dovuto cacciarmi in bagno. È stata la donna ad accorgersi in che stato ero. Subito è andata a riempire la vasca con acqua calda e ha insistito che io ci entrassi. Tutti e tre hanno cominciato a occuparsi di me, a portare asciugamani, a togliere il bucato che era appeso in bagno. La piú gentile era la donna, piú di lui che si era spaventato per tutto lo sporco che gli avevo portato in casa. Forse si era già pentito d'avermi fatto venire per quel lavoro notturno.

E poco dopo me ne stavo sdraiato, tutto solo, nell'acqua calda piena di schiuma profumata. Pian piano tornavo a scaldarmi. Che bellezza starsene cosí in una vasca da bagno di ebrei, in una stanzetta piena di asciugamani colorati e di vasettini di tutte le forme. Non credo che qualcuno del mio paese si sia mai sdraiato nella schiuma profumata, in casa d'ebrei. Intanto loro stavano cercando vestiti da darmi invece dei vestiti bagnati che mi ero tolto, ma non hanno trovato niente, perché non hanno mai avuto un figlio della mia età. Avevano soltanto quella figlia, e non mi volevano dare un vestito da ragazza. Alla fine la donna, che continuava a parlarmi attraverso la porta, ha proposto che mi mettessi il pigiama fino a che i miei vestiti si asciugassero sul calorifero. Ho detto va bene, che altro potevo dire – ma avevo voglia di annegarmi in quella vasca e cosí di farla finita col lavoro notturno. Sono rimasto per tanto tempo nell'acqua, mi sono lavato e rilavato, poi ho aperto il tappo e con un asciugamano ho cominciato a pulire la vasca che si era sporcata tutta. Ho pulito anche il pavimento e sfregato ben bene il lavabo, e anche altri posti che non avevo neanche sporcato, ma chissà se loro si sarebbero ricordati che non ero stato io. Era già buio, e non sapevo dove si accende la luce, e cosí, al buio, mi sono messo il pigiama, che era proprio cosa da pazzi. Avrei voluto scappare dalla finestra, ma c'era solo un finestrino. Avevo paura di uscire dal bagno, e me ne stavo seduto lí al buio, in silenzio. Loro però cominciavano ad inquietarsi. Adam ha aperto la porta e appena mi ha visto con quel pigiama è scoppiato a ridere, e la ragazza, che gli stava dietro, m'ha guardato e si è messa a ridere anche lei. E anche la donna ha cominciato a ridere, però è venuta subito a prendermi per mano. Anch'io ho provato a ridere insieme a loro, perché non fossero imbarazzati delle loro risate, ma non so come – il riso si è trasformato in pianto. Questa è proprio la fine, ho pensato. Piangevo terribilmente, per la stanchezza e per l'emozione. Un pianto amaro, erano tanti anni che non piangevo cosí, neanche quando c'è stato il funerale di Adnan. Non riuscivo a smettere, piangevo come un bambino piccolo, versavo lacrime come un idiota, come se avessi dentro tanta pioggia. Piangevo davanti a tre ebrei estranei, davanti alla mia amata, che la mia amata non sarà mai piú.

DAFI

Papà e mamma, tutti e due insieme, dicono: non importa, non importa, puoi entrare, ma lui era talmente confuso e spaventato; serio serio, continuava a strofinare i piedi sullo zerbino nell'ingresso. Un arabetto, un operaio di papà. E pensare che ce n'ha lí una trentina, che hanno paura di lui. Questo poverino è rimasto ad aspettarlo fuori, sotto la pioggia. Ma, questo qui l'ho già visto, adesso mi ricordo – è quel ragazzo che è venuto qui una volta a prendere la borsa di papà. Era anche simpatico. Hanno finito per tirarlo in casa quasi a forza, gli hanno detto che poteva togliersi le scarpe, e lui se le è tolte. Stava lí con le calze rotte e sporche e continuava a bagnare dappertutto. Ma è proprio stupido – perché è rimasto ad aspettare fuori, sotto la pioggia? Non è bello dirlo, ma mi ha fatto venire in mente un cagnolino che papà mi ha portato qualche anno fa, l'aveva trovato che girava intorno al garage, sotto la pioggia. È entrato in casa tutto scodinzolante (non ha pensato a pulirsi i piedi sullo zerbino) e ci ha sporcato subito il tappeto e il pavimento. Io l'ho lavato e pettinato, e gli abbiamo dato da mangiare una polpetta. Gli abbiamo anche comprato un collare e l'abbiamo fatto vaccinare. È rimasto da noi per un mese, finché abbiamo visto che cominciava a crescere enormemente e diventava molto selvatico, e uno che s'intende di cani ci ha detto: «Qui vi allevate un asino, non un cane». Cosí mamma si è spaventata e ha deciso di darlo via, anche se io avrei voluto tenerlo per vedere quanto sarebbe cresciuto.

E adesso – ecco che arriva un bambino, cioè un ragazzo.

Papà l'ha portato qui a cena, perché ne ha bisogno stanotte per entrare nella casa di quello là che è scomparso.

Mamma si è subito occupata di lui, l'ha preso sotto la sua protezione, perché papà non sapeva che cosa fare. I poveri derelitti sono pane per i suoi denti: alza subito la bandiera rossa ed entra in azione. L'ha preso per mano e l'ha portato in bagno. I vestiti bagnati che si è levato li hanno messi sul termosifone, e lui l'hanno ficcato nella vasca, a lavarsi.

Era molto strano che un venerdí, d'inverno, quando da noi c'è sempre un gran silenzio, ci fosse un estraneo in casa. Da noi quasi non vengono ospiti. Qualche volta, d'estate, arriva un lontano parente da Gerusalemme e si ferma a dormire, ma in questi ultimi anni non è piú venuto nessuno.

Intanto mamma ha cominciato a cercare dei vestiti, ma non ne abbiamo di vestiti per un ragazzo della sua età. E nei vestiti di papà ce ne potevano entrare tre come quello là. Mamma però continuava a cercare, è venuta persino in camera mia a frugare nell'armadio. Le ho detto: – Perché non gli dai una gonna? Che c'è di male, anche gli scozzesi portano le gonne –. Ma lei se l'è presa moltissimo, non ha apprezzato lo spirito. Si è messa a gridare: – Tu sta' zitta! Come ti permetti di ridere di uno sventurato ragazzo arabo? Tientele per te le tue spiritosaggini!

Non so che cosa ci sia di speciale nel fatto che sia arabo, e perché debba essere sventurato. Non ho mica detto cosí perché è un arabo. Anche se fosse ebreo... che differenza c'è? E lei, accidenti, che bisogno aveva di offendermi? Intanto papà ha trovato la soluzione – che lui si mettesse il pigiama che aveva portato. Perché papà, la mattina, gli aveva dato dei soldi per comperarsi un pigiama (strana idea). Non gli hanno neanche chiesto se gli andava di mettersi il pigiama in pieno giorno – glielo hanno dato attraverso la porta del bagno, e noi tutti aspettavamo che uscisse. Ma non usciva. Passano cinque minuti, ne passano dieci, un quarto d'ora – e quello non esce. Magari si stava lisciando e profumando come una signora elegante. Forse non aveva capito che da noi c'è un bagno solo, e che anche papà doveva lavarsi prima di cena. Infine papà apre la porta, e allora lo vediamo, seduto là al buio sull'orlo della vasca, come una bestiola spaventata, vestito di una specie di pigiama come non avevo mai visto in vita mia. Ma guarda che razza di figlio d'un... – e mamma che si preoccupava tanto per lui. È andato a scegliersi qualcosa di speciale, il signorino, d'elegante, con le maniche a chimono, la cintura, e tanti bottoni lucidi. Chissà quanto l'ha pagato.

Ci siamo guardati l'un l'altro, completamente sbalorditi. Io ho cominciato a sorridere, e sulla faccia di papà è spuntato un sorrisino cosí scemo e spaventato, che ho subito sentito che dentro mi cominciava un tremolio, che mi veniva da ridere. E sono scoppiata in una delle mie famose risate che cominciano con un brontolio di tuono e poi si tirano dietro uno strascico sottile di hi... hi... hi... che è molto contagioso, e tutti quelli che sono vicini cominciano a ridere anche loro, anche se non ne hanno voglia. Papà comincia a ridere ho... ho... ho... e mamma cerca di fare la faccia seria, ma comincia a ridacchiare anche lei hu... hu... hu... – e io di nuovo mi sbellico dalle risate. Non rido mica piú di quel pigiama, ma del riso stupido di quei due. E l'arabo, tutto rosso in faccia, ha provato a sorridere un po', ma di colpo, senza preavviso, si è messo a piangere. Un pianto disperato, profondo, come un antico lamento arabo. Il riso mi si è fermato in gola, mi si spezzava il cuore. Io lo capivo bene – chissà come aveva fatto a rimanere calmo fino a quel momento? Io, al suo posto, mi sarei messa a frignare da un pezzo.

NA'IM

Però alla fine ho smesso di piangere, perché loro si sono spaventati. Ho lasciato che mi portassero nella stanza degli ospiti e mi facessero sedere in poltrona. E mi sono messo a chiacchierare con loro in tutta tranquillità – cioè è stata la donna che, per distrarmi, ha subito cominciato a parlare con me e a fare domande. Non avevo mai parlato con una donna cosí. Non era per niente giovane e aveva una faccia tagliente, fumava una sigaretta dopo l'altra, ma era molto gentile e anche intelligente, ci sapeva fare con la gente. Era seduta di fronte a me, con le gambe accavallate, e dietro di lei, dalla finestra, vedevo il sole che tra-

montava, la distesa del mare in basso, e una pioggerellina sottile
in lontananza, che sembrava un ventaglio rosa. La stanza era
bella calda, e tutto era pulito e in ordine. Loro non sanno che io
la conosco bene, questa casa, e anche tutti quegli oggettini che
tengono sulle mensole. I miei piedi nudi affondano nel tappeto,
mentre me ne sto seduto sull'angolo della poltrona e rispondo
alle domande. Lei fa tante di quelle domande, come se lavorasse
per i Servizi Segreti. Che cosa fa papà e che cosa fa mamma e
quanti fratelli e sorelle ho, e che cosa fa Fais in Inghilterra e che
cosa pensiamo noialtri e che cosa abbiamo studiato a scuola e
quante ore avevamo d'ebraico e quante di matematica e quante
di arabo e quante di storia, e che cosa studiavamo di storia? E
da quanto tempo la nostra famiglia è in Palestina, cioè da quante generazioni, e quanta gente c'è nel mio paese e quanti hanno
lavoro in paese, e quanti hanno lavoro fuori? E che cosa ne so
degli ebrei e se ho sentito parlare del sionismo, e che cosa vuol
dire per me sionismo? E tutte quelle domande me le fa con
molta serietà e gentilezza, come se per lei fossero importanti.
Credo che sia la prima volta che lei parla di queste cose con un
arabo, perché fino adesso aveva parlato solo con gli arabi che
le portavano la roba dal supermercato o che pulivano le scale
di casa.

Io le rispondo con calma, le lacrime mi si sono già asciugate.
Mi sforzo moltissimo di non muovermi troppo, per paura di
rompere qualcosa. Ho già fatto anche troppi danni. Rispondo
alle sue domande, le dico tutto quello che so, quello che non ho
ancora dimenticato, sto attento a non farla arrabbiare. Tengo
gli occhi fissi sulla donna, non guardo dalla parte della ragazza
che è seduta accanto a me, che ora so già che la chiamano Dafi e
non Dafna, e che continua a guardarmi. Il suo sguardo passa su
di me come un vento caldo, se ne sta lí seduta, un po' ascolta, e
un po' sorride a se stessa. La conversazione va per le lunghe, e
mi accorgo che davvero loro non sanno niente di noi, e sí che
noi impariamo tante cose su di loro. Non s'immaginano che ci
fanno studiare su Bialik e Tchernikowski e su altri ebrei ortodossi, e sappiamo anche del loro Tempio e del destino del po-

polo ebraico e persino di quei villaggi che gli hanno bruciato, in Russia o in Polonia.

– Poverini... – dice la ragazza d'un tratto. – Che colpa ne hanno loro...

Ma la donna, ridendo, la fa tacere. E io non so se posso ridere anch'io, allora ho fatto solo un sorrisino storto, ma guardavo sempre il tappeto. D'un tratto si è fatto silenzio, e ho avuto paura che non sapessero piú di che parlare, e allora ho continuato a bassa voce, senza che neanche me l'avessero chiesto.

– Abbiamo anche imparato delle poesie a memoria, e io me le ricordo ancora... volete sentire?

E ho cominciato a recitare a memoria, a bassa voce, quella poesia di Bialik, che è il loro poeta nazionale.

«Non branchi di giovani leoni sono quelli che vagano nella steppa, non la gloria del Bashan e le querce piú scelte sono cadute accanto alle nere tende. Giganti son questi che giacciono sotto il sole, sulle sabbie gialle del deserto». Sono rimasti proprio sorpresi, per poco non cadevano dalla sedia. Io lo sapevo che si sarebbero meravigliati, ma non so proprio perché mi era venuta l'idea di recitare quella poesia. Me n'era venuta la voglia, volevo che sapessero che non ero un ignorante.

Dafi è saltata su ed è corsa a chiamare suo padre, che venisse a sentire anche lui, e lui è uscito dal bagno in accappatoio e con la barba tutta bagnata, e se ne stava a guardarmi a bocca aperta, come se mi fosse spuntata una seconda testa.

E io ho continuato, ero pieno d'entusiasmo: «Noi siamo gli eroi! L'ultima generazione di schiavi e la prima di uomini liberi noi siamo. La nostra mano sola, la nostra mano forte ha spezzato il nostro giogo. Leviamo il capo al cielo che ora ci sembra basso... e chi ci può dominare?».

La ragazza, Dafi, ride di gusto e corre in camera sua a prendere il libro, per controllare se dicevo giusto. Allora, con voce rauca, ho continuato ancora un pochino. «Sfidando il cielo e la sua collera, avanzeremo nella tempesta».

Era già quasi buio fuori, in casa faceva caldo e c'era silenzio. Adesso mi accorgevo in che silenzio vivevano loro. Si occupavano di me come se fossi stato un giocattolo, e mi accorgevo che quando ero carino con loro, non mi perdevano d'occhio. Non sono poi tanto brutto. Le ragazze, al paese, spesso mi guardano senza che ci sia una ragione particolare, magari credono che io non me ne accorga. Ma non sapevo se con quel pigiama rosso con le frange e i bottoni dorati ero soltanto strambo, o anche un po' bellino.

La ragazza mi ha portato le sue pantofole, le ha posate accanto ai miei piedi nudi. E tutti mi hanno fatto un sorrisetto allegro.

– Come hai detto che ti chiami? – ha chiesto d'improvviso la ragazza, perché non aveva capito bene la prima volta.

– Na'im, – ho detto.

DAFI

Mamma, naturalmente, avrebbe voluto ammazzarmi, però rideva anche lei. Ma prestissimo è diventata tutta seria, l'ha portato in salotto mentre ancora gli colavano le lacrime, l'ha fatto sedere in poltrona e per distrarlo ha cominciato a fargli un mucchio di domande – un suo vecchio trucco, dei tempi di quando piangevo io. Gli ha chiesto del suo villaggio, della sua famiglia, della scuola e dei programmi di studio, e lui rispondeva tutto compunto, seduto sul bordo della poltrona, a testa bassa.

Io ero seduta dietro di lui e non lo perdevo d'occhio, mi piaceva proprio questo ragazzo arabo. Ha fatto bene papà a portarlo qui per farci divertire un po' per lo *shabbat*, di solito in casa nostra la vigilia dello shabbat, non facciamo che annoiarci con i mucchi di giornali. Quello se ne sta lí in pigiama, ben pettinato, lavato e profumato, con le guance arrossate. E d'un tratto mi sembra piú piccolo, mi ricorda qualcuno – e non è neanche brutto, ne ho già visti di piú brutti.

Mamma mi faceva gli occhiacci, perché vedeva che continuavo a guardarlo fisso, temeva che volessi tormentarlo o prenderlo in giro, come faccio qualche volta con una di quelle vecchie che vengono a trovarla, che le pianto gli occhi in faccia. Ma non avevo nessuna intenzione di fare qualcosa del genere – anzi, mi piaceva proprio quest'arabo, che si era ripreso molto presto e rispondeva a tono, da persona educata. Raccontava del suo villaggio, della famiglia, della scuola dove aveva studiato, dove gli insegnavano Bialik e Tchernikowski e tutte quelle lagne che abbiamo noialtri. Che strano. È proprio un'idea tremenda obbligarli a studiare questa roba. Che gli facciano studiare le loro, di lagne.

– Poverini... che colpa ne hanno loro? – Mi sono lasciata scappare, sottovoce.

Mamma mi ha subito rimbeccata, e anche l'arabo si è spaventato un po'. È venuto fuori che a lui Bialik piace molto, e senza che nessuno gliel'abbia domandato ha cominciato a recitarci qualche strofa dai *Morti del Deserto*. Per poco non cadevo dalla sedia: un ragazzo arabo, un apprendista nel garage di papà, che recita poesie di Bialik! Incredibile! Se è questo il livello d'istruzione degli operai, non c'è da meravigliarsi che gli affari nel garage vadano a gonfie vele.

Sono corsa in camera mia a prendere il libro delle poesie di Bialik, per vedere se recitava giusto o se stava inventando. Ho chiamato anche papà che uscisse dal bagno e venisse a sentire, magari gli aumenterà un po' lo stipendio. Anche mamma era rimasta di stucco. E lui, per farci impressione, calmo calmo, senza sbagliare, ha cominciato a recitare quel brano che a Schwarzi piace da matti, che inserisce in ogni cerimonia anche se non c'entra per niente. «Noi siamo gli eroi. L'ultima generazione di schiavi e la prima di uomini liberi. La nostra mano sola...» Era sempre seduto sul bordo della poltrona, a testa bassa, senza alzare gli occhi, con voce sommessa. Io vedevo come papà e mamma lo guardavano con occhi sbarrati, a bocca aperta, e qualcosa mi ha colpito, come un fulmine: questo ragazzo assomiglia un po' a Yigal! C'è qualcosa in lui che lo ricorda – e loro non se ne accorgono, non capiscono che cosa li attiri tanto. Papà non sa perché ha scelto proprio quest'operaio per mandarlo qui a portargli la borsa, perché ha preso ancora lui per questo lavoro notturno. E se glielo dicessi, direbbero che sono fesserie, che ne so io di Yigal, che non ho mai visto.

Nel silenzio che si è fatto, nell'ultima luce del giorno che sta per finire, guardo quell'arabo che ora tace, ha una luce di soddisfazione negli occhi. Adesso siamo noi ad abbassare la testa, guardiamo i suoi piedi nudi sul tappeto. Improvvisamente mi viene voglia di dargli qualche cosa. Vado a prendere le mie pantofole, gliele metto vicino. Per una sera si metterà pantofole da femmina. Mi viene in mente che non so neanche come si chiama, e glielo chiedo. E lui mi guarda in faccia e me lo dice, non ha piú paura di guardarmi negli occhi.

Non sapevo che avessero nomi cosí semplici.

NA'IM

Finalmente siamo andati a mangiare. Era dalla mattina che non mangiavo, mi sentivo debole per la fame, forse per quello mi sono un po' confuso nel recitare le poesie. Sul tavolo c'era una tovaglia bianca e c'erano due candele accese e una bottiglia di vino. Non sapevo che loro fossero religiosi. Però non hanno recitato nessuna preghiera, hanno iniziato subito a mangiare. Io ero seduto vicino alla ragazza e stavo molto attento a non toccarla. La donna ha portato il cibo. Per prima cosa c'erano delle polpette di colore grigio, dolciastre, che facevano venire la nausea. Si vede che la donna non sa cucinare, aveva messo lo zucchero invece del sale, ma nessuno se n'è accorto – o forse non volevano dirlo per non offenderla. Allora anch'io per non offenderla mi sono sforzato di mangiare, come faccio con mamma, che se la prende se non si mangia tutto. Solo che mangiavo molto pane, per non sentire quel sapore dolciastro. Lui, Adam, mangia velocissimo – in un batter d'occhio aveva già finito tutto quello che aveva nel piatto. Gli hanno portato un'altra porzione, e anche quella l'ha divorata in un lampo. Io mangiavo adagio, perché dovevo stare attento a tenere la bocca chiusa mentre mangiavo. Per fortuna anche la ragazza mangiava piano, cosí i grandi non dovevano aspettare soltanto me. Infine sono riuscito a far fuori quelle polpette, schifose come non ne avevo mai mangiate e come non ne mangerò mai piú. Per questo ho domandato come le chiamano, in modo da poter stare in guardia casomai mi capitasse ancora di mangiare in casa di ebrei. Loro hanno sorriso e mi hanno detto che si chiamano *Gefilte*

Fisch, che vorrebbe dire pesce ripieno, e che potevo averne ancora. Io ho detto in fretta: no, grazie. E la donna ha detto: non devi fare complimenti, ce n'è ancora una pentola piena. Io ho detto di nuovo, in fretta: grazie, ma davvero non c'è bisogno – ma lei era già andata in cucina ed è tornata con una scodella piena. Allora ho detto con voce il più possibile ferma, ma cercando di non offenderla: no, davvero, sono proprio sazio, non vorrei...

Allora ha rinunciato e ha cominciato a portare via tutti i piatti. Credevo che il pasto fosse finito, e siccome avevo ancora fame, mi sono messo a mangiare qualche fetta di quel pane bianco che c'era sul tavolo. Ma, accidenti, era un po' dolce anche quello. La donna continuava a trafficare con le stoviglie, in cucina, e la ragazza guardava la televisione, dove si vedeva un film egiziano con le danze del ventre; pareva che l'interessasse, anche se non capiva cosa dicevano. Adam stava leggendo un giornale, ed io mi mangiavo in silenzio una fetta di pane dopo l'altra, finché mi sono accorto che avevo finito tutto il pane che c'era.

Ma poi è venuta la donna con dei piatti puliti e con una terrina di carne e patate. Si vede che la cena non era ancora finita, ma c'era molta confusione, ognuno faceva per sé. Mi sono anche accorto che Adam e sua moglie (già sapevo che si chiama Asya), non si guardavano in faccia quando parlavano.

Abbiamo ricominciato a mangiare. Adesso il cibo era migliore, per quanto mancassero diverse spezie, ma almeno non era dolce, e hanno portato anche del pane nero. La ragazza ha mangiato poco, e sua mamma le ha fatto osservazione. Adam si è riempito il piatto e ha cominciato a mangiare velocissimo, come se non avesse mangiato per tutta la settimana, e ogni tanto gettava un'occhiata al giornale che aveva ripiegato davanti a sé. E c'era un tale silenzio durante quel pasto. D'un tratto lui si ricorda di qualcosa e mi fa:

– Dimmi un po', qualcuno in officina mi ha raccontato che uno di quei terroristi dell'Università era tuo fratello, o qualcosa di simile...

La donna e Dafi mettono giú le posate, hanno l'aria spaventata. Io divento rosso, comincio a tremare. Ora si guasta tutto, ho pensato.

– Quale terrorista? – Ho fatto finta di non aver capito. – Quello che si è suicidato all'Università?

E loro hanno fatto un sorrisino, come se davvero Adnan fosse andato all'Università soltanto per suicidarsi piú tranquillamente.

– Era un mio lontano cugino... – ho mentito. – Quasi non lo conoscevo... era un po' malato, cioè matto... – Ho sorriso, ma loro non hanno risposto.

Ho ripreso coltello e forchetta e ho continuato a mangiare, tenevo gli occhi nel piatto. E mi pareva di vedere Adnan che giace dentro la terra con gli occhi chiusi, sotto la pioggia. Anche loro hanno ripreso a mangiare, dopo essersi guardati fra di loro.

E la cena continuava. Dafi ha raccontato qualcosa di una sua compagna e dei genitori di lei, e che cosa le ha detto oggi il professore di matematica. Poi hanno cambiato ancora i piatti, hanno portati piattini con del gelato, che forse gli era avanzato dall'estate. Che importa, ho mangiato anche quello, con un po' di pane.

Quando la cena è finita, Dafi si è seduta davanti al televisore, e hanno fatto sedere anche me in una poltrona, in pigiama e con le pantofole della ragazza. Già non mi vergognavo piú, mi sentivo come uno della famiglia. Sono andato persino al gabinetto, da solo. Adesso alla televisione c'era il programma degli ebrei, in principio davano canti del sabato e poi hanno parlato e fatto discussioni, e poi di nuovo canzoni, ma da vecchi. E io ancora non sapevo niente di quel lavoro notturno, me n'ero quasi dimenticato, e forse se n'era dimenticato anche lui. Pareva proprio cosí. Adam stava guardando la televisione e leggeva anche il giornale, ma in fondo non faceva né l'uno né l'altro, sonnecchiava soltanto. La ragazza stava parlando al telefono già da mezz'ora, la donna lavava i piatti in cucina, e solo io ero rimasto seduto in pigiama davanti al televisore, che adesso trasmetteva vecchie canzoni del tempo dei primi pionieri, e ce n'era persino una di cui conoscevo le parole.

Facevo fatica a tenere gli occhi aperti, ma ho finito per addormentarmi in mezzo alle canzoni, perché quel giorno strano e meraviglioso m'aveva proprio esaurito. Alle undici mi sono visto davanti le loro facce sorridenti, il televisore era già spento e le luci in casa erano un po' abbassate. Mi hanno tirato su e mi hanno accompagnato, come in sogno, in una stanza piena di libri. Là mi hanno fatto stendere su un letto bianco e morbido, e Adam mi ha detto: «Tra poco verrò a svegliarti e poi andremo a fare quel lavoro». E mi ha coperto con un piumino.

Dunque c'è davvero questo lavoro notturno, ho pensato, e mi sono addormentato.

Mi ha svegliato verso le due. La casa era tutta buia. In un primo momento ero talmente confuso, che ho cominciato a parlargli in arabo. Si è messo a ridere e mi ha detto: svegliati, su, svegliati – e mi ha dato i miei vestiti che erano asciutti, ma tutti induriti. Mi sono vestito al buio, mentre lui mi stava a guardare. Lui non era vestito da lavoro, aveva un abito pulito con sopra un mantello di pelliccia, nero, e un berretto di pelo in testa. Pareva un orso. Siamo usciti dalla casa buia, che era rischiarata solo da quelle due candele ancora accese sul tavolo. Ed io ho cominciato a pensare che in questo lavoro notturno doveva esserci qualcosa di illegale.

La strada era deserta, faceva freddo e piovigginava. Non sapevo da che parte andavamo, ma capivo che stavamo scendendo verso la Città Bassa. Quando siamo arrivati in un vicolo lui ha spento il motore, è sceso e mi ha detto d'aspettarlo in macchina. È scomparso per un po', e poi è tornato e mi ha detto di scendere. L'ho seguito, lui adesso pareva nervoso, continuava a guardarsi in giro come un malfattore o qualcosa di simile. Non sapevo che faceva lo scassinatore, di notte, credevo che guadagnasse abbastanza con l'officina. Siamo entrati in un vicoletto senza uscita, e lui si è fermato davanti a una vecchia casa araba, grande e tutta buia, mi ha preso per il braccio e mi ha indicato una finestra al secondo piano. Poi, sottovoce, mi ha detto: arrampicati lassú, apri gli scuri ed entra in casa. Non accendere la luce, ma va' alla porta d'ingresso, aprila e fammi entrare.

Allora erano stati per quello la cena e il pigiama, e tutti quei bei discorsi. Avrei voluto piangere – se papà lo sapesse. Un fi-

glio ha lasciato il paese, un altro terrorista, e il piú piccolo va a
fare lo scassinatore, di notte. Una bella famiglia. Ma sono stato
zitto – che potevo dirgli? Ormai era troppo tardi. Mi ha dato
un grosso cacciavite per aprire il chiavistello delle imposte e mi
ha detto:
– Se arriva gente, ti fischietto qualcosa, e tu cerca di scappare.
– Che cosa vuole fischiettare?
– Mah... una canzone... che canzoni conosci, tu?
– *Gerusalemme d'oro*.
Si è messo a ridere, ma io rimanevo serio, ero ancora piantato lí e lo guardavo. Ero triste. Allora lui mi dice: – Non aver
paura, non c'è nessuno in casa. È l'appartamento di un mio amico che è andato in guerra, e devo trovare delle sue carte.
Io stavo zitto, perché era una bugia cosí stupida, quasi mi
vergognavo. Allora lui ha detto, energicamente: – Su, forza...
E sono andato. Lui è rimasto sull'altro marciapiede, a guardare. Io cercavo sul muro degli appigli da poterci mettere le mani e i piedi. Il muro era bagnato e puzzava, era una vecchia casa
araba che stava andando in rovina. Dopo essere salito per un
metro e mezzo, ho trovato un tubo di scarico vecchio e arrugginito e ho cominciato ad arrampicarmi su quello, un po' salivo e
un po' scivolavo indietro. Non era per niente facile, avrei potuto cascare e rompermi qualcosa, e poi c'era la pioggia che diventava piú forte, ma dopo quella che avevo preso il giorno prima,
nessuna pioggia mi faceva paura. Pian piano sono arrivato a
quella finestra e sono salito su una sporgenza che c'era lí accanto. Ho guardato in basso e ho visto che mi osservava. Speravo
che magari all'ultimo momento rinunciasse, ma mi ha fatto segno d'andare avanti. Ho provato ad aprire l'imposta, che era
dello stesso tipo di quelle che ci sono a casa nostra. Infilare il
cacciavite e spostare il catenaccio è stato molto facile, ma appena ho cominciato ad aprire l'imposta si è sentito uno scricchio-
lio terribile, come una sirena d'allarme. Saranno stati mille anni
che non ungevano quei perni. Però pian piano l'imposta si è
aperta. La finestra era chiusa, ma non del tutto, come se l'avessero chiusa in fretta e furia. Le ho dato una spinta, e quella si è

aperta, e dopo un secondo ero già nell'appartamento buio. Ho guardato in strada, ma lui non c'era già piú.

C'era puzza di stantio, e ragnatele che mi solleticavano la faccia. A poco a poco mi sono abituato al buio. Sul letto c'erano dei vestiti da uomo, in un angolo c'era un mucchio di vecchie calze. La porta della camera era chiusa. L'ho aperta e sono entrato nel corridoio, ho aperto un'altra porta e mi sono trovato in una cucina grande, ma molto sporca, piena di stoviglie e di pacchi. C'era qualcosa che stava cuocendo su un fornelletto a petrolio. Mi sono spaventato. In casa doveva esserci qualcuno. Sono uscito in fretta, ho aperto un'altra porta – era un ripostiglio. Un'altra – il gabinetto. Un'altra ancora – il bagno. Un'altra porta ancora era quella della terrazza, che dava sul mare che era lí vicino, e da lí si vedeva un paesaggio del tutto diverso.

Ero disorientato. Tutto là dentro era vecchio e abbandonato, non c'era certo un gran bottino in quella casa. Ho trovato un'altra porta – era una stanza grande, con un letto, e sul letto c'era qualcosa avvolto in una coperta, come se ci fosse coricata dentro una vecchia. Sono uscito, e infine ho trovato la porta d'ingresso. La serratura era rotta, qualcuno l'aveva forzata prima di noi. I chiavistelli erano chiusi. Li ho aperti, fuori c'era Adam, che aspettava tutto sorridente. È entrato in fretta, ha richiuso la porta e ha acceso la luce.

– I chiavistelli erano chiusi...
– I chiavistelli??? – era sbalordito.
– Forse il suo amico è tornato.
– Cosa? – era completamente confuso.

Ma in quel momento si è aperta una delle porte, e una vecchia piccola e grassa, vestita di una camicia da notte ancora piú pazza del mio pigiama si è messa a guardarci. Stava lí tutta calma, non pareva affatto spaventata. I capelli le scendevano sulle spalle. Ho visto subito che aveva capito che sono arabo.

Adesso volevo proprio svignarmela. Ne avevo abbastanza di quel lavoro notturno, temevo che sarebbe andato a finire con un assassinio. Sono soltanto un bambino, volevo gridare. E lui non le capisce, queste cose.

Ma lo strano è che loro due non erano affatto spaventati. Al contrario, si sorridevano amichevolmente.

– E cosí avete già fatto combriccola per scassinare, – ha detto lei.

Lui le si avvicina cerimonioso, quasi le fa l'inchino.

– La signora Hermoso... la nonna di Gabriel Arditi... nevvero?

– Allora, è lei quello dalla barba?

– La barba? – si stupisce lui, come se non avesse mai avuto una barba.

– Dov'è Gabriel?

– È tanto che lo sto cercando...

– Allora è proprio tornato.

– Sí, certo.

– Ma dov'è?

– È quello che mi domando anch'io.

Parlavano a bassa voce, senza nessun panico. Poi c'è stato un silenzio. Erano commossi tutti e due. Hanno ricominciato a parlare tutti e due insieme.

Lei: – Come mai lo sta cercando?

Lui: – E quando è uscita dalla clinica?

– Sono tornata ieri.

– Ma aveva perduto conoscenza...

– Beh, l'ho ritrovata...

VADUCCIA

È cominciata con gli odori del mercato. Sí, proprio con gli odori del mercato. Già da qualche tempo mi chiedevo: che cos'è questo odore che senti? Che cos'è? E d'un tratto capisco: è l'odore del mercato nella Città Vecchia di Gerusalemme. Odore di arabi, odore di pomodori, di cipolle, di piccole melanzane, odore di carne arrostita sul fuoco. E odore di ceste, di paglia fresca, e anche odore di pioggia. E dopo gli odori, le voci, deboli e confuse, ma io comincio ad uscire dal buco. Mi aggrappo al vestito d'inverno della nonna, di nonna Vaduccia, tutta avvolta nel suo scialle nero, che gira per i vicoli scuri alta e diritta, picchiando in terra il suo lungo bastone. Ha il viso tutto bianco, sotto i portici c'è nebbia. Io saltello da una pozzanghera all'altra, dal basso guardo negli occhi gli arabi imbacuccati nei loro mantelli marrone. Sulle chiese e sulle moschee e sulle sinagoghe c'è una coltre di ovatta bianca, una coltre di neve, e io voglio mostrarla alla nonna, ma lei non ci bada. Ha il viso molto bianco, continua a cercare qualcosa, il suo cestino è ancora vuoto, ma lei non si ferma. Io la tiro per il bastone, voglio che si fermi accanto al carrettino dei dolci, ma lei mi spinge, va avanti, passa da un vicolo all'altro, passa accanto al Muro del Pianto com'era una volta, vecchio e basso, con le case che lo chiudono, sale al quartiere ebraico per scalini alti, tutti storti. Dunque siamo prima della Guerra d'Indipendenza. Mi stupisco, perché anche quando ero ancora bambina facevo già ragionamenti da vecchia. Non avevano ancora distrutto tutto. Ma la nonna non mi bada, come se mi fossi aggrappata al suo vestito solo per caso. Ogni tanto si avvicina a uno dei banchi, va a toccare un piccolo pomodoro, ad annusare una melanzana, rimbrotta in arabo i venditori e quelli ridono. Chiede i prezzi, ma non compera niente. D'un tratto capisco: non è verdura quello che cerca, ma una persona. Un arabo? Un ebreo? Un armeno? Allora ho cominciato a piangere, per la stanchezza, per il freddo, per la nebbia. Ho tanta sete, ma la nonna non mi sente, e se anche mi sente non gliene importa, è come se camminassi con una morta. Il mio pianto le dà fastidio. E le campane cominciano a suonare, e cade una neve leggera, e si sente rumore di spari, la gente si mette a correre. Anche la nonna si affretta, agita il bastone per farsi strada, picchia sulle teste degli arabi che corrono davanti a lei, grida. E nella confusione mi sfugge, il suo vestito mi sfugge di mano, e io continuo a piagnucolare, non piú nel vicolo, ma nel corridoio di una casa, un pianto sommesso, non da bambina, ma un pianto soffocato da vecchia, sono bagnata di lacrime. Ma non ero disperata, al contrario, ero felice. Attraverso quel pianto mi stavo liberando da qualcosa dalla quale avrei dovuto liberarmi da tempo, il mondo diventava piú leggero. Ho aperto gli occhi, ho visto che la finestra accanto al letto era socchiusa. Era notte, e fuori pioveva, una pioggia pesante ma molto silenziosa, come se non arrivasse fino a terra ma rimanesse sospesa. E faceva freddo, ma la nebbia se n'era andata, di questo mi sono accorta subito: la nebbia che prima avvolgeva tutto, era sparita.

Mi sono alzata dal letto e ho bevuto un bicchiere d'acqua. Piangevo ancora.

Piú tardi mi hanno raccontato che ho pianto per una giornata e mezza, in continuazione, e che tutti quelli che mi erano intorno erano molto preoccupati; mi tenevano la mano, mi accarezzavano, non riuscivano a capire che cosa mi stava succedendo. È proprio cosí che ho cominciato a riprendere conoscenza. E non soltanto la conoscenza – ho ritrovato la luce, la luce stessa, piú luce di quello che credevo possibile. Era ancora una conoscenza ignorante, ma era piena di luce. E a poco a poco si è schiusa. Il secondo giorno, verso mezzogiorno, ho smesso di piangere, come se la macchinetta delle lacrime si fosse guastata. E quando l'infermiera ha portato la colazione, io già sapevo qualcosa che loro ancora non sapevano. Ero tornata. Ricordavo tutto. Mancava soltanto il mio nome. Bastava che qualcuno mi ricordasse il mio nome, il resto l'avrei trovato subito. Ho sorriso all'infermiera, a quella morettina, e anche lei mi ha sorriso. Era un po' sorpresa perché invece che piangere mi vedeva sorridere. Le ho detto: – Come ti chiami, bambina? – e lei mi ha detto il suo nome. – E come mi chiamo io? – ho chiesto. – Lei si chiama? – È rimasta imbambolata, credeva che volessi prenderla in giro. – Lei si chiama?... – si è avvicinata al letto, si è chinata, ha cercato ai piedi del letto, fra le inferriate, un bigliettino che c'era attaccato, vi ha dato un'occhiata e ha detto sottovoce, come se si vergognasse: – Qui c'è scritto – Vaduccia Hermoso.

Solo questo mi mancava: sentire il mio nome; e in un attimo la testa si aprí. Quel biglietto col mio nome era sempre rimasto attaccato al letto e io, stupida che sono, non l'avevo visto. Ma ora sapevo chi ero, e mi ricordavo anche degli altri. D'un tratto ho capito tutto – mi girava la testa per la valanga di cose che mi tornavano in mente. Mamma, papà, Hemda e Gabriel, Israel, Golda, la casa, la baia, la Galilea e Nixon, la mia vicina, la signora Goldberg, il giornale, la mia piccola Morris e il popolo ebraico... tutto che mi travolse di colpo. Ma una cosa non sapevo: che cos'era questo luogo piacevole dove mi trovavo, queste camerette bianche con i letti, l'aranceto vicino? E chi erano quelle ragazze carine che giravano qui intorno. Perché sapevo che non ero ancora morta, e che questo non poteva essere l'aldilà.

Di corsa sono scesa dal letto, ho chiesto dei miei vestiti, e l'infermierina è andata a prenderli. Due vecchie in vestaglia sono entrate nella stanza, e quando hanno visto che mi stavo vestendo, quasi quasi si sono messe a gridare, tanto erano spaventate. Non capivano che cosa mi era successo. Piú tardi mi hanno detto che mi era tornata la luce negli occhi. Avevo un'espressione completamente diversa.

Ero talmente felice. Eccomi libera e contenta. Mentre mi vestivo, cantavo, e tutto quello che c'era intorno m'interessava. I nomi delle vecchie, che si sono presentate. Un vecchio giornale, che era lí, su una sedia. Avrei voluto divorarlo. Mi sono messa subito a leggerlo, perché sono famosa io, per divorare giornali. E ho subito visto novità grandiose. Il mondo non si era fermato.

Mi girava la testa.

La notizia che mi ero ripresa si è sparsa in fretta. Hanno chiamato la direttrice e la segretaria. Erano emozionate, mi hanno abbracciata, mi hanno portata subito in segreteria, hanno chiamato il medico per farmi visitare. Ridevano loro, ridevo anch'io. Ecco, mi sono svegliata, ho detto – adesso raccontatemi tutto.

E loro hanno raccontato. Una storia paurosa, di come mi avevano portata lí quasi un anno prima, priva di conoscenza. Credevano ormai che non ci fosse piú speranza. Per dieci mesi sono rimasta a letto come una pietra, come una pianta, come un animale. Non riconoscevo nessuno, non conoscevo neppure me stessa. Balbettavo come un neonato, soltanto stupidaggini, fantasie, parole sconnesse.

Sul tavolo c'era un pacchetto di sigarette, e mi sono ricordata che una volta fumavo e che ci provavo gusto. Ho chiesto il permesso di prendere una sigaretta, e me ne stavo seduta in poltrona, di fronte a loro, fumando una sigaretta dopo l'altra: una vera resurrezione. Ascoltavo la storia di quello che era successo a me e di quello che era successo nel mondo, tutto mescolato insieme. Prima di tutto la guerra. Non sapevo che c'era stata un'altra guerra, che quei maledetti ci avevano attaccati di sorpresa proprio il giorno di Kippur. Loro ci provavano gusto a raccontarmi della guerra, si interrompevano l'un l'altro, e anche il medico ha voluto dire la sua. Hanno raccontato tutti i guai, cose terribili, e anche del governo che ci ha traditi – chi se lo poteva immaginare che tutto questo era successo mentre io me ne stavo a letto? Continuavo ad assorbire notizie. Altre disgrazie. Altri morti. Non ero mai sazia. Il fumo delle sigarette si mescolava al fumo dei cannoni. La notizia che mi ero alzata aveva già fatto il giro dell'ospizio. Infermiere, inservienti, impiegati venivano sulla porta per darmi un'occhiata, per farmi un sorriso, alcuni venivano a presentarsi, mi stringevano la mano come se fossero vecchie conoscenze. Loro mi conoscevano da tempo, mi ripulivano, mi imboccavano, e io non ne sapevo nulla. Gente brava e volonterosa. E intanto io raccoglievo altri particolari, anche se loro cominciavano già a stancarsi. Ho cominciato a chiedere dei prezzi, volevo sapere se erano cresciuti, per esempio quanto costa adesso un chilo di pomodori, e quanto bisogna spendere per comperare un po' di melanzane – cioè gli effetti della guerra sul mercato.

Cosí sono passati due giorni di risveglio e di felicità. Ho contagiato tutti con la mia allegria. Giravo tra i reparti, facevo la conoscenza dei vecchi e delle vecchie che erano ricoverati, dei medici e delle infermiere. Facevo con loro a botta e risposta. Continuavo a chiacchierare, come se avessi dovuto riempire un sacco che si era vuotato. Andavo in giro anche di notte, parlavo con i guardiani e con le infermiere di turno. Quasi non dormivo, sonnecchiavo un po' e mi risvegliavo subito, perché avevo paura di perdere di nuovo conoscenza.

I medici mi sgridavano, ma sorridendo.

Già parlavano di farmi tornare a casa.

E allora hanno tirato fuori il mio dossier, e con molta esitazione hanno cominciato a dirmi di lui, di Gabriel, mio nipote. Non sapevo che fosse tornato in Israele. Era arrivato un mese dopo che mi avevano portata qui. Oddio, come mai?

Mi sono sentita male, a quanto pare sono impallidita. Mi hanno dato della valeriana per calmarmi, volevano mettermi a letto.

Gabriel è tornato! Sono dieci anni che gira per il mondo, non voleva tornare – e d'un tratto è tornato. Appena ho perso conoscenza è arrivato. Ha persino chiamato un medico, uno specialista per quelli che perdono conoscenza, per farmi visitare, ha portato un avvocato che mi vedesse. Hanno fatto un consulto vicino al mio letto. Dunque gli interessava l'eredità, a quel mio nipote bislacco.

Ma adesso ero io a perdere la bussola. La faccenda non era chiara, pareva che tutti avessero perso conoscenza, era tutto confuso. In principio lui veniva qui ogni settimana, si sedeva accanto al letto e cercava di farmi parlare, aspettava la visita medica, guardava le cartelle delle diagnosi, e poi se ne andava. Poi aveva diradato le visite, non si avvicinava nemmeno al letto, e invece andava direttamente all'ufficio, prendeva da sé il mio dossier, lo guardava con aria imbronciata, e poi spariva. E da quando c'è stata la guerra non si è piú visto, è scomparso. Si sarà spaventato, sarà scappato.

Però c'è stata una telefonata, qualcuno voleva sapere se c'era stato un cambiamento, ma non sapevano dirmi se era stato lui, o qualcun'altro. Soltanto poche settimane fa è venuto un tale, non giovane, che aveva una gran barba, tutti si ricordano della barba (ma chi sarà? chi può essere?) Ha detto di essere un mio parente, pareva indeciso, si è fermato accanto al mio letto e mi ha guardato a lungo. Ha chiesto se era venuto Gabriel. Pareva che piú che di me, gli importasse di trovare Gabriel.

Un romanzo giallo.

Andrà a finire che ne faranno un film.

Sono diventata triste. Tutta la felicità per il mio risveglio, che mi sentivo addosso all'inizio, era svanita. Mi sentivo infelice e depressa. I giornali erano pieni di notizie tristi. Adesso capivo quanto era stata terribile quella guerra. Gabriel era tornato da Parigi, io non l'avevo riconosciuto – e lui si era scoraggiato ed era ripartito. E intanto bisognava pensare a tornare a casa, a pagare i conti, a tornare nel mondo, a lasciar libero il letto, di vecchi che perdono conoscenza ce ne sono sempre e non soltanto vecchi. Ho provato a telefonare a casa, ma il telefono non suonava, si vede che me l'avevano tagliato. Telefono al mio avvocato, ma è stato richiamato alle armi, come riservista. Chiamo un tassí e mi faccio portare a casa, fuori c'è una gran nebbia, pioggia e tristezza. Arrivo a casa e trovo il portone chiuso. La mia vicina, la signora Goldberg, quella vecchia megera tedesca, viene a vedere chi è, e per poco non sviene quando mi riconosce.

Entro in casa, e lei mi racconta la sua versione della storia. È stata lei a trovarmi priva di conoscenza, seduta al tavolo, col piatto davanti, come impietrita. Ha chiamato un medico, e quello mi ha portata in ospedale. Lei ha frugato tra le mie carte, ha trovato l'indirizzo di Gabriel a Parigi e gli ha scritto della mia malattia, gli ha detto che stavo morendo. E dopo qualche settimana il giovanotto è arrivato ed è rimasto ad abitare là fino all'inizio della guerra. Ma il primo giorno della guerra è sparito e non è piú tornato. Dopo qualche tempo è venuto un tale con la barba, ancora quella barba che mi perseguita. Cercava Gabriel, voleva entrare in casa, forzare la porta, ma lei gli ha detto che avrebbe chiamato la polizia, e stava in guardia. Aveva persino messo il suo letto vicino alla porta, per sentire se quello veniva.

Abbiamo dovuto far venire il fabbro per forzare la porta del mio appartamento, perché non avevamo la chiave, né io, né la signora Goldberg. Gabriel le aveva portate via tutte. Quello ha lavorato per un quarto d'ora e ha voluto cento shekel. Proprio Sodoma e Gomorra. Ma l'importante era riuscire a entrare in casa. Era tutto sporco, pieno di ragnatele. In cucina, stoviglie sporche con resti di roba da mangiare tutta ammuffita. Dappertutto scatolette di conserve, e tante stoviglie. Lui ha tirato fuori dagli armadi tutti i servizi di piatti per non dover lavare le stoviglie tutti i giorni. Gli scarafaggi mi giravano tra i piedi, si vedeva che li disturbavo. Da un angolo, un topolino, che era nato lí nell'immondizia, mi guardava impertinente, non pensava nemmeno a scappare.

C'erano tracce di mio nipote dappertutto. Già da piccolo era disordinato, ma adesso aveva passato la misura. Camicie sue appese sopra vestiti miei, biancheria sporca sulle sedie, calze in bagno, giornali e riviste francesi di prima della guerra, una valigia aperta su un letto. Era tutto lí, come se lui fosse uscito solo per un momento.

Ma dov'era, allora?

La signora Goldberg mi ha portato qualcosa da mangiare, un po' di *Gefilte Fisch* che aveva preparato per la sera dello shabbat. Non mi ricordavo che era la vigilia. Per un anno intero avevo vissuto fuori dal tempo. Lei ha guardato la confusione che c'era nell'appartamento, era molto incuriosita. Avrebbe voluto restare, ma l'ho mandata via, gentilmente. Era quasi buio, e io ancora cercavo un biglietto, un pezzo di carta, per riuscire a capire. Tutte le lampadine erano bruciate, e per farmi un po' di luce e trovare la strada in casa mia m'è toccato accendere una candela.

Ed eccomi di nuovo sola, come in questi ultimi anni: adesso capisco come mai ho perso conoscenza. Mi viene voglia di perderla di nuovo. Non avrei dovuto lasciare Gerusalemme, anche se là non c'è rimasto nessuno della mia famiglia. Non si dovrebbero perdere i contatti. È un vero peccato. Provo a mangiare quelle polpette: sono tanto dolci, che mi viene la nausea. Quando mai impareranno a cucinare, questi tedeschi? Sono seduta in cucina, tra le stoviglie sporche, tra gli avanzi ammuffiti, e mangio le polpette. Mi sforzo di mangiare, che non mi venga un collasso. Mangio, e le lacrime mi colano sulla forchetta. E fuori c'è tempesta. Che disastro.

Dunque lui è stato qui. Che aspetto aveva? Ah, buon Dio, dove sarà andato? Forse è morto, che abbia perso conoscenza anche lui? E dove posso trovarlo, quell'uomo dalla barba? Bisogna che guardi bene dappertutto, forse c'è modo di trovare qualche traccia. Metto il piatto sporco nel lavandino, non posso neanche lavarlo. Come ha fatto a insudiciare cosí la casa? Si vede che ha imparato dai francesi. Con la candela in mano, torno a girare per la casa in penombra, guardo gli armadi e i letti – ha dormito in tutti i letti. Cerco sotto le lenzuola.

Poi mi stanco, mi metto una camicia da notte e vado a letto. Anche lí ha dormito. Le lenzuola non sono pulite, ma non ho la forza di cambiarle.

La prima notte in casa, dopo un anno, chi l'avrebbe creduto. Era meglio morire. La pioggia picchia sui vetri. È un inverno rigido. Le porte scricchiolano, da qualche parte viene uno spiffero di vento. Sono sdraiata, con gli occhi aperti. Non ho mai avuto paura di stare sola. Ho sempre avuto fama di solitaria, ma non mi sono mai trovata in un disordine simile. E d'un tratto sento un rumore alle imposte nella stanza accanto, come se qualcuno entrasse dalla finestra. Credevo che fosse solo il vento, ma si sentono dei passi leggeri. Ecco, è tornato, penso. E infatti si apre la porta della mia stanza, e c'è un ragazzo che mi guarda. Come se Gabriel fosse tornato bambino. E quello continua a girare per casa, come vent'anni fa, quando aveva fatto un brutto sogno e girava per casa, facendo rumore apposta perché mi svegliassi.

Povera me, adesso svengo di nuovo. Addio vecchia, stavolta non ti svegli piú. Ma quel bambino era vero, stava sulla porta, illuminato dalla candela che avevo lasciata in corridoio. Non era un'allucinazione. Chiude la porta e se ne va, apre altre porte e le richiude, apre e chiude, infine apre i chiavistelli della porta d'ingresso.

Mi alzo in fretta, e cosí come sono, in camicia da notte, vado in corridoio, e vedo un uomo non giovane, uno sconosciuto, con un gran mantello di pelliccia e una lunga barba scura. Eccolo, l'uomo dalla barba scura, piovuto di nuovo dal cielo, che parla con quel ragazzo che aveva aperto la porta della mia camera. Mi accorgo subito che quello è un arabo – lo sento dall'odore, un odore di melanzane, di aglio verde e di fieno fresco, lo stesso odore che mi ha ridato conoscenza.

ASYA

Tremavo tutta. Erano anni che non lo vedevo. Eccolo, sta andando in bicicletta, vicino a casa. Non voglio perderlo di nuovo. Mi sono aggrappata a quel sogno. Yigal! Sta andando avanti e indietro sul marciapiede, con una bicicletta grande, perché anche lui è alto e magro. E io penso: è vivo, che felicità! Ho paura di aprir bocca. E lui continua ad andare, gira in tondo, è tutto serio, si concentra nella guida, è tutto eccitato, non riesco neanche a guardarlo negli occhi. E la bicicletta è molto complicata, lucida, piena di cambi, d'ingranaggi e di cavetti da tutte le parti. Ma piú di tutto mi meraviglio dei freni, dai quali escono due stoppini sottili che sono collegati con le sue orecchie, come se lui dovesse sentire i freni. Una specie di dispositivo di sicurezza.

– Vedi? – mi dice Adam, e sorride. È in piedi sulle scale di casa, dietro di me, non mi ero accorta di lui perché stava nell'ombra. A quanto pare è lui che l'ha sistemato cosí. Ma io non gli rispondo, continuo a guardare quel ciclista con grandissima concentrazione. E pian piano mi accorgo che quello non è Yigal, ma una specie di sostituto che Adam è riuscito a procurarmi. Aspetto solo che si stanchi del girotondo, per poterlo vedere da vicino, per poterlo toccare, abbracciare. Yigal, dico sottovoce, vieni qua un momento. Ma lui non mi guarda, non sente, continua tutto serio in quel suo giro interminabile. Ho pensato: forse non ci sente, anche lui non ci sente. Ma lui sentiva e capiva, semplicemente sfruttava la sordità per ignorarmi.

E poi ci troviamo, lui ed io, in una grande sala illuminata dal sole. C'è una festa, una *bar-mizwàh*, o forse un matrimonio, ci sono tavole imbandite con panini ripieni di salame rosso, e Adam ci si butta sopra come al solito, comincia a mangiare a quattro palmenti, è preso dalla frenesia. Ed io sono preoccupata per Yigal che abbiamo lasciato là sul marciapiede, e me ne vado nel bel mezzo della festa senza toccare cibo. Torno a casa dopo mezzogiorno. È sabato, le strade sono deserte, il marciapiede sotto casa è vuoto. Il bambino è sparito. Comincio a girare per le strade a cercare il « sostituto ». Sono molto depressa, dentro di me comincio a piangere. Finché vicino a una casa in costruzione, in fondo alla strada, su un mucchio di sabbia, vedo la bicicletta. È un po' contorta, piú piccola di quello che credevo, meno complicata di quello che sembrava, ma quegli stoppini pendono ancora dai freni, e in fondo ci sono come delle palline, delle scatoline-auricolari, che vibrano, fanno deboli rumori. Me li accosto all'orecchio, dentro si sente una voce, come un annunciatore del notiziario, qualcuno che dice: « resuscitata... è resuscitata... »

ADAM

M'è venuto da ridere, talmente ero felice. Avevo cercato il modo di entrare qui di notte, di nascosto, ed ecco che me la trovo davanti, diritta, piccolina e in piena forma. La nonna che è resuscitata. E quella stessa faccia priva d'espressione, dalla quale colava la pappa, adesso mi sta esaminando con vivace curiosità. Oh, sí, l'ha proprio ritrovata la conoscenza, l'ha ritrovata fino all'ultima briciola.

Volevo abbracciarla.

Il bello è che non sembrava affatto impaurita, non pensava a gridare o a chiamare aiuto. Sembrava calmissima, come se si fosse aspettata questa irruzione notturna. Mi guarda fiduciosa, mi dà persino la mano, piccola e asciutta, e io mi affretto a stringerla fra le mie.

– Mi hanno detto che anche lei, signore, è un mio parente. Vorrei sapere come si chiama?

E mi ha fatto una strizzatina d'occhi.

Sono rimasto stupito. Dunque le avevano raccontato anche della mia visita alla clinica. Tenevo ancora la sua mano fra le mie. Che potevo dirle – che da parecchi mesi stavo cercando l'amante di mia moglie?

Na'im se ne stava là imbambolato. L'ho mandato in cucina. La vecchia l'ha seguito e gli ha dato qualche caramella. Poi sono tornato con lei in camera sua. Ha liberato una sedia dai vestiti che c'erano sopra, mi ha fatto sedere, e si è seduta sul letto. La stanza era buia, la lampadina era bruciata, solo nel corridoio c'era un lumicino. Al buio, la sua sagoma assomigliava a una gigantesca palla da ping-pong. Mi ha detto:

– L'ascolto...

Ho cominciato a raccontare tutto quello che sapevo, dal momento in cui la piccola Morris era entrata nel garage fino al mattino del secondo giorno di guerra. Ho raccontato delle ricerche che ho fatto, delle autorità militari che non sanno nulla di lui.

Ho cercato di descrivere il suo aspetto, come si veste, che cosa dice, che cosa lo preoccupa. Lei stava ad ascoltare, non faceva parola. Ho temuto che si fosse addormentata, mi sono alzato e mi sono avvicinato a lei. Stava piangendo in silenzio, si strappava i capelli. Era disperata, aveva nostalgia di lui, temeva che fosse morto.

Le ho detto: – Non è possibile che sia morto.

– Allora si è spaventato, si nasconde. Bisogna cercarlo. Soprattutto di notte.

– Perché di notte?

E allora ha cominciato a raccontarmi di lui, di come lei l'aveva tirato su dopo che la madre era morta e il padre lo aveva abbandonato. Era un bambino strano, solitario, che soffriva d'insonnia, un nottambulo. Ha parlato di parenti dalla parte del padre, c'è uno zio che abita a Dimona, un altro a Gerusalemme. Ci sono due o tre amici con i quali era in contatto anni fa. Erano quasi le cinque di mattina. Tutti quei racconti mi facevano girare la testa. Ma mi pareva di aver trovato uno spiraglio per arrivare a lui.

Il telefono in casa non funzionava, avevano tagliato i fili. Ho promesso di farlo riallacciare. Le ho dato il mio numero di telefono, e ci siamo messi d'accordo per incontrarci ancora.

Fuori aveva smesso di piovere, il cielo s'era rischiarato. Dovevamo andarcene. Na'im sonnecchiava in cucina. L'ho svegliato, abbiamo salutato la vecchia e siamo risaliti al Carmel. Le strade erano deserte e bagnate. Cominciava ad albeggiare.

In casa c'era silenzio. Asya e Dafi stavano dormendo. Ho fatto entrare Na'im nello studio e sono andato in camera nostra. Non ho acceso la luce. Non mi sentivo stanco. Guardavo Asya che continuava a dormire, la luce del mattino le illuminava il viso. L'ho toccata leggermente. Stava di nuovo sognando, sotto le palpebre vedevo le sue pupille che si muovevano. Che strano, sapere che in quel momento lei stava sognando – a quanto pare un sogno doloroso, perché si contorceva tutta. Una donna che sta invecchiando, immersa nei suoi sogni. Mi sono chinato su di lei, quasi in ginocchio, la scuotevo dolcemente, ma stranamente lei non voleva svegliarsi. Si aggrappava al cuscino con un gesto che faceva pena, disperatamente, singhiozzava. L'ho accarezzata, le ho sorriso:

– Asya, svegliati. Ci sono grandi novità: non ci crederai, ma la nonna, la vecchia, è resuscitata...

NA'IM

E cosí loro due, tutti contenti, sono andati in una delle stanze, a parlare, e me, mi hanno mandato in cucina, tra i pomodori e le melanzane, ad aspettarli. La nonna mi ha dato delle vecchie caramelle, forse di prima che lei perdesse conoscenza, e sono rimasto seduto là finché loro hanno finito di chiacchierare. Succhiavo le caramelle, mezzo addormentato su quella sedia. Adam è venuto a prendermi dopo due ore, e siamo tornati a casa sua passando per strade deserte. Il cielo era già chiaro, la pioggia era finita, si vede che me l'ero presa tutta io.

In casa era tutto buio. Mi ha fatto tornare a letto e lui se n'è andato in camera sua e ha cominciato a parlare con sua moglie, che si era svegliata. Erano molto infervorati, ma io non avevo forza di starli a sentire. Mi sono addormentato subito. Ho dormito a lungo. Ero stanchissimo, e avrei voluto continuare a dormire per un pezzo – mi piaceva proprio tanto quella bella stanza con tutti quei libri intorno al letto soffice, in mezzo agli ebrei.

Intanto era venuta mattina, e io cominciavo a svegliarmi e a stirarmi nel letto, in silenzio. Un paio di volte la porta s'è aperta e la ragazzina ha fatto capolino, per vedere che cosa facevo. Ma io ho continuato a dormire. Il telefono ha suonato, la radio andava a tutto volume. E la ragazza continuava a girare, sentivo i suoi passi. Poi è venuta di nuovo nella camera dove dormivo, forse voleva che mi svegliassi, ma io non avevo voglia. Quella notte avevo fatto un lavoro di concetto, e avevo diritto a un po' di riposo. Dalla finestra si vedeva il cielo azzurro, si sentivano voci di bambini. Alla radio continuavano a ciarlare, anche di sabato loro non si stancano. Adesso la ragazza era sulla soglia e bussava piano. Mi sono affrettato a chiudere gli occhi, e lei è entrata in silenzio, è andata alla libreria come se cercasse un libro, ma faceva un po' di rumore per svegliarmi. Era in pantaloni e aveva addosso un pullover molto stretto, ho visto che aveva le tette piccole e sporgenti. Ieri ero sicuro che non le avesse ancora, pareva che le fossero spuntate durante la notte.

Infine, quando ha visto che non mi muovevo, mi è venuta vicino e con la sua mano calda mi ha toccato la faccia. Mi ha fatto molto piacere che lei mi abbia toccato, che non mi abbia chiamato soltanto. Alla fine mi sono deciso ad aprire gli occhi, che non credesse che ero morto.

E lei ha detto in fretta, con quella sua voce un po' rauca:

– Devi alzarti. Papà e mamma sono usciti stamattina. Sono già le undici. Ti preparerò la colazione. Come lo vuoi, l'uovo?

Era tutta rossa in faccia, e molto seria.

– Non importa...

– Per me è lo stesso.

– Come vuoi tu.

– Ma per me è lo stesso... Su, dimmi...

– Come lo prendi tu... – le ho detto, sorridendo.

– Io ho già mangiato... ti farò un uovo strapazzato...

Non sapevo che cosa fosse un uovo strapazzato, ero disposto a provare – ma d'un tratto, con una sfacciataggine che non so da dove mi venisse, ho detto: – Va bene, ma senza zucchero, per favore...

– Zucchero???

– Volevo dire... come ieri, – ho balbettato, – che nel mangiare c'era un po' di zucchero...

Quando ha capito che cosa volevo dire, è scoppiata a ridere.

E anch'io ho fatto un sorrisino.

Se n'è andata, e io mi sono vestito in fretta, ho rifatto il letto, sono andato in bagno a lavarmi la faccia e a pulirmi i denti, mi sono pettinato col loro pettine e poi ho asciugato il lavabo. Poi sono andato in cucina, e lí ho trovato il tavolo carico di roba. Si vedeva che aveva tirato fuori tutto quello che c'era nel frigorifero e l'aveva messo sul tavolo. Forse era la prima volta che preparava la colazione per un ospite. Si è messa un grembiule e con molto entusiasmo ha cominciato a friggere qualcosa, e poi mi ha portato un uovo tutto pasticciato e anche un po' bruciacchiato e mi ha dato del pane bruciato e del semolino. Si è seduta davanti a me tutta tesa, a vedere come mangiavo, e continuava a offrirmi altra roba – formaggio, acciughe, cioccolata. Voleva che mangiassi tutto quello che c'era in casa. Mi spalmava le fette di pane, continuava a cambiare piatti, come se fosse mia mamma o mia moglie. Recitava la parte, e se la godeva.

Io mangiavo con la bocca chiusa, adagio. Ogni tanto rifiutavo qualcosa, e altre volte non rifiutavo. Lei mi stava dietro come se fossi un lattante o un cagnolino che gli dànno da mangiare. Io la guardavo solo ogni tanto, vedevo che era molto sveglia, energica, non imbambolata come la sera prima. Aveva i capelli raccolti in una crocchia, gli occhi neri le brillavano. Non toccava cibo.

– Tu non mangi? – ho chiesto.

– No... sono già troppo grassa...

– Grassa? Tu?

– Un po'...

– A me non pare...

E lei di nuovo scoppia a ridere. Fa quasi paura quel nitrito che le viene fuori, come fosse un cavallo. Si vede che io ho qualcosa che la fa ridere. Poi smette di ridere, ridiventa seria. E poi ancora: sorride un po', e di colpo, senza preavviso, scoppia a ridere.

E io mangio e mangio, e intanto che mangio m'innamoro sempre di piú, m'innamoro in modo definitivo, assoluto, con tutto il cuore, sarei disposto a baciare quel piedino bianco che continua a dondolarmi davanti.

– Non era troppo zuccherato il mangiare?

– No... andava benissimo... – dico, e divento tutto rosso in faccia.

– Ma il caffè, lo bevi con lo zucchero?

– Il caffè sí.

E lei va a prepararmi il caffè.

È una giornata limpida, come se l'inverno fosse già finito. Alla radio aspettano che vengano dei nuovi chiacchieroni a sostituire quelli vecchi che sono andati a riposare, e intanto suonano musica. E io sono già totalmente innamorato, sono prigioniero del mio amore. Non ho piú neanche bisogno di guardarla, perché ormai l'ho nel mio cuore. Bevo il caffè. Che pazza vita. Non mi pare neanche di essere io. E lei continua a guardarmi, come se non avesse mai visto qualcuno mangiare.

D'un tratto sento la sua voce: – Di' un po', ci odiate tanto, voialtri?

Per lo spavento, quasi lasciavo cadere la tazza.

– Odiamo chi?

Sapevo bene di che cosa parlava, ma mi faceva strano che proprio lei cominciasse a parlare di politica.

– Noi... gli israeliani...

– Ma anche noi siamo israeliani...

– No... voglio dire... gli ebrei...

Io la guardo negli occhi.

– Non piú tanto, ormai, – provo a dire, francamente, e intanto guardo il suo bel viso, i suoi capelli chiari. – Dopo che vi hanno sconfitti un pochino, vi odiamo già meno...

Lei ride. Le piace molto quello che ho detto.

– Ma quel tuo cugino... quel terrorista...

– Quello era un po' matto... – l'interrompo subito, non voglio che cominci a parlarmi di Adnan.

– E tu ci odii?

– Io... io non vi ho mai... – mentivo, perché delle volte mi fanno proprio venire i nervi questi ebrei che non ci dànno mai un passaggio in macchina, che non si fermano neanche quando piove e non c'è nessuno per la strada.

In quel momento ha suonato il telefono, e lei è corsa a rispondere. Doveva essere una sua amica, perché è rimasta lí forse mezz'ora a parlare. Rideva, e ogni tanto si metteva a parlare sottovoce; ad un certo punto ha persino parlato in inglese, perché io non potessi capire, forse diceva parolacce. Ho sentito anche che bisbigliava «è un arabo simpatico». Ha detto di me anche altre cose, che però non ho capito. Io intanto non mi ero mosso, continuavo a mangiare un po' di aringa o di cioccolata, guardavo i candelieri vuoti. Non sapevo se potevo alzarmi. Guardavo i mobili, il giornale che era su una delle sedie, leggevo gli annunci pubblicitari.

Infine è tornata, si è stupita di trovarmi ancora seduto là.

– Hai finito?

– Da un pezzo...

– Allora puoi andare. Papà ha detto che non ha piú bisogno di te. Ha detto che dopo mangiato puoi andare a casa, ti vedrà poi in garage.

Era finita, dunque: hanno dato da mangiare all'operaio, e adesso può tornarsene a casa.

Mi alzo in fretta, prendo il mio pigiama e mi avvio alla porta.

– Hai soldi per l'autobus?

– Sí.

Per quanto non ne avessi.

– Lo sai dov'è la fermata dell'autobus?

– Sí, ma credo che andrò a piedi.

Mi dispiaceva tanto che fosse finita, anche se non sapevo come avrebbe potuto continuare.

– Se vuoi, ti posso accompagnare...

Come se avesse capito, come se dispiacesse anche a lei.

– Come vuoi, – le rispondo con indifferenza, ma avrei voluto inginocchiarmi davanti a lei e baciarle i piedi.

– Allora aspetta un momento...

È andata a mettersi le scarpe.

E cosí siamo scesi insieme. Facevamo una strana coppia, la gente ci guardava perché lei era bella e ben vestita, e io invece ero in tuta da lavoro, sporca e tutta spiegazzata per la pioggia. Camminavamo in fretta, quasi senza parlare. Abbiamo cominciato a scender giú per il monte, lei mi ha fatto vedere dov'era la scorciatoia, che si scende per i gradini, tra i fiori e il verde, come un sentiero in mezzo al paradiso. Soltanto una volta si è fermata e mi ha chiesto quando ci si sposa da noi, cioè a che età. – Come da voi, – le ho detto, e abbiamo continuato a scendere. In mezzo alla discesa abbiamo incontrato due ragazzi, suoi compagni, che sono stati molto contenti di vederla. Lei gli ha detto: – Questo è Na'im –. Loro non hanno capito, ma hanno detto i loro nomi, che io però non ho afferrato. Pare che solo in quel momento lei si sia accorta di quanto ero diverso, tutto sporco, e mi ha detto: – Da qui puoi trovare la strada da solo.

– Va bene, – ho detto.

E l'ho lasciata lí a chiacchierare con i suoi compagni. Mi sono ricordato che non l'avevo ringraziata per la colazione, ma non sono tornato indietro, mi sono soltanto voltato a guardare se lei stava ancora chiacchierando con quelli là. Alla fine si è voltata ed è tornata a salire insieme a loro, e non li ho piú visti. L'aria era piena di profumi. Era un sabato di primavera, e c'era in giro gente ben vestita, e tanti bambini.

Alla fermata, l'autobus non c'era. Una camionetta di un paese vicino mi ha portato a qualche chilometro dal mio paese, e da lí sono andato a piedi. Salutavo la gente che lavorava nei campi, come di solito. Da noi lavorano sempre, non ci si riposa mai. D'un tratto mi si stringe il cuore, non so se per la felicità o per tristezza, e comincio a piangere forte, come una pompa che si mette in moto. Ero talmente pieno d'emozioni di questi ultimi giorni, che mi sono messo a piangere in mezzo a quella strada deserta, mi sono buttato sulla terra bagnata. Come se mi dispiacesse d'essere un arabo – ma se anche fossi ebreo, che cosa cambierebbe?

DAFI

Dorme come un ghiro, e per causa sua mi tocca starmene chiusa in casa. Oggi fa un tempo splendido. Stamane ho telefonato a Tali e ad Osnat e ho detto loro di non venire da me oggi. Si sarebbero divertite un mondo ma non volevo che lui si confondesse con tante ragazze intorno. Papà e mamma si sono alzati presto e sono usciti, e io devo stare qua a dargli la colazione e poi spedirlo via. È già tutto pronto. Ho messo in tavola tutto quello che c'era nel frigorifero, e ho anche aperto una scatoletta di acciughe e una di fagioli. Che prenda lui quello che gli piace, e che non faccia le smorfie come ieri, quando gli hanno dato le polpette. Io non voglio storie con quella gente – e che non pensi che gli diamo da mangiare poco perché lui è arabo. La padella è già pronta, con dentro l'olio, i fiammiferi a portata di mano, due uova, e nel pentolino c'è l'acqua. Basta che passi l'ordinazione, e subito gli arriverà la colazione, come in un fast-food. Se mamma vedesse come sono capace di organizzarmi, pretende-

rebbe che le preparassi la colazione ogni sabato. E quello continua a dormire. Ma che si crede, di essere in un albergo? E io sono nervosa – già due volte mi sono cambiata d'abito: in principio mi sono messa una gonna, ma ho sempre paura che m'in-
grossi di dietro; allora mi sono messa la tunica, quella lunga, ma
poi me la sono tolta perché mi pareva di esagerare, e alla fine mi
sono messa i pantaloni di ieri, soltanto con un pullover aderen-
te, tanto non vale la pena di nascondere quello che ormai non si
può piú nascondere. Ho acceso la radio a tutto volume – chissà
che il quiz musicale non lo svegli. Ma lui dorme come un sasso,
e io non ho mica voglia di starmene in casa fino a sera. Alle undici ho bussato un po' alla porta dello studio, e poi ho deciso di
entrare, come se volessi cercare un libro. E lui era lí che dormiva tranquillo, sdraiato sulla schiena, con quel suo pigiama inverosimile, come se avesse iniziato l'eterno riposo. Allora ho deciso che bastava cosí, il resto del sonno poteva farselo da mamma
sua. Mi sono avvicinata e gli ho messo direttamente la mano sulla faccia. Perché no, in fondo? Non è che un operaio di papà, e
anch'io sono un po' la padrona qui dentro. Alla fin fine ha aperto gli occhi.

– Papà e mamma sono usciti e mi hanno detto di prepararti
la colazione. Come lo vuoi, l'uovo?

Gliel'ho detto tutto d'un fiato, mentre lui, ancora con la testa sul cuscino, stava pensando a chissà che cosa. Già mi pentivo di averglielo detto. Infine l'ho persuaso a mangiare l'uovo
strapazzato, perché quello so farlo bene. E quel bastardo, ancora sdraiato, mi ha pregato di non metterci zucchero, perché le
polpette dolci, iersera, non gli erano piaciute. Roba da matti.

Ma si vede che uno si abitua a tutto. Quando è uscito dal bagno e ha visto la tavola imbandita per lui e carica di ogni ben di
Dio, non si è mica entusiasmato tanto. Ieri ancora piagnucolava
come un povero cucciolo, e adesso eccolo seduto, tutto tronfio
e diritto, a mangiare a bocca chiusa come un gentiluomo. Bravo! Mangia questo, rifiuta quest'altro, ha le sue opinioni. E io
sto a servirlo, gli spalmo le fette di pane, cambio i piatti, quasi
non mi riconosco. Credo che non ci sia nessuno che io abbia
mai servito in questa maniera, e neanche ci sarà. Ed ero anche

tesa come una molla, accidenti. Avevo già dimenticato la sua somiglianza con Yigal, quella era stata un'idea bislacca. Adesso, con quei vestiti da lavoro sporchi, sembrava piú adulto, sul viso gli si vedeva persino un principio di barba e di baffi. Mangiava con molto appetito, ma lui può permetterselo, è magrissimo. Ha una specie di calma interiore, anche se ogni due minuti arrossisce cosí, senza motivo. Dice anche grazie, molto gentilmente, ma sono sicura che in fondo ci odia, come tutti loro. Ma perché? Al diavolo, cosa gli abbiamo fatto? Non stanno poi tanto male, con noi. Allora gliel'ho detto in faccia, gli ho chiesto se ci odiano tanto. Lui si è spaventato, si è messo a balbettare, ha cominciato a spiegarmi che adesso, dopo che ci hanno sconfitti un pochino, non è piú tanto grave. Loro ci hanno sconfitti? Ma sono impazziti?

Però non mi sono accontentata di quella risposta vaga. M'interessava sapere se lui personalmente ci odiava, e che cosa pensava veramente. Allora mi ha detto che lui non ci odia per niente e mi ha guardato negli occhi, ma è diventato tutto rosso.

Davvero, gli ho creduto.

Ha suonato il telefono, era Osnat. Era diventata inquieta perché le avevo detto che non poteva venire da me, e ha cominciato a farmi l'interrogatorio. Non ha smesso finché non è riuscita a tirarmi fuori tutti i particolari, ed è rimasta un po' stupita quando ha sentito che si trattava soltanto di un arabetto, un operaio di papà – anche se le ho detto che era abbastanza carino.

Intanto lui aveva finito la colazione, ma era rimasto là seduto, come impalato. Mi ero già accorta che dove lo mettono lui rimane, finché non lo mettono da un'altra parte. E adesso era tempo che si muovesse da solo e si prendesse un po' di responsabilità, come predica sempre Schwarzi. Gli ho detto: – Adesso puoi andare. Papà non ha piú bisogno di te. Puoi tornare a casa, e lui ti vedrà poi in garage.

Allora è saltato su, ha preso il sacchettino col suo pigiama e stava già per andarsene, non credevo che obbedisse cosí in fretta. Mi pentivo di non aver fatto venire Osnat, mi sarebbe piaciuto che lei lo vedesse e che sentisse come sa declamare le poesie. Gli ho chiesto se sapeva dov'era la fermata dell'autobus, ma lui mi ha detto che sarebbe andato a piedi. D'improvviso, non so perché, mi ha fatto compassione: con quei vestiti da lavoro sudici aveva un'aria cosí dimessa e, di sabato, gli toccava andarsene da solo, attraverso tutto il Carmel elegante, fino al suo villaggio, che era chissà dove. E mi dispiaceva che se ne andasse cosí, che non l'avrei visto mai piú, e lui intanto sarebbe diventato un arabo grosso e ottuso, come tutti gli operai arabi che ci sono in giro. Allora gli ho detto: aspetta un momento, ti accompagno – perché volevo fargli vedere dove si può scendere dal Carmel per la scorciatoia dei gradini. Con un tempo cosí, è bellissimo scendere per quella strada.

Faceva un po' strano camminare per il Markaz ha-Carmel di sabato, insieme a un operaio, passare davanti a tutti quei bar affollati e alla gente vestita a festa. Fortuna che lui è un po' piú alto di me. Gli ho fatto vedere dove sono i gradini che portano alla Città Bassa, e ho anche cominciato a scendere un po' insieme a lui. D'un tratto mi è venuta un'idea stramba, che lui fosse sposato – chissà a che età si sposano, da loro. Gliel'ho chiesto, cosí direttamente, e pare che non sia cosí. Abbiamo continuato a scendere tra gli arbusti e i fiori, finché non ho visto Yigal Rabinowitz e Zachi, che stavano salendo. Loro si sono un po' meravigliati di vedermi con lui, e allora ho pensato: fin dove devo accompagnarlo? Fino al suo villaggio? Cosí l'ho salutato. Si arrangerà da solo. E infatti l'abbiamo subito perduto di vista, giú per il *wadi*. Sono rimasta un po' a chiacchierare con loro, e poi siamo risaliti. Credevo che volessero andare a sedersi al bar, ma loro avevano fretta di andare a vedere la partita di pallacanestro. Che bambocci. Allora sono andata da Tali ma lei non c'era, e sua mamma come al solito non sapeva dov'era andata e neanche le importava. Da lí sono andata da Osnat, ma erano già tutti seduti a tavola per il pranzo. Non avrei avuto niente in contrario se mi avessero invitata, ma non l'hanno fatto. Sono tornata a casa, che d'un tratto m'è parsa terribilmente silenziosa. Nello studio c'erano le lenzuola e le coperte di lui ben ripiegate, cosí come le aveva lasciate. La gente proprio non lo capisce com'è difficile essere figlia unica. Ero esausta e triste. Tutta la mia energia se n'era andata per quella stupida colazione. Fuori cominciava a rannuvolarsi, la bella giornata era finita, tornava l'inverno. Mi sono seduta al tavolo di cucina e ho mangiato tutta la cioccolata che c'era, e guardavo l'enorme mucchio di piatti sporchi. Me la sono squagliata in fretta per non immalinconirmi ancora di piú. M'è venuta voglia di leggere qualcosa, ma qualcosa di bello – non i soliti giornali deprimenti. M'è venuto in mente come ieri sera lui se ne stava seduto sull'orlo della poltrona e declamava a bassa voce i *Morti del Deserto*. Mi sono messa a cercare un libro di poesie, per leggerne un po', avevo sempre sul tavolo *Le Stelle Fuori* di Alterman, ma da qualche settimana non lo trovo piú. Cosí, in mancanza di meglio, ho preso Bialik. Il libro era aperto sui *Morti del Deserto* – chissà che stavolta non riesca a capire che cosa c'è di cosí sublime, lí dentro.

Sento papà e mamma che tornano. Svelta svelta mi tolgo le scarpe, m'infilo nel letto con il libro, mi tiro sopra la coperta, che non mi vengano a seccare. Loro erano stanchi e irritati. Non avevano trovato nulla. Mamma ha visto il caos che c'era in cucina ed è venuta subito in camera mia.

– Cosa sono tutti quei piatti? Non potevi lavarli?

– Non sono piatti miei, sono di quel vostro arabo...

– E gli occorrevano tutti quei piatti per la colazione?

– Puoi crederci... quello è un arabo molto raffinato, te ne sei già accorta ieri sera.

Mi ha guardata male, ma io ho alzato il libro per farmi scudo e ho continuato a leggere.

«E il silenzio tornò a regnare, e il deserto ristette solitario».

ADAM

Ero pieno di speranza, sentivo che stavo per trovarlo, che ero sulle sue tracce. Non ho voluto perdere un minuto. Asya si è vestita, ma Na'im stava ancora dormendo. Ho dato istruzioni a Dafi, che era già sveglia, su cosa dirgli e che cosa farne, e siamo partiti per Dimona, a cercare quello zio. Era una splendida giornata di sabato, le strade erano piene di macchine. Saranno stati cinque anni che non scendevamo al sud, al Negev, e faceva piacere scoprire strade nuove, villaggi che non conoscevamo. Non avevamo l'indirizzo a Dimona, sapevamo soltanto il nome – Gabriel Arditi. Lo stesso nome che continuava a venir fuori dal computer di quell'ufficio militare. Evidentemente c'era una ragione. Era suo zio, e forse lui si nascondeva proprio là. Credevo che Dimona fosse un paesucolo, e invece abbiamo trovato una città fiorente in mezzo al deserto. Non sapevamo dove cominciare, c'erano isolati di case a perdita d'occhio. Ma gli abitanti si sono rivelati gentili e servizievoli, e cercavano di aiutarci. Ognuno conosceva qualche Arditi, e ci hanno accompagnati dall'uno all'altro, finché non abbiamo trovato quello giusto. Stava pranzando, e ci ha aperto la porta con la forchetta in mano. E qui c'è stata la delusione. Gli abbiamo raccontato in breve la faccenda. Lui ci guardava con sospetto, e prima di tutto non ha creduto che la nonna fosse ancora viva. – Ma voi vi sbagliate, – ha insistito, – la nonna di Gabriel, la mamma di sua madre, è morta dopo la fondazione dello Stato –. Di questo, lui era proprio sicuro – già allora lei era molto vecchia. Probabilmente noi parlavamo di un'altra nonna, o di una vecchia zia. Di Gabriel lui sapeva molto poco. Aveva sentito dire che anni fa era andato a raggiungere suo padre a Parigi, non sapeva neanche che fosse tornato.– Siete anche voi della famiglia? Scusate se ve lo chiedo, ma mi pare che voi siate ashkenaziti.

Non siamo riusciti a cavarci niente. Non ci ha neppure invitati a entrare in casa. Ci ha dato soltanto l'indirizzo di un altro parente, un cugino del padre di Gabriel, che era in contatto con la famiglia, forse lui ne sapeva qualcosa.

Era già tardi per arrivare fino a Gerusalemme. Il cielo ha cominciato a rannuvolarsi, e cosí siamo tornati a Haifa. Na'im se n'era andato, Dafi era lí col muso lungo. Io ero preoccupato per la vecchia. Sono andato a trovarla e le ho raccontato della visita a Dimona. Naturalmente non le ho detto che quelli pensavano che lei fosse morta. Ho fatto il nome di quell'altro parente, quel cugino del padre di Gabriel. Lei se lo ricordava: – Ah, quel vecchio scimunito. Provi pure ad andarci, perché no?

L'indomani dopo mezzogiorno sono andato a Gerusalemme, a cercarlo. Questa volta avevo l'indirizzo. Ma lí abitava un'altra famiglia, e mi hanno detto che effettivamente prima ci abitava un vecchio, ma che tre anni prima quello era andato ad abitare da sua figlia, a Ramat Gan. Sono andato a Ramat Gan. Non è stato facile trovarlo, perché la figlia ed il genero avevano traslocato diverse volte, negli ultimi anni, e ogni volta si erano trasferiti in un appartamento piú lussuoso. Alla fine ci sono arrivato. Lui non era in casa, era andato a un circolo per gli anziani. L'ho aspettato a lungo, e intanto ho chiacchierato con i suoi nipoti. Loro mi hanno detto che Gabriel non si era fatto vivo con loro, ma ho voluto aspettare lo stesso. Infine è arrivato il vecchio, è stato contentissimo di vedere che c'era qualcuno che l'aspettava. Ho cominciato a raccontargli la storia. Anche lui non ha voluto credere che la nonna fosse viva. La storia che lei aveva perso conoscenza e poi era tornata in sé non gli ha fatto nessuna impressione. Ha cominciato a discutere con me, diceva che dovevo essermi sbagliato, che lui era sicuro che quella nonna era morta nel quarantotto, ancora prima della proclamazione dello Stato. Gli sembrava d'essere persino andato al funerale, a Gerusalemme, durante l'assedio. Non c'è stato modo di fargli cambiare idea. Gli ho detto che potevo condurlo da lei anche subito, ma lui si è messo a ridere, un riso isterico: – No, grazie. Alla mia età non vado a fare visite notturne ai defunti.

Si ricordava di Gabriel, di quand'era bambino. Qualche volta suo padre lo portava da loro. Ma poi erano partiti per il Venezuela. Forse erano arrivati solo fino a Parigi, ma era sicuro che volessero andare in Venezuela a raggiungere un ramo ricco della famiglia, che si era stabilito laggiú verso la metà del secolo scorso.

Per farla breve, è stato molto gentile, non voleva lasciarmi andare, mi ha persino invitato a cenare con lui. E mi ha raccontato tante storie della famiglia, dei nipoti.

Sono uscito da casa sua che era già tardi. Per quanto fino a quel momento avessi fatto soltanto un buco nell'acqua, ero sempre piú convinto: non era possibile che lui fosse stato ucciso. Doveva per forza essere vivo, trovarsi da qualche parte. Le storie avventurose che avevo sentito su quella famiglia mi hanno fatto pensare che forse la vecchia aveva ragione, che biso-

gnava cominciare a cercarlo di notte. Ho lasciato la superstrada
e ho proseguito verso nord per vecchie strade secondarie. Mi
guardavo in giro, ed ero sorpreso di vedere che anche a quell'o-
ra tarda, verso mezzanotte, c'era ancora parecchio traffico. A
un incrocio vedo una piccola macchina ferma, col cofano aperto. Il cuore mi ha dato un balzo – ero sicuro che quella fosse la
Morris che stavo cercando. Ma era una Austin, un modello abbastanza somigliante, del '52. C'era lí uno che le girava intorno.
Qualcosa in quella sagoma mi ha fatto sobbalzare. Ho frenato
di colpo, sono sceso a guardare. No, non era Gabriel, a quanto
pare comincio a soffrire d'allucinazioni. Però era un uomo della
sua età, e somigliava un po' a Gabriel. Quei segni mi rafforzano
nella convinzione che Gabriel è vicino, che forse si aggira nei
dintorni, che forse proprio qui, su queste stradine secondarie,
di notte, potrei trovarlo.

Mi sono fermato accanto a quella macchina. – Cos'è successo? – Il giovanotto mi spiega che c'è qualcosa che non va col
motore, che lui non ci capisce niente. Sono tre ore che aspetta
che venga il carro attrezzi. Do un'occhiata al motore. – Provi
ad accenderlo, – gli dico. Lui mi guarda, incredulo. La mia barba lo trae in inganno.

– Ma scusi, lei ci capisce qualcosa, di motori?

– Un po'… provi a mettere in moto…

Lui dà l'avviamento. Vedo che la condotta della benzina è
intasata. Tiro fuori il cacciavite dal taschino, smonto il carburatore, pulisco la coppetta, libero l'ago che s'era incastrato.
Dieci minuti di lavoro. Il giovanotto mi guarda con apprensione, teme che gli rovini qualcosa là dentro.

– Metta in moto…

Il motore parte subito. Lui rimane sorpreso: era solo questo? Si profonde in ringraziamenti – ora potrà arrivare perlomeno fino al garage piú vicino. – Non occorre, – gli dico, – che vada al garage. È già tutto a posto.

Mezzanotte. Mi guardo in giro. Continuano a passare macchine, non credevo che ci fosse un tale traffico, di notte. Quello
sale in macchina, ringrazia ancora, e parte. Gli sembrava strano
che gli avessi fatto la riparazione senza farmi pagare.

Riparto. Dopo dieci chilometri vedo un'altra macchina ferma sul bordo della strada, stavolta è un carro attrezzi, forse lo stesso che stava aspettando quello della Austin che avevo riparato. S'era guastato anche lui. Ero stanco, ma mi sono fermato lo stesso.

L'autista era seduto in cabina, stava dormendo. L'ho scrollato un po' perché si svegliasse.

– Ha bisogno d'aiuto?

Quello si tira su, mezzo imbambolato. È un uomo grosso, pesante, dai capelli bianchi, il viso pieno di rughe.

No, non importa, dice. Starà lí ad aspettare che venga mattina. La condotta del carburante è intasata, e lui non è riuscito a metterla a posto. C'è nei dintorni un distributore di benzina che vende carburante non filtrato, fa intasare tutti i motori.

– Mi faccia vedere.

– Non riuscirà a far niente.

– Che ci perde a farmi provare?

Quello apre il coperchio del cofano, e io mi metto ad armeggiare nel motore, che è tutto sporco e mal tenuto, smonto la pompa della benzina. Erano anni che non facevo lavori del genere.

Intanto parliamo. Lui mi racconta un po' di sé. Abita in un paesino, non lontano da qui. Dopo la Guerra dei Sei Giorni ne ha avuto abbastanza di fare il contadino, e cosí ha dato in affitto i suoi campi e s'è comperato questo carro attrezzi. Adesso fa servizio di rimorchio notturno per una ditta. Ma comincia ad averne abbastanza anche di questo. Ci vede poco e non s'intende dei nuovi motori che ci sono adesso, per cui non cerca neanche di ripararli sul posto. Quando lo chiamano per una macchina guasta, lui decide subito di rimorchiarla. In ditta sono arrabbiati con lui, per questo.

– Ma c'è poi tanto lavoro, di notte?

– Eccome. Sono sempre in giro, questi ebrei...

Guarda come pulisco la pompa della benzina, ci metto una vite nuova. Mi dà dei consigli strampalati, si vede proprio che lui, di meccanica se ne intende poco.

– In questi ultimi mesi, non le è capitato per caso d'incontrare una vecchia Morris, modello '47, di color celeste chiaro?

– Qui può trovare di tutto: Morris, Volvo, B.M.W., Ford, Volkswagen, Fiat, tutti i modelli che vuole. Piú le tasse aumentano, e piú le strade si riempiono di macchine.

– Ma una Morris piccola, color celeste...

– Anche Morris... tutto quel che vuole...

Era un po' intontito.

Gli ho avviato il motore. È rimasto stupito: ora potrà andarsene a dormire a casa sua. Mi chiede se non sarei disposto a lavorare per lui, mi darebbe una percentuale.

Ho sorriso, l'idea mi sembrava divertente.

– No. Però sarei disposto a comperare questa macchina.

– Comperarla?

– Sí. Chi glielo fa fare d'andare in giro di notte, alla sua età?

Lui si gratta la testa.

– Quanto mi darebbe?

– Venga domani al mio garage. Ci metteremo d'accordo.

L'indomani a mezzogiorno, Erlich mi chiede se ho detto a qualcuno di venire per vendermi un carro attrezzi. Sono andato a vedere. Lui era lí, tozzo, pesante – un vecchio contadino col suo carro attrezzi. Mi ricordava mio padre, aveva lo stesso modo di pronunciare le parole, di costruire le frasi. Stava lí, stupito e meravigliato di quell'enorme officina con decine di operai.

– È suo, tutto questo?

– Sí.

– E io che le avevo proposto di lavorare per me... – era un po' amareggiato, ma anche divertito.

Ho controllato la macchina, era abbastanza malmessa. Ho chiamato Hamid perché guardasse il motore, e ho detto a Erlich d'informarsi sui prezzi del mercato. Dopo un'ora ho avuto i risultati. Ho detto a Erlich: – Va bene, mettiti d'accordo con lui per il prezzo e comprala.

Erlich non era convinto.

– Che vuoi fartene di un carro attrezzi?

– Cominceremo a fare servizi di rimorchio notturno. Ci porterà nuovi clienti.

– Ma chi lo farà, questo lavoro?

– Io.

– Tu?? – non voleva crederci.

– Perché no? Credi che abbia dimenticato come si fa a lavorare?

NA'IM

L'indomani lui non è venuto in officina. Gli arabi non mi hanno fatto domande, come se non gliene importasse che avevo dormito a casa di lui. Soltanto Hamid mi ha domandato che razza di lavoro notturno avevo fatto, e gli ho detto che c'era d'aggiustare uno scaldabagno guasto, e che io gli porgevo le chiavi. Ho detto una bugia, anche se lui non me l'aveva chiesto.

Il giorno dopo Adam è venuto al lavoro, ma non mi ha detto neanche una parola. È passato un altro giorno, e lui pareva che neanche mi vedesse, e lo stesso per un altro giorno, e per un altro ancora. Una volta mi ha visto, m'ha fatto un sorriso e m'ha detto: – Come stanno le poesie? – Non ho fatto neanche in tempo a rispondergli, che già l'hanno chiamato al telefono e se n'è andato. Cosí sono passate due settimane da quella notte, e pareva che lui mi avesse dimenticato. Aveva dimenticato che ero stato a dormire a casa sua, che avevo fatto il bagno nella sua vasca. M'ha fatto tristezza, anche se non so che cosa m'aspettavo da lui.

Non avevo neanche voglia di recitare poesie, ma cercavo di stargli il piú possibile vicino, speravo che si sarebbe ricordato di me, che mi avrebbe dato qualche incarico. Ma lui m'ignorava. Ero diventato come un cane, riconoscevo le sue tracce dall'odore. Ma lui era sempre indaffarato, andava e veniva. Ha comprato un vecchio carro attrezzi e si occupa solo di quello, non s'interessa a tutto il resto. L'ha fatto rimettere a nuovo, l'ha verniciato, ci ha montato un mucchio di attrezzi, ci gira intorno come uno spirito in pena.

Intanto le giornate si allungano. Il mattino, quando partiamo dal paese, c'è già luce, e quando torniamo fa ancora giorno. Io, del lavoro ne ho piene le tasche. Sempre a registrare freni, che barba. Sto sdraiato sotto le macchine e grido agli ebrei: pigia sul pedale, lascia, tieni, lascia piano piano, pigia – e gli ebrei mi obbediscono.

E i giorni passano, l'uno uguale all'altro, e non succede mai niente. Parlano di nuovo di guerra, la radio continua a blaterare. Noialtri abbiamo cominciato ad ascoltare che cosa gli ebrei dicono di se stessi – non fanno che compiangersi e maledirsi, e a noi fa piacere. Ci piace sentire come sono corrotti e stupidi e come hanno la vita dura, anche se questo non lo si vede tanto, perché continuano a cambiare macchine, a comprarne di nuove, di piú grosse.

Un giorno, verso sera, ha portato il carro attrezzi per fargli registrare i freni. Lui si è infilato sotto la macchina e io dovevo pigiare sui pedali, come se non si fidasse di lasciarmelo fare. Tutti eravamo già stufi di quella macchina, mentre lui continuava a giocherellarci come se non ne avesse mai viste, di macchine. Dopo che ha finito con i freni, è sceso e si è messo a guardarla amorosamente, per vedere se non si trovava ancora qualcosa da lucidare. Per un momento c'è stato silenzio, e non c'era nessuno vicino. Temevo che lui mi scappasse di nuovo, e mi sono lasciato sfuggire:

– Come sta la nonna?

La verità è che volevo dire Dafi, ma mi è scappato detto: nonna.

Sono diventato rosso.

– Che nonna? – ha chiesto lui, sorpreso.

– Quella che siamo andati a trovare di notte... che aveva perduto conoscenza e che poi l'ha ritrovata...

– Ah... quella nonna? Ah... ah... – è scoppiato a ridere. – La nonna... ah... ah... sta benissimo. Ti manda tanti saluti.

Ha cominciato ad azionare l'argano, lo faceva salire e scendere. E d'un tratto ha cominciato a fissarmi, mi guardava da tutte le parti, si vedeva che gli stava venendo un'idea nuova.

– Senti avrei bisogno di te per lavorare di notte con questa macchina. Credi che tuo padre ti permetterebbe di rimanere a dormire in città?

– Ma sicuro... – Ero già al settimo cielo. – A mio papà non importa dove dormo...

– Benissimo. Allora domani porta la tua roba... il pigiama e tutto il resto... comincerai a lavorare col carro attrezzi, di notte... andremo a rimorchiare macchine... andremo in giro... noi due...

Dalla gioia, il cuore mi faceva i salti mortali.

– Sí, va benissimo, ma... dove andrò a dormire? Ancora a casa sua?

Lui mi ha guardato con sorpresa.

– Ti troveremo un posto, non aver paura... sistemeremo qualcosa qui nel garage... o magari dalla nonna, la signora Hermoso... – Si è messo a ridere di nuovo: – Sí, potresti forse dormire da lei... un'ottima idea... lei si prenderà cura di te, e tu potresti badare un po' a lei...

ADAM

L'indomani Na'im è arrivato con una vecchia valigia, con addosso un paltò invernale piú grande di lui. Gli arabi lo hanno visto che veniva direttamente da me – avevo già notato che mostravano un grande interesse per i nostri rapporti. Quella familiarità li metteva in sospetto.

– Che cosa hai detto a tuo papà?

– Che venivo a stare con lei.

– E lui, cos'ha detto?

– Niente... – ha detto, arrossendo, – che lei doveva badare a me come se fosse mio padre...

– Nient'altro?

– Soltanto questo.

Con che facilità rinunciano a un figlio...

– Va bene. Siediti qua e aspetta.

Per tutto il giorno il ragazzo è rimasto seduto lí, imbaccucato nel suo paltò, con la valigia accanto. Aspettava in silenzio, separato ormai dagli altri operai, e mi seguiva con gli occhi. Dovunque andassi, mi sentivo addosso lo sguardo di quegli occhi neri. Improvvisamente era diventato mio, come se avessi adottato un figlio.

A mezzogiorno sono andato a parlare con Hamid. – Prendo con me Na'im, che mi aiuti col carro attrezzi, di notte. Dormirà da una vecchia signora, mia conoscente, non c'è da preoccuparsi.

Ma quello non si sognava neanche di preoccuparsi, ha appena alzato gli occhi per un momento, e poi ha continuato a stringere le viti del motore al quale stava lavorando. Non capiva che cosa volessi da lui.

Dopo finito il lavoro ho portato Na'im a casa della vecchia. Ho suonato alla porta, e subito ho sentito il ticchettio dei suoi passi.

– Chi è?

– Sono io, Adam. Ho portato il ragazzo –. Allora lei ha cominciato ad armeggiare con i chiavistelli. Quando ci ha aperto, ho fatto fatica a riconoscerla: ci stava davanti, piccolina ma eretta, con un vestito rosa a fiori, gli occhiali sul naso, e un'aria vivace. Era difficile credere che fosse la stessa vecchia che solo qualche settimana prima se ne stava immobile su un letto d'ospedale, e l'infermiera le versava della pappa in bocca. L'ho abbracciata.

– Come sta, signora Hermoso?

– Non c'è male. Quando il cervello è a posto, il resto va bene, anche se mi tocca lavorare tutto il giorno per pulire, mettere in ordine... non guardi la casa, è tutta per aria...

Ma la casa era in perfetto ordine, la cucina tirata a specchio, le tende alle finestre erano state stirate.

– Macché per aria... quasi non si riconosce... è tutto pulito...

Ma lei m'interrompe: – La chiama pulizia, questa? Questo non è ancora niente. Avrebbe dovuto venire quarant'anni fa, per vedere che cosa vuol dire pulizia. Allora si sarebbe potuto mangiare sul pavimento.

Ho preso Na'im per il braccio: – Le ho portato Na'im, se lo ricorda? È venuto con me quella famosa notte...

Lei lo squadra da capo ai piedi: – Ma sí... è quell'arabo che è entrato dalla finestra... *chif halaq ya ualad*, come stai, ragazzo? –

Poi gli dice ancora, in arabo, che da ora in avanti doveva entrare solamente dalla porta. Na'im è diventato tutto rosso e l'ha guardata male.

– Lui abiterà qui per un po'. Di notte verrà con me a cercare Gabriel.

Lei dà un sospiro quando sente il nome di Gabriel

– Allora venite, entrate... che cosa c'è in questa valigia? – E di nuovo si rivolge a Na'im, in arabo: – Fammi vedere un po'... non mi avrai mica portato delle cimici?

E prima che lui possa dire qualcosa, gli apre la valigia e comincia a frugarci dentro. Sopra i vestiti ben piegati c'erano uova, peperoni, pomodori e melanzane.

– Cos'è questa roba? I turchi se ne sono andati da un pezzo...

Lui è imbarazzato, comincia a infuriarsi, le risponde in ebraico: – Non so chi ce l'abbia messa... forse mamma...

La vecchia comincia a tirar fuori la verdura, esamina le uova controluce.

– Beh, le uova sono buone. Tira fuori tutta la tua roba, che prenda un po' d'aria. Di' a tua mamma grazie tante, ma che un'altra volta non metta la roba da mangiare insieme ai vestiti, che poi ti trovi gli scarafaggi nelle tasche... Dove hai rubato questo pigiama? Dell'asciugamano non c'era bisogno; mettilo subito con la roba sporca... il resto dei vestiti lo guarderemo dopo. Intanto va' a lavarti, svelto, su, prima che l'acqua si raffreddi. Ho acceso lo scaldabagno stamane, appena ho sentito che dovevi venire. Fatti il bagno adesso, che dopo mangiato avrai lo stomaco pesante... ma bada di non sporcare tanto, che qui non è mica un albergo, io non ho voglia di pulire tre volte al giorno. Ho preparato una stanza tutta per lui... un armadio tutto per lui... qui potrai dormire senza gli asini e le capre e le galline...

E senza far complimenti lo prende per un braccio e lo spinge in bagno. Povero Na'im, ogni volta che va in casa d'ebrei, per prima cosa lo mandano a lavarsi, comincerà a farci l'abitudine. Intanto lei mi fa accomodare nella stanza grande, mi mette davanti un vassoio con biscotti, noccioline e mandorle e mi prepara un caffè.

– Non deve scomodarsi, – le ho detto.

– Ormai mi sono scomodata. Non posso mica buttar via tutto.

Il caffè era ottimo, e lei era proprio incantevole, cosí traboccante di vitalità, con quel suo sorriso gentile. Le ho spiegato il mio piano, di girare per le strade di notte a cercare le macchine in panne, per vedere di trovare Gabriel. Le ho detto che naturalmente poteva farsi aiutare da Na'im per le pulizie, per andare al mercato, per fare qualche riparazione. – È un bravo ragazzo, – le ho detto. – Vedrà.

– Sí, magari finché sono piccoli. Dopo diventano dei terroristi, degli olpisti...

Mi ha fatto ridere.

Poi ha inforcato gli occhiali, ha preso un fascio di giornali delle scorse settimane e si è messa a sfogliarli. Infine si è tolta gli occhiali e mi ha fatto una domanda:

– Forse lei può aiutarmi.

– Se posso... volentieri.

– Mi dica un po' chi è questo Kissinger?

– Come?

– Chi è? Che cos'è? Prima di ammalarmi non l'avevo mai sentito nominare. E adesso vedo che tutti i giornali ne parlano. Chi è?

Le ho spiegato chi era Kissinger.

– Un ebreo? – È rimasta stupita, incredula: – Non è possibile! Forse un rinnegato... ma come si permette? Cosa ne dice lei? Non si vergogna di procurarci tanti guai?

– Beh, non è poi tanto grave, la faccenda... – ho detto, cercando di calmarla.

– Come non è grave? – è saltata su. – Ma legga che cosa ne scrivono i giornali. Bisognerebbe che qualcuno gli dicesse quattro parole, al papà di quel Kissinger...

Intanto Na'im era uscito dal bagno, e ci guardava tutto imbronciato.

Lei gli ha detto in arabo: – Come mai cosí presto? Hai fatto il bagno o hai solo giocato con l'acqua? Vieni qua... vediamo come ti sei lavato... dietro le orecchie ce la fai ad arrivare? La prossima volta ti lavo io. Non spaventarti, ne ho già lavati io, di giovanotti anche piú grandi di te... Adesso vieni a mangiare...

Era come l'argento vivo, immersa fino al collo nella lettura dei giornali. Voleva che io la mettessi al corrente di quello che succedeva in politica, nei partiti. Si lamentava di essersi persa le elezioni – lei, che di elezioni non ne aveva mai persa una. Diceva che anche priva di conoscenza avrebbe saputo per chi votare.

– Per chi avrebbe votato? – le ho chiesto, scherzando.

– Non certo per i comunisti... forse per quella mezza puttana... come si chiama? Quella che vuole l'uguaglianza per le donne... o forse per qualcun altro... ma dev'essere un segreto, nevvero?

E mi ha strizzato l'occhio.

Na'im se ne stava là quieto, mangiava una fetta di torta e beveva il caffè. Avevo già notato che lui aveva una specie di calma interiore, una capacità fenomenale di adattarsi all'ambiente. Guardava la vecchia con sospetto, ma taceva. Ha preso un giornale e ha cominciato a leggere con attenzione, cercando d'ignorarci.

Lei lo guardava stupita, m'ha chiesto sottovoce: – Ma come? Davvero sa leggere l'ebraico, o fa soltanto finta?

– Lo sa benissimo... l'ha studiato a scuola. Conosce poesie di Bialik, a memoria...

La vecchia s'è arrabbiata: – Che se ne fa lui di Bialik? Ma siamo proprio diventati matti con i nostri arabi... andrà a finire che smetteranno di lavorare e cominceranno a scrivere poesie... Ma se quel ragazzo sa leggere, che mi legga un po' i giornali. I miei occhi si stancano facilmente, e nei giornali c'è tanta roba interessante...

Gli prende il giornale, lo sfoglia, e poi glielo dà indietro. E in arabo gli dice: – Adesso lascia stare le illustrazioni e leggimi quell'articolo di Rosenblum che c'è in prima pagina. Quello è un farabutto, ma è sempre bene informato.

Mi sono alzato, ero incantato da lei.

– Vedi, Na'im? Avrai un lavoro interessante, qui...
Ma lui non si divertiva.

– Vuole già andarsene? – la vecchia era delusa, non voleva lasciarmi. – Che ore sono? Prenda ancora qualcosa da bere... perché non rimane a cena... sua moglie ancora non avrà preparato nulla... Quando devo metterlo a letto?

Mi sono messo a ridere: – Ci penserà lui ad andare a dormire. Ha quasi quindici anni. Si arrangerà...

– Ma... lei, stanotte, viene a prenderlo?

– Forse...

E d'un tratto, si aggrappa a me, come se stesse per crollare. Ha gli occhi pieni di lacrime.

– Vorrei poter venire con voi, a cercarlo... Lei è cosí gentile a occuparsi di me, a non lasciarmi sola, come tutti...

Le ho messo una mano sulla spalla, odorava di sapone per neonati.

E Na'im intanto si era messo comodo, seduto in poltrona. Non badava a noi, beveva il suo caffè e sfogliava i giornali.

NA'IM

Ho detto a mamma e a papà che lui aveva ancora bisogno di me, che avrei dormito in casa d'una vecchia, perché lui voleva che l'aiutassi proprio di notte, per un lavoro speciale. Non sapevo quando avrei potuto tornare.

– Gli si è rotto di nuovo lo scaldabagno? – ha chiesto mamma. Anche a loro avevo raccontato la storia dello scaldabagno; per quella famosa sera che ero entrato dalla finestra in casa della vecchia, senza sapere che lei era tornata.

– No, stavolta lui va a rimorchiare delle macchine che si sono guastate per strada, vuole acchiappare altri clienti. Forse vuole ingrandire l'officina. Io devo aiutarlo con l'argano e con tutto il resto.

A papà l'idea è molto piaciuta, era orgoglioso di me. Ha detto subito: – Vedi, Na'im... tu volevi continuare a perdere tempo a studiare. E adesso non sono ancora passati cinque mesi, e già il padrone non può fare a meno di te.

– Può farne a meno benissimo, ma ha voluto proprio me.

Papà è andato subito dalla zia Aiscia ed è tornato con un vecchio valigione, e mamma ha cominciato a ripiegare i vestiti e a metterceli dentro. Continuava a mettere dentro roba, come se non dovessi tornare mai piú. Ma non ne ho poi tanti, di vestiti, e hanno riempito solo forse un terzo della valigia. Quando papà se n'è accorto, ha chiamato mamma, e insieme sono andati nella camera che era di Adnan. Hanno parlottato per un po' e poi mi hanno chiamato. Quando sono entrato, ho visto che avevano sciorinato sul letto tutti i vestiti di Adnan. Mi hanno detto di spogliarmi e mi hanno fatto provare diversi vestiti di lui: camicie, pantaloni, golf – mamma segnava con gli spilli dove bisognava accorciare, e papà la guardava. Aveva gli occhi rossi, e a un certo momento è scoppiato a piangere, chiamava: – Adnan... Adnan... – Mamma ha detto subito: – È meglio che lasciamo andare –. Ma lui ha detto: – No! A chi vuoi che diamo questi vestiti? Ai Servizi Segreti? – E cosí mi hanno messo in valigia anche i vestiti di Adnan, e mi hanno dato anche il suo paltò, che prima era stato di Fais. E ancora la valigia non era piena. Allora mamma ha portato un po' di peperoni, di melanzane e d'aglio, e sopra ci ha messo anche delle uova: – Queste sono per la vecchia dove andrai ad abitare, perché ti tratti bene e ti dia da mangiare.

Erano molto emozionati e confusi e preoccupati, ma anche molto contenti che io stessi diventando un buon meccanico. Papà mi ha preso da parte e mi ha detto serio serio: – Aspetta due settimane, e poi chiedi un aumento. Promettimelo –. La sera mi hanno fatto fare il bagno, e la mattina si sono svegliati tutti presto, papà ha portato una carriola, ci ha messo la valigia, e cosí siamo andati alla fermata dell'autobus.

Mi ero già accorto che, sull'autobus, gli altri operai mi guardavano un po' di traverso. Si era sparsa la voce che avevo avuto un incarico speciale, e tutti erano un po' gelosi, perché chi non vorrebbe andarsene dal paese e dormire in città, non doversi svegliare con le galline? Solo a Hamid non importava, lui m'ha guardato secco secco, senza dire una parola, indifferente.

Sono arrivato in garage abbastanza tardi, perché avevo dovuto trascinarmi quella valigia da solo. Lui mi ha visto e m'ha detto di aspettare. Cosí sono rimasto tutto il giorno seduto lí, accanto alla valigia. Mi faceva strano di starmene seduto mentre tutti gli altri lavoravano e mi guardavano di traverso. Io guardavo le foto delle ragazze nude, ma non c'erano grandi novità. Soltanto la foto della vecchia Capo del Governo, che adesso non lo era piú, era tutta strappata e sporca. Al Presidente avevano disegnato gli occhiali, e solo la foto del Presidente di prima era rimasta com'era. Dopo il lavoro lui mi ha portato a casa della vecchia. Stavolta siamo saliti per le scale, e lei ci ha aperto la porta. In un primo momento ho creduto che non fosse lei, perché era tutta ripulita e ben vestita, e anche la casa era pulita e in ordine. Ma era proprio la stessa vecchia, ho visto subito che avrei avuto grane con lei, che mi avrebbe rotto le balle, come usa dire uno dei meccanici ebrei nel garage. Il mio buonumore se n'è andato subito.

Prima di tutto perché ha cominciato a parlarmi in arabo, e a me non piace quando gli ebrei parlano in arabo, perché lo parlano male e sembra sempre che prendano un po' in giro. Quelli sono gli ebrei che si credono di conoscerci alla perfezione, accidenti a loro. E invece, tutto quello che sanno di noi sono le cose che possono riderci dietro, e non hanno nessun rispetto per noi, anche se si dànno arie da grandi amici.

Ha subito voluto aprire la mia valigia per vedere che cosa c'era dentro, e quando ha visto la verdura e le uova sopra i vestiti, io avrei voluto sprofondare sottoterra dalla vergogna, perché certo Adam ha pensato che avessi portato quella roba per venderla. Poi mi ha detto d'andarmi a lavare, anche se ero già pulito. È solo la gente sporca che deve lavarsi continuamente, usava dire Adnan. E mi ha fatto capire che aveva paura che io le portassi in casa degli scarafaggi, e sí che gli ultimi scarafaggi li avevo visti nella sua cucina, quella notte, e c'era anche un topo.

Ma sono stato zitto e sono andato a lavarmi – mi ero già lavato una volta in casa d'ebrei, e la cosa non mi faceva piú paura, ma mi sentivo offeso. Poi sono andato a vedere la camera che lei mi aveva preparato: veramente una bella stanza, con un letto, l'armadio e con la vista sulla baia. Non mi posso lamentare, ma certo non potrò starmene in pace, perché lei è una gran chiacchierona, sempre con la testa in politica. Continua a parlare di politica, e ha la casa piena di giornali. Non riesco a capire come abbia fatto a perdere conoscenza, il cervello è forse l'unica cosa che le funziona – per il resto è una specie di palla di grasso, fa fatica a muoversi.

Adam, invece è tutto contento, si diverte, ogni cosa che lei dice lo fa ridere. A me fa rabbia, non capisco che cosa ci sia da entusiasmarsi tanto. Intanto lei ha portato caffè e biscotti, ed erano anche buoni. Sanno cucinare bene questi ebrei levantini, si vede che hanno imparato da noialtri arabi.

In ogni modo ho deciso che non volevo avere storie con lei. Non è per lei che sono venuto ad abitare in città, ma per Dafi. La voglio vedere ancora, voglio conoscerla meglio, voglio amarla. Per non dare troppa confidenza alla vecchia, mi sono seduto in silenzio a leggere il «Maariv». Lei è rimasta stupita, le pareva stranissimo che un arabo leggesse un giornale in ebraico. Peccato che non abbia conosciuto Adnan, che lui i giornali li sapeva a memoria e aveva pure la risposta pronta a tutto quello che c'era scritto.

Bisogna che io stia all'erta qui, che me ne stia quieto e che non mi faccia intrappolare in discussioni, altrimenti per me sarà l'inferno. Non sono venuto qui per politica, ma per amore. Cosí mi sono messo tranquillo, con aria indifferente, come fa Hamid. Guardavo dalla finestra, pensavo che se avessi avuto un po' di soldi, avrei potuto andarmene al cinema.

Quando infine Adam se n'è andato, la vecchia l'ha accompagnato alla porta, e tutto d'un tratto ha cominciato a piangere, gli si è appicciata. Accidenti a lei.

Era già sera, e lei è andata in cucina a preparare la cena. Io non sapevo se dovevo liberare il tavolo dai piatti sporchi oppure no. Da un lato non volevo che lei mi prendesse per l'uomo delle pulizie – deve sapere che io sono un meccanico che è venuto ad abitare da lei; ma dall'altro lato vedevo che davvero era molto vecchia e che faceva fatica a muoversi, sospirava a ogni passo, e la luce del tramonto la faceva sembrare tutta bianca, come una morta. Doveva avere più di settant'anni, perché ne ha già settanta mio padre, e avevo paura che lei mi morisse da un momento all'altro. Cosí mi sono alzato, ho preso i piattini, le tazze e i cucchiaini e li ho portati in cucina. E lei mi ha sorriso, un sorriso da cadavere, e m'ha detto:

– Vai pure a leggere il giornale. Intanto io ti preparo la cena.

Le ho chiesto: – Non ci sarebbe qualche riparazione da fare, qui?

Ha cominciato a pensare, e poi si è curvata, si è messa ad aprire armadi, quasi strisciava per terra, non so che cosa cercasse. Infine ha tirato fuori una scala e ha cominciato a salirci. Per poco non mi mettevo a gridare. L'ho pregata: – Mi dica che cosa deve fare, posso farlo io.

Lei mi ha sorriso con quella sua bocca sdentata e mi ha detto, in arabo: – Sei proprio un bravo ragazzo.

Non volevo che ricominciasse a parlarmi in arabo, e le ho detto: – Può parlarmi in ebraico, non c'è bisogno che si sforzi di parlarmi in arabo.

Lei si è messa a ridere: – Ma finirai per dimenticarti l'arabo, e tuo padre se la prenderà con me.

– Non mi dimenticherò l'arabo, ci sono abbastanza arabi anche a Haifa.

Allora mi ha di nuovo fatto quel suo sorriso da morta e mi ha detto di salire a cercare in uno degli armadi se mi riusciva di trovare una lampadina che facesse un po' piú di luce in sala da pranzo, in modo che potessimo vedere quello che mangiamo. Sono salito di corsa sulla scala e ho guardato nell'armadio. C'era una ventina di lampadine, ma erano quasi tutte bruciate, non so perché lei le conservasse – forse credeva che si potessero rendere al supermercato. Prima di trovarne una buona ho dovuto provarle tutte.

Lei intanto ha preparato la cena: riso con carne d'agnello e fagioli, buonissimo, un vero mangiare da arabi. Continuava a servirmi, mentre lei non mangiava niente. Mi portava il pepe, cetrioli sottaceto, pane. Le ho detto che potevo andare da solo a prendere la roba, ma lei mi ha detto: – Tu sta' buono e mangia.

Infine ha portato anche del budino dolce.

Camminava piano, strascicando i piedi. Dopo cena ho sparecchiato e le ho detto che andavo a lavare i piatti. Ma lei non ha voluto, temeva che le rompessi qualcosa. Allora ho detto: – Va bene, ma perlomeno mi lasci portare giú l'immondizia.

Sono sceso col secchio dell'immondizia. La strada era già buia, e col secchio vuoto in mano sono andato a fare un giretto, a ispezionare un po' i dintorni, a vedere chi erano i vicini, che negozi c'erano.

Quando sono tornato, era seduta in poltrona, e tutto era pulito e in ordine. Mi ha guardato rabbiosa.

– Dove sei stato?

– Ho fatto un giretto per strada.

– Devi sempre dirmi dove vai. Io sono responsabile di te.

Avrei voluto urlare – che cosa le viene in mente? Responsabile, ma sono stato zitto.

Lei ha preso il «Maariv» e io ho preso «Yediot Aharonot», era tutto quello che c'era: né televisore né radio per sentire un po' di musica. Eravamo seduti l'uno di fronte all'altra come una coppia di vecchi e leggevamo in silenzio. M'annoiavo da morire. Ogni cinque minuti mi chiedeva l'ora. Infine si è stancata di leggere, si è tolta gli occhiali e m'ha detto: «Leggimi un po' tu che cosa scrive Rosenblum, in prima pagina».

Glie l'ho letto, ma adesso non mi ricordo bene: continuava a dire che tutti gli arabi vogliono ammazzare tutti gli ebrei.

E lei scuoteva la testa e sospirava.

Non sono stato capace di trattenermi e le ho detto: – Io voglio ammazzarla?

Mi ha fatto un sorriso e ha biascicato: – Vedremo, vedremo... Che ore sono?

– Le sette, – le ho detto.

– Allora su, va' a dormire. Forse stanotte lui verrà a prenderti, e non voglio che ti trovi stanco –. Non ero per niente stanco, ma non volevo mettermi a discutere con lei la prima sera e mi sono alzato. Le ho dato un'occhiata. Faceva proprio paura: tutta pallida, con gli occhi arrossati, sembrava una strega. Mi guardava fissa, e io ho cominciato a tremare. Ma allora mi ha detto una cosa talmente assurda e pazza, che non so da dove le sia venuta:

– Vieni qua, dammi un bacio.

Per poco non cadevo stecchito. Ma è matta? Che cosa le viene in mente? In cuor mio maledicevo me e lei, ma non volevo far discussioni la prima sera. Mi sono avvicinato a lei e con le labbra le ho toccato la guancia, che era secca come una foglia di tabacco, ho abbozzato un bacetto per aria, e sono scappato in camera mia. Ero molto giú di corda, ma mi sono calmato presto, perché dalla finestra si vedevano tutte le luci che si accendevano sulla baia, era uno spettacolo. Pian piano mi sono spogliato, mi sono messo il pigiama e sono andato a letto, pensando che forse in sogno avrei visto la mia amata. E l'ho vista davvero, ma non in sogno.

VADUCCIA

In quei giorni, quando la Città Vecchia di Gerusalemme era assediata, soltanto due anni dopo quella maledetta guerra mondiale, ho capito che Dio aveva perso conoscenza. Non osavo dire che Lui non esisteva, perché per una donna di sessantasette anni, il cui padre era stato un gran rabbino a Gerusalemme, era difficile mettersi a combattere contro Dio e contro i religiosi. Ma dopo che mia figlia Hemda, la mamma di Gabriel, era rimasta uccisa da una fucilata, e io e quel pazzoide di suo padre eravamo stati evacuati e ricoverati in un convento nel quartiere di Rehavia, io lo dicevo a tutti quelli che volevano sentire, e anche a quelli che non volevano: Lui ha perso conoscenza! E loro credevano che alludessi al bambino, o a suo padre, ma io dicevo: no, voglio dire lassú. E loro guardavano all'insú e non capivano, e io dicevo: è inutile che cerchiate, Lui non c'è. E la gente mi malediceva, perché in quei tempi difficili non volevano perderlo. È stato allora che ho smesso d'amare Gerusalemme. Quella è la città della follia. E quando mi hanno proposto di andare ad abitare in una casa araba abbandonata, a Haifa, ho accettato subito, e mi sono trasferita qui col piccolo Gabriel che era rimasto con me. Suo padre, quel matto, non ha voluto venire, ma non gli importava che io mi prendessi il bambino, non gliene importava molto. Lui continuava ad andare in giro per cercare di risposarsi, ma non ci riusciva. Invece il bambino adorava suo padre, lo chiamava sempre. E quando infine suo padre è andato a Parigi per vedere di far fortuna laggiú, perché qui non c'erano piú molte speranze, Gabriel non sognava che Parigi, raccoglieva figurine, leggeva libri su Parigi. Tutto quello che ho brigato per fargli dimenticare suo padre, non è servito a niente. Ho comperato una macchina usata, e dopo averci provato sette volte sono riuscita ad avere la patente. Lo portavo a spasso per il paese, in Galilea, ma lui aveva in testa l'idea fissa: andare a Parigi per raggiungere suo padre. Gli scriveva, continuava a fare progetti. Appena finito il servizio militare, è andato laggiú. E cosí in questi ultimi dieci anni io sono rimasta completamente sola. Qui non avevo famiglia – erano tutti a Gerusalemme, e pian piano morivano, e io non ho potuto neanche andare ai funerali. Il mondo diventava strano, ma era ancora in piedi, avrebbe potuto andare peggio. Mi dicevo: forse è bene che Lui abbia perso conoscenza, perché se si svegliasse comincerebbero i guai. State zitti, mi dicevo, non svegliatelo. Ma ho cominciato ad avere nostalgia, e per troppa nostalgia ho perso conoscenza. Non mi ricordo neanche come sia successo. Dev'essere stato mentre stavo facendo colazione, perché quando è venuta la signora Goldberg, verso sera, avevo ancora la forchetta in mano. Sono rimasta cosí un anno intero, e se l'ho visto durante quel tempo, non me ne ricordo, perché ero come svenuta. Ma alla fine mi sono ripresa, e non so neanche a che scopo, perché ormai non avevo piú nostalgia di nessuno. Chissà, forse è stato il ritorno di Gabriel a farmi effetto. E adesso sono di nuovo a casa, una vecchia di novantatre anni, questa è la pura verità, e di nuovo sola. Come andrà a finire? Ma hanno avuto pietà di me, e la prima notte che ero a casa, mentre fuori c'era pioggia e tempesta, mi arriva quel barbuto, l'amico di Gabriel, che gli voleva tanto bene. Lui me lo troverà. È un uomo meraviglioso, mi ha fatto riallacciare il telefono, pensa lui a tutto, un giorno mi ha portato persino un arabetto, l'ha messo ad abitare qui da me. È un po' triste che la fine debba essere cosí – io che sono della seconda generazione di una delle piú grandi famiglie di Gerusalemme. Quasi ogni sefardita che abitava a Gerusalemme alla fine del secolo scorso era mio parente. E adesso che arrivo alla fine, non mi rimane che un arabo. Era meglio se mi portava un orfano ebreo, almeno avrei fatto una buona azione prima di morire. Ma al giorno d'oggi non ci sono piú orfani ebrei in giro, soltanto arabi – quelli non se ne vanno. Si vede che Dio ha voluto proprio giocarmi un tiro, se a novantatre anni mi tocca badare ad un arabetto, mandarlo a lavarsi, fargli da mangiare e tutto quanto. Poi, quando crescerà, diventerà un asino, come tutti gli altri. Non mi fido di loro, io, ma intanto mi vedo davanti un bel ragazzino, un tipico musetto da arabo, però ha un'aria intelligente. Quando è seduto qui vicino a me mi ricorda mio nipote, tanti anni fa. Adesso c'è di nuovo luce in casa. Quasi non sto in me dalla felicità. Dal suo villaggio m'ha portato verdura e uova, come facevano gli arabi buoni, ai tempi dei turchi. Davvero mi fa piacere. E mi ubbidisce anche. L'ho preso per mano e l'ho portato in camera sua, gli ho preparato una buona cena, e lui ha persino leccato il piatto. Grazie a Dio ha un buon appetito, adesso dovrò cucinare sul serio. Un vero ometto. Non importa che sia arabo, l'importante è che ci sia qualcuno. È un ragazzo tranquillo, sa quel che vuole, mi guarda con diffidenza ma non ha paura, sa badare a se stesso, è capace di difendersi. Quando lo punzecchio un po', lui non risponde neanche. Gli parlo in arabo perché si senta a casa sua, ma lui mi risponde in ebraico – fino a quel punto si sono intrufolati qui tra noi.

Ha sparecchiato senza che neanche glie lo chiedessi, ha portato giú la spazzatura e poi è sparito. Temevo già che fosse scappato, ma è tornato. Si è offerto di fare dei lavori in casa. Gli ho fatto cambiare una lampadina, e ho visto che lavora bene, con calma, senza prendersi la scossa, senza fare baccano. Se resterà da me fino a Pasqua, mi potrà aiutare a togliere tutta la roba lievitata e fare tutto ben bene *kasher* in casa. E sa anche leggere i giornali. Adam mi ha proprio portato una perla.

Ma quando è venuta la sera e s'è fatto buio, e ho visto che avremmo passato la notte noi due soli, m'è venuta paura. D'un tratto ho pensato: quello non è un bambino – è un giovanotto. E la sua faccia mi è sembrata scura e minacciosa. Chissà se mi ruberà le monete d'oro, se mi farà del male. E se non lui, magari un suo fratello. Quelli hanno sempre dei fratelli maggiori. E lui, di notte, potrebbe aprirgli la porta. Già l'altra volta m'è entrato in casa di notte. Che bisogno avevo di prendermi questa grana? Ero tanto tranquilla prima, ho fatto mettere quattro chiavistelli alla porta, e la signora Goldberg ha l'udito fine. Ero ben difesa prima, e adesso mi sono messa il nemico in casa.

Strani pensieri prendono a confondermi.

Gli ho detto di leggermi un po' il giornale, volevo sentire come leggeva. Forse dal suo tono di voce posso scoprire che cosa trama. Gli ho fatto leggere l'articolo del dottor Rosenblum, dove ci sono frasi brevi e idee chiare. Lui ha cominciato a leggere, leggeva anche bene. L'articolo parlava di quelle cose che io sapevo già da un pezzo, che gli arabi non hanno in mente altro che di ammazzarci tutti. Non mi mancava che questo, di mettergli in testa delle idee. Infatti lui ha smesso di leggere, mi ha guardato e mi ha chiesto:

– Io voglio ammazzarla?

Sicuro – volevo dirgli –, ma per fortuna non ne sei capace. Ma sono stata zitta. Era cosí carino con quella domanda, avrei voluto mangiarmelo. Mi sono di nuovo ricordata di Gabriel, di come era sparito cosí presto. Allora m'è venuta l'idea di chiedergli un bacio. Se mi darà un bacio poi non potrà assassinarmi di notte e io potrò dormire tranquilla. Forse ruberà qualcosa, ma non farà di peggio. Vedevo che lui se ne stava lí tutto serio, chissà che cosa pensava di fare. Gli ho detto: vieni qua, dammi un bacio. Lui s'è spaventato, ma si è ripreso – non poteva rifiutare un bacetto a una vecchia come me. Mi è venuto vicino e mi ha toccato la guancia con le sue labbra calde. Erano forse quindici anni che non mi davano un bacio. Cosí carino. Poi l'ho mandato a letto. La chiave della sua camera l'avevo nascosta da prima, che non potesse chiudersi dentro e tramare qualcosa. Si è messo il pigiama, è andato a letto e s'è addormentato. Io mi sono lavata, mi sono messa la camicia da notte, ho spento le luci e mi sono seduta in stanza da pranzo. Sentivo i suoi respiri. Vengono le otto, poi le nove, si sentono le sirene delle navi nel porto. Sono andata a vederlo: stava dormendo come un angioletto. Gli ho messo a posto i vestiti. Le dieci, le undici – io sto ancora sonnecchiando in poltrona, aspetto che forse suoni il telefono. Alle undici e mezza si spengono le luci nella baia. Sono tornata a vederlo, stava dormendo sodo, ma era un po' scoperto. Gli ho tirato sopra la coperta, e d'un tratto mi sono chinata su di lui e gli ho dato un bacetto. Che fare? Poveretta me.

Sono tornata in stanza da pranzo. Speravo ancora che suonasse il telefono.

DAFI

Che ore sono? Quasi mezzanotte. Ho dormito un paio d'ore, e poi mi sono svegliata. In casa è buio. Mi sveglio facilmente, ed è questo che mi fa paura, ultimamente. Ho un sonno leggerissimo, che se ne va senza lasciar tracce.

Stanotte papà va a far servizio di rimorchiatura. Fra mezzanotte e le due dev'essere pronto a ricevere chiamate dalla centrale. Ieri ho sentito tutto, ormai la cosa mi è chiara: di notte cercano l'amante. Dalla finestra vedo il carro attrezzi parcheggiato sotto casa. La gru gialla sembra un dito levato al cielo. Mi alzo, mi metto i vestiti che mi sono preparata ieri sera: pantaloni di velluto a coste, una maglia di lana, un pullover caldo. Ho deciso di accompagnarlo. Ecco: scarponi che usavo per le gite premilitari, una sciarpa – vestiti da inverno, che non mi ero mai messa d'inverno. Rimane soltanto da pregare che qualche macchina abbia un incidente, o che si guasti per strada.

Mi vesto al buio, mentre fuori la luna naviga veloce fra nuvole che rimangono immobili. Sento l'acqua che scroscia nelle grondaie, ma non vedo la pioggia. Cerco d'immaginarmi una macchina che sta viaggiando da Tel Aviv a Haifa, riesco persino a vederne la sagoma, il colore: celeste chiaro. Penso al guidatore, ed ecco che lo vedo: un tipo giovane, un vero fusto, con una camicia nera, sportiva, somiglia un po' al nostro insegnante di ginnastica. Vicino a lui – una donna minuta, moglie o amante, molto carina. Tornano da un ricevimento o magari da una festa, la radio trasmette musica da ballo. Lui le tiene la mano sulla spalla. L'abbraccia, l'altra mano accarezza il volante. Zumata sul tachimetro: centoventi all'ora. Lui si volta verso di lei, le dà un bacio, di sfuggita. Ma lei non si accontenta di un bacio, gli appoggia la testa sulla spalla, gli accarezza i capelli, gli impedisce la guida. Parlano di loro, quanto sono carini. E intanto comincia a piovere a rovesci (vedo che la luna si nasconde, il cielo è scuro, la pioggia batte sui vetri) e lui sbaglia a prendere una curva. La macchina urta la barriera fra le due corsie, il parafango si schianta, la porta s'accartoccia, i fanali vanno in frantumi, la donna grida, i freni stridono. La macchina sta per ribaltarsi, ma rimane inclinata. Sono vivi – soltanto qualche taglio superficiale, qualche contusione. Mentre mi allaccio le scarpe, passo in rivista il seguito: vedo che l'uomo si arrampica, esce dal finestrino, aiuta la donna a scendere. Ferma una macchina che sta venendo in senso contrario, dà le indicazioni al conducente. E dopo pochi minuti, squilla il telefono alla centrale. L'impiegata di turno, assonnata, prende nota, apre il registro per vedere chi è di servizio. Zumata sul nome di papà e il nostro numero di telefono. Prende la cornetta e fa il numero.

Per poco non mi viene un colpo: in quel preciso istante suona il telefono. M'irrigidisco: è una pazzia questa, una fantasia che si trasforma in realtà. Corro in studio a rispondere, tiro su la cornetta e dico pronto, ma papà mi ha già preceduto all'altro apparecchio, quello vicino al suo letto. Sento i particolari: una B.M.W. modello '72, tal numero di targa, tre chilometri a sud dello svincolo di Atlit. Papà segna tutto sul taccuino che gli ho messo accanto al telefono. Corro in bagno, mi lavo la faccia, i denti, vado in gabinetto. Esco, spero di fargli la sorpresa, ma la casa è buia. Che sia già uscito? Entro in fretta in camera da letto: oddio, s'è riaddormentato, la lampadina sul comodino è spenta. Cerco di svegliarlo, lo scrollo con forza: papà, sei ammattito? Ti sei dimenticato che devi andare a rimorchiare una macchina? Lui si tira su tutto insonnolito, d'un tratto sembra un vecchio. – Che c'è? Che c'è? – Credeva d'aver sognato. – Fortuna che eri sveglia –. Mamma si muove un po' sotto le coperte. Papà comincia a togliersi il pigiama, in fretta, è tutto imbambolato, quasi si spoglia nudo davanti a me. Io corro in cucina, metto su l'acqua per fargli un caffè. Papà va in bagno; quando esce, è già tutto vestito.

– Vieni, papà, c'è il caffè pronto.

Lui mi fa un sorriso: – Sarai una moglie perfetta, Dafi.

Telefono a casa della vecchia per svegliare Na'im. Sono curiosa di vedere come reagirà quando sentirà la mia voce, ma non è lui a rispondere, bensí la vecchia.

– Buona sera. Bisogna svegliare Na'im. Papà verrà a prenderlo.

– Ma chi è lei?

– Sono sua figlia, mi chiamo Dafi.

– Che vuol dire Dafi?

– Sarebbe Dafna. Ma non perda tempo. Vogliamo partire subito.

– Chi sarebbe – vogliamo?

– Papà e io... faccia presto a svegliarlo... che ci aspetti dabbasso.

– Va bene, va bene. Calmati, ragazza mia.

Papà non ha ancora capito che intendo accompagnarlo. Sta guardando i dati che ha segnato sul taccuino, ha gli occhi semichiusi. Si vede proprio che ha dimenticato da un pezzo che aspetto ha il mondo, a mezzanotte. Beve il caffè, mastica una fetta di formaggio, mi guarda amorevolmente. Non si accorge che sono tutta vestita, che bevo caffè, pronta ad uscire. Mette la tazza sporca nell'acquaio, si piega a darmi un bacetto. – Ecco fatto, adesso vado. Grazie del caffè.

Mi alzo subito: – Vengo con te.

– Cosa?

– Che t'importa? Tanto, non ci riesco a dormire. Vengo con te, voglio vedere come si fa a rimorchiare.

Lui è tutto confuso.

– Ma domani devi andare a scuola. E poi, cosa c'è da vedere? Come si rimorchia una macchina? Non sei piú una bimba piccola.

– Che t'importa? Invece di starmene a girare per casa. Non darò noia. Bisogna che venga. E poi anche tu non ti annoierai, con me vicina.

Esita. So bene che da tempo hanno perso il controllo di me.

– Perlomeno dillo a mamma...

– Non si sveglierà. Non se ne accorgerà neanche.

Si stringe nelle spalle, si arrende.

– Guarda che torneremo tardi.

– Non importa.

Scendiamo. Andiamo al carro attrezzi. Fuori fa un gran freddo, piove. Lui avvia il motore, lo fa scaldare.

– Non hai freddo?

– No...

Scendiamo alla Città Bassa, infiliamo il vicoletto silenzioso del mercato. Vediamo subito una sagoma imbacuccata in una lunga palandrana – un Na'im in versione notturna. Si affretta, apre la porta, sale, ma quando si accorge di me, per poco non cade all'indietro. Anche al buio mi accorgo che è arrossito, ha gli occhi sbarrati.

– Ciao, – gli dico.

– Ciao, – mi bisbiglia.

E si siede vicino a me.

Silenzio. Papà fila per le strade deserte, con i semafori che lampeggiano sul giallo. Na'im è raggomitolato accanto a me, mi lancia occhiate furtive. Poi mi bisbiglia:

– Come stai?

– Bene, grazie. E la nonna come sta?

– Non c'è male.

Seguitiamo a correre in silenzio, arriviamo all'autostrada. Papà sbircia le macchine che ci passano accanto. Passato lo svincolo di Atlit, papà comincia a rallentare. Dopo qualche chilometro scorgiamo dei fanali rossi che lampeggiano accanto alla barriera che divide le due corsie. Vedo una macchina tutta inclinata. Il cuore mi batte forte. Ci fermiamo sul bordo della strada, scendiamo a vedere. Quasi non credo ai miei occhi: una macchina di colore azzurro. Chiudo gli occhi – è come se questo incidente l'avessi creato io. Il parafango e il muso della macchina sono ammaccati. Sull'altro lato della strada ci sono due macchine ferme, con i fanalini accesi, accanto c'è un gruppetto di persone. Si meravigliano a vedere Na'im e me.

– Come mai? Ha portato anche i bambini? – butta là qualcuno.

Papà non risponde.

Il guidatore della macchina, un giovanotto, forse uno studente, comincia a spiegare, a cercare giustificazioni – naturalmente non è del tutto colpa sua. Accanto a lui una donna piú anziana, in pantaloni, con gli occhi arrossati, mòlto nervosa. L'importante è che non ci sono feriti, spiega il giovane – l'importante è che non ci siamo fatti male, torna a dire alla piccola folla che si è radunata intorno. Come se si aspettasse la nostra approvazione, come se volesse farci partecipi del suo sollievo.

Papà continua a tacere, scuro in faccia come sa essere lui. Quasi non guarda la macchina infortunata – continua a guardare la strada, segue con gli occhi le macchine che passano, cerca qualcos'altro.

Alla fine si decide a mettersi al lavoro. Sale in macchina, prosegue per qualche centinaio di metri finché trova un passaggio nella barriera, e passa dall'altra parte. Na'im si toglie il mantello, tira fuori i triangoli rossi e il lampeggiatore. Li mette sulla strada. Papà comincia a dare ordini, e Na'im prepara gli attrezzi, comincia a calare l'argano. L'uomo ci guarda preoccupato, il gruppo degli spettatori assiste con molto interesse. Si potrebbero vendere biglietti per lo spettacolo. Ogni tanto qualcuno butta là un consiglio.

Mi avvicino alla donna.

– Di chi è la macchina?

– Mia.

– Sua? E quello è suo figlio?

Mi guarda male.

– Macché... che razza d'idea...

– Cosí... credevo... Da dove venite?

– Perché?

– Cosí.

– Da Tel Aviv.

Dà risposte brevi, in tono secco. Non le piacciono le mie domande.

– Siete stati a teatro?

– No.

– Dove siete stati, allora?

– Veniamo da una manifestazione di protesta.

– Protesta per che cosa?

– Per tutta questa presa in giro.

– Chi è che vi ha presi in giro?

Mi guarda fissa, non sa bene se la prendo in giro o se sono soltanto stupida.

– Come mai sei in giro di notte, alla tua età? Non vai a scuola?

– Sono un anno avanti, – le dico con calma –. Posso permettermi di stare un po' in giro.

È rimasta sconcertata. Mi pianta lí e va a guardare da vicino come papà si occupa della macchina. Mi sono avvicinata anch'io. Era interessantissimo. Na'im era lí che strisciava per terra, e papà man mano gli allentava il cavo e gli spiegava come imbracare la macchina. Poi, pian piano, l'hanno sollevata. Schegge di vetro piovono sulla strada, pezzi di lamiera si staccano. Fantastico.

Il giovane si copre il viso.

– Ha preso una bella botta, – dico alla donna.

Lei mi guarda furente.

Adesso papà sale sul carro attrezzi, lo mette in moto, comincia a sfilare la macchina dalla barriera, la porta sul bordo della strada. Na'im intanto raccoglie gli attrezzi, ripone i triangoli, appende il lampeggiatore dietro la macchina. Lavora in fretta, in silenzio. Papà si pulisce le mani sporche di grasso, è tutto sudato, ha uno strappo nei pantaloni. Da tempo non lo vedevo cosí, senza fiato. Mi prega di prendere della carta e di segnare nomi e indirizzi. Chiede dove vogliono che porti la macchina.

La donna chiede consiglio a lui.

– Se vuole, posso rimorchiarla al mio garage.

– Quanto verrà a costare la riparazione?

– Bisognerà vedere, non posso dirglielo adesso. Intanto deve pagare per la rimorchiatura.

– Quanto?

Papà mi manda a prendere il listino delle tariffe che gli hanno dato in centrale. Comincio a sfogliarlo, mi faccio luce con la pila – bisogna fare il calcolo dei chilometri e della cilindrata della macchina infortunata. Alla fine trovo:

– Centocinquanta shekel! – esclamo giuliva.

Papà controlla e conferma.

L'uomo comincia a discutere. Papà lo sta a sentire con calma, masticandosi la barba. Ma io m'innervosisco:

– Egregio signore, quello è il prezzo di listino. Che cosa c'è da discutere?

– Tu sta' zitta, bambina! – sibila la donna.

Arriva una volante della polizia stradale. Ne scendono due poliziotti stanchi, cominciano ad annusare intorno. L'uomo si arrende, smette di discutere. Però vuole una ricevuta.

– Perché no? – dice papà, e mi ordina di scrivere la ricevuta e di farmi dare i soldi.

Scrivo in fretta la ricevuta, comincia a piacermi questo lavoro. Na'im ha già finito di mettere a posto e ci sta a guardare a bocca aperta. Il giovanotto mi allunga i soldi. Mancano dieci shekel. La signora viene chiamata a completare il pagamento. Chissà che rapporti ci sono fra quei due. Intanto i poliziotti cominciano a interrogare lui, e noi ce ne andiamo. I soldi sono nella tasca del mio giaccone. Me la sto proprio godendo, questa gita. Papà accende il lampeggiatore sul tetto della cabina, e una magica luce arancione illumina la strada, a sprazzi. Na'im e io siamo seduti sul sedile posteriore del carro attrezzi, rivolti verso la macchina appesa dietro, per vedere che non vada persa per strada. Ora parliamo: io lo faccio ridere e lui è un po' imbarazzato, ma gli brillano gli occhi.

Papà guida da esperto. Una volta si ferma a esaminare una macchina ferma sul bordo della strada, e poi riprende il viaggio. Siamo arrivati al garage. È enorme – le macchine come cavalli in scuderia, ognuna al suo posto. Papà e Na'im sganciano la macchina infortunata la mettono in un angolo. Poi ripartiamo, facciamo scendere Na'im vicino a casa sua, e quando arriviamo a casa sono già le quattro del mattino.

– Sono morto di stanchezza, – dice papà.

– Io invece mi sento perfettamente sveglia.

– Come andrà a finire con te?

– Non aver paura, andrà tutto bene.

Va in bagno a lavarsi, s'è sporcato tutto. Io vado a dare un'occhiata a mamma: dorme ancora nella stessa posizione di quando l'abbiamo lasciata, neanche s'immagina che cosa abbiamo fatto in queste quattro ore. Poi vado in cucina, a far scaldare dell'acqua per il tè. Dalla finestra, al di là del *wadi*, vedo l'uomo-che-ticchetta mezzo sdraiato sulla sedia, la testa piegata all'indietro. Non l'avevo mai visto resistere fino alle quattro del mattino.

Papà in pigiama, col viso pallido, completamente esausto, viene in cucina a spegnere la luce e mi trova lí seduta, ancora vestita, a bere tranquillamente una tazza di tè.

– Vieni a bere una tazza di tè prima di andare a dormire, – gli propongo. Ma lui s'arrabbia:

– Questa è stata l'ultima volta che ti porto con me. Tu, di ogni cosa devi sempre fare un festino.

– Ma non è proprio questo la vita, un festino?

Filosofia delle quattro del mattino.

Lui se ne va a dormire, e infine anch'io vado a letto. Mi spoglio davanti alla finestra aperta, guardo le nuvole, dove sembra scorrere un filo di luce. Non avevo freddo, anzi: un piacevole calore in tutte le membra, e nel basso ventre il dolore sordo del mestruo che si annunciava. Nella tasca della giacca ho trovato, tutti appallottolati, i biglietti di banca. Svelta, sono andata in camera da letto di papà. Lui si era tirato la coperta sulla testa, cercava d'addormentarsi.

– Papà, cosa devo fare con questi soldi?

– Mettili nel mio portafogli, – ha brontolato, – e per l'amor di Dio adesso va a dormire... questa è l'ultima volta...

– Va bene... va bene...

Ho tirato fuori il portafogli dalla tasca dei suoi pantaloni. Era pieno di soldi. Ho contato – duemila e cento shekel. Perché si porta dietro tanti soldi? Gli ho messo dentro anche quelli che avevamo guadagnato questa notte, ma poi ci ho ripensato: non si devono sfruttare i dipendenti, anche se sono della famiglia – e mi sono presa trenta shekel, come stipendio da segretaria. Sono andata di nuovo a dare un'occhiata all'uomo-che-ticchetta, ma quello era sparito. Allora ho spento la luce e sono sparita anch'io sotto le coperte.

NA'IM

Non sono stato io a rispondere al telefono, ma lei. È sempre sveglia, gira per la casa, dormicchia sulle poltrone, ma non l'ho mai vista addormentata. Chissà quanto mi rimane da vivere, dice sempre: peccato dormire.

Viene in camera mia, accende la luce piccola e cerca di svegliarmi, mi parla in quel suo arabo strano.

– Na'im, ragazzo, su, alzati, basta sognare.

E io mi alzo. Sotto il pigiama mi tengo sempre addosso le mutande, perché mentre mi vesto lei non esce dalla stanza, non si riesce a smuoverla. – Ma sei ridícolo, – ha detto una volta, quando si è accorta che cercavo di vestirmi nascondendomi dietro la porta dell'armadio, – figurati se non so già tutto. Non hai bisogno di vergognarti e di nasconderti.

Da dove mi è piombata addosso questa vecchia? Ma ormai mi sono abituato, uno si abitua a tutto. Mi vesto, vado a lavarmi i denti, mi metto un po' di profumo sulla faccia, ho ancora tempo di bere il caffè e di mangiare una fetta di pane, e scendo di corsa ad aspettarli. Non mi piace stare troppo per strada, di notte. Una volta è arrivata la polizia e volevano mettermi dentro, per fortuna all'ultimo momento è arrivato Adam. Da lontano vedo le luci della macchina, le corro incontro, salto su prima che si fermi, apro la porta, faccio un sorriso a Dafi che mi fa posto. Siamo come un equipaggio affiatato, come pompieri, o come l'equipaggio di un carro armato. Ogni volta mi dico: stavolta non viene. Ma lei non manca mai, ha un tale potere su suo padre, fa sempre tutto quello che vuole lei.

Però non credo che sappia esattamente che cosa vuole.

Mi siedo accanto a lei. Ogni volta sono emozionato di nuovo, come quella prima volta quando ho aperto la porta e l'ho vista seduta in macchina – credevo di cadere lungo disteso sulla strada.

Anche se il sedile è largo e noi due non siamo proprio grassi, non possiamo non toccarci, e io prego soltanto che la strada sia lunga. Lei è imbacuccata in un giaccone, un berretto di lana in testa, gli occhi le ridono, è fresca e fragrante. Solo Adam, al volante, è scuro in faccia, la lunga barba illuminata dalle luci del cruscotto. È stanco, non parla, continua a guardare la macchine che ci passano accanto. Una volta si è fermato un bel po' a esaminare una piccola Morris che era ferma vicino alla spiaggia. L'ha guardata da tutte le parti e poi l'ha lasciata là.

Dafi mi domanda della vecchia, chiede che cosa ho fatto durante la giornata. Io le racconto, e lei ride di ogni sciocchezza. Dalla sua bocca viene un buon odore, perché si è lavata i denti prima d'uscire. E attraverso i vestiti comincio a sentire il suo corpo. Vengo apposta con vestiti leggeri – calzoni, camicia e un golf leggero, per poterla sentire meglio.

Lei continua a parlare – qualche volta anche di politica. Io le dico quello che penso dei problemi degli arabi, e lei comincia a discutere. Sappiamo ben poco tutti e due, ma discutiamo lo stesso. Finché Adam dice: – Basta... state quieti... smettetela di far chiasso... guardate la strada, cercate una macchina piccola, di color celeste.

Ma una macchina cosí non c'è, lo so bene: non è che un sogno.

Infine arriviamo sul luogo dell'incidente. Qualche volta non ci troviamo piú la macchina in panne, che forse è riuscita a ripartire da sola, e non ha lasciato neanche un biglietto. Ma per strada riusciamo sempre a trovare qualcosa da fare. Il lavoro non manca.

In queste notti ho imparato moltissimo sulle macchine – nel garage per anni non avrei imparato tanto, perché là ognuno fa soltanto una parte del lavoro. Invece qui ogni macchina ha qualcosa di diverso: abbiamo da fare con carburatori intasati, da cambiare cinghie rotte, da rimettere a posto frizioni, da smontare un termostato che soffoca il motore, da riallacciare tubature d'acqua. Adam ha mani d'oro, e ci sa fare a insegnarmi il mestiere: vieni qui, guarda, tieni qua, stringi, apri là sotto. E io sono tutto immerso nel lavoro, mi dimentico persino di Dafi, che se ne sta da parte e chiacchiera con la moglie del guidatore, o gioca con i bambini, li fa divertire.

A volte gli dico: – Lasci fare a me, questo posso farlo io –. E lui mi lascia fare, si fida di me, soprattutto quando c'è da infilarsi sotto la macchina sinistrata e da attaccarci il cavo. Avevo visto che per lui era difficile: non è piú giovane, e prima che riesca a infilarsi gli s'impiglia la barba, oppure è la pancia che non entra. Cosí ci vado io – ho già imparato dove si devono agganciare i cavi. In principio lui ancora si curvava per vedere se agganciavo come si deve, ma poi ha cominciato a fidarsi.

E le chiacchiere della gente intorno, i consigli. Non la smettono mai di dare consigli, sono tutti esperti. Davvero gli ebrei sono esperti in chiacchiere. Ce ne sono di quelli che si fermano apposta e scendono dalla macchina per dare consigli. Per prima cosa domandano quanti morti ci sono stati, e quanti feriti, e poi cominciano a spiegarci che cosa dobbiamo fare. Perfino quelli che si sono feriti, col sangue che gli cola, si preoccupano della macchina: quanto verrà a costare, cosa ne sarà dell'assicurazione. Non c'è cosa che sia piú cara agli ebrei, della loro macchina.

Ma Adam sta zitto, fa finta di non sentire. Io m'innervosisco, ma lui non se la prende. Però quando arriva l'ora della verità e bisogna fissare il prezzo, lui picchia forte, fa prezzi alti. Manda i clienti da Dafi, che funge da cassiera. Lei si siede nel carro attrezzi, tiene la cassa sulle ginocchia, una lampadina in mano, è carina da matti. Prende contanti, assegni, scrive ricevute e c'incolla su dei bellissimi bolli azzurri. Tutti vogliono ricevute. Alcuni se le mettono nel taschino, probabilmente le faranno pagare a qualcun'altro, ma altri le gettano per strada, se le fanno dare solo per fregarci, per costringerci a pagare le tasse.

E il denaro continuava ad accumularsi, delle volte in una notte facevamo cinquecento shekel.

Facevamo, non io, però. Già da qualche giorno ero senza un soldo. Il mio salario andava direttamente a papà, e io non ne sapevo piú nulla. Ogni notte decidevo: stavolta gli chiedo un po' di soldi – ma all'ultimo momento mi tiravo indietro.

Di giorno giravo per le strade, guardavo i negozi, volevo comprare tante cose, volevo andare al cinema. Ma non avevo un soldo. Una notte, dopo che avevo lavorato duro, prima che lui mi facesse scendere vicino a casa, gli ho detto: «Posso chiederle una cosa?» E poi ho cominciato a balbettare, avevo vergogna di parlare davanti a Dafi. Gli ho detto che la mia paga andava tutta a papà, e se non poteva darmi qualcosa... come prestito. Dafi si è messa a ridere: – Un prestito...?

Lui mi ha detto di venire al garage, l'indomani, dirà ad Erlich di dare a me il salario. Ma io non volevo che togliesse il denaro a papà.

– Non importa, non importa, – ho visto che mi ero proprio messo nei pasticci, – pensavo soltanto che...

Lui non capiva, ma Dafi ha aperto la cassa e ha tirato fuori duecento shekel.

– Macché prestito! Lavori così duro... ne vuoi ancora?

– No, grazie, va benissimo così, – ho detto sottovoce, mentre prendevo i biglietti di banca dalla sua mano calda.

Sono andato a casa di volata con quei duecento shekel che credevo mi sarebbero bastati per tanto tempo. Ma dopo due o tre settimane ero di nuovo a secco. Allora ne ho chiesti a Dafi, in segreto, e lei me ne ha dati ancora.

ADAM

Ogni sera mi dicevo: adesso basta, bisogna smetterla con questa pazza idea di trovarlo, girando per le strade di notte. Eppure non riuscivo a smettere. A mezzanotte suonava il telefono, e c'investiva una valanga di richieste d'aiuto. Io avevo già smesso d'alzare la cornetta: era sempre Dafi che correva per prima, segnava i dati allegramente, con un entusiasmo che non riuscivo a capire. Conosceva già i nomi di quelli che erano di turno alla centrale, scambiava battute con loro. Dafi, della quale ogni giorno di più sto perdendo il controllo, e anche Asya non sa più che pesci pigliare. Ho sbagliato quella prima notte, quando le ho permesso di venire con me. Da allora non riesco a resisterle, vuole assolutamente venire con me, dice che se non la prendo andrà a passeggiare fuori. E Asya dorme, con lei non si può ragionare. Se la sveglio, risponde, parla, ma non si alza dal letto, e appena volto la testa si riaddormenta.

E cosí usciamo di casa ogni notte, scendiamo a prendere Na'im e andiamo a cercare gli israeliani notturni che sono in panne. Uno strano lavoro, che però rende bene, tanto piú che di solito li rimorchio al mio garage, e cosí mi faccio nuovi clienti.

Notti di fine inverno, un miscuglio di caldo e di pioggia, profumo di fioritura d'aranci. Il paese ha il sonno leggero, come se si fosse addormentato per un momento, senza sognare. Di notte pare vastissimo, molto illuminato, i piccoli villaggi sembrano città. E per le strade un traffico continuo, incessante. Colonne di automezzi militari, macchine private, camion, gente che chiede un passaggio, soldati che sbucano all'improvviso in mezzo a una strada deserta, impolverati o freschi, in viaggio verso casa o verso l'accampamento. E avventurieri, volontari che vengono da altri paesi, operai dai territori occupati. Sono già passati quattro mesi dalla fine della guerra, e ancora il paese non s'è calmato, la gente gira, cerca, senza sapere che cosa, ha la sensazione che ci sia un conto rimasto in sospeso.

E io mi trovo in mezzo a tutto questo, col mio carro attrezzi, accanto a me i due ragazzi che chiacchierano allegramente, sopra la mia testa il faro lampeggiante, e cerco una piccola Morris modello '47, cerco l'uomo che è sparito. Che assurdità.

Il lavoro è duro. Erano anni che non mi occupavo di meccanica elementare come questa – ricollegare tubi di gomma lacerati, pulire carburatori intasati, rimettere a posto una frizione, cambiare una cinghia, far risuscitare una dinamo bruciata. Lavoriamo in condizioni difficili, al buio, sotto la pioggia, alla luce di una pila, senza pezzi di ricambio. Devo improvvisare con filo di ferro, con vecchie viti. Per fortuna c'è il ragazzo: è un aiutante coscienzioso, capisce le cose. Lo apprezzo sempre di piú: mi porge le chiavi adatte, s'infila sotto le macchine per imbracarle, ci sono già dei lavoretti che sa fare da solo. E io lo lascio fare. E perché no? Mi sento addosso una stanchezza nuova – quando devo svitare un bullone arrugginito, comincia a mancarmi il fiato. Non sono piú abituato a maneggiare il materiale. Questi israeliani notturni sono un popolo a sé. Pesanti autisti di tassí,

giovani in panne con la macchina di papà, professori stanchi
che tornano a casa dopo aver tenuto una conferenza in uno dei
Kibbuzim, nevrastenici funzionari di partito. Persino donne
sole, alle ore piccole, di ritorno da una dimostrazione di protesta o da un'avventura notturna. E si trova sempre anche un soldato insonnolito, al quale hanno dato un passaggio, addormentato nella macchina guasta col fucile fra le gambe. E poi c'è la
folla di quelli che dànno consigli. Per lavorare in pace ci vogliono nervi d'acciaio. Sono tutti esperti. Mi sono già accorto che
Dafi attacca discorso facilmente, ha la lingua tagliente quella ragazza. I giovani ci provano gusto a scherzare con lei, si sentono
attratti.

Non è piú una bambina...

I suoi scoppi di risa nel silenzio della notte.

Alla fine, quando sono riuscito a mettere in moto la macchina, e tutti si profondono in ringraziamenti, allora dico il prezzo,
senza esitazioni. Sono tariffe speciali, notturne. E quelli cominciano a protestare: come mai? Ma io li mando da Dafi, che ha
preparato un listino a lettere cubitali, a colori, e lei lo illumina
con la lampadina e lo mostra con un bel sorriso. Si fa pagare
l'importo esatto, segna i nomi e gli indirizzi sul verso degli assegni, si fa dare il numero della carta d'identità. Fa tutto con molta solennità, e stranamente pare che ci goda moltissimo.

Ma qualche volta non c'è a chi presentare il conto. La scorsa
notte ci hanno chiamati a prendere una macchina tutta accartocciata, rovesciata in un fosso sull'autostrada, vicino a Hadera.
Ad aspettarci accanto alla macchina abbiamo trovato soltanto
un soldato. Era stato testimone di un crudele incidente: una
coppia col loro bambino, che è rimasto ucciso. I genitori sono
stati portati in ospedale, e anche la polizia è già venuta e ha preso nota di tutto. Noi dobbiamo soltanto portar via la macchina.
Faccio luce con la lampadina: finestrini rotti, imbottitura strappata, sui sedili si vedono tracce di sangue, una scarpina da bambino, una calza. Dafi e io rimaniamo immobili, come paralizza-
ti. Ma Na'im, senza che gli avessi detto niente, comincia ad al-
lentare il cavo dell'argano, striscia sotto i rottami della macchina, infila il cavo, torna all'argano, mette in moto, imbraca, solle-

va e pian piano estrae la macchina dal fosso. Io lo guardo e penso: come ha fatto presto a imparare, sembra incredibile.

Ce ne torniamo a casa in silenzio, con la macchina infortunata a rimorchio, quasi sospesa per aria, soltanto una ruota rimbalza sull'asfalto. Andiamo piano, la strada è lunga, il soldato accanto a me s'è addormentato. E sul sedile posteriore quei due guardano in silenzio la macchina che ci trasciniamo dietro, mentre la pioggia entra attraverso i vetri rotti. Io guido a fatica, ormai non mi guardo piú in giro, mi dimentico di cercarlo. Dovremmo rinunciare a lui.

ASYA

Un negro gigantesco, elegantissimo, con un abito verde chiaro e con una cravatta alla moda dello stesso colore, faceva da guida. Mi conduceva per un'enorme galleria assai luminosa, dal tetto di vetro. Mi illustrava i quadri, appesi nelle nicchie lungo la parete, molto distanti l'uno dall'altro. Quadri di paesaggi esuberanti e fioriti, di campi, di boschi, di villaggi – paesaggi europei, ma con una luminosità africana, chiara e limpida. Cerco di sapere se è lui che li ha dipinti, devo alzare molto il viso, tanto è alto. No, dice con un sorriso luminoso e sicuro di sé, però sono quadri della sua terra, e perciò lui ne parla con tanto amore. Guardate com'è bello, com'è meraviglioso, guardate le nuove colonie che abbiamo fondato, il paese che si rinnova. Mi avvicino per vedere meglio, e mi accorgo che quelli non sono quadri, ma la realtà, piena di movimento; si vedono chiaramente uomini e carri che si muovono, un grasso contadino che ara tranquillamente il campo, cammina dietro un animale dalle corna ricurve. Che sia un daino? Gente scura in costumi antichi, bambini che giocano, e che in testa portano turbanti.

– Venga a vedere questo quadro! – mi chiama dal fondo della sala. Sono andata là, mi sembrava di librarmi in aria, di trovarmi in alto e di poter spaziare lontano con lo sguardo, come se stessi contemplando l'universo. Nel quadro si vedevano distese di campi fino all'orizzonte azzurrino. Non c'erano persone, e un fosso lungo e diritto li divideva, fino all'orizzonte.

Dal fosso sgorgava una schiuma bianca, come lava dalle viscere della terra. Senza che me lo dicessero, ho capito che quello era l'equatore. Mi si è fermato il respiro, come se avessi scoperto un mistero. Quella linea, cosí ferma, cosí assoluta.

VADUCCIA

L'arabetto torna verso mattina, sporco, con le scarpe inzaccherate. Ha già imparato che deve togliersi le scarpe prima di entrare in casa. Cammina in punta di piedi, ma io mi sveglio lo stesso.

– Be', avete trovato qualcosa?

– Come?

– Che vuol dire... come? Dio del cielo, per che cosa andate in giro di notte?

Ma lui non mi capisce. Vorrei telefonare ad Adam – ma lui direbbe: ma si figuri, se avessi saputo qualcosa sarei venuto subito a dirglielo.

Cosí ho smesso di far domande all'arabo, e ho anche smesso di telefonare.

È sempre di buon umore l'arabetto, sempre contento; fischietta qualche canzoncina, sorridendo a se stesso. Non capisco di che cosa sia cosí soddisfatto. Gira un po' per casa, mangia una fetta di pane, e poi vorrebbe andarsene a letto, cosí sporco com'è. Però io gli salto addosso. Che cosa ti credi, ragazzo, qui non siamo alla Mecca, qui ci si lava prima.

E lui si offende, impallidisce dalla rabbia. Ho toccato il sancta sanctorum del musulmano.

– Cos'ha da dire della Mecca, lei? Alla Mecca è piú pulito che in Israele...

– Perché? Ci sei stato, lí?

– No. Ma neanche lei c'è stata.

Che impertinente. Come fa lui, a sapere che non sono stata alla Mecca? Alla mia età potrei essere stata ovunque. Ma è meglio star zitti, non vale la pena di mettersi a discutere. Se una vecchia come me si mettesse a litigare con un moccioso, sarebbe una vergogna – e che cosa direbbe Adam, quell'uomo meraviglioso, che suda sangue ogni notte per cercare Gabriel. Però col tempo ha imparato a lavarsi prima d'andare a letto, e io intanto gli preparo una colazioncina. E lui mangia e beve. Grazie a Dio non ha perso l'appetito durante la notte. Quel suo pigiama rosso, cosí eccentrico, mi fa venire in mente quello che teneva addosso mio nonno buonanima, nella Città Vecchia a Gerusalemme, quando d'estate si sedeva sul terrazzo a contemplare il Muro del Pianto.

Dopo va a dormire, si rivolta un po' nel letto, fa scricchiolare le molle, e poi si calma. Due ore piú tardi, di solito, vado in camera sua e lo ricopro per bene, prendo la biancheria sporca e la metto a lavare, gli frugo nelle tasche, per vedere se non ci sia per caso una bomba, o del *hashish*. Bisogna starci attenti. Che guaio.

Le prime volte, nelle tasche non ci trovavo nulla, neanche un fazzoletto, e allora ci ho messo un fazzoletto e anche due shekel, perché si comperasse una caramella. Poi ho cominciato a trovarci soldi – cinquanta shekel, o magari anche un biglietto da cento. Si vede che Adam gli dà dei soldi, che è anche giusto perché lui se li guadagna. Ma è un grande spendaccione, dopo una settimana non gli resta molto. S'è comperato un grosso temperino, che io però ho confiscato senza pensarci due volte, l'ho gettato nel gabinetto e ho tirato l'acqua. Abbiamo già visto che cosa succede quando gli arabi girano con il coltello.

Si sveglia a mezzogiorno, viene a mangiare, va a portare giú la spazzatura, lava il pavimento, cambia un rubinetto che perde o ripara un lavandino o il gabinetto ingorgato, e poi se ne va a spasso, va al cinema. Torna alle sei di sera tutto eccitato, con gli occhi che gli brillano, mi legge un po' di giornali – legge col tono di uno che non ci crede troppo, magari anche ci ride su, ma perlomeno pronuncia le parole come si deve.

Mangia la cena senza molto appetito, e poi va a fare un altro giretto. Ogni giorno rientra piú tardi, sente sempre meno il bisogno di dormire. Cosí passa il tempo: il carro attrezzi viene di notte e torna all'alba, e del mio Gabriel non c'è traccia. Quando parlo al telefono con Adam, mi viene voglia di piangere. Come andrà a finire?

DAFI

Adesso è una stanchezza diversa, piú reale – non piú la stanchezza vuota e nervosa delle notti insonni. Adesso è una stanchezza dolce, di membra che dolgono per il lungo viaggio notturno.

Torniamo verso le tre o le quattro del mattino e andiamo a dormire. Mamma si alza per prima, ci prepara la colazione, e ci sveglia. È una novità quella di trovare papà in casa, la mattina, di far colazione noi tre, insieme.

Ma a scuola faccio fatica a stare in piedi. Negli intervalli mi lascio cadere su un sasso, in cortile, e Tali viene a sedersi accanto a me. Dopo quella storia con Arzi mi hanno cambiato di posto, e adesso lí c'è un altro ragazzo che si fa le dormitine. Me, mi hanno messa nella fila di mezzo, nel terzo banco, proprio al centro della classe, e ho sempre addosso gli occhi dei professori. Sono completamente nelle loro mani: mi fanno domande e si aspettano che io risponda, o che almeno me ne stia zitta a guardarli con occhi da cane fedele, che rida delle loro battute di dubbio gusto, che mi tenga in contatto. I miei compagni di classe cominciano ad annoiarmi un po' perché di notte, mentre loro giocano coi sogni, io vedo un'altra realtà. Comincio ad averne abbastanza persino di Osnat, che è sempre tanto eccitata. Sto bene soltanto con Tali perché lei tace, e quel tocco di pazzia che si porta dentro non guasta. Accetta sempre tutto quello che le propongo.

In letteratura, in Bibbia, in Storia, e persino in Talmud poteva andare. Anche se non sempre seguivo quello che dicevano e non facevo proprio tutti i compiti, avevo però delle buone idee e facevo domande non banali. Qualche volta alzavo persino la mano e dicevo qualcosa d'interessante che faceva entusiasmare il professore, e gli faceva dimenticare tutti i miei peccati. Ma in matematica, per quanto mi sforzassi di trovare qualcosa d'originale, non riuscivo a tirar fuori nessuna idea nuova. Il bamboccio aveva già preso in mano le redini della classe, e c'erano ragazzi che erano molto contenti di lui, perché portava in classe dei rompicapo matematici, che a me facevano venire un nervoso terribile. Che bisogno c'era di complicare della roba che era già abbastanza complicata di per sé? E lui andava avanti a velocità pazzesca. Prima che io capissi come si risolvono problemi di un certo tipo, eravamo già passati a un tipo completamente diverso. Tutti avevano già dimenticato il professore che era caduto in guerra, avevano fatto presto a tradirlo. Io invece me ne ricordavo, o meglio mi ricordavo della cerimonia commemorativa che Schwarzi aveva organizzato, della poesia che avevo recitato con tanta commozione, del silenzio che regnava nella sala – «Qui giacciono i nostri cadaveri in lunghe file. Non abbiamo respiro». Mi prende una strana nostalgia di lui, anche se non so bene di che cosa ho nostalgia.

Una volta, quando giravo per i corridoi col braccio attorno alle spalle di Tali (ero talmente stanca, che nell'intervallo mi appoggiavo a lei) ci siamo trovate davanti a quella targa che hanno messo all'ingresso del laboratorio di fisica, e ci siamo fermate a leggere quello che c'era scritto. La targa era già tutta annerita e macchiata, in cosí poco tempo. Ho fermato Schwarzi in corridoio e gli ho detto che bisognava ripulire quella targa, che cosí sporca non faceva onore alla scuola. Lui è rimasto di stucco, credeva che volessi prenderlo in giro, ma non ha trovato parole per rispondermi, e davvero ha mandato il bidello a lucidare la targa.

Il bamboccio sapeva esattamente quanto valevo in matematica, ma non voleva lasciarmi in pace. Quando gli occorreva una vittima da tormentare mi chiamava alla lavagna. Io mi alzavo e dicevo con un sorriso amaro: non vale la pena che lei si disturbi, tanto io non l'ho capito questo esercizio, può mettermi addirittura insufficiente. Ma lui mi costringeva a venire alla lavagna, e per la rabbia facevo degli errori talmente madornali, che la classe si metteva a ridere. E io stavo per scoppiare a piangere, ma facevo soltanto un sorrisetto scemo.

Una volta non mi sono trattenuta, e gli ho chiesto perché dovevamo imparare tutti quei calcoli, quando ci sono dei calcolatori tascabili che si possono portare dappertutto, perfino nel deserto. Lui s'è arrabbiato come se volessi togliergli il pane di bocca, e mi ha dato una risposta lunga e complicata, che però in fondo non diceva nulla.

Oggi poi avevo proprio la luna di traverso. Ero triste, perché la notte prima avevamo rimorchiato una macchina tutta sfasciata, e nell'incidente era morto un bambino. Avevamo visto il sangue, e quella scarpina sul sedile. Io avrei voluto tagliare la corda prima della lezione di matematica per evitare discussioni inutili, ma c'era Schwarzi che pattugliava nei corridoi, e in infermeria facevano le punture. Cosí sono rimasta in classe, e il bamboccio è arrivato pieno d'energia e se l'è presa subito con me, come se non ci fossero stati altri quaranta allievi che poteva chiamare. Delle volte penso che forse Tali ha ragione, che lui è un po' innamorato di me – ma è un amore duro da sopportare. Sono andata alla lavagna, e subito sono cominciati i guai. E d'un tratto vedo che lui tira fuori dalla tasca un taccuino che conoscevo bene, il taccuino del professore morto, con tutti i nomi e i voti. Forse gliel'avevano dato perché lui potesse fare la media dei voti di tutto l'anno. Da lontano ho riconosciuto la calligrafia, una calligrafia leggera, molto inclinata. Mi sono sentita male e mi sono appoggiata alla lavagna. Mi sentivo sciogliere.

E il bamboccio mi fa: – Non capisco proprio come mai il professore che c'era prima ti ha dato un piú-che-sufficiente...

L'ho interrotto in mezzo alla frase.

– Lei non osi parlare cosí, di lui.

Lui è arrossito, è rimasto sconcertato. In classe si è fatto un silenzio di tomba.

Avrei dovuto fermarmi qui, se l'avessi fatto non sarebbe successo nulla. Ma non mi sono fermata. Quel silenzio che si era fatto intorno, mi piaceva – chissà che alla fine io non diventi insegnante, come mamma. Ma quando farò lezione io, ci sarà un silenzio come questo.

– Peccato che non abbiano ammazzato lei, invece di lui...

La classe tratteneva il respiro.

Ora quel silenzio mi faceva paura. Singhiozzando mi sono precipitata fuori, sono uscita dalla scuola, sono arrivata a casa sempre correndo. Poi mi hanno raccontato che il bamboccio era rimasto talmente scombussolato che quasi non riusciva a far lezione, sbagliava persino le addizioni. A un certo punto non è stato capace di continuare, ha interrotto la lezione prima del tempo ed è corso dal direttore a raccontargli tutto. Il direttore ha chiamato mamma, e allora, finalmente, il bamboccio ha capito che legame c'era fra di noi, e forse si è pentito di essere stato cosí impulsivo. Ma era già troppo tardi, per lui e per me.

NA'IM

Che cuccagna, questa libertà! Ormai non rimpiango piú la scuola, perché meglio di cosí non poteva andare. Di notte lavoro sul serio, imparo il mestiere, e Dafi mi guarda con rispetto quando faccio funzionare l'argano, come me la sbrigo a risolvere problemi. Siamo diventati buoni amici.

Quando torno a casa la mattina, la vecchia mi prepara una colazione da principi. Poi vado in camera mia a godermi un po' il panorama della baia che si risveglia. Dopo vado a letto, ma per troppa felicità e per troppa voglia di lei non riesco a dormire. Devo masturbarmi, e allora mi addormento. Mi sveglio a mezzogiorno, fresco e riposato, pronto a nuove avventure.

Ho soldi in tasca, e sono libero come l'aria. Prima di tutto al cinema, allo spettacolo diurno, magari c'è un bel western che mi aiuta a svegliarmi del tutto. Dopo vado a vedere i negozi, entro a guardare la merce, a sentire i prezzi. Qualche volta mi compro qualcosa – un temperino, o un ombrello. Compro pistacchi, prendo una bibita per farmi venire appetito. Torno per cena, mi siedo a tavola e mangio tutto quello che c'è nel piatto, che lei non pensi che non mi piace quello che mi prepara, perché è proprio roba buona.

Le leggo un po' del «Maariv», un po' dello «Yediot Aharonot», sulla situazione che continua a peggiorare, e poi vado a dormire. Ma dopo due settimane non mi riesce piú d'addormentarmi, la sera. Ho sempre meno bisogno di sonno. Allora porto giú la spazzatura, lascio il secchio nell'atrio della casa e filo al cinema, allo spettacolo della sera. Cerco un film dove non ci siano tante sparatorie, ma piú musica e amore. Sono abbastanza alto, cosí posso vedere anche i film vietati ai minori di sedici anni, soltanto a quelli vietati ai minori di diciott'anni non riesco a entrare – ogni volta che tento, la maschera mi ferma. Alle nove e mezza la finisco di girovagare e torno a casa, e lei è già tutta innervosita. Poi mi tolgo le scarpe e vado a stendermi sul letto, senza spogliarmi. Aspetto la telefonata, ma non riesco mai a rispondere, è sempre lei che arriva per prima.

E cosí me ne sto disteso, mezzo addormentato, e guardo la città che si fa silenziosa. Persino nella baia le luci diventano piú deboli, le macchine diventano piú rade. Quando la vecchia fa capolino, mi affretto a chiudere gli occhi, che non venga a rompermi le scatole. Qualche volta mi capita di sognare, per esempio ieri ho sognato che andavo all'Università, e anche se non c'ero mai stato lo sapevo che era l'Università. Nelle grandi sale gli studenti sono seduti in camici bianchi, come all'ospedale. Ho chiesto dell'ufficio d'immatricolazione e me lo hanno indicato: assomigliava allo sgabuzzino di Erlich, solo che era enorme – come cento volte piú grande. E lí c'erano forse cento architetti e facevano conti. Io giravo in silenzio, guardavo le pareti, vedevo che lí, dove le pallottole avevano colpito, invece dei buchi c'erano sporgenze, come delle ferite che rimarginandosi si fossero gonfiate un po'. Uno degli impiegati, un vecchio, alza la testa come per chiedermi chi sei, e io rispondo con molta sicurezza anche se non ho sentito la domanda:

– Anch'io sono ebreo.

E seguito a girare, tocco quelle sporgenze. Come se i Servizi Segreti m'avessero mandato a ispezionare.

Continuava a entrare gente, e io cominciavo ad aver paura, perché tra loro c'era anche un arabo che mi faceva l'occhiolino, mi si avvicinava e si metteva a parlarmi in arabo.

– Svegliati, Na'im, ha suonato il telefono. Stanno arrivando. Basta sognare.

La nonna.

ADAM

La stanchezza diventa ogni giorno piú pesante. Non so proprio fino a quando potrò andare avanti cosí. Qualche volta, quando torniamo, è già l'alba. Le notti si accorciano, e io riesco appena a dormire un'ora o due, prima che Asya mi svegli dolcemente. Vede la fatica che faccio per alzarmi e mi chiede se non vorrei continuare a dormire. Ma io mi sono sempre alzato all'al-

ba, e non posso restare a letto, la mattina. Mi meraviglia che lei
non dica niente di quel nostro girovagare notturno, come se
non fosse affar suo. E neanche accenna al fatto che Dafi m'accompagna nelle ricerche dell'amante di sua mamma.

Nei primi giorni, Dafi parlava con me delle nostre peripezie
notturne, e Asya stava ad ascoltare senza batter ciglio. Si parlava di che cosa avevamo fatto, chi avevamo visto, con chi avevamo attaccato discorso. Ma poi Dafi ha smesso, e restava seduta
accanto a me con la testa fra le mani. Arrivo al garage quando il
lavoro è già cominciato, in mezzo alla confusione. Ora anch'io
ho molto lavoro. I proprietari delle macchine che ho rimorchiato durante la notte, mi aspettano, e cosí pure gli agenti delle
compagnie d'assicurazione – qualche volta c'è anche la polizia.
Bisogna riempire formulari, testimoniare, rispondere al telefono. Bisogna dare ordini per le riparazioni. Ho la testa pesante,
gli occhi mi bruciano. Sono indaffarato – avanti e indietro fra
l'ufficio e i banchi di lavoro con le mani sporche di grasso e d'o-
lio, a spiegare agli operai che cosa devono fare. E gli affari vanno a gonfie vele – Erlich mi guarda compiaciuto, nel reparto
carrozzeria dovremo assumere altri operai. Quando arrivano i
clienti notturni, vogliono parlare soltanto con me, con nessun
altro. Vedo che gli operai mi guardano con ammirazione, hanno l'impressione che io abbia ripreso le redini in mano. Ma io
sono stanco, mi sento come ubriaco. Ho scoperchiato un vulca-
no, e adesso la lava erompe. A che scopo? Quando vado a trovare la vecchia, lei comincia a tremare, crede che le porti buone
notizie. Ma lui non c'è, e delle volte mi sembra che non sia mai
esistito, che tutto sia stato soltanto un miraggio. E m'accorgo
che anche lei, in fondo, di Gabriel sa ben poco.

– Dov'è Na'im?
– È andato al cinema.
– Ma lui... aiuta un po', in casa?
– Sí, sí, va tutto bene...

E la stanchezza aumenta. Non dormo che poche ore durante
la giornata. Di notte, le telefonate cominciano già alle dieci, ce
ne sono di quelli che telefonano direttamente, perché hanno
avuto il numero da amici.

Bisogna finirla.

Quando sono arrivato in garage stamane, ero proprio sfinito. Durante la notte abbiamo rimorchiato una macchina che s'era sfasciata completamente, un bambino era morto nell'incidente. Appena entro, mi s'avvicina il capoturno, tutto eccitato: ha un'idea brillante. Mi mostra quella macchina accartocciata, che è già appesa agli appositi ganci sotto una delle tettoie. Lui la vuole tagliare in due, e la metà buona la vuole saldare alla metà di un'altra macchina dello stesso modello, un rottame che abbiamo comperato qualche tempo fa, su suo consiglio. È un progetto temerario, un'idea pazza, quella di tirarci fuori una macchina intera. Lui parla e parla, entra nei dettagli, mi fa fare il giro della macchina e mi fa vedere i punti dove si potrebbe tagliare, e come dalle due metà si può ricavare una macchina nuova – basta fresare e verniciare, e nessuno se ne accorgerà. Gli occhi gli brillano: c'è puzzo d'illegalità, è vero, ma è un'idea grandiosa, e se ne ricaverebbe un bel guadagno. Mi dice che ha già accennato la cosa all'agente della compagnia d'assicurazione – manca solo il mio consenso. E io sto lí ad ascoltare con gli occhi che mi si chiudono. L'inverno è finito, praticamente siamo già a metà primavera, il cielo è azzurro, gli operai vanno in giro in canottiera, soltanto io ho ancora addosso un mantello pesante, come se non appartenessi a questo mondo.

Con le dita tocco la macchina fracassata. Attraverso i vetri rotti vedo le macchie di sangue sul sedile, una scarpina da bambino, e accanto c'è un'automobilina-giocattolo, dello stesso modello e colore della macchina fracassata. Mi gira la testa, ho la nausea, ho paura di svenire. Fai quello che vuoi, gli dico. E lo pianto lí, salgo sulla mia macchina e vado a casa.

Sono le dieci. In casa c'è silenzio. Chiudo le persiane, mi spoglio, resto in mutande e canottiera, disfo il letto, mi ci butto sopra e cerco d'addormentarmi. Dentro mi sale un vago ricordo di malattia, dei tempi lontani dell'infanzia. Io, che non mi sono mai lasciato viziare, me ne sto a letto con gli occhi chiusi, comincio ad avere caldo. Da fuori sento le voci dei bambini di un asilo lontano, qualcuno che batte un tappeto, una donna che ride. Un mattino israeliano. Sento che dentro, lentamente, mi nasce la voglia: confusa, sorda, non voluta. Fuori c'è profumo di fiori. Che cosa mi succede? La stanchezza di queste ultime setti-mane mi ha spezzato qualcosa dentro, la tensione accumulata nel corso degli anni si va sciogliendo. Butto via la coperta, mi spoglio nudo, guardo allo specchio il mio corpo pesante. Sento la porta d'ingresso che si apre. Dafi. Anche lei segue il mio esempio – dev'essere completamente esausta da queste ultime notti. Va in cucina, apre il frigorifero, gira per la casa, entra in camera mia. Sono nudo, sotto la coperta.

– Papà? Mi hai fatto paura. Che cos'è successo? Sei malato?

– No, sono soltanto stanco morto.

Si siede sul letto. È proprio una giovane donna, ormai. Ha la faccia triste, gli occhi rossi, come se avesse pianto. Bisogna smetterla con queste spedizioni notturne.

– Già finite le lezioni...

– No. Sono tornata cosí... Ho litigato col professore di ma-tematica.

– Che cosa è successo?

– Niente, stupidaggini. Non importa.

– Non usciamo piú di notte.

– Perché? – la voce le trema, ma non pare sorpresa.

– Perché basta. Finito. Non c'è piú niente da cercare...

– Hai perso le speranze di trovarlo?

– Un po'.

– E mamma?

– Anche lei si farà una ragione, alla fine.

Domande serie, da adulta.

Lei tace, sembra immersa in pensieri. C'è qualcosa che la preoccupa.

– Quella macchina che abbiamo rimorchiato ieri... quella del bambino... hai poi saputo che cos'è stato? Chi era?

– No, non so...

È molto tesa, ha lo sguardo smarrito, una piccola ruga all'an-golo della bocca.

– Va' a dormire.

– Non posso. Sono troppo stanca...

– Allora va' a fare i compiti... cos'è successo col professore di matematica?...

Mi fa un sorriso triste, non risponde. Esce dalla stanza.

Telefono alla centrale, disdico il contratto.

– Da quando?

– Da stanotte.

Telefono alla vecchia: – Dov'è Na'im?

– È andato al cinema.

– Va bene. Gli dica, per favore, che può tornarsene al villaggio, e che domani venga al garage come prima. Non ho piú bisogno di lui, di notte. Ho deciso di smetterla... – Silenzio.

– Signora Hermoso?

– Sí.

– Gli dirà...

Continua a tacere. D'un tratto mi fa pietà. La sua ultima speranza.

Lei comincia a balbettare:

– Ma lui, qui, non mi dà noia... può continuare ad abitare qui...

Adesso capisco.

– Se vuole che rimanga da lei, posso lasciarglielo. Non occorre neanche che venga al garage. Potrà continuare ad aiutare lei...

Come se le consegnassi un oggetto.

La voce le trema, come se stesse per piangere.

– Grazie, grazie, rimarrà ancora un poco, finché mi sarò di nuovo abituata al silenzio...

– Come vuole.

– Grazie, grazie. Non sarà per molto tempo. Che Dio la benedica. Lei è proprio un angelo.

ASYA

È notte fonda. Tutti dormono. La casa è buia. Fuori c'è pioggia e vento, si sentono le imposte che sbattono. Io sono in cucina, con un gran grembiule, preparo da mangiare, sto pulendo i pesci. Taglio le teste, tolgo le scaglie, apro il ventre bianco per togliere le interiora. Ho le mani imbrattate e piene di sangue. E questi pesci sono particolarmente disgustosi, sono pesci selvatici, grossi, hanno gli occhi morti, gialli, le scaglie quasi come penne d'uccello, dure e affilate, di color verdastro. Sul fuoco c'è la pentola e l'acqua bolle, bisogna far presto.

Dietro di me, accanto al tavolo, c'è qualcuno. È seduto lí e sta mangiando. So chi è. Mi volto adagio, col coltello in mano. Lui sta leggendo il giornale, mangia una fetta di pane. È in divisa militare; in faccia gli spuntano, neri, i peli della barba.

– Gabriel! Che cos'è successo? Dove sei stato?

Lui non alza gli occhi, continua a sfogliare il giornale.

– Ma la guerra non è ancora finita. Siete stati voi a mandarmi...

– Macché non finita, – sono sull'orlo della disperazione, – è finita da un pezzo, e tu non ti fai vivo. Adam va in giro di notte, a cercarti.

– Dove mi cerca?

– Ecco, ascolta...

Rimaniamo in silenzio e sentiamo lui, sentiamo passi pesanti di qualcuno che gira per le stanze, apre le porte degli armadi, tira fuori i cassetti.

Gabriel fa un risolino ironico, nel suo viso c'è qualcosa di piú adulto: è piú maturo, piú sicuro di sé. Ripiega il giornale, mi si avvicina, guarda la pentola che bolle, alza il fuoco.

– Che cosa stai cucinando?

– Pesci.

– Pesci? – lui si sgomenta. – Pesci?

Io fremo nella speranza che lui mi tocchi, forse potrei abbracciarlo io. Ma lui si prepara già ad andarsene.

– Dove vai?

– Torno laggiú.

– Ma la guerra è finita... – per poco non urlo.

– Macché finita –. Lui comincia a perdere la pazienza. – Ma guarda il calendario.

Ed è vero, sul calendario siamo ancora al dieci d'ottobre. Ma questo è uno sbaglio, ci siamo dimenticati di strappare i fogli. Mi vien quasi da ridere. In fretta, selvaggiamente, con le mani sporche di sangue, comincio a strappare i fogli, me li appallottolo in mano. Ma lui non c'è piú.

DAFI

Non riesco a star ferma, vado in centro a cercarmi un costume da bagno per l'estate. In autobus si siede vicino a me un tale, è una faccia che ho già visto. Mi strizzo il cervello per cercare di ricordare chi è, sembra una figura uscita da uno dei miei sogni: un uomo gigantesco, capelli sconvolti, sulla quarantina, sta leggendo avidamente un giornale della sera. Infine ho trovato: è l'uomo-che-ticchetta-di-notte, al di là del *wadi*. Proprio lui.

Quando è sceso, sono scesa anch'io. Finalmente posso scoprire qualcosa sul suo conto. L'uomo-che-ticchetta, il mio alleato notturno. È vestito male, in jeans scoloriti, cammina piano, guarda le vetrine dei negozi, ha ficcato il giornale nella tasca posteriore dei pantaloni. Entra in una banca e io dietro, mi metto in un angolo, prendo un modulo e comincio a scribacchiare, deposito un milione e ne ritiro due. Aspetto che lui finisca di ritirare pochi soldi (soltanto duecento shekel), getto i moduli nel cestino e continuo a seguirlo. Entra in una cartoleria, e io dietro. Lui è lí che guarda i vari tipi di carta, gli brillano gli occhi. La commessa mi dice: – Che cosa desidera, signorina? – Io dico: – Il signore è venuto prima –. Lui mi guarda con simpatia: – Non importa, – dice, – largo ai giovani. – Non ho fretta, – dico io, – a ciascuno il suo turno.

– Allora, in che cosa posso servirla, signore?

In cuor mio dico: un nastro per macchina da scrivere.

– Carta per macchina da scrivere.

Però cerca un formato e una qualità particolari, costringe la commessa a salire su scale, a scendere nel magazzino di sotto per trovargli quello che vuole. Se ne va. Io, in fretta, compro una gomma per cancellare e gli corro dietro. Fregatura: lo vedo che sparisce in un negozio di parrucchiere.

Aspettare? Non aspettare?

Tanto non ho niente da fare, peccato lasciarlo perdere cosí. Mi trovo un muretto adatto a fare da osservatorio, mi ci siedo e aspetto. Passano cinque minuti, ed ecco che arrivano Osnat e Tali, si siedono accanto a me e cominciamo a chiacchierare. Ma d'un tratto lui esce dal parrucchiere, spettinato com'era prima, forse con due peluzzi di meno. Io salto su, lascio la frase a metà, e gli vado dietro. Adesso entra in una tabaccheria, e io pure, mi metto vicino a lui, quasi lo posso toccare. Compra tabacco, nettapipe, sigarette e caffè. Involontariamente mi tocca, ho un brivido. Mi guarda dall'alto in basso, io gli sorrido, ma lui già guarda da un'altra parte, si distrae. Non mi ricollega con la ragazza che ha visto in quella cartoleria. Paga ed esce. Compro un sigaro e mi rimetto sulle sue tracce.

Adesso si ferma accanto al muretto dov'ero seduta prima. Aspetta qualcuno, va avanti e indietro, guarda le ragazze che passano. Gira lentamente la testa, si piega un po' per veder meglio le loro gambe. Rivedo la sua testa, alle tre di mattina quando gli cade sulla macchina da scrivere, come se si fosse staccata dal corpo. Tira fuori di tasca un taccuino e ci scribacchia qualcosa, forse un'idea – sorride tra sé tutto soddisfatto. Ho paura che si accorga che sono qui e lo osservo, e decido di passargli davanti. Adesso guarda anche me con molta attenzione. Ha uno sguardo penetrante, me lo sento addosso. Un vecchio satiro. D'un tratto la faccia gli s'illumina, sorride – non a me, bensí a un uomo vecchio e basso, che ha in testa un cappello bianco, un noto poeta che abita in città, di cui non ricordo il nome. Si fermano a chiacchierare per un po', e poi si salutano. E lui rimane di nuovo solo. Continua a guardare l'orologio, finché gli si avvicina una giovane donna con una bambina piccola. Lui si rianima subito, dà un bacio alla bambina, si mette a discutere con la donna. Tutti e tre attraversano la strada e vanno alla fermata dell'autobus.

E io dietro.

– Rinunciare adesso? Voglio vedere perlomeno dove abita, da dove viene quella luce che m'illumina le notti. Salgo sull'autobus dietro a loro, ma quello è un autobus che scende in Città Bassa. Purché non vadano a far visita a qualcuno. Scendono, cominciano a girare per le strade, pare che cerchino un tavolo o un armadio, continuano a entrare in negozi di mobili. Lasciano il passeggino con la bambina vicino all'ingresso ed entrano a guardare i mobili. Io mi nascondo nei portoni delle case, all'angolo delle strade, li osservo di nascosto. A un certo momento per poco non li perdo di vista, ma poi li ho ritrovati. Loro non si accorgono di me, soltanto la bambina, che si tirano dietro nel passeggino pieghevole, continua a guardarmi in silenzio. Ha uno sguardo amichevole, somiglia moltissimo a lui.

Finiscono per non comprare nessun mobile, hanno soltanto fatto ammattire i commessi. Poi vanno in un negozio di verdure e comprano un chilo di piselli. Prendono un altro autobus – spero che infine vadano a casa, la bambina deve pur dormire. Sono già tre ore che li seguo. Sta venendo sera. Non ho più forza di nascondermi, mi siedo vicino a loro, sono stanca. Anche loro sono stanchi, parlano sottovoce. Ogni tanto mi dànno un'occhiata. Sgranano i piselli, li mangiano crudi, ne dànno anche alla bambina, le bucce le rimettono nel sacchetto. L'autobus passa per un quartiere collinoso che non conosco, per quanto non sia lontano dal nostro. Ogni cento metri si ferma e fa scendere gente, pian piano si vuota. Al capolinea loro scendono, e io dietro. La strada è deserta, le case sono poche. Loro non mi badano, gettano il sacchetto in una pattumiera e camminano in fretta, tirandosi dietro il passeggino con la bambina mezzo addormentata, la testa le ciondola. Mi guardo in giro per cercare casa mia, ma non riesco a vederla. È una strada qualunque, senza vista sul mare. Li seguo come ipnotizzata, mi avvicino sempre di più. Comincio ad aver paura, intorno tutto è buio. Si accendono i lampioni. Che cosa ho fatto? Come farò a tornare a casa? Forse di notte lui scrive in un'altra casa, forse conduce una doppia vita. Forse non è neanche lui, ma un suo fratello gemello. D'improvviso arriviamo a una curva stretta e loro spariscono in un condominio, costruito di recente, l'unico da quelle parti. E d'un tratto mi si apre davanti la vista della baia, del mare, di altre colline. Scopro subito il nostro quartiere, ecco persino casa mia, così vicina, sull'altro versante dello stretto *wadi*. Ecco la finestra di camera mia, tutta buia.

Sto là a guardare, sono molto contenta d'aver finalmente trovato l'angolo giusto.

Entro nell'atrio di quella casa, voglio soltanto vedere come si chiama e poi scappare. Ma là, nel buio, qualcosa si muove: una figura gigantesca. È lui, s'era messo lí ad aspettarmi. La sua voce è piena d'amarezza, forse anche di paura.

– Che cosa vuoi, bambina? Che cosa t'abbiamo fatto? Chi ti ha mandato a spiarci? Va' via... vattene...

E prima che riesca a dire qualcosa, lui sparisce su per le scale. Mi sfugge.

NA'IM

Un giorno come tutti gli altri. Mi alzo alle nove di mattina – e perché dovrei alzarmi alle otto, se anche alle nove non ho niente da fare? La prima colazione è già pronta sul tavolo, ma non ho appetito. Mastico una fetta di pane, bevo il caffè. Rimango in pigiama – ormai non mi vergogno piú davanti alla vecchia, qualche volta mi dimentico persino che sta seduta di fronte a me. Lei si lamenta: perché non mangi? Non puoi crescere se mangi solo pane. Ma io rido: tanto, bambini non si rimane.

Poi lei s'interessa di quello che ho visto ieri al cinema, e io le racconto la trama del film, in breve. Mi fa qualche domanda, soprattutto vuol sapere chi erano gli attori – mi dice qualche nome che non ricordo: Clark Gabel, Humphrey Gombart, un'altra che chiamano Dietrich. Vuol sapere se li ho visti e come stanno, e se sono ancora belli com'erano una volta. È proprio speciale, questa nonna. Ma io non ho molta memoria per i nomi degli attori, per me l'importante è la trama, quello che succede. Oggi un attore, domani un altro, che importa?

Lei mi dice: peccato per tutti quei soldi che spendi, tanto di film non ci capisci niente, finiranno per farti male. Ma io rido.

Ormai sono talmente abituato a lei, che non capisco come potevo averne paura, come quella prima sera che mi sembrava una strega. Adesso me ne sto sdraiato in poltrona; il pigiama, che si sta già strappando, è mezzo sbottonato, e quando lei cerca di offendermi rido soltanto. Perché dovrei prendermela?

Poi cerco un pezzo di carta e faccio la lista della spesa. È tutta piena d'istruzioni, come per un'operazione militare: ogni cosa dev'essere comprata in un negozio diverso: i pomodori in quello, le olive in quell'altro, il formaggio in un terzo, l'altro formaggio in un altro ancora. Mi spiega per filo e per segno che cosa devo comprare, e quanto, e soprattutto quanto deve costare. Prendo le ceste, faccio il giro, torno e metto gli acquisti sul tavolo. E qui comincia la seduta del governo: ogni cosa viene esaminata e annusata, la roba guasta viene messa da parte, il conto viene analizzato, e intanto volano maledizioni contro di me, i negozianti e il governo. E poi mi manda a riportare indietro la roba guasta. Per fortuna nel vicinato già mi conoscono, sanno che l'idea non è mia, bensí della vecchia, e non s'arrabbiano quando vengo a rompere le scatole.

Cosí senza che me ne accorga, passa la mattinata e viene l'ora della colazione. Questa volta mangio tutto, ripulisco il piatto. Poi vado a prendere lo «Yediot Aharonot» e dopo un po' scendo di nuovo e vado a comprare il «Maariv». E allora si fa silenzio, perché lei lascia lí tutto quello che stava facendo, si siede in poltrona, inforca gli occhiali e s'immerge nella lettura. Intanto io posso lavare i piatti, pulire il pavimento e andarmene al cinema. Ogni giorno vado al cinema. Per fortuna, la maggior parte dei cinema di Haifa dànno film di mio gusto, di quelli che mi piacciono, ma qualche volta capita che le foto che mettono fuori mi fanno sbagliare, e mi trovo a vedere un film complicato. E allora quando esco, prima che gli occhi arrivino a riabituarsi alla luce del giorno, torno alla cassa a prendere un altro biglietto per lo stesso film, per il secondo spettacolo, perché voglio rivedere certe parti che non ho capito bene. Per esempio: perché quel tale, che mi sembrava fosse il buono e che faceva sempre le cose giuste, alla fine l'hanno ammazzato.

Torno a casa e la trovo che sonnecchia nella luce del tramonto, coi giornali che le coprono la faccia, quasi non può respirare. Glieli tolgo, in modo che abbia un po' d'aria, e lei apre gli occhi come se tornasse dall'aldilà, quasi non mi riconosce. Le chiedo se vuole del tè, e lei fa di sí con la testa. Le preparo il tè, e senza che me lo chieda le racconto tutti i guai che sono successi nel film, per metterla di buon umore, e lei mi sta a sentire e comincia a piangere. Non capisce niente – magari crede di capire, ma non capisce proprio niente. Appena comincia a piangere, io prendo le tazze vuote e me ne vado in camera mia, non posso sopportare il suo pianto – per quello sono davvero troppo giovane. Alla fine si calma e va a preparare la cena. Sento pentole e padelle che appena si muovono come se le si fossero addormentate le braccia.

A cena non ho già piú molto appetito. Mi sembra che le sue lacrime siano cadute nel mangiare, e che io le debba inghiottire. Questo pensiero mi fa rabbrividire. Vado a portare giú la spazzatura, faccio qualche piccola riparazione in casa – lo scaldabagno o un rubinetto; qui tutte le tubazioni sono marce, è una vecchia casa araba. Poi mi siedo a leggerle i giornali, soprattutto quegli annunci stampati in piccolo, che lei non riesce a leggere: chi è morto, chi si sposa, chi è nato. E poi un articolo sulla questione palestinese, con i miei commenti. E allora cominciamo a litigare, e io mi alzo e me ne vado.

Intanto è già notte. E io mi sento solo – in vita mia non sono mai stato tanto solo. Delle volte mi viene nostalgia del paese, dei campi, ma mi faccio forza. Dafi mi manca moltissimo. Ci sono giorni che salgo al Carmel, giro intorno a casa sua, ma di lei non c'è traccia. Forse Adam ha paura per lei, forse s'è pentito d'averle permesso di accompagnarci di notte. Già da tre settimane non si fa vivo. La vecchia m'ha detto che per il momento ha smesso di lavorare di notte, ma che tra poco si ricomincia, che intanto io rimanga da lei. E m'ha dato trecento shekel da parte sua, per le piccole spese.

Allora, perché devo farmi domande inutili?

In fondo, faccio una bella vita, per il momento.

Sono padrone di me stesso, non devo lavorare, mi trattano bene.

Finché ho soldi per il cinema.

Perché adesso ho testa solo per quello.

Vado al primo spettacolo, e quando esco mi gira la testa. Dove sono andati a finire Bialik e Tchernikowski, come avevo potuto interessarmi di loro, quando il mondo è talmente diverso e ci sono dei problemi veramente gravi?

Torno a casa pensando al film che ho visto, cerco di fischiettare la melodia di quella canzonetta. A quest'ora, nel vicinato è tutto tranquillo, è l'ora dell'intervallo tra la chiusura dei negozi e l'arrivo delle puttane.

Suono il campanello, lei mi apre la porta, ha la faccia grigia. Non diciamo niente. Per oggi abbiamo parlato abbastanza. Vado direttamente in camera mia, conto i soldi che mi restano, faccio un po' di calcoli. Allah, che cosa ci sto a fare in questa casa, in questa città?

Comincio a spogliarmi, e d'un tratto lei entra, in silenzio. Si è messa un altro vestito, pare piú allegra. Si siede sul letto. Come andrà a finire?

– Be', Na'im, che fai di bello?

Ma non vede che cosa sto facendo? Che diavolo vuole da me?

– Com'era il film?

– Tutto bene. Hanno vinto i nostri, e si sono anche sposati.

Lei sospira, dice che in quest'ultimo mese sono diventato cattivo. Prende i miei pantaloni, li guarda da tutte le parti, va nell'altra stanza, comincia a frugare negli armadi, e poi torna con un paio di pantaloni quasi nuovi. – Provateli, vediamo se ti stanno bene. Erano di mio nipote quando aveva la tua età.

Li infilo – che me ne importa? Metto le mani nelle tasche e ne tiro fuori delle palline di naftalina. Provo ad annusarle.

– Sono per te, – dice lei. – Volevo tenerli per suo figlio, ma lui non c'è e non ci sono figli.

Dovrei forse dirle una buona parola, dirle che forse alla fine lui tornerà e magari avrà un figlio. Ma finisco col dirle soltanto grazie, poi ci penso un momento e le bacio la mano, quello è l'unico posto che si può baciare ai vecchi, al mio paese si fa sempre cosí. I pantaloni sono proprio belli.

Lei sorride, si vede che le è piaciuto.

Comincia a raccontarmi storie degli ebrei che abitavano nella Città Vecchia di Gerusalemme, che erano tanto buoni con gli arabi, e quelli poi li hanno ammazzati. Tira dei gran sospiri. Poi smette e se ne va.

Mi spoglio in fretta, vado a letto, ma non sono stanco. Che cos'ho fatto oggi? Niente, a dir la verità. Mi rivolto a lungo nel letto, mi torna in mente il film che ho visto: c'era un gobbo, e anche un mago con la faccia tutta bruciata. Comincio a tremare.

Sono solo, che razza di vita. Sono tagliato fuori. Adam mi ha dimenticato, e anche papà e mamma e Hamid e tutti gli altri m'hanno dimenticato. Mi alzo, vado alla finestra a guardare le navi nella baia. So già distinguere tra un sommergibile e un portamissili. Le prime puttane sono già ai loro posti. Arriva una volante della polizia, i poliziotti scendono a fare due chiacchiere con loro. Fuori fa caldo, la finestra è aperta.

Rimango a guardare finché mi si chiudono gli occhi, e allora mi butto sul letto. Mi alzo alle nove di mattina – e perché dovrei alzarmi alle otto, se anche alle nove non ho niente da fare?

DAFI

Non è stata quella la prima volta, me n'ero già accorta anche prima: sono capace di far paura alla gente. Non è solo il professore di matematica che comincia ad aver paura di me, ce ne sono anche altri – quando mi lascio andare, divento piú forte. Qualche volta mi metto a pedinare qualcuno per strada, mi scelgo uno qualunque, magari un adulto o un vecchio, lo seguo dovunque vada, ostinatamente, per mezz'ora, per un'ora, finché quello non impallidisce, comincia ad arrabbiarsi. Osnat e Tali ci diventano matte. Potrei far paura anche a me stessa.

Una volta eravamo al cinema, allo spettacolo diurno, e c'era un film barboso, roba da bambini piccoli. Davanti a noi sedeva un vecchio calvo, con un berrettino in testa, e io mi sono chiesta come mai quello andava a vedere un film da bambini. Allora ho detto sottovoce a Tali e a Osnat: volete che gli dia una tirata d'orecchie? E loro non hanno neanche fatto a tempo a dirmi: chi te lo fa fare? – che già avevo afferrato quel suo orecchio schifoso, tutto molliccio e peloso, e gli avevo dato uno strappo abbastanza forte. È questo che mi spaventa: mi era appena venuta l'idea, e subito ho agito. Questa rapidità, il passaggio immediato da ogni idea che mi viene in mente, all'azione. Quel vecchietto si è subito rivoltato, come se si fosse aspettato quella tirata d'orecchie, si vede che non era tanto assorto nel film, e ha cominciato a bestemmiare ad alta voce, in mezzo al silenzio della sala buia. Era convinto che fosse stata Osnat, voleva ammazzarla. Abbiamo tagliato la corda tutte e tre, prima che venisse la maschera.

Sono rimasta depressa per tutta la sera. Osnat era arrabbiata con me, non voleva neanche piú parlarmi e se n'è andata a casa: soltanto Tali, sempre taciturna, mi veniva dietro – non le importava di perdersi il film, non mi chiedeva perché l'avevo fatto, che cosa ci avevo guadagnato.

Del resto che cosa avrei potuto risponderle? Sono talmente nervosa in questi giorni, non riesco a stare ferma. Come mamma, che è sempre di corsa, da una riunione di professori a un corso di perfezionamento, alle conferenze, all'Università – il diavolo sa che cosa ci va a fare. Io invece non faccio proprio niente, altro che andarmene in giro da un posto all'altro, andare a spasso per la città, magari in tassí. Già, ultimamente vado in giro in tassí. Di soldi ne ho finché ne voglio, di notte vado a prenderli dal portafogli di papà, tanto lui non se ne può accorgere perché è pieno di centoni. Non potevo farci molto con quei soldi, se mi fossi comprata una gonna o una camicetta se ne sarebbero accorti subito. Cosí andavo in tassí. Mi sono comprata una pianta della città, e siccome non potevo fermare un tassí cosí per strada, perché gli autisti avrebbero creduto che domandassi un passaggio, andavo fino al loro posteggio, montavo sul primo della fila e gli dicevo il nome d'una via. Cosí ho cominciato ad andarmene a spasso in macchina – mi facevo portare su una collina nelle vicinanze, andavo a passeggiare fra i pini, guardavo il panorama, il tramonto del sole, e poi tornavo in città. Il tutto non mi veniva a costare piú di trenta o quaranta shekel.

Gli autisti si divertivano con me – gli faceva strano che una ragazzina se ne andasse a spasso da sola, ma finivano per abituarsi. Una volta, quando sono salita in macchina, l'autista m'ha chiesto se avevo soldi. Allora gli ho fatto vedere il centone e gli ho detto: – Però con lei non ci vengo! – E sono andata a cercarmi un altro tassí.

Mi siedo sempre sul sedile posteriore, a destra, e mi segno su un taccuino il nome dell'autista e il numero di targa, casomai quello volesse attaccare con me o darmi noia. Mi aggrappo alle maniglie e giro per la città, finché il tassametro segna venticinque shekel. Qualche volta scendo fino al porto, passeggio un po' davanti al cancello, guardo le navi, mi compro dei pistacchi o della cioccolata svizzera, mangio in fretta e torno a casa in autobus.

Una volta, poco c'è mancato che m'acchiappasse mamma. Il tassí s'era fermato a un semaforo, a mezzo metro dalla Fiat di mamma. Mi sono curvata. Lei era seduta al volante, teneva gli occhi fissi al semaforo, come se fosse una bandiera. Aveva i lineamenti tesi. Ho visto bene i suoi tratti duri, sembrava assorta. Per un attimo ha chiuso gli occhi, ma appena il semaforo è passato al giallo è partita come un razzo, prima di tutti gli altri, è sparita nel traffico, come se qualcosa le bruciasse dentro.

I giorni si stanno allungando, le notti non finiscono mai. A scuola è dura. Dal giorno di quell'incidente col bamboccio, io sono come sospesa per aria. Continuano a consultarsi su cosa devono fare di me, vorrebbero buttarmi fuori. Nel frattempo i professori mi lasciano in pace, non mi tormentano; non m'interrogano neanche nelle materie in cui sono preparata, come se avessero perso ogni speranza.

E anch'io comincio a troncare i rapporti. Esco di casa alle tre del pomeriggio, prendo un tassí e vado alla Città Bassa. Non cerco piú colline o paesaggi, ma proprio la folla, m'immergo nella folla, in mezzo a tutta quella gente che suda e fa rumore. Entro nei negozi a palpare le stoffe e i vestiti, a toccare la frutta e la verdura. Mi faccio urtare, mi spingono da tutte le parti. Mi viene da vomitare, ma continuo a girare. D'un tratto qualcuno mi tocca la spalla, mi dice piano:

– Dafi...

È Na'im. Di lui proprio non m'ero dimenticata.

NA'IM

D'accordo, si sono dimenticati di me. Sono già passate sei settimane da quando abbiamo smesso di lavorare di notte, e lui m'ha dimenticato. Due settimane fa sono andato al garage, volevo vederci chiaro. Non avevo tanta voglia di entrare, non vole-

vo che gli arabi mi vedessero e cominciassero a far domande.
Cosí l'ho aspettato fuori, mi sono seduto su una pietra e ho
aspettato che uscisse. Quando è arrivato, si è fermato subito.

– Na'im, è successo qualcosa?

– No, niente. Volevo solo... volevo solo domandare quanto
tempo dovrò stare da lei... da quella vecchia...

Lui è rimasto imbarazzato, l'ho visto subito. Mi ha preso per
un braccio e s'è messo a passeggiare intorno alla macchina. Mi
ha detto che era importante che io restassi da lei, che quello
contava come se avessi lavorato in officina. Non ci stavo mica male, vero? Se avevo bisogno di soldi, me ne avrebbe dati
lui – e tira fuori dal portafogli duecento shekel. È sempre la soluzione piú facile per lui, quella di darmi soldi, basta che io non
faccia domande troppo difficili. Mi abbraccia e mi dice: – Non
temere, ti telefonerò, mi terrò in contatto, non ti ho dimenticato, – e sale in macchina.

Che potevo dire?

– Come sta Dafi... – ho detto in fretta, prima che mettesse
in moto.

– Sta bene, sta bene... anche lei non ti ha dimenticato...

Mi fa un sorriso, e parte.

E da allora sono passati parecchi giorni, e lui non s'è fatto vivo. Ha dimenticato.

L'inverno è finito, adesso io non faccio che girare per le strade, ne ho avuto abbastanza dei film. Vado a spasso per la città,
salgo al Markaz ha-Carmel in mezzo agli ebrei. Vado molto a
piedi. Una volta sono arrivato fino all'Università, ma non sono
andato all'ufficio d'immatricolazione. Sono entrato in una delle
aule, c'era lí un giovanotto che spiegava con molto entusiasmo
qualcosa sul comportamento dei topi. Mi sono fermato a guardare i cartelli dove erano segnate le manifestazioni in programma. Una sera sono andato persino al Centro Culturale, dove
nello scantinato facevano lettura di poesie. Non c'era molta folla – tre adulti, qualche vecchia, e io. La sala era in penombra, e
nel silenzio abbiamo ascoltato due giovani malvestiti che leggevano poesie senza rima, che parlavano della morte e delle loro
sofferenze. Dopo ogni poesia spiegavano che cosa avevano vo-

luto dire. Quei due mi hanno affascinato. Dopo finita la lettura li ho seguiti in un bar e mi sono seduto vicino al loro tavolo. Sentivo che si lamentavano con quello che aveva organizzato la serata perché erano venute solo delle vecchie. Si guardavano attorno affamati.

Mi sono accorto che non mi prendono piú per un arabo – almeno non gli ebrei. Gli arabi rimangono un po' incerti. Chissà se sono cambiato? Forse non sono piú io?

Di tanto in tanto vado al paese, a trovare papà e mamma. Porto regali – un ombrello, due pigiami che ho comprato in saldo nello stesso negozio dove avevo comprato il mio. Sono molto contenti di me e anche dei regali. Mi fanno grandi onori, invitano gli zii e le zie a vedermi. – Un esperto meccanico! – dice papà a tutti. E io mi vergogno di confessare che da piú di un mese non tocco un motore, che mi occupo soltanto di una vecchia ebrea, le cambio l'olio e le registro i freni.

Continuo ad andare in giro. Qualche volta mi alzo alle sei di mattina ed esco, altre volte rimango a letto fino a mezzogiorno. Ho cominciato ad andare al bar. Ordino una birra, mi fumo una sigaretta e ascolto i discorsi della gente. Sto crescendo.

Qualche volta mi sento cosí adulto, che per sbaglio posso entrare a tarda ora in un bar malfamato, sedermi accanto a una signorina tutta dipinta e sorriderle gentilmente. Finché arriva il cameriere, una faccia da delinquente, e mi fa alzare: – Fila via, ragazzino, e mandaci tua sorella o magari tua mamma, se è ancora in buono stato.

Che schifosi.

Mi capita di attaccare discorso con arabi dei territori occupati, dei palestinesi veri: operai istupiditi, che girano per la città tutti impauriti, non conoscono niente, non sanno dove andare. Io li aiuto, gli indico la strada, faccio da interprete. Loro rimangono stupiti, non si rendono conto che sono arabo anch'io. Mi parlano dei loro problemi, del costo della vita, dicono qualcosa sul grosso problema palestinese, poi attraversano la strada o salgono sull'autobus. Delle volte una ragazza mi fa un sorriso, mi dice qualche parola, e io penso che sia ora d'innamorarmi di qualcun'altra, e continuo a guardarmi in giro...

La vecchia si fa sempre piú taciturna. Intorno a lei c'è odore di morte. Tutto il giorno sta seduta in poltrona e non si muove. Io le divento indispensabile. Le ho chiesto: – Ma non ha amici o parenti? – Ma lei non ha risposto. Quella sta per morire, e io devo squagliarmela, potrebbero accusarmi, dire che è per colpa mia. Quasi quasi telefono ad Adam, ma all'ultimo momento ci rinuncio.

Non sono piú tanto felice, né tanto allegro. Si sono dimenticati di me. Come andrà a finire? Giro tra la folla, non guardo neanche piú le vetrine. Guardo soltanto la gente, cammino in mezzo alla folla. Delle volte seguo un uomo o un ragazzo, oppure una ragazza, gli vado dietro per molto tempo, cerco di capire che cosa stanno facendo. A volte seguo qualcuno che sta seguendo qualcun'altro. Oggi, per esempio, andavo dietro alle gambe di una ragazza, finché dopo un po' mi sono accorto che quella era Dafi che stava pedinando qualcuno. Le sono corso dietro, e al passaggio pedonale, prima che lei attraversasse la strada, le ho toccato la spalla. Mi ha invaso una gioia pazza.

Al primo momento non s'è accorta che la toccavo, stava aspettando che venisse il verde. Poi s'è spaventata, come se l'avessi strappata da un sogno. È diventata piú alta, è molto dimagrita, magari anche meno bella, ha la faccia pallida, le occhiaie scure.

– Na'im! – ha detto prendendomi la mano, – che fai da queste parti?

Non volevo dirle che giravo cosí, senza meta.

– Sto andando da qualcuno.

– Da chi?

– Un amico...

– Hai già fatto amicizie, qui?

– Sí...

Il semaforo è passato al verde, ma lei ancora non si muoveva. Un fiume di gente ci spinge di lato.

Improvvisamente non sappiamo piú che cosa dire, siamo confusi tutti e due, come se non avessimo viaggiato insieme di notte, come se non avessimo fatto amicizia. Il semaforo torna al rosso.

– Sei sempre da quella vecchia?

– Sí, è tuo padre che me l'ha chiesto...

– Vi siete innamorati l'uno dell'altra...

Mi prende in giro. Non mi piace. Mi guarda come se fossi un estraneo. La gente si affolla intorno a noi, aspetta il verde. Lei mi sembra lontana, piena d'alterigia. Mi si spezza il cuore.

Il semaforo passa al verde, ma lei non si muove ancora. La gente ci spinge con violenza contro la ringhiera. Lei mi guarda, ha lo sguardo triste. Mi dice:

– Sei molto cambiato.

E non dice se in meglio o in peggio. Non è carina, non ride. È tutta seria. Accendo una sigaretta. Vorrei dirle un milione di cose, ma non so dove cominciare. Eravamo anche in un posto cosí scomodo, di fronte al semaforo che cambiava colore ogni momento, con la gente che ci urtava. Non volevo spaventarla, imporle la mia compagnia. Avrei potuto invitarla a bere qualcosa, potevamo sederci in un bar e chiacchierare in pace. Lei stava appoggiata alla ringhiera, triste e pallida. E il mio amore mi cresceva dentro. Temevo che mi lasciasse.

– E tu? Sempre a scuola?

– Che vuoi che faccia? – mi risponde, rabbiosa, come se l'avessi insultata, – non posso mica andarmene in giro come te... senza preoccupazioni... di te si sono dimenticati... sei fortunato.

Mi parla in tono amaro, come se volesse picchiarmi. Che cosa le ho fatto? Che colpa ne ho io? Mi sono cadute le braccia.

Un tassí si ferma al passaggio pedonale. Lei mi prende per mano:

– Vieni, ti do un passaggio dal tuo amico.

E senza domandare, come se fossi un bambino, apre la porta e mi spinge sul tassí, e io in tutta fretta devo inventare quel mio amico. Comincio a impappinarmi, cerco di spiegare la strada all'autista. In vita mia non ero mai andato in tassí. Infine lo faccio fermare vicino a una casa. Scendo. Vorrei dirle qualcosa. Anche lei – lo sento che vorrebbe dire qualcosa, forse si pente d'essere stata dura con me, vorrebbe che rimanessimo insieme. Ma il tassí si muove, lí c'è sosta vietata. Lei si aggrappa alla maniglia, mi fa un cenno di saluto. E io resto là sul marciapiede. Sono disperato. L'ho perduta.

DAFI

Quando gli ho preso la mano, mi è sembrato di afferrare la libertà in persona.

– Na'im, che fai da queste parti?

Con quel sorriso misterioso sulle labbra, con quell'aria di sicurezza non pare piú lo stesso. È piú alto, è vestito tutto elegante, ha le scarpe lustre – un vero bullo da marciapiede. Pare tutto soddisfatto, non ha preoccupazioni. Non è già piú il ragazzotto di campagna, frastornato dalla città. È cambiato moltissimo, da non crederci. Se ne sta lí, davanti al passaggio pedonale, le mani in tasca. Ha fretta, deve andare da un amico; s'è già fatto degli amici, s'è adattato all'ambiente. Non so perché, mi fa venire un nervoso tremendo.

In fondo, lui non fa nulla tutto il giorno. Abita da quella vecchia, s'è trovato l'albergo. Un bel lavoro per un giovanotto sano. Non fa altro che andare in giro per la città, una bella cuccagna. Si sono dimenticati di lui. Non ha problemi – non c'è pericolo che lo buttino fuori dalla scuola. S'appoggia alla ringhiera e mi guarda dall'alto al basso. Ormai mi prende per una bambina. Dov'è andato a finire il ragazzino che è venuto da noi quel sabato sera, tutto fradicio di pioggia e si è messo a piangere in bagno? E io che credevo che fosse innamorato di me. Povera Dafi.

– Sei cambiato... – non ho potuto trattenermi dal dirgli.

Lui non risponde, sa benissimo che è cambiato. Alza la testa. Non ha piú nulla da dirmi. Quell'aria di superiorità. Si vede che ha imparato molto in quest'ultimo mese, chissà i posti che frequenta. Fuma una sigaretta, si dà delle arie. Tutti fanno la bella vita, tutti in libertà – e soltanto io mi trascino, zoppicando, in coda alla carovana.

Questo posto non è proprio adatto per fermarsi, non si può parlare qui, davanti al semaforo che cambia ogni momento, con la gente che continua a urtarci. Avrei voluto dirgli: portami con te dal tuo amico – ma mi sono morsa la lingua, che non pensasse che voglio appiccicarmi a lui. Pare che già voglia piantarmi, non trova nulla da dirmi. Mi chiede con un tono freddo, da prendermi in giro:

– Sei sempre a scuola?

Mi fa proprio venire i nervi – ha trovato il callo giusto da pestare. Mi fa una rabbia...

– E che vuoi che faccia? Non posso mica andarmene a spasso come te... Di te si sono dimenticati... sei fortunato...

Lui lo sa benissimo che è fortunato. Adesso china la testa, vorrebbe andarsene. Improvvisamente mi dispiace per quest'incontro mal riuscito. Perché dev'essere cosí pieno di boria, cosí tronfio? Se fosse disposto a rinunciare al suo amico, lo porterei con me. Quella sua completa libertà mi affascina. Un tassí si ferma davanti al passaggio pedonale. Lo prendo per mano, gli dico: – Vieni, ti do un passaggio –. E lo spingo sul tassí. In un primo momento rimane stupito, ma si riprende subito. Se ne sta sull'orlo del sedile, tutto imbronciato, spiega all'autista la strada da prendere. Dev'essere un'amica, non un amico – magari avrà agganciato qualche arabetta. Dopo un paio d'isolati dice all'autista di fermare. Mi guarda, è tutto rosso in faccia, mi nasconde qualcosa. Ma nei suoi occhi c'è un fondo di tenerezza. Vorrebbe dirmi qualcosa, non è già piú cosí altero e misterioso. Ma il tassí non può sostare. Lui scende, si ferma sul marciapiede, mi guarda fisso, forse si pente, vorrebbe rimanere con me – ma il tassí parte. L'ho perso.

VADUCCIA

L'ha dimenticato qui da me, e ha dimenticato anche me. Sono rimasta qui sola con questo arabetto, e cosí sarà fino alla fine. Che strano: niente famiglia, niente parenti – non m'è rimasto nessuno, e quella sarà l'ultima faccia che vedrò prima di morire. Perché me la sento, la morte che arriva. Una pesantezza come non l'avevo mai sentita prima. Difficile alzarmi, difficile camminare. Non mangio quasi nulla, ma continuo a gonfiarmi. Soltanto il cervello è ancora a posto – il corpo è diventato uno straccio.

Na'im è un bravo ragazzo, una vera fortuna. Lava per terra, lava i piatti, porta via la spazzatura, va a fare la spesa, mi aiuta a cucinare. È quello che gli arabi sanno fare bene – i lavori domestici, e gli uomini anche meglio che le donne. Non fanno baccano, lavorano pulito. Al tempo dei turchi avevamo in casa un domestico, un vecchio sceicco, proprio uno sceicco, del villaggio di Siloam. Teneva in ordine tutta la casa, e sí che eravamo in dieci. Ma i giornali in ebraico non li sapeva leggere, ah ah – questo poi no.

Invece il ragazzino mi legge anche i giornali, mi tiene allegra. Al cinema non ci posso piú andare, e allora lui mi racconta i film che ha visto, cosí li vedo anch'io attraverso i suoi racconti. Ma non è che valgano tanto, anche lui non ci capisce molto, me ne sono accorta subito. Quello che gli interessa sono le sparatorie: chi hanno ammazzato, chi ha estratto la pistola per primo, chi gli è arrivato alle spalle, chi è saltato giú dall'albero, chi ha risposto al fuoco – e si dimentica di tutto l'amore che c'era nel film. Qualche volta, dopo che ha finito di raccontarmi tutto il film, tiro fuori dal portamonete cinque shekel e lo mando a vedere lo stesso film un'altra volta, a mie spese. Che guardi bene e mi sappia dire chi era innamorato e chi ha tradito, chi ha baciato e chi è rimasto deluso, e chi si sposa alla fine.

Gira per le strade per ore. Chi incontra? Con chi parla? Lui mi dice: – Con nessuno in particolare, con la gente, cosí... – Che vuol dire la gente? Qui va a finire che mi cresce un piccolo olpista, tutta colpa dell'ozio che gli fa venire delle idee. Sono quelli i piú pericolosi, quelli che hanno dimenticato.

Ma non posso lasciarlo andare, ormai ne ho troppo bisogno. Io che ero conosciuta da tutti come una donna coraggiosa, come una lupa solitaria. Per dieci anni sono rimasta sola in casa e non avevo paura, ma adesso comincio ad averne.

Il corpo non vuole muoversi, ma il cervello lavora, grazie a Dio, quasi mi duole tanto lavora. Faccio fatica ad addormentarmi, non riesco a sognare. Non posso permettermi di perdere di nuovo conoscenza. Per una volta che l'ho persa, è poi scoppiata la guerra ed è caduto il governo.

Le cose vanno male. Non parlo neanche dei prezzi, al diavolo il denaro: invece della carne mangeremo melanzane. Ma i giornali – non c'è piú gusto a leggere i giornali. Tanti guai e nessuna speranza. Ci sono in giro troppi mascalzoni, si fanno troppi errori, la gente muore troppo giovane. E quel giovanottino arabo si siede in poltrona davanti a me e mi fa la lettura, quel cane maledetto, e vedo che ci gode. Certo che ci gode, dei nostri guai. Quando fa una pausa, alza la testa e mi guarda tranquillamente, come se non gliene importasse – forse davvero non gliene importa.

A me viene da piangere per quel che succede, per l'isolamento terribile del nostro Stato, ma mi faccio forza, non voglio che lui ci goda. Certe volte vado al telefono per dire ad Adam: portatemelo via, che se ne torni al suo villaggio, sto meglio da sola. Ma all'ultimo momento mi tiro indietro. Non ancora. C'è tempo.

Perché ha certe mosse che mi ricordano il mio Gabriel. Soprattutto quando si mette a girare per le stanze, verso sera. Quel suo modo di affacciarsi alla finestra, di guardare l'orizzonte. È giovane, robusto, ha i denti bianchi, brillanti. Quando si siede a tavola con coltello e forchetta e in un lampo divora tutto, mi viene da pensare: oddio, qui mi sto allevando un piccolo olpista che finirà per squartarmi.

Adam se n'è dimenticato, e non gliene importa. L'hanno depositato qui da me, e lui ci sta. Ha dimenticato papà e mamma, ha dimenticato il villaggio. Ha piantato radici qui, s'è acclimatato bene, come se fosse nato qui e io fossi sua nonna. Dunque anche quella gente lí si può trapiantare facilmente. Il denaro non gli manca, va sempre in cerca di divertimenti. Chissà che cosa pensa – delle volte vorrei entrargli nel cervello. Di notte, ogni tanto, vado in camera sua, mi siedo sul letto e lo guardo fisso. Persino quando dorme ha un'aria fiorente.

L'estate è già cominciata, fa caldo. Lui va ancora in giro con i vestiti d'inverno. Ho visto che avevo nell'armadio un po' di vestiti di Gabriel, di quando aveva la sua età, e gli ho dato un paio di pantaloni e una camicia. Ero sicura che avrebbe rifiutato, ma invece li ha presi e non ha detto niente. Si vede che non gl'importa di mettersi dei vestiti usati. Si è spogliato, s'è messo i vestiti che gli ho dato, e s'è piantato davanti allo specchio a rimirarsi, tutto soddisfatto. Mi ha fatto male al cuore, sprecare dei vestiti cosí belli per quello lí. Avevo sperato altre cose, per quei vestiti. Ma d'un tratto mi è venuto vicino e m'ha baciato la mano. Da sé, senza che gli dicessi niente. Non credevo neppure che mi dicesse grazie. Ho creduto di morire, tanto era dolce, m'ha proprio toccato il cuore. Perché è proprio cosí che noi bambini baciavamo la mano ai vecchi in segno di rispetto, al principio del secolo. Chissà dove l'ha imparato lui? Quelle labbra giovani sulla mia pelle, quel senso di freschezza. L'indomani gli ho regalato una giacca bordò, e lui è venuto ancora a baciarmi la mano. Oh, Dio, concedimi un po' di soddisfazione nei miei ultimi giorni. Quasi gli dicevo: – Non chiamarmi piú signora Vaduccia Hermoso. Chiamami nonna –. Ma mi pareva un po' esagerato.

DAFI

Oggi, d'improvviso, nell'ora in cui avrebbe dovuto esserci lezione di storia, è venuta in classe mamma a fare supplenza. Due settimane fa il nostro professore di storia è stato richiamato alle armi per far servizio di riserva, e di solito a quell'ora, invece di studiare le origini dello Stato d'Istaele, andiamo a giocare a pallacanestro.

Naturalmente tutti hanno guardato me, e io sono diventata rossa, non so neanche perché – mamma non era mai venuta in classe nostra. Credevo che mi avrebbe ignorata, ma invece la signora si è rivolta subito a me per chiedermi a che pagina eravamo arrivati. Ho detto subito che non avevamo portato i libri, perché sapevamo che il nostro professore è sotto le armi, ma è venuto fuori che ce n'erano di quelli, e neanche pochi, che avevano portato i libri. Che violini. Uno le ha detto subito il numero della pagina, e lei si è fatta dare il libro, ci ha dato un'occhiata e ha cominciato a far lezione.

In principio ha fatto qualche domanda, e noi rispondevamo.

È incredibile come sa bene la materia, anche se non s'era preparata a far lezione da noi. Mentre si faceva a domande e risposte, c'è stato un po' di baccano. Qualcuno cercava di fare lo spiritoso, anche se sapevano che è mia mamma. Del resto, gran voglia di studiare non ne avevamo, le rotelline della storia ci si erano già un po' arrugginite, ma dopo un po' s'è fatto silenzio. Non avevo mai visto mamma cosí carina e gentile. Sicura di sé, s'imponeva senza alzare la voce. Ha raccontato persino barzellette, che secondo me non facevano ridere per niente, ma la classe si sganasciava dal ridere. Sapeva i nomi di alcune delle ragazze, e quando faceva una domanda le chiamava per nome. Si rivolgeva soprattutto a Osnat, che ne era tutta contenta, come se le origini del sionismo fossero la cosa piú interessante del mondo. Continuava ad alzare la mano, con entusiasmo, e a chiamare mamma con quella sua voce nasale: – Signora professoressa... signora professoressa –. E la mamma la lasciava parlare. Persino Tali pareva essersi svegliata un po'. Tutta la classe era in estasi: rispondevano alle domande, facevano ipotesi, e mamma girava tra i banchi, sorridendo a tutti – anche se qualcuno diceva una fesseria, e lei lo sapeva, sorrideva lo stesso. Correggeva gentilmente, senza offendere.

Guardavo quella vecchia sottana che aveva addosso, che mi pare di conoscere da quando sono nata, i suoi capelli grigi un po' spettinati, le scarpe con i tacchi consumati, che papà le ha detto mille volte di gettar via. E pensavo: per fortuna loro non sono obbligati a mangiare i cibi insipidi che cucina. Se qualcuno in classe sapesse che lei aveva un amante, gli verrebbe un colpo. Non m'importava che fosse gentile con la mia classe, magari credeva di farlo per me – ma perché in casa è sempre cosí musona?

Per metà della lezione sono rimasta come paralizzata, anche se avevo qualcosa da dire, perché la storia è una materia che mi piace. Non volevo metterla in imbarazzo. Ma nella seconda metà mi sono lasciata trascinare e ho cominciato ad alzare la mano – però lei non m'ha mai dato la parola, come se volesse punirmi perché non avevo portato il libro, anche se non ero la sola.

La lezione era sul periodo della Seconda Ondata d'Immigrazione, e mamma cercava di farci capire che quei pionieri rappresentavano soltanto una piccolissima parte del popolo ebraico. Erano giovani che pensavano che l'unica soluzione al problema ebraico fosse quella di venire in Palestina. Allora ho alzato la mano, perché volevo dire qualcosa, ma lei non me l'ha permesso. Si rivolgeva ad altri, anche se loro avevano alzato la mano dopo di me. Io ho cominciato a innervosirmi: tutti prendevano parte alla discussione, persino Zachi aveva aperto bocca per dire qualche fesseria, e invece me, mi trattava come se fossi aria, come se non esistessi. Non riuscivo a capire. Intanto mamma s'era messa a parlare dei movimenti nazionalistici di altri popoli, spiegava le differenze e i punti in comune. Verso la fine della lezione faceva già meno domande, parlava piú lei. Guardo l'orologio: tra poco suona il campanello, il tempo è passato proprio in un lampo. E continuo ad alzare la mano, anzi, la sostengo con l'altra per non stancarmi. Ho deciso d'insistere. Accidenti, che cosa le ho fatto di male?

– Sí, Dafi –. Infine si arrende, mi sorride, guarda l'orologio. In classe c'è silenzio. E d'un tratto il campanello, e dalle classi vicine si sente il solito tumulto. Io aspetto che il campanello finisca di suonare, e tutti sono già impazienti, non piace a nessuno che la lezione continui a spese dell'intervallo.

Comincio a dire qualcosa, ma le parole mi s'inceppano sulla lingua, la voce non è la mia, m'è venuta una voce rauca. Ho aspettato tanto di poter parlare, e adesso sono troppo emozionata. Mamma si sbianca in faccia, è spaventata, mi viene vicino. Tutta la classe mi guarda. Alla fine mi riprendo.

– Io non capisco, – le ho detto, – perché dici che quelli là, cioè quei tipi della Seconda Ondata, avevano ragione a pensare che quella era l'unica soluzione possibile. Dopo tante sofferenze, come si può dire oggi che allora non c'era altra soluzione? Come si può dire che quella era l'unica soluzione possibile?

Ho visto che non mi capiva.

– Di quali sofferenze parli?

– Delle nostre sofferenze, di quelle di tutti noi.

– In che senso?

– Tutta la sofferenza che c'è qui intorno... tutte le guerre... i

morti... e tutto quanto... Perché quella doveva essere l'unica soluzione?...

Sembra che nessuno abbia capito cosa volevo dire. Mamma
mi fa un sorriso e cerca di scantonare.

– È una questione filosofica, la tua. Noi qui abbiamo cercato di capire cosa pensavano loro. Ma adesso è già terminata l'o-
ra, e temo proprio che non potremo risolvere la questione durante l'intervallo.

Tutti sono scoppiati a ridere, e io avrei voluto sprofondare
sottoterra. Cretini, che c'è da ridere tanto?

ADAM

Faccio vita solitaria, ormai, la mia famiglia si sta sgretolan-
do. Per esempio: torno a casa il primo giorno d'estate, quando
fuori c'è un'afa pesante, e come al solito non trovo nessuno.
Asya non c'è, è sempre in giro, lei, e non lascia neppure tracce.
In queste ultime settimane la sua mania dell'ordine è diventata
addirittura fanatismo. Dopo colazione lava i piatti, li asciuga e li
ripone nell'armadio. Qualche volta, per sapere se ha mangiato,
devo andare a frugare nella pattumiera, a cercare se ci sono resti. Le tracce di Dafi sono piú evidenti: la cartella buttata in salotto, un quaderno di matematica sul tavolo in cucina, una camicetta e un reggipetto in studio. Ma anche lei non c'è, ultimamente è sempre in giro.

Mangio da solo, come un derelitto, un pasto che combina
pranzo e cena. Ultimamente il cibo non ha piú sapore, è completamente insipido. Ho già detto ad Asya, un po' per scherzo e
un po' sul serio, che avrei assunto una cuoca. Mi spoglio, almeno questo posso permettermelo nella casa vuota, e nudo come
sono comincio a girare per casa, vado da uno specchio all'altro a
guardare quest'uomo ingrugnito, con i peli che cominciano ad
imbiancare sul petto e sulle braccia. Vado in bagno, e a occhi
chiusi m'abbandono alla cascata dell'acqua che scorre. Ormai
torno dal lavoro con le mani pulite, come un impiegato.

Esco dalla doccia senza neanche asciugarmi. Fa un tale caldo... Mi metto dei vecchi calzoncini corti, e a piedi nudi vado a

cercare il giornale del mattino. Entro in camera di Dafi, e rimango sulla soglia come fulminato: la stanza è buia, le persiane abbassate, e sul letto c'è una ragazza che dorme – un'amica di Dafi, credo che si chiami Tali o Dali. E io che giravo per casa nudo, pensando che non ci fosse nessuno. Che cosa sta succedendo? E quella libertà che s'è presa di togliersi i sandali e di mettersi sul letto in pantaloncini da ginnastica e con la camicetta aperta. Non è piú una bambina. A vedere quelle gambe lunghe e affusolate posate sul giornale del mattino, mi si ferma il respiro. Dorme proprio di gusto – e io che credevo che il materasso fosse da cambiare perché Dafi non riesce a dormire la notte...

Non s'è neanche accorta che sono entrato. Mi ritiro pian piano. Sono molto eccitato. Dafi ha raccontato certe storie su di lei. Non sono stato tanto ad ascoltare – storie complicate, di quelle che piacciono tanto ad Asya. Una casa in disordine, una famiglia distrutta. Almeno questo a Dafi l'abbiamo risparmiato.

Mi aggiro in salotto senza arrivare a calmarmi, mi metto la camicia. Non riesco a togliermi di mente quelle gambe lisce posate sul giornale del mattino. Mi viene caldo, ho un nodo in gola. Vado di là, le tocco leggermente la spalla. Lei spalanca un paio d'occhi azzurri, arrossati dal sonno.

– Scusa... – come se fossi io l'estraneo che deve scusarsi. – Potrei prendere il giornale?

Lei non si è neanche accorta di essersi coricata sul giornale. Con un gesto rapido le sollevo le gambe, prendo il giornale che conserva ancora il calore del suo corpo, glielo mostro con un sorriso imbarazzato. Lei risponde al mio sorriso, chiude gli occhi e torna a dormire.

Roba da pazzi. Esco dalla stanza col giornale in mano. Mi sento soffocare dal desiderio. Sono anni che non mi succedeva. Ho come un fuoco che mi brucia dentro, un velo davanti agli occhi. Mi tolgo la camicia, con furia appallottolo il giornale, lo faccio a pezzi. Tremante, mi butto sul letto. Mi sento morire, un sapore di morte misto a desiderio. Bisogna che la veda ancora, soltanto darle un'occhiata. Mi alzo, torno a mettermi la camicia senza abbottonarla, vado in camera di Dafi. Non so cosa dire.

Lei è stesa sul letto, sta sognando ad occhi aperti. Le chiedo dov'è Dafi.

– Dafi è andata con sua mamma a comprare una gonna, m'ha detto d'aspettarla qui.

– Ma quando è uscita?

– Un'ora fa, o due. Che ore sono?

– Sono quasi le sei. Vuoi aspettarla ancora?

Si mette seduta, i capelli le cadono sul viso. Attraverso la camicia semiaperta vedo i suoi piccoli seni. Lei crede che io voglia mandarla via.

– Sí... vorrei aspettarla... non ho altro da fare.

– Sei molto stanca...

– No, non sono stanca, mi metto sempre sdraiata...

Parla molto lentamente, c'è in lei qualcosa di strano.

– Vuoi bere qualcosa, o mangiare...?

Le brillanti idee che mi fa venire il desiderio.

– Sí... un po' d'acqua fresca...

– C'è del succo di frutta.

– No, solo acqua...

Esco. Passo da quella stanza buia alle altre, piene di luce, soffocanti. Sto perdendo la testa, come se mi fossi innamorato di lei. Quel desiderio, che m'è nato dentro cosí improvviso, mi deprime. Eppure questa ragazza è stata qui decine di volte, e non le ho mai fatto caso. Comincio ad aver paura per lei, forse è meglio che me ne vada.

Apro il frigorifero, tiro fuori una bottiglia d'acqua, riempio un bicchiere, cerco un piattino da metterci sotto – il bicchiere mi sfugge di mano, i cocci si spargono sul pavimento. Li raccolgo, le mani mi tremano. Il cuore mi batte forte, mi sento morire. Morte e desiderio. Riempio un altro bicchiere e glielo porto.

– Ecco... – non ho piú voce.

Lei si mette seduta, prende il bicchiere, ne beve metà, si asciuga la bocca, mi rende il bicchiere e torna a distendersi, come se fosse malata.

– Lei è cosí buono...

Sono come affascinato, ormai non riesco a staccarmi. Sono in preda al desiderio, mi chino su di lei, non ho piú pudore.

– Hai già fatto i compiti? – Come se me n'importasse tanto.

– È per quello che sono venuta da Dafi...

– Vuoi che ti accenda la luce?

– Perché?

– Che cosa fanno i tuoi?

– Papà non è qui.

Senza neanche accorgermene, bevo il resto dell'acqua, lecco l'orlo del bicchiere. Lei mi guarda in silenzio, come se la passione che ho dentro si riflettesse su di lei.

– Prima, quando mi ha svegliata, mi sono spaventata... mi pareva che fosse entrato nella stanza un grosso animale... non avevo mai visto un uomo peloso come lei...

Parla con calma, molto lentamente. Che scandalo... Se potessi morire... Comincio a chinarmi su di lei, non riesco a trattenermi, mi si velano gli occhi – ho voglia di mordere, di baciare, di piangere. So bene che Asya e Dafi possono arrivare da un momento all'altro. Lei alza una mano e mi tocca la barba. Chiudo gli occhi. Non devo toccarla, sono tutto dolorante per lo sforzo di non toccarla. Comincio a sudare, stringo i pugni, sento un dolore tagliente che mi trafigge. Un torrente di sperma m'inonda tutto, come da una ferita, senza che l'abbia toccata, senza che mi sia toccato – da me e per me, in silenzio, senza che possa fermarlo. E la morte se ne va. Riapro gli occhi. Lei ha un'espressione spaventata, capisce che mi sta succedendo qualcosa, ma non capisce che cosa sia.

Devo andarmene.

Mi sforzo di sorridere. Vado alla finestra e apro le persiane, faccio entrare la luce, esco senza dir niente. Vado in camera mia, chiudo la porta a chiave, mi butto sul letto, affondo la testa nel cuscino.

Passa un po' di tempo. Sento che lei si alza, che gira per casa, mi cerca. Piano, bussa alla porta della camera, tenta la maniglia, ma io non mi muovo. Infine esce di casa.

Mi tolgo i calzoncini: quell'odore pungente, che avevo dimenticato, odore da adolescente. Mi metto un paio di mutande pulite, pantaloni lunghi, e vado alla finestra a guardare il tramonto. In strada passano delle macchine. Vedo che lei è seduta sul predellino del carro attrezzi, piccola e come rattrappita.

Oddio, aspetta Dafi.

Esito un po', ma infine mi vesto, scendo e m'avvicino al carro attrezzi. Lei si alza, arrossisce.

– Posso venire con lei?

– Ma dove vuoi andare?

– Non importa.

Possibile che abbia capito? Non è che una bambina molto bella. Ora posso osservarla a freddo. Mi guarda sottomessa, con amore. Le apro la porta della macchina. Lei sale, si siede, continua a guardarmi. Cominciamo ad andare per le strade della città che si fa buia, entriamo nel traffico intenso. Andiamo cosí, senza meta.

– Ecco Dafi! – esclama lei, improvvisamente.

E infatti, ecco Dafi sul marciapiede; ha un'aria triste. Mi fermo, Tali salta giú subito e va ad abbracciarla.

DAFI

Io però non sono disposta a lasciar perdere. Bisogna assolutamente che glielo dica. Corro a cercarla nella saletta dei professori, mi faccio strada fra le insegnanti che prendono il tè o lavorano a maglia. La stanza è piena di fumo di sigarette. Finalmente la trovo in un angolo che sta parlando con Schwarzi. Arrivo come una furia, mi metto fra loro, interrompo la conversazione, l'afferro per un lembo della giacca, come se fossi un bambino di un anno.

– Mamma...

È molto seccata.

– Un momento, Dafi. Aspetta fuori.

Ma io faccio come se non avessi sentito, faccio la stupida, non la voglio mollare.

– Mamma...

Schwarzi è disgustato, mi volta la schiena. Dopo quell'incidente col bamboccio non mi saluta piú nel corridoio. Vorrebbe espellermi dalla scuola.

Mamma mi tira da parte, mi spinge con forza.

– Cos'è successo? Cos'è questa irruzione?

– Volevo solo ricordarti che oggi alle quattro dobbiamo incontrarci in centro per comprare una gonna. E cerca di non dimenticartene di nuovo... come ti succede sempre...

Se n'era dimenticata una volta sola, ma io me la sono legata al dito, quella volta...

Lei diventa paonazza di rabbia, vorrebbe picchiarmi, ma di fronte agli altri professori è costretta a controllarsi.

– È per questo che sei entrata qui come una furia?

– Che c'è di male? Tra un po' tu te ne vai, e a casa non ci vediamo.

– Ma perché dev'essere proprio oggi?

– Perché eravamo d'accordo cosí... non puoi sempre rimandare... lo sai bene che non ho piú neanche una gonna da mettermi... sono tutte da buttar via...

– Va bene, va bene... ma smettila di piagnucolare...

– Non sto piagnucolando...

– Ma che cos'hai?

– Che vuoi che abbia?

– Perché sei cosí noiosa, oggi?

– Come, noiosa?

So bene come farla uscire dai gangheri. Quando mi ci metto, sono una vipera.

– Dimmi un po'... quella domanda che mi hai fatto in classe... che cosa volevi dire?

– Niente.

Ma lei mi afferra per le spalle, con forza, mi spinge in un angolo, non le importa che gli altri la vedano.

– Di quali sofferenze parlavi? Che cosa volevi dire?

– Niente sofferenze. Mi sono sbagliata. Credevo che ci fosse un po' di sofferenza in questo paese, ma vedo che mi sono sbagliata. Qui tutti sono felicissimi... mi sono solo sbagliata...

Mamma avrebbe voluto farmi a pezzi. Si mordeva le labbra.

– Ma che cosa ti sta succedendo?

– Niente...

Suona il campanello. Esco di corsa.

Naturalmente abbiamo finito per non comprare nessuna gonna. Volevo soltanto vendicarmi. Del resto, fare la spesa con lei è diventata una tortura. Mi porta in quel suo negozio delle vecchiette. E quelle vecchiette scelgono per me roba vecchia, tutta grigia, di lunghezza da vecchie e di larghezza da vecchie e vogliono costringermi a comprarla. E all'ultimo momento, quando hanno già puntato gli spilli e segnato col gesso, e mamma comincia a discutere sul prezzo, io mi ribello e mando tutto a monte. E la porto in un altro negozio, uno da giovani, e là mi trovo uno straccetto con le toppe, che costa il doppio, e insisto per avere quello. Allora è lei che si ribella, e non so se s'innervosisce di più per le toppe colorate o per il prezzo. E alla fine andiamo in un negozio di compromesso e compriamo qualcosa di mezzo che non piace né a me né a lei, e va a finire che rimane appeso all'armadio.

Cosí è successo anche oggi pomeriggio. Lei non si è resa conto che a me non importava tanto la gonna, che volevo soltanto stare con lei, volevo vendicarmi per quella sua brillante lezione e perché m'aveva fatto aspettare per un quarto d'ora prima di darmi la parola. E anche perché non voleva capire che c'era un'altra soluzione oltre al sionismo.

Ci siamo trovate in centro. Io sono arrivata un po' in ritardo, ma proprio non ne avevo colpa: Tali era venuta d'improvviso per fare i compiti insieme a me, e ho dovuto convincerla ad aspettarmi in camera mia finché fossi tornata. Mamma, con una faccia da temporale, m'ha chiesto in che negozio volevo andare, in modo che non cominciassimo subito a litigare. E io le ho detto con una vocina tenera: – Se vuoi, possiamo andare in quello dove vai tu –. Era una trappola, ma lei ha detto: – Davvero? – Ho detto: – Sí, mi pare d'aver visto in vetrina delle cose non male –. E davvero c'era della roba bellina; quelle vecchiette s'erano un po' svegliate ultimamente, s'erano accorte che non c'è bisogno che tutti i vestiti siano di colore unito e slavato, che nella vita non tutto è simmetrico. E infatti, abbiamo trovato una gonna carina, e tutti s'entusiasmavano, e mamma era tutta contenta. E a quel punto ho detto: – No! – È venuto fuori un mezzo scandalo: eravamo rimaste lí per un'ora, le vecchiette erano completamente esauste per lo sforzo, e noi stavamo quasi per piangere. Uscite da lí, siamo andate in un altro negozio, uno nuovo, con tutte le luci rosse come se fosse un bordello, e là ho trovato una gonna molto cara e ho detto che volevo quella, anche se era troppo lunga, piú da donna che da ragazza. E allora lei ha cominciato a impuntarsi, ma quando poi ha ceduto e ha tirato fuori il portafogli, ho deciso di rinunciare. Lei voleva già tornare a casa, ma allora io, in mezzo alla strada, ho cominciato a piagnucolare che ero l'unica in tutta la classe che non poteva mai andare a una festa... E cosí siamo scese all'Hadar, dove ci sono i negozi migliori, e c'è voluto del tempo per trovare un posteggio. Lei ha sempre il terrore che le facciano la contravvenzione. Siamo andate lungo la via principale e siamo entrate e uscite in silenzio in una diecina di negozi. Lei se ne stava da parte, grigia e imbronciata, e io andavo a vedere i vestiti e le gonne, ma per dire la verità non vedevo niente, palpavo soltanto la stoffa, come se fossi cieca. Intanto s'era già fatto tardi, e noi avevamo perso delle ore per niente. Cominciavano ad accendersi i lampioni, e siamo tornate alla macchina, in silenzio, e lí sul parabrezza c'era la contravvenzione. Mamma è diventata furibonda, quasi piangeva dalla rabbia; dapprima ha stracciato il foglietto, poi è andata a raccattare i pezzi e s'è messa a correre dietro alla vigilessa per pregarla di annullarle quei miserabili venti shekel di multa. Io me ne stavo lí tutta abbacchiata, e d'un tratto vedo passare papà col suo carro attrezzi e con Tali. Viene fuori che Tali s'era stufata d'aspettare, e siccome papà scendeva in città le ha dato un passaggio. Tali mi è saltata al collo e papà ha posteggiato la macchina. Lui la mette sempre dove gli pare.

– Dov'è mamma?

– Sta cercando di convincere la vigilessa ad annullarle la multa.

Lui sorride.

Quella sua calma.

Mamma torna, arrabbiatissima.

– Non ce la faccio piú con tua figlia! Prenditela tu e comprale una gonna.

Sale in macchina, e sparisce.

È straordinario come lui riesce subito a calmarmi. E adesso c'è anche Tali. Sono tutti e due cosí tranquilli e anche belli, in questa strada che si sta oscurando.

– Che gonna volevi?

– Adesso che ci penso, non mi occorre una gonna, ma una camicetta...

Siamo entrati in un negozio che stava per chiudere, e lí ho trovato una camicetta bellissima che costava pochi soldi. Lui ha tirato fuori il portafogli, e io mi sono meravigliata di nuovo al vedere com'era gonfio. Ha tirato fuori un centone, e poi ha detto: – Perché non ne comperiamo una anche per Tali?

L'ho abbracciato forte forte. È fantastico che lui sia cosí generoso – adesso saremo vestite come due gemelle.

Tali è diventata tutta rossa.

Ma lui ha comprato anche per lei una camicetta uguale alla mia, e ce le siamo messe subito tutte e due. E poi ha comprato dei *falafel* per noi tre, e siamo saliti in macchina, e lui ha acceso il lampeggiatore sul tetto perché le altre macchine ci lasciassero via libera. Eravamo seduti lí come tre monelli, mangiavamo *falafel* e guardavamo la gente dall'alto.

Mamma.

ADAM

Quando ho comperato anche a lei una camicetta uguale a quella che avevo comperato a Dafi, una camicia russa tutta ricamata come si usavano una volta, m'ha guardato in un modo. Dafi è corsa a gettarmi le braccia al collo – ci vuole cosí poco per far felici i bambini. Tali mi guardava come se le avessi già confessato tutto, e io me la mangiavo con gli occhi, come se già l'avessi posseduta. Possibile che mi abbia capito?

Ma l'indomani, quando alle quattro e mezza sono uscito dal garage dopo il lavoro, ho visto che aveva capito. Era lí che m'aspettava, seduta su una lastra di pietra all'ingresso del garage. Indossava la camicetta nuova che le avevo comperato e pantaloncini corti, aveva un libro in mano. La sua bellezza e quella sua passività silenziosa richiamavano l'attenzione. Gli operai del mio garage e quelli delle officine vicine, che stavano lí ad aspettare l'autobus, se la mangiavano con gli occhi, la chiamavano, le lanciavano frizzi. Lei era immersa nella lettura, non alzava neppure gli occhi. Aveva una calma innaturale, m'ero già accorto che c'era in lei qualcosa di strano. Non guardava neppure se io uscivo dal garage. Era sicura che mi sarei fermato.

Infatti mi fermo. Lei mi dà un'occhiata e poi, sempre col libro aperto in mano, si alza, sale in macchina senza dire una parola, si siede, mi guarda tutta seria e poi torna a leggere quel suo libriccino.

Il sangue mi va alla testa. Le occhiate che mi lanciano gli operai, i loro sorrisetti – hanno già capito quello che io ancora mi rifiuto di capire. Partiamo. Non prendo la strada di casa, ma infilo lo stradone che porta fuori città. Vado piano, sono quasi paralizzato dall'emozione e dal timore, non dico una parola. Sto facendo qualcosa di proibito, una pazzia. Devo riportarla a casa sua, o magari farla scendere qui, in mezzo alla strada. Eppure vado avanti, lungo il mare. Cerco una spiaggetta deserta. Arriviamo ad Atlit – là c'è una piccola insenatura: si può arrivare in macchina fin quasi al mare. Andiamo lí.

E lei continua a leggere, sta già voltando le ultime pagine. Spengo il motore, scendo, vado a mettermi di fronte al mare. È una giornata afosa, l'odore di sale m'investe. Sono in un bagno di sudore, mi chino ad asciugarmi le mani con la sabbia. Lei sta ancora leggendo, non s'è mossa, non ha neanche alzato gli occhi per vedere dove siamo. Io guardo le onde, guardo il sole che tramonta. So che dovrei calmarmi, tornare a casa, ma non voglio. La guardo. Le sue gracili spalle, i suoi riccioli. Quant'è bella. Vieni, le dico infine cosí piano che non lo sento neppure io. Le apro la porta. Lei scende col libro in mano, legge l'ultima pagina, fa un lungo sospiro. Poi mi porge il libro con un gesto che mi fa impazzire, si curva per togliersi i sandali. Se solo potessi arrivare di nuovo a liberarmi, senza toccarla.

Tengo in mano quel libriccino, lo sfoglio distrattamente. Una storia di fate o di magia, ecco quello che le interessa. Le rendo il libro ma lei, con un gesto stanco, lo lascia cadere sulla sabbia. Che cosa le posso dire? Come posso spiegarle? Tra lo sciabordio delle onde non riesco a trovare parole per una bambina di quindici anni che quasi non m'arriva all'altezza del petto. Che sto facendo? Parlare, adesso, sarebbe ancora piú ridicolo che se la prendessi tra le braccia e la baciassi. L'afferro. Con mani tremanti le accarezzo i capelli, le bacio il viso con un gesto falsamente paterno, l'abbraccio. Lei rimane immobile, come fosse un oggetto. Le tolgo la camicia, rimango abbacinato dal candore che mi si svela, un seno di ragazza che appena comincia a sbocciare. Chiudo gli occhi, affondo il viso in quella carne giovane, sfioro con le labbra i suoi piccoli seni duri, non posso credere che sia vero. Mi sto rovinando. E lei tace, non capisce ma non si ribella, non fa il piú piccolo gesto – se mi accorgessi anche solo d'un ombra di resistenza la lascerei subito. Continua a guardare la mia barba. Sopraffatto dalla passione, la getto sulla sabbia, le sussurro: – Tali, Tali –. Lei non m'ascolta, sta ascoltando altre voci. Non dice nulla, ma adesso le sento anch'io: grida di bambini, il motore d'una barca, voci di gente che parla, una macchina che si mette in moto. Non siamo soli.

La lascio di colpo, l'aiuto ad alzarsi, le infilo la camicia, l'abbottono, le infilo i piedi nei sandali, glieli allaccio come fosse una neonata. Non la guardo in faccia. La faccio salire in macchina. Riparto. Cerco un posticino tranquillo, ma non ci sono posti tranquilli, questo è un paese densamente popolato. Strade, case, campi esposti al sole, o aranceti cintati da siepi. Accampamenti militari, attendamenti, gente che passa. Bisogna rinunciare. Di tanto in tanto la faccio scendere dalla macchina, mi faccio strada fra gli sterpi, e lei mi segue docilmente. Eccomi di nuovo con un essere umano fra le mani. Prima c'è stato Gabriel, poi un ragazzo arabo, adesso una bambina. Si mettono nelle mie mani, docilmente.

Bisogna aspettare che si faccia buio.

Mi fermo davanti a una trattoria di un moshav, ordino per lei un dolce e un succo di frutta, per me un caffè.

È seduta di fronte a me, mangia lentamente, sorseggia la bibita. Io la divoro con gli occhi, mi sento un desiderio immenso. È l'ora del crepuscolo. Sono diventato una bestia, guardo la mia preda, le sue mani bianche, il suo viso. Non posso continuare a tacere – ma che cosa potrei dire?

– Hai fatto i compiti?

– Non ancora.

Silenzio. Torno a chiederle di suo padre. Di nuovo la stessa storia: se n'è andato qualche anno fa, non ne hanno saputo piú nulla. Le chiedo di Dafi, che cosa pensano di Dafi in classe, e lei comincia a parlarmi di Dafi con affetto, quasi con ammirazione. Dice che è coraggiosa, molto coraggiosa, la piú coraggiosa di tutti, quella che dice la verità in faccia a tutti, persino ai professori, senza paura.

Parla lentamente. C'è qualcosa di immaturo, di quasi demente nel suo modo d'esprimersi. Un rametto di pazzia che non so da dove le venga. Possibile che proprio lei debba essere lo strumento della mia resurrezione?

L'ora del crepuscolo. Siamo seduti a un tavolino di ferro sgangherato, in una trattoria di campagna. Anzi, piuttosto un sudicio negozietto d'alimentari, in un paesino fuori mano.

– I tuoi non saranno in pensiero?

– No.

– Non vuoi telefonare a tua madre, avvertirla che farai tardi?

– No, a lei non importa.

– È meglio che telefoni lo stesso.

Non si muove. Un tale senso di abbandono emana da lei...

Allora mi alzo io, vado all'apparecchio, faccio il numero di casa. È Dafi che risponde. Asya non è in casa. Dico a Dafi che farò tardi, che sono andato a Tel Aviv.

– Stai di nuovo cercando lui?

– No, è per un'altra faccenda.

– Quando torni?

– Tornerò, non pensarci. Che stai facendo adesso?

– Niente. Aspettavo Tali, ma non è venuta.

– Verrà tra poco...

– Non fare tardi, papà.

Quel tono infantile, di supplica. Non le si addice proprio. È già buio, l'aria si è rinfrescata. Pago il conto, usciamo e ci rimettiamo in viaggio. Non so bene dove andare, giro a casaccio, al buio. Penso ancora che dovrei tornare a casa, ma ormai sono prigioniero di qualcosa che è piú forte di me. Mi sembra di trovarmi in paraggi conosciuti. Vado avanti per qualche chilometro su quella stradina. Da lontano riconosco l'ospizio dei vecchi, la clinica dov'era ricoverata la vecchia. Giro intorno all'edificio e parcheggio la macchina un po' distante. Lascio la ragazza in macchina e vado all'ingresso. Entro, chiedo della direttrice. Mi dicono che forse non è ancora andata via. La trovo sulla porta del suo ufficio, sta per chiudere. Mi riconosce subito, la faccia le s'illumina tutta, per poco non mi salta al collo.

– Ha sentito del miracolo...

– Naturalmente.

Era tanto dispiaciuta che allora non le avessi lasciato il mio nome e l'indirizzo, avrebbe voluto darmi lei stessa la buona notizia, solo pochi giorni dopo la mia visita.

– L'ho saputo.

– E come sta, adesso? Non ho avuto tempo di chiamarla.

– Sta bene.

Comincia a raccontarmi che cosa ha fatto della mia donazione. Era molto incerta, e infine ha deciso di comperare dei quadri di un giovane pittore israeliano che sembrava promettere grandi cose. Mi porta negli uffici, a vedere i quadri che sono appesi alle pareti, spera che mi piacciano – per quanto si ricorda bene che l'avevo lasciata libera di disporre del denaro a suo beneplacito.

– Certo.

Stanco, quasi esausto, mi trascino a vedere quei quadri surrealisti, di colore violetto. Sono distratto, ascolto appena le sue spiegazioni.

Infine, quando tace, le espongo la mia richiesta: vorrei una stanza per la notte, o almeno per un breve riposo. Le spiego che ho lavoro qui vicino.

La richiesta le pare un po' bizzarra, ma a me non può rifiutare. Dice che darà subito ordine all'arabo che fa la guardia di notte. Nessun problema, anzi: mi farà preparare anche la cena.

– Non occorre.

L'accompagno alla sua macchina. Mi stringe la mano. Una cosa sola vorrebbe: che le dicessi chi sono. – Questo, mai... – le sorrido, – ho intenzione di fare altre donazioni, in futuro.

Lei si mette a ridere, è commossa, torna a stringermi la mano.

Io torno alla macchina e vedo che Tali è sparita. Comincio a cercarla nelle vicinanze, e d'un tratto la vedo spuntare da dietro un muricciolo, viene avanti lentamente.

Aspettiamo in macchina finché il viavai nell'ospizio si calma, finisce il trambusto della cena, le luci si spengono. Ho la testa appoggiata al volante, sono tutto sudato e appiccicoso. Fuori spira un venticello fresco. Lei è seduta accanto a me in silenzio, non si muove. Pare che niente la possa toccare. Passa un'ora. Scendiamo. Il guardiano arabo ci apre il cancello, non guarda neppure Tali, ci accompagna attraverso lunghissimi corridoi fiancheggiati da sale illuminate fiocamente. I vecchi stanno sonnecchiando dopo cena, alcuni ancora girano in vestaglie a righe, come mostri deformi che si trascinano a fatica.

La ragazza trema tutta.

Quello ci fa entrare in una stanzetta, che forse usano per piccoli interventi o fasciature. Al centro c'è un gran letto di ferro, con levette che permettono di spostarlo, e accanto una grossa bombola d'ossigeno e strumenti medici. In un angolo, un lavabo. Lui non domanda neppure se abbiamo bisogno d'un altro letto. Gli metto in mano dieci shekel, ma lui non accetta.

Lei se ne sta in un angolo, come un animale in trappola, impaurita, senza muoversi. Ma ormai io non posso rinunciare, ho nel cervello un'idea sola. Le vado vicino, la prendo fra le braccia, ma d'un tratto lei cerca di resistere.

La sollevo – è leggera come una piuma, dai capelli le piove della sabbia di mare. Le bacio il viso, il collo. Dapprima teneramente, con dolcezza – temo di cedere alla violenza che mi s'è risvegliata dentro. L'adagio sul letto. Mi sento nel cervello una voce che mi dice di fermarmi, ma non posso. Sono già andato troppo oltre. Le tolgo i sandali, ha i piedi sporchi. Vado al lavabo, bagno un asciugamano, le lavo i piedi, le cosce, le asciugo il viso. La spoglio, mi metto a giacere su quel piccolo corpo nudo. E lei non capisce, si mette a piangere, ma io la copro di baci finché si calma. Le sono sopra. Adesso comincia a capire, mi mette le braccia al collo, chiude gli occhi, comincia lentamente a baciarmi.

E cosí l'ho posseduta. Sdraiato accanto a lei, in silenzio, comincio a sentire le voci del mondo attorno a me, voci dei vecchi nelle sale vicine. C'è lí qualcuno che dice preghiere, legge i Salmi. Una vecchia ride, qualcuno sospira, pare che stia per piangere. Lei s'è già addormentata.

Dopo un po' la sveglio. È ancora tutta insonnolita. La rivesto, l'avvolgo in una coperta e me la prendo in braccio, come un'inferma. Il guardiano mi apre il cancello. L'adagio sul sedile posteriore. Verso mezzanotte arrivo a casa sua.

È possibile negare tutto? Vorrei dirle di non parlarne con nessuno, ma non ci riesco. Sarà quel che sarà, ormai sono perduto. La vedo sparire nel portone di casa.

Una piccola macchina passa lentamente. Mi volto a guardarla, come faccio sempre in questi ultimi mesi. Che sia lui? E intanto sono diventato un amante anch'io – un amante che cerca un amante.

Parte quinta

ASYA

Non mi ricordo l'inizio: eravamo tutti e tre in un paese straniero, un paese orientale, asiatico, vicino all'Afganistan – non so come, ma sapevo che era vicino all'Afganistan. Un paese del mezzogiorno, il sole, basso sull'orizzonte, picchiava forte; ma non un paese desertico – un paese dell'interno, distante migliaia di chilometri dal mare. Tutt'intorno campi di frumento basso, di un colore giallo-verdolino, dalle spighe corte e grosse. Non si sa che cosa facessimo là, non eravamo venuti in gita, bensí per un breve soggiorno. Adam aveva del lavoro laggiú, ma ancora non aveva cominciato a lavorare, continuava a girare per casa.

Eravamo tutti molto depressi. Dafi era incinta. Era andata a passeggiare nei campi, e un seme le era germogliato dentro senza che nessuno l'avesse toccata. Non era neanche un seme umano, ma di frumento. Si era seduta tra le spighe, e le era germogliato dentro un seme, non si capiva bene come, era una cosa che faceva paura... Comunque era incinta. Avevamo già avuto il risultato delle analisi, e adesso lei era seduta davanti a me nella poltrona di vimini, tutta pallida e piccolina, e io ero disperata.

Non si capisce bene se Dafi si renda conto del suo stato, ma io la guardo con terrore e mi accorgo che ha già un principio di pancia. È strano, perché questa gravidanza è cominciata da poco; ma mi hanno spiegato che è una gravidanza infantile, molto rapida, che non è la prima volta che capita cosí alle straniere che vengono in visita.

Adam entra nella stanza con un medico. Un uomo tenebroso, non proprio un negro, ma molto scuro di pelle, con una barbetta sparuta. È venuto a prendere Dafi perché bisogna curarla presto, bisogna operarla, farla abortire – non proprio un aborto ma qualcosa di simile, perché tirano fuori *quello* dal suo ventre e poi ce lo manderanno, un topolino di campagna, qualcosa di orrendo. Un incubo. Adam ha già fissato tutto, senza domandare a me.

Quell'uomo, il medico, il diavolo sa che cos'è, si avvicina a Dafi, la prende per mano, e lei gli ubbidisce, si alza, è molto abbattuta. A me sembra d'impazzire, voglio scagliarmi contro Adam che è diventato succube di quel medico, lo tiro da parte e comincio a implorarlo che ci riporti subito in Israele, a far visitare Dafi dai medici che ci sono lí. Adam mi ascolta, ma non è convinto, e quel medico conduce Dafi alla porta, si ferma sulla soglia. Io continuo a parlare con Adam, in fretta, e il medico ascolta, come se capisse l'ebraico. Adam non si lascia convincere, fa cenni di diniego con la testa: no, soltanto loro lo sanno fare, riusciranno a salvare il topolino. Io sono in un bagno di sudore, tremo tutta, lo aggredisco: ma che t'importa del topolino? E d'un tratto Dafi si divincola dal medico, corre da me, grida, mi afferra, comincia a scrollarci tutti e due...

ADAM

Dafi mi scrolla con violenza, mi sale addirittura sul letto, accende la luce, mi tira per la manica del pigiama. Mamma, papà, c'è Schwarzi al telefono! La luce mi fa male agli occhi. Mi vedo davanti Dafi, tutta spettinata, fuori di sé: c'è Schwarzi al telefono, ha avuto un incidente d'auto.

È l'una di notte.

Asya si sveglia anche lei, si mette seduta sul letto con gli occhi ancora chiusi.

Il telefono aveva suonato, ma noi non l'avevamo sentito. Da quando non facevo piú il servizio notturno di rimorchio, avevo riportato l'apparecchio in studio. Soltanto Dafi l'aveva sentito suonare. Lei, di notte, ancora non riesce a dormire. In un primo momento aveva pensato che qualcuno avesse sbagliato numero e non era andata a rispondere, ma il telefono continuava a trillare. Allora ha alzato la cornetta e – quasi non credeva alle proprie orecchie, le pareva di sognare – ha sentito la voce melliflua e dolce del suo odiato direttore, quello che la perseguita crudelmente.

– Dafna? Sei tu? Non dormi? Vuoi chiamarmi tuo padre, per favore. Vorrei consigliarmi un momento con lui.

Lo imita alla perfezione.

Vado all'apparecchio.

Mi parla a bassa voce, sembra emozionato, ogni tanto fa una risatina nervosa, ma anche a quest'ora di notte non può fare a meno di esprimersi nel suo ebraico pomposo.

Chiede mille volte scusa. È venuto a trovarsi in una situazione penosa. La sua macchina ha abbracciato un albero, ah ah, il muso è tutto storto e accartocciato. Si trova sulla strada per Gerusalemme, vicino all'aeroporto internazionale. Anche lui è rimasto ferito, una contusione e una botta in testa. Delle persone gentilissime, del moshav di Veradim, sono venute in suo soccorso, lo hanno fasciato e gli hanno dato da bere. Ma adesso vorrebbe far rimorchiare la macchina a Haifa, al mio garage. Sarebbe possibile? Sarei disposto a ricevere quella povera macchina? Io sono il solo in cui lui abbia fiducia, sono una persona tanto gentile, e lui non conosce altra autofficina all'infuori della mia... ehm... ehm...

– Mi dica...

Non si ricorda l'indirizzo, gli è uscito di mente. Parla sottovoce, come se temesse di svegliare qualcuno che si trova vicino a lui.

Io taccio.

– Adam?

– C'è qualcuno che la può rimorchiare?

– No, ancora non c'è il carro attrezzi. I miei soccorritori cercheranno di trovarne uno.

– Attenda, verrò io a rimorchiarla.

– Ma si figuri... è molto distante... non è per questo che ho telefonato... – Ma nella sua voce si sente il sollievo.

– Mi dica dove si trova.

No, s'impunta d'improvviso, non vuole dirmelo. Ha esitato

a lungo prima di telefonarmi, gli rimorde la coscienza. Ecco, ha persino svegliato la bambina...

Io insisto. Il destino di Dafi è nelle sue mani. In questi giorni deve decidere se lei può continuare a frequentare la scuola. Andrò a rimorchiarlo, gli aggiusterò la macchina, non mi farò pagare. Cosí per qualche giorno sarà lui nelle mie mani.

Ma anche lui si ostina. No, assolutamente non vuole che io mi disturbi. Si è già pentito d'aver chiamato. E poi ci vorrebbe un carro attrezzi speciale, perché la sua macchina, a dire il vero, è completamente sfasciata...

– Ho capito... e adesso, signor Schwarz, mi dica per favore dove posso trovarla. Non posso permettere che venga qualcun altro a rimorchiarla... e del resto le chiederebbero un prezzo molto alto... non credo che lei voglia buttar via del denaro...

Adesso comincia a spaventarsi un po'.

– Mio caro Adam, che posso fare? Dovrei pagare anche lei... non accetterei mai che mi facesse il lavoro gratuitamente... e poi, che importa il denaro... l'importante è che sono ancora vivo...

– Via, non perdiamo tempo...

Infine mi dice dove si trova, ma lo spiega in modo complicato, come se mi facesse un favore.

Telefono a Na'im. La vecchia risponde subito, come se avesse aspettato questa telefonata. La sua voce è chiara. Anche lei non dormiva. La sua lucidità da centenaria mi stupisce ogni volta.

– È successo qualcosa? Ci sono notizie di Gabriel?

– No... ma bisogna svegliare Na'im. Verrò a prenderlo tra poco. Dobbiamo andare a rimorchiare una macchina.

– Credevo che aveste smesso di lavorare di notte...

– Si tratta di un amico che ha avuto un incidente.

– Le preparo un caffè...

– No, grazie. Ho fretta.

Intanto Asya s'è alzata e sta preparando il caffè. Dafi è accanto a lei, non le dà pace finché non le raccontiamo tutti i particolari, è delusa che lui ne sia uscito soltanto con una botta e dei graffi. Peccato che non si sia ammazzato, quel mostro...

Siamo talmente stanchi che non ribattiamo neppure.

Asya si meraviglia: – Vuoi andare fino a Lod? Per lui? Ma chi te lo fa fare?

– È per Dafi... cosí lui ci penserà su due volte prima di cacciarla fuori dalla scuola...

– Non servirà a niente... lo conosco, io... la farà espellere... e in fin dei conti lei se lo merita...

Dafi ascolta in silenzio. Sbocconcella tranquillamente una fetta di pane, i capelli le cadono sul viso. Ha la faccia gonfia. Ultimamente non pare piú lei.

– Peccato che non sia morto... – dice di nuovo, sottovoce.

– Basta!

Asya comincia ad averne abbastanza. Continua a girare per la cucina, con addosso soltanto una vecchia camicia da notte. D'un tratto mi ricordo del sogno che ho fatto.

– Mi ha svegliato nel bel mezzo del sogno.

Asya mi guarda.

– Quale sogno?

– Non mi ricordo...

Ma mentre scendo in volata giú per la montagna, col motore al minimo, il sogno mi torna in mente, ne sento perfino l'odore. Mi trovavo in una grande sala, c'era una riunione, tanta gente. E in mezzo c'era anche Gabriel, con la testa rapata, pallido. Ero arrabbiato con lui, gli ho detto parole dure, infine s'è voltato e se n'è andato via...

Vicino alla casa della vecchia mi si fa incontro un'ombra sottile, la brace di una sigaretta accesa. Na'im già mi aspetta. In questi ultimi mesi è cresciuto molto, porta i capelli lunghi, pare piú adulto. Ha sempre la sigaretta in bocca, si compra abiti nuovi, continua a chiedermi soldi. Non è che me n'importi molto. Un ragazzo strano. Chissà che cosa gli passa nel cervello mentre se ne sta lí al buio con la vecchia, per giorni e giorni? Ho l'impressione d'averlo rovinato. È il denaro che mi dà questo potere. Bisogna che mi occupi di lui, che lo faccia tornare al villaggio.

In casa della vecchia c'è luce. Lei si affaccia alla finestra. Con quella faccia bianca sembra una morta risuscitata.

– Mettiti un golf, Na'im, – gli grida da lassú, e getta un golf sul marciapiede.

– Non c'è bisogno... – borbotta lui. Si vergogna, ed è anche molto arrabbiato, ma si china lo stesso a prendere il golf.

Scendo dalla macchina, faccio un cenno di saluto alla vecchia.

– È innamorata di te...

Lui si volta di scatto.

– Chi?

– La vecchia...

– La vecchia, – dice lui, piano, – è completamente ammattita...

Io non rispondo. Quel tono cinico, quella sicumera. Un tono nuovo.

Arriviamo in garage. Na'im scende ad aprire il cancello. Il guardiano dorme sotto la tettoia, tiene in braccio il cagnolino che dorme anche lui. Non si accorgono che noi entriamo, che lasciamo lí la Dodge, prendiamo il carro attrezzi. Na'im carica la cassetta con gli arnesi e le chiavi che ci occorrono. Chiudiamo il cancello dietro di noi, senza far rumore. Il cane apre gli occhi, ci lancia un'occhiata amichevole, scodinzola, e poi torna a posare la testa sul petto del guardiano.

È una chiara notte d'estate. Il mare è uno specchio. Il cielo ha riflessi violacei. La macchina procede adagio. Sono molto stanco. Na'im, accanto a me, tace. So che dovrei domandargli un po' che vita fa lui ora, ma non ne ho la forza. Ogni tanto m'accorgo che mi guarda. Forse anche lui vorrebbe dirmi qualcosa, ma si trattiene.

Dopo due ore arriviamo sul luogo dell'incidente. Già da lontano vedo il direttore che cammina su e giú per la strada come se deambulasse per i corridoi della scuola. Ha in testa una specie di turbante bianco, pare uno spettro. Mi stringe la mano, mi abbraccia. Ha la camicia macchiata di sangue. Mio caro Adam, che disgrazia... non avevo mai avuto un incidente...

Stringe anche la mano a Na'im, gli fa una carezzina sui capelli, lo abbraccia come se fosse un suo allievo. Sembra che non si sia accorto che è un arabo. Ci avviamo tenendoci a braccetto, calpestiamo schegge di vetro e pezzi di lamiera. Ma dov'è la macchina? Quando finalmente la vedo, rimango di sasso: la macchina è appesa a un albero, come se avesse voluto arrampicarsi lassú. Una cosa incredibile! Non riesco a nascondere un sorriso – è proprio lí appesa, impigliata fra i rami.

Vedo che anche Na'im sorride.

– Quella macchina è perduta, – mi dice Schwarz, vedendo la mia reazione.

– Non ci sono macchine perdute. Soltanto le persone si perdono.

Si mette a ridere.

Intanto Na'im va al carro attrezzi, tira giú la cassetta degli attrezzi, comincia a brigare con le catene dell'argano, mette in posizione sulla strada i faretti lampeggianti. Non ho neanche bisogno di dargli istruzioni.

Due figure di yemeniti magri, dai capelli bianchi, si profilano sul terrapieno che fiancheggia la strada, coi fucili in mano. Sono i guardiani notturni del *moshav*. Il direttore si avvicina per fare le presentazioni.

– Queste sono le persone tanto gentili che mi hanno protetto fino al suo arrivo... abbiamo avuto una piacevole conversazione, non è vero? Abbiamo parlato di Torah.

Sembra che i due vecchi siano rimasti un po' disorientati da quell'incontro col signor Schwarz. L'incidente deve aver portato un bel po' di confusione nel villaggio: in alcune case ci sono delle luci accese, s'intravedono altre figure che ci osservano da lontano.

Ma com'è successo?

Una storia curiosa. Lui tornava da Gerusalemme, da un dibattito su questioni pedagogiche che era andato per le lunghe. Ah, queste sedute interminabili, le chiacchiere che non finiscono mai, c'è da diventare nevrastenici. In un primo momento aveva pensato di fermarsi a Gerusalemme per la notte, ma l'indomani lo aspettava un'altra seduta a Haifa, all'ufficio dell'Ispettorato per l'Edilizia, per parlare di un'ala di fabbricato che vogliono annettere alla scuola. Cosí ha deciso di tornare a casa. Andava tutto benissimo, la strada era deserta, e lui era abba-

stanza sveglio. Prima della guerra, quando lui era giovane e studiava in Inghilterra, ad Oxford, era capace di guidare per notti
intere senza stancarsi. A quanto pare era tanto immerso in quei
suoi ricordi inglesi, che senza accorgersene aveva cominciato
pian piano a deviare verso il lato sinistro della strada. E d'un
tratto s'era trovato di fronte una macchina piccola e vecchia, di
color nero, con i fari molto deboli. All'ultimo istante si era ripreso, aveva cercato di tornare in carreggiata, ma sembra che
abbia sterzato troppo bruscamente, si è visto davanti l'albero – quell'albero superfluo...

Che cosa era successo all'altra macchina?

Nulla, una piccola botta, qualche graffio. Se si fosse scontra-
ta con quella invece che con l'albero, il danno sarebbe forse stato minore, beninteso per lui, ah, ah. Perché quell'altra macchina si sarebbe sfasciata completamente, non era che una vecchia
scatoletta di latta. E naturalmente – ci sarebbero state delle vit-
time. Però era strano che quelli fossero ortodossi – un vecchio
rabbino e un giovane coi cernecchi, tutti vestiti di nero. Dovevano far parte dei « Neturei Karta » o di una di quelle altre sette
ultraortodosse. Uno spettacolo incredibile. Chissà che cosa ci
vengono a fare di notte, vicino all'aeroporto. Si erano fermati,
erano scesi dalla macchina, ma non si erano avvicinati troppo.
Appena si erano accorti che lui usciva dalla macchina, che riusciva a camminare, il vecchio gli aveva detto a bassa voce, con
tutta calma, senza neppure avvicinarsi:

– Lei sa che la colpa è sua...

Che cosa avrebbe potuto rispondere?

– Sí, la colpa è mia...

Che il diavolo se li porti. Quegli antisionisti non hanno neppure chiesto se avevo bisogno d'aiuto, avevano paura d'impe-
golarsi con me.

Na'im ha già mollato il cavo. Un venticello fresco ci sfiora la
testa. Quest'operazione di ricupero si presenta molto difficile.
Meglio mandar via il direttore, che non ci stia tra i piedi. Io lo
convinco a tornarsene a casa, e lui accetta subito. Si avvicina ai
due yemeniti, li saluta, si segna i loro nomi su un taccuino e pro-
mette di mandare loro un libro, probabilmente uno scritto da

lui, sull'argomento del quale discorrevano prima. Fermiamo una macchina di passaggio e lo spediamo verso il nord.

Adesso io e Na'im cominciamo a far l'esame della situazione. Una delle ruote anteriori si è attorcigliata all'albero, gli si è quasi abbarbicata. Na'im s'intrufola fra l'albero e il muso della macchina, che è tutto schiacciato, per smontare quella ruota. Io gli porgo le chiavi. È proprio un bravo ragazzo, non so che cosa avrei fatto senza di lui. Si divincola lí dentro per un'ora prima di riuscire a smontare quella ruota. Esce tutto coperto di sudore, prende la cima del cavo, se l'attacca alla cintura e comincia a strisciare per terra per arrivare sotto la macchina. Incredibile come il direttore sia riuscito a salvarsi. Dafi non s'era sbagliata di molto: poteva rimanere ucciso. Credo che non si sia neppure reso conto di che cosa ha scampato.

Cominciamo a trainare la vettura. Se ne staccano dei pezzi – un fanale, un parafango, una maniglia. Na'im mi spiega in che posizione devo mettere il carro attrezzi per trovarmi nell'angolazione giusta – questo moccioso comincia già a darmi ordini. Ma non me la prendo, voglio solo farla finita e tornare a casa. Na'im va all'argano e comincia e strappare la macchina dall'albero, ma l'albero non vuole lasciarla andare: alcuni rami si spezzano e rimangono incastrati fra i rottami.

Una piccola folla ci osserva in silenzio. Intanto è venuta l'alba. Gli uccellini cominciano a farsi sentire. E dietro al carro attrezzi è appeso un rottame di macchina, avviluppato in una coltre di foglie. Uno strano spettacolo. Macchine che passano per strada rallentano, la gente guarda dai finestrini. Qualcuno si ferma: quanti morti? Lo domanda a Na'im, ma lui non risponde neppure.

Ha i vestiti sporchi e strappati, le mani ferite, la faccia annerita, ma bisogna dire che durante queste notti ha imparato qualcosa. Ora imbraca la macchina con altri cavi, e io parcheggio il carro attrezzi sul margine della strada.

Ormai s'è fatto giorno. Na'im va a riporre gli attrezzi, a spegnere i faretti lampeggianti, a raccogliere i pezzi della macchina che si erano sparsi per la strada. Io rimango immobile, non riesco a muovermi: sono morto di stanchezza, fumo una sigaretta, ho i vestiti fradici di rugiada. Na'im mi s'avvicina e mi mostra una striscia di lamiera nera, strappata da un parafango. Mi chiede se deve prendere anche quello. Gli do un'occhiata: no, a quanto pare è di quell'altra macchina. Sta per buttarlo tra gli sterpi sul fianco della strada, quando io lo fermo. C'è qualcosa nella curvatura di quella lamiera che mi sembra di conoscere. Gliela strappo di mano, e di colpo so che cos'è: un pezzo del parafango di una Morris nera. Lo stesso modello. L'occhio clinico per i modelli delle macchine, quello nessuno me lo può togliere. Sono emozionato. La luce diventa piú forte, le nebbie del mattino stanno evaporando. S'annuncia una giornata d'afa. Sono fermo in mezzo alla strada con quel pezzo di parafango in mano. È nero, però proprio di una Morris modello '47. Una prova tangibile. Continuo a guardare, mi rigiro quel pezzo fra le mani, è ancora bagnato di rugiada. Na'im s'è seduto sul terrapieno e mi guarda rabbioso, non capisce perché non mi muovo. Esamino la vernice: è roba grossolana, una verniciatura da dilettanti.

– Dammi un cacciavite... – dico a mezza voce.

Eccomi col cacciavite in mano. Con molta cautela comincio a scalfire lo strato di vernice nera, le schegge piovono in terra. E sotto si va scoprendo un colore celeste: il colore originale della Morris che sto cercando disperatamente dai giorni della guerra.

Mi tremano le gambe.

NA'IM

Che diavolo gli succede? Ha trovato un pezzo di lamiera e se n'è innamorato, non vuole staccarsene. Ma è incretinito o ammattito del tutto? E io che una volta lo prendevo per un piccolo dio.

Che stanchezza! Lui non ha fatto niente. Ormai non lavora, non si china, non si muove, non dà piú neanche consigli. Sa bene che sono capace di arrangiarmi da solo con i cavi, le imbracature, l'argano. Prima che lui apra bocca ho già capito che cosa sta pensando e faccio da solo. Se avesse dovuto fare da sé, a quest'ora la macchina sarebbe ancora appesa all'albero. Si vede che continua a pensare ad altro, non fa che guardarsi in giro, come se aspettasse qualcosa, ma ancora non sa che cosa aspetta.

Che sia malato? Continua a palpare quel pezzetto di lamiera, come se gli avessi dato dell'oro. Intanto s'è fatto giorno, e lui è lí che pensa. Fino a quando dovremo fermarci qui? Io sto per addormentarmi. Non abbiamo mai avuto da fare un ricupero cosí faticoso. Quel vecchio l'ha proprio piantata in mezzo all'albero, la macchina, l'ha sfasciata completamente, ancora non riesco a capire come abbia fatto a uscirne vivo. E io ho tutte le ossa rotte, m'è toccato strisciare sotto la macchina, mi sono tutto scorticato. E per chi? Per che cosa? Se almeno ci fosse qui Dafi. Oh Allah, che nostalgia. Ma lei non c'è, posso scordarmela, inutile ostinarsi.

Ma che diavolo sta facendo? Se ne sta lí come se avesse piantato radici. Cosa sta pensando? Se almeno mi desse un po' di soldi. Lui ne ha un mucchio, e io qui gli ho fatto un lavoro da esperto. Crede che mi basti se ogni tanto mi allunga cento shekel. Cosa sono cento shekel al giorno d'oggi? Sono diventato un gran spendaccione, sono capace di buttar via venti o trenta shekel in una serata, senza far niente di speciale. Una cenetta mediocre, un po' di noccioline, un pacchetto di Kent, e quando torno a casa non mi rimangono che gli spiccioli. Fortuna che ancora non fumo sigari e non invito qualche signorina a cenare con me. Almeno mi desse un po' di soldi. Una volta avevo soggezione a prenderli, avevo paura, ma adesso quasi glieli strappo di mano e me li caccio in tasca. E perché no, in fondo? Non mi pare che il suo portafogli si sia svuotato per causa mia.

Come andrà a finire questa storia? Perché non si porta quella lamiera a casa sua? Lí può giocarci finché gli pare. Che bisogno c'è di perdere tempo qui? La macchina sfasciata è appesa all'argano, tutta coperta di foglie. Non c'è da meravigliarsi che tutti rallentino e si mettano a guardare, a cercare il sangue.

– Quanti morti? – domanda un tale.

È solo questo che li interessa – i morti. Io non rispondo neanche. Non ho niente da spartire con nessuno. Della macchina non s'interessano, tanto paga l'assicurazione. Che gliene importa? Del resto l'aggiusteranno. Ho già visto in garage macchine in condizioni peggiori; le hanno tagliate in due come si taglia una torta e poi hanno preso la metà buona di un'altra macchina sfasciata e le hanno cucite insieme e ne hanno fatto una macchina nuova. Hanno fatto festa grande – sono venuti tutti a vedere come saldavano le due parti e verniciavano bene tutto quanto, ed è venuta fuori una macchina nuova che poi hanno portato a Tel Aviv per venderla.

Tra un po' m'addormento qui per terra. Peccato che gli ho fatto vedere quel pezzo di lamiera e gli ho chiesto se bisognava prenderlo. E che cosa sta borbottando tra sé adesso? È proprio andato, il buon uomo.

Vuole un cacciavite.

Che se ne fa del cacciavite?

Ecco, prendi il cacciavite, basta che tu sia contento. Dài, quand'è che ce ne andiamo?

Comincia a grattare la vernice da quella lamiera. Ma è proprio ammattito? Bisogna che me ne vada, qui finisce che mi trovo nei guai. Meglio tornare al paese, potrei cercare di convincere papà a farmi continuare gli studi. Ho perso soltanto un anno.

«È caduto un ramoscello...» come dice la poesia.

Ma perché?

Qualche volta vorrei morire.

Quel pezzo di lamiera non è piú nero, bensí celeste. Un vero terno al lotto. Però a forza di grattare lui s'è svegliato. Sale sul carro attrezzi e mi chiama.

– Su, muoviti, che cosa stai aspettando?

Al diavolo! Come se fossi stato io a trattenerlo qui.

Voglio proprio licenziarmi.

DAFI

Che succede? Come mai non torna subito a letto? Se ne sta seduta in cucina, davanti alla tazza di caffè vuota e si perde il sonno. Mamma completamente sveglia alle due di notte. Da non credere. Tutte le luci in casa sono accese. Papà è andato a ricuperare Schwarzi. Poverino, lo fa per me. E mamma non ha fretta, non è stanca, mi guarda con tenerezza, mi osserva come

se non m'avesse vista per molto tempo. Mi tocca, cerca d'attaccar discorso.

Mi sale dentro come un'ondata di gioia selvaggia.

– M'hai svegliata proprio nel bel mezzo di un sogno...

È un po' strano pensare che lei fa dei sogni. Ma perché no, in
fondo.

– Che sogno? – le domando, piano.

– Un vero incubo. Sognavo di te.

– Un incubo? E cosa c'era?

– Era un sogno molto strano, tutto confuso – eravamo andati in un paese lontano, e lí ti eri ammalata.

E d'un tratto mi stringe a sé, m'abbraccia. Mi piace moltissimo questo sogno, che ero ammalata. Anch'io l'abbraccio. Il
vecchio odore di mamma. Dunque non si è pietrificata del
tutto.

– Era una malattia grave? – le chiedo.

– No... – mi risponde in fretta, come se nascondesse qualcosa. – Non importa. Sono stupidaggini... Eri sveglia quando il
direttore ha chiamato?

– Sí...

Pian piano, lei si scioglie dall'abbraccio.

– Di nuovo non riesci a dormire? Come mai?

– Niente. Cosí, non riuscivo a dormire.

– Sei innamorata di qualcuno?

Mamma.

– Nooo! Ma che ti viene in mente?

– Davvero? – Mi fa un sorriso tanto dolce. – Ma via, non
posso crederci...

– Perché?

– Perché in classe tua ci sono dei ragazzi molti simpatici.

– Come fai a saperlo?

– Non ti ricordi che ho fatto lezione da voi? Ho visto... ce ne
sono di quelli proprio affascinanti.

Secondo lei.

– Chi?

– Non mi ricordo... ma c'erano alcune facce che mi hanno fatto una certa impressione.

– Ma chi?

Mi accarezza con aria distratta.

– Non importa. Ho detto cosí per dire... scherzavo... Dimmi, cosa fai quando sei sveglia di notte? Leggi?

– No. Giro per casa, vado a prendere qualcosa da mangiare, ascolto musica...

– Musica? Di notte? Io non ho mai sentito.

– Perché voi due dormite come ghiri. Non vi sveglereste neanche se facessero saltare la casa.

– Però è strano. Di giorno non ti si vedono segni di stanchezza. Non so come fai a passare cosí le notti, da sola. Vorrei essere capace anch'io d'accontentarmi di poche ore di sonno... Ma non ti annoi a startene cosí sola al buio?... M'immagino che il tempo non passi mai...

Mamma.

– Non è poi cosí grave... qualche volta esco, mi faccio una passeggiatina, può essere persino piacevole...

– Cosa???

– Hai sentito bene...

– Tu esci di casa da sola, di notte? Sei impazzita? Ma lo sai che cosa può capitare a una ragazza che gira per strada a mezzanotte?

– Alle due, non a mezzanotte. E poi non c'è nessuno, in strada, a quell'ora.

– Dafi, non farlo mai piú.

– Ma perché te la prendi tanto? Cosa vuoi che mi possa capitare? È tutto tranquillo... e poi ci sono anche le guardie della protezione civile... dei vecchietti tanto simpatici...

– Dafi, voglio che tu la smetta, e senza discussioni...

– Ma che vuoi che mi succeda? Non vado mica lontano, solo fino all'angolo della strada, lí dov'è morto Yigal, e poi torno...

Lei impallidisce di colpo. La mano le si stringe a pugno... vorrebbe dirmi qualcosa, ma non trova le parole. Devo aiutarla.

– Ma me l'avete detto voi...

Lei salta su: – Chi te l'ha detto?

– Papà.

– Ma quando? – è proprio fuori di sé.

– Poco tempo fa.

Comincia a rosicchiarsi le unghie. Vedo che soffre, è molto turbata. Io cerco di darmi un tono moralista.

– Ma cosa c'è da nascondere... Perché non dovrei saperlo... Papà m'ha detto che è morto di colpo, senza soffrire...

Non risponde. Guarda l'orologio. Sembra impietrita, non vuol rispondere. Ho rovinato tutto.

– Tu credi che abbia sofferto? – dico con un tono mellifluo, odioso. So bene che qualche volta posso essere pestifera, insopportabile.

– Che importa, ormai...? Dài, Dafi... basta...

Non vuole entrare nell'argomento.

Silenzio. Il tic tac dell'orologio. Una chiara notte d'estate. La casa è tutta illuminata. Il tavolo è pieno di briciole di pane. Mamma è seduta lí, rigida, con una faccia di pietra, tesa come una molla. Ogni tanto mi guarda. Il suo sorriso tenero è sparito. Si sente il cri-cri dei grilli. Povero papà, è andato con Na'im fino a Lod. Era cosí stanco, non riusciva a svegliarsi, ho dovuto tirarlo fuori dal letto, strapparlo al sonno.

– Magari si fosse ammazzato, – mi lascio sfuggire, sottovoce.

– Chi?

– Schwarzi.

– Dafi, basta...

– Perché no? Lui non è piú tanto giovane...

– Dafi, basta...

Mi supplica.

– Va bene, che non s'ammazzi, basta che sia ferito grave, che debba rimanere in ospedale per qualche mese.

– Smettila!

– Magari anche senza ferite, basterebbe una commozione cerebrale, che rimanga paralizzato nella parte superiore, che non possa parlare...

E allora m'arriva un ceffone ben piazzato. M'ha picchiata! Saranno sette anni che non mi tocca. Mi calmo d'incanto. Mi sento alleggerita. La guancia mi brucia, mi vengono le lacrime – ma qualcosa mi si scioglie dentro. Che stanchezza. Uno schiaffo che mi fa venir voglia di dormire. Non mi muovo, non mi ribello, solo la mano mi va lentamente a toccare la guancia, per sentire se non c'è una ferita.

Lei s'è spaventata per quello schiaffo che m'ha dato, mi afferra la mano come se temesse che io voglia renderglielo. – Basta, – le dico. Lei sta quasi per piangere.

– Credi che mi butterà fuori da scuola? – le chiedo sottovoce. Non dico parola di quello schiaffo: mi sento calma e stanca – una stanchezza dolce, una gran voglia d'addormentarmi subito.

Lei ancora mi tiene la mano.

– Non lo so.

– Ma cosa pensi?

Comincia a riflettere... mamma.

– Tu credi di meritartelo?

– Un po'...

– Che cosa vuol dire, un po'?

– Sí, me lo merito.

– Allora credo che lo farà. Ma non è una tragedia, in fondo. Ti troveremo un'altra scuola...

Mi alzo. Che stanchezza, non ho mai avuto addosso una stanchezza tale. Faccio uno sbadiglio enorme, da idiota... Adesso anche l'altra guancia mi brucia, come se avessi ricevuto uno schiaffo anche lí. Tutta traballante vado in camera da letto, e mamma mi sostiene, mi mette a letto, mi copre, spegne la luce. In camera mia c'è buio e tutto il resto della casa è illuminato. Cosí è sempre stato, cosí dev'essere. Lei si siede sul mio letto, come faceva una volta, e io mi dico: peccato addormentarmi adesso. E con quel pensiero m'addormento.

VADUCCIA

È questa la fine? Già da qualche settimana il mio corpo si sta separando da me. Non gusto piú il mangiare, è come se mettessi in bocca del gesso o dell'ovatta. Ci metto tanto sale e pepe nero e rosso, ma non sento niente. Il gusto se n'è andato. E Na'im ci diventa matto, non capisce. Dice che il mio cibo gli brucia la lingua, che è troppo piccante. Mi chiede se sono innamorata, quell'impertinente. Ho paura di dirgli che mi sento morire – se ne scapperebbe via. E ormai non sono piú capace di star sola.

È molto nervoso quel ragazzo, non ha piú pazienza. È vero che si sono dimenticati di lui. È diventato sciatto, non fa piú il letto, semina calze dappertutto, fuma come un turco. Io gli corro dietro col portacenere, devo annusare se non c'è per caso odore di *hashish* – non si sa mai, con lui ci si può aspettare di tutto.

Non vuole neanche leggermi i giornali. Mi legge i titoli e poi dice: tutte bugie, tutte stupidaggini, non vale la pena di crederci. Ma come? Siamo di nuovo sotto i turchi? Che cosa si crede di essere? Una volta quasi telefonavo alla polizia, che lo tenessero d'occhio.

Adam l'ha dimenticato, sembra che gli dia soldi, perché lui ogni sera va al cinema, magari anche due volte. Gli dico: almeno dimmi che cosa hai visto, raccontami la trama, sono stufa d'annoiarmi. Me ne intendo io, di cinema. Quando avevo ancora le gambe buone, andavo al cinema di pomeriggio. Ma lui niente, dice che non c'è niente da raccontare, vuole che lo lasci in pace. Tanto, dice lui, non sono per me quei film tutti pieni di baci e abbracci e sparatorie – non ci capirei niente.

Ha imparato a parlare.

Figlio d'un cane, schifoso.

Terrorista.

Eccolo seduto in poltrona, bello come un angelo, tanto carino – e ride.

Che posso fare?

Ormai dipendo da lui. Faccio fatica a muovermi, mi trascino da una sedia all'altra. Se non ci fosse lui a fare la spesa e a portare via la spazzatura, andremmo proprio male.

Gli do tutto quello che ho di vestiti vecchi, ho già vuotato l'armadio. E lui prende. S'è comperato una valigia usata e pian piano la riempie.

Non mi sento piú le dita dei piedi, mi sembra che siano sparite. Dev'essere un segno che la fine s'avvicina. Non riesco piú neanche ad alzarmi dalla poltrona, bisogna che mi tiri su lui.

Nel cuore della notte telefona Adam, vuole che lo svegli, c'è un lavoro da fare. In un primo momento ho creduto che ci fosse qualche notizia di Gabriel, ma mi sono sbagliata. Qualche volta mi dico che quello che è venuto a trovarmi non era Gabriel, ma qualcun altro. E se invece era Gabriel, dev'essere già morto.

L'arabo si mette vestiti da lavoro, era un pezzo che non li toccava. Gli ho detto: questi sono gli abiti che vanno bene a te, e non quei vestiti pazzi che ti comperi; adesso ci manca solo che ti fai tagliare i capelli e poi avrai un aspetto come si deve. Ma lui non risponde. Mi guarda torvo, e poi se ne va e mi pianta lí in poltrona.

Adesso mi toccherà rimanere qui tutta notte. Non riesco ad alzarmi, ho le gambe d'ovatta. Comincia a far giorno, e quelli ancora non tornano, si vede che è un lavoro complicato. Provo ad alzarmi, ma ricado sulla poltrona. Tutte le finestre sono aperte, lui s'è dimenticato di chiuderle. Comincia a far freddo, e sono in camicia da notte, cosí come mi sono alzata dal letto. Il freddo mi entra nelle ossa. Mi chino a raccogliere un po' dei giornali che non ho ancora letto, che avrei tanta voglia di leggere, con tutte quelle storie sul nostro povero governo. Comincio a coprirmi con i giornali, me ne metto un po' dietro la testa, dietro la schiena, intorno ai fianchi, non guardo neanche i titoli, ne ficco un po' qua e un po' là. Che mi diano un po' di calore, un po' di morbidezza per queste povere ossa.

Dalla finestra vedo che sorge il sole. Pian piano mi cadono le braccia. Non mi sento piú le dita, come se lí dentro si fossero bruciati i fili.

Questa volta è l'opposto... il corpo se ne va, e solo la mente rimane.

ADAM

Sono ancora in mezzo alla strada, assorto in pensieri, fumo una sigaretta dopo l'altra. Quel pezzetto di latta che tengo in mano è già diventato celeste. Continuano a passare macchine, dall'aeroporto cominciano a decollare aerei, si sente il boato dei motori. Il carro attrezzi è parcheggiato sul fianco della strada; la macchina del direttore, tutta avviluppata di foglie, è appesa dietro. Na'im è seduto sul terrapieno, ha gli occhi chiusi, tiene la testa tra le mani, m'aspetta in silenzio.

Dunque, la Morris esiste ancora: non l'hanno buttata in un *wadi* né seppellita nella sabbia. L'hanno riverniciata per nasconderne l'identità. Che l'abbiano rubata? Ma chi? Quegli ebrei osservanti?

Infine mi decido, salgo in macchina e vado fino al primo distributore di benzina. Telefono a Erlich, lo sveglio e gli ordino di mandare qui Hamid a prendere il carro attrezzi. Dico a Na'im di rimanere qui ad aspettarlo, gli do cinquanta shekel, perché vada a mangiare qualcosa nella trattoria vicina. E io attraverso la strada, vado alla fermata dell'autobus e prendo quello che va a Gerusalemme. Non mi ricordavo piú che aspetto avesse l'interno di un autobus, saranno trent'anni che non ci salgo. Mi siedo vicino al finestrino, il mio pezzo di latta sulle ginocchia, fermamente convinto di riuscire a trovarlo.

Mi faccio spiegare dove si trovano i quartieri degli ortodossi e comincio a rastrellare le vie, a passare in rivista le macchine parcheggiate e quelle che passano per strada. Nessuna traccia della piccola Morris, ma sono sicuro che ormai ci sono vicino, che è soltanto questione di tempo. Mi fermo a un crocevia dove c'è molto traffico, in mezzo ai quartieri degli ortodossi, e mi metto a osservare le macchine che passano. Dopo un po' arrivano dei ragazzini con lunghi cernecchi, si mettono a guardarmi. E d'un tratto un ortodosso con in testa un gran cappello di pelliccia, mi tocca la spalla.

– Il signore aspetta qualcuno?

– Sí...

Ma non ho detto altro, avevo deciso di non domandare della macchina a nessuno di loro – non voglio che si sparga la voce che la sto cercando, temo che mi sparisca di nuovo.

A mezzogiorno entro in un ristorantino all'angolo della strada e mi faccio portare il pranzo. Ero l'unico cliente non ortodosso e il padrone del ristorante mi mette accanto al piatto, con discrezione, una *kippah*. Me la metto in testa e mangio, ma continuo a tenere gli occhi sulla strada. Il padrone se ne accorge.

– Il signore cerca qualcuno?

– Sí.

– Potrei esserle d'aiuto.

Sto quasi per domandarglielo, la faccia di quell'uomo m'ispira fiducia, ma mi trattengo. Sono tutti della stessa risma, quelli lí.

– No, grazie.

Non so perché, ma sono sicuro di riuscire a trovare quella macchina, non ne ho il minimo dubbio – non so da dove mi venga questa certezza. Pago ed esco. Sono molto stanco: è da mezzanotte che sono in giro, e l'eccitazione mi fa stancare anche di piú. A Gerusalemme fa un caldo tremendo, e io giro per quei vicoli sudici, camminando come un sonnambulo. Comincio a cercare un'autofficina, chissà che non abbia portato la macchina in un garage a farla riparare. C'erano lí dei piccoli garage, piú che altro negozi che avevano trasformato in officine per riparazioni. Per la maggior parte erano botteghe di fabbri o di lattonieri, dove riparavano stufe, carrozzelle da bambini, biciclette. C'era anche una macchina, con accanto un meccanico ortodosso con i cernecchi, che discuteva con un tale. Mi avvicino per vedere se la Morris non è lí, nascosta sotto un mucchio di ferrivecchi.

– Sta cercando qualcosa...?

Non rispondo. Mi guardo in giro e riprendo a camminare. Mi trascino a fatica. Quel mio continuo aggirarmi nei quartieri ortodossi, con la mia barba lunga e incolta, a testa scoperta, in abiti da lavoro sporchi, attirava l'attenzione. Decido di uscire dal quartiere, di cercare nelle strade adiacenti e, non so come, mi trovo sulla strada verso la Città Vecchia. Sono sballottato tra la folla. Io, che ho quasi perso l'abitudine di camminare, cammino e cammino, vado dietro a questi ortodossi; non avrei mai creduto che ce ne fossero tanti: vecchi e giovani, una fiumana nereggiante che mi trascina per le strade. Ogni tanto debbo fermarmi a riposare: m'appoggio a un muro, all'ingresso di una casa, e li guardo negli occhi, mi sforzo di osservarli attentamente. Ma le mie occhiate non li turbano – mi rispondono con uno sguardo vacuo, dall'alto in basso, e procedono in fretta.

Infine arrivo allo spiazzo davanti al Muro. Il posto è cambiato da quando l'ho visto l'ultima volta, ci sono intorno molti edifici dai muri di pietra di un bianco abbagliante. C'è un sole spietato. Faccio per avvicinarmi alle grandi pietre del Muro – un tale mi ferma e mi mette in mano una *kippah* di cartoncino nero. Vado a mettermi vicino al Muro, guardo le fessure fra le pietre. Un bigliettino mi svolazza tra i piedi. Lo raccolgo, lo leggo: è una cocente preghiera per un marito che ha tradito la moglie. Me lo metto in tasca. Sono istupidito dal caldo e dall'incessante mormorio di preghiere che mi circonda. Uno si lamenta ad alta voce, un altro grida. Mi viene un'idea pazzesca: che quegli ortodossi l'abbiano ammazzato e che poi abbiano presa la macchina.

Mi allontano, sempre con quella *kippah* di carta in testa. Mi faccio strada controcorrente in quella fiumana selvaggia di gente che arriva da tutte le parti. Raggiungo la Città Nuova, trovo un telefono pubblico, chiamo Asya.

– Sono a Gerusalemme.

– L'hai trovato?

Cosí, direttamente, senza preamboli. Mi si stringe il cuore.

– Non ancora, ma credo d'essere sulle sue tracce.

– Vuoi che ti raggiunga...

– No... non ancora...

Torno ai quartieri ortodossi. Passo in rassegna le strade, faccio un gran giro. C'è molto movimento: si chiudono i negozi, la gente va in giro in pantofole, come se fosse un giorno di festa – ma non è giorno di festa, oggi. Verso sera mi trovo di nuovo vicino a quel piccolo ristorante. Entro. Non c'è nessuno. Sui tavoli hanno messo le sedie capovolte. Mi siedo a un tavolo. Il padrone sbuca dal retrobottega, è molto stupito di vedermi lí.

– Ancora non l'ha trovato?

– No...

Lui tace, è imbarazzato.

– Vorrei cenare... potrei avere ancora lo stesso di oggi a mezzogiorno...?

Lui guarda l'orologio, esita. Poi va in cucina e mi porta un piatto colmo e una fetta di pane. Comincio a mangiare come un sonnambulo, la testa mi cade sul tavolo. Lui mi tocca.

– Mi scusi signore, ma bisogna che faccia presto... sta per cominciare il digiuno...

– Digiuno?

– Domani è il 9 del mese di Av... e comincia a farsi tardi...

– Il 9 Av? Domani?

– Il signore ha dimenticato... che facciamo digiuno in memoria della distruzione del Tempio?

– Sí, l'ho dimenticato...

– Gliel'hanno fatto dimenticare...

Mi tocco la testa, m'accorgo che porto ancora la *kippah*, mi s'è appiccicata ai capelli. Me la tolgo, poi me la rimetto e continuo a mangiare, ma gli occhi mi si chiudono di nuovo. Da tempo non avevo addosso una tale stanchezza.

– Il signore vorrebbe dormire...?

Faccio fatica a sentire quello che dice.

È disposto a farmi dormire a casa sua. Salgo le scale. Sono le sei di sera, la luce va scemando. L'appartamento è pieno di bambini dai capelli biondi. Per farmi posto, lui li fa sgomberare da una delle stanze. Va a prendere un lenzuolo pulito, ma io mi sono già sdraiato, cosí come sono, sul copriletto di seta slavata. Cerca di farmi alzare, mi tocca, ma io non mi muovo.

M'addormento prima che faccia buio, un sonno irrequieto: sento le voci dalla strada, il chiacchiericcio dei bambini, vedo che viene notte. Dalla sinagoga vicina vengono voci di preghiere.

Mi sveglio verso mezzanotte. In casa è acceso un lumino, c'è gente che parla, voci di bambini. Vado in corridoio, ho gli abiti tutti spiegazzati. Una donna giovane e bella è seduta sul pavimento e legge sottovoce le *Lamentazioni di Geremia*. Senza interrompere la preghiera, mi indica il gabinetto. Apro il rubinetto, bevo un po' d'acqua.

Probabilmente il marito è andato in sinagoga. Mi fermo nel

corridoio, aspetto che abbia finito la preghiera, ma lei non alza gli occhi dal libro. Tiro fuori un biglietto da cento, lo metto sul canterano. Lei fa segno di no con la testa, non è il caso. Le dico sottovoce: – Lo dia a qualcuno che ne ha bisogno –. Me ne vado.

Riprendo le ricerche – ormai mi vado svegliando. Le strade sono piene di ortodossi, vanno da una sinagoga all'altra. Mi sono già accorto che hanno un che d'irrequieto, sono sempre in movimento. Torno a rastrellare le strade, esamino ogni macchina che incontro. Ero stato talmente sicuro che stavolta l'avrei trovata. Questa mia ricerca ostinata comincia ad avere l'aria di una pazzia.

Verso le tre del mattino tutto il quartiere si calma. Le sinagoghe sono silenziose, per strada non c'è piú nessuno. Io comincio ad entrare nei cortili delle case, nei grandi cortili interni delle scuole talmudiche, esamino una macchina dopo l'altra. Finalmente, alle quattro, la trovo. È parcheggiata in un angolo. Il motore è ancora caldo, a quanto pare è tornata da poco da un viaggio. Manca il parafango anteriore. Con l'unghia, gratto via un po' di vernice da una delle porte. Al chiarore della notte serena non ci metto molto a scoprire il colore celeste originale. Dentro la macchina vedo un gran cappello nero e dei giornali. Forzo il finestrino col piccolo cacciavite che porto sempre con me. Cerco qualche traccia di lui, ma non trovo nulla. Dal contachilometri risulta che la macchina ha fatto migliaia di chilometri. Mi trovo un riparo lí vicino e mi siedo ad aspettare.

Alle prime luci dell'alba gli ortodossi cominciano a sbucare dalle case. Dalle sinagoghe vengono nenie tristi, monotone. Da lontano si sente un suono di campane. Alle cinque e mezza arriva un gruppetto di ragazzi che chiacchierano animatamente fra di loro, si mettono ad aspettare accanto alla Morris. Dopo qualche minuto si avvicina lentamente un ortodosso con lunghi cernecchi, una sigaretta all'angolo della bocca, si ferma accanto alla macchina, passa la mano su quel posto dove manca il parafango.

L'amante, che non ha piú l'aspetto d'un amante.

Esco dal mio nascondiglio, m'avvicino. Lui mi vede, fa un sorrisetto triste, come se volesse scusarsi. Guardo quel viso cosí cambiato, i cernecchi neri. È molto ingrassato, un ventre fiacco gli pende sotto la cintura.

– Shalom...

Emana un leggero odore di cipolla.

Gli metto una mano sulla spalla.

– Dunque non c'è poi arrivato, al fronte...

GABRIEL

E invece ci sono proprio arrivato, al fronte. Dopo meno di ventiquattro ore da quando m'avevate spedito via mi trovavo già nel sud, in mezzo al deserto. Mi ci hanno mandato a gran velocità – non perché avessero bisogno di me, ma perché volevano farmi ammazzare. Dico e ripeto: volevano farmi ammazzare, cosí, senza che ci fosse una ragione: la guerra non c'entrava per niente. E ci sono riusciti. Perché quella che vedete qui non è piú la stessa persona.

Credevo che si trattasse di una semplice formalità. Che potevano farsene di me, in quella guerra? Pensavo di presentarmi in qualche ufficio e dire: eccomi qua, potete segnarmi nelle liste dei presenti. Non potrete dire che non mi sono mostrato solidale in quest'ora grave. Non ho intenzione di prendere parte alle vittorie e ancora meno alle sconfitte, ma se ci tenete tanto alla mia presenza sono disposto a montare la guardia per qualche giorno a un blocco stradale o far da piantone a qualche ufficio. Se volete, posso anche caricare e scaricare del materiale. Un gesto simbolico, per la Storia, come si usa dire...

E non pensavo che qualcuno m'avrebbe accalappiato di sorpresa e mandato direttamente in prima linea. Ripeto: volevano semplicemente ammazzarmi.

In principio le cose sono andate a rilento; prima che riuscissi a trovare il campo militare era già mezzogiorno. Ho parcheggiato la macchina sullo spiazzo davanti al campo e sono andato a cercare il cancello. Però non c'era cancello – c'era soltanto una rete tutta strappata e calpestata, e nel campo regnava una confusione terribile. Gente che correva da una baracca all'altra, macchine che sfrecciavano da tutte le parti – ma dietro quella maschera di attività febbrile traspariva una strana fiacca, come se lí dentro serpeggiasse un veleno nascosto. La colonna vertebrale era incrinata. Chiedevi qualcosa alle impiegate e t'accorgevi che non ascoltavano quello che dicevi, erano distratte. La voce della radio t'inseguiva dovunque ti trovassi, ma non diceva mai niente di nuovo. Anche le vecchie canzoni, le marce militari, non avevano piú mordente, erano diventate insulse.

Naturalmente mi sono accorto subito che non sapevano che farsene di me. Avevo il passaporto, ma nessun altro documento che potesse dare loro un'indicazione. Mi hanno mandato da una baracca all'altra, e infine alla centrale del computer, nella speranza che quello sputasse fuori qualcosa. E infatti ha sputato qualcosa, che però non riguardava me, bensí un mio omonimo: un uomo anziano, che poteva avere cinquantacinque anni e che abitava a Dimona – chissà, forse un mio parente.

Hanno finito per spedirmi a quella baracchetta in fondo al campo, dove si occupavano di tutti i casi complicati. C'erano soprattutto cittadini israeliani che erano appena arrivati dall'estero, che avevano ancora con sé le borse da viaggio multicolori. Si erano messi a sedere sul praticello striminzito che c'era lí davanti. Una soldatessa dai capelli rossi, bruttina e tozza, che si faceva dare i passaporti, ha ritirato anche il mio.

E cosí abbiamo aspettato.

La maggior parte di quelli che aspettavano con me erano israeliani che rimpatriavano, e quando hanno sentito che non ero stato in Israele per piú di dieci anni, hanno cominciato a guardarmi con altri occhi: credevano che fossi rientrato a causa della guerra, che venivo per combattere. A me non importava: pensassero pure cosí, che anche dopo tanti anni di lontananza uno rimanga israeliano. Se serviva a tirargli su il morale.

Di tanto in tanto spuntava la rossa, chiamava qualcuno di noi, lo faceva entrare nella baracca, e dopo un po' quello usciva col foglietto dell'ordine di marcia. In principio ci trattavano quasi come dei rompiscatole, come se ci facessero un favore a prenderci, a cercare qualche unità alla quale potessimo aggregarci. Sembrava che fosse fatica sprecata, perché la guerra stava già per finire. Ma verso sera, col calare della luce, c'è stato un cambiamento, l'attività ha preso un ritmo diverso. D'un tratto eravamo diventati importanti, ogni uomo contava, i reparti erano decimati. Dalla radio saliva un odore di morte. Tra le righe, dietro le parole d'ordine, dietro i resoconti confusi, si capiva che c'era qualcosa che non andava.

Pian piano il gruppo intorno a me si diradava. Gente che era arrivata dopo di me veniva chiamata e spedita via, mentre il mio caso pareva che non fosse ancora stato chiarito. Avevo fame. Dopo quella fetta di pane che m'avevate dato al mattino non avevo piú mangiato nulla. Cominciavo ad averne abbastanza d'aspettare. Ad un certo punto sono entrato nell'ufficio ed ho chiesto alla rossa: – E allora, che ne fate di me?

Lei mi dice: – Bisogna che aspetti ancora, non riusciamo a trovare nessun dato su di lei.

– Forse posso tornare domani.

– No, no, deve aspettare.

– Dov'è il mio passaporto?

– Perché?

– Mi lasci almeno andare a cercare qualcosa da mettere sotto i denti...

– No. Non se ne vada... non ci faccia difficoltà...

Verso l'imbrunire è arrivato al campo un nuovo gruppo di ufficiali. Non sapevo che da noi ci fossero degli ufficiali cosí anziani: uomini dai capelli bianchi, uomini calvi, sulla cinquantina e magari anche sulla sessantina e oltre, in divise che si usavano anni fa, con i nastrini delle medaglie sul petto. Ce n'erano di quelli che zoppicavano, che camminavano aiutandosi col bastone. Capitani, Maggiori e Tenenti-Colonnello, superstiti di passate generazioni. Venivano a salvare il Paese, e dar manforte a quelle impiegate che non sapevano piú che pesci pigliare.

Si sono distribuiti fra le varie baracche. Siccome intanto era venuto buio hanno messo delle coperte alle finestre per fare l'oscuramento. Lí, ai margini del campo, io ero rimasto solo. Anche la radio taceva, e tutt'intorno si sentiva il profumo degli aranceti. Volevo telefonarvi, ma il telefono pubblico che aveva funzionato per tutta la giornata s'era guastato, dappertutto c'era un gran silenzio. Non si sentiva neanche piú il rombo degli aeroplani e degli elicotteri – da lontano, in direzione di Gerusalemme, veniva un suono di sirene d'allarme, come un lamento.

Infine, potevano essere le nove di sera e forse piú tardi, viene la rossa, mi chiama e mi fa entrare in una stanzetta interna di quella baracca. E là m'aspetta un Maggiore alto e magro, sulla cinquantina, calvo come una palla da biliardo, col berretto rosso dei paracadutisti infilato nella spallina. Indossa una divisa ben stirata e sembra freschissimo, emana persino un po' d'odore d'acqua di Colonia.

È lí in piedi, tiene una mano in tasca, nell'altra il mio passaporto. L'impiegata, ormai completamente sfinita, è seduta al tavolino, pare piuttosto imbarazzata per la presenza di quell'ufficiale.

– Lei è arrivato in Israele quattro mesi fa?

– Sí.

Mi parla in tono aggressivo, duro, scandendo le parole.

– Lo sa che avrebbe dovuto presentarsi entro due settimane dal suo rientro?

– Sí...

– Perché non si è presentato?

– Non pensavo che mi sarei fermato... è stato per un caso che mi sono trattenuto...

– Un caso?

Mi s'avvicina di un passo, poi torna indietro. Adesso vedo che dal taschino della giacca gli spunta una minuscola radiolina, e un sottile filo bianco gli va da lí all'orecchio. Mentre parla con me, continua ad ascoltare il notiziario alla radio.

– Per quanto tempo è rimasto all'estero?

– Per dodici anni, circa.

– E non è mai tornato, nel frattempo?

– No...

– Non le importava di quello che stava succedendo qui?

Gli ho fatto un sorriso. Che potevo rispondere a una domanda come quella?

– Leggevo i giornali...

– I giornali... – ripete lui, con un tono di scherno. Ho visto che gli saliva dentro una rabbia confusa, pericolosa.

– In pratica lei sarebbe uno che ha lasciato il paese...

– No... – comincio a balbettare, frastornato da tutte quelle domande, – solo che non potevo tornare... – Mi fermo un momento, e poi aggiungo a bassa voce, non so perché: – Sono stato anche malato.

– Che malattia ha avuto? – m'interrompe lui, bruscamente, con un tono velenoso che non riesco a spiegarmi.

– Il nome non le direbbe nulla...

Tace un momento, mi guarda fisso, dà un'occhiata alla soldatessa che è seduta imbambolata con davanti il foglio bianco e non sa che cosa deve scrivere; e intanto continua ad ascoltare le voci della radiolina che gli giungono all'orecchio – forse una notizia importante. Si fa scuro in viso.

– È guarito, adesso?

– Sí.

– E perché non s'è presentato in tempo?

– Gliel'ho già detto. Non pensavo di fermarmi.

– Però s'è fermato.

– Sí...

– Allora avrà trovato qualcosa che le è piaciuto...

C'era qualcosa di ambiguo in quelle domande, come se volesse provocarmi.

– No... cioè... non è stato per quello... era che aspettavo che morisse mia nonna...

– Cosa???

Mi si avvicina, come se non credesse alle sue orecchie. Allora ho visto che sul collo aveva una brutta cicatrice. Anche la mano che teneva in tasca era paralizzata o morta, o forse era una protesi.

– Mia nonna ha avuto una paralisi... ha perso conoscenza... è per quello che sono tornato...

Da quel momento ha cominciato a farmi un interrogatorio serrato, sembrava che volesse preparare un atto d'accusa senza sapere ancora qual era il delitto. Andava a tentoni, cercava in tutte le direzioni. Eravamo uno di fronte all'altro. Sembrava un gatto selvaggio, pronto a balzarmi addosso, ma all'ultimo momento si fermava. La rossa stava ad ascoltare, sembrava ipnotizzata. Scriveva coscienziosamente, a matita, su quel modulo militare, tutti quei dettagli intimi che andavano ammucchiandosi, dettagli che non avevano proprio nulla a che fare con le forze armate.

Ma lui, pieno d'energia da far paura, in quella stanzetta soffocante, con le vecchie coperte militari appese alle finestre che ci isolavano dal mondo, continuava l'interrogatorio, e contemporaneamente ascoltava il notiziario della radio che gli entrava nel cranio in silenzio. Continuava a strapparmi particolari che si mescolavano alle gravi notizie della radio e che lo facevano infuriare sempre di piú. Per esempio: che la mia famiglia risiedeva nel paese da ben quattro generazioni. E io continuavo a raccontare di me – degli anni che avevo passato a Parigi, degli anni precedenti, della mia famiglia che si era sparsa ai quattro venti, di mio padre che era sparito, degli studi che avevo cominciato – un anno qua, un semestre là, nulla di definito, nulla che sia stato portato a termine. Mi sono visto davanti tutta la mia solitudine, la mia vita disordinata. Ho accennato persino alla macchina, anche se non ne avevo avuto l'intenzione. Solo di voi non ho parlato, non ho fatto neanche una parola. Come se vi avessi cancellato, come se voi non aveste avuto nessun peso. Anche se non mi sarebbe importato di mettere anche voi nelle sue mani.

E lui mi stava a sentire con estrema attenzione, assorbiva i piú piccoli particolari con una strana voluttà quasi maniacale, ma era una mania diversa dalla mia.

Quando quell'interrogatorio è terminato mi sono sentito molto calmo. Lui ha preso le carte che la rossa aveva riempito di una calligrafia rotonda, infantile, e ha riletto tutto da capo.

– A rigore, dovrebbero portarla davanti a un tribunale, ma adesso non c'è tempo per questo. Faremo i conti dopo la guerra, quando avremo vinto. Per ora dobbiamo arruolarla. A causa di persone come lei abbiamo cosí poca gente al fronte...

Credevo che scherzasse, ma la soldatessa riempie in fretta i moduli: l'ordine di marcia, i moduli per il magazzino e per l'armeria.

– A chi dobbiamo notificare in caso di una disgrazia? – mi chiede.

Esito un momento, e poi le do l'indirizzo della mia portinaia di Parigi.

Pensavo che finalmente mi sarei liberato di quello lí, ma lui non accennava a lasciarmi andare. Prende i miei moduli e m'accompagna al magazzino. Sono quasi le undici, il campo è silenzioso. Il magazzino è buio e sprangato. Penso: dovranno rimandare la faccenda perlomeno fino a domani. Ma lui non ha idea di rinunciare. Comincia a cercare il magazziniere, va da un posto all'altro, e io dietro. Vedo che anche con gli altri ha gli stessi modi autoritari, di comando. Infine scopre il magazziniere seduto al buio nel locale di ritrovo dei soldati, davanti al televisore acceso. Lo chiama: è un soldato scuro, basso, dall'aspetto un po' stolido. Prima di tutto l'ufficiale gli chiede il nome e il numero di matricola, per sporgere denuncia. Quello rimane di sasso, cerca di giustificarsi, ma l'ufficiale lo zittisce brutalmente.

Torniamo al magazzino. Il soldato, arrabbiato e nervoso per quella denuncia che l'aspetta, comincia a tirar fuori i capi dell'equipaggiamento e me li getta davanti.

– Ti farò vedere io... – sibila l'ufficiale, che ancora non accenna a calmarsi, ma intanto bada che non manchi nulla al mio equipaggiamento: cinturone, cinghie, giberne, tre zaini, un telo da tenda, paletti e pioli, cinque coperte. Al vedere quella montagna di roba di cui non so cosa fare, accatastarsi sul pavimento lurido, rimango esterrefatto. Lui è sempre al mio fianco, diritto come un palo. La luce fioca si riflette sul suo cranio calvo.

Sono preso dalla disperazione.

– Non mi occorrono cinque coperte... Me ne bastano due. Siamo in estate, in autunno, non so... ma non fa freddo...

– E che cosa farà in inverno?

– In inverno? – mi viene da ridere. – Che inverno? A quell'ora sarò ben lontano da qui.

– Questo lo pensa lei, – sibila fra i denti, senza neanche

guardarmi, con disprezzo, come se continuasse ad accumulare prove contro di me.

E intanto il magazziniere, taciturno e ingrugnito, butta sul mucchio due gavette di latta, polverose e unte, e una baionetta.

– Una baionetta? E che me ne faccio di una baionetta? – scoppio in una risata isterica. – Fate la guerra coi missili, e a me date una baionetta.

Neanche mi risponde. Si china su quella baionetta, la raccoglie, se la mette fra le ginocchia, la estrae dal fodero, passa un dito sulla lama. Qualche gocciolina d'olio nero gli rimane sul dito. Lui l'annusa con disgusto, si pulisce il dito su una delle coperte, rimette la baionetta nel fodero e la getta sul mucchio.

Firmo la lunghissima lista, due o tre fogli. Ogni volta mi dimentico il mio numero di matricola e devo controllare sull'ordine di marcia, ma lui già lo sa a memoria e mi corregge, con tono sprezzante.

Alla fine faccio di tutto un fagotto enorme. Il magazziniere m'aiuta a legare le cocche della coperta, e lui ci torreggia sopra e impartisce consigli. Il magazziniere mi carica il fagotto sulle spalle, e noi torniamo a uscire nel buio. È quasi mezzanotte. Io cammino barcollando sotto il peso, e lui mi precede, calvo, magro, diritto, la mano morta nella tasca. La radiolina continua a trasmettergli notizie all'orecchio, e lui si trascina dietro il suo soldato personale.

Mi conduce all'armeria. Ormai stavo per crollare, la fame s'era trasformata in nausea, in voglia di vomitare quello che non avevo mangiato, avevo in bocca un sapore acido. Per poco non sono scoppiato in lacrime. Davanti all'armeria cado per terra e tutto il mio ciarpame si sparpaglia intorno.

L'armeria è aperta e illuminata, c'è gente che fa la fila, per lo piú ufficiali che si fanno dare rivoltelle o mitra. Lui aggira la fila, va all'interno e si mette ad esaminare le rastrelliere con i fucili e le mitragliatrici, come se fosse roba sua. Infine mi chiama a firmare una ricevuta per un bazooka e per due cassette portabombe.

– Ma io non ho mai maneggiato una di queste... – gli dico sottovoce, per paura d'irritarlo.

– Lo so, – mi dice dolcemente, con un sorriso, tutto soddisfatto della brillante idea d'affibbiarmi un bazooka.

Ormai ero carico di una tale quantità di roba, che non potevo piú muovermi. Ma lui non intendeva che mi muovessi.

– Si metta a posto il cinturone e le giberne. Io vado a cercare una macchina che ci porti giú al fronte.

È stato allora che ho capito, che ho captato un segnale d'allarme da quell'ufficiale anziano, che ancora emanava un leggero profumo d'acqua di Colonia.

– Lei ha deciso d'uccidermi, – gli dico d'un tratto, sottovoce.

Lui sorride.

– Non ha ancora sentito il rumore d'una fucilata, e già parla di morire.

Ma io m'impunto. Sconvolto, torno a dire: – Lei vuole uccidermi.

Ora non sorride piú. Mi dice seccamente: – Prepari la sua roba.

Ma io non mi muovo. Sento che qualcosa mi s'è spezzato dentro. Stavolta mi ribello.

– È da mezzogiorno che non mangio. Se non mi metto qualcosa nello stomaco, vado a pezzi. Comincio già a vederci doppio.

Lui tace, non batte ciglio, ha sempre lo stesso sguardo arrogante. Infila la mano buona nel tascapane che porta a tracolla, ne tira fuori due uova sode e me le porge.

E all'una di notte ero sdraiato per terra sotto il cielo stellato, già in divisa e con gli scarponi. L'aria andava raffreddandosi, e io sonnecchiavo, la testa sullo zaino dove avevo ficcato le coperte e i miei abiti da civile. Tenevo i piedi poggiati sopra il bazooka e tutt'intorno erano sparsi gusci d'uovo. Senza l'aiuto silenzioso della rossa che ha avuto compassione di me, non sarei certo riuscito ad aggiustarmi da solo le fibbie del cinturone, sulle quali si vedevano ancora tracce di sangue. Anche lei era perseguitata incessantemente da quell'ufficiale che continuava a spararle ordini e la faceva correre da un capo all'altro del campo. Io lo vedevo passare come un'ombra, come in sogno. Stava cercando invano una macchina che ci portasse al sud, nel deserto.

Alle due del mattino, non avendo trovato altra soluzione, s'è ricordato della mia macchina e ha deciso di arruolare anche quella.

Sono saltato su, teso come una molla.

– Ma quella macchina non è neanche mia...

– E allora che gliene importa?

Manda subito a prendere altri moduli. M'ero già accorto che lui non esitava ad assumere responsabilità, che firmava qualsiasi documento senza riflettere. Mi dà un bigliettino di ricevuta e si fa dare le chiavi.

– Dopo la guerra, se torna, riavrà quello che resta della macchina.

E va lui stesso a prenderla dallo spiazzo dove l'avevo lasciata. Anche se è vecchia, gli piace a prima vista. Ne prende possesso, alza il coperchio del cofano, controlla l'olio e l'acqua, dà un calcio alle ruote – è in piena forma. Manda la soldatessa, che ormai è tutta rattrappita per la stanchezza, a cercare un pennello e della vernice nera per fare l'oscuramento ai fanali. E quella, sempre efficiente, arriva con una lattina di vernice, che lui comincia subito a spalmare sui fari anteriori e sui fanalini posteriori, con evidente soddisfazione. Imbottisce ben bene il sedile del guidatore, l'allontana un po' dal volante per far posto alle sue lunghe gambe, e poi rimane lí a guardare come io carico tutto il mio equipaggiamento sul sedile posteriore.

Guidava con una mano sola, ma da esperto. Non avevo mai visto un guidatore talmente appassionato, pareva che facesse l'amore con la macchina, con la strada. Sorpassava le altre macchine da sinistra a destra, destreggiandosi abilmente, al buio, in quella luce fioca, quasi inesistente, dei fari oscurati. Filava in mezzo a colonne di autocarri pesanti che trasportavano carri armati e munizioni. Nelle sue mani la Morris pareva un'altra. Io ero seduto accanto a lui, esausto, come se fossi in guerra già da parecchi giorni, guardavo la testa a forma di cetriolo del mio Maggiore privato che continuava ad assorbire notizie. Ogni tanto il volto gli si contraeva in una smorfia.

– Che succede laggiú? – gli chiedo.

– Si combatte, – risponde lui, laconicamente.

– Ma come vanno le cose?

– È dura.

– Ma adesso... che cosa sta succedendo?

– Tra poco vedrà lei stesso, – dice, cercando di mettere fine alle mie domande.

– Ci hanno sistemati?

– Adesso anche lei comincia a piagnucolare? Basta, cerchi di dormire un po'.

Mi sento terribilmente solo. L'idea che sto per andare in guerra. Appoggio la testa al finestrino, guardo i campi; la vegetazione ormai è secca, bruciata dal sole. Il sudore mi s'è asciugato addosso. Mi riempio i polmoni di quell'aria fresca, autunnale e pian piano m'addormento, cullato dal ronzio del motore. E sogno che mi stanno portando a casa, a Parigi. A tarda notte cammino per le strade affollate, vicino alla Senna, passo per i vicoletti, tra i bistrot illuminati, le bancarelle dove vendono le castagne, scendo alla stazione Odeon della metropolitana. Sento vividamente l'odore della stazione: un odore dolciastro di corrente elettrica, misto all'odore della folla che è passata oggi per quelle gallerie. M'aggiro per il marciapiede deserto, illuminato a giorno dai neon; da lontane stazioni mi giunge il rombo dei treni che vengono e ripartono. Ecco che arriva il treno: io salgo subito nella vettura rossa di prima classe, come se qualcuno mi ci avesse spinto. Fra i pochi passeggeri che sono seduti là dentro riconosco subito la nonna. È seduta in un angolo, ha sulle ginocchia un cestino con dei croissant croccanti, dorati, appena sfornati. Li sta mangiando delicatamente, raccoglie le briciole che si spargono sul vestito ricamato, il suo vecchio vestito della festa. Io sono immensamente felice per questo incontro. Finalmente ha ripreso conoscenza. Mi siedo accanto a lei. So bene che non può riconoscermi subito, e perciò le dico a bassa voce, con un sorriso, per non spaventarla troppo: – Ciao, nonna –. Lei smette di mangiare, si volta, mi fa un sorriso distratto. In un lampo intuisco che ha già distribuito l'eredità, che è fuggita, che si trova a Parigi in incognito. – Ciao, nonna, – torno a dirle, ma lei, un po' spaventata, mormora *pardon*, come se non capisse l'ebraico. Decido di passare al francese, ma m'accorgo di averlo dimenticato, non ricordo neanche le parole piú semplici. Ho una voglia matta di prendere uno di quei croissant dorati. Di nuovo, quasi disperato, le dico: – Ciao, nonna. Non ti ricordi di me? Sono Gabriel –. Lei smette di mangiare, sembra un po' impaurita, ma è chiaro che non ha capito quello che le ho detto. La mia lingua le è completamente ignota. Il treno comincia a rallentare, sta per entrare in stazione. Guardo i cartelli: ancora Odeon – la stazione dalla quale siamo partiti.

Lei si alza in fretta, ripone i croissant nel cestino. Le porte automatiche si aprono, lei scende sul marciapiede, cerca di sfuggirmi. Ma c'è solo poca gente, e io le rimango alle calcagna, non voglio lasciarla, aspetto che mi torni in mente il francese. Le apro le porte di vetro della stazione, salgo le scale, le apro il cancelletto di ferro, e lei sorride fra sé e sé, un sorrisetto da vecchia, carico di compassione. Continua a mormorare *merci, merci*, senza capire che cosa voglia da lei. Usciamo in strada, è già l'alba – Parigi all'alba, umida e nebbiosa, come se avessimo viaggiato in metropolitana per tutta la notte.

Accanto al marciapiede è posteggiata la Morris celeste, proprio lei, con i fari oscurati – hanno solo sostituito il numero di targa israeliano con uno francese. La nonna fruga nella sua borsetta per cercare le chiavi. Io le sto davanti, aspetto ancora che mi torni in mente il francese, cerco una parola per ristabilire i contatti. Ho molta fame, la saliva mi cola dagli angoli della bocca. Lei apre la porta della macchina, mette il cestino dei croissant sul sedile accanto a lei, si siede al volante. È chiaro che ha fretta di liberarsi di me, fa un sorriso imbarazzato, come una ragazza che venga importunata per la strada. Torna a dire *merci* e avvia il motore. Io cerco di trattenere la macchina che già comincia a muoversi; sono terrorizzato all'idea di perderla di nuovo, metto la testa nel finestrino, l'appoggio all'intelaiatura, dico: – Un momento... un momento... – e mi sembra che la mia testa se ne vada da sola.

Ho la testa appoggiata all'intelaiatura del finestrino, mezza fuori. Il cielo comincia a schiarirsi. Attorno non ci sono piú campi, bensí dune di sabbia, palmizi e case arabe, bianche. Siamo fermi, col motore spento, incagliati in mezzo a un mastodontico convoglio che si snoda su due colonne: camion, autoblinde, jeep, camionette e macchine private. Un brulicare di gente. L'ufficiale è sceso, sta ripulendo il parabrezza dalla rugiada del mattino. Non sembra stanco dopo aver guidato tutta la notte, ha soltanto gli occhi un po' arrossati. Voglio alzarmi, scendere, ma qualcosa mi trattiene. M'accorgo che mentre dormivo lui m'ha legato al sedile con la cinghia del cinturone. Mi s'avvicina per liberarmi.

– Mentre dormiva, lei continuava a dibattersi... mi cadeva sul volante.

Scendo dalla macchina. Ho gli abiti spiegazzati, il freddo mi fa tremare. Mi metto accanto a lui. Lo stomaco mi si rivolta per la fame. È già il terzo giorno di guerra, e non ho idea di quello che succede. Sono già passate dieci ore da quando ho sentito l'ultimo notiziario. Guardo l'auricolare infilato nel suo orecchio.

Questa crudeltà di lasciarmi senza notizie.

– Che dicono adesso?

– Niente. C'è solo musica.

– Dove siamo?

– Vicino a Rafiah.

– Ma che succede? Che c'è di nuovo?

– Niente.

– Come andrà a finire?

– Li faremo a pezzi.

Quelle risposte laconiche, quella sicumera. Quel suo guardare lontano, oltre l'orizzonte, passa in rivista l'immensa colonna di macchine, come se lui ne fosse il comandante. Ora che sapevo di essere nelle sue mani avrei voluto almeno sapere qualcosa su di lui, scalfire quel suo guscio di superbia.

– Mi scusi, – gli dico con un sorrisetto, – non so ancora il suo nome...

Mi dà un'occhiata rabbiosa.

– Per che cosa le serve?

– Cosí...

– Mi può chiamare Shahar.

– Shahar... e qual è la sua professione... voglio dire nella vita civile...

Aveva l'aria seccata.

– Perché le interessa?

– Cosí... mi piacerebbe sapere.

– Mi occupo d'educazione.

Per poco non cadevo in terra.

– Educazione? Che tipo d'educazione?

– Educazione speciale, in un istituto per delinquenti giovanili.

– Davvero? Dev'essere un lavoro interessante...

Ma lui non dà segno di voler continuare la conversazione e cosí come si trova, davanti a me, si sbottona i pantaloni, tira fuori il membro, grosso e rigido, e piscia diritto davanti a sé, sulla terra arida, ben fermo sulle gambe larghe. Qualche gocciolina m'arriva sulle scarpe.

Dal camion fermo davanti a noi, carico di soldati, gli inviano frizzi e risate – quel suo fare disinibito attira l'attenzione. Ma lui non si scompone: col membro sempre in bella mostra accetta la loro sfida, alza la mano e fa un cenno di saluto.

E nel gran salone della mensa militare di Rafiah, senza accorgermi di nulla, sono svenuto. Cosí, in mezzo al trambusto di quelli che si affollano intorno al banco, tra il vociferare delle radio, davanti ai vassoi di panini imbottiti e alle confezioni di bibite in sacchetti di plastica che vanno a ruba, tra l'odore dei cibi; dapprima lascio cadere il bazooka, e poi cado anch'io. Lui, forse per paura che mi portino via, si affretta a lasciare il gruppo di ufficiali ai quali sta tenendo un discorso, mi tira su e mi trascina fuori, mi porta sotto un rubinetto d'acqua, mi depone in una pozzanghera fangosa e dirige il getto d'acqua sulla mia faccia. Lo sento che dice ai soldati che l'attorniano: – È la paura, – e cerca di farli allontanare.

Invece era la fame. Quando mi riprendo, pallido, seduto per terra, coi capelli infangati, glielo dico: – È soltanto la fame. Ho provato a spiegarle che ieri sera...

E lui di nuovo tira fuori due uova sode da quel suo tascapane gonfio e me le dà.

A mezzogiorno mi aveva già portato in mezzo al deserto del Sinai. Non credevo che ci saremmo arrivati. La piccola Morris marciava a meraviglia. Lei, Adam, ha fatto proprio un lavoro d'artista. Il motore s'avvia al primo colpo. Quella vecchia carcassa gli ubbidiva alla perfezione, forse aveva ipnotizzata anche lei: filava a cento all'ora.

Lungo la strada c'erano posti di blocco della polizia militare, e lí cercavano di fermare ogni specie di avventurieri che erano attirati dalla guerra. Ma lui li metteva tutti nel sacco, faceva come se non li vedesse, sgusciava attraverso senza fermarsi. E se proprio si ostinavano a inseguirci, si fermava a qualche distanza dal blocco, si sfilava dalla piccola Morris come una lama lunga e sottile e rimaneva lí in piedi, col suo berretto rosso da paracadutista, con i nastrini delle decorazioni sul petto, ad aspettare il poliziotto militare che arrivava di corsa, col fiato corto, pronto a sputare ingiurie, e gli diceva con calma:

– C'è qualcosa che non va?

E quello si ritirava.

Ma a Refidim ci hanno fermati. Di là non lasciavano passare nessuno. Da lontano si sentivano già gli echi delle cannonate: dei rombi sordi, che pareva venissero dal ventre della terra, e gli urli dei motori degli aerei. Ci dirigono verso il parcheggio, che è pieno di macchine private, come se fosse davanti a una sala da concerti o a uno stadio calcistico. La gente correva alla guerra come a uno spettacolo grandioso. Lui mi ordina di scaricare la mia roba. Mi metto i finimenti, l'elmetto in testa, prendo il bazooka e lo seguo alla ricerca di un'unità che mi prenda in forza.

Camminiamo in una nube di polvere. Autoblinde e carri armati correvano da tutte le parti. E il popolo affondava nella sabbia – qui è stata la sua culla e qui sarà la sua tomba. Anche frammezzo a tutto quel viavai attiravamo l'attenzione: quel maggiore dal braccio monco, tutto arrossato dal sole, col cranio lucido di sudore, che guidava il suo soldato personale come se guidasse tutto un reggimento – e io, carico di roba, che gli andavo dietro come se fossi legato a un filo invisibile. La gente si fermava un momento a guardarci.

Infine arriviamo vicino ad alcune autoblinde ferme sul bordo della strada. Lui chiede del comandante, e gli mostrano un ragazzino magro e basso, che si sta preparando un caffè su un fuocherello da campo.

– Quando ripartite...

– Tra poco.

– Non vi manca un bazookista?

– Un bazookista? Non credo... – dice quello, stupito.

Ma l'ufficiale non molla.

– Vuol dire che la sua unità è proprio al completo?

– In che senso... – dice il giovane, confuso.

– Allora prenda in forza questo qui, – dice il Maggiore, indicando me.

– Ma... chi è questo?...

– Senza «ma»... questo è un ordine, – l'interrompe lui, e mi fa segno di salire sull'autoblinda vicina.

Mi scarico il bagaglio di dosso e comincio a passarlo ai soldati che lo gettano nell'autoblinda. La quantità enorme di roba che mi sono portato dietro suscita la loro ilarità. Infine mi dànno una mano e issano anche me su quel veicolo di ferro che scotta perché è rimasto fermo al sole per molto tempo. Intanto il Maggiore segna su un taccuino il nome del comandante e il numero dell'unità, e poi va davanti all'autoblinda e segna anche il numero di targa, per assicurarsi che io sia stato assorbito dall'ingranaggio fino in fondo, che tutte le vie di scampo mi siano precluse. E infine si fa firmare una ricevuta dal comandante, come se gli avesse consegnato un oggetto.

I soldati intorno erano completamente sbalorditi.

– Badate a farlo combattere come si deve, – li esorta, – è rimasto all'estero per dieci anni... voleva scappare.

Loro mi guardano.

– Ma sei matto? – mi sussurra uno, – proprio adesso dovevi tornare?

Non ho neanche risposto. Ho solo chiesto se non avevano un pezzo di pane o qualcosa del genere. M'hanno dato una grossa fetta di torta, una torta dolce, buonissima, che ho addentato subito con voracità selvaggia. Mi venivano le lacrime agli occhi, ma mi sentivo meglio – forse era per quella torta fatta in casa, e forse perché finalmente m'ero liberato di lui. Stavo in

piedi sull'autoblinda, in mezzo a tutto l'equipaggio, appoggiato
alla fiancata di ferro rovente, masticavo la torta e guardavo da
lontano il Maggiore calvo che era ancora là, con la sua aria arrogante e interrogava il comandante sui piani per l'offensiva.
Quello era tutto confuso, non sapeva che cosa rispondere. Alla
fine il Maggiore, deluso, ha rinunciato. Ma ancora non si deci-
deva ad andarsene, come se gli costasse fatica separarsi da me.
Se ne stava lí tutto solo, si guardava in giro con uno sguardo vacuo, altero. E d'un tratto ho capito la meschinità di quella sua
pazzia e dall'alto dell'autoblinda gli ho fatto un sorriso. Ormai
ero fuori dalle sue grinfie.

E quando poi fa per andarsene, gli grido dietro: – Ehi, Shahar, arrivederci –. Lui volta la testa, mi dà un'ultima occhiata
ancora carica d'odio, poi alza la mano e mi fa un gesto stanco,
un mezzo saluto. Mormora: – Sí, shalom... shalom... – E s'in-
cammina verso la baracca del Comando per quella pista polve-
rosa percorsa in continuazione da carri armati. Per qualche momento lo vedo ancora – la sua andatura regolare, lenta, provo-
cante – e i carri armati che lo schivano con prudenza, da una
parte e dall'altra.

Ero circondato da facce giovani, facce di bambini. Era un
gruppo di soldati dell'esercito regolare, molto affiatati fra di loro. Parevano allegri, aspettavano con ansia d'entrare in battaglia. Avevano la loro scorta di barzellette, che li facevano ridere,
parlavano di gente che non conoscevo. La loro presenza riusciva a calmarmi un po'. Il loro comandante-ragazzino m'ha fatto
venire alla sua jeep, voleva che gli spiegassi con calma chi ero e
come mai ero andato a finire in mano di quel Maggiore. E cosí,
in mezzo al deserto, tra il cicaleccio delle radio da campo e il ru-
moreggiare della folla, ho raccontato di nuovo tutta la mia storia. M'ingarbugliavo in confessioni bizzarre, aggiungevo dettagli superflui – sulla nonna, sull'eredità. Uno si trova di fronte a
un ragazzino taciturno e gli svela tutta la sua vita. Credevo che
forse avrebbe rinunciato a me, che m'avrebbe mandato via. Gli
ho detto che non avevo idea di come si maneggiasse un bazooka, che la guerra non era proprio quello che faceva per me. Ma

mi sono accorto che non intendeva liberarsi di me. Adesso che m'avevano affidato a lui, voleva trovare modo d'impiegarmi. È stato ad ascoltarmi senza dire parola, faceva soltanto un sorriso di tanto in tanto. poi ha chiamato uno dei soldati, un tipo d'intellettuale occhialuto, e gli ha ordinato d'insegnarmi in fretta il funzionamento del bazooka.

Quello m'ha fatto subito coricare per terra, m'ha messo il bazooka in mano e ha cominciato a parlarmi dei mirini, della portata, dei tipi di bombe, del circuito elettrico e cosí via. Io facevo di sí con la testa, ma ascoltavo solo a metà. Ho capito una cosa sola – che la fiammata di rinculo del razzo colpiva quello stesso che sparava. Quel soldato occhialuto tornava a dirmi di stare attento a quella fiammata, pareva che una volta lui stesso fosse rimasto ustionato. A metà di quella strana lezione ci hanno chiamati per il rancio. Hanno aperto una montagna di scatole di conserve, ma io ero il solo ad avere appetito. Si sono un po' meravigliati a vedermi tanto affamato: aprivano una scatoletta dopo l'altra, ne assaggiavano un po' e poi la passavano a me. Si divertivano a vedere come io, mano al cucchiaio, facevo piazza pulita di tutto: fagioli, pompelmi sciroppati, carne in scatola, *halva*, sardine sott'olio, e cetrioli sott'aceto per dessert. Intanto la radiolina che era lí, in mezzo alle scatole, continuava a gracchiare, e cosí ho potuto finalmente sentire tutte le notizie che mi erano state precluse nella giornata precedente. Notizie gravi, oscure, formulate in frasi cariche di neologismi – difensiva, battaglia d'attrito, manovra d'arresto, contenimento, raggruppamento delle forze. Un linguaggio che cercava d'ammorbidire la rovente realtà nella quale ormai mi trovavo.

D'un tratto mi sono sentito solo, terribilmente solo – una sensazione di vuoto. Cercate d'immaginarmi in mezzo a tutto quel tumulto – seduto accanto ai cingoli dell'autoblinda cercando di trovarmi un fazzoletto d'ombra, nel puzzo nauseabondo del carburante bruciato, con i vestiti luridi come se avessi già fatto due guerre, e conscio del fatto che tutto si stava organizzando per farmi morire. Da ogni parte truppe in movimento, carri armati, autoblinde, jeep e cannoni. E il cicaleccio delle trasmittenti, e le gavette unte dei soldati, che sporcavano le mani.

Cominciavo a capire che di lí non sarei uscito vivo, che non c'era via di scampo. Questo popolo è la trappola di se stesso. Avrei voluto scrivervi una cartolina; ma già ci chiamavano, dovevamo prepararci a partire.

Siamo andati avanti di un chilometro o due, in ordine sparso, e poi ci hanno fermati ancora. E siamo rimasti lí ad aspettare per quattro ore, in pieno assetto di guerra, con gli elmetti in testa. Scrutavamo l'orizzonte brumoso, minaccioso, dove si stava svolgendo una battaglia silenziosa, seguivamo con lo sguardo le colonne di fumo che si levavano laggiú, fumo di lontani incendi, che i miei compagni cercavano confusamente d'interpretare. Pian piano il deserto ha cominciato a tingersi di rosso, e sull'orizzonte è fiorito d'improvviso un sole rotondo, come se qualcuno l'avesse sollevato al di sopra del Canale di Suez in fiamme – come se fosse anche lui uno strumento di guerra che prendeva parte alla battaglia. E verso il tramonto, il sole pareva riversarsi su di noi, come se l'avessero bombardato, e tutto – le nostre facce, le autoblinde e le armi che avevamo nelle mani – si è tinto di porpora.

Siamo rimasti là per due giorni, in schieramento di battaglia, come impietriti. Il nostro tempo personale, lineare, si era frantumato. E ci si attaccava addosso, come fango appiccicoso, un altro tipo di tempo – quello collettivo. Tutto accadeva contemporaneamente. Si mangiava e si dormiva, si sentiva la radio e si pisciava, si pulivano le armi e si ascoltava la conferenza di uno studioso che aveva portato un registratore e ci faceva ascoltare della musica moderna. Giocavamo a «Tavola reale», sempre in quel circolo ristretto, saltavamo di corsa sulle autoblinde quando c'era un falso allarme, seguivamo con lo sguardo gli aerei che andavano e tornavano – e in un altro luogo, all'infuori di noi, senza che la cosa ci riguardasse, il sole sorgeva e tramontava, c'erano crepuscoli e notti, mezzogiorni infuocati e mattinate gelide. Noi eravamo già fuori del mondo, in modo che potessero ammazzarci piú facilmente. E io ero doppiamente estraneo, mi chiamavano «l'emigrante ritornato». Mi aggiravo tra quei ragazzi, ascoltavo le loro insulse barzellette, le loro fantasie infantili – e loro non sapevano che farsene di me: era rimasta loro impressa la mia gran fame del primo giorno, continuavano ad offrirmi fette di dolce, biscotti, cioccolato, e io mangiavo accanto alle autoblinde, depresso e avvilito. Una volta, nel cuore della notte, ho tentato di fuggire. Ho preso della carta igienica e mi sono allontanato in direzione delle colline che credevo deserte, ma con mia grande sorpresa ho scoperto che anche là c'erano soldati nostri. Il deserto era pieno di gente.

Infine, lentamente, come se uscissimo da una palude, ci siamo mossi. Eravamo già esausti, con le barbe lunghe. Si andava avanti per un pezzo e ci si fermava, si riprendeva la strada e ci si fermava ancora. Ci si dirigeva verso sud, si risaliva al nord, si girava a oriente e si tornava a prendere la strada di prima. Come se un comandante ubriaco ci desse ordini a distanza. E d'un tratto, senza preavviso, ci piovono addosso le prime granate, e uno di noi rimane ucciso – e cosí per noi comincia la battaglia. Ci buttiamo per terra, ci scaviamo delle buche nella sabbia, risaliamo sulle autoblinde e ripartiamo. Di tanto in tanto facciamo fuoco con tutte le armi che abbiamo su delle sagome gialle che si muovono nella foschia lontana, come in un balletto fantasmagorico. Io non ho sparato. Avevo con me il bazooka, ma le bombe erano stivate sotto uno dei sedili. Sedevo lí, tutto rattrappito, con l'elmetto che mi copriva la faccia, cercavo di trasformarmi in oggetto, in qualcosa di inanimato, privo di volontà, che solo di tanto in tanto gettava un'occhiata al paesaggio intorno, a quel deserto immenso, che non cambiava mai. Invece la nostra unità continuava a cambiare, a sciogliersi e a ricomporsi. Cambiavano i comandanti. Avevamo già perso quel comandante-ragazzino e ce n'avevano dato un altro piú anziano. L'autoblinda si era guastata e ci avevano caricati su un'altra. C'erano cambiamenti continui. Ci affidavano a qualcuno e poi ci aggregavano a qualcun'altro. Ogni tanto ci bombardavano, a lungo o brevemente, e allora nascondevamo la testa nella sabbia. Tuttavia era chiaro che si avanzava. Cercavano di infonderci entusiasmo: finalmente una breccia, la vittoria a portata di mano. Ma era una vittoria dura, amara. Una sera siamo arrivati a un posto di comando piuttosto importante. Dovevamo fare la guardia a un Brigadiere Generale che era seduto lí, attorniato da dieci radiotelefonisti, in una ragnatela di fili e cornette: un uomo stanco, gli occhi come due fessure per le notti bianche che aveva passato. Sollevava una cornetta dopo l'altra e con infinita pazienza, con una lentezza esasperante, con voce assonnata, impartiva ordini a tutto il settore. Siamo rimasti lí tutta la notte. Alle prime luci dell'alba, quando c'è stata una piccola pausa, ho preso coraggio, mi sono avvicinato e gli ho chiesto quando sarebbe finita, secondo lui. Mi ha guardato con un sorriso paterno e poi con lo stesso tono assonnato, lentissimamente, ha cominciato a parlare di una guerra lunga – faccenda di mesi, forse anche di anni. E poi ha sollevato la cornetta di uno degli apparecchi e ha dato ordine di eseguire un piccolo attacco.

I ragazzi intorno a me cominciavano già ad assomigliarmi. Invecchiavano. I capelli diventavano bianchi di polvere, la barba cresceva, il viso si riempiva di rughe, gli occhi s'infossavano per mancanza di sonno. Qua e là si vedevano teste fasciate con bende ormai sporche. In lontananza potevamo già scorgere il luccichio dell'acqua nel Canale. Ci hanno fatto scendere dagli automezzi e ci hanno ordinato di scavarci delle buche, raccomandandosi che fossero ben profonde: una tomba personale per ciascuno.

È stato allora che ho sentito quella nenia. Voci di canto, di preghiera, voci vive, che non venivano dalla radio. Era prima dell'alba, c'era appena un barlume di luce, e noi stavamo tremando di freddo, eravamo imbacuccati nelle coperte, fradici di rugiada. Ci svegliamo e ci vediamo davanti tre tipi vestiti di nero, con barbe e cernecchi, che saltellano, ballano e battono le mani – come un gruppetto di cantanti bene allenati. Ci si avvicinano, ci toccano con mani leggere e calde per scrollarci dal sonno. Sono venuti per tenerci allegri, per ridarci la fede. Li hanno mandati dalla scuola talmudica con l'incarico di passare fra i reparti, distribuire libri di preghiera, *kippot* e piccoli *talledot*, e di convincere i soldati a mettersi i filatteri.

Alcuni di noi si avvicinano, attaccano discorso. Soldati assonnati, pallidi, si rimboccano le maniche, si avvolgono le cinghie dei filatteri attorno al braccio e, ridacchiando imbarazzati, ripetono le parole della preghiera. E quelli ci benedicono. Una grande vittoria, dicono, un miracolo, il cielo ci ha fatto la grazia. Però si vede che non ne sono sicuri, che non sono tanto convinti di quello che dicono. Stavolta li avevamo un po' delusi.

Intanto sorge il sole, l'aria si scalda rapidamente, comincia-no a preparare la colazione. Si accende un fuocherello, alla ra-dio trasmettono il notiziario. E quelli, portata a termine la loro missione, ripongono il loro equipaggiamento, i filatteri e tutto il resto, si mettono a sedere su una duna di sabbia, scaricano dalla loro camionetta delle valigette malandate, di cartone, e ne tira-no fuori le loro provviste. Li invitiamo a far colazione con noi ma loro, gentilmente, rifiutano. Chinano la testa, sorridono sot-to i baffi. Hanno con sé il loro cibo. Non bevono neppure l'ac-qua dalle nostre borracce, temono che sia impura. Mi avvicino a loro. Vedo che frammezzo ai libri di preghiera e ai filatteri ci so-no anche pane, uova sode, pomodori e cetrioli giganteschi. Li tirano fuori, ci spargono sopra un po' di sale e li mangiano con le bucce. Da un grosso termos si versano una bevanda giallastra, forse del vecchio tè che si sono portati da casa. Io sto a guardar-li, sono stranamente attratto da loro. Avevo dimenticato che esistevano degli ebrei cosí, con quei cappelloni neri, le barbe e i cernecchi. Loro si erano tolti i cappotti, erano rimasti in mani-che di camicia – camicie bianche, un'immagine talmente fuori luogo, qui. Due di loro erano sulla quarantina, e il terzo era un giovane bellissimo, con una barbetta rada e cernecchi lunghi. Pareva spaventato e imbarazzato in mezzo a tutta quella confu-sione, con le mani bianche raccoglieva le briciole del suo pasto da un vecchio giornale religioso.

Sono rimasto lí come impalato. Loro si erano già accorti di me e mi sorridevano gentilmente. Mi sono fatto dare un piccolo *talled* e me lo sono messo in tasca; ma continuavo a rimanere lí. Chiacchieravano fra di loro in *yiddish*, dondolandosi continua-mente, e io non capivo una parola. Ho solo capito che discute-vano di politica. Ma non mi muovevo: un soldato sporco, spet-tinato, con la barba di dieci giorni, che li fissava. La mia presen-za cominciava a disturbarli.

D'un tratto dico: – Potrei avere un pomodoro? – Si stupi-scono, devo sembrare loro un po' matto, ma il piú anziano si riprende presto e mi porge un pomodoro. Ci metto su un po' di sale, mi metto a sedere e comincio a fare domande: da dove vengono? Che cosa fanno? Come vivono? Dove sono diretti adesso? E loro mi rispondono, cioè soltanto i due anziani, e continuano a dondolarsi, come se anche le loro risposte fossero preghiere. E d'improvviso rimango come folgorato: la loro libertà! Non appartengono a noi. Possono andare e venire quando vogliono, non hanno da rendere conto a nessuno – scarabei neri, liberi di girare per il deserto. Creature metafisiche. Non potevo staccarmene.

Ma il sergente dei servizi religiosi, che pare sia per loro una specie d'impresario, dice che devono spicciarsi, che c'è un bombardamento in arrivo e che è meglio allontanarsi. E loro si alzano in un lampo, mettono via il resto del cibo, legano le loro valigette con della corda e cominciano a dire la preghiera del dopopasto a velocità pazzesca, e intanto già salgono sulla camionetta e spariscono.

E allora, su un sasso, scopro un cappotto nero che uno di loro, probabilmente il giovane, doveva aver dimenticato. Lo prendo, vedo che è di stoffa buona, pesante. C'è l'etichetta di un sarto in via Gheulla a Gerusalemme, e la garanzia che non c'è traccia d'impurità. Dal cappotto veniva un leggero odore di sudore umano, ma differente da quello del sudore qui intorno – un odore dolce, come di incenso o di tabacco. In un primo momento sto per buttarlo via, ma poi, senza domandarmi perché, me lo metto addosso. Era della mia misura. – Mi sta bene? – chiedo a un soldato che passa di corsa. Lui si ferma, mi guarda stranito. Vedo che non mi riconosce. Poi sorride e corre via.

In quel momento comincia un bombardamento spaventoso. Ci buttiamo per terra, ci facciamo piccini piccini, scaviamo la sabbia con le unghie per cercare uno scampo impossibile. E le bombe ci inseguono, martellano con rabbia e con precisione un nodo stradale a cento metri da noi. Ci mancano di poco. E cosí per un tempo lunghissimo, nella polvere, tra fischi e scoppi, con la bocca piena di polvere. Accanto a noi un'autoblinda è in fiamme.

Verso sera torna il silenzio, come se niente fosse successo. Un silenzio profondo. Ci fanno spostare in avanti di cinque chilometri, sul fianco d'una collina. E lí, di nuovo, stendiamo le coperte per la notte.

Alle prime luci dell'alba, come se il tempo fosse tornato indietro, ecco di nuovo quella nenia, le voci di preghiera e quel ritmico battimani. Ed ecco di nuovo quei tre che cercano di svegliarci, come se sbucassero da sottoterra.

– Ma siete già stati qui! Siete stati qui ieri; ci avete dato libri di preghiera! – I miei compagni, rabbiosi, cercano di zittirli. Quei tre si spaventano un po', si fermano e cominciano a battere in ritirata, parlottando fra di loro in *yiddish*. Ma un soldatino butta via le coperte, li rincorre e si rimbocca la manica. Ha un'aria sofferente, come se andasse a farsi fare un'iniezione. E quei tre gli fanno coraggio, cominciano a legargli i filatteri attorno al braccio, gli mettono davanti un libro e gli spiegano che cosa deve leggere, lo trattano come se lui fosse malato. Lo portano avanti di tre passi, lo fanno tornare indietro, lo fanno dondolare e si dondolano con lui, lo fanno voltare verso oriente, verso il sole che sorge. E noi, coricati nei sacchi a pelo, li stiamo a guardare. Da lontano sembrava che stessero adorando il sole.

Quando finiscono, si siedono a mangiare. Lo stesso spettacolo di ieri: frugano nelle loro valigette di cartone e di nuovo tirano fuori uova, cetrioli, peperoni e pomodori, come se li avessero raccolti in mezzo al deserto. Ma stavolta non avevano gente intorno – ormai non interessavano piú i soldati, che erano ancora scossi e depressi per il bombardamento di ieri. Mi sono avvicinato lentamente, guardavo le loro valigette spalancate: non c'erano piú oggetti di culto, si vede che ieri li hanno distribuiti tutti. C'era invece un po' di bottino di guerra, che avevano raccolto qua e là: cinturoni, bossoli di proiettili, fotografie a colori di Sadat – ricordini da portare a casa.

Di nuovo sono rimasto affascinato da quella loro libertà

– Come va? Che c'è di nuovo? – dico loro con un sorriso, cercando d'attaccare discorso.

– Che Dio sia lodato giorno per giorno, – mi rispondono subito. Vedo che non mi riconoscono.

– Dove andate oggi?

– Con l'aiuto di Dio, oggi torniamo a casa, a raccontare del grande miracolo.

– Ma che miracolo? Non vedete quello che succede, qui? Ma loro insistono: – Con l'aiuto di Dio tutto è un miracolo.

– Siete sposati?

Fanno un sorrisetto imbarazzato, la domanda li sorprende.

– Benedetto sia il Signore.

– Benedetto sia il Signore sí, oppure no?

– Benedetto sia il signore... sí, certamente.

D'un tratto mi riconoscono.

– Non abbiamo già avuto l'onore di parlare con lei?

– Sí, ieri mattina, prima del bombardamento.

– E come sta?

– Cosí...

Mi siedo vicino a loro. Ho con me lo zaino, dove ho messo il cappotto nero del giovane. Loro si tirano un po' indietro.

– Lei ha perso il cappotto? – chiedo al giovane, che non apriva bocca. Aveva addosso una giacca militare egiziana, trovata chissà dove.

– Sí, – mi fa con un sorrisetto, incantevole, – l'avete trovato, per caso?

– No...

– Non importa, non importa, è un sacrificio per il Signore... – lo consola quello piú anziano.

Intanto continuavano a mangiare. Pareva che si sentissero perfettamente a loro agio, come se fossero a casa. Qualcosa in loro mi attraeva quasi fino al dolore fisico.

Quel bellissimo giovane continuava a masticare lentamente la sua fetta di pane, non mi guardava neanche. Con le sue dita diafane raccoglieva le briciole, e intanto leggeva sempre lo stesso giornale religioso che aveva davanti. Di tè non ne avevano già piú, e si passavano una bottiglia con dell'acqua torbida, una specie di manna o di rugiada che avevano raccolto nel deserto. Si vedeva che s'accontentavano di poco. Avrei voluto farmi dare qualcosa da loro, un po' di verdura o una fetta di pane. Ma invece, senza neanche chiedere permesso, prendo il cappello di quel giovane, che lui aveva posato sulla sabbia accanto a sé, me lo metto in testa, e con un ritmo lento comincio a dondolarmi avanti e indietro. Loro sorridono, ma sono molto imbarazzati, arrossiscono. M'ero già accorto che avevano un po' di paura di noi.

– Non avete troppo caldo con questi cappelli?

– Il Signore sia lodato.

– Mi sta bene?

Mi comporto come un bambino.

– Con l'aiuto del Signore... con l'aiuto del Signore, – si sforzano di stare al gioco.

Non arrivo a capire che cosa pensano.

– Le spiace se ci scambiamo i cappelli? – dico al giovane. – Cosí mi rimarrà un ricordo di voi.

Lui rimane muto, non sa come reagire: prima ha perso il cappotto, e adesso vogliono portargli via anche il cappello. Ma il piú anziano mi guarda diritto negli occhi – un'occhiata penetrante, lucida, come se avesse già capito la mia intenzione, prima ancora che me ne rendessi conto io stesso.

– Prenda pure... che le porti fortuna... che la faccia tornare sano e salvo a sua moglie e ai suoi figli.

– Ma io sono scapolo. Sono soltanto un amante, – dico sfacciatamente, sapendo di provocarli, – ho una tresca con una donna sposata.

Ma quello non si scompone. Mi guarda come se solo adesso mi vedesse veramente.

– Le auguro di trovarsi la compagna adatta e di tornarsene a casa in pace.

All'orizzonte si levano colonne di fumo, e con qualche ritardo si comincia a sentire il rombo dei cannoni. Inizia una nuova giornata di lavoro. C'è gente che corre da tutte le parti. Le bombe tornano a cercarmi, vogliono distruggermi. Il sergente arriva di corsa, li fa alzare in fretta, dice che devono allontanarsi. In un lampo l'accampamento si smonta e tutti corrono a interrarsi. Un drappello di soldati comincia a scavare trincee. Non faccio neanche in tempo a salutarli.

Ormai sapevo di dover scappare, ero certo di poterlo fare. Per tutta la giornata, stretto fra i compagni, in fondo all'autoblinda, muto, cercando di farmi piccino, di evitare ogni contatto con gli altri, non pensavo che a questo. Era una giornata caldissima, un velo di foschia nascondeva il cielo, il sole era scomparso, non si arrivava a vedere che a qualche metro. Le varie unità continuavano a cercare d'individuare le rispettive posizioni, le radio da campo gracchiavano senza posa, disperatamente. E su tutto si stendeva quel velo giallastro, minaccioso. Andavamo avvicinandoci al Canale. Le nostre truppe avevano già fatto breccia ed erano passate dall'altra parte, e noi dovevamo raggiungerle, unirci alle unità che stavano attraversando il Canale. Verso sera siamo arrivati a immergere le mani in quelle acque tormentate dai bombardamenti. Nuovi comandanti sono venuti a raccontarci con molto entusiasmo dei piani per il giorno seguente.

Ma ormai il mio piano è maturo. Questa guerra durerà in eterno. Che cosa vado a fare dall'altra parte del Canale? Anche dalla parte di qua non c'è nulla che m'interessi.

E cosí, in segreto, mi preparo. Metto nello zaino gli oggetti di culto che ho raccolto in questi ultimi giorni: il cappello, il cappotto, il piccolo *talled*. Mi preparo qualche panino con carne e formaggio, riempio d'acqua due borracce. E prima dell'alba, quando arriva il mio turno di guardia, prendo tutta la mia roba e vado in fondo all'accampamento. Sguscio dietro a una collinetta, mi tolgo il cinturone, lo butto per terra e lo copro con delle pietre. Scavo una buca e ci seppellisco il mio bazooka. Mi tolgo l'uniforme, la taglio a pezzi con la baionetta, e poi spargo i pezzi intorno, nell'oscurità. Tiro fuori dallo zaino la mia camicia bianca, da civile, i miei pantaloni neri, indosso il piccolo *talled* e sopra mi metto il cappotto rubato. Poso accanto a me il cappello. Ho la barba di due settimane, e con i miei capelli riccioluti che erano diventati lunghi posso già attorcigliarmi un principio di cernecchi.

Tremante di freddo, rimango seduto in quella valletta, a poca distanza dal Canale. Guardo il cielo buio, rischiarato di tanto in tanto dai riverberi delle esplosioni. Aspetto l'alba. Sento che dànno la sveglia al mio reparto, si preparano a muoversi. Tendo l'orecchio per sentire se mi chiamano, se mi cercano, ma non sento niente, solo il ruggito dei motori che si risvegliano. E poi silenzio. Nessuno s'è accorto della mia scomparsa.

Per un momento mi sono spaventato: come hanno fatto presto a cancellarmi.

Ma ancora non mi sono mosso. Volevo aspettare che si facesse chiaro. E intanto, nervosamente, mi mangio quei panini che avevo preparato per l'indomani. Finalmente comincia a diffondersi una luce nebbiosa. Un'alba brumosa, quasi europea. Finisco di seppellire gli ultimi resti della mia esistenza di soldato, anche lo zaino, cerco di togliere un po' di polvere e di sabbia dai miei abiti, cerco di ridare loro un po' di forma, mi metto il cappello in testa e mi metto in cammino verso oriente. Esco dalla Storia.

Cammino per un bel pezzo, finché m'imbatto in una strada asfaltata. Non mi tocca aspettare molto, che già viene una macchina – un'autobotte tutta sforacchiata da proiettili, dalla quale gocciola ancora l'acqua. Sono ancora incerto se farle segno, ma quella già si ferma. Salgo. Il guidatore, uno yemenita piccolo e magrolino, non pare sorpreso da quella creatura vestita di nero che gli si siede accanto, come se tutto il deserto brulicasse di ebrei osservanti nerovestiti che sbucano dietro ogni collina.

Stranamente, non mi rivolge la parola. Forse è scappato anche lui, forse gli hanno sparato e lui ha voltato la macchina, è tornato indietro. Continua a cantilenare fra sé e sé. Credo che non sappia bene chi ha raccolto per la strada.

I posti di blocco ci lasciano passare con facilità. I gendarmi non ci guardano neppure, sono troppo occupati a frenare il flusso dei veicoli che vanno in direzione opposta. La gente è ansiosa di raggiungere il fronte, di attraversare il Canale.

A Refidim scendo, non faccio neanche in tempo a ringraziare. Lí trovo la stessa confusione dell'altra volta, magari anche di piú. Gente che corre da tutte le parti, macchine che vanno in ogni direzione – e a me, leggero nei miei vestiti nuovi, quasi non sembra di toccar terra. Sento già la carezza della libertà. Comincio a girare per il campo, cerco di trovare la strada verso il nord. Ma mi accorgo che la gente mi guarda, voltano la testa al mio passaggio, mi seguono con gli occhi. Persino in mezzo a tutta quella baraonda attiravo l'attenzione. Forse c'era qualcosa di poco ortodosso nel mio modo di camminare, o nel modo come portavo il cappello. Ho cominciato ad aver paura. Mi sono messo a camminare sul bordo della strada, cercavo di farmi piccino, di nascondermi fra le baracche, sotto le tettoie dove sostano i carri armati. In uno dei vicoli mi viene incontro, come in un incubo, quell'ufficiale alto e calvo, tutto bruciato dal sole, rosso come un gambero, e sempre con quello stesso sguardo altero e vacuo. Per poco non gli crollo ai piedi. Ma lui mi passa accanto senza riconoscermi, procede col suo passo lento da padrone.

Dunque ero proprio cambiato, anche se ancora non me ne rendevo conto. Mi nascondo nell'ombra dei muri, tremante ed emozionato, e vedo che lui si avvia verso una delle tettoie. E lí c'è qualcosa di celeste che ammicca: la macchina della nonna. L'avevo quasi dimenticata.

In quel momento decido di portarmi via anche lei. E perché no? Devo solo aspettare che venga buio, e poi venire a prenderla. Mi guardo intorno, cerco d'imprimermi in testa le caratteristiche del posto, e poi vado a nascondermi nella sinagoga, fino a sera.

La sinagoga era sporca e abbandonata. Pareva che nei primi giorni della guerra ci avesse bivaccato una compagnia di soldati. Per terra c'erano bossoli di pallottole. L'armadietto dove tenevano i rotoli della Bibbia era sprangato, ma sugli scaffali c'era qualche libro di preghiere. In un ripostiglio scopro una bottiglia di quel vino che si usa per la benedizione nei giorni festivi.

Per tutta la giornata sono rimasto seduto lí dentro, da solo. Ho bevuto un po' di quel vino dolce, caldo, ho sfogliato libri di preghiere per avere almeno un'infarinatura delle prescrizioni religiose. Avevo la testa pesante, ma non volevo addormentarmi – temevo che qualcuno entrasse e mi sorprendesse. Verso mezzanotte sono uscito, portando con me un sacchettino di plastica con dentro una dozzina di libri di preghiera. Se m'avessero chiesto che cosa facevo lí in giro, avrei detto che m'avevano mandato a distribuire libri di preghiera ai soldati. A quell'ora il campo era piú calmo, c'era meno gente in giro. Vedo persino un soldato ed una soldatessa che se ne stanno lí abbracciati, come se la guerra non ci fosse.

La Morris era parcheggiata fra due carri armati completamente distrutti. Era tutta impolverata. Le porte erano chiuse a chiave, ma mi ricordavo che uno dei finestrini non teneva bene, e cosí sono riuscito a entrare. Quando ho toccato il volante mi tremavano le mani. Ci ho appoggiato la testa, come se fossimo rimasti separati per un secolo, e non solo per pochi giorni di guerra.

Avevo già pronto un pezzetto di carta argentata, preso da un pacchetto di sigarette. E come tanti anni fa, quando prendevo la macchina senza che nonna lo sapesse, mi chino sotto il volante, trovo subito il collegamento giusto, e la batteria – quella che lei, Adam, aveva montato solo qualche settimana prima – risponde subito e fa avviare il motore.

E comincio ad andare – in direzione nord, o est, il diavolo sa da che parte andavo, non sono molto pratico dei punti cardinali. Guardavo i cartelli, mi fermavo e chiedevo da che parte si andava in terra d'Israele.

– Quale terra d'Israele? – mi chiedevano ridendo quelli della gendarmeria militare.

– Non importa, – dicevo, – voglio soltanto uscire dal deserto.

Tutto il traffico andava in direzione opposta: carri armati, cannoni, e soprattutto enormi camion carichi di munizioni – un fiume color kaki, coi fari oscurati, che scorreva rombando sulla strada. E io col mio macinino andavo controcorrente, tenendomi sul bordo della strada, eppure intralciavo il flusso della colonna. Mi sentivo gridare dietro le loro imprecazioni: schifoso d'un ortodosso, hai trovato il momento buono per andartene a spasso nel Sinai! Ma non reagivo, facevo solo un sorriso gentile. Mi destreggiavo frammezzo a loro senza fermarmi. Andavo sempre avanti, come invasato, slittando su quell'asfalto sconnesso, ansioso di uscire dal deserto.

Al mattino arrivo alla mensa militare di Rafiah, esausto da quella corsa notturna, ma piú che altro ubriaco di libertà. Entro a mangiare qualcosa, vado da un banco all'altro, bevo un po' di brodo, mangio dei salamini, della cioccolata, caramelle. In mezzo alla folla scopro un gruppetto di ortodossi, vestiti di nero come me, che mi guardano con curiosità. Si meravigliano del mio comportamento, del fatto che io salti senza scrupoli da un banco all'altro, che mescoli il latte con la carne. Decido di squagliarmela immediatamente, ma sulla porta uno di loro mi ferma, mi mette una mano sulla spalla.

– Aspetti un attimo, stiamo cercando di raccogliere dieci persone per la preghiera del mattino...

– Io ho già pregato ieri, – gli dico, ed esco di corsa. Salgo in macchina, accendo il motore e parto, lasciandoli a bocca aperta.

Finalmente, dopo qualche chilometro, esco dal deserto. Lungo la strada ci sono palmizi, casette bianche, collinette con piantagioni. Sono in terra d'Israele. E c'è un meraviglioso odore di mare. Pian piano rallento, mi fermo. Sono salvo. Adesso comincio a sentire tutto il peso della stanchezza accumulata, mi si chiudono gli occhi. Scendo dalla macchina, respiro a pieni polmoni l'aria del mattino. L'odore del mare m'attira – ma dov'è il mare? D'un tratto ne sento il desiderio, devo toccarlo. Da che parte si va al mare? Fermo la macchina lussuosa di un alto ufficiale che mi viene incontro. – Da che parte è il mare? – gli chiedo. Quello s'infuria, vorrebbe quasi picchiarmi, ma mi indica la direzione da prendere.

Scendo al mare e trovo una spiaggia bianca, pulita. Lí c'è un silenzio come se si fosse fuori dal mondo, come se non ci fosse lo Stato, la guerra, come se non ci fosse nulla. Soltanto lo sciabordio delle onde.

Mi corico sotto una palma, di fronte al mare, e m'addormento di colpo, come se mi avessero messo sulla faccia una maschera d'anestesia. All'ora del tramonto il sole comincia ad abbarbagliarmi gli occhi. Mi sveglio tutto coperto di sabbia: mentre dormivo, mi s'era accumulata sopra una piccola duna. È comoda e calda, e io continuo a sonnecchiare, mi godo la brezza marina, mi rivolto nel mio piumino di sabbia. Senza alzarmi mi tolgo i vestiti: il cappotto nero, il piccolo *talled*, i pantaloni, la biancheria, le scarpe e le calze. E nudo come sono, rimango disteso nella sabbia. Dopo un po' mi scrollo di dosso la sabbia e vado a immergermi nell'acqua.

La cosa piú meravigliosa era quella solitudine. Dopo tanti giorni passati in mezzo alla folla, finalmente ero di nuovo solo. Intorno non c'era anima viva. E un silenzio profondo – persino il rombo degli aerei veniva assorbito dallo sciacquio delle onde. Sembra che gli arabi non vengano qui, che abbiano paura. Mi metto soltanto mutande e canottiera e vado su e giú per la spiaggia, come se quella fosse la mia spiaggia privata. Sento che sono ritornato indietro nel tempo. È il tramonto. Il sole, sulla linea dell'orizzonte, mi guarda come un occhio di ciclope, in silenzio.

Torno alla macchina che mi attende, silenziosa e fedele, col muso rivolto verso il mare, e solo adesso mi accorgo che dentro era rimasto il bagaglio del Maggiore, che aveva fatto della macchina il suo magazzino personale. Alcune coperte ripiegate, un telo da tenda, e anche quel misterioso tascapane. Lo apro con mani che mi tremano, e ci trovo dentro un fascio di carte topografiche molto dettagliate dei paesi del Mediterraneo – la Libia, il Sudan, la Tunisia – e una scatoletta con dei gradi nuovi da Tenente Colonnello. A quanto pare si preparava a una promozione. E c'era anche un sacchettino con due uova sode, ormai vecchissime, col guscio rossastro e tutto screpolato. Io, senza esitare, le sguscio e me le mangio con piacere, e intanto leggo un documento interessante. È una specie di testamento, che lui ha scritto per sua moglie e per i suoi due figli, in stile arrogante e presuntuoso parla di sé e del popolo ebraico, mescolando tutto insieme. Destino, Missione, Storia, Sofferenza – un miscuglio pomposo, carico d'orgoglio e di autocommiserazione. Rabbrividisco pensando alla sua sfuriata quando si accorgerà che gli hanno rubato la macchina. Certamente non avrà pace finché non la ritroverà. Chissà, forse è già sulle mie tracce, forse si sta avvicinando. Non mi pareva che la guerra lo tenesse tanto occupato. Prendo tutte le carte e le faccio a pezzi; poi le seppellisco nella sabbia. Getto in mare il tascapane, ripulisco la macchina di ogni traccia di lui. Nel bagagliaio trovo una lattina di vernice e un pennello, rimasti lí dopo che lui aveva fatto l'oscuramento ai fanali, prima che partissimo per il deserto.

Mi viene un'idea.

Verniciare la macchina di nero, cambiarne il colore!

Mi metto subito all'opera. Do una rimescolata alla vernice, e poi, alla luce fioca del crepuscolo la stendo sulla macchina con lunghe pennellate. Vestito soltanto di mutande e canottiera, trasformo la Morris in una cassa da morto. E mentre do le ultime pennellate fischiettando una vecchia canzonetta francese, m'accorgo che qualcuno mi sta guardando. Volto la testa, e sulla cresta della collinetta dietro di me vedo delle ombre. Alcuni beduini, avvolti nei loro mantelli, se ne stanno seduti là in cima e osservano le mie manovre. Non li avevo sentiti arrivare. Da quando sono lí? Chissà? Il pennello mi sfugge di mano. Adesso mi dispiace di aver buttato via il bazooka. Non mi rimane che la baionetta.

Vedo che mi guardano affascinati. La mia presenza qui è un vero avvenimento, per loro. Forse stanno decidendo della mia sorte. Sono una preda facile.

Ma pare che si siano accorti dei miei timori, e alzano la mano in un gesto amichevole, di saluto. Io faccio un sorriso, m'inchino, e poi corro a rivestirmi: camicia, piccolo *talled*, pantaloni, cappotto nero, cappello. D'improvviso mi sembra che quei vestiti mi possano proteggere. Loro mi seguono con gli occhi, paiono stupiti, anzi – sono senz'altro stupiti. Vedo che si alzano in piedi per potermi guardare meglio. In fretta raccolgo il resto della mia roba, la seppellisco nella sabbia. So bene che appena me ne andrò, loro riscopriranno tutto. Salgo in macchina e cerco di mettere in moto, ma nella fretta non trovo i collegamenti giusti, e il motore dà solamente un breve sussulto. Dopo qualche minuto di tentativi infruttuosi vedo che cominciano ad avvicinarsi, si mettono in circolo attorno alla macchina, a pochi passi di distanza, guardano come mi chino sotto il volante. Ora almeno di una cosa sono certi, che la macchina io l'ho rubata. Continuo a sorridere a quelle facce scure, e intanto cerco a tastoni quei maledetti fili. Infine ci riesco: avvio il motore e infrango il silenzio, accendo i fari, lancio due fasci di luce sul mare nereggiante, comincio a far manovra – e immediatamente rimango insabbiato.

Intanto la piccola folla intorno a me è cresciuta, è arrivata altra gente. Sembravano uno stormo d'uccelli che fosse sceso per la notte in riva al mare. Bambini, giovani, vecchi spuntano dalle dune. Io sono inginocchiato accanto alle ruote, tento di liberarle dalla sabbia. Risalgo in macchina, provo a partire. Il motore si spegne. Lo riaccendo, e finisco per insabbiarmi ancora piú di prima.

Allora mi rivolgo alle ombre mute che mi stanno intorno, a gesti chiedo loro d'aiutarmi. Non aspettavano che questo. Si buttano sulla macchina, diecine di mani si appiccicano alla vernice fresca. Sento che la macchina viene quasi sollevata, trascinata sulla strada. E nel momento in cui le ruote toccano l'asfalto, io parto, faccio un tratto di strada e mi fermo. Scendo e mi volto a guardare quel gruppo d'ombre silenziose, mi levo il cappello e faccio loro un gran gesto di saluto. E subito sento le loro voci, mi gridano qualcosa in arabo, forse un augurio di buon viaggio.

Risalgo in macchina e riparto.

In direzione di Gerusalemme.

Sí, Gerusalemme. Come mai Gerusalemme? E che altro potevo fare? Dove potevo andare? Dove potevo nascondermi finché fosse passata la bufera? Tutti i miei dati somatici erano segnati nelle schede di quella rossa, e il Maggiore monco stava dando la caccia alla macchina. Come disertore, che per di piú ha abbandonato l'arma, potevo aspettarmi soltanto la prigione. Come avrei potuto tornare a casa della nonna?

O forse pensavate che avrei potuto tornare a casa vostra, venire ad abitare da voi – diventare piú che un amante, diventare un membro della famiglia. Ma era possibile?

E allora, perché non continuare per la strada che il destino mi indicava? Ormai il piú era fatto – ero uscito dal deserto, ero tornato in terra d'Israele. Avevo gli abiti neri, il piccolo *talled* e il cappello. Ormai m'ero abituato a quell'odore di sudore del proprietario precedente. La barba m'era cresciuta, e non m'importava di farmi crescere anche i cernecchi. La Morris aveva cambiato colore, era ben mimetizzata. Perché non continuare l'avventura?

Anche il denaro che lei, Adam, m'aveva dato, stava per finire. E bisognava che riuscissi a superare in qualche modo questo periodo difficile, fino a che la guerra finisse in un modo o nell'altro. E perché gli ortodossi non avrebbero dovuto accogliermi fra di loro? Mi erano sembrati capaci di farlo, almeno da quanto avevo visto da quei missionari erranti. Pareva che ci fosse chi li manteneva.

Questi erano i miei pensieri durante quel viaggio notturno, alla luce pallida della luna calante. Attraverso le cittadine del sud, raggiungo la pianura centrale. Vado adagio per risparmiare benzina. Non sapevo neppure che data fosse, tanto meno che cosa succedeva nel mondo.

Alle tre di mattina, con prudenza, ho imboccato la strada che sale a Gerusalemme. Ogni tanto, per confondere un eventuale inseguitore, ho lasciato l'autostrada e ho infilato delle stradine secondarie. Guardavo il paesaggio montagnoso, scuro, ascoltavo il cri cri delle cicale. Da quando ero tornato in Israele non ero stato a Gerusalemme – ero troppo occupato con la nonna, con l'eredità, con gli avvocati. E col vostro amore. Quando alle prime luci dell'alba sono entrato in città, mi sono emozionato – e nonostante la sporcizia, l'atmosfera di tristezza, i sacchi di sabbia accatastati davanti agli ingressi delle case e gli uomini della protezione civile che giravano assonnati, sono rimasto sopraffatto dalla sua inesorabile bellezza. Alle porte della città, come per un segnale divino, è finita anche l'ultima goccia di benzina. Ho lasciato la macchina in un vicolo e sono andato a cercarli.

Trovarli non è stato difficile. I loro quartieri si trovano all'ingresso della città, e quando sono arrivato erano già in giro a far compere – uomini e donne. Cadeva una pioggerellina leggera e c'era odore d'autunno. Una realtà diversa: botteghe che si aprivano, il tran tran quotidiano, profumo di pane fresco. Qua e là un capannello di gente che discuteva animatamente. Sui muri strani manifesti, in parte già strappati.

Mi sono messo a pedinarli. Andavo dietro a una di quelle macchie nere, che poi si univa ad altre e diventava una fiumana nera che continuava ad ingrossarsi man mano che mi addentravo nel quartiere. E quando finalmente ho scorto quei grandi cappelli di pelliccia di volpe, dai riflessi rossicci, mi sono detto che ero al sicuro, che lí nessuno sarebbe venuto a cercarmi.

C'era un capannello all'angolo della strada. Mi sono avvicinato, volevo cercare di prendere contatto.

Si sono accorti subito che non ero dei loro – forse per la forma della barba, forse anche per altri dettagli. Non potevo riuscire ad ingannarli. In principio erano molto sorpresi dal fatto che in piena guerra venisse qualcuno, a loro immagine e somiglianza. A bassa voce ho detto: – Potrei restare un po' con voi? – Non ho raccontato che venivo dal deserto, ho detto che ero appena arrivato da Parigi. Hanno guardato i miei vestiti impolverati, le mie scarpe piene di sabbia, e non hanno risposto. Ascoltavano le mie spiegazioni confuse, forse pensavano che ero matto, che farneticavo. Ma a loro onore debbo dire che non si sono allontanati. M'hanno preso per un braccio e con molta gentilezza mi hanno condotto attraverso vicoli e cortiletti (mentre io continuavo le mie spiegazioni) a un grande edificio di pietra, una scuola talmudica o qualcosa di simile, che brulicava come un formicaio. Mi hanno fatto entrare in una delle stanze e m'hanno detto:

– Adesso ci racconti tutto dal principio.

Ho ricominciato: l'inizio era confuso – scambiavo le date, saltavo di palo in frasca, mescolavo la storia della nonna che aveva perduto conoscenza con la faccenda della macchina che volevo mettere a loro disposizione. Ma pian piano dalle nebbie della mia stanchezza è emersa una storia che poi non ho piú voluto cambiare. Però di voi non ho fatto parola, come durante l'interrogatorio del Maggiore. Di nuovo ho visto come mi era facile cancellarvi dal mio passato.

Hanno chiamato un tale con una lunga barba bionda, con una faccia da *goj* che si nasconde sotto barba e cernecchi, e quello ha cominciato a parlarmi in francese. Con perfetto accento parigino ha cercato di controllare la parte francese della mia storia. Mi ha fatto domande sulle vie di Parigi, sui bistrot, sui tipi di formaggi e sui vini. Io rispondevo in un francese fluente, precisavo i piú minuti particolari. Dio mi aiutava a trovare le parole.

Quando si sono persuasi che conoscevo Parigi, m'hanno pregato di spogliarmi. Per un momento era venuto loro il dubbio che io non fossi neppure ebreo. Ho visto che non sapevano che pesci pigliare, non capivano perché fossi venuto da loro e che cosa volessi. Hanno ricominciato a fare domande, stavolta su altri argomenti. Ma ormai non ho piú cambiato la mia storia.

Infine si sono messi a confabulare tra di loro. Si parlavano all'orecchio. Non se la sentivano di decidere. Hanno mandato qualcuno a verificare non so che cosa, e quello è tornato facendo di sí con la testa. Mi hanno portato in una stanzetta, dal loro rabbino. Mi sono trovato di fronte a un vecchio alto, avvolto in una nuvola di fumo di sigarette, che leggeva un giornale. Gli hanno raccontato la mia storia. Lui ascoltava attentamente, e intanto mi guardava fisso, con uno sguardo penetrante, ma con un sorriso gentile. Quando ha sentito della macchina che volevo mettere a loro disposizione, si è rivolto direttamente a me, in ebraico, e ha cominciato a farmi domande sulla macchina – modello, cilindrata, quanti posti c'erano, di che colore era la macchina, dove l'avevo lasciata. Gli piaceva molto l'idea che avevo portato una macchina, come una specie di dote.

D'un tratto si è messo a rimproverare i suoi discepoli.

– Bisogna trovargli un letto... non vedete che è stanco?... viene da lontano... da Parigi – (e qui mi fa una strizzatina d'occhi). – Lasciate che dorma un po'... siete proprio crudeli...

E mi fa un sorrisetto allegro.

Finalmente si sono messi il cuore in pace. M'hanno fatto attraversare il cortile, dove c'erano centinaia di studenti incuriositi (anche loro si sono accorti subito del mio travestimento), e m'hanno accompagnato in una stanza che serviva per gli ospiti della scuola talmudica, una stanzetta molto modesta, con mobili vecchi, ma simpatica e soprattutto pulita. Ormai m'ero già abituato a quel leggero odore ortodosso degli oggetti che mi circondavano – un misto di vecchi libri e di cipolle fritte con un leggero puzzo di fognatura.

Mi hanno preparato un letto e se ne sono andati, obbedienti all'ordine del rabbino che aveva detto di lasciarmi dormire.

Erano le dieci del mattino, c'era una luce grigia. Attraverso le tendine ricamate, che non avrebbero sfigurato in un palazzo, s'intravedeva la Città Vecchia, dove non ero mai stato.

Era una vista che toglieva il fiato: quella splendida muraglia, i minareti e le torri, i cortiletti lastricati, i boschetti d'ulivi sul fianco della collina. Sono rimasto a lungo alla finestra. Poi mi sono tolto le scarpe e mi sono coricato sul letto, senza spogliarmi. C'era nell'atmosfera di Gerusalemme qualcosa che mi teneva sveglio, per quanto fossi sfinito, forse anche febbricitante.

Dapprima ho faticato ad addormentarmi. Ero anche sporco, avevo le mani macchiate di vernice, i capelli e la barba pieni di sabbia. Era passata un'eternità da quando avevo visto un letto. Ho cominciato a sonnecchiare, e le voci degli studenti, le loro grida improvvise si sono mescolati allo sciabordio delle onde, al ruggito dei motori delle autoblinde e al gracchiare delle radio da campo.

Dopo un po' mentre stavo ancora sonnecchiando, è entrato il mio compagno di camera – un vecchio di bassa statura, vestito con eleganza, con in testa una papalina di seta rossa. Si è fermato accanto al mio letto e mi ha guardato. Quando ha visto che non stavo dormendo s'è molto rallegrato e ha cominciato a chiacchierare con me in *yiddish*, voleva fare amicizia. Non riusciva a credere che io non capivo lo *yiddish*. Ha cominciato a raccontarmi di sé, cose che non ho capito bene. Sono riuscito ad afferrare soltanto che si era fidanzato con una ragazza di qui, che la voleva portare via con sé, all'estero, e che adesso lo stavano sottoponendo a una serie di esami, non so se fisici o spirituali.

Continuava a chiacchierare, girava per la stanza. Era tutto allegro, raccontava barzellette spinte – come se non ci fosse la guerra, come se non esistesse altra realtà che quella in cui viveva lui. Era convinto che anch'io fossi venuto qui per cercarmi una sposa, e cercava di darmi qualche consiglio in merito. Conservo di quella conversazione un ricordo vago, talvolta penso d'essermela sognata. Infatti quello là, dopo essersi spogliato e dopo aver girato un po' per la stanza, con addosso soltanto un paio di mutande finissime, si è spruzzato addosso del profumo, s'è messo un completo nero ed è sparito. E non l'ho mai più visto.

Pian piano sono sprofondato in un sonno tormentato.

Quando mi sono svegliato era già buio pesto. Erano le nove di sera. Dalla finestra, attraverso la tenda mossa dalla brezza notturna, si vedeva la Città Vecchia, buia e muta. Ero esausto, tremavo di freddo, mi sentivo come se non avessi dormito neanche un minuto. D'un tratto m'è venuta nostalgia del deserto, di alcune facce della mia autoblinda, che ormai si trovavano al di là del Canale. Ho aperto la finestra, ho respirato a fondo quell'aria pura, inebriante, sconosciuta, di Gerusalemme. Avevo mal di testa. Adesso so che allora avevo già la febbre alta, ero malato. Ma credevo che la testa mi dolesse per la fame. La fame mi faceva impazzire: mi sono messo le scarpe senza neanche allacciarle e sono andato a cercarmi qualcosa da mangiare.

La *yeshivah* era silenziosa, tutto era buio. Ho girato per i corridoi, andavo da un piano all'altro. Infine ho aperto una porta e mi sono trovato in una stanzetta dalle persiane chiuse, piena di fumo di sigarette, dove due giovani, in maniche di camicia, stavano curvi su un grosso libro e discutevano sottovoce.

Parevano infastiditi dalla mia irruzione, ma mi hanno indicato la strada per il refettorio e sono tornati subito alla loro discussione. Il refettorio era deserto, le panche rovesciate sui tavoli. Una giovane donna con un grembiule grigio e un fazzoletto in testa stava lavando il pavimento. Quando m'ha visto, per poco non s'è messa a gridare – le pareva di vedere uno spettro.

– Sono appena arrivato... – ho balbettato, – forse è rimasto qualcosa da mangiare...

Barcollavo di stanchezza, avevo le scarpe slacciate, i vestiti che erano un misto di profano e di sacro, il capo scoperto. Ce n'era abbastanza per farle spavento. Ma si è ripresa in fretta, m'ha preparato un tavolo, ha portato un cucchiaio e un piatto, una fetta di pane, ci ha messo discretamente accanto una papalina nera, e infine ha portato una scodella enorme con della zuppa oleosa e spessa, con dentro verdura, polpette di semolino e pezzi di carne. Un miscuglio pepato, che bruciava in gola. Il primo pasto caldo da due settimane.

Per il bruciore mi sono venute le lacrime agli occhi. Quella zuppa era meravigliosa. In fondo alla sala lei continuava a lavorare e di tanto in tanto mi guardava di sottecchi. Quando ho vuotato la scodella è venuta a portarmene un'altra piena, rispondendo con un gentile sorriso ai miei ringraziamenti. Era una bella donna, ma non se ne poteva vedere molto. Era tutta coperta, salvo la faccia e le mani.

Infine mi sono alzato, barcollante per quell'abbuffata selvaggia, e sono uscito senza neanche salutare. A tentoni ho ritrovato la mia stanza. Sono rimasto sorpreso vedendo che la Città Vecchia, che avevo lasciato al buio, era tutta illuminata. E anche nella scuola si stavano aprendo le persiane, s'accendevano le luci.

Voci concitate parlavano di un armistizio. Studenti in maniche di camicia giravano per il cortile, emozionati come se fossero reduci da una battaglia. Avevo avuto tanta fretta di scappare, e adesso la guerra era finita.

Mi sono sentito invadere da una grande calma. Mi sono spogliato, ho raccolto tutte le coperte che c'erano sugli altri letti, e me le sono messe addosso. Ero febbricitante, un dolore terribile mi martellava nella testa.

Sono rimasto a letto per due settimane, colpito da una strana malattia. Avevo la febbre alta, un mal di testa lancinante, e un'infezione renale. Febbre bovina, ha detto il medico che mi ha curato. Forse ero stato contagiato dagli escrementi degli animali, sulla spiaggia. Mi hanno curato con estrema dedizione, anche se per loro ero un estraneo. Ad un certo punto volevano trasportarmi in ospedale, ma li ho pregati di lasciarmi restare con loro. M'hanno lasciato rimanere, per quanto causassi loro non pochi inconvenienti e anche spese non indifferenti. Di notte facevano turni di guardia accanto al mio letto: giovani che studiavano la Bibbia e leggevano salmi.

La malattia mi ha facilitato il passaggio dalla realtà laica alla loro realtà, ha risolto per me e per loro molte questioni superflue. Il tocco delle loro mani che m'imboccavano, che mi cambiavano le lenzuola, me li ha fatti sentire piú umani. E quando dopo due settimane mi sono alzato dal letto, debole ma guarito, con la barba ormai folta, mi sono aggrappato a loro senza formalità particolari. Mi hanno dato un altro cambio di vestiti neri, usati ma in buono stato, un pigiama e della biancheria. M'hanno insegnato le preghiere più importanti e due o tre versetti del Talmud. Avevano già fatto fare delle chiavi per la Morris. Mi sono accorto presto che erano efficienti, bene organizzati, e soprattutto disciplinati.

E così sono diventato l'autista della *yeshivah*, più che altro l'autista personale del vecchio rabbino che aveva deciso di accogliermi, il giorno del mio arrivo. Distribuivo lattine d'olio per i lumicini in memoria dei defunti, nelle sinagoghe. Portavo orfani dai cernecchi lunghi a pregare al Muro, accompagnavo il circoncisore a casa di una famiglia della loro setta, che abitava in uno dei quartieri nuovi, oppure m'incolonnavo nel lento corteo che seguiva il funerale di un gran rabbino, il cui cadavere era stato trasportato qui da oltremare. A volte mi mandavano giù in pianura, ad accompagnare all'aeroporto un inviato che mandavano a far raccolta di denaro all'estero. Qualche volta, prima dell'alba e con le luci abbassate, portavo in città quelli che attaccavano i manifesti o dipingevano sui muri scritte che condannavano il malcostume e la corruzione morale.

Ho cominciato a capire il loro mondo. Vivono completamente isolati dal resto del paese, formano un'entità separata. Qualche volta mi domandavo se non si rifornivano anche d'acqua e di corrente elettrica da fonti non contaminate, esclusive.

Mi sono acclimatato perfettamente. Anche loro sapevano benissimo, come lo sapevo io, che in ogni momento avrei potuto abbandonarli e tornarmene da dove ero venuto. E tuttavia mi trattavano gentilmente, non facevano troppe domande. Non mi hanno mai dato denaro, persino per la benzina mi davano soltanto dei buoni d'acquisto. Ma non mi facevano mancare nulla: lavavano e rammendavano i miei vestiti, e m'hanno anche dato un paio di scarpe adatte, invece degli scarponi militari che s'erano rotti. E soprattutto cibo in quantità. Ogni sera servivano quella zuppa grassa, che m'era tanto piaciuta la prima sera. La zuppa era sempre la stessa, ma la donna cambiava – le donne facevano servizio di cucina a turno.

Col tempo mi sono cresciuti anche i cernecchi – non che li facessi crescere apposta, ma i capelli si allungavano e il barbiere, che veniva una volta al mese a tagliare i capelli agli studenti e li tagliava anche a me, me li lasciava crescere. In principio me li nascondevo dietro le orecchie, ma poi ho rinunciato. Mi guardavo allo specchio e mi stupivo vedendo come ero diventato simile a loro. Loro ne erano soddisfatti, e io ero contento.

Ma non piú di tanto. Per quello che riguardava la parte spirituale, la piú importante, non hanno avuto un gran successo. Non credevo in Dio, e tutta la loro attività spirituale mi sembrava una perdita di tempo. Lo strano è che loro, pur sapendo per istinto come la pensavo in merito, non venivano a tormentarmi, anche se non avevano troppe illusioni sul mio conto. Nei primi giorni facevo ancora qualche domanda che li sgomentava, li faceva impallidire. Ma non volevo irritarli, e ho imparato a tacere.

Trovavo modo di non andare alla preghiera del mattino; andavo invece a quella serale. Me ne stavo lí, col libro in mano, facevo finta di biascicare le preghiere, e intanto guardavo come loro si dondolavano avanti e indietro, sospiravano, ogni tanto si battevano il petto come se avessero un gran dolore o come se mancasse loro qualcosa, chissà cosa – l'esilio, il Messia. Eppure non stavano poi tanto male: erano liberi, esenti dal servizio militare e dagli obblighi degli altri cittadini. Giravano liberamente per tutta la città e guardavano con disprezzo il mondo dei laici, che per loro non era che uno strumento.

L'inverno era già avanzato e c'era molto lavoro. Il vecchio rabbino era sempre in giro, contentissimo d'avere una macchina e l'autista. Lo portavo da un posto all'altro: a tenere sermoni, a far discorsi in memoria dei defunti, a far visita ai malati, oppure a incontrare i suoi discepoli all'aeroporto. Giravo per la Città Vecchia e per quella Nuova, per tutti i punti cardinali. Conoscevo vie e viuzze. Mi legavo sempre di piú a questa città meravigliosa e strana, e ancora non me ne sono saziato.

Quando lo portavo in qualche scuola a tenere un sermone, non rimanevo lí ad ascoltarlo, tanto piú che non capivo mai dove volesse arrivare coi suoi ragionamenti. Mi pareva sempre che sollevasse questioni ipotetiche. Allora risalivo in macchina e andavo in quel posto che mi piaceva piú di tutti: in cima al Monte Scopus, vicino alla chiesa di Tura-Malka, da dove si poteva vedere non soltanto tutta la città, ma anche il deserto e il Mar Morto. Lassú avevo il mio osservatorio.

Me ne stavo lí, seduto nella macchina che portava ancora le tracce delle manate dei beduini di Rafiah, e la pioggia tamburellava sul tetto. Sfogliavo lo «Ha-Modiah», di quello ce n'era sempre una copia in macchina, perché alla *yeshivah* lo distribuivano gratuitamente. E attraverso il punto di vista religioso, che era molto parziale, mi facevo un'idea di quello che succedeva: gli scambi di fuoco che continuavano lungo il fronte, gli accordi instabili, le recriminazioni e le accuse, la rabbia e le discussioni – come se la guerra non fosse finita ma continuasse a ribollire, come se dai suoi resti putrefatti ne stesse già nascendo un'altra.

Dunque, non c'era d'aver fretta.

Quando infine la pioggia cessava e il cielo si rischiarava, buttavo via il giornale, scendevo dalla macchina e me ne andavo a passeggiare lungo il muro della chiesa, tra le pozzanghere, tra i boschetti di cipressi, col mio cappello nero (quello del deserto) sulla nuca e le frange del piccolo *talled* al vento. Guardavo i bioccoli di nebbia che vagavano sopra la città, salutavo con un cenno del capo gli arabi che mi guardavano dal fondo delle loro botteghe. Avevo già notato che il loro atteggiamento verso noi, gli ebrei neri, era meno ostile, come se considerassero la nostra presenza piú naturale, o forse meno pericolosa.

Le campane suonavano, monaci mi passavano accanto e mi facevano un cenno di saluto. Ai loro occhi ero anch'io un servo di Dio, alla mia maniera.

Bambini arabi, incuriositi dal mio abbigliamento, cominciavano a venirmi dietro. Tutt'intorno c'era silenzio. Ai miei piedi, la città bagnata, grigia. In fondo alla strada, accucciata come un cane fedele, la piccola Morris m'aspettava.

Perché dovrei aver fretta d'andarmene di qui? E dove potrei andare? Dalla rossa, che conserva la ricevuta dell'equipaggiamento che m'hanno dato e che io ho seminato nel deserto? Dal Maggiore, che certamente continua a cercarmi con ferrea osti-

nazione? Dalla nonna, ancora priva di conoscenza (ho telefonato una volta all'ospedale per sapere se c'era stato qualche cambiamento)? O magari da voi? Nascondermi in casa vostra, non
come amante, ma come membro della famiglia, in balia vostra,
schiavo della passione che va crescendo?

Sí, la passione in me non è ancora spenta. Ho passato persino dei giorni difficili. E mi sono anche accorto delle occhiate
che mi lanciano alcune verginelle della comunità. So bene che
se appena accennassi qualcosa al vecchio rabbino, lui mi trove-
rebbe subito la sposa. Aspettano soltanto un segnale da parte
mia, un'indicazione che ho deciso di legarmi definitivamente a
loro.

Ma questo segnale ancora non gliel'ho dato.

NA'IM

Basta! Mi voglio licenziare! Sono stufo, voglio andarmene!
Che modi sono questi, di lasciarmi qui per tutta la mattina seduto nel carro attrezzi, davanti al distributore di benzina, mentre
lui se ne va a Gerusalemme? Mi tratta come un cane. Non c'è un
lavoro, non c'è un orario regolare – che razza di vita è questa?
M'ha appiccicato questa vecchia che sta per morire, e quando
poi sarà morta, dirà che l'ho ammazzata io. Non ce la faccio piú.
Sono soltanto un ragazzo, e lui m'ha reso cosí solo. Mi sento
tanto solo.

Alle undici arriva Hamid e mi trova tutto rannicchiato nella
cabina del carro attrezzi. Ho fatto compassione persino a lui,
che non parla mai.

– Che cosa t'è successo?
– A me?
– Perché te ne stai lí, tutto rannicchiato?
– E che vuoi che faccia... ?
– Lui... dov'è?
– È andato a Gerusalemme.
– Perché?
– Che ne so io... sarà ammattito...
Ma Hamid non accetta che si parli male del padrone.

– Avete cominciato di nuovo a rimorchiare macchine, di notte?

– Non lo so... questa macchina è di un suo amico... un vecchio che si è arrampicato su un albero...

Hamid guarda la macchina appesa all'argano, esamina le imbracature.

– Chi l'ha legata cosí?

– Io.

Non dice nulla, ma mette in funzione l'argano, fa scendere la macchina, allenta i cavi, li ricollega in modo diverso.

– Perché? – gli domando, imbronciato. – Non andava bene?

– Non teneva...

Lavora in silenzio, da solo. Magro, scuro in volto, cerca altri appigli. Io sto a guardarlo come Adam guarda me. È un arabo testardo.

Quando finisce, saliamo in macchina e ci avviamo verso nord.

– Che c'è di nuovo al paese? – gli chiedo.

– Nulla...

– Come sta papà?

– Sta bene.

– Digli che torno al paese.

– Che ci vai a fare?

– Niente...

Non mi guarda, bada solo a guidare. Guida con facilità, cambia le marce senza far rumore, come se ci fosse il cambio automatico. Non ce ne sono di meccanici come lui.

– Papà sarà arrabbiato che non gli porto soldi...

– Non lo so...

Uno può crepare prima di riuscire a cavargli una risposta.

Di tanto in tanto m'accorgo che mi dà un'occhiata di sbieco, come se fosse in collera con me.

– Che cos'hai?

Tace. Ma poi sbotta.

– Perché non ti fai tagliare i capelli?

– Vanno tutti cosí.

– Chi tutti? Soltanto gli ebrei...

– Anche gli arabi...

– Forse quelli che si sono incretiniti...

– Perché dici cosí?

Lui non risponde. Arriviamo a Haifa. Gli chiedo di farmi scendere vicino alla casa della vecchia.

– Abiti ancora da lei?

– Sí.

Lui fa un sorrisino storto, mi fa scendere all'angolo della strada e riparte.

Salgo le scale, suono il campanello, perché la chiave non me l'ha mai data, ma non c'è risposta. Che stia dormendo? Non è possibile: lei rimane sempre sveglia, ad aspettarmi. Busso alla porta. Nessuna risposta. Comincio ad inquietarmi, mi metto a tirare calci alla porta. Silenzio. La vicina mette fuori la testa e mi guarda, ma prima che faccia in tempo a domandarle qualcosa ha già richiusa la porta. Comincio a innervosirmi. Scendo in strada e vedo le finestre aperte. Busso di nuovo. Torno a scendere.

Vado su e giú per la strada affollata, tra le bancarelle del mercato, tra la gente, sono stanco e arrabbiato. Forse è davvero morta. Guardo dal basso, sperando che s'affacci alla finestra. Ho bisogno d'entrare in casa, voglio andare in camera mia, andarmene a letto. Attraverso la strada, salgo le scale della casa di fronte, cerco di guardare nell'appartamento della vecchia. Le finestre sono spalancate, il vento fa muovere le tendine. Vedo la mia stanza. Il letto è disfatto cosí come l'ho lasciato stanotte. Nel salotto vedo lei, seduta in poltrona... e da lontano mi sembra che stia sorridendo, o forse sono io che ho le traveggole per troppa stanchezza.

Mi sembra d'impazzire. Attraverso la strada di corsa, salgo le scale, busso, la chiamo: sono io, Na'im! Ma la porta non si apre.

Torno in strada, mi metto a girare inquieto, e d'un tratto decido d'arrampicarmi per il tubo di scarico, come quella notte che sono entrato dalla finestra. Mi guardo in giro, pare che nessuno s'interessi a me. Mi aggrappo alle pietre, cerco delle sporgenze, trovo il tubo di scarico – la stessa strada che avevo fatto quella volta. Mi volto continuamente a guardare in basso, temo che qualcuno si metta a gridare, che chiami aiuto. Ma la gente è apatica, non glie n'importa niente che io entri in casa dalla finestra, in pieno giorno. Raggiungo la finestra, con un salto sono in casa. Lei è proprio seduta in poltrona, tutta bianca, e davvero ha la faccia fissata in un sorriso congelato, come dopo un gran pianto. È morta, penso. Mi vengono i brividi. Svelto svelto prendo un lenzuolo e la copro, come ho visto che fanno nei film. Vado in cucina, bevo un po' d'acqua per farmi forza, e torno a vedere. Tolgo il lenzuolo, le tocco la mano – è fredda. Ma vedo che nei suoi occhi le pupille si muovono. Fa un sospiro. Le parlo, ma lei non risponde.

Ha di nuovo perduto conoscenza.

Sono disperato... certe volte dimentico che ho soltanto quindici anni. E mi mettono a curare una vecchia di cent'anni che sta morendo. Ma come? Non è giusto! E lui se ne va a Gerusalemme. Devo liberarmi di tutto questo, devo scappare. Ci sto pensando da stanotte, ma nessuno mi vuole ascoltare. Entro in camera mia, e in fretta comincio a raccogliere la mia roba, a metterla in valigia insieme ai vestiti che m'ha dato lei. Vado in cucina, m'accorgo che c'è qualcosa sul fuoco, è già tutto bruciacchiato. Comincio a mangiare: è roba buona, forse proprio perché è bruciata. Gratto il fondo della pentola e mangio tutto quello che resta, anche se mi brucia la lingua. Passo davanti alla vecchia, e m'accorgo che mi segue con gli occhi. Torno a parlarle, stavolta in arabo, e lei annuisce un po' con la testa come se mi avesse capito, ma non dice niente... non può parlare.

Telefono in garage per chiedere di Adam. Non ne sanno nulla. Telefono a casa sua. Non c'è risposta. Vado in camera mia, chiudo la porta. Ho paura. Devo andarmene. Ma dove? Sono così stanco – almeno dormire un po'. Chiudo gli scuri, mi metto sul letto senza spogliarmi e m'addormento subito. Quando mi sveglio, è già notte, sono le undici di sera. Ho dormito per dieci ore filate.

Vado in salotto. Lei è sempre seduta in poltrona, non s'è mossa. Sotto la porta qualcuno ha infilato il «Maariv». Devo licenziarmi, devo scappare. Una volta ho imparato una poesia, non me la ricordo – soltanto la prima riga: «Uomo, vattene e fuggi». Ho dimenticato chi era il poeta.

Telefono a casa di Adam. Risponde sua moglie. Non è ancora tornato da Gerusalemme, anche lei sta aspettando sue notizie. Le racconto della vecchia e lei mi dice di non muovermi (anche lei mi dà ordini). Appena torna Adam, verranno qui... forse lui ha trovato il nipote.

Torno dalla vecchia. Mi siedo accanto a lei, le parlo, prendo il giornale e le leggo la notizia di un attacco dei terroristi, chissà che non si svegli.

C'è da impazzire. È tutta notte che sono sveglio. Lei respira, è viva, perfino mi sorride, capisce quello che le leggo, mi guarda, mi segue con gli occhi. Vado in cucina, prendo una fetta di pane, gliene metto un po' in bocca, che non mi muoia di fame. Ma lei non riesce a tenerselo in bocca.

Alla fine rimarrà soffocata, e diranno che l'ho strozzata io... È già l'alba. Bisogna che me ne vada. Continuo a dire che voglio licenziarmi, è tutto il giorno che lo dico, ma nessuno mi vuole ascoltare...

DAFI

– Dafi, bambina mia, sei tu? Sei ancora sveglia? Vuoi, per piacere, svegliare tuo padre? Vorrei consigliarmi con lui su una certa cosa. La mia macchina è abbracciata ad un albero... ah... ah... ah... – Stamane sono nel cortile della scuola, circondata dai compagni della mia classe e di altre classi, e faccio l'imitazione di quella vecchia volpe con quella sua voce untuosa e melliflua. Sono tutti molto contenti di sentire il racconto dell'incidente. Non che ci abbiano guadagnato qualcosa, perché tanto è da un pezzo che lui non fa piú lezione. Ma la sua prolungata assenza allenterà un po' la disciplina, farà aumentare il disordine di fine anno scolastico.

Per cui siamo tutti rimasti di stucco quando al secondo intervallo l'abbiamo visto arrivare in tassí. Aveva la testa bendata, la faccia piena di graffi, zoppicava un po' – ma era nel pieno possesso delle sue facoltà. Ha fatto un ingresso maestoso, camminando lentamente e guardandosi in giro. Strada facendo acchiappa qualche allievo, gli ordina di raccattare bucce, gessetti, cartacce che sono per terra, fa fare pulizia sul vialetto d'accesso. È convinto che se non ci fosse lui, la scuola crollerebbe.

Ma quel farabutto si vergognava di farsi vedere in giro, con la testa bendata, durante l'intervallo, o d'andare a rompere le scatole ai professori nella loro saletta. S'è rinchiuso nel suo ufficio, e siccome la sua avventura notturna gli ricordava me, ha mandato la segretaria a chiamarmi, e proprio in mezzo alla terza ora, quando c'era lezione di letteratura, una delle ultime dell'anno. Leggevamo il *Peer Gynt* di Ibsen. Non lo studiavamo. Non stavamo a sviscerarlo, lo leggevamo soltanto, come se fosse a teatro. Ognuno aveva la sua parte. Era molto bello. Io impersonavo Solveig. Non c'era molto da leggere, ma era una parte importante. C'era silenzio nella classe. E io, anche se non capivo proprio tutto, me la godevo moltissimo, quella lettura. E d'un tratto entra in classe quella disgraziata segretaria, a disturbare. Stavo giusto leggendo: «L'inverno se ne andrà e farà posto alla primavera – e passeranno anche l'estate e l'autunno – ma so che un giorno tornerai alla tua casa – ed io sarò là ad aspettarti».

E d'un tratto entra lei.

– Dafna è pregata d'andare dal signor direttore.

Il professore, seccato, chiede se non si può aspettare che finisca la lezione.

Ma la segretaria dice: – Credo proprio di no.

Conosce il suo capo, lei.

Io ho capito – è venuto il momento dell'espulsione.

Proprio oggi, quando papà è andato di notte a tirargli fuori la macchina e adesso la sta aggiustando. Proprio quando mancano pochi giorni alla fine dell'anno. Chiudo il libro.

La segretaria dice: – Prendi anche la cartella.

E il professore domanda: – Perché?

Non sapeva nulla, lui.

Mi prende una disperazione tremenda. Mi sento abbandonata. In classe c'è un po' di mormorio, sanno che cosa sta per succedermi. Ma nessuno si muove.

Al seguito della segretaria passo per i corridoi deserti. Busso alla porta, entro. Mi tengo a debita distanza, la cartella ai piedi. Lui è curvo sulle sue carte, la testa fasciata da un turbante bianco. Un tipo strano, che bisogno aveva di venire a scuola oggi?

Silenzio.

Gli sto davanti, ma lui fa come se non m'avesse visto, sfoglia le sue carte, legge, appallottola un foglio e lo getta nel cestino.

– Come sta? – gli dico, quasi senza voce, tanto per dire qualcosa.

In fondo abbiamo avuto qualche rapporto, stanotte.

La mia domanda lo sorprende. Alza gli occhi dal foglio, mi fa un sorrisetto sornione. Annuisce lentamente, tanto non ci crede che io m'interessi della sua salute.

– Eravamo sicuri che lei non sarebbe venuto, quest'oggi, – continuo sfacciatamente. Ormai non m'importa.

– Forse speravate che non venissi...

– No... ma le pare...

Fa una risatina silenziosa. Sembra che l'idea che tutti lo odiano lo diverta moltissimo.

Silenzio.

Al diavolo! Ma che vuole?

Vedo che sui graffi che ha sulle guance gli hanno messo della polverina giallastra, che schifo.

All'improvviso, con quella sua voce tenera e dolce, comincia a enumerarmi le mie malefatte. Offesa in pubblico a un giovane professore, al quale bisognava portare un rispetto particolare... Dirgli che è peccato che non sia rimasto ucciso? Una cosa scandalosa... in un paese dove tanta gente rimane uccisa... un'offesa completamente gratuita, senza motivo... il Comitato Didattico è rimasto profondamente scioccato. (Ma che cos'è questo Comitato Didattico?) Non è ammissibile che io continui a restare nel nostro Istituto, tanto piú che i miei voti lasciano molto a desiderare... bisogna che mi trasferisca in un'altra scuola... una scuola professionale... potrei imparare il mestiere di cuoca o di sarta... non è necessario che tutti diventino professori, in questo paese...

Insomma, un discorsetto diabolico che è durato per un buon quarto d'ora... E alla fine è arrivato al dunque. – Siccome mancano soltanto pochi giorni alla fine dell'anno scolastico, e la cosa è già andata avanti anche troppo... e si mormora che sia perché ci sono aderenze di famiglia all'interno della scuola... e l'offeso chiede che sia fatta giustizia... è necessario l'allontanamento immediato... anche perché serva da esempio... altrimenti la cosa perderebbe tutto il suo valore... sembrerebbe che hai semplicemente deciso di cambiare scuola...

Alla fine del discorso comincia a impappinarsi, è imbarazzato, evita di guardarmi in faccia...

Buttarmi fuori adesso, pochi giorni prima che finisca l'anno.

– Naturalmente ti daremo la pagella, – aggiunge.

Al diavolo la pagella. Ho le lacrime in gola, ma mi trattengo... non devo piangere, non devo piangere.

– Quando debbo lasciare la scuola? – gli chiedo, sottovoce.

Lui ancora non mi guarda in faccia.

– Adesso.

– Adesso?

– Sí, immediatamente.

Mi viene freddo al cuore. Ho il cuore di ghiaccio. Guardo lui con tutta la mia forza. Addio Solveig. Ma non voglio supplicarlo, non voglio abbassarmi. Pian piano sollevo la cartella, m'avvicino alla sua scrivania. Cambio argomento.

– Papà è poi venuto a tirarla fuori?

Adesso è proprio confuso, arrossisce, si tira indietro.

– Sí, tuo padre è un uomo meraviglioso... sempre cosí calmo... m'ha aiutato moltissimo...

– E la macchina? S'è sfasciata ben bene?

– Come???

– Ci sono stati dei morti?

– Ma che cosa stai dicendo? Basta! – per poco non si mette a urlare.

– Allora si tenga la cartella...

Gli sbatto la cartella sulla scrivania, esco dall'ufficio come una furia. Vedo la segretaria seduta nel suo sgabuzzino, con le orecchie tese. E in un angolo – come mai non me ne sono accorta prima? – il bamboccio, tutto rosso e paffuto. Corro al cancello, esco in fretta, mi lascio alle spalle il trillo del campanello. Non voglio vedere nessuno. Fermo un tassí e dico al grasso conducente, che ha in testa un berrettino giallo molto ridicolo: – Mi porti all'Università – anzi, mi porti sulla collina dietro l'Università.

L'autista è un tipo dall'aspetto bovino, un nuovo immigrato dalla Russia. Non conosce la strada, e devo spiegargli io come arrivarci. Saliamo in cima alla collina, ci addentriamo nei vialetti che passano per il bosco. Lo faccio fermare, scendo e vado a passeggiare fra gli alberi. Piango un po'. Il tassista mi guarda fisso, ci manca poco che non si metta piangere anche lui. Gli metto in mano cinquanta shekel e gli dico di tornare a prendermi alle quattro.

– Va bene, signorina, – mi dice.

Signorina.

Rimango nel bosco per parecchie ore. Ogni tanto mi sdraio per terra e poi mi rialzo. Passeggio un po', torno sul vialetto. Gli occhi mi si sono già asciugati, ormai sono calma – soltanto la fame comincia a tormentarmi. Mi dimentico del direttore, della scuola, di Peer Gynt, di papà e di mamma, penso soltanto che ho fame. Alle quattro meno un quarto arriva il tassí. Incredibile. E quell'autista grasso e calvo è lí che m'aspetta, e intanto pulisce il parabrezza.

Alle quattro e mezza sono a casa. Vedo la mia cartella appoggiata nell'ingresso. Mamma mi viene incontro, nervosissima.

– Dove sei stata?

– Cosí... in giro...

– Cos'è successo.

– Mi hanno buttata fuori da scuola.

– Lo so... me l'hanno detto. Dove sei stata?

– In giro, ho pianto un pochino... ma adesso è finita... mi sono calmata.

– Sono state qui Osnat e Tali.

– Che cosa gli hai detto?

– Che ti lascino in pace, per oggi.

– Hai fatto bene.

– Hai già mangiato?

– No, non ho mangiato niente... ho una fame da lupi...

– Allora vieni, siediti.

– Dov'è papà?

– A Gerusalemme.

– Come mai?

– È andato direttamente lí... pare che sia sulle sue tracce...

– Sulle tracce di chi?

– Sulle sue tracce...

Ecco perché lei è tanto nervosa, le brillano gli occhi. Una donna che sta invecchiando. Mi sento come svuotata...

Mi siedo a tavola. Lei ha preparato crocchette di patate e polpette di carne, i suoi piatti migliori. Io mi riempio lo stomaco, faccio insieme pranzo e cena. Lei continua a girare, irrequieta. Ogni volta che suona il telefono corre a rispondere. Ma sono sempre compagni e compagne che esprimono la loro solidarietà, e mamma risponde al posto mio. Per me va bene cosí: Dafi non c'è, tornerà tardi, provate a telefonare domani, sí, le farò la commissione. Mi fa da segretaria. E io intanto mangio budino di cioccolata e torta di frutta. E mamma mi riferisce le telefonate, si stupisce della dimostrazione di solidarietà dei miei compagni di classe.

Alle nove faccio un bel bagno caldo, mi crogiolo nella schiuma morbida, canticchiando una canzonetta. Poi vado a letto. La cartella è già in camera mia, continua a venirmi dietro, in silenzio, senza che io la tocchi. L'apro, tiro fuori il libro di Peer Gynt che avevo buttato dentro in fretta e furia, lo apro alla pagina dove m'avevano interrotto e continuo la lettura: «Che Dio benedica il tuo cammino – che tu sia benedetto se passi per questo paese – se verrai da me, ti saluterò qui – e se no, ci rivedremo lassú».

E spengo la luce.

Mamma continua a girare. Infine va a letto, ma non riesce a dormire. Io ormai me ne intendo d'insonnia: si rigira nel letto, va in gabinetto, torna in camera, spegne la luce, la riaccende. Alle undici suona il telefono, ma non è papà. Dev'essere Na'im. Parlano della vecchia. Mamma lo prega di non abbandonarla, dice che forse hanno trovato Gabriel, che rimanga lí finché papà non torna da Gerusalemme.

Quest'ultima parte m'arriva già in sogno. Sono nel dormiveglia, ma non mi alzo. Cosí, fra sonni agitati e brevi risvegli, passa tutta la notte.

Di primo mattino trilla il telefono... mamma va a rispondere. Dopo qualche minuto la vedo accanto al mio letto, vestita di tutto punto. Mi dice che va a Gerusalemme, mi prega di telefonare al direttore, di dirgli che oggi non verrà a scuola. Faccio di sí con la testa e mi riaddormento. Mi sveglio alle otto. La casa è vuota. Chiudo tutte le persiane, stacco il telefono. Niente scuola, niente genitori, niente... Me ne torno a letto e mi riaddormento. Buon giorno, m'è tornato il sonno...

ADAM

Lentamente, ci muoviamo. Mi sembra di sentire un sottofondo musicale. Pian piano comincio a camminare, voglio allontanarlo da lí. E lui mi segue, col cappello sulla nuca, senza smettere di parlare. Temo ancora che d'un tratto decida di scappare, per questo gli sto vicino, gli tengo una mano sulla spalla e cerco di condurlo fuori da quella zona. È giorno ormai, la gente si affretta ad andare in sinagoga. Mi preoccupo soprattutto di non fargli paura. Tre ragazzini ci seguono, sono delusi, reclamano il giro in macchina. Ma pare che lui li abbia dimenticati, è tutto infervorato nel suo racconto. Ormai siamo già fuori dal quartiere ortodosso, siamo nella Città Nuova, in via Mamilla, vicino all'antico cimitero musulmano, e quei ragazzini hanno paura di lasciare il loro quartiere. Si fermano e cominciano a chiamarlo. Lui fa un cenno con la mano, come per dire: lasciatemi in pace, vengo tra poco – e continua a camminare.

Io gli racconto delle ricerche che abbiamo fatto, delle autorità militari che non sanno nulla di lui. Ancora non accenno alla nonna che ha ripreso conoscenza e non nomino Asya. Racconto solo dei miei vagabondaggi notturni. Lui gode a sentire i miei racconti, si vede che è contento, sorride, gli luccicano gli occhi, mi mette persino una mano sulla spalla. E continua a seguirmi.

Passiamo accanto all'albergo King David, proseguiamo per i giardini del Y.M.C.A., passiamo per un vicoletto e arriviamo all'albergo Moriah. Attraverso le grandi vetrate vedo che stanno preparando i tavoli per la colazione del mattino. C'è odore di caffè e di pane tostato. Ci fermiamo accanto al portone d'ingresso, davanti alla porta girevole. Gli dico:

– Intanto sua nonna si è rimessa... è tornata a casa...

Lui si appoggia al muro, per poco non crolla per terra. Scoppia a ridere:

– E io che mi sono affrettato tanto a venire qui... per quella stupida eredità...

Attraverso la porta si sente una musica sommessa, la musichetta del mattino. Gli metto un braccio attorno alle spalle.

– Venga, andiamo a bere qualcosa.

– Ma non ci faranno entrare...

Infatti il portiere ci blocca. Non può far entrare in quell'albergo di lusso due tipi strani come noi: un ortodosso, vestito di nero con barba e cernecchi, con le scarpe da ginnastica, e un operaio in abiti da lavoro tutti macchiati. Tiro fuori un biglietto da cento e lo do al portiere, gli dico che vogliamo soltanto far colazione. Lui prende rapidamente quella banconota, ci fa entrare in un corridoietto laterale, chiama il capocameriere. Quello ci si avvicina, imbarazzato, ma intasca un altro biglietto da cento che gli allungo, ci conduce in una saletta lussuosa dalle pareti imbottite e chiude la porta.

Quella colazione m'è venuta a costare trecento shekel ma io, i soldi, ormai ho smesso di contarli.

Lui dice che non ha fame, e io non insisto perché mangi. È seduto accanto a me, si mastica i cernecchi e sta a guardare come io divoro i panini e bevo una tazza di caffè dopo l'altra. Lui, distrattamente, si mette a giocherellare con le briciole.

– Che cos'è questo digiuno che fanno oggi? – gli chiedo.

– È il nove di Av, l'anniversario della distruzione del tempio...

– È per questo che lei non mangia?

Sorride – quel suo sorriso stanco, incantevole. Si stringe nelle spalle, torna a dire che non ha fame. E d'un tratto mi chiede di Asya. Finalmente: credevo che l'avesse dimenticata. Mi chiede come sta, come ha passato tutto questo tempo. Con cautela gli racconto del suo lavoro, gli dico che aveva nostalgia. Lui mi sta ad ascoltare, tiene gli occhi chiusi.

– Ma come avete fatto a trovarmi?

Gli metto davanti quel pezzetto di latta celeste tutto accartocciato e graffiato, che era diventato molle tanto l'avevo stropicciato fra le dita. Gli racconto dell'incidente.

Lui se ne ricorda, sorride. Quel vecchio pazzo per poco non l'ammazzava.

Alle sue spalle, al di là della vetrata, vedo con sorpresa i tre ragazzini ortodossi che occhieggiano da dietro una siepe. Ci fanno dei gesti con le mani, ci chiamano, gettano sassolini contro i vetri. Mi alzo in fretta, vado dal portiere, gli do cinquanta shekel e gli dico di quei piccoli rompiscatole. Poi telefono a casa. Sono le sei. Prima ancora che il telefono suoni, Asya già risponde. Le spiego in poche parole come vanno le cose, e lei decide subito di venire. Torno nella saletta e vedo che lui ha cominciato a rosicchiare un mezzo panino che io avevo lasciato nel piatto. Ordino subito un'altra colazione.

Al di là della vetrata vedo che il portiere ha acchiappato uno di quei ragazzini, gli ha portato via il cappello, lo malmena.

Lui beve il suo caffè, mangia due uova al guscio.

– Credevo già che mi aveste lasciato perdere...

Mi pare di capire che lui si attacca a me ancora piú di quel che io mi attacchi a lui: teme che io voglia rispedirlo da quelli là. Esco di nuovo, chiedo una camera, distribuisco altro denaro ai camerieri e al portiere, senza che ce ne sia bisogno. Torno nella saletta a prenderlo. Lui ha già fatto piazza pulita, come se fosse rimasto a digiuno per parecchi giorni: ha leccato i piattini del burro, della marmellàta, sulla barba gli sono rimaste briciole d'uovo. Lo accompagno nel lobby, pieno di turisti americani che ci guardano con curiosità, sorridono. Il capocameriere ci fa entrare in una camera al primo piano. Lui si butta su una delle poltrone, fa un sospiro di soddisfazione.

– Di nuovo in fuga... come allora, nel deserto... – dice.

Dalla finestra si gode una vista meravigliosa della Città Vecchia. Nella camera, i mobili sono foderati di un bel velluto viola. Anche le tende sono di color viola, e cosí pure il tappeto. Lui si toglie il cappotto, si leva le scarpe, comincia a passeggiare per la stanza, va in bagno, si lava le mani, se le asciuga con dei tovagliolini di carta, profumati, accende la radio. La musica ci avvolge.

– Che stanza meravigliosa.

Gli chiedo se devo andare a prendere la sua roba, che è rimasta dagli ortodossi. Si stringe nelle spalle – non c'è niente che valga la pena.

– E la macchina...?

Ah, quasi se ne dimenticava. Mi porge le chiavi, dice che è meglio che non ci vada lui – non resisterebbe di fronte alla loro delusione, al loro dispiacere.

Si toglie la camicia, prende un giornale illustrato e comincia a guardare le fotografie.

Io esco, chiudo la porta a chiave, scendo in fretta le scale e torno nel quartiere religioso. Faccio un po' di fatica a ritrovarmi, ma infine arrivo alla *yeshivah*.

I ragazzini m'investono: – Signore, dove l'ha portato?

Ma io non rispondo. Salgo in macchina e avvio il motore. La batteria è quasi scarica, il motore tossisce.

I ragazzini chiamano in soccorso alcuni studenti, e in un lampo quelli circondano la macchina.

– Dove va, signore? Dove vuol portare la macchina?

Infine riesco ad avviare il motore. Non rispondevo alle loro domande, forse perché avevo un po' di paura, ma il mio silenzio li faceva diventare piú violenti. Si aggrappavano alla macchina, non la lasciavano partire. Credevo che digiunassero, che non avessero forza, ma si vede che il digiuno raddoppiava le loro energie. Per quanto avessi innestato la marcia e schiacciassi a fondo l'acceleratore, la macchina non si muoveva.

Mi si avvicina un vecchio per vedere che cosa succedeva. Loro cominciano a parlargli in *yiddish*.

– Dov'è lui? – mi chiede.

– È un uomo libero... – gli dico. – Non ha da rendere conto a nessuno.

Il vecchio sorride.

– Che cos'è un uomo libero?

Al diavolo! Non gli rispondo neanche.

Tre studenti salgono in macchina, si siedono sul sedile posteriore. Intorno a noi si è raccolta una piccola folla.

Spengo il motore. Al diavolo la macchina, non vale la pena di battersi per lei. Mi metto le chiavi in tasca – che la facciano pure a pezzi.

Quel vecchio è ancora là e mi guarda.

– Mi dica, signore, che cosa intende per uomo libero?

Io sto zitto. Sono stanco, esausto, sto quasi per piangere. Un uomo di quarantasei anni. Che cosa mi succede?

– Lei, signore, pensa di essere un uomo libero?

Ci mancava una discussione teologica, adesso.

Apro la porta della macchina, tiro fuori il libretto di circolazione, faccio vedere che la macchina è intestata alla vecchia, spiego che devo restituirgliela.

Uno degli studenti prende il libretto, lo legge rapidamente, poi dice qualcosa all'orecchio del vecchio.

– Se il signore vuole portarsi via l'automobile, faccia pure. Ma non mi venga a dire che c'è al mondo un uomo libero.

Lo guardo, annuisco con la testa, come se m'avesse ipnotizzato. Prendo il libretto, risalgo in macchina. Gli studenti, delusi, scendono; la strada si libera. Esco dal quartiere, arrivo all'albergo, metto la macchina nel posteggio. Entro. Accanto al banco dell'accettazione vedo Asya, tutta disperata di fronte all'impiegato che non sa nulla.

Quando mi vede arrivare solo, impallidisce.

– Dov'è lui?

La prendo per il braccio. Sta tremando, sembra cosí fragile. Saliamo al primo piano. Lei si appoggia a me. Tiro fuori la chiave e apro la porta, curioso di vedere se lui c'è ancora, oppure se è volato via dalla finestra.

DAFI - NA'IM

Anche se sono sicuro che non c'è nessuno in casa, suono il campanello. Aspetto un po', suono ancora, aspetto, suono per l'ultima volta – nessuno risponde. Suono ancora, per l'ultima volta – nessuno risponde. Busso – nessuno risponde. Infilo la chiave, suono un'ultimissima volta e poi apro. La casa è buia, tutte le persiane sono abbassate, come se l'avessero abbandonata da tempo. Adesso gli scriverò un bigliettino e poi me ne vado. Ma prima voglio andare un momento in camera di lei, a dare un'occhiata, buttarmi un po' sul suo letto, e poi via...

Suonano alla porta. Chi può essere? Suonano di nuovo. Io non mi alzo, non ho voglia. Se è il postino, che infili le lettere sotto la porta. Un altro trillo. Insistono. Bussano. Forse dovrei alzarmi. E adesso infilano la chiave. Un altro trillo, e la porta si apre. Chi è? Sento che qualcuno gira per casa. Passi furtivi. Un ladro? Di mattina? E adesso sta venendo dritto da me. Mamma mia...

Ma qui c'è qualcuno... è Dafi, sul letto, nella stanza buia. Ha la testa sul guanciale, i capelli dorati tutti spettinati. È sola in casa. Ormai è troppo tardi per scappare, m'ha già visto.
– Sono, sono io... – balbetto, – credevo che non ci fosse nessuno in casa. Sei malata?

Ma è soltanto Na'im – come mai? Papà deve avergli dato la chiave. S'è spaventato a vedermi qui. Quella dolce «Questione Palestinese» arrossisce tutto. Mi dice in fretta, balbettando:
– Sono io... credevo che non ci fosse nessuno in casa. Sei malata?
– No, non sono malata... sto riposando... Papà t'ha mandato a prendere qualcosa?

– Sí, no... cioè... non è per questo... ma ho bisogno di vederlo. Non è ancora tornato da Gerusalemme?

– No... perché?

– Devo dirgli qualcosa.

– Puoi dire a me.

– No, non sono malata... – è diventata tutta rossa. Si tira su la coperta, forse è nuda là sotto. – Sto riposando... Papà t'ha mandato a prendere qualcosa?

Che posso dirle? Finiranno per scoprire la faccenda della chiave, e mi troverei nei pasticci.

– Sí...

Ma si accorgerà che è una bugia.

– Cioè no... non è per questo... ma ho bisogno di vederlo. Non è ancora tornato da Gerusalemme?

– No perché?

– Devo dirgli qualcosa.

– Puoi dire a me.

E mi fa un sorriso tanto carino.

Non so che dirle. Se ne sta lí in quel suo pigiama a fiori. Che cosa posso dirle? Ti amo? Ti ho sempre amata?

– La vecchia sta morendo... sono venuto a dire che mi voglio licenziare...

– Da che cosa ti vuoi licenziare?

– Dal lavoro... non ce la faccio piú...

– Non ce la fai piú a fare cosa? – mi dice. Mi sta prendendo in giro.

Quelle maledette domande.

– A badare alla vecchia, sta per morire, quella.

– Credevo che fosse lei che badava a te... cosí m'ha detto papà...

– Ma no! Non è vero...

Adesso mi fa proprio arrabbiare. E d'un tratto mi sento una gran debolezza. Mi si ferma il respiro. Dalla coperta spuntano i suoi piedi. Si alza a sedere, ha la camicetta sbottonata... non porta il reggipetto, e s'intravede qualcosa di bianco, di morbido e i piedi che scompaiono di nuovo sotto la coperta... io tremo tutto... l'ammazzo...

Ma che aria seria ha questo ragazzo, è proprio carino da morire. Continua ad arrossire. È molto cambiato, è cresciuto parecchio. Quella testa riccioluta, tutta spettinata e quei vestiti – chi glieli avrà comprati? Mi guarda fisso, come se volesse ammazzarmi, mi scruta da capo ai piedi. I suoi occhi dolci, cosí da arabo. C'è in lui qualcosa d'oscuro. Spero solo che non scappi all'improvviso.

– La vecchia sta morendo... sono venuto a dire che mi voglio licenziare.

Questo qui mi farà ammattire. Il capo del governo che si licenzia.

– Da che cosa ti vuoi licenziare?

– Dal lavoro... non ce la faccio piú...

Non ce la fa. Come se avesse tanto lavoro. Mi fa ridere. E quell'aria seria, imbronciata. Almeno facesse un sorrisetto.

– Non ce la fai piú a far cosa? – gli dico con un sorriso.

Vedo che la domanda lo irrita. Ma che posso fare? Non voglio che se ne vada.

– A badare alla vecchia.

Che porco! A sentirlo sarebbe lui che bada a lei! Papà m'ha detto che era lei a prendersi cura di lui, che s'era proprio innamorata di lui.

– Credevo che fosse lei a badare a te.

Adesso s'arrabbia davvero. L'ho offeso.

– Ma no! Non è vero...

Mi alzo a sedere. Mi incenerisce con gli occhi. Ha la voce un po' rauca, con quella pronuncia cosí carina. S'infervora tutto. Poverino, è innamorato di me, lo so bene. Ma non vuol perdere la faccia. Il loro famoso senso dell'onore. Devo trattenerlo, farlo calmare, prima che mi scappi.

– Perché non ti siedi, se hai un po' di tempo? Puoi licenziarti anche piú tardi.

Finalmente un sorriso. Cerca una sedia, ma sono tutte ingombre di vestiti. S'avvicina al letto, si siede sulla sponda. Una sensazione di qualcosa di caldo e di forte.

Silenzio. Gli tengo gli occhi addosso. Lui, a testa china, cerca qualcosa da dirmi.

– La vostra scuola è già finita? – mi chiede all'improvviso.

– Per me, sí.

Non capisce niente. Non capirà mai niente. Il dolore che ho dentro, la mia solitudine. Lei, con papà e mamma, con una bella casa, può starsene a letto cosí, senza preoccupazioni. Che ne sa lei, della vita? E d'un tratto mi fa un sorriso cosí bello, cosí buono. L'amo – ogni momento di piú. Chissà se c'è speranza? Forse c'è speranza.

– Perché non ti siedi, se hai un po' di tempo? Puoi licenziarti anche piú tardi.

Quant'è carina.

Mi cerco un posto a sedere. Sulla sedia accanto al tavolino c'è un mucchio di vestiti – una camicetta, un reggipetto piccolino, mutandine. Mi gira la testa. Alla fine mi decido a sedermi sulla sponda del letto. Da lontano sento i suoi piedi che si muovono, qualcosa di caldo e di morbido. Tengo gli occhi sul pavimento, guardo le sue pantofole, quelle che mi sono infilato una volta. Ormai sono un po' scalcagnate. Lei continua a guardarmi sorridendo. Che cosa vuole? Se non la smette, le do un bacio tanto forte da farla pentire di quel sorriso. Ma che fa? Sento i suoi piedi che si muovono sotto di me. Silenzio. Tutto tace.

– La vostra scuola è già finita? – le chiedo, tanto per tener viva la conversazione.

– Per me, sí, – mi risponde, sempre sorridendo. – Mi hanno espulsa.

– Cosa? T'hanno espulsa?

– Hai sentito benissimo. Ho detto delle impertinenze a un professore, e il direttore m'ha buttato fuori.

– Che impertinenze?

Mi racconta tutta la storia. Che strano. Però è davvero un po' matta, me ne ero già accorto.

– E perché non hai domandato scusa?

– Mica sono matta...

Quel calore che mi viene da lei. È tutta rossa. La sua pelle
bianca. Le tette, sí, proprio piccole tette che le spuntano dall'a-
pertura della manica. Devo farmi coraggio, non scappare adesso. L'ora è venuta. Soprattutto non interrompere la conversazione. E se adesso l'abbracciassi e la baciassi? Cosa mi possono
fare? Ormai mi sono già licenziato.

– Mi hanno espulsa, – gli dico. Lui rimane di sasso, non ci
crede.

– Cosa? T'hanno espulsa?

– Hai sentito benissimo. Ho detto delle impertinenze a un
professore, e il direttore m'ha buttato fuori.

Gli racconto tutta la storia, dal principio alla fine. E lui mi
ascolta con tanta preoccupazione, come se fossi sua figlia. Cerca di capire, ma non capisce. A dir la verità, adesso anch'io non
capisco perché mi sono intestata tanto. D'un tratto la cosa mi
sembra talmente priva di senso.

– E perché non hai domandato scusa?

– Mica sono matta...

E perché no, in fondo? Potevo chiedere scusa, e sarebbe finita lí.

È seduto vicino a me, ha odore di fieno. La sua pelle liscia e
bruna. Adesso ci vuole un po' di coraggio. Non lasciarlo scappare. E se lo abbracciassi e lo baciassi? Che cosa potrebbe capitare? Tanto, ormai si è licenziato. Soprattutto non interrompere la conversazione. Ho il viso in fiamme. Mi sento addosso una
voglia. Che mi prenda, che m'abbracci, che si faccia coraggio.
Devo andare a far pipí, non posso aspettare. Un momento, gli
dico, e salto dal letto, butto via la coperta e cosí come sono,
mezza nuda, corro in gabinetto, chiudo la porta, mi siedo e faccio pipí. Mi sento bruciare tutta, dentro, faccio un gran rumore,
come una stupida vacca. Ora mi sento piú leggera. Come andrà
a finire? Basta che non mi scappi. Mi lavo la faccia, mi pulisco i
denti, mi pettino. Apro la porta senza far rumore e ritorno da
lui, in silenzio. È sempre allo stesso posto, seduto sul letto, assorto in pensieri, soltanto che ha posato la testa nell'incavo che

ho lasciato sul lenzuolo stropicciato. Quando si accorge che sono tornata, si rizza di colpo, tutto rosso in faccia.

– Devo andare.

– Perché? Aspetta che venga papà...

– Ma non viene...

– Verrà, non temere... vieni a mangiare qualcosa. Una volta t'ho già fatto da mangiare... ti sei trovato tanto male...?

Lo sto proprio supplicando.

Però accetta. Mi metto una vestaglia e vado in cucina, e lui va in gabinetto.

Per poco non la toccavo, ma lei se n'è accorta ed è saltata dal letto. Ha buttato via la coperta ed è scappata a rinchiudersi in bagno. Ti sta bene, arabo. Vattene. Uomo, vattene e fuggi. Non succederà mai. Saluta e va' via, perché questa qua tra poco si mette a strillare. Sono disperato, voglio alzarmi, ma non posso. M'è rimasto il tepore del suo letto. Sul lenzuolo c'è un libriccino – Peer Gynt, non so cosa sia. Ormai sono stufo di queste poesie. Lo rimetto al suo posto. Non riesco ad alzarmi. Guardo l'incavo che lei ha lasciato sul lenzuolo tutto stropicciato. Ci passo la mano, vorrei baciarlo. L'uccello mi fa male, è duro come un sasso, un altro po' e mi bagno. Devo scaricarmi, almeno quello, e poi andarmene. Appoggio la testa in quell'incavo. Andarmene subito, prima che succeda uno scandalo. Ma lo scandalo c'è già stato. Eccola che entra, in silenzio: una Dafi ben pettinata, nuova, profumata, con la faccia lavata. Salto su. Devo scappare.

– Devo andare.

– Perché? Aspetta che venga papà...

– Ma non viene...

– Verrà, non temere... vieni a mangiare qualcosa. Una volta t'ho già fatto da mangiare... ti sei trovato tanto male...?

Un momento fa ero disperato, e adesso – un filo di speranza. Mi sta proprio supplicando. Va bene, accetto. Ma lo dico come se le facessi un favore. Lei si mette una vestaglia e va in cucina, e io prendo il Peer Gynt e vado in gabinetto. Mi faccio una pisciata lunga lunga, lo bagno un po' con dell'acqua, gli faccio

prendere un po' d'aria e aspetto che torni alle dimensioni normali. Intanto leggo il Peer Gynt, ma non ci capisco niente, si vede proprio che mi sono istupidito del tutto. Guardo quel muso
scuro che mi sta di fronte, allo specchio, mi lavo la faccia, mi
metto un po' di dentifricio sull'indice e mi pulisco i denti. Mi
pettino, mi metto un po' di profumo. E d'un tratto mi viene da
pensare che forse anche lei mi ama un pochino. Perché no, in
fondo?

Ci siamo fatti un pranzo da re. Abbiamo mangiato in salotto,
con la tovaglia bianca e col servizio delle grandi occasioni, e in
mezzo al tavolo ho messo una candela accesa, come si vede nei
film. Ho cucinato: zuppa di piselli in bustina, un'insalata gigan-
te di pomodori e cetrioli, condita come si deve. Ho preparato
anche la *tehina*, e poi ho fatto scaldare quattro polpette di carne
che erano già mezze cotte, con patatine fritte, ho aperto una
scatola di ananas e ci ho messo sopra del gelato, e sul gelato ci
ho sparso dei ricciolini di cioccolata. Alla fine lui m'ha aiutato a
preparare il caffè, e io sono andata a prendere dei biscottini. Lui
ha mangiato tutto ed è stato molto contento. M'ha chiesto di
Peer Gynt e gli ho raccontato la trama, fin dove eravamo arrivati in classe.

M'ha preparato una zuppa di piselli, insalata, *tehina*, polpette e patatine fritte, e poi ananas col gelato e ricciolini di cioccolata. Io l'ho aiutata a preparare il caffè, e lei ha portato dei biscottini buonissimi. Era tutto molto buono. Abbiamo mangiato
in salotto, e la tavola era apparecchiata come nei film, con in
mezzo una candela accesa, anche se era mezzogiorno, ma c'era
un po' di buio perché le persiane erano ancora abbassate. Le ho
domandato di quella roba di teatro che stava leggendo, e lei
m'ha raccontato tutta la storia. È stato magnifico ascoltarla e
mangiare quello che lei aveva cucinato. Sono sicuro che non la
dimenticherò mai, finché vivrò. E in quel momento hanno suonato alla porta, e mi sono detto: questa è la fine. Ma non è stato
cosí.

D'un tratto, proprio mentre stiamo finendo di mangiare, suonano alla porta. Vado ad aprire, e mi viene un colpo. Schwarzi in carne ed ossa, col bastone, sempre con quel turbante bianco, che era già un po' sporco, in testa. Quel maledetto volpone m'ha fatto un bel sorriso. Voleva entrare in casa, ma io l'ho tenuto sulla porta perché non vedesse Na'im seduto a tavola.

– Dafi, sei malata?

Pure lui. Se c'è tanta gente che pensa che io sia malata, forse lo sono davvero.

– No... perché?

– Mamma è in casa?

– No.

– Dov'è?

– È andata a Gerusalemme.

– A Gerusalemme? Come mai?

– Non lo so. È partita stamane. Anche papà è là.

– Sí, m'hanno detto in garage che non è venuto ieri, e neanche oggi. È successo qualcosa?

– Non lo so.

– Ero un po' preoccupato. Oggi tua mamma non è venuta a scuola e non ha lasciato detto niente. Non le era mai successo. Abbiamo tentato di telefonare, ma nessuno rispondeva. Quando sei rientrata?

– Non sono rientrata... ero qui tutto il tempo... ho staccato il telefono...

– Ah... – mi guarda con aria ironica. – e si può sapere perché?

Certo che si può.

– Cosí...

Sono fuori dalla tua giurisdizione, caro signore, fuori dalle tue grinfie. Hai voluto buttarmi fuori prima della fine dell'anno – adesso devi pagare.

Ma lui si ostina a voler entrare, continua a spingere la porta.

– Spero che non ci sia nulla di grave... ero proprio preoccupato... come mai non ti ha detto di avvertire?

Ora mi viene in mente. – Stamattina all'alba m'ha detto qualcosa.

– Che cosa t'ha detto?

– Che oggi non veniva a scuola.

– Perché non hai telefonato, allora?

– Mi sono dimenticata.

Glielo dico cosí, sul muso.

– Ti sei dimenticata?

Sono fuori dalla tua giurisdizione, caro signore, non sei piú il mio direttore, non puoi farmi niente.

Ma lui non cede. È sbalordito, rosso di collera. Alza il bastone, poi lo lascia ricadere.

– Sei un'irresponsabile... proprio un'irresponsabile...

– Lo so, – dico, guardandolo diritto negli occhi.

Silenzio. Almeno se ne andasse. Na'im è là che ascolta, in silenzio. D'un tratto sposta un po' la sedia.

Schwarzi sbotta: – Ma qui c'è qualcuno –. Mi spinge da parte, irrompe nel salotto, vede la tavola con i resti della colazione, e Na'im che se ne sta in un angolo, teso come una molla.

– E tu chi sei?

– Na'im, – risponde quello, come uno scemo, come se lui fosse il suo direttore.

Schwarzi lo acchiappa per un braccio come usa fare con gli scolari, durante l'intervallo. È sconcertato.

– Ma io t'ho già visto da qualche parte... ma dove?

– L'altra notte. Accanto alla sua macchina sinistrata. Sono venuto col carro attrezzi...

– Ah, sei l'operaio arabo di Adam?

– Sí.

– Che cosa fai qui?

– Aspetto lui.

Finalmente si calma. Gira per il salotto, ispeziona la tavola apparecchiata, come se fosse a scuola. Sparargli, bisognerebbe. Ho le lacrime in gola.

– Di' a mamma che mi telefoni.

Non rispondo.

– Va bene?

Non rispondo.

– Glielo dirò io, – interviene Na'im.

Schwarzi fa un sorrisetto di soddisfazione. Per poco non svengo.

Lei va ad aprire, e io sento una voce nota. Adesso mi ricordo – è quel vecchio cui siamo andati a rimorchiare la macchina. È sulla porta, sta parlando con Dafi. Vedo che ha in testa una specie di turbante. Dafi gli dà delle rispostacce maleducate. Quella ragazza continua a sorprendermi: è proprio sfacciata. Lui le domanda di suo padre e di sua madre, e lei gli risponde male. Ho cominciato ad avere paura, per lei e anche per me. Quello lí era arrabbiatissimo, le parlava in una maniera velenosa, anche se faceva la vocina dolce. Ha finito per entrare in casa a viva forza, lei l'ha fatto letteralmente uscire dai gangheri. Va in giro con un bastone. Quando m'ha visto e mi ha messo le mani addosso mi sono proprio spaventato. Non so perché mi faceva tanta paura quel vecchio con la testa fasciata. Tremavo tutto.

– E tu chi sei?

– Na'im, – gli ho detto subito.

Lui mi tiene stretto.

– Ma io t'ho già visto da qualche parte... ma dove?

Non mi riconosceva.

– L'altra notte. Accanto alla sua macchina sinistrata. Sono venuto col carro attrezzi...

– Ah, sei l'operaio arabo di Adam?

– Sí.

– Che cosa fai qui?

– Aspetto lui.

Allora s'è messo a girare per la casa come se fosse casa sua. Esamina la tavola apparecchiata, fa un sorrisetto soddisfatto, e poi dice a Dafi:

– Di' a mamma che mi telefoni.

Ma lei non ha risposto. Al diavolo, perché non gli risponde? Perché deve farlo arrabbiare cosí? È lí tutta pallida, furiosa, bellissima con quella vestaglia lunga. Che gli risponda e lo mandi via. Ma lei sta zitta, e lui non se ne va.

– Glielo dirò io, – dico. Basta che se ne vada.

E se n'è andato, lasciando la porta aperta. Vado a chiuderla.
Dafi non si è mossa, guarda il muro. Le vado vicino, le tocco la
spalla.

– Ma chi era quello lí?

Lei non mi risponde, continua a guardare il muro, è pallidis-
sima. Deve proprio averla spaventata. E d'un tratto si volta, mi
pare che mi afferri, e allora anch'io l'afferro, cioè l'abbraccio, e
ci baciamo. Non so chi sia stato il primo – tutti e due insieme,
credo. In principio non ci siamo incontrati, ma poi ci siamo
proprio baciati sulla bocca, come nei film, con la lingua – solo
che nei film non si sente il gusto, e invece io ho sentito il gusto
del caffè e del dolce sulle sue labbra, e anche un profumo piú
forte. È stato un bacio lungo, e a un certo momento ho sentito
che non resistevo piú, che se continuavo con quel bacio sarei
morto, e sono caduto in ginocchio e le ho baciato i piedi, è da
tanto che volevo farlo. Ma lei mi ha tirato su e mi ha portato in
camera sua, era quasi nuda. E poi mi ha strappato la camicia,
come una selvaggia, e m'ha detto: – Vieni. Voglio che tu sia il
mio amante.

E allora Na'im è venuto vicino tutto abbattuto, e m'ha
chiesto:

– Ma chi era quello là?

Non gli ho risposto, mi faceva tanta pietà. Se penso a come
quello schifoso gli ha fatto l'interrogatorio, e a come lui ha lasciato fare. Senza un pizzico d'orgoglio, gli ha risposto cosí umi-
le, sottomesso. L'ho afferrato perché temevo che mi lasciasse, e
lui mi ha abbracciato, e d'improvviso ci siamo baciati. Non so
come sia successo, chi sia stato il primo – tutti e due insieme,
credo. Un bacio profondo, sulla bocca, come nei film, e quel
gusto di ananas e di cioccolata sulle sue labbra, mi succhiava la
lingua. E d'un tratto è caduto in ginocchio e si è messo a baciarmi i piedi. Ma perché i piedi? Che matto! Ho visto che aveva
paura di alzarsi, voleva restare lí, in ginocchio. E allora l'ho tirato su, e lui m'ha trascinato in camera mia, e m'ha aperto la vesta-

glia e la camicia del pigiama. Allora anch'io gli ho strappato la camicia, che non rimanesse vestito mentre io ero quasi nuda.

È fantastico. Cosí presto. Ma è tutto lí? Davvero? Mamma mia, è proprio questo, è quella cosa. Le sue tettine, come delle piccole mele dure. È una bambina. E quel grido. Che cosa sto facendo? Le sono dentro, proprio dentro. Proprio come m'immaginavo, ma cosí diverso. Tiene gli occhi chiusi. Perché non dice qualcosa? È questa la felicità, la felicità piú grande, piú di cosí non può essere, non è possibile... Comincio ad ansimare terribilmente...

Ho detto: – Vieni. Voglio che tu sia il mio amante –. Non volevo che mi facesse male. Ma mi fa male. Non posso piú fermarlo. Basta, che la smetta. Oh, che dolcezza, non posso fermarlo. È già. Sono sicura che sono la prima di tutte le ragazze. Se lo sapessero Osnat e Tali. Se sapessero che piacere, che è come un sogno, cosí delizioso dentro, quel movimento cosí liscio. È tutto cosí sul serio. E d'un tratto comincia ad ansimare, come un vecchio, come se dentro di lui ci fosse qualcun'altro. Fa dei sospiri in arabo... Gli fa bene o gli fa male, non so...

– A cosa stai pensando?
– A niente.
– Non è vero. Si pensa sempre a qualcosa.
– Va bene, sto pensando alla vecchia.
– Alla vecchia?
– Che a quest'ora sarà già morta.
– Quanti anni ha?
– Piú di novanta. Magari io vivessi tanto.
– Ti ha offeso?
– Chi?
– Il direttore...
– Era il direttore, quello? No... cosa c'era da offendersi? Ho solo avuto una gran paura.
– Paura?
– Sí. M'ha proprio spaventato...

– Quand'è che papà t'ha dato la chiave di casa?

– Non me l'ha data.

– Ma oggi ce l'avevi.

– È la mia chiave.

– Tua?

– Quella volta che m'ha dato la chiave per andare a prendergli la borsa... quando t'ho vista... ho fatto fare una copia...

– Tanto tempo fa...

– Sí.

– Perché?

– Cosí. Volevo avere la chiave.

– Ma perché?

– Cosí... la volevo avere...

– Per me?

– Anche per te.

– E poi per che cosa?

– Va bene, solo per te.

– Ma ti potevano arrestare.

– Che mi arrestino... qualcuno sta entrando...

– No!

– Ascolta... c'è gente che entra...

– Allora vestiti, fai presto... ti nasconderò... sono papà e mamma, e forse anche qualcun altro.

ADAM

È buttato sul letto, di traverso, mezzo addormentato. S'è messo sotto la testa una pila di cuscini che ha raccolto qua e là. La stanza è illuminata da quella luce violenta che c'è a Gerusalemme, la mattina. La radio è ancora accesa, stanno suonando una marcetta allegra. Lei si aggrappa a me, sulla soglia le si piegano le gambe. Non mi rendevo conto che sarebbe rimasta talmente sconvolta al vedere la sua barba nera, i cernecchi lunghi, le frange del piccolo *talled* che gli spuntano dalla cintura, il cappello rossiccio di pelliccia di volpe, dall'aria minacciosa, posato sul tavolo, accanto al telefono.

– Come mai? – mi chiede sottovoce.

Lui si sveglia, ci guarda, ancora mezzo assonnato. Sulle labbra gli si disegna l'ombra d'un sorriso, come se godesse della confusione di lei, come se tutta quella metamorfosi non avesse avuto per scopo che questo momento.

– Come sta, signora?

Lei non riesce neppure a rispondere, le mancano le parole. Chissà, forse teme che l'amante non sia piú tale, che l'amante sia impazzito.

L'amore di una donna che sta invecchiando.

– Ma perché?

Lui, sempre sorridendo, si alza a sedere.

– Volevano ammazzarmi. Ho dovuto fuggire. Grazie a Dio sono ancora vivo.

Comincia a girare per la stanza, va alla finestra a contemplare il paesaggio delle mura della città, delle torri e dei minareti. Lei lo segue con lo sguardo, come se in ogni sua mossa ci fosse un significato nascosto. Teme ancora d'avvicinarsi a lui, ha paura.

Lui vede la Morris parcheggiata in cortile.

– Vedo che hanno rinunciato a me... Che gente meravigliosa.

Non rispondo. Non ho piú parole. Lui continua a girare per la stanza, le mani dietro la schiena. Ha preso un modo di muoversi lento, come da vecchio.

– E adesso che cosa facciamo? – chiede lei, ancora sottovoce.

– Con l'aiuto di Dio torneremo a casa. La nonna è viva. La saluteremo, ci faremo dare la sua benedizione. Niente eredità. Era solo un miraggio, e adesso è sparito. Aspetteremo. Non c'è fretta. Ho tempo...

Grazie a Dio, con l'aiuto di Dio – queste formule gli escono di bocca senza che lui se ne accorga, gli vengono naturali. O lo fa forse per provocarci? Va su e giú per questa stanza grande ed elegante, si tiene un po' a distanza da noi, tocca qualche mobile, solleva un portacenere per vederlo meglio, si mette davanti allo specchio per rimirarsi, si dà una toccatina ai cernecchi.

– Voi non ci crederete, ma negli ultimi mesi non mi sono quasi visto allo specchio. Non ci sono specchi, da loro.

E ricade sulla poltrona.

Bussano alla porta. Sulla soglia c'è l'impiegato all'accettazione. Ci guarda come se ci vedesse nudi. Quasi non gli riesce di trovare le parole. Dice che è mezzogiorno, che gli rincresce, ma dobbiamo lasciare libera la stanza. Ci sono in arrivo i delegati a un congresso.

Io sto zitto. Asya non sa che dire. Gabriel si alza, prende lui l'iniziativa.

– Ce ne andiamo.

L'impiegato gli fa un inchino e richiude la porta.

Dopo appena qualche minuto scendiamo, tutti e tre. Vado al banco, pago centocinquanta shekel per l'uso della stanza. Non abbiamo una tariffa a ore, si scusa l'impiegato, ma io non gli avevo chiesto nessuna tariffa. Gli do i soldi (il portafogli, tutto cincischiato, è diventato leggero, – non era mai stato cosí striminzito). I delegati del congresso sono tutti in fila davanti a una hostess che attacca loro all'occhiello un vistoso cartellino. Guardano noi tre con curiosità. Gabriel fa molta impressione coi suoi abiti neri, i cernecchi e il cappello di pelliccia. Lampeggia un flash. Qualcuno lo fotografa.

Saliamo sulla Morris: io mi sistemo al posto di guida, finalmente lasciamo Gerusalemme. Una giornata infuocata. La macchina va piano, trenta, quaranta chilometri all'ora. Ci sorpassano tutti, persino le motorette. Ci lanciano occhiate di simpatia, come se noi fossimo degli allegri avventurieri. La nostra presenza sulla strada, con quella macchina antiquata, incute rispetto.

Alla salita di Kastel la macchina comincia ad ansimare, il motore tossisce come una mitragliatrice arrugginita, il tubo di scappamento pare che stia per scoppiare. Ma con una sola tirata arriviamo in cima.

Dopo Bab el Wad, quando la strada si restringe a una sola corsia, comincia ad accodarsi dietro di noi tutta una fila di macchine che non riescono a sorpassarci, a causa del traffico in senso inverso. Come uno scarafaggio nero che si trascini dietro una fila di grosse perline colorate. Un poliziotto in motocicletta c'insegue e ci fa fermare, ci chiede di metterci sul bordo della strada per alleggerire un po' il traffico bloccato. Gli obbediamo. Prima di farci ripartire, ci chiede di fargli vedere i documenti. La mia licenza di meccanico basta a tranquillizzarlo.

La coda di macchine dietro di noi torna ad allungarsi, noi torniamo a metterci sul bordo della strada, e le macchine ci sfrecciano davanti. Dopo cinque ore di viaggio arriviamo all'autostrada che va da Tel Aviv a Haifa, come se venissimo da un altro continente. Prima di Hadera ci fermiamo in un punto di ristoro facciamo il pieno e andiamo a mangiare qualcosa. La gente continua a guardarci – qualcosa nell'insieme del nostro gruppetto li incuriosisce.

Mangiamo, cioè soltanto Gabriel. Lui fa piazza pulita di un piatto dopo l'altro, come se avesse fame arretrata.

Usciamo. Sono le quattro. Ci fermiamo accanto alla macchina, guardiamo il mare che scintilla di fronte a noi. Intorno c'è traffico di gente e di macchine. Non parliamo. La gente continua a guardarci con aria divertita. Gabriel si avvia verso un negozietto dove vendono souvenirs e attrezzatura da campeggio. Noi gli andiamo dietro, ci mettiamo ai due lati, temiamo ancora che ci scappi.

Tra gli oggetti esposti in vetrina si specchia la sua immagine.

– Si spaventerà a vedermi così... – dice, come se solo ora si rendesse conto del suo aspetto.

Si leva il cappello di pelliccia, rimane a capo scoperto, si toglie il cappotto nero. Si tocca i cernecchi.

– È ora...

Entra nel negozio. Quando esce, ha in mano un rasoio antiquato. Ci avviamo verso il mare. Lui si siede su una grossa pietra e Asya si china su di lui e gli taglia i cernecchi. Due treccioline lunghe e sottili, lucide per il lungo maneggiare. Glieli porge. Lui sta per buttarle via, ma si trattiene, trova una vecchia lattina che è rimasta sulla sabbia e li mette dentro.

Asya si sente sollevata, comincia a sorridere. Lui si toglie il piccolo *talled*, lo ripiega e mette anche quello, ripiegato come un fazzoletto, nella lattina. Con quel rasoio arrugginito, Asya gli accorcia un po' la barba. Ridono. Io vado su e giú lungo la spiaggia, tengo la testa bassa per i riflessi del sole sull'acqua. Sono stanco, spento, muto. Ho un pensiero soltanto: arrivare a casa.

Saliamo in macchina. Gli sguardi della gente cessano come per incanto. Un'altra ora e mezza di viaggio. Il motore ha smesso di tossire, ma adesso si sente uno stridio sospetto. Là dentro sta succedendo qualcosa che non capisco.

Arriviamo a casa. Lui decide di salire con noi, vuole telefonarle, avvertirla perché non si spaventi della sua comparsa repentina. Ho già notato che si preoccupa per lei, che aspetta con ansia di rivederla.

Salgo le scale per primo, e loro dietro. Ho le scarpe impolverate, le gambe non mi reggono, sono sporco di sabbia e di catrame. Torno da un lungo viaggio. La casa è buia. Sul tavolo vedo piatti e stoviglie, come dopo un gran pranzo. C'è lí un candelabro e un resto di candela, ancora acceso, che getta ombre sulle pareti. Per terra, la vestaglia di Dafi e la camicia del suo pigiama. D'un tratto mi prende una paura tremenda. È successo qualcosa alla bambina.

VADUCCIA

Adesso è proprio il contrario il corpo se n'è andato e soltanto la mente è rimasta niente piú mani niente piedi niente faccia non posso muovermi ma penso tutto quello che voglio so tutto il mio nome il nome dei miei genitori il nome di mia figlia e il nome di mio nipote mi ricordo di tutti ricordo tutto ero pietra rospo cespuglio spinoso melanzana è tutto chiaro. Come può la morte venire quando sono capace di pensare cosí forte non c'è dolore ma non sento niente e non voglio morire no no se sono già arrivata fin qui perché non qualche anno ancora sono nata nel secolo diciannovesimo delle volte mi stupisco quando mi ricordo che anche questo secolo tra poco finisce che peccato potrei vivere anche nel secolo prossimo almeno nei primi anni duemilauno duemiladue è tutto cosí chiaro è passato molto presto questo secolo è stato proprio rapido un secolo buio e rapido non come gli ultimi anni del secolo scorso pieni di sole a Gerusalemme la Grande piena di campi quando mi sono sposata ha cominciato a diventare buio millenovecento già crepuscolo.

Entra dalla finestra quel bastardo non sono più stupidi com'erano al tempo della fondazione dello Stato quel piccolo arabo credeva che fossi già morta mi ha messo sopra un lenzuolo per fortuna m'era rimasta una lacrima ed è caduta altrimenti mi faceva soffocare piccolo animale olpista poi ha tentato di farmi mangiare m'ha messo del pane in bocca tanto carino e io avevo una figlia avevo un nipote è tutto un sogno deludente, senza una vera fine.

Niente fame niente sete niente sensi ci sono soltanto pensieri mente lavora molto lucida c'è persino un fischio nel cervello posso pensare a quello che voglio ma a cosa?

Il ragazzo è andato via è scappato bene se rimaneva in casa gli avrei regalato tutto è tanto dolce quando legge giornale dolce e pericoloso ma perché deve prendere questa casa.

O Dio mio gli occhi s'infossano viene buio l'armadio di fronte diventa scuro gli angoli diventano tondi si staccano addio armadio addio tavolo il buio s'avvicina nebbia nera presto presto addio pavimento addio poltrona me ne vado e silenzio intorno bene finalmente posso pensare in pace ma a cosa?

Le macchine spariscono dalla strada addio autobus cos'è questa sirena di nave come lamento di gattino non sento niente non vedo niente addio strada basta strada e d'un tratto un campanellino un fischio ah il telefono suona come un agnellino qualcuno telefona mi vuole sempre più debole non campanello ma fischio di vento nascosto lo so ma non sento peccato peccato per me peccato perché muoio peccato, perché io non

ADAM

Che cosa è successo? Chi è stato? Cos'è tutto quest'oscuramento, abbassare le persiane in pieno giorno. Cosa sono queste novità? Na'im è qui in un angolo, si sta vestendo.

Papà, non devi fargli niente lui non ha colpa papà devi aver pietà di lui – ma cos'ha da gridarmi tanto? Dafi è proprio matta, bisogna che io faccia qualcosa. Non riesco a capire cosa succede qui. Di me dovrebbero avere pietà, non di lui. È da due giorni che sono in giro, tutto confuso. Vado a vedere se quello è proprio Na'im, cosa fa qui, e lui cerca di svignarsela, o forse è soltanto la mia immaginazione. Lo acchiappo per la camicia, la camicia è tutta strappata, lo sollevo per aria. È davvero cosí leggero, o sono io che non conosco piú la forza che ho nelle braccia, che è rimasta addormentata per parecchi anni – perché una volta sollevavo motori ribaltavo macchine torcevo tubi raddrizzavo porte.

Adesso semplicemente lo tengo un po' sollevato per la camicia che non gli ho strappato io, in quella stanza buia, e lui è sicuro che io lo voglia strozzare e trema tutto e io lo posso capire benissimo perché tremo anch'io. Sarei capace di tutto. E Dafi che salta su in fretta, butta via una coperta, si veste, è fuori di sé. Non l'ho mai vista in questo stato, mi si butta contro. Na'im tace, anch'io taccio, parla soltanto lei.

– Lascialo stare. È venuto a dirti che vuole licenziarsi.

Na'im, ancora sospeso per aria, ripete anche lui, con voce strozzata:

– Sí, mi licenzio.

– Da che cosa?

– Da tutto... dal lavoro con lei.

Lo lascio andare per terra. Che razza di follia è questa?

– Tu non ti muovi di qui, anche se ti sei licenziato. Mi senti?

– Sí, ho sentito.

– E adesso raccontami per filo e per segno che cosa è successo alla vecchia. Dov'è? Ho telefonato, ma non risponde nessuno.

Lui mi guarda, è molto calmo.

– Allora credo che sia già morta.

– Cosa???

– Già da ieri è tutta paralizzata, non parla, non risponde, non mangia.

– E tu perché l'hai lasciata sola? – gli grido. Vorrei schiacciarlo come un verme.

– Ma se si è licenziato...

Ancora Dafi. M'avvicino a lei, voglio farla tacere, ma lei si tira da parte.

Asya, sulla soglia, guarda in silenzio la stanza che è tutta per aria, le coperte per terra, il lenzuolo stropicciato, i vestiti di Dafi. Na'im, in fretta e in silenzio, si abbottona i pantaloni, si mette le scarpe. Dalla stanza degli ospiti viene la voce del televisore – Gabriel si tuffa nella civiltà. Adesso lo perderemo di nuovo.

Lei domanda: – Che cosa succede?

– Andiamo a vedere la vecchia. Vieni...

Gabriel, stravaccato sulla poltrona, guarda il piccolo arabo che guarda lui. Usciamo di casa. È una serata fresca, l'afa è finita. La Morris si lascia avviare a fatica, è stanca per il lungo viaggio. La batteria è quasi esaurita. Scendo, vado alla macchina di Asya, smonto in fretta la batteria e la butto sul sedile posteriore della Morris. Per ogni evenienza, mi dico. E penso anche che è meglio che non mi vengano dietro.

Na'im se ne sta tutto rattrappito sul sedile accanto a me, spaventato da quella macchina nera che somiglia a una cassa da morto. La vista di tutti quegli oggetti di culto sparsi nella macchina – il piccolo *talled*, la lattina con i cernecchi tagliati, il cappello di pelliccia – lo lascia sbalordito. Sta attento a non toccarli. Vedo che sta per dirmi qualcosa, ma prima che apra bocca gli dico:

– Tu sta' zitto.

Scendiamo di volata alla Città Bassa. La scatola del cambio sussulta, il motore tossisce e stona. Lí dentro tutto sta andando a pezzi. Ma io accelero, taglio le curve. Alla nostra sinistra il mare, anzi tutta la baia, ha un colore verde-rossastro, un colore strano, malaticcio.

– Cos'è successo al mare?

Parlo con me stesso. Lui guarda il mare, sta per rispondere.

– Sta' zitto, non importa.

Arriviamo a casa della vecchia, saliamo. È già quasi buio. M'ero dimenticato di quella casa, era tanto tempo che non ci venivo. La troviamo seduta in poltrona nella camera grande, un po' curva in avanti, morta. Accanto a lei, su un tavolinetto, il telefono. È ancora un po' tiepida, morta da poche ore soltanto. Prendo un lenzuolo che è lí, lo stendo sul pavimento, gli dico: vieni, mettiamola per terra. La solleviamo insieme. Le piovono di dosso molti giornali, si sparpagliano per tutta la stanza – giornali del mattino e giornali della sera, che la morta aveva addosso. Era tutta imbottita di giornali, non ne avevo mai visti tanti. Na'im mi guarda, vuol dire qualcosa, ma ha paura.

– Cosa c'è?

– Amava tanto i giornali... – fa un piccolo sorriso.

Prendo il telefono per dare la notizia, poi ci ripenso, rimetto giú la cornetta. Non me la sento di farlo adesso. Lasciamole almeno una notte.

Sono le sette, fuori c'è ancora un barlume di luce, ma la stanza è già al buio. Na'im s'accende una sigaretta, ne offre una anche a me con un gesto talmente da adulto. La prendo, lui mi dà fuoco, lo guardo. Adesso capisco che cosa c'è stato fra lui e Dafi. Mi siedo sulla poltrona della morta. Ho bisogno di riposarmi un momento.

La vecchia è stesa davanti a me, nella luce chiara della sera. Dalla finestra si vede il mare, che cambia colore a ogni istante.

– Va' a prendere la tua roba e portala qui, – gli ordino, a bassa voce.

Lui va in camera sua e torna con due grosse valigie.

Dunque voleva andarsene per davvero.

E non a mani vuote.

Usciamo. Chiudiamo la porta, lasciamo la vecchia stesa sul pavimento, con tutti i giornali intorno. Per un momento mi sembra che qualcosa si muova, ma è soltanto un giornale che il vento ha fatto svolazzare. La Morris s'abbassa per il peso delle valigie di Na'im. Non riesco ad avviare il motore, ma insisto, non voglio mollare, mi trastullo un po' con l'acceleratore. Infine riesco ad acchiappare la scintilla buona e il motore parte.

Ma adesso che faccio?

Dove vado?

La serata è grigia. Nonostante il cielo sia chiaro, la città è avvolta in una bruma sottile. Siamo ancora fermi, col motore acceso che carica la batteria. Na'im è seduto accanto a me, ascolta il brontolio del motore, fuma una sigaretta. Che cosa sta pensando? In fondo è un arabo, un estraneo, un mondo tutto diverso. E io che credevo che fosse tanto legato a me. No, non sono arrabbiato con lui. Dal suo punto di vista si può capire. E poi, a che servirebbero le parole. Bisogna allontanarlo.

Ma dove?

– Quand'è cominciata questa storia con Dafi...

Non lo guardo.

– Soltanto oggi...

Anche lui non mi guarda.

– Avete fatto l'amore?

Lui dice che non sa... gli pare di sí, non è sicuro, non sa... è stata la prima volta in vita sua... se è proprio quello... non è sicuro... ma forse sí...

Balbetta, la voce gli trema come se stesse per scoppiare in lacrime, ma non piange. Mi ricordo come piangeva a dirotto, seduto sulla vasca da bagno.

È passato un anno ed è diventato un piccolo amante.

D'un tratto mi sento come una fitta, dentro. Devo allontanarlo. Subito.

Accendo i fari. Il motore va giú di giri, tossisce.

Le luci sono fioche, ma parto lo stesso. Sento di muovermi come un automa. C'è qualcosa che non va, sto per fare una stupidaggine. Perciò vado molto piano, sto molto attento.

– Dove mi porta? – ancora non è disposto a rinunciare.

Non gli rispondo.

Questa macchina mi si sta sbriciolando fra le mani, ma non posso abbandonarla. Per troppo tempo l'ho cercata per le strade.

A un distributore di benzina faccio il pieno. Il portafogli è quasi vuoto, in questi ultimi giorni il denaro è andato via come acqua. Compero anche una cartina, la spiego sul volante, guardo qual è la distanza da qui alla frontiera.

È una follia, un'idea pazzesca quella di volerlo portare oltre frontiera. Tuttavia prendo la strada che porta verso nord, attraverso Acri e Naharia, infilo la Strada del Nord.

La notte si va rischiarando, ma la luce dei fari è molto fioca

su quella strada stretta. D'un tratto riflettori. Un posto di blocco militare. Le guardie di frontiera ci fermano. Ci sono barriere,
autoblinde, mitragliatrici e soldati della guardia di frontiera
– circassi e drusi.

– Dove siete diretti?

Guardo Na'im.

– A Peki'in... – dice lui.

– Avete sbagliato strada. Scendete!

Guardano lui con molta attenzione. Tutto li mette in sospetto: Na'im, io, la macchina. Con i riflettori illuminano l'interno
della macchina, tirano fuori tutto, frugano sotto i sedili. Sco-
prono tutto, aprono le valigie, abiti vecchi di generazioni passate si spargono sull'asfalto. Rimangono di sasso vedendo il cappello di pelliccia, il piccolo *talled*, i cernecchi recisi.

– Ma chi siete? – ci chiedono, quasi gridando.

Na'im fa vedere la carta d'identità, io cerco la mia.

Infine ci rimandano indietro, ci indicano la strada per il villaggio. Dopo mezz'ora la strada finisce. Sul fianco di una collina
si vedono le luci fioche di un piccolo villaggio.

– È qui... – dice lui.

Lo faccio scendere.

– Va' da tuo padre. Digli che non lavori piú per me.

E allora lui si mette a piangere, mi dice che è pronto a spo-
sarla, a non essere soltanto il suo amante.

Amante? Come parla? È il mondo alla rovescia. Alla loro
età?

– Da noi... a quest'età... – cerca di spiegarmi, mentre le lacrime gli scendono sulle guance.

Sorrido.

– Vai... di' a tuo padre che ti mandi a scuola...

L'ama davvero. S'è innamorato di lei in segreto, e io non me
ne sono accorto.

Prende le sue valigie, comincia ad avviarsi. Esce subito dalla
luce dei fari, sparisce dietro una svolta. Cerco di voltare la macchina, ma il motore si spegne. Anche i fari. La batteria s'è esaurita completamente.

Tiro fuori la batteria della macchina di Asya, apro il coperchio del cofano e faccio lo scambio, con le dita apro le viti e torno a stringerle. Ma adesso anche il motore non risponde. Anche l'altra batteria s'è esaurita in questi ultimi mesi, e io non me n'ero accorto.

Odore di campi intorno, il cielo è pieno di stelle. Una stradina sconnessa di campagna. Un punto nella Galilea.

Vita vecchia, vita nuova.

Lui se ne andrà, e mi toccherà cominciare da capo.

Me lo sento.

Sono qui, accanto a una macchina antiquata e morta, modello '47, e non c'è nessuno che venga a tirarmi fuori.

Bisogna che vada a cercare Hamid.

Ma per il momento non mi muovo. Il silenzio mi avvolge tutt'intorno. Un silenzio profondo, come se fossi sordo.

NA'IM

Avrebbe potuto ammazzarmi, ma non m'ha ammazzato, non m'ha nemmeno picchiato, neanche toccato. Si sarà pentito, oppure avrà avuto paura. Nel paese, da noi, sarei già sotterra.

Dio è grande. Grazie, Dio.

È stato proprio dolcissimo – soltanto adesso capisco quant'è stato bello. Miele e burro, e fino in fondo e cosí d'improvviso; e come m'ha baciato selvaggiamente e m'ha strappato la camicia. Dafi Dafi Dafi Dafi – potrei gridare quel nome per tutta la notte. E come ho cominciato ad ansimare tutto d'un tratto, non so cosa mi sia successo, che vergogna. Ansimavo e ansimavo, e lei mi stava a guardare, la mia amata amante.

Mi getto per terra ai tuoi piedi.

Questa polvere calda, l'odore del paese, e là sotto mi si sveglia di nuovo il desiderio.

Dio mio, davanti a te mi trascino nella polvere.

Davvero è stato bellissimo e fantastico Dafi Dafi Dafi.

Adesso tornare al paese e dire a papà: – Eccomi.

Dire buon giorno agli asini.

Non m'importa. Anche se non me la lasceranno vedere, la ricorderò per mille anni, non la dimenticherò.

Ho già nostalgia, sono rimasto scottato ben bene.

Lui non s'è mosso. Ha spento i fari. Da dietro la siepe di fichidindia vedo che alza il coperchio del cofano e cerca d'avviare il motore. Non si muove... sembra una grande ombra stanca... impantanata...

Che lavori un po', non si ricorda piú come si fa a lavorare.

M'ha detto di tornare a scuola. È un uomo buono. Buono e stanco. E il povero Adnan, che era cosí arrabbiato con loro.

Si può anche amarli, e si può anche farli soffrire.

È proprio incastrato, non riuscirà a tirarsi fuori da solo. Ma io non torno lí ad aiutarlo, ho paura che mi salti addosso. Meglio che vada a svegliare Hamid.

La gente si domanderà: che cosa è successo a Na'im, che d'improvviso è cosí pieno di belle speranze.

1974-76.

Glossario

bar mizwàh
Cerimonia ebraica della maggiorità religiosa maschile, che avviene al compimento del tredicesimo anno.

Bilm
Una delle prime generazioni di pionieri, immigranti ebrei in Israele provenienti dalla Russia fra il xix e il xx secolo.

falafel
Polpettine fritte a base di ceci. Piatto tipico israeliano, e del mondo arabo mediterraneo.

filatteri
Scatolette contenenti passi biblici da applicare sulla fronte e al braccio durante la preghiera, secondo la prescrizione di *Deuteronomio* 6, 4-9. Usati solo dagli ebrei piú religiosi.

Gefilte Fisch
«Pesce ripieno». Si tratta in realtà di polpette di pesce leggermente zuccherate. Il piú famoso dei piatti della cucina ebraica ashkenazita, cioè nord-europea.

goy, femm. *goyah*
«Gentile», non ebreo.

halva
Impasto zuccherato a base di semi di sesamo. Dolce tipico israeliano.

Imam
Autorità religiosa nell'islamismo.

jecke
Termine gergale analogo a «crucco». Indica l'ebreo proveniente dalla Germania.

kasher
Conforme alle norme di purità ebraiche, riferito di norma ai prodotti alimentari.

kibbuz, plur. *kibbuzim*
Il piú caratteristico, originario insediamento ebraico in Israele, costituito da strutture comuni, quali cucine, centri sociali, scuole, e da piccole abitazioni familiari.

kippah
> Piccolo copricapo portato durante la preghiera ebraica, ma costantemente dagli ebrei piú religiosi.

Mah Nishtanah
> «In che cosa è diversa…» Un passo del cerimoniale della Pasqua ebraica, normalmente cantato.

moshav
> Originaria forma di insediamento ebraico in Israele, villaggio agricolo.

Mossad
> «Istituto». Designa specificatamente i servizi segreti israeliani.

Neturei Karta
> Setta ebraica ultraortodossa, non sionista.

Pesach
> La Pasqua ebraica che celebra l'esodo degli ebrei dalla schiavitú d'Egitto, narrata nella Bibbia.

pita, plur. *pitot*
> Focaccia di pane tipica israeliana e del mondo arabo mediterraneo.

Seder
> «Ordine». Indica il pasto rituale col quale ha inizio la Pasqua ebraica.

shabbat
> Il sabato ebraico, giorno di festa in cui vigono numerosi divieti, derivati dall'imposizione biblica di non compiere alcun lavoro.

Shalom
> «Pace». Saluto ebraico.

talled, plur. *talledot*
> Scialle frangiato usato nel corso della preghiera ebraica.

Talmud
> *Corpus* della tradizione orale ebraica, contiene gli scritti dei rabbini in merito alla legge e alla vita sociale e religiosa.

tehina
> Crema derivata dalla spremitura dei semi di sesamo, condisce di norma la *pita* (vedi) con *falafel* (vedi).

yeshivah, plur. *yeshivot*
> Collegio, accademia ebraica di studi religiosi, accoglie i bambini sin dall'inizio dell'età scolare; rappresenta un vero e proprio modello di vita religiosa.

yiddish
> Miscuglio di ebraico e tedesco, lingua tipica degli ebrei ashkenaziti, nord-europei, nei secoli della diaspora.

wadi
> Ampio fossato dove può comparire saltuariamente un corso d'acqua. Forma geologica tipica delle zone mediterranee semidesertiche.

Indice

Stampato per conto della Casa editrice Einaudi
presso Mondadori Printing S.p.A., Stabilimento N.S.M., Cles (Trento)

Edizione
          C.L. 13797
          Anno

12   13   14   15   16   2001   2002   2003

Einaudi Tascabili. Letteratura
299

Dello stesso autore nel catalogo Einaudi

Cinque stagioni
Il signor Mani
Un divorzio tardivo
Diario di una pace fredda
Ritorno dall'India
Viaggio alla fine del Millennio
Il potere terrribile di una piccola colpa